EL PUENTE DE OTOÑO

TAKASHI MATSUOKA

W0216331

BOLSILLO
ZETA

A mis abuelos:
Matsuoka Atow, nacido en el pueblo de Akaoka,
en el antiguo Dominio de Tosa,
y
Okamura Fudé, nacida en Wakayama, en Kansai del sur, Tokunaga Sumié y Yokohama Hanayo, nacidos en el pueblo de Bingo, en la Prefectura de Hiroshima.
A mis padres:
Yoshio Matsuoka, nacido en San Francisco, California,
y
Haruko Tokunaga, nacida en Hilo, Hawai.
Y a mi hija:
Weixin Matsuoka, nacida en Santa Mónica, California.
Con gratitud, respeto y los mejores recuerdos.
Siempre.

I

EL FANTASMA DEL SEÑOR KIYORI

1

El espectro

El Gran Señor empuña una espada afilada, cabalga un brioso corcel de guerra, comanda una hueste de indisciplinados vasallos. Ha decapitado a diez mil enemigos. Sus proezas militares son la maravilla del reino. Pero ¿acaso no llegó a este mundo desgañitándose desde el vientre de una mujer? ¿No se alimentó, indefenso, de los pechos de una mujer? Y cuando las frías estrellas centellean como el hielo en el cielo invernal, y el abismo de la eternidad congela su corazón, ¿qué otra cosa ansía más que el abrazo de una mujer?

Aki-no-hashi, 1311

Castillo Bandada de Gorriones,
en el Dominio de Akaoka, 1860

La dama Shizuka no había cambiado lo más mínimo desde que el señor Kiyori la conocía. Su cutis era tan delicado como la más exquisita de las porcelanas Ming, y mostraba la perfecta palidez propia de una cortesana que nunca abandona sus aposentos, su piel no acusaba el paso del tiempo, nunca había sido herida por el sol o las inclemencias del clima, y no exhibía señal alguna reveladora de hechos, pensamientos o sentimientos impropios de su condición. Sus ojos, cuando no lo miraban —tímidamente, con complicidad o seductoramente, según el caso—, permanecían fijos en algún punto remoto mostrando una expresión de inminente y agradable sorpresa, acentuada por sus cejas altas y ralas. No lucía un peinado a la usanza moderna, con toda esa complejidad de trenzas, dobleces, ondas y accesorios, sino sencillamente partido al medio y sujetado con un lazo celeste que lo dejaba caer laciamente sobre los hombros, desde donde seguía deslizándose por la espalda con elegancia, lustrosa como el ébano, hasta llegar al suelo. Sus largos trajes de refinada seda crepé, cuyas texturas contrastaban unas con otras, eran de corte clásico, sueltos, y sus sucesivas capas exhibían matices complementarios de azul que iban desde el más luminoso de un estanque de montaña hasta el casi negro del cielo nocturno. El vivo retrato de una princesa de la era del Príncipe Resplandeciente. Una era, recordó él, que había transcurrido muchos siglos atrás.

Fuera de aquella habitación, el enorme poderío militar de las naciones extranjeras amenazaba ominosamente a Japón. Ahora, los gigantescos buques de guerra de vapor de Estados Unidos, Inglaterra, Francia y Rusia, entraban libremente en los puertos japoneses. Aquellos buques estaban equipados con cañones capaces de lanzar bombas del tamaño de un hombre a grandes distancias, incluso más allá de las montañas y los bosques, y destruir ejércitos ocultos a la vista antes de que pudieran siquiera imaginar quién estaba arrasándolos. El océano que separaba las islas de Japón del resto del mundo ya no constituía una defensa. Las fuerzas navales de los extranjeros tenían cientos de humeantes buques artillados, dispuestos a hacer algo más que bombardear el continente a la distancia. Desde tierras muy lejanas podían transportar decenas de miles de tropas pertrechadas con más cañones y también con armas de fuego de mano, y desembarcarlas en las costas de Japón en un lapso de unos pocos meses. Sin embargo, allí, en aquella habitación situada en la torre más alta del castillo Bandada de Gorriones, el antiguo Japón seguía vivo. Y al menos por un tiempo, el señor Kiyori podía vivir la ilusión de que el mundo entero estaba encerrado entre sus cuatro paredes.

Ella vio que él la miraba, y sonrió. Una sonrisa al mismo tiempo inocente e intrigante. ¿Cómo lo lograba? Ni siquiera la más brillante de las geishas era capaz de mezclar esas dos expresiones en una sola mirada. Recatadamente, ella bajó la vista y cubrió su infantil sonrisa con la amplia manga de su antiguo quimono Heian.

—Me estás avergonzando, mi señor. ¿Hay algo que está mal en mi apariencia?

—¿Cómo podría haberlo? —replicó el señor Kiyori—. Tú eres el ser más perfectamente bello de todo el reino, y siempre lo serás.

Una expresión traviesa asomó a sus ojos.

—Eso dices tú una y otra vez. Sin embargo, ¿cuándo fue la última ocasión en que me hiciste el honor de visitarme en mis aposentos?

—Te pedí que nunca más volvieras a hablar de eso. —Por el calor que sintió en sus mejillas, supo que se había ruborizado. Qué vergonzoso resultaba para un hombre de su rango y su edad responder como un niño encaprichado—. Que alguna vez haya sucedido es un lamentable error.

—¿Por la diferencia de edad entre nosotros?

Cualquiera que la viese habría pensado que era una muchacha de no más de dieciocho o diecinueve años en el primer florecimiento de la feminidad, sin duda una dama de alta alcurnia, tal vez incluso virgen. Cualquiera que lo mirase a él vería un hombre de edad avanzada cuya gallardía no había sido mellada por los años ni por la derrota, distendido pero alerta, que llevaba el cabello entrecano peinado con el elaborado estilo de un señor samurái.

La diferencia de edad entre ellos. Sí, también eso, desde luego. Sin embargo, nunca había pensado en ello.

—No volverá a suceder. Nunca más —dijo.

—¿Es una profecía? —preguntó ella con tono burlón pero en absoluto áspero, como si estuviera invitándolo a compartir una broma más que mofándose de él.

—Sabes muy bien que no.

—¿No eres acaso Okumichi no kami Kiyori, gran señor de Akaoka? Pues entonces seguramente eres profeta, como lo ha sido siempre el jefe de tu clan desde tiempos inmemoriales.

—Eso dice el pueblo.

—El pueblo lo dice porque a menudo tus acciones no pueden ser explicadas más que por el don de la presciencia. Si no eres un profeta, ¿cómo puedes conocer el futuro?

—Sí, ¿cómo? —Siempre había sentido el peso de la maldición de la profecía, pero últimamente, por primera vez en su vida, también había empezado a sentir el peso de la edad. Setenta y nueve años. Según los cronistas del pasado, en la antigüedad los héroes, los sabios, los elegidos de los sagrados dioses solían vivir cien años o más. No podía imaginar que a él fuera a sucederle algo así. En realidad, pensándolo bien, era una maravilla que hubiese vivido tanto. Había comenzado a gobernar el dominio a los quince años, se había casado a los dieciocho, tuvo hijos tardíamente y perdió a su esposa a los cuarenta. Durante todo ese tiempo había mantenido una relación secreta con la dama Shizuka. ¿Cuánto hacía de eso? Ahora corría el año decimocuarto del emperador Komei. Ellos se habían conocido durante el año decimoséptimo del emperador Kokaku, cuyo reino había durado treinta y ocho años. Después de él y antes del actual soberano había reinado durante veintisiete años el emperador Ninko. ¿Serían sesenta y cuatro años? Por costumbre, consultó el calendario de los extranjeros para asegurarse de que había calculado bien. El año decimoséptimo del emperador Komei era el 1796 después de Cristo. El presente año era el 1860. Sí, sesenta y cuatro años.

Ella había dicho que tenía dieciséis años cuando se conocieron. Ahora decía que tenía diecinueve. A los ojos de Kiyori no había cambiado lo más mínimo. El escalofrío que sintió no provenía de la templada mañana de invierno.

—¿Cómo podría saberlo yo? —se defendió Shizuka—. Eres tú el que tiene las visiones, ¿no es así?

—¿Soy yo?

—No estarás sugiriendo que soy yo quien las tiene.

—Siempre has dicho que eras tú —replicó Kiyori.

—Y tú siempre lo has negado —dijo Shizuka con expresión tan concentrada que frunció el entrecejo. Miró audazmente a Kiyori a los ojos—. ¿Empiezas a pensar que es posible que así sea?

Una voz que llegó desde fuera de la habitación impidió a Kiyori responder.

—El té está listo, mi señor.

—Entra.

Miró distraídamente a la joven criada, Hanako, que abrió la puerta en silencio, recorrió la habitación con la vista y se detuvo. Qué poco cuidadoso había sido. Se había quedado despreocupadamente junto a la ventana y no le había dado un punto de referencia. La muchacha no sabía dónde debía servir el té. Pero antes de que Kiyori se sentara frente a Shizuka, Hanako se dirigió exactamente al sitio que él le habría indicado, un punto intermedio entre aquel en que él se encontraba y aquel en el que una invitada se habría sentado. Hanako nunca dejaba de sorprenderlo. Desde el primer momento, es decir, desde que había entrado a su servicio siendo una huérfana de nueve años, había demostrado la agilidad de su inteligencia y una intuición tan penetrante que superaba a la de la mayoría de sus samuráis.

—Gracias, Hanako. Puedes retirarte.

—Sí, señor —dijo Hanako con una reverencia. Caminando sin volverse para no dar la espalda a su señor, comenzó a abandonar la habitación.

—¿No olvidas algo? —preguntó Shizuka con una voz tan queda que podría haberse pensado que era imaginaria.

—Hanako, un momento. —¿Qué había olvidado? Oh, sí—. Cuando mañana el correo regrese a Edo, irás con él. Allí te unirás a la servidumbre del señor Genji, en el palacio de La Grulla Silenciosa.

—Sí, señor. —Aunque la orden no había sido precedida

por ningún aviso, Hanako no se mostró sorprendida. Asintió sin preguntar nada, y así era exactamente como debía responder.

—Tú me has servido muy bien, Hanako. Tus padres estarían orgullosos de ti. —Kiyori, por supuesto, no se disculpó ni le dio explicación alguna acerca de su decisión de enviarla a Edo sin previo aviso.

—Gracias, señor. Has sido muy considerado soportando mis fallos durante tanto tiempo.

Él pasó por alto aquella expresión formal de humildad.

—Te agradeceré mucho que sirvas del mismo modo a mi nieto.

—Sí, señor. Me empeñaré en hacerlo lo mejor posible.

—¿Por qué la estoy enviando a La Grulla Silenciosa? —dijo Kiyori cuando Hanako se hubo retirado.

—¿Me lo estás preguntando a mí, mi señor?

—Sólo estoy pensando en voz alta —replicó Kiyori—. Una mala costumbre que me ha granjeado una reputación de excentricidad mayor que la que merezco.

—Es bueno que pienses acerca de ello, puesto que eres tú quien toma las decisiones. —Hizo una pausa antes de agregar—: ¿No es así?

Kiyori sonrió amargamente. Estaba sumido en el mismo estado de ánimo que se apoderaba de él cada vez que hablaba con Shizuka. Sus razonamientos acerca de estas cuestiones, por muy lógicos que fueran, casi siempre eran erróneos. Ahí estaba la diferencia entre la lógica y lo que las profecías le dictaban.

—Estoy enviando a Hanako a unirse a la servidumbre de mi nieto porque ahora que él ha asumido la mayor parte de las obligaciones formales del gran señor de nuestro dominio, necesita más que yo contar con servidores leales. Sobre todo porque se supone que en cualquier momento llegarán a Edo otros tres misioneros cristianos que vivirán bajo nuestra protección. Su presencia desencadenará una crisis que decidirá el futuro de nuestro clan. Aparte de esta cuestión inmediata, espero que florezca algún afecto entre

Hanako y Genji. Es exactamente la clase de mujer que él necesita en estos tiempos peligrosos.

—Qué coherente eres, mi señor. Tu pensamiento siempre es tan claro...

—Supongo que estoy equivocado, como siempre. —Kiyori sirvió el té para ambos. Una simple cortesía, pues Shizuka, como siempre, no bebía el suyo.

—¿La gran diferencia de posición social entre ellos no es un impedimento?

—El futuro promete ser caótico, y en circunstancias así el carácter es mucho más importante que la posición social.

—Qué sabio eres —dijo Shizuka—. Cómo te has liberado de las restricciones que imponen las convenciones sociales y qué acorde con la época te muestras.

—¿No estás de acuerdo conmigo?

—No, en absoluto. Mis puntos de vista son anticuados, y es muy poco lo que sé del mundo externo; sin embargo, es evidente hasta para alguien con un entendimiento tan limitado que el mérito propio es, ahora, mucho más valioso que el rango heredado.

—Estás de acuerdo, pero al parecer mis palabras te resultan cómicas. Supongo que Hanako y Genji no están destinados a ser el uno para el otro.

—Siempre se puede saber algo más —dijo Shizuka—. Si se debe, es otra cuestión. ¿Deseas saber algo más?

—No deseo saber nada más que lo que debo saber para asegurar el bienestar de nuestro clan.

—Entonces sabes lo suficiente —repuso Shizuka.

Kiyori bebió un sorbo de té. Su expresión plácida ocultaba la inmensa irritación que le provocaba el no poder satisfacer su obvia curiosidad. ¿Se enamorarían Hanako y Genji? No podía preguntárselo, no porque la pregunta fuese inadecuada —al fin y al cabo, se refería a la transmisión del poder profético a la generación posterior a la de Genji, una cuestión particularmente importante y no una simple especulación romántica—, sino porque el hecho mismo de preguntar planteaba un dilema que él se las había arreglado durante sesenta y cuatro años para eludir. Si ella le decía algo al respecto, tendría que hacerlo sin que él le preguntara nada.

Cuando resultó evidente que él no continuaría la conversación, una mirada de tristeza asomó a los ojos de Shizuka, que se quedó muy quieta. Esto sucedía muy a menudo cuando estaban juntos. En esos momentos de melancólico reposo su belleza se tornaba particularmente etérea. ¿Podía un hombre contemplar un espectáculo tan delicado que, por sí solo, bastaría para sumirlo en la locura? Si algo así fuera posible, explicaría sin duda muchas cosas. Y él la había visto sumida en ese encantamiento muchas, muchas veces.

Cuando se puso de pie para marcharse, Shizuka lo sorprendió.

—Nunca te he pedido un favor, mi señor —dijo—, y nunca más volveré a pedirte otro. ¿Me lo concederás?

—¿De qué se trata?

—Debes acceder antes de que te lo diga.

Vacilar sería impropio de un hombre.

—Entonces, está concedido.

Shizuka se inclinó ante él en una profunda reverencia hasta tocar el suelo con la cabeza.

—Gracias, mi señor.

Kiyori esperó. Ella mantuvo la cabeza baja un largo rato sin decir una palabra. Cuando levantó la vista, sus ojos estaban llenos de lágrimas. Kiyori no recordaba haberla visto llorar nunca.

—Cena aquí —dijo ella entre lágrimas—, y luego pasa la noche conmigo.

—Me pides algo muy injusto —replicó Kiyori, ofendido—. Me has engatusado para que acepte hacer lo que he jurado por mi vida y mi honor que nunca haré.

—Sólo te pido que compartas mi habitación, no mi cama. Mi sangre es tan puramente samurái como la tuya. Nunca te engañaría para inducirte a romper un juramento.

Kiyori seguía disgustado. Tal vez al principio no compartiera su cama, pero si pasara toda la noche con ella en la misma habitación, ¿podría evitar terminar allí? Aunque su voluntad era inquebrantable, a fin de cuentas se trataba de un hombre, con las debilidades propias de un hombre. Pero no podía echarse atrás. Ya había accedido.

—Muy bien —dijo por fin—. Sólo por esta noche.

—Gracias, mi señor —repuso Shizuka. Alzó la mirada y le dedicó una sonrisa entre las lágrimas.

Kiyori no le devolvió la sonrisa. Sería una noche muy larga.

Mientras preparaba su equipaje para el viaje a Edo, Hanako oía el parloteo de dos de las criadas más jóvenes que le llegaba desde la habitación contigua.

—El señor Kiyori ha ordenado que esta noche se le sirva la cena en la torre.

—¡No! ¿Para cuántos?

—¡Para dos! Y pidió especialmente que no hubiera sake.

—Cena en la torre. Sin sake. Qué extraño. Él sólo cenaría allí si quisiera encontrarse con un invitado importante en privado. Pero con un invitado así bebería sake, ¿no crees?

—Tal vez no espera un invitado común.

—No querrás decir que...

—¡Sí!

—¿Su esposa..., o la otra?

Aquel cotilleo había ido demasiado lejos. Hanako abandonó su tarea, fue hasta la puerta que comunicaba las dos habitaciones y la abrió con decisión. Las criadas se sobresaltaron, pero cuando la reconocieron suspiraron aliviadas.

—Oh, eres tú, Hanako.

—Sí, soy yo, por suerte. ¿Y si no hubiese sido yo? ¿Y si hubiese sido el señor Kiyori?

—Oh, él nunca entra en las habitaciones de las criadas.

—De todas formas, dejad de cotillear —dijo Hanako—. Y si no podéis evitarlo, hacedlo con más discreción.

—Sí, tienes razón —admitió una de las criadas—. Gracias por recordárnoslo.

Las dos jóvenes le hicieron una reverencia.

Hanako se disponía a cerrar otra vez la puerta cuando una de ellas la reclamó precipitadamente en lo que intentó ser un murmullo.

—¿Quién crees que es, Hanako? ¿La esposa? ¿O la otra?

—No me dedico a pensar en eso. Vosotras tampoco deberíais hacerlo —replicó, y cerró la puerta bajo la mirada sorprendida de las jóvenes. Tras unos momentos de silencio, las oyó murmurar otra vez.

Por supuesto Hanako tenía una opinión acerca de ello, pero nunca se le ocurriría revelarla. La situación sería menos inquietante si el señor Kiyori fuera a encontrarse con su esposa, la dama Sadako. Pero Hanako dudaba de que así fuera. Durante los trece años en que había estado al servicio del clan Okumichi había oído muchas veces fragmentos de las conversaciones privadas del señor Kiyori. Aunque nunca había escuchado un nombre, había oído lo suficiente como para saber que un hombre no le hablaría a su esposa de un modo tan singularmente misterioso y cómplice, aunque ella fuese un fantasma. No, el señor Kiyori no iba a encontrarse con la dama Sadako. Iba a encontrarse con la otra.

Un escalofrío le recorrió el cuerpo y no pudo evitar estremecerse, como si docenas de minúsculas agujas le laceraran por dentro la piel de los brazos, la espalda y el cuello.

Se preguntó si el señor Genji también se reuniría con la otra. Luego se preguntó si acaso ya se habría encontrado con ella.

Castillo Bandada de Gorriones, 1311

Shizuka se quedó meditando en silencio durante unos minutos después de que el señor Kiyori abandonó la habitación. Luego se incorporó, fue hasta la ventana ante la que se había apostado él y miró hacia fuera. ¿Había visto lo que ella veía ahora? ¿Las colinas siempre verdes de la isla de Shikoku, el plomizo cielo gris, las olas de crestas blancas empujadas a la vida por las distantes tormentas del océano y los vientos invernales? Debería habérselo preguntado. Tal vez esta noche. Se asomarían juntos a aquella ventana, en la torre más alta del castillo, y contemplarían su Dominio de Akaoka. Sería la última noche que pasarían juntos. Nunca más volverían a verse.

—Mi señora.

—Entra.

La puerta se abrió. Su principal dama de compañía, Ayamé, y otras cuatro criadas, le hicieron sendas reverencias. Ninguna de ellas se inclinó del modo en que lo hacían normalmente las damas, con ambas manos sobre el suelo y la frente graciosamente adelantada. Lo que hicieron fue poner una rodilla en tierra e inclinar ligeramente el torso, la reverencia típica de los guerreros en el campo de batalla. Iban vestidas con *hakamas* semejantes a pantalones en lugar de los holgados y complicados quimonos de las mujeres de la corte, las mangas de sus cortas chaquetas sujetas para dejar libres los brazos y empuñar sin dificultad sus lanzas *naginatas* de larga hoja. Además de las *naginatas*, cada una de aquellas asistentas llevaba una espada *wakizashi* corta en la faja. Ayamé era la única que tenía dos espadas en la cintura, pues además de la *wakizashi* llevaba una catana de hoja larga. Salvo por el hecho de que era una joven de diecisiete años, era el vivo retrato de un heroico samurái. Incluso se había cortado el pelo, que en lugar de llegar hasta el suelo llevaba trenzado en una coleta de no más de veinticinco centímetros. Hombre o mujer, qué fácil sería enamorarse de alguien tan bien parecido. Las demás llevaban atuendos semejantes.

—Ha ocurrido lo que anunciaste, mi señora —dijo Ayamé—. El señor Hironobu no ha regresado de la cacería. Tampoco ha enviado un mensajero. Y aquí, en el castillo, es imposible encontrar a ninguno de los samuráis conocidos por su lealtad al señor.

—Mi señora —intervino una de las asistentas que escoltaba a Ayamé—, todavía estamos a tiempo de huir. Podemos montar ahora mismo y cabalgar hasta el castillo del señor Hikari. Él seguramente os protegerá.

—El señor Hikari está muerto —dijo Shizuka, y agregó entre los gritos ahogados de sus damas de compañía—: igual que el señor Bandan, y todos sus herederos y sus familias. La traición se ha extendido por todas partes. Esta noche, sus castillos arderán. Mañana por la noche los traidores estarán aquí.

Ayamé hizo una reverencia, la escueta inclinación militar propia del campo de batalla, sin dejar de mirar fijamente a Shizuka.

—Nos llevaremos a muchos de ellos con nosotros, mi señora.

—Sí, así es —dijo Shizuka—. Nosotros moriremos, pero ellos no triunfarán. El linaje del señor Hironobu seguirá vivo mucho después de que el de ellos se haya extinguido. —Sintió que el niño se movía y se llevó una mano al abultado vientre. «Paciencia, hijo, paciencia. Llegarás demasiado pronto a este trágico mundo.»

Sus asistentas inclinaron la cabeza y lloraron. Ayamé, la más valerosa, contuvo las lágrimas, que asomaron a sus ojos pero no se derramaron.

Fue una situación tan dramática como las que se desarrollaban en aquellas obras del teatro *kabuki* que el señor Kiyori solía mencionar. Pero, por supuesto, no era algo que pudiera decirse en ese momento. El *kabuki* habría de inventarse trescientos años después.

Castillo Bandada de Gorriones, 1860

Pasando de la extrema quietud al movimiento imprevisto Shigeru recorría los corredores del castillo de su clan deslizándose de un cono de sombra a otro con el sigilo de un asesino. Si bien una mirada inocente habría podido verlo si hubiera seguido sus movimientos, lo cierto es que se desplazaba de tal modo que ni los sirvientes ni los samuráis advirtieron su presencia. De haberlo visto, lo habrían reconocido y lo habrían saludado respetuosamente con una reverencia. Él, por su parte, como no hubiese podido verlos con claridad, habría desenfundado sus espadas y los habría abatido. Temía que esto ocurriera, de ahí su sigilo. Estaba perdiendo el control y no sabía hasta qué punto podría mantenerlo.

Una cacofonía demoníaca y desenfrenada lo ensordecía. Sus ojos luchaban por librarse de las transparentes imágenes de tortura y matanza que los invadían. Todavía podía distinguir el mundo real por el que se desplazaba del mundo que fabricaba su imaginación, pero dudaba de su capacidad para seguir discerniéndolos por mucho tiempo. Hacía días que no dormía. Por lo tanto, las visiones que lo mantenían despierto se agigantaban y lo sumían en un estado lindante con la demencia. Todo el mundo lo consideraba el mejor guerrero de su tiempo, el único samurái digno de mención de los últimos doscientos años, comparable con el legendario Musashi. Y si bien él no se mostraba excesivamente orgulloso ni cultivaba una falsa modestia al respecto, creía que la reputación de la que gozaba era merecida. Pero todas sus destrezas marciales eran inútiles para combatir al enemigo con el que debía enfrentarse ahora en el castillo.

Cuando su enfermedad empeoró, se negó a acudir a la única persona que estaba en condiciones de ayudarlo, su padre. Shigeru era el único hijo superviviente del señor Kiyori y, por ese motivo, se había sentido demasiado avergonzado para confesar su debilidad. En cada una de las generaciones del clan Okumichi siempre había uno de los descendientes que nacía dotado del don de la profecía. En la generación anterior a la suya había sido su padre. En la generación siguiente, el elegido era su sobrino, Genji. En la suya, la carga había recaído en el propio Shigeru. Durante más de sesenta años, Kiyori se había servido de la presciencia para guiar y proteger al clan. ¿Cómo podía Shigeru presentarse ante él gimoteando en el momento en que comenzaba a tener sus visiones?

Ahora, casi demasiado tarde, comprendía que no podía elegir. Las visiones no se presentaban del mismo modo a cada vidente, y no todos podían enfrentarse a ellas solos. Shigeru estaba siendo inundado por un diluvio de imágenes y sonidos sin el menor sentido. Extrañas y gigantescas máquinas semejantes a monstruos fabulosos y de leyenda invadían la campiña y arrollaban, una tras otra, filas de personas vestidas con ropas extravagantes y uniformes. Capas coloreadas de aire putrefacto cubrían el castillo y la ciudad. Por la noche, el cielo gruñía como el vientre de una enorme bestia invisible y vomitaba una lluvia de fuego que caía inexorablemente sobre una masa de aterrorizadas víctimas.

¿Qué significaba todo eso? Si eran visiones referidas al futuro, ¿hacia dónde lo llevaban? Sólo alguien que hubiese tenido una experiencia similar podía comprender.

Las conversaciones de las criadas le indicaron dónde podría encontrar al señor Kiyori. En la torre. Puesto que se veía obligado a evitar que lo descubrieran, tardó casi una hora en recorrer una distancia que normalmente habría salvado en unos pocos minutos. Pero no pudo menos que felicitarse por haber llegado hasta allí sin que nadie lo viera. Nadie lo había saludado, así que nadie había muerto. Además, durante su larga travesía sus visiones habían ido desvaneciéndose. Seguramente pronto volverían, pero aquel respiro había supuesto un verdadero alivio. Estaba a punto de anunciarse cuando oyó hablar a su padre.

—Estoy enviando a Hanako a unirse a la servidumbre de mi nieto —dijo Kiyori— porque ahora que él ha asumido la mayor parte de las obligaciones formales del gran señor de nuestro dominio, necesita más que yo contar con servidores leales.

Kiyori hizo una pausa, como si estuviera escuchando una respuesta, y luego volvió a hablar. La supuesta conversación siguió durante un buen rato. Shigeru escuchaba atentamente desde el otro lado de la puerta, pero ni una sola vez logró oír la voz de quienquiera que fuese que estaba con su padre.

—El futuro promete ser caótico —dijo Kiyori como si respondiera a una pregunta—, y en circunstancias así el carácter es mucho más importante que la posición social. Tras una breve pausa dijo—: ¿No estás de acuerdo conmigo? —Y luego, tras otra pausa agregó—: Estás de acuerdo, pero al parecer mis palabras te resultan cómicas. Supongo que Hanako y Genji no están destinados a ser el uno para el otro.

¿Hanako y Genji? La idea escandalizó a Shigeru. Hanako era una criada que cumplía funciones en el castillo. ¿Cómo podía estar destinada a un señor? ¿Acaso su padre estaría planeando alguna clase de tortuosa jugarreta contra su propio nieto? Shigeru necesitaba ver quién estaba con su padre. Cada vez que Kiyori hablaba, Shigeru podía adivinar hacia dónde miraba su padre por la languidez y la fascinación que emanaban de su voz. Esperó hasta el momento adecuado y, silenciosamente, entreabrió la puerta lo suficiente para poder ver el interior de la habitación. Desplazándose de un lado al otro de aquella rendija, escudriñó la estancia mientras la conversación continuaba.

—No deseo saber nada más que lo que debo saber para asegurar el bienestar de nuestro clan.

Kiyori, sentado en el centro de la habitación, bebía un sorbo de té. Sobre la mesa había un servicio para dos. Frente a Kiyori había otra taza de té, llena y sin señales de haber sido tocada. Shigeru terminó de inspeccionar la habitación. No había nadie más. ¿La otra persona se había marchado utilizando un pasadizo secreto que Shigeru no conocía? Parecía improbable. Pero él recordaba que Kiyori había diseñado personalmente la torre y nadie más había visto los planos. Quienquiera que fuese la persona que había estado con él no había salido por la ventana. La única forma de salir era pasar por delante de Shigeru, y nadie había pasado por delante de él.

—¿De qué se trata? —preguntó Kiyori.

Pensando que había sido visto, Shigeru se arrodilló e hizo una reverencia. Vaciló un momento sin saber qué decir, pero de pronto Kiyori volvió a hablar.

—Entonces, está concedido.

Shigeru se puso de pie a toda prisa. Así que todavía había alguien allí. Volvió a escudriñar la habitación. Kiyori miraba hacia delante y habló como si se dirigiera a alguien que estuviera frente a él.

—Me pides algo muy injusto —dijo Kiyori—. Me has engatusado para que acepte hacer lo que he jurado por mi vida y mi honor que nunca haré.

Shigeru reculó bruscamente, atónito.

—Muy bien —oyó decir a su padre—, sólo por esta noche.

Shigeru retrocedió, al principio cautelosamente, pero luego huyó tan deprisa como pudo. Su padre no podía ayudarlo: él también estaba loco. Kiyori había estado hablando con una mujer. Podría haber sido la dama Sadoko, esposa de Kiyori y madre de Shigeru. Eso ya era bastante alarmante, pues la dama Sadoko había muerto poco después del nacimiento de Shigeru. Pero no creía que la dama en cuestión hubiese sido su difunta madre. Kiyori había dicho que había jurado no volver a dormir con ella nunca más. Jamás le habría dicho eso a su esposa, ni siquiera a su fantasma.

Durante mucho tiempo la torre más alta del castillo Bandada de Gorriones, en la que Kiyori pasaba tanto tiempo solo, había tenido la reputación de estar embrujada. Se decía que allí las sombras imprecisas del crepúsculo solían asemejarse a antiguas manchas de sangre. Siempre surgían historias así en torno a los sitios en los que antiguamente se habían desarrollado historias trágicas. ¿En qué castillo de Japón no había sucedido algo parecido? En este caso la tragedia había combinado traición, homicidios y truculentos asesinatos que habían estado a punto de terminar con el clan Okumichi en sus primeros tiempos. Aquello había ocurrido en el otoño del décimo año del emperador Go-Nijo.

La hechicera y princesa, la dama Shizuka, había pasado sus últimas horas en esa misma habitación de la torre.

Su padre tenía tratos con un demonio muerto hacía más de quinientos años.

Castillo Bandada de Gorriones, 1311

Shizuka y Ayamé miraron por las ventanas de la alta torre y vieron las tres oleadas de guerreros que se desplazaban hacia Bandada de Gorriones.

—¿Cuántos crees que son? —preguntó Shizuka.

—Seiscientos desde el este, trescientos desde el norte, y otros cien desde el oeste —dijo Ayamé.

—¿Y cuántos somos nosotros?

—Vuestras dieciséis damas de compañía están en la torre. Treinta hombres, todos criados del señor Chiaki, esperan a los traidores a las puertas del castillo. Llegaron apenas fueron convocados. Varios mensajeros han sido enviados a buscarlo. Tal vez llegue antes de que comience el asalto.

—Tal vez —dijo Shizuka, sabiendo que aquello no ocurriría.

—Me resulta difícil —dijo Ayamé— aceptar que Go os haya traicionado al señor Hironobu y a vos. ¿No hay otra posibilidad?

—Go lo ha organizado todo para que Chiaki esté lejos de aquí en el momento crítico —dijo Shizuka—, porque sabe que la lealtad de su hijo es inconmovible. La ausencia de Chiaki es la prueba de ello. Go no quiere matarlo cuando me mate.

—Qué cruel es la vida —dijo Ayamé—. El señor Hironobu habría muerto en la infancia de no haber sido por Go. No habría vivido para convertirse en un gran señor de no haber sido por el coraje y la firmeza de Go. Y ahora ocurre esto. ¿Por qué?

—Celos, codicia y miedo —dijo Shizuka—. Serían capaces de destruir el mismo cielo si los dioses se descuidaran por un momento. Imagínate cuánto más vulnerables somos nosotros aquí en la tierra.

Observaron cómo la multitud de enemigos se unía y se convertía en una enorme masa de guerreros. Bastante antes de que el sol se ocultara tras las montañas se encendieron las fogatas.

—¿Por qué esperan? —preguntó Ayamé—. Su superioridad es abrumadora. Mil hombres contra menos de cincuenta.

Shizuka sonrió.

—Tienen miedo. Está cayendo la noche. Es la hora en que florece el poder de las hechiceras.

Ayamé rió.

—Qué tontos. ¿Y ellos aspiran a dominar el mundo?

—Ésa es la aspiración de los tontos —dijo Shizuka—. Diles a mis asistentas y a los samuráis de Chiaki que descansen. Por un rato no corremos peligro.

—Sí, mi señora.

—No es necesario que vuelvas, Ayamé. Estaré bien. Quédate con tu hermana.

—¿Estás segura, mi señora? ¿Cómo está el bebé?

—La niña está bien —dijo Shizuka—, y nacerá cuando deba nacer, no antes.

—¿La niña?

—Será una niña —dijo Shizuka.

Si era realmente posible sentir una alegría enorme y una enorme tristeza al mismo tiempo, a Ayamé le ocurrió en ese instante, en que las lágrimas asomaron a sus ojos y una perfecta sonrisa iluminó su rostro. Hizo una profunda reverencia y se marchó en silencio.

Shizuka se tranquilizó y esperó la llegada de Kiyori.

Castillo Bandada de Gorriones, 1860

Hanako recorrió el jardín central del castillo. En otras circunstancias no se habría permitido hacerlo. Quienes estaban autorizados para disfrutar del jardín eran los señores y las damas del clan, no los servidores. Pero ella estaba dispuesta a desafiar las críticas. Al día siguiente partiría hacia Edo. ¿Quién sabía cuándo volvería? Tal vez nunca. Quería ver las rosas antes de marcharse. En aquel jardín florecían tan profusamente que había quienes llamaban Jardín de Rosas al castillo en lugar de Bandada de Gorriones. Ella prefería el nombre floral.

Un capullo capturó su mirada. Era más pequeño que los otros, pero tenía todos los pétalos de un rojo tan intenso que podrían representar la definición misma de ese color.

Su fulgor, bajo la luz marchita del día, era irresistible. Se acercó para tocarla y sintió el pinchazo de una espina oculta a la vista. Cuando retiró la mano vio una gota de sangre del mismo color de los pétalos que pronto adquirió, en la punta del dedo, la forma de un minúsculo pimpollo.

Hanako se estremeció. ¿Sería un presagio?

Se apresuró a retomar sus obligaciones nocturnas.

—¿Qué estás haciendo aquí? —preguntó Kiyori.

Hanako y una segunda criada entraron en la habitación llevando el servicio para la cena mientras él las observaba. Tras ellas, sin anunciarse, apareció Shigeru.

Shigeru hizo una reverencia desde el umbral.

—Te pido disculpas por venir sin tu aprobación previa.

Examinó la habitación rápidamente y comprobó que su padre estaba solo. Las dimensiones de la estancia no habían cambiado, de modo que ningún compartimiento secreto había sido instalado desde la última vez que él había estado allí. Sin embargo, estaba seguro de que esa noche, al igual que antes por la mañana, su padre había estado hablando con alguien.

A Kiyori no le gustaba que lo sorprendieran. Hanako debería haberlo alertado antes de abrir la puerta, así que le dedicó una mirada de desaprobación. Pero por su expresión de perplejidad dedujo que no estaba enterada de la presencia de Shigeru, lo que sólo podía significar que éste se había desplazado con el mayor sigilo para evitar que ella lo descubriera. También advirtió que el rostro de su hijo se había vuelto macilento y sus ojos brillaban más que de costumbre. En otras circunstancias, su conducta extravagante y los evidentes signos externos de profundo malestar que mostraba habrían bastado para que Shigeru se convirtiera en el centro de su atención. Esa noche, no obstante, no debía interesarse más que por Shizuka. En todos los años en que había estado viéndola no había recibido sus visitas más que dos veces por año como mucho. Durante la semana anterior se había encontrado con ella todos los días. Era sin duda una señal de su deterioro mental. Salvo raras excepciones, a la larga los profetas Okumichi resultaban inmolados por sus propios poderes. ¿Por qué él habría de ser una excepción? Pero estaba dispuesto a no avergonzarse, ni a sí mismo ni a su clan. Si le había llegado la hora y ya no le servía a nadie, pondría fin a su vida antes que morir sumido en la demencia. Así pues, tendría que ocuparse de Shigeru más tarde, si es que había tiempo para ello.

—Bien, ¿qué te trae por aquí?

—Quería hablarte de una cuestión importante. Pero veo que estás esperando a un invitado, así que no te importunaré. Vendré a pedirte consejo en otro momento —dijo Shigeru con una reverencia, y se marchó. Ya había hecho lo que se proponía antes, mientras preparaban la comida. Había acudido hasta allí para verificar lo que sospechaba. Aquel invitado sólo era visible para su padre.

—Los momentos decisivos de su vida ya han llegado —dijo la dama Shizuka cuando volvieron a estar solos—. Lo único que podemos hacer es esperar a que los acontecimientos inevitables se desarrollen.

—Eso no es nada alentador —dijo Kiyori.

—¿Por qué deberías ser alentado o desalentado? —preguntó Shizuka—. Los hechos se vuelven más evidentes cuando no se les imponen innecesariamente aspectos emocionales.

—Los seres humanos —dijo él— siempre se emocionan, aunque por sus costumbres, por sus propensiones o por el influjo de las circunstancias no puedan actuar, o no siempre actúen conforme a esas emociones.

—Los seres humanos... —dijo ella—. ¿Lo he imaginado o acaso recalcaste esas palabras?

—Las recalqué, sí. No sé qué eres en realidad, pero no eres humana.

Ella se cubrió la cara con una manga y rió. Sus ojos chispearon, cargados de una alegría casi infantil.

—Qué parecidos somos, mi señor, y qué diferentes. Al final de nuestra relación has llegado a la misma conclusión a la que llegué yo al principio, cuando apareciste en mi vida.

Pasaron unos segundos hasta que Kiyori pudo recobrarse y hablar.

—¿Cuándo aparecí en tu vida?

Ella se puso de pie. El leve siseo de la tela de su quimono imitaba al sonido de las hojas de las glicinas agitadas por una suave brisa. Se dirigió hacia la ventana que miraba al este.

—¿Me disculpas, mi señor?

Kiyori, demasiado conmovido como para negarse, se puso de pie y se acercó a ella. Shizuka señaló el paisaje que se desplegaba ante ellos.

—¿Qué ves?

—La noche —respondió él.

—¿Y qué se destaca en la noche?

Él luchó por concentrarse. Reguló la respiración y los latidos de su corazón, tratando de desentenderse de la multitud de pensamientos e imágenes que invadían sus ojos y su mente. Puso toda su atención en la noche. En el mar un fuerte viento levantaba innumerables olas de crestas blancas y espumosas de la altura de un hombre que rompían contra las rocas de la costa. Ese mismo viento había limpiado el cielo de nubes y niebla, y las estrellas brillaban en todo su esplendor. Tierra adentro, el silbido del viento filtrándose entre los árboles ahogaba el canto de los pájaros nocturnos.

—Un fuerte viento —dijo Kiyori—, un cielo despejado, un mar embravecido.

—Es de noche, sí, pero no hay viento en absoluto. Una bruma recorre los valles, se mueve hacia el este eclipsando las fogatas y va a morir en el océano. Por la mañana, volverá desde el mar convertida en una densa niebla. Cuando sea la hora del dragón y la niebla se disipe, moriré. —Sonrió—. Por supuesto, eso no significa nada para ti, puesto que crees que ya estoy muerta, y que mi muerte ocurrió hace quinientos años.

—No veo fogatas —dijo él.

—Sé que no las ves —replicó ella—, porque así como yo no estoy realmente allí, tú no estás realmente aquí. —Se movió repentinamente, con una celeridad imprevista, y antes de que él pudiera evitarlo lo tocó. Fue un contacto fugaz. Lo que él sintió no fue la calidez de una mano, sino más bien...—. Una cierta frialdad —dijo ella, completando su pensamiento—, pero no en la piel sino en los huesos. No un frío como el que trae el viento del norte, sino más bien ese frío penetrante que anuncia una catástrofe.

—Sí —dijo él—. ¿Y tú?

—Lo mismo —dijo ella—. Escucha. ¿Qué oyes?

—El viento, que arrecia.

—Yo oigo una flauta —dijo ella—. Mi dama Ayamé tocando *La luna oculta.*

—Conozco esa canción —dijo él—. Cuando Genji era niño, solía tocarla.

—¿Cómo suena?

Él volvió a sentir aquel frío.

—Como el viento cuando arrecia —respondió.

—Sí —convino ella—. Como el viento cuando arrecia.

Shigeru se arrodilló frente al altar del templo, iluminado apenas por la mortecina luz de una vela. Tenía un solo curso de acción por delante. De no haber estado atrapado tantos años por su ambición de duelista, podría haberse dado cuenta de que algo malo le sucedía a su padre. Tal vez no habría desestimado tan ligeramente los rumores que había oído al respecto. Ahora era demasiado tarde.

Encendió el primero de los ciento ocho sahumerios que utilizaría durante aquella ceremonia. Ciento ocho eran las aflicciones del hombre, ciento ocho eran los eones que pasaría en ciento ocho infiernos por los crímenes que había comenzado a cometer esa noche. A esas alturas, su padre ya estaba muerto, envenenado por la bilis de pez globo que Shigeru había puesto en su comida. Cuando su ceremonia de arrepentimiento terminara, se ocuparía de su esposa y sus hijos. Luego sólo quedaría Genji, su sobrino. Pronto se presentaría la ocasión y también Genji moriría. La maldición de la visión profética llegaría así a su fin. Que el linaje Okumichi también concluyera era una consecuencia inevitable.

Con una profunda reverencia, Shigeru colocó el incienso en el altar funerario de su padre.

—Lo siento, padre. Perdóname, por favor.

La maldición llegaría a su fin. Así debía ser.

—Lo siento, padre. Perdóname, por favor.

El futuro no era algo que hubiera que conocer. Cuando alguien podía preverlo, el futuro se volvía contra él y lo devoraba.

—Lo siento, padre. Perdóname, por favor.

Esperaba que el señor Kiyori no hubiera sufrido. Antes de provocar la muerte, la bilis de pez globo inducía alucinaciones de un realismo abrumador. Tal vez hubiese imaginado que estaba en brazos de su fantasmal amante por última vez.

Shigeru encendió el quinto sahumerio. El humo comenzó a invadir el pequeño templo.

Fuera, en la inmensidad del cielo, las nubes habían sido arrastradas hasta la costa por el fuerte viento. La luna llena, resplandeciente una hora antes, ahora estaba oculta a la vista de los hombres.

Palacio de La Grulla Silenciosa, en Edo, 1860

Okumichi no kami Genji, primero en la línea de sucesión del gobierno del Dominio de Akaoka, estaba recostado en el suelo con su habitual aire informal, apoyado en un codo, con una taza de sake en la mano y una leve sonrisa en los labios. Una docena de geishas poblaba el lugar y la mayoría de ellas bailaban, cantaban o arrancaban alegres melodías de las cuerdas de sus *koto* y sus *shamisen*. Una de ellas estaba sentada junto a él, lista para llenar su taza cuando se vaciara.

—¿Por qué has dejado de cantar, mi señor? —preguntó la geisha—. Estoy segura de que sabes la letra. *El abad y la cortesana* es una de las canciones más populares de la temporada.

Él rió y alzó la taza hacia ella.

—En una competencia entre el canto y la bebida, creo que el canto siempre pierde. —Bajó la taza después de beber un pequeño sorbo. Actuaba como si estuviera ebrio, pero sus ojos, despejados y vivaces, mostraban que no lo estaba.

El peinado de Genji, que guardaba todas las formalidades correspondientes al tocado de un gran señor, estaba un poco desordenado y un mechón le caía en la frente. No sólo acentuaba su aspecto de ligera ebriedad, sino que además sugería cierta cualidad femenina que el quimono que vestía parecía confirmar. Sus colores eran demasiado llamativos y estaba primorosamente bordado para pertenecer a un respetable samurái de veinticuatro años, sobre todo si el destino de ese samurái era convertirse algún día en un gran señor. En todo Japón había sólo doscientos sesenta y cada uno de ellos ejercía un poder absoluto sobre su propio feudo. En el caso de Genji, a lo inadecuado de su atuendo se añadía el hecho de que sus rasgos lindaban peligrosamente con la belleza. En realidad, su piel tersa, sus largas pestañas y sus labios carnosos sin duda habrían embellecido a cualquiera de las geishas que lo rodeaban. Excepto a una. Era la que había capturado la atención de Genji en ese momento, aunque él disimulaba su interés lo suficiente como para ocultarlo.

Mayonaka no Heiko (Equilibrio de la Medianoche) estaba sentada en el otro extremo de la habitación tañendo un *shamisen*. Era la geisha más admirada de aquella temporada. En las últimas semanas Genji había oído hablar una y otra vez de su perfección, aunque no había dado mucho crédito a esos comentarios. Era algo que ocurría sistemáticamente todos los años. La belleza incomparable del año anterior resultaba inevitablemente eclipsada por otra, del mismo modo que la del año en curso sería desplazada por otra nueva el año siguiente. Finalmente, Genji la invitó a su palacio, no tanto por interés cuanto por mantener la reputación de ser el señor más frívolo e informal de todos los que residían en Edo, por entonces la ciudad capital del sogunato. Ahora ella estaba allí, y para gran sorpresa de Genji, superaba las más febriles de las descripciones que habían llegado a sus oídos.

Toda verdadera belleza trascendía, incluso la meramente física. Sin embargo, cada uno de los movimientos de Heiko era tan exquisito que él no podía discernir si estaba viéndola o imaginándola. La delicadeza con que abría y cerraba los dedos de las manos, la forma en que inclinaba la cabeza hacia uno y otro lado, la suavidad con que entreabría los labios mientras mostraba una amable sorpresa ante algún comentario supuestamente inteligente, el modo en que nacía su sonrisa (en sus ojos antes que en la boca, como toda expresión auténticamente sincera).

Lo que no significaba que ella tuviese algún defecto. Sus ojos tenían la forma perfecta de las almendras, su piel era tan inmaculada como la nieve nocturna cuando cae bajo la luz de la luna llena invernal, las sutiles curvas de su cuerpo se insinuaban como un complemento ideal de la caída de la seda de su quimono y los pequeños huesos de sus muñecas sugerían una seductora fragilidad corporal.

Genji nunca había visto una mujer tan hermosa. Ni siquiera había imaginado que pudiera existir una mujer así.

La geisha que estaba junto a él suspiró.

—Oh, esa Heiko. Cuando ella anda rondando por ahí, nadie nos presta atención a las demás. Qué cruel es la vida.

—¿De quién hablas? —preguntó Genji—. ¿Acaso yo podría ver a alguien más teniéndote a ti tan cerca? —Su galantería habría sido más eficaz si hubiera agregado su nombre, pero lo cierto era que ya no lo recordaba.

—Ah, señor Genji, eres muy amable. Pero yo sé perfectamente cuándo he sido derrotada.

La muchacha sonrió, hizo una reverencia y se dirigió hacia el otro extremo de la habitación, donde se encontraba Heiko. Las dos mujeres intercambiaron algunas palabras. Heiko le dio su *shamisen* a la otra geisha y fue a sentarse junto a Genji. Cuando atravesó la habitación, todos los hombres la siguieron con la mirada. Ni siquiera Saiki, el adusto chambelán, y Kudo, el comandante de sus guardaespaldas, pudieron evitar mirarla. Si alguno de los samuráis fuera un traidor, como lo sospechaba su abuelo, aquél habría sido el momento ideal para asesinar a Genji. Salvo, por supuesto, que los traidores, si los había, también estuviesen admirando a Heiko. Tal era el poder de la belleza, capaz de vencer incluso hasta a la disciplina y la traición.

—No era mi intención interrumpir tu actuación —dijo Genji.

Heiko hizo una reverencia y se sentó junto a él. El ligero y sedoso crujido de su quimono le recordó el suave murmullo de las olas en una costa lejana.

—No me has interrumpido, mi señor —dijo Heiko.

Era la primera vez que la oía hablar. Necesitó toda su de por sí considerable autodisciplina para no mostrar su asombro. Su voz se asemejaba al repicar de las campanas, pues sus reverberaciones parecían no tener fin ni siquiera mientras se desvanecían en el aire. Ahora que la tenía cerca pudo distinguir la sombra de unas leves pecas bajo el maquillaje. Podría haberlas ocultado fácilmente con algún cosmético, pero no lo había hecho, y aquel ligero defecto traía a la mente las necesarias imperfecciones de la vida misma, su brevedad, su carácter imprevisible. ¿Era realmente tan encantadora, o él estaba más ebrio de lo que fingía?

—Te he interrumpido —dijo Genji—. Ya no estás tocando el *shamisen*.

—Es cierto —contestó Heiko—, pero todavía estoy actuando.

—¿Ah, sí? ¿Dónde está tu instrumento?

Ella desplegó los brazos como si estuviera presentando algo. Su sonrisa no podía ser más imperceptible y, sin embargo, era evidente que estaba sonriendo. Lo miró fijamente a los ojos y no apartó los suyos hasta que él parpadeó, sorprendido tanto por sus palabras como por su mirada.

—¿Y en qué consiste tu actuación?

—Estoy fingiendo ser una geisha que finge estar más interesada en su anfitrión de lo que realmente lo está —respondió Heiko. Su sonrisa se hizo más perceptible.

—Vaya, muy honesto de tu parte. Ninguna de las geishas que conozco me ha hecho nunca una confesión semejante. ¿No va contra las reglas de tu oficio admitir la posibilidad de la hipocresía?

—Sólo rompiendo las reglas lograré lo que me propongo, señor Genji.

—¿Y qué te propones?

Por encima de la manga que Heiko alzó para cubrir la sonrisa dibujada en sus labios, sus ojos también le sonrieron, luminosos.

—Si te lo dijera, mi señor —replicó—, lo único que te quedaría por descubrir sería mi cuerpo, ¿y por cuánto tiempo mi cuerpo podría mantener vivo tu interés, por muy seductor y experto que fuese?

Genji rió.

—Había oído hablar de tu belleza, pero nadie me mencionó tu inteligencia.

—La belleza sin inteligencia en una mujer es como la fuerza sin valentía en un hombre.

—O la nobleza sin disciplina marcial en un samurái —añadió Genji con una sonrisa burlona, como si estuviera criticándose a sí mismo.

—Qué interesante será —dijo Heiko—. Yo fingiré ser una geisha que finge estar más interesada en su anfitrión de lo que realmente lo está, y tú fingirás ser un señor sin disciplina marcial.

—Si sólo estás fingiendo que finges, ¿eso no significa que estás realmente interesada en tu anfitrión?

—Por supuesto, mi señor. ¿Cómo podría no estar interesada? He oído hablar mucho de ti. Y tú eres muy diferente de los otros señores.

—No tanto como crees —dijo Genji—. Muchos han malgastado su fuerza y sus riquezas en las mujeres, la poesía y el sake.

—Ah, pero no conozco a ninguno, salvo tú, que haya fingido hacerlo —aseguró Heiko.

Genji volvió a reír, aunque sin ganas. Bebió un poco más de sake para ganar tiempo y poder reflexionar acerca de lo que ella había dicho. ¿Era realmente una artimaña? ¿O simplemente un juego de salón típico de una geisha?

—Claro que puedo fingir que estoy fingiendo y en realidad ser todo el tiempo lo que estoy fingiendo que soy.

—O podemos abandonar toda simulación —dijo Heiko—, y ser el uno para el otro lo que verdaderamente somos.

—Imposible —repuso Genji, y bebió otro trago de sake—. Yo soy un señor. Tú eres una geisha. La simulación es la esencia de nuestro ser. No podemos ser lo que verdaderamente somos ni siquiera cuando estamos completa y absolutamente solos.

—Tal vez, para comenzar —dijo Heiko, volviendo a llenarle la taza—, podemos fingir que somos lo que realmente somos. Pero sólo cuando estemos juntos. —Alzó su taza—. ¿Brindarías por eso conmigo?

—Por supuesto —dijo Genji—. Será interesante, mientras dure.

Su abuelo le había advertido que pronto lo amenazaría un serio peligro y que debía cuidarse de posibles traidores. Kiyori no había mencionado las geishas demasiado inteligentes.

¿Qué haría con ésta? Genji se aseguraría de encontrarse con ella apenas Kiyori llegara a Edo, después del Año Nuevo. En tiempos de tanta incertidumbre como aquéllos, en lo único que podía confiar a ciegas era en la opinión de Kiyori. Dotado como estaba de poderes proféticos infalibles, nunca se equivocaba.

—¿En qué estás pensando, mi señor, que estás tan serio? —preguntó Heiko.

—En mi abuelo —respondió Genji.

—Mentiroso —dijo Heiko.

Genji rió. Cuando la verdad era increíble y las mentiras revelaban más de lo que ocultaban, ¿cómo sería un amorío? Muy interesante, sin duda.

Saiki, el chambelán, se acercó a Genji.

—Señor, ya es muy tarde. Es hora de enviar a las geishas a sus casas.

—Eso sería cruel y muy poco hospitalario de nuestra parte —dijo Genji—. Que pasen la noche aquí. Tenemos habitaciones de sobra. El ala sur está vacía. —Allí estaban las habitaciones de los guardias que poco tiempo antes habían dejado libres veinte de sus mejores samuráis. Ellos, junto con el comandante de la caballería, estaban viviendo ahora en el monasterio Mushindo, fingiendo ser monjes.

—Señor —dijo Saiki con una mueca de disgusto—, sería una gran imprudencia. Pondríamos en serio peligro nuestra seguridad. Sólo contamos con la mitad de la guardia habitual, y eso no es suficiente. No podríamos vigilar a tanta gente.

—¿Qué hay que vigilar? —Genji se adelantó a la siguiente objeción de Saiki—. ¿Nos hemos debilitado tanto que debemos tener miedo de una docena de mujeres medio ebrias?

—Yo no estoy medio ebria, mi señor —dijo Heiko—. Estoy completamente ebria. —Se volvió hacia Saiki—. Me pregunto, señor chambelán, si eso me hace doblemente peligrosa o completamente inofensiva.

Cualquier otra persona que se hubiese entrometido así en la conversación habría despertado sin la menor duda la ira de Saiki. Pero aunque no sonrió ante el comentario, de todos modos le siguió el juego.

—Doblemente peligrosa, dama Heiko, doblemente peligrosa. Sin discusión. Y cuando estés dormida, serás aún más peligrosa. Ésa es la razón por la que estoy pidiendo a mi señor que os envíe, a ti y a tus compañeras, a vuestras casas.

A Genji, aquel diálogo le resultaba divertido. Ni siquiera un samurái tan serio como Saiki era inmune a los encantos de Heiko.

—En cuestiones políticas y en el campo de batalla siempre seguiré los consejos de mi chambelán. Pero tratándose de geishas y temas relacionados con el dormir, debo afirmar con la mayor humildad que soy un verdadero experto. Prepara el ala sur para nuestras invitadas.

Saiki prestó silencio. Era un samurái de la vieja escuela, y una vez que su señor tomaba una decisión, lo único que podía hacer era obedecer.

—Así se hará, señor —dijo, tras hacer una reverencia.

Durante la breve conversación de Genji con Saiki, Heiko había vaciado otras dos tazas de sake. Había bebido prodigiosamente toda la noche. Si él se hubiese permitido beber tanto, haría ya mucho tiempo que se habría dormido.

Ella, sentada de rodillas en la clásica posición del servidor que muestra una sumisión ciega, se tambaleaba un poco. Eso, y la forma ligeramente soñolienta en que parpadeaba, daban la impresión de que podría perder el equilibrio y derrumbarse en cualquier momento. Él estaba listo para sostenerla si era necesario, pero dudaba de que ella se cayera. Sería algo demasiado estereotipado. En los pocos minutos que había compartido con ella había descubierto que aquella mujer nunca haría nada previsible. Hasta los efectos visibles de su estado eran inusitados. La mayoría de las mujeres, entre ellas las geishas más experimentadas, solían volverse menos atractivas cuando estaban excesivamente embriagadas. Un cierto abandono en el aspecto y el comportamiento revelaban demasiado la realidad humana que se ocultaba tras la belleza de cuento de hadas.

Pero el vino tenía sobre Heiko el efecto exactamente opuesto. Aunque se balanceaba levemente de un lado a otro y de adelante hacia atrás, ni un pelo de su cabellera estaba fuera de lugar, el maquillaje (mucho menos cargado que lo que indicaba la convención) seguía impecable. La seda de su quimono se adaptaba tan perfectamente a su cuerpo como cuando había llegado. Su faja, formal y primorosamente elaborada, conservaba la elegancia de siempre. Mientras que muchas de las otras geishas se comportaban con mucha menos formalidad a medida que iban perdiendo la sobriedad, Heiko se mostraba cada vez más compuesta. El cuello del quimono estaba más cerrado que antes, la falda bien ajustada en torno a los muslos, y seguía recatadamente sentada de rodillas. ¿Qué podía hacer un hombre para quebrar una reserva tan inexpugnable? Por lo general, la ingestión de grandes cantidades de alcohol daba a las mujeres un aspecto abotagado. En el caso de Heiko, apenas le infundía en los párpados y los lóbulos de las orejas un vivísimo rubor que subrayaba la seductora palidez de su cutis. Inevitablemente, pues, aquello lo llevó a preguntarse qué otra parte de su cuerpo estaría ruborizándose.

Genji no invitó a Heiko a pasar la noche con él. Estaba seguro de que ella le diría que no. Era demasiado elegante para entregarse a un hombre, cualquiera que fuese, en el estado en que se encontraba, aunque ese hombre estuviese a punto de convertirse en un gran señor. Se dijo que quizás habría sido decididamente grosero y de muy mal gusto pedir algo así a una mujer embriagada. La profundidad que podría alcanzar la relación que habían comenzado a entablar requería paciencia y sutileza. Por primera vez en la docena de años en los que había estado fingiendo ser un diletante se sentía verdaderamente fascinado por el carácter de una mujer. No debía perder la oportunidad de conocer a fondo a alguien así por culpa de la precipitación. ¿Se habría interesado tanto por ella si no hubiera sido tan bella? Se conocía demasiado a sí mismo como para imaginarlo. Podía haber tenido la paciencia de un *bodhisattva*, pero estaba muy lejos de serlo.

—¿Mi señor?

La criada que le estaba preparando la cama interrumpió su tarea y levantó la vista. Él se había echado a reír intempestivamente mientras pensaba en todo aquello.

—Nada —respondió él.

Ella hizo una reverencia y retomó su tarea. Las otras dos criadas seguían ayudándolo a desvestirse. Cuando terminaron, las tres jóvenes se arrodillaron en el umbral e hicieron una reverencia. Se quedaron en la habitación, esperando instrucciones. Como todas las mujeres de la corte, eran muy bonitas. Genji era diferente del resto de los hombres porque era un señor de alto rango y enorme poder. Pero no dejaba de ser un hombre. Además de sus deberes mundanos, debían ofrecerle una atención más íntima si él lo deseaba. No era lo que sucedía esa noche, pues no podía apartar sus pensamientos de Heiko.

—Gracias —dijo Genji.

—Buenas noches, señor Genji —dijo la criada principal. Las mujeres retrocedieron, siempre de rodillas, y se retiraron de la habitación. La puerta se cerró silenciosamente tras ellas.

Genji se dirigió al otro extremo de su habitación y abrió una puerta que daba al jardín interior. Faltaba apenas una hora para el amanecer. Disfrutó observando cómo los rayos del sol naciente arrojaban su primera luz sobre el cuidado follaje, proyectaban intrincadas sombras sobre los simétricos contornos del estanque de piedra e incitaban a los pájaros a cantar. Se sentó de rodillas, en la postura *seiza*, juntó las manos en una mudrā de meditación zen y entrecerró los ojos cuanto pudo. Debía desembarazarse de sus pensamientos y preocupaciones. El sol lo arrancaría de su estado de meditación en cuanto los rayos lo iluminaran.

Si alguien hubiera podido observarlo en ese momento, no habría visto al hombre perezoso y ebrio de unos minutos antes. Estaba erguido, firme e inconmovible. No había la menor duda de que era un samurái. Podía haber estado preparándose para la batalla o para su suicidio ritual. Tal era su aspecto.

Íntimamente, todo era muy distinto. Como le sucedía siempre cuando se entregaba a la meditación, Genji advirtió que se perdía en delirios y conjeturas, en lugar de desembarazarse de ellas.

Primero pensó en Heiko, después en la imposibilidad de gozar de ella en ese momento, y pronto saltó a las tres criadas que acababan de retirarse. Umé, la más majestuosa y juguetona de las tres, lo había satisfecho ampliamente las últimas veces que había estado con ella. Tal vez se había deshecho de ella demasiado deprisa.

Ese pensamiento le trajo a la mente una discusión que no hacía mucho había mantenido con un misionero cristiano. El misionero había insistido con el mayor énfasis en la importancia de lo que él llamaba «fidelidad». Afirmaba que un cristiano, una vez casado, no compartía su cama más que con su esposa. Genji estaba profundamente sorprendido. No porque creyera en lo que el misionero le decía, sino porque le parecía que era imposible. Era un modo de actuar tan poco natural que ni siquiera los extranjeros, a pesar de lo raros que eran, debían de poder practicarlo. Lo que le parecía increíble era que el misionero lo afirmara tan seriamente. Todos los hombres mentían, por supuesto, pero sólo los tontos decían mentiras que nadie estaría dispuesto a creer. Genji se preguntaba cuál era el motivo por el que el misionero había dicho algo así.

Su abuelo, en cambio, no se preocupaba por descubrir razones en las conductas humanas. Vidente desde los quince años y asaltado desde entonces por un asombroso flujo de certeras visiones, Kiyori, un hombre que sabía y nunca se preguntaba nada, le había revelado a Genji que tendría tres visiones, y sólo tres, a lo largo de su vida. Y le aseguró que esas tres visiones le bastarían para cumplir su cometido. Cómo tres visiones podían bastar para iluminar toda una vida era algo que Genji no lograba imaginar. Pero su abuelo nunca se equivocaba, así que debía creerle, aunque no podía dejar de sentir cierta preocupación al respecto. Ya tenía veinticuatro años y hasta ese momento no había tenido el menor vislumbre del futuro.

Ah, estaba pensando, no abandonándose. Por suerte, lo había advertido antes de ir demasiado lejos. Inspiró profundamente, soltó el aire y comenzó a relajarse.

Pasó una hora o un minuto. El tiempo adquiría una dimensión diferente cuando uno se sumía en la meditación. Genji sintió el calor del sol en la cara. Abrió los ojos. Y en lugar de ver el jardín...

Genji se encuentra en medio de una vasta multitud de hombres vociferantes vestidos con las insulsas ropas propias de los extranjeros. No llevan rodetes. Su pelo exhibe más bien el desorden del de los dementes y los prisioneros. Por costumbre, Genji trata de discernir si aquellos hombres llevan armas de las que él tenga que protegerse, pero no ve ninguna. Nadie está armado. Aquello debe de significar que no hay ningún samurái. Trata de comprobar si lleva sus espadas, pero no puede mover la cabeza, los ojos, las manos, los pies, está paralizado.

Recorre el largo pasillo que se extiende ante él como si no fuese más que un ocupante transitorio de su propio cuerpo. De todas formas, da por sentado que habita su propio cuerpo, porque en realidad lo único que puede vislumbrar de vez en cuando, a medida que se acerca al estrado, es una fugaz visión lateral de sus manos.

Allí, un anciano de pelo blanco golpea la mesa con un pequeño martillo de madera.

—¡Orden! ¡Orden! ¡Orden en la sala!

Su voz se ve ahogada por el torrente de exclamaciones contrapuestas que se dirigen a Genji desde ambos lados del pasillo.

—¡Vete al infierno!

—*Banzai!* ¡Has salvado a la nación!

—¡Demuestra que eres honorable y mátate!

—¡Que todos los dioses y los Budas te bendigan y también te protejan!

Las voces le revelan que es odiado y reverenciado casi con el mismo ardor. Las alabanzas le llegan desde la izquierda; las maldiciones, desde la derecha. Él alza sus manos para agradecer las alabanzas. Al hacerlo, el Genji ocupante transitorio de su cuerpo puede ver que aquéllas son sus manos, aunque quizá muestren ciertos indicios del paso del tiempo.

Al cabo de un momento, un grito estentóreo llega desde la derecha.

—¡Viva el emperador!

Un joven se precipita hacia él. Viste un sencillo uniforme azul oscuro despojado de emblemas o insignias. Lleva la cabeza afeitada. Empuña una espada *wakizashi* de hoja corta.

Genji intenta defenderse, pero su cuerpo, paralizado, no le obedece. Todo cuanto puede hacer es observar a su atacante, que le hunde sin piedad la espada en el pecho. Ocupante transitorio o no de su cuerpo, siente la súbita sacudida del contacto del arma y una aguda sensación punzante, como si una enorme y ponzoñosa criatura hubiera penetrado en su carne. La sangre brota de su pecho e inunda el rostro de su atacante un momento antes de que Genji advierta que se trata de su propia sangre. De pronto sus músculos se relajan y cae al suelo.

Entre los rostros que se acercan a observarlo destaca el de una mujer joven inusitadamente hermosa, tanto por la intensidad como por la cualidad de su belleza. Sus ojos tienen la forma de las avellanas, su pelo es castaño claro, sus facciones exageradas e impresionantes evocan a las de los extranjeros. Le recuerda a alguien, pero no puede precisar a quién. Ella se arrodilla y, sin preocuparse por la sangre, lo acuna en sus brazos.

—Siempre serás mi Príncipe Resplandeciente —dice ella, sonriendo entre lágrimas. Es un juego de palabras con su nombre, Genji, a su vez el nombre de un antiguo héroe de ficción.

Genji siente que su cuerpo trata de hablar, pero las palabras no acuden a su boca. Ve algo que centellea en el largo y terso cuello de la mujer. Un relicario con una flor de lis grabada en su tapa. Luego, ya no ve nada más, no oye nada más, no siente nada más...

—¡Señor Genji! ¡Señor Genji!

Abrió los ojos. Umé, la criada, estaba de rodillas junto a él, con expresión preocupada. Él se recostó en un codo.

Mientras estaba inconsciente, se había desplomado desde su habitación al suelo del jardín.

—¿Estás bien, mi señor? Perdóname por entrar sin tu permiso. Estaba trabajando fuera y oí un ruido sordo, y cuando llamé, no respondiste.

—Estoy bien —dijo Genji. Se apoyó en ella y se sentó en la galería.

—Tal vez deberíamos llamar al doctor Ozawa —dijo Umé—. Para estar seguros.

—Sí, tal vez. Di a alguna de las otras que vaya a buscarlo.

—Sí, señor Genji. —Se acercó a toda prisa a la puerta, susurró algo a otra criada que esperaba allí y regresó presurosamente junto a él.

—¿Puedo ordenar que te sirvan un té, mi señor?

—No, quédate aquí conmigo.

¿Había sufrido un ataque? ¿O había sido por fin una de las visiones que le habían sido anunciadas? Era imposible. No tenía ningún sentido. Si realmente había tenido una visión, sin duda era la de su propia muerte. ¿Qué utilidad podía tener algo así? Sintió una suerte de profundo y gélido temor desconocido hasta entonces. Tal vez en lugar de convertirse en un visionario, su destino era apenas una precoz demencia. Eso había sucedido con bastante frecuencia en su familia.

Todavía aturdido por la caída y la visión, sueño o alucinación, perdió el equilibrio.

Umé lo sostuvo suavemente con su cuerpo.

Genji se aferró a ella, aún invadido por el miedo. Ese mismo día, le enviaría un mensaje a su abuelo para pedirle que viniera cuanto antes a Edo. Sólo Kiyori podía explicarle qué le había sucedido. Sólo Kiyori podía descubrir el sentido de aquella experiencia, si es que tenía algún sentido.

Pero antes de que su mensajero partiera, llegó otro desde el castillo Bandada de Gorriones.

Okumichi no kami Kiyori, guerrero y profeta, venerable gran señor de Akaoka durante sesenta y cuatro años, había muerto.

2

La rosa *Belleza Americana*

Uno de los dichos preferidos de los samuráis proclama: «El primer pensamiento al despertar: la muerte. El último pensamiento antes de dormir: la muerte.» Ésta es la sabiduría de los tontos que nunca han dado a luz.

En lugar de aceptar a un hombre débil que todo lo que ve en la sangre es la muerte, busca a alguien que vea en ella la vida.

El primer pensamiento al despertar: ¡la vida!

El último pensamiento antes de dormir: ¡la vida!

Sólo alguien que piense así sabe que la muerte llega lo bastante aprisa.

Sólo alguien que piensa así es capaz de entender el corazón de una mujer.

Aki-no-hashi, 1311

Palacio de La Grulla Silenciosa, en Edo, 1867

Era tanta la nostalgia que sentía Emily Gibson que todas las mañanas despertaba con el perfume de los manzanos en flor traído por el viento. Ya no era el recuerdo de Apple Valley, el Valle de las Manzanas de su infancia, el que le hacía sentir aquel profundo vacío en su pecho, y además el imaginario viento tampoco le acercaba aquella fragancia perdida de un huerto a orillas del río Hudson. No, lo que echaba de menos era el otro Valle de las Manzanas, la pequeña hondonada que albergaba apenas unos cien árboles a una distancia de poco más que un disparo de flecha del castillo Bandada de Gorriones.

El hecho de que pudiese sentir nostalgia de un lugar de Japón indicaba cuánto tiempo había transcurrido desde que abandonara Norteamérica. Más de seis años desde que partiera, y casi el mismo tiempo desde que pensara por última vez en ella como su patria. Era una muchacha de dieciséis años entonces. Ahora tenía veintitrés, y se sentía mucho mayor. En ese tiempo había perdido a su prometido, a su mejor amigo y, lo que tal vez fuese más significativo, sus convicciones morales. Saber lo que era correcto y hacer lo correcto eran dos cosas muy diferentes. Las emociones no podían controlarse tan fácilmente como lo dictaba la lógica. Estaba enamorada, y no debería estarlo.

Emily se levantó de su cama de cuatro columnas con dosel, un modelo que Robert Farrington, el agregado naval de la embajada norteamericana, le había asegurado que era el último grito en Estados Unidos. La había encargado por sugerencia de él. La necesidad la había obligado a sobreponerse a la turbación que le provocaba hablar de un mueble tan íntimo con un hombre que no tenía ninguna vinculación con ella. No había nadie más que pudiera aconsejarla en esa clase de cuestiones. Las esposas e hijas de los pocos estadounidenses que vivían en Edo la evitaban. Esta vez no era por su belleza o, para ser más exactos, principalmente no por eso, sino por su relación excesivamente estrecha con un oriental, algo que, le había dicho el alférez Farrington, era considerado un verdadero escándalo en los círculos diplomáticos occidentales.

—¿Qué es lo escandaloso? —había preguntado Emily—. Soy una misionera cristiana y difundo la palabra de Cristo bajo la protección del señor Genji. No hay absolutamente nada indecoroso en nuestra relación.

—Ése es un modo de verlo.

—Discúlpeme, alférez Farrington —replicó Emily, enojándose—. No sé de qué otro modo puede verse.

—Por favor. Nos hemos puesto de acuerdo, ¿no es así?, en que tú serás Emily y yo seré Robert. Alférez Farrington suena tan distante y..., digamos, tan militar.

Estaban en la sala que daba a uno de los patios interiores del palacio de La Grulla Silenciosa. Había sido modificada para ajustarse al estilo occidental, al principio para uso de Emily y después, no hacía mucho, para recibir invitados occidentales.

—¿Le parece prudente, señor? No estaría exponiéndome a otro escándalo?

—Yo no doy el menor crédito a los rumores —repuso él—, pero debes admitir que las circunstancias hacen inevitable esa clase de conjeturas.

—¿Qué circunstancias?

—¿No lo comprendes? —El apuesto rostro de Robert se contrajo en una mueca infantil con la que solía manifestar inconscientemente su disgusto.

Emily sintió ganas de reír, pero por supuesto se contuvo. Le costó bastante mantener su expresión de severidad, pero lo logró.

—No, no lo comprendo —dijo.

Robert se puso de pie y fue hasta la puerta que daba al jardín. Cojeaba un poco al caminar. Él restaba importancia a su cojera diciendo que se debía a un accidente que había sufrido durante la guerra. Sin embargo, el embajador le había contado a Emily que Robert había sido herido durante una batalla naval en el río Misisipí, en una acción por la cual le habían sido otorgadas varias condecoraciones al valor. La modestia de Robert despertaba su simpatía. De hecho, tenía muchas cualidades que despertaban su simpatía. Entre ellas una, no la menos importante, era que hablaba inglés. Tal vez, eso era, lo que Emily más había echado de menos durante aquellos largos años en Japón: oír la voz de un americano.

Una vez junto a la puerta, Robert se volvió para mirarla. Evidentemente sentía la necesidad de mantenerse a una cierta distancia de ella para decir lo que tenía que decir. Su rostro todavía estaba tenso.

—Eres una mujer joven y soltera, que no cuenta con la protección de un padre, un esposo o un hermano, y estás viviendo en el palacio de un déspota oriental.

—Yo no me atrevería a llamar déspota al señor Genji, Robert. Es más bien un noble, como puede serlo cualquier duque en los países europeos.

—Por favor, déjame seguir mientras tenga el coraje suficiente. Como te decía, eres una mujer joven y, además, una mujer joven muy hermosa. Eso solo sería suficiente para dar lugar a toda clase de chismes. Y aún peor, el «duque», como tú lo llamas, cuyo techo compartes...

—Yo no lo diría de ese modo —lo interrumpió Emily.

—... es bien conocido por su libertinaje incluso entre los libertinos que tanto abundan entre sus pares. En nombre de Dios, Emily...

—Debo pedirte que no invoques en vano el nombre del Señor.

—Discúlpame —dijo él—. Perdí el control. Pero seguramente ahora comprendes cuál es el problema.

—¿Así es como tú lo ves?

—Sé que eres una mujer absolutamente virtuosa y de una moral férrea e inquebrantable. No estoy preocupado por tu conducta. Lo que sucede es que temo por tu seguridad mientras vivas en un lugar como éste. Es poco menos que un milagro que hayas permanecido aquí tanto tiempo sin tener ningún problema. Aislada como estás, y a merced de un hombre cuyo más mínimo capricho es una orden para sus fanáticos seguidores, podría ocurrirte cualquier cosa, sí, cualquier cosa, y nadie podría ayudarte.

Emily sonrió afablemente.

—Me halaga tu preocupación —dijo—. Pero la verdad es que tus temores son completamente infundados. Tu lisonjero comentario acerca de mi apariencia no es compartido por los japoneses. Me consideran bastante horrorosa, no muy diferente de esos monstruos que despiden fuego por la boca y aparecen tan a menudo en sus leyendas. Nadie despertaría menos que yo las pasiones más incontrolables de los japoneses, te lo aseguro.

—No me preocupan los japoneses en general —insistió Robert—, sino una persona en particular.

—El señor Genji es un fiel amigo —dijo Emily—, y un caballero que respeta los más severos preceptos del decoro. Estoy más segura entre estas paredes que en cualquier otro lugar de Edo.

—¿Los más severos preceptos del decoro? Vive rodeado todo el tiempo de prostitutas.

—Las geishas no son prostitutas. Te lo he explicado muchas veces. Tú te niegas obstinadamente a entenderlo.

—Adora falsos dioses.

—No es cierto. Muestra veneración por sus maestros y sus ancestros inclinándose ante las imágenes de los Budas. Eso también te lo expliqué.

Robert continuó como si no la hubiera oído.

—Ha asesinado a docenas de hombres, mujeres y niños inocentes, y es responsable de la muerte de muchos otros. No sólo aprueba el suicidio, lo que ya es suficientemente pecaminoso, sino que, además, ha ordenado a otros que se suicidaran. Ha decapitado u ordenado decapitar a no pocos de sus enemigos políticos, y ha coronado esas atrocidades enviando las cabezas cortadas de esos desventurados a sus familias y seres queridos. Semejante crueldad supera todo lo imaginable. Dios mío, ¿llamas a eso respetar los más severos preceptos del decoro?

—Tranquilízate. Venga, bebe un poco de té. —Emily necesitaba una pausa. Todas las cuestiones que él había planteado eran fácilmente refutables, aunque no fuesen del todo justificables, salvo una. La matanza de los aldeanos. Tal vez si la evitaba y se refería a las otras cuestiones, él no lo advertiría.

Robert se sentó. Tenía la respiración bastante agitada: la enumeración de los pecados de Genji lo había alterado sobremanera.

—Disculpa —dijo—, ¿no tendrás café por casualidad?

—No, lo siento. ¿De veras te gusta más que el té? —Al parecer el café era una de las más recientes modas de la posguerra en Estados Unidos—. A mí me resulta un poco ácido, y me cae mal al estómago.

—Es un gusto adquirido, supongo. Durante la guerra, cuando era más fácil conseguir café brasileño que té inglés, descubrí que el café tiene una gran ventaja: produce una tremenda explosión de energía que el té no provoca de ninguna manera.

—Bueno, yo diría que a ti más que faltarte te sobra energía —bromeó Emily—. En todo caso, tal vez deberías beber menos café.

Robert aceptó la taza de té con una sonrisa.

—Tal vez —dijo, y siguió sonriéndole de tal modo que ella comprendió que podría desviar fácilmente la conversación hacia otro tema. Sin embargo, el asunto que Robert había tratado de plantear en varias conversaciones anteriores tenía sus peligros, de modo que Emily prefirió volver a la discusión de antes.

—¿Debo aclararte una vez más temas como el de las geishas o el budismo, Robert?

—Admito que tus explicaciones, si fueran ciertas, serían válidas. —Alzó una mano para acallar la protesta que, sabía, no tardaría en llegar—. Más aún: admito, en nombre de la razón al menos, que son válidas.

—Gracias. Ahora, como militar que eres, seguramente sabrás que lo que lleva a veces a los samuráis a quitarse la vida es una tradición guerrera. Para nuestros preceptos cristianos, el suicidio es un pecado mortal. Eso es indiscutible. Pero hasta que se conviertan a la verdadera fe, no podemos pedirles que acepten preceptos que para ellos, al menos por el momento, son decididamente repudiables.

—Tu punto de vista me parece excesivamente complaciente para una misionera cristiana, Emily.

—No lo apruebo. Simplemente lo comprendo, y eso es lo que te pido que hagas tú.

—Muy bien. Continúa.

—En cuanto al envío de las cabezas cortadas a los familiares... —Emily respiró hondo e intentó, y lo logró, evitar que las imágenes acudieran a su mente. Había visto demasiadas cabezas cortadas—. Ellos lo consideran una cuestión de honor. Si el señor Genji no lo hubiera hecho, habría transgredido el equivalente samurái del código de la caballería.

—¿De la caballería? ¿Cómo puedes pensar siquiera en utilizar esa palabra para describir actos injustificables de carnicería y mutilación?

—Permiso, dama Emily. —Hanako se arrodilló ante la puerta e hizo una reverencia, con la mano derecha apoyada en el suelo y la manga vacía del brazo izquierdo elegantemente plegada sobre sí misma—. Ha llegado otro visitante. Le dije que estabas atendiendo a un invitado, pero él insistió...

—Vaya, vaya, me encanta verle ocioso, almirante. Pero ¿acaso puede usted permitirse el lujo de tomarse tanto tiempo libre? —Charles Smith sonrió y enarcó una ceja, mirando a Robert. Había exagerado ostensiblemente su acento sureño, advirtió Emily, como siempre que se dirigía a Robert—. ¿No tiene casas que saquear, ciudades que incendiar y civiles indefensos que bombardear?

Robert se incorporó de un salto.

—No toleraré por nada del mundo semejante insulto de un traidor como usted, señor.

—Caballeros, por favor —dijo Emily, pero ninguno de los dos pareció oírla.

Charles le hizo una ligera reverencia a su adversario.

—Estoy a su disposición, señor, cuando usted lo decida. También puede elegir las armas, señor.

—¡Robert! —exclamó Emily—. ¡Charles! ¡Basta ya!

—Puesto que yo le he desafiado —dijo Robert—, la elección le corresponde a usted, señor.

—Me veo en la obligación de renunciar a ello, señor, pues me procuraría una ventaja absolutamente injusta —replicó Charles—. Yo, naturalmente, elegiría pistolas o espadas, mientras que usted y los de su calaña creo que se sienten mucho más cómodos con morteros de largo alcance, flechas incendiarias o simplemente dejando morir de hambre a los sitiados.

Si Emily no hubiese corrido a interponerse entre los dos hombres en ese momento, sin duda se habrían enzarzado en una pelea allí mismo. Afortunadamente, ambos todavía conservaban la suficiente presencia de ánimo como para contenerse antes de llevársela por delante.

—Estoy avergonzada de vosotros —dijo ella, mirando indignada primero a uno y después al otro—. Como caballeros cristianos, deberíais ser un ejemplo para nuestros anfitriones. En cambio, vuestra conducta es tan salvaje que termináis por ser iguales a los peores de entre ellos.

—Tengo todo el derecho de responder a un insulto —dijo Robert, fulminando con la mirada a Charles, que, por supuesto, también lo miraba con expresión desafiante.

—Si la verdad es un insulto —replicó Charles—, tal vez deba usted analizar las atrocidades que lo provocan.

—¿Hay algo más atroz que la esclavitud? —dijo Robert—. Y nosotros, con toda razón, pusimos fin a esa atrocidad, junto con vuestra rebelión.

Charles rió con sorna.

—Como si le importara un ápice el destino de los negros. Ése es un pretexto mendaz, no una razón.

—Si no dejáis de discutir ahora mismo —intervino Emily—, me veré obligada a pediros que os marchéis. Y si me entero de que habéis ejercido alguna violencia el uno contra el otro, no aceptaré volver a veros nunca más.

Robert Farrington y Charles Smith parecían estar tan dispuestos como siempre a matarse el uno al otro, y sin duda seguirían estándolo en el futuro. Emily, por su parte, estaba segura de que no lo intentarían, por la sencilla razón de que la disputa entre ellos no tenía que ver con la política en general, ni con la última guerra en particular. Por una parte, la familia de Charles era originaria de Georgia, pero esos orígenes se remontaban a varias generaciones anteriores. Charles, en realidad, había nacido en Honolulú, en el reino de Hawai, igual que sus padres. Había heredado una plantación de azúcar y una hacienda allí, y nunca había estado en Georgia. Además, Emily sabía por conversaciones anteriores que Charles había sido un ferviente abolicionista, contribuyendo con sumas importantes a esa causa. No, lo cierto era que lo que despertaba la cólera de aquellos dos hombres era el hecho de que ambos deseaban ganar el corazón de Emily y casarse con ella.

¿Qué era lo que llevaba a un hombre a pensar que podía conquistar el corazón de una mujer matando a otro hombre? En el alma del varón, aun del más civilizado, parecía existir un residuo dormido de la feroz vida prehistórica, siempre dispuesto a resucitar y volver a dominarlo. En verdad, sin la influencia civilizadora de las mujeres, hasta los mejores hombres de la cristiandad, como sin duda lo eran Robert Farrington y Charles Smith, corrían siempre el riesgo de sumirse en la barbarie. Por su parte, ella les había aclarado perfectamente que cualquier conducta violenta, aunque no fuese mortal, bastaría para que el que la perpetrara quedara de inmediato descartado y perdiera la consideración en que ella lo tenía.

A cuál aceptar era una decisión a la que no podría llegar fácilmente, aunque Emily estaba dispuesta a elegir cuanto antes a alguno de los dos. La razón por la que debía apresurarse era la misma que antes había motivado su reticencia a considerar las proposiciones que le habían hecho: el amor. Un amor profundo e inconmovible. Pero un amor que, para su desdicha, no sentía por ninguno de los dos caballeros que pretendían su mano.

Cuando por fin se marcharon, con un intervalo de quince minutos entre uno y otro a instancias de ella, Emily se encaminó a su estudio para continuar con su traducción de *Suzume-no-kumo*, Bandada de Gorriones, los pergaminos secretos que relataban la historia y las profecías del clan del señor Genji, los Okumichi del Dominio de Akaoka.

Allí, sobre su escritorio, había una rosa roja, al igual que todas las mañanas desde que comenzara el equinoccio de primavera. Era de la variedad conocida en el clan de Genji como *Belleza Americana*, un nombre inesperado para una rosa que sólo florecía en el jardín interior del castillo Bandada de Gorriones. Alzó la flor y rozó sus labios con los suaves pétalos. Por amor, se casaría con Robert o con Charles, a ninguno de los cuales amaba. Colocó la rosa en el pequeño florero que tenía siempre a mano y luego lo puso en un rincón del escritorio.

Ese día, comenzaría a traducir un nuevo pergamino. Como no estaban numerados ni identificados de ninguna otra manera, a veces leía un largo fragmento de un pergamino antes de descubrir a qué parte de la historia correspondía cronológicamente. Que el primer pergamino que había traducido seis años antes, datado en 1291, hubiera sido el primero que se había escrito era un hecho totalmente casual. El segundo había sido de 1641; el tercero, de 1436. La continuación cronológica de dos pergaminos nunca era intencionada. Esto ocurría, le había explicado Genji, porque cada uno de los sucesivos grandes señores de Akaoka leía la historia y prefería releer algunos pergaminos en lugar de otros, por lo que el orden cronológico, si es que alguna vez lo había habido, se iba perdiendo paulatinamente a lo largo del tiempo. Al principio, esta falta de orden le había molestado. Pero pronto las sorpresas a las que daba lugar comenzaron a gustarle. Acercarse a los pergaminos era para ella como abrir un regalo de Navidad y sentir, cada vez que lo hacía, la agradable sorpresa de encontrarse con algo inesperado.

Era lo que sucedía cuando, como aquel día, no sólo debía sumergirse en un nuevo pergamino, sino además abrir un nuevo arcón. La desorganización de la historia del clan era coherente con su modo de conservarla. Los arcones, cuyo diseño y tamaño por otra parte eran sumamente distintos, contenían una variada cantidad de pergaminos de diferentes décadas y siglos. Como no había un orden que respetar, cada vez que llegaba el momento de decidir qué arcón debía abrir, Emily dejaba vagar su mirada entre los que estaban disponibles, agrupados en un rincón de su estudio. Esta vez, como siempre, dejaría que la elección fuera obra del azar.

¿Sería uno grande o uno pequeño? ¿Uno que fuera visiblemente antiguo o uno más reciente? ¿Aquel que parecía típicamente europeo, cerrado con un pasador de hierro oxidado? ¿O aquel otro ovalado, elegante, laqueado en negro, que seguramente era chino? ¿O quizá la caja de perfumada madera de sándalo coreano? Pero en cuanto sus ojos se posaron en el extraño baúl revestido en piel, supo que su curiosidad no le permitiría abrir ningún otro. Sobre la parte superior había una imagen desteñida, pero cuyos colores originales eran aún visibles, que representaba un dragón rojo con el cuerpo enrollado en torno a la cúspide de una montaña azul. Sus conocimientos del arte de Asia oriental le bastaban para reconocer el país de origen de la mayoría de los objetos que de allí provenían. Pero a éste no pudo identificarlo.

La tapa había sido sellada con una capa de cera, que además revestía toda la superficie del baúl. Algunas motas de cera resquebrajada sugerían que había sido abierto no hacía mucho, lo que le pareció bastante raro. Genji le había dicho que cada uno de los grandes señores de Akaoka tenían la obligación de leer íntegramente la historia del clan cuando asumían el poder, por lo que debería haber sido abierto mucho tiempo atrás. Genji quizá lo había sellado nuevamente con cera después de haber leído su contenido, y luego tal vez había vuelto a abrirlo antes de que ella lo recibiera. Más tarde se lo preguntaría.

Cuando lo abrió, descubrió que una rústica tela cubría el contenido. Debajo de ella había otra, de seda bordada y brillantes colores. Cuando Emily la desplegó, vio un motivo floral compuesto por una infinidad de rosas rojas, rosadas y blancas, aplicadas sobre un campo de nubes blancas que surcaban un límpido cielo azul. Puesto que la rosa *Belleza Americana* era poco menos que un símbolo no oficial del clan, le resultó más que sorprendente que fuera ésa la primera vez que la veía entre las telas que envolvían los pergaminos contenidos en los arcones.

Emily desenrolló el primer pergamino que extrajo del arcón. A diferencia de los otros textos que había examinado hasta entonces, aquél estaba escrito casi totalmente en la sencilla grafía fonética del país que los japoneses llamaban *hiragana*. Los otros habían sido escritos en su mayoría en *kanji*, los caracteres chinos que los japoneses habían adaptado para registrar las ideas más complejas en su propio idioma. Cuando Emily estudió el idioma japonés, el *kanji* le había resultado difícil, pero el *hiragana* era otra cosa. Leyó la primera línea sin la menor dificultad.

> El señor Narihira supo por el visitante que la llegada de la Belleza Americana...

Se detuvo, sorprendida, y volvió a leer. Sí, no se había equivocado. Allí estaban los signos fonéticos correspondientes a la palabra «americana»: *ah-me-li-ka-nu*. Si se mencionaba esa palabra, el pergamino debía de haber sido escrito después de que los japoneses supieran de la existencia del Nuevo Mundo. El pergamino que ella había traducido poco antes se refería principalmente a la última parte del siglo XVIII. Tal vez éste también fuera de ese período. Retomó la lectura.

> El señor Narihira supo por el visitante que la llegada de la Belleza Americana al castillo Bandada de Gorriones coincidiría con el triunfo definitivo del clan Okumichi. Era tan tonto, que ordenó que se plantaran rosas en el jardín interior del castillo, y les dio por nombre rosas *Belleza Americana*, pensando que así estaba favoreciendo el cumplimiento de la profecía. ¿No es esto algo típico de un hombre? ¿Tratar de obligar al río a fluir en una cierta dirección en lugar de comprender su verdadero curso y navegar por él sin el menor esfuerzo hasta llegar al punto al cual naturalmente nos conduce? Es

difícil imaginar que una mujer pueda ser tan tonta, ¿no es así? Cuando el cielo otorgó a los hombres el gobierno del mundo, sin duda los dioses demostraron un travieso sentido del humor.

El estilo de la narración era completamente distinto del carácter solemne de los textos de los otros pergaminos que ella había traducido hasta ese momento. El lenguaje arcaico planteaba un desafío, pero con la ayuda del diccionario bilingüe que ella y Genji habían estado compilando pudo comprender fácilmente lo que leía, puesto que no había términos en *kanji*. Siguió leyendo sin preocuparse por escribir la traducción al inglés en ese momento. Se ocuparía de eso más tarde. Estaba demasiado entusiasmada.

Terminó de leer el pergamino en el momento en que Genji llegaba para almorzar con ella. A esas alturas, sabía que aquel arcón de escritos antiguos contenía algo que no pertenecía a *Suzume-no-kumo*. Aquella historia del clan había sido escrita por los sucesivos señores del dominio a partir de 1291. El autor de este pergamino era sin duda una mujer.

Había escrito su crónica aproximadamente en la misma época en que había comenzado a escribirse la crónica oficial.

Y contaba, como si los hubiera vivido, hechos que abarcaban siglos que excedían largamente el tiempo de su propia vida.

Castillo Bandada de Gorriones, 1281

—No lo entiendo —dijo Kiyomi a su marido con un mohín—. ¿Por qué debes ayudar al señor de Hakata? ¿Acaso no ha sido desde siempre enemigo de nuestro clan?

Masamuné calmó al impaciente corcel de guerra que montaba. Habría querido suspirar, pero estaba rodeado por quinientos hombres a caballo y no podía permitirse algo tan poco marcial delante de ellos. Debería haber escuchado a su padre y haberse casado con una mujer menos bella y menos escandalosa.

—Como ya te he explicado muchas veces, nuestra sagrada patria ha sido invadida por las hordas mongolas.

—Me lo has dicho muchas veces, mi señor, pero el solo hecho de decir no explica nada. El Dominio de Hakata no es nuestra sagrada patria. ¿Por qué deberíamos preocuparnos si los mongoles invaden Hakata? Déjalos que destruyan el lugar. Así tendríamos un enemigo menos, ¿no te parece?

Masamuné se volvió hacia su chambelán en busca de ayuda, pero el hombre, dotado como estaba de experiencia y sabiduría, hacía varios minutos que había centrado su atención en una arboleda lejana.

—Si los mongoles destruyen Hakata, no tardarán mucho en llegar.

Ella rió.

—No te burles de mí, por favor. Hakata está en la isla de Kyushu, y nosotros estamos en Shikoku —dijo ella, como si estuviera aclarando todo lo que había que entender.

Kiyomi era su esposa desde hacía diez años y había dado a luz tres hijos, pero seguía pareciendo mucho más joven que Masamuné, sobre todo cuando reía. Íntimamente, él sabía que no podía enfadarse con ella, a pesar de lo lamentable que le resultaba su incapacidad para comprender los avatares de la política.

—Volveré con muchas cabezas de mongoles —dijo él, inclinándose desde su montura.

—Si vas a traer algo de los mongoles, que sean sus joyas —dijo ella—. No entiendo por qué te fascinan tanto las cabezas.

Esta vez, a pesar de sus esfuerzos, Masamuné suspiró antes de tirar de las riendas para orientar a su caballo hacia las puertas del castillo.

—Adiós.

—Entiendo por qué te comportas de este modo, mi señora —dijo la dama de compañía principal de la dama Kiyomi después de que los hombres se hubieron marchado—, pero ¿es prudente hacerlo? En un momento así, ¿no sería mejor para el señor Masamuné que mostraras tu verdadera inteligencia en lugar de fingir que eres una tonta?

—Si supiera algo que él no puede llegar a saber o pudiera darle un consejo que otros no podrían darle, sí, y en ese caso tu preocupación estaría bien fundada. Nuestro señor está rodeado de buenos consejeros. No necesita uno más. Es mejor que me considere una ignorante, porque así no se preocupará imaginando que estoy preocupada. Cuando se acuerde de mí, sonreirá de sólo pensar en lo tonta que soy. Y luego, pondrá toda su atención en lo que debe hacer. Tal vez de ese modo pueda ayudarlo a regresar.

—No hay ninguna duda de eso —dijo otra de las damas de compañía—. El señor Masamuné es el guerrero más grande de Shikoku.

—Shikoku es una pequeña mancha en el mar —dijo la dama Kiyomi—, al igual que el resto de las islas que forman Japón. El Gran Kan del imperio mongol comanda ejércitos de millones de hombres. Él y sus antepasados han conquistado reinos infinitamente más grandes que este lugar insignificante. Es más probable que el destino de nuestro señor sea morir en batalla que regresar.

Las mujeres se dirigieron en silencio al patio en el que jugaban los niños. Allí, se unieron a los juegos infantiles y no volvieron a hablar sobre la guerra.

—¡Masamuné! —Gengyo, señor de Hakata, se sorprendió al ver llegar a uno de sus peores enemigos con refuerzos.

Masamuné hizo una reverencia y una amplia sonrisa se dibujó en su rostro. La sorpresa de Gengyo, por sí sola, compensaba los rigores de la ardua travesía.

—Hemos venido a ayudarte a expulsar a los arrogantes invasores.

—Te estoy profundamente agradecido. Por desgracia, todavía no estamos en condiciones de expulsarlos. Con vuestra ayuda, tal vez podríamos entorpecer su avance hasta que lleguen los ejércitos del sogún.

—¡Tonterías! Cuando hace siete años los mongoles nos invadieron y huyeron en desbandada apenas cargamos contra ellos. —Si Masamuné hubiera tratado de rememorar los detalles, habría recordado que eso no era completamente cierto. La lucha había sido feroz y sangrienta, y era muy posible que si no se hubiera desencadenado la tormenta que empujó sus barcos mar adentro, los mongoles se habrían hecho fuertes en el territorio. Pero las imágenes que ahora tenía de la primera invasión habían adquirido un tinte muy distinto gracias a las exageraciones que habían ido agregándose en las sucesivas versiones de aquellas batallas.

—Esta vez son más —dijo Gengyo—. Muchos más.

—¿Qué importa? Carguemos contra ellos ahora mismo. ¿Qué bárbaro puede resistir un ataque masivo de los samuráis?

Con un ademán, Gengyo pidió a Masamuné que lo siguiera. Lo condujo hasta los muros de los terraplenes construidos en la elevación que daba a la llanura costera.

—Compruébalo tú mismo —dijo Gengyo.

La bahía de Hakata estaba abarrotada de barcos, había cientos de ellos, y a lo lejos se veían otros cien que se acercaban. En tierra los mongoles estaban dispuestos en grupos espaciados unos de otros, bien apostados detrás de los muros de los terraplenes que ellos mismos habían construido. Masamuné calculó el número de mongoles que alcanzaba a ver en unos veinte mil. Pero sus campamentos se extendían a lo largo de toda la costa y más allá de la vista, detrás de las colinas occidentales. Si todos los hombres que habían llegado en aquellas naves habían desembarcado, podía haber alrededor de cincuenta mil mongoles en territorio japonés, y pronto desembarcarían varios miles más.

—Caballos —dijo Gengyo—. ¿Lo ves? También tienen caballos. Muchos. Lo que hemos oído decir de ellos, la forma en que conquistaron China y Corea y otros imperios desconocidos de Occidente, debe de ser verdad. Hemos tenido unas pocas escaramuzas. La forma en que pelean a caballo es increíble. Por lo que recuerdo, antes no luchaban así. —Sin duda Gengyo también había hecho su parte en la reelaboración de los recuerdos—. Nuestros valientes marinos de los dominios de Choshu y Satsuma han abordado los barcos enemigos por la noche y han matado a muchos de sus hombres. Pero por cada uno que matamos llegan otros diez.

—¿Qué están descargando ahora?

—¿Esos tubos y cilindros? —Gengyo parecía muy preocupado—. No lo sé. Pero están apuntándolos hacia aquí.

—¿Cuándo llegarán las fuerzas del sogún? —preguntó Masamuné.

—Mañana. O pasado mañana. Probablemente los mongoles ataquen a mediodía.

Masamuné y Gengyo permanecieron unos minutos observando en silencio a los mongoles. Finalmente, Masamuné dio una orden a su lugarteniente.

—Poned los caballos a resguardo. Haced que los hombres marchen a pie hasta aquí con sus arcos preparados. —Se volvió hacia Gengyo—. Deben cruzar una franja muy extensa de campo abierto para llegar hasta nosotros. Los abatiremos con una lluvia de flechas antes de que hayan llegado a la mitad del trayecto.

—¡Tú! —El comandante de la brigada mongola señaló a Eroghut—. Adelanta tu tropa. Vosotros atacaréis con la primera carga.

Eroghut miró de soslayo a su hermano.

—Perros mongoles. Nos envían a la muerte. Después alardearán de su cobarde victoria mientras pisotean nuestros cadáveres.

—No moriremos —repuso su hermano—. Recuerda lo que dijo nuestra madre. Nuestra sangre sobrevivirá a la de Kublai *el Gordo*. Cuando los mongoles hayan desaparecido, los ordos de los nürjhen volverán a ponerse de pie.

Eroghut prefirió no responderle. La fe de su hermano

menor en las palabras de su madre era conmovedora. Como el resto de los supervivientes de la tribu de los nürjhen, el muchacho también creía que ella era una bruja del mismo linaje que la legendaria Tango-lhun, que supuestamente había aconsejado a Atila *el Grande* que siguiera el curso del sol hacia el oeste para llegar a la tierra que estaba destinada a ser la patria de los hunos. Las mismas leyendas aseguraban que los nürjhen estaban emparentados con los hunos, tradicionales enemigos de los mongoles. Tonterías, cuentos de niños. Eroghut no creía que hubieran existido una Tangolhun o un Atila de tan increíble grandeza. En cuanto al renacimiento de los ordos de los nürjhen, ¿cómo sería posible ahora que eran tan pocos que ni siquiera podían considerarse un clan, y mucho menos una tribu, y un ordo estaba compuesto por no menos de cien tribus? No, él y su hermano, y también sus parientes, los últimos guerreros nürjhen que habían quedado sobre la tierra, morirían aquí, en este espantoso país llamado Japón. Ellos habían perdido, y los odiados mongoles habían triunfado. Pero no morirían solos.

—Nos ordenarán atacar aquellas fortificaciones que están en esa elevación que domina la playa —dijo Eroghut—. Enviarán a los oighurs, y a los kalmukos, y a los kitan con nosotros. Usadlos para cubriros lo mejor que podáis. Los mongoles vendrán detrás como perros carroñeros que son. En cuanto lleguemos a la cima de la colina, os volveréis y mataréis a los mongoles.

—Pero ¿qué haremos con los japoneses? —preguntó uno de sus primos—. Cuando les demos la espalda, nos atacarán.

—No —replicó Eroghut, sin creer ni por un momento en sus palabras—. Se darán cuenta de que somos enemigos de su enemigo y combatirán junto a nosotros hombro con hombro.

—Eroghut, tú eres el jefe de nuestro clan y te obedeceremos —dijo otro de sus primos—, pero estos salvajes son fanáticos de un culto bárbaro y sanguinario que idolatra la muerte. Una vez que la sed de sangre se apodera de ellos, no se detienen a pensar. Yo estoy de acuerdo con nuestro primo. En cuanto vean que somos vulnerables, nos atacarán.

—Si vais a morir, ¿preferiríais hacerlo luchando por los carroñeros mongoles o contra ellos? —Esas palabras silenciaron toda protesta. Los últimos representantes de los grandes ordos de los nürjhen ajustaron la armadura de sus caballos, luego las suyas, y cabalgaron hacia la vanguardia de la compacta caballería. Detrás de ellos, los artilleros y los cañoneros chinos se preparaban para abrir el fuego.

La tierra tembló, sacudida por la carga de los jinetes mongoles. Avanzaban velozmente, en ordenadas filas, blandiendo sus lanzas.

—No disparéis hasta que lleguen al pie de la colina —ordenó Masamuné a sus hombres.

Un instante antes de que llegaran allí, de los tubos que los mongoles habían instalado en la playa brotaron llamas acompañadas por densas columnas de humo y un rugido parecido al de un viento huracanado. Increíblemente, al cabo de un momento innumerables estrellas y constelaciones estallaron en el cielo diurno. Sus hombres permanecieron en sus puestos. Muchos otros de los samuráis huyeron a la carrera, entre gritos de pánico.

—¡Disparad! —ordenó Masamuné.

Sus arqueros abatieron a muchos de los mongoles, pero ellos eran pocos y los mongoles muchos, y pronto abrieron numerosas brechas en las defensas de los samuráis. Cuando estaban a punto de ser arrollados, el flanco derecho de la caballería mongola dio un repentino giro y atacó sus propias filas. Estos renegados proferían un grito de guerra diferente del de los otros mongoles, palabras que a los oídos de Masamuné sonaron como: «¡Na-lu-chi-ya-oh-ho-do-su!»

Esta inesperada traición en el seno de sus propias filas desorientó a los mongoles. Aunque tenían la ventaja del número y la posición, interrumpieron el ataque y se replegaron. En medio del desorden que sobrevino, el renegado que estaba más próximo a Masamuné se golpeó el pecho con un puño.

—¡No, mongol! —dijo en un chino elemental—. ¡Sí, nürjhen! —Luego señaló a sus camaradas, que gesticulaban igual que él, y repitió—: Nürjhen.

—¿Están diciendo que no son mongoles, mi señor? —preguntó el lugarteniente de Masamuné.

—Al parecer, sí —respondió Masamuné, y se esforzó por repetir las sílabas que el bárbaro había pronunciado—: «Na-lu-chi-ya.»

—¿Qué es «na-lu-chi-ya»?

Por encima de ellos volvieron a estallar estrellas y constelaciones que inundaron el cielo. Los samuráis se arrojaron al suelo y se pegaron a él cuanto pudieron. Masamuné escupió; tenía la boca llena de polvo.

—Son enemigos de los mongoles —dijo—. ¿Qué más necesitas saber?

Esta vez, a los estallidos siguieron rugidos ensordecedores en la playa, el sonido de objetos invisibles que surcaban el aire y, unos momentos más tarde, horrendas explosiones.

—¡Levantaos! —gritó Gengyo—. ¡Están regresando!

Muchos samuráis se levantaron, pero no para protegerse tras los terraplenes, sino para huir. Un esfuerzo inútil. La continua lluvia de proyectiles destrozaba a los hombres y los convertía en amasijos de carne y huesos ensangrentados y hechos jirones, algo que sucedía tanto a los que se quedaban como a los que huían.

La segunda carga de los mongoles franqueó las defensas una vez más. El enemigo ya estaba entre ellos, a caballo, matando con sus espadas y sus lanzas. Detrás de los jinetes venían los infantes, disparando extraños arcos que lanzaban pequeñas saetas. Una de éstas alcanzó a Masamuné en el pecho y atravesó fácilmente su armadura.

—¡Ah! —Sintió sólo un momentáneo relámpago de dolor, y luego nada más, apenas una suerte de mareo ingrávido. Un jinete mongol se abalanzó sobre él con su lanza en ristre, dispuesto a darle el golpe de gracia. Masamuné estaba demasiado debilitado como para defenderse con su espada. Entonces el na-lu-chi-ya que había hablado primero desvió la lanza del atacante y le clavó su corta espada de doble filo en la axila. Brotó la sangre y el jinete se desplomó.

Su salvador na-lu-chi-ya le sonrió.

—No temer —dijo—. ¡Vivir! ¡Vivir!

Masamuné perdió el conocimiento.

Cuando abrió los ojos, su lugarteniente estaba curándole la herida.

Los mongoles se habían replegado. Los samuráis deambulaban entre los heridos rescatando a sus compañeros y matando a los mongoles caídos. Los samuráis habían triunfado, al menos por el momento. Vio a los na-lu-chi-ya muertos, que yacían en torno a él. No, había uno que todavía respiraba. Pudo ver cómo su pecho se movía ligeramente. Uno de los hombres de Gengyo se acercó al hombre y levantó su espada para matarlo.

—¡Alto! —ordenó Masamuné—. Ése no es un mongol.

—Parece un mongol.

—¡Idiota! ¿Estás poniendo en duda mi palabra?

—No, señor Masamuné, de ninguna manera. —El hombre hizo una reverencia.

—Cura sus heridas.

—Sí, señor, pero está muy malherido. Lo más probable es que muera de todos modos.

—Si muere, rezaremos por que su alma descanse en paz. Pero ocúpate de que no muera. —El na-lu-chi-ya le había salvado la vida. Si podía, Masamuné le devolvería el favor.

Eroghut no murió, pero todos los otros sí, incluyendo a su hermano, sus primos y hasta el último de sus parientes. A pesar de la fiebre y el dolor, mientras la carreta que lo transportaba se balanceaba adelante y atrás, él sonreía. Su madre, que se había ganado una reputación como bruja y profeta gracias a una inteligente y afortunada combinación de aciertos casuales e incansables campañas en las que se promocionaba a sí misma, pasaba la mayor parte del tiempo fuera de su casa prodigando hechicerías y sumiéndose en trances en lugar de cuidar de su marido y sus hijos. Ahora, él era el único representante de los ordos de los nürjhen. Si los ordos iban a renacer, procederían de él, Eroghut, hijo de Tanghut, de los nürjhen del río del Dragón Rojo y las montañas del Hielo Azul. Los mongoles les habían dado diferentes nombres cuando habían conquistado su tribu. Pronto ya no habría más nürjhen. Le habría gustado ver a su madre por última vez, así podría reírse de ella en su propia cara.

La carreta llevaba a Eroghut a otra isla que, después lo supo, se llamaba Shikoku. El samurái junto al que había luchado, Masamuné, era el señor de un dominio llamado Akaoka, y fue allí donde llegaron. Aunque Masamuné no se comportaba de un modo muy diferente al de un kan, su dominio apenas tenía el tamaño suficiente para ostentar un nombre propio. Hasta un mongol —demasiado sobrevalorados como jinetes, en opinión de Eroghut— podía recorrerlo de un extremo al otro a caballo en menos de un día.

Al principio Eroghut y su nuevo señor hablaban en un chino rudimentario.

—Mi nombre Masamuné. Yo señor de reino Akaoka. ¿Tú?

—Mi nombre Eroghut. Yo país Nürjhen. Ahora Nürjhen ya no país.

—¿Tu nombre? —repitió Masamuné, visiblemente confundido.

—Eroghut.

—¿Eh... ho... go... chu?

—E-ro-ghut.

—¿Eh... lo... ku... cho?

Estos japoneses no tenían remedio. Su idioma era tan simple que no podían pronunciar palabras que no les resultaran familiares, aunque fuesen fáciles.

—Ghut —dijo Eroghut, abreviando su nombre como lo haría un niño.

—Ah —dijo Masamuné, como si por fin hubiera comprendido—. Go.

—Sí —dijo Eroghut, dándose por vencido—, mi nombre Go. —Y desde entonces, así se llamaría.

Go aprendió el idioma japonés muy rápidamente. No le resultaba difícil formar las palabras, porque sólo había unos pocos sonidos. Los japoneses se parecían a los mongoles en algo. Amaban la guerra. Apenas los mongoles tuvieron que alejarse de aquellas costas azotados por una tormenta, como les había ocurrido durante su primera tentativa de conquista, Masamuné comenzó a guerrear, primero contra su vecino del este, luego contra el del norte, en ambos casos por razones que Go no lograba comprender. Al parecer, más que la tierra, los esclavos, los caballos o las rutas comerciales, lo que estaba en juego era el honor. No podía haber ninguna otra razón, puesto que la manera en que los samuráis luchaban —una forma extravagante de combate masivo y al mismo tiempo individual en el que cada guerrero buscaba un adversario de su mismo rango— garantizaba que casi ninguna batalla pudiera culminar en una victoria clara y aplastante para ninguno de los bandos. Sus ejércitos no eran ejércitos en el sentido eminentemente organizado de los nürjhen, sino más bien muchedumbres salvajes, heroicas y sin la menor coordinación.

Cuando los samuráis relataban sus batallas, no sólo exageraban su valentía, sino también la valentía de sus enemigos, y lloraban por su muerte como si fueran uno de ellos. En una batalla un señor enemigo, un joven de unos veinte años rollizo y con la cara llena de granos, murió bajo el peso de su caballo, que rodó cuando él intentó hacerlo girar para huir. Después, cuando comenzaron a contar la historia, aquel señor se convirtió en un joven de una belleza casi deslumbrante cuya valentía alcanzaba para colmar el pecho de mil hombres valerosos, y su muerte en una tragedia que despertaba una tristeza poco menos que insoportable. Go estaba presente cuando Masamuné y sus samuráis bebieron vino de arroz y lloraron por la pérdida del héroe. Sin embargo, estos mismos hombres conocían perfectamente al señor enemigo, habían luchado contra él en numerosas batallas anteriores y sabían que no era hermoso, ni siquiera moderadamente apuesto, y que su valentía... En fin, ¿cuánta valentía necesita un jinete, por no mencionar la destreza o la falta de ella, para hacer girar a su caballo de tal modo que caiga sobre él y le rompa el cuello?

Así fue como Go llegó a vivir entre aquellos bárbaros melodramáticos aunque indiscutiblemente valientes, y a partir de entonces luchó junto a ellos en sus batallas sin sentido y totalmente infructuosas, bebió con ellos, cantó con ellos y, con el tiempo, llegó a repetir las mismas ridículas mentiras acerca de hombres de fortaleza colosal, belleza física deslumbrante y audaces hasta el punto de desafiar a la muerte. No vivían para otra cosa que no fuese la guerra, la embriaguez y la mitología que ensalzaba su propia valentía.

Go se sentía muy a gusto. Antes de que el abuelo de Kublai *el Gordo*, Genghis *el Maldito*, unificara a todas las tribus de las estepas, las obligara a convertirse en mongolas y les asignara la misión de conquistar el mundo, los nürjhen habían sido muy parecidos a estos japoneses. Pensándolo bien, tal vez su madre no había estado tan equivocada. Quizás estos isleños primitivos eran los nuevos ordos de los nürjhen. En cualquier caso, le complacía jugar con esa idea.

El señor Masamuné valoraba especialmente la destreza de Go con los caballos. Guiados por él, los samuráis del Dominio de Akaoka pronto aprendieron a moverse en unidades compactas capaces de desplazarse rápidamente en lugar de hacerlo como individuos incompetentes, y esas mismas unidades podían incorporarse a otras para formar batallones o bien dividirse para constituir pequeñas partidas. Durante el día se empleaban banderas de señales para comunicar las órdenes a lugares distantes. Por la noche, se utilizaban faroles y flechas encendidas. Eran las mismas tácticas que habían aplicado los hunos durante los siglos en los que las estepas de Asia oriental estuvieron bajo su yugo, tácticas que sus parientes nürjhen habían heredado, y que los mongoles les habían robado y habían utilizado contra ellos.

Para la primavera del segundo año desde la llegada de Go, los jinetes de la caballería de Akaoka que él tan bien había adiestrado se enfrentaron como antiguos guerreros nürjhen al torpe ejército del regente de Hojo, un ejército diez veces más numeroso, y lo destruyó en una gran matanza en la costa de Shikoku del mar Interior. Cuando regresaron del campo de batalla, Masamuné le cedió a Go la más joven y hermosa de sus concubinas para que se casara con ella. Durante el otoño del año siguiente, Go fue padre de un varón al que llamó Chiaki, nombre que formó uniendo los caracteres chinos *chi* (sangre), por la sangre nürjhen que corría por sus venas, y *aki* (otoño), por la estación en que había nacido.

Todo marchó bien hasta que nació un segundo nürjhen. Entonces Go tuvo motivos para recordar que la sangre que corría por sus venas, y por las de sus dos hijos, era también la sangre de su madre bruja y de aquella otra hechicera, Tangolhum, de antigua data.

Palacio de La Grulla Silenciosa, 1867

—Veo que estás muy concentrada en tu trabajo, como siempre —dijo Genji.

Emily se había enfrascado tanto en la lectura que no había advertido su llegada. Supuso que había estado en la puerta un buen rato, observándola antes de hablarle.

—No lo suficiente —dijo, enrollando el pergamino con tranquilidad, como si no le diera la menor importancia. Su intuición femenina le decía que lo mejor, al menos por el momento, era no contarle a Genji que los pergaminos que acababan de llegar eran muy diferentes del resto.

Él había cambiado muy poco en los seis años transcurridos desde que se habían conocido, a pesar de las heridas graves que había sufrido en batalla, las tremendas tensiones a las que estaba sometido por el ejercicio de la autoridad política en una época de crisis casi interminables y su participación en una intrincada red de complots y contracomplots en la que estaban implicados el emperador, en Kioto, el sogún, en Edo, y los señores de la guerra rebeldes del oeste y el norte de Japón. También la posible intervención extranjera suponía una preocupación, pues la presencia de las fuerzas navales de Inglaterra, Francia, Rusia y Estados Unidos en aguas japonesas era cada vez más notoria. Por si no bastara con todas estas complicaciones debía tener en cuenta además la situación de Kawakami Saemon.

Saemon era hijo del ex perseguidor de Genji, Kawakami Eiichi, quien, cuando murió bajo la espada de Genji, era el jefe de la policía secreta del sogún. Saemon, el hijo mayor de Kawakami, había nacido de la relación de éste con una concubina menor, y se suponía que siempre había odiado a su padre. Cuando él y Genji se conocieron poco después del desgraciado incidente, se había mostrado abiertamente amistoso. Por añadidura, en el conflicto suscitado por la cuestión de la restauración él y Genji estaban del mismo lado. Los dos eran partidarios de la abolición del sogunato y el retorno del emperador al poder después de mil años de eclipse político. Genji parecía confiar en Saemon. Emily no.

Se parecía demasiado a su padre en dos cosas. La primera era su aspecto físico. Era apuesto y presumido, y Emily no se fiaba de los hombres que daban excesiva importancia a su aspecto físico. La segunda, más importante, era su conducta. A Emily siempre le daba la impresión de que Saemon nunca decía lo que realmente pensaba ni pensaba realmente lo que decía pensar. Era más una impresión personal —le parecía escurridizo, insustancial, propenso a la traición— que un hecho comprobable. Tal vez sólo las circunstancias suscitaban sus dudas. No podía evitar preguntarse si acaso un hijo podía adoptar sinceramente una actitud comprensiva y amable con el hombre que había matado a su padre.

Emily le devolvió la sonrisa a Genji. La sonrisa de éste era tan despreocupada como siempre, y seguía presentando el aspecto de un joven noble preocupado sólo por el sitio donde se divertiría esa noche. Era una apariencia que había inducido equivocadamente a sus enemigos a no tomarlo demasiado en serio, y ese error había costado la vida a muchos de ellos. Los derramamientos de sangre parecían producirse con una frecuencia inquietante en torno a Genji, lo que constituía otro de los factores que habían convencido a Emily de que había llegado el momento de abandonar Japón.

Todavía no le había hablado de los ofrecimientos de matrimonio que le habían hecho, ni le había dado ningún indicio de su decisión de marcharse. Temía que si se precipitaba, él diría o haría algo que terminara por hacer añicos su frágil decisión. El amor la estaba empujando a partir, pero con la misma facilidad podía impedirle que lo hiciera. Estaba a salvo mientras Genji no correspondiera a sus sentimientos. La vida era dolorosa, pero ése era un dolor que ella podía soportar. Al menos estaba con él.

Un buen día comenzaron a aparecer las rosas. ¿Qué otra cosa podían significar sino que Genji estaba empezando a albergar ciertos sentimientos hacia ella, la misma clase de sentimientos que hacía mucho tiempo ella albergaba hacia él? No le preocupaba su propio destino. Estaba dispuesta a cometer cualquier pecado y soportar cualquier condena para estar verdaderamente con él, con tal que su presencia lo ayudase en el camino que lo conduciría a la rectitud cristiana. Lo que más fervientemente rechazaba era la posibilidad de convertirse en un instrumento del escarnio de Genji. Si ella se dejaba llevar por sus sentimientos, a Genji se le plantearían interminables problemas, tanto con su propia gente como con los occidentales, a quienes les resultaría repugnante el solo hecho de pensar que un oriental, señor o no señor, pudiera tener una esposa blanca. Pondría en peligro los esfuerzos de Genji por incorporar a Japón a la familia de las naciones civilizadas. No obstante, ella también podía hacer caso omiso de todo eso si tuviera la certeza de que aquellos sinsabores eran el precio a pagar por la salvación del alma inmortal de Genji. Ése era su dilema. ¿Contar con su ayuda lo salvaría, o lo llevaría a dar un paso más hacia su condena eterna?

—Veo que tu admirador secreto te trajo su rosa de todos los días —dijo Genji.

—Sin duda es alguien muy sigiloso —dijo Emily—. Nadie lo ha visto nunca ni ha dejado el menor indicio de quién puede ser. —Sabía que no debía ir más lejos, pero no pudo y agregó—: No es muy caballeroso de su parte.

—Tenía entendido que esas muestras anónimas de afecto eran muy apreciadas en el Oeste. ¿Estoy equivocado?

—Tal vez si el anonimato no se prolonga demasiado sea como tú dices. Después de seis meses de misterio, en cierto modo, el asunto pasa de ser halagador a inquietante.

—¿En qué sentido?

—Uno empieza a preguntarse por qué esa persona ha insistido en su conducta durante tanto tiempo sin decir quién es. ¿Podría haber tal vez un motivo no del todo saludable?

—Tal vez tu admirador tiene buenas razones que le impiden declararse abiertamente —aventuró Genji—. Tal vez no puede aspirar a otra cosa que a admirarte.

—Si es así —replicó ella, incapaz de reprimirse—, se está comportando cobardemente.

Genji sonrió.

—Un exceso de valentía en circunstancias equivocadas, en el lugar y el momento equivocados, puede tener consecuencias mucho peores que la cobardía.

—Eso suena como si fuera exactamente lo contrario de lo que dirían la mayoría de los samuráis —repuso ella, y agregó subrayando las palabras—: Señor Genji.

—Sí, es cierto. Tal vez deba desprenderme de mis dos espadas y desarmar mi rodete.

—Pero no hoy —replicó ella.

—No, hoy no.

Ella se puso de pie, se acercó a la ventana y observó el cielo como si fuera lo que más le interesaba en esta vida. Si lo presionara para que hiciera una declaración abierta, la que fuese, sabría claramente a qué atenerse. ¿Acaso su amor estaba induciéndola a interpretar equivocadamente lo que para él no era más que una actitud amistosa? De ser así, la crisis romántica era imaginaria, y la única que estaba sufriéndola era ella.

—Parece que va a llover —dijo Emily—. ¿Comemos bajo techo?

—Como quieras.

Tenía preparada una variedad de sándwiches de pepino que no hacía mucho había probado por primera vez en la embajada británica. Descubrió que la combinación de las rodajas de pepino con una salsa de su invención hecha con yemas de huevo batidas con crema resultaba particularmente refrescante para la humedad típica de los comienzos del otoño en Edo. Genji se mostró extrañamente silencioso durante la comida, lo que podía significar que estaba haciendo lo posible por no atragantarse con un plato que le resultaba repugnante o bien que estaba pensando en la rosa anónima. De todas formas, aunque sólo fuese por precaución, decidió eliminar los sándwiches de pepino de los futuros menús.

Hasta ese momento, sus esfuerzos por enriquecer la dieta de Genji incluyendo más comidas de origen occidental habían fracasado por completo. Claro que también debía admitir que no había tenido mucho más éxito cuando ella misma intentó adaptarse a la cocina japonesa. Había que utilizar demasiadas criaturas marinas de lo más extravagantes, a menudo crudas o directamente vivas. La mera idea arruinaba el sabor del pepino que estaba comiendo en ese momento. Tuvo que sobreponerse a una sensación de náusea para poder tragar aquel bocado, y acudió al té para librarse de ella lo más rápidamente posible.

—¿Algún problema? —preguntó Genji.

—No, en absoluto —respondió Emily, dejando el sándwich en el plato—. Es que hoy no tengo mucho apetito.

—Yo tampoco —repuso él, aliviado por la actitud de Emily.

Se quedaron en silencio un buen rato. Ella trató de imaginar en qué estaría pensando. Quizás a él le pasase lo mismo. Era una presunción divertida y sin duda carente de fundamento. No ganaba nada fantaseando así. Decidió concentrarse en otro tema, algo que le resultara más fácil de averiguar.

—Quiero hacerte una pregunta sobre los pergaminos del *Suzume-no-kumo.* Una cuestión de curiosidad que no tiene que ver con la traducción. Las supuestas visiones, ¿siempre aparecen en un sueño?

—¿Has leído una historia de varios cientos de años de predicciones, muchas de las cuales se cumplieron, y todavía sigues refiriéndote a ellas como «supuestas»?

—Como te he dicho muchas veces, sólo los profetas del Antiguo Testamento...

—... pueden ver el futuro —la interrumpió Genji, completando la frase—. Sí, ya sé que me lo has dicho muchas veces. No logro entender cómo concilias esa creencia con lo que has leído en los pergaminos.

—Si prefieres no contestar a mi pregunta, dímelo —repuso Emily con un tono más petulante que el que se había propuesto.

—¿Por qué habría de preferir no contestarte? La respuesta es sí. Todas y cada una de las visiones relativas al futuro han aparecido en un sueño.

—¿Nunca han sido inspiradas por un visitante no esperado?

—¿Un visitante?

Quizás aquélla era la primera vez que veía en Genji una expresión de perplejidad.

—Sí —dijo ella—. Como si fuese una suerte de mensajero.

—¿Qué mensajero podría saber algo sobre el futuro?

—No sabría nada, por supuesto. Pero un simple comentario mundano de un extranjero podría ser interpretado de alguna forma especial por el visionario.

—He leído el *Suzume-no-kumo* de cabo a rabo varias veces —dijo Genji—, y nunca he encontrado mención alguna a un mensajero.

—Tienes razón, estoy segura —convino Emily—. Buscaré otra vez en el diccionario.

Unos pasos rápidos se acercaban a la entrada de la sala. Eso nunca presagiaba nada bueno.

Era Hidé, el jefe de los guardaespaldas de Genji, que hizo una reverencia desde la puerta.

—Señor, ha habido otro ataque a extranjeros. Ingleses.

—¿Muertos?

—Entre los extranjeros no. Llevaban revólveres. Murieron cinco samuráis del clan Yoshino. De todas formas, el embajador inglés presentó una protesta formal ante el sogún y ante el gran señor de Yoshino.

—Qué estupidez. ¿Nunca aprenderá ese hombre? Creí que el señor Saemon había hablado con él para pedirle que se abstuviera de hacer nada hasta después de que se hubiera reunido el Consejo en pleno.

—Evidentemente no.

—¿Todavía dudas de la honradez del señor Saemon?

—No, mi señor, no dudo en absoluto —respondió Hidé—. Estoy seguro de que no es digno de confianza.

—¿En qué te has basado para llegar a esa conclusión?

—Es el hijo de Kawakami *el Legañoso*. —Hidé pronunció el nombre como si hubiera querido escupirlo—. El hijo de semejante padre no puede ser un hombre en cuya palabra se pueda confiar.

—Debemos acostumbrarnos a no incurrir en esa clase de razonamientos —dijo Genji—. Si Japón quiere ser aceptado como una más de las grandes potencias del mundo, debe abandonar esa tendencia a exagerar la importancia de la sangre y prestar más atención al mérito individual. No deberíamos condenar automáticamente a los hijos por lo que fueron sus padres.

—Sí, señor —dijo Hidé sin la menor convicción. Seis años antes, él había sido uno de los pocos supervivientes de la artera emboscada que Kawakami les había tendido en el monasterio de Mushindo. Por formación e inclinación, Hidé era un samurái de la vieja escuela. La venganza era la única motivación que realmente entendía, y daba por sentado que todos los samuráis pensaban así, excepto el señor Genji, a quien Hidé consideraba un profeta excepcional e imponente y más allá de toda posible emulación.

—Será mejor que nos reunamos con el señor Saemon —dijo Genji a Hidé—. Debemos actuar rápidamente para evitar que la situación se nos vaya de las manos. Puede que los exaltados consideren que ha llegado el momento de iniciar una guerra contra los extranjeros.

—Sí, señor. Reuniré a los hombres.

—No es necesario. Será suficiente con que tú me acompañes.

—Señor... —empezó Hidé, pero Genji lo interrumpió.

—Debemos demostrar confianza. En este momento la falta de confianza es más peligrosa que la falta de guardaespaldas. —Genji se volvió hacia Emily y dijo en inglés—: ¿Has entendido lo que he dicho?

—Lo más importante, sí —respondió Emily—. Por favor, ten cuidado.

—Siempre —dijo Genji, sonriendo. Hizo una reverencia y se marchó.

Emily volvió al nuevo pergamino y leyó el párrafo inicial palabra por palabra con ayuda de su diccionario. No había ninguna duda de lo que decía: «El señor Narihira supo por el visitante que la llegada de la Belleza Americana al castillo Bandada de Gorriones coincidiría con el triunfo definitivo del clan Okumichi.» La presencia de la palabra «americana» era lo que había capturado su atención durante la primera lectura. Pero ahora que Genji le había asegurado que las visiones aparecían siempre en los sueños, la palabra «visitante» le resultó aún más fascinante. Para referirse a las personas que acudían al palacio de La Grulla Silenciosa a ver a Genji se empleaba la palabra *okyaku-sama*, que significa «invitado». El autor del pergamino, en cambio, había utilizado la expresión *hō monsha*. Emily la había traducido por «visitante». Sin embargo, más literalmente, *hō monsha* significaba «alguien que invita a otros».

De pronto Emily advirtió que cabía otra distinción entre los dos términos y, por una razón inexplicable, ese descubrimiento le provocó un escalofrío.

Un invitado era alguien a quien se quería recibir o, en todo caso, alguien a quien se esperaba.

Un visitante no era, necesariamente, ninguna de las dos cosas.

Durante la serie de reuniones que mantuvo con el Consejo de los Grandes Señores, Genji no pudo dejar de pensar ni por un momento en Emily.

Era él quien dejaba la cotidiana rosa para Emily, por supuesto. Aunque nunca habían hablado de ello, daba por sentado que sabía que él era consciente de sus sentimientos. Seguramente Emily creía que él la veía sólo como una amiga. Él nunca había actuado de otro modo. ¿Estaba dando por sentadas demasiadas cosas? Si Emily hubiese sido japonesa, él no habría dudado, habría confiado ciegamente en sus suposiciones. Sin embargo, puesto que no lo era, él no estaba seguro de nada. O de casi nada. Sabía que ella lo amaba. A diferencia de Genji, Emily era absolutamente incapaz de ser convincente cuando quería disimular algo.

Pero él no podía seguir actuando así. Ese día, durante el almuerzo, se había sentido terriblemente excitado por el solo hecho de verla comer: por el modo en que masticaba la comida, la elegancia con que sus manos sostenían el sándwich, la forma en que sus labios se abrían un instante antes de que el borde de la taza los rozara. Si actos tan fútiles lo excitaban hasta el punto de dejarlo sin habla, estaba claro que había llegado al límite de su autocontrol.

Si Emily había percibido lo que él sentía por ella, no había ningún motivo para que siguiera reprimiendo la expresión de lo que a su vez sentía por él. De ser así, aquello culminaría, según la advertencia profética que había recibido, en su muerte prematura. En ese sueño Genji había tenido una visión en la que Emily moría al dar a luz. Ella aseguraría la supervivencia del clan y, al hacerlo, moriría. Genji no podía aceptarlo. Se negaba a pensar que fuera ineluctable, como lo habían sido las visiones de su abuelo, y prefería considerarla una advertencia. Su abuelo había recibido premoniciones exactas. Genji prefería creer que las suyas eran advertencias. Por eso actuaba en consecuencia. No se permitiría acercarse a Emily más que mediante aquella demostración anónima de secreta admiración.

Pronto Emily recibiría propuestas de matrimonio del alférez Farrington, el agregado naval norteamericano, y de Charles Smith, el plantador de azúcar y hacendado del reino de Hawai. Ella ignoraba que Genji lo sabía. Ignoraba que él se había hecho amigo de los dos porque los consideraba pretendientes dignos de ella. Además, sabía que ellos la encontrarían irresistible porque, con la llegada de un número cada vez mayor de extranjeros, había descubierto que Emily, al contrario de lo que sucedía con los japoneses, era considerada asombrosamente bella por los occidentales. Qué extraño era. Ahora que había llegado a amarla a pesar de su aspecto, era precisamente eso lo que a ella le permitiría desistir de ese amor. El solo hecho de pensar en que nunca más volvería a verla, ni siquiera como amiga, le provocaba una gran angustia, pero prefería eso a ser el causante de su muerte.

—¿Estás de acuerdo, señor Genji? —preguntó el señor Saemon.

No podía admitir que no había oído nada. Habría sido ofensivo para Saemon y sumamente vergonzoso para él. Pretextó que necesitaba oír algunas otras opiniones antes de llegar a alguna conclusión, y de esa manera se las arregló para evitar la ofensa y la vergüenza. Le resultó difícil, pero durante el resto de la reunión se obligó a no pensar más en Emily.

Saemon notó que Genji estaba distraído por otras preocupaciones, pero se cuidó muy bien de no dar el menor indicio de que lo había advertido. Cuando la reunión hubo concluido, le agradeció a Genji sus perspicaces comentarios acerca de la crisis que atravesaban en ese momento, se disculpó por su incapacidad para controlar al impetuoso gran señor de Yoshino y se abocó de inmediato a ejecutar las decisiones que el Consejo le había encomendado.

Entretanto, decidió actuar conforme a lo que le dictaba su instinto. Después de todo, ¿en qué otra persona podía confiar tanto como en sí mismo? Era una lección que había aprendido muy bien de su padre, el difunto señor Kawakami, un hombre traidor y embustero como el que más, que había dirigido la entidad más temida del gobierno del sogún, la policía secreta.

—No confíes en ninguno de los que te rodean —había dicho el señor Kawakami—, por muy buena opinión que tengas de ellos.

Él ya era un muchacho inteligente y le había replicado:

—¿Y si estoy solo? —Esperaba que su padre le respondiera con un chiste, pero su seriedad era inalterable.

El señor Kawakami le dijo:

—Entonces recela de ti mismo, discute tus motivos, analiza tus relaciones, busca potenciales fuentes de traición. Si las descubres antes que tus enemigos, disimula, o mejor aún, utilízalas como anzuelo para hacerlos caer en la trampa, y sacarás todavía más rédito de lo que los demás suponen que es debilidad.

El propio Saemon era una trampa viviente. Kawakami se las había arreglado para que todo el mundo creyera que el hijo odiaba a su padre. Saemon era el hijo mayor, de modo que esperaba convertirme en el heredero de Kawakami y, con el tiempo, su sucesor como gran señor de Hino. No era un título demasiado significativo, porque Hino era uno de los más pequeños y menos importantes de los doscientos sesenta dominios de Japón, pero aun así ser un gran señor conllevaba inevitablemente prestigio y honor. Las cosas no ocurrirían de ese modo. Se decía que Saemon no era hijo de la esposa de Kawakami, sino de una concubina menor. El pequeño creció en un pequeño palacio en el campo, en realidad una granja con pretensiones de palacio, y no recibió los mimos y privilegios que se prodigaba a sus supuestos medio hermanos en el castillo principal. Naturalmente, un hijo criado así no podía sino odiar a su padre.

Saemon, por supuesto, no era hijo de la concubina, sino lo que se decía que no era, es decir, el hijo mayor de la esposa de Kawakami. Desde su infancia, Saemon había sido parte de un plan ideado para engañar a todo el mundo. Nadie dudaba de que lo único que quería era matar a su padre. Como todos creían que ese deseo era perfectamente razonable, pudo vincularse con facilidad a diversos grupos que combatían al sogún y su régimen. Un plan realmente inteligente, tal vez incluso brillante, como todos los que se le ocurrían a su padre. El único error fue que el supuesto odio de Saemon alcanzó un grado de perfección que Kawakami no había previsto.

Lo que ocurrió fue que el hijo realmente odiaba al padre. Y las razones que explicaban que así fuera también eran absolutamente lógicas.

Debido a aquel plan artero y de largo alcance en el que desempeñaría involuntariamente un papel tan vital, Saemon no fue criado por su bondadosa, linajuda y amorosa madre en el castillo del que era legítimo heredero. Fue confiado al cuidado de una concubina físicamente bella, perezosa y negligente, que no tenía el más mínimo interés en el niño. Así, para acallar sus berridos, lo hacía objeto de las más perversas prácticas sexuales; años después, él llegó a la conclusión de que debido a eso nunca podría comportarse como una persona normal. El hecho de que cuando tenía dieciséis años la hubiera envenenado con una toxina china de acción prolongada no era compensación suficiente, aunque de vez en cuando evocaba con agrado aquel mes en que ella había agonizado, el mes de la perfecta luna de otoño, un breve período en el que la mujer envejeció veinte años. Hacia el final, no quedaba en ella el más mínimo vestigio de su anterior belleza, y lo que había sido uno de sus rasgos más atractivos, su embriagador perfume sexual, se había corrompido hasta convertirse en un hedor tan pestilente que sólo los sirvientes de menor categoría acudían a atenderla, y no muy seguido.

De su padre y su madrastra Saemon había aprendido que, en el fondo, sólo podía contar consigo mismo. Ahora, en una época en que las crisis se sucedían una tras otra, surgían grandes oportunidades para aquellos que tenían una visión clara.

¿Y quién podía tener una visión más clara que alguien que no cargaba con el peso de ideas falsas como las de lealtad, honor, amor, respeto, sinceridad, tradición o familia?

El señor Saemon estaba seguro de que no había nadie mejor dotado que él para ser la expresión ejemplar del hombre del futuro.

Todavía no había llegado el momento de actuar, pero ese momento estaba cada vez más próximo. Genji le había ahorrado un problema: el asesinato de su padre. Con el tiempo, él se encargaría de matar a Genji, como lo había planeado su padre, pero no por animosidad. Genji era uno de los grandes señores que podrían entorpecer su ascenso cuando el régimen del sogún Tokugawa fuera finalmente derrocado. Era una cuestión práctica, nada más.

Con la vista puesta en el futuro —el futuro real, no el que imaginaban los ilusos y los débiles—, Saemon había comenzado a investigar los numerosos rumores que habían circulado acerca del señor Genji desde el momento mismo de su nacimiento. La mayoría tenían la obvia consistencia de los cuentos de hadas y las supersticiones campesinas. Cada vez que se insinuaba la posibilidad de un desastre, fuese la hambruna, la guerra, una plaga, un terremoto o un maremoto, los desesperados buscaban refugio en alguna intervención mágica. Era todo cuanto tenían. Pero dos de los informes que recibió reclamaron particularmente la atención de Saemon.

Uno atribuía la misteriosa matanza de la población entera de una aldea campesina aislada en el Dominio de Hino, perpetrada unos seis años antes, al señor Genji. ¿Por qué un noble de tan alto rango y tan ambicioso mancharía de sangre sus manos en un acto tan ruin? Nadie lo sabía.

El segundo se refería a la partida hacia Norteamérica, ese mismo año, de la amante del señor Genji, Mayonaka no Heiko, una geisha famosa en aquel tiempo. Algunos decían que había escapado con un norteamericano, Matthew Stark, entonces y ahora estrechamente vinculado a Genji. Pero Saemon sabía que una buena cantidad del oro atesorado por Genji había salido hacia Norteamérica con ellos dos. Y habría sido imposible que eso ocurriera sin la aprobación del propio Genji.

¿Cuál era la verdad?

Saemon estaba decidido a descubrirla.

El acontecimiento más improbable, la persona más insignificante, podían ser la clave para la destrucción de Genji.

San Francisco, 1862

Era el mismo océano y, sin embargo, nada se parecía. La costa de la bahía de San Francisco no le recordaba a Heiko la bahía de Edo, del mismo modo que el frío penetrante del otoño californiano no le traía recuerdos del clima más benigno de la misma estación en Japón.

Pero las olas, en su constante movimiento, transportaban sus pensamientos hacia aquel otro lugar y a otros tiempos, los tiempos en que había sido la geisha más hermosa de la gran capital del sogún Tokugawa. Ahora le parecía que aquello había pasado hacía muchísimo tiempo, sobre todo cuando utilizaba las fechas del calendario japonés. El undécimo mes del decimocuarto año del emperador Komei. Las palabras y los números evocaban una época lejana que apenas podía recordar.

¿Era posible que hubieran pasado sólo dos años desde que conociera a Genji?

Se había equivocado terriblemente con él, como todo el mundo. Genji no mostraba la seriedad propia de un samurái de alto rango en una época de crisis, y sonreía demasiado a menudo, incluso cuando no había motivo alguno para sentir el más mínimo regocijo. Además vestía de un modo más bien llamativo, con quimonos y túnicas de colores demasiado brillantes y excesivamente adornados con ostentosos hilos de oro y plata. Eran prendas muy adecuadas para un actor, y nadie podía negar que el joven señor era lo bastante apuesto para cualquier escenario de *kabuki* de la tierra, pero al fin y al cabo no era un actor. Era un señor, el heredero del gobierno del Dominio de Akaoka, y si había que dar crédito a los persistentes rumores que circulaban al respecto, estaba dotado de visión profética. Así pues, uno esperaba que se mostrara más sobrio y templado, al menos en su apariencia.

El hombre que había contratado a Heiko, el señor Kawakami, jefe de la policía secreta del sogún, había descrito a Genji como un diletante frívolo e impertinente, un gandul interesado en las mujeres y el vino y no en las tradiciones marciales de los samuráis. Lo que ella vio al principio la indujo a pensar que Kawakami estaba en lo cierto. Pero una vez que se dejó seducir por él, supo que su jefe estaba terriblemente equivocado. Genji cultivaba el estilo de un petimetre y se vestía como tal, pero su cuerpo traicionaba su secreto. Su aparente delicadeza cuando estaba vestido era el resultado de una postura de fingida lasitud. Sus músculos disciplinados conferían a sus miembros una extraordinaria tensión, del mismo modo que la cuerda de un arco convertía a una inofensiva varilla de madera en un arma mortal. Heiko, que gracias a su propia formación en las prácticas marciales tenía un conocimiento acabado de la musculatura humana, supo desde la primera vez que hicieron el amor que Genji había pasado años entrenándose con corceles de guerra, con espadas, dagas y lanzas, con el arco y las flechas. Que alguien tan bien informado como Kawakami *el Legañoso* no lo supiera sugería cierto grado de secreto en aquel entrenamiento, lo que llevaba a una sola conclusión: la conducta visible de Genji obedecía a la intención de inducir a los que lo veían a sacar la misma conclusión equivocada a la que había llegado Kawakami.

Heiko no había informado de esto a Kawakami. Se dijo que no era una información realmente valiosa. ¿Significaba acaso que el clan de Genji, el clan Okumichi, conspiraba para traicionar al sogún? Por supuesto, ése era un dato conocido. La enemistad entre el clan del sogún y los de sus enemigos había durado casi trescientos años. Que aquellos trescientos años hubieran transcurrido en paz no tenía ninguna importancia. Los complots y las conspiraciones no terminarían hasta que uno de los bandos se impusiera definitivamente sobre el otro. Puesto que las guerras entre los clanes casi nunca terminaban con un vencedor indiscutible, lo más probable era que los complots continuaran hasta que el sol dejara de iluminar la tierra. Así pues, se dijo que todavía no había obtenido ninguna información que valiera la pena transmitir. Y para cuando supo la verdad, ya no era el instrumento de Kawakami, sino la amante de Genji.

Ahora todo aquello parecía haber sucedido hacía mucho tiempo. Tal vez porque los meses que había pasado en Norteamérica habían sido los más largos de su vida. La certeza de que Genji pronto le pediría que regresara contribuía, de algún modo, a que el tiempo pasara tan lentamente.

—Heiko. —La voz suave de Matthew Stark sonó muy cerca de ella. No lo había oído acercarse. Los recuerdos habían embotado su conciencia del presente—. La niebla pronto lo cubrirá todo. Deberíamos ir a casa.

—Sí, gracias, Matthew. —Heiko aceptó el brazo que él le ofrecía y se apoyó pesadamente en él mientras subían por el sendero que los llevaba a la carretera. La colina parecía mucho más empinada ahora que cuando había bajado hasta la costa.

—No deberías cansarte tanto —dijo Stark—. El doctor Winslow me dijo que las mujeres en tu estado deberían pasar las últimas semanas en cama.

Lo estúpido de la idea dio a Heiko ganas de reír, pero se

contuvo. Los extranjeros podían saber mucho sobre ciencia, pero sus conocimientos acerca de los hechos más simples de la naturaleza solían ser ridículamente frágiles.

—Cuatro semanas en cama no me fortalecerían, más bien me debilitarían, y cuando llegue el momento necesitaré una gran fortaleza.

—A veces hablas más como un samurái que como una mujer —replicó Stark.

Heiko sonrió mientras él la ayudaba a subir al carruaje.

—Lo tomo como un cumplido, Matthew. Gracias.

—No fue ésa mi intención. —Pero le devolvió la sonrisa antes de chasquear las riendas para que el caballo se pusiera en marcha.

Heiko se dijo que debía dejar de pensar en Stark y en los otros norteamericanos como extranjeros. Aquél era su país. Allí, la extranjera era ella. Pero no permanecería por mucho tiempo. Entrecerró los ojos. Se adormeció. Mucho antes de que llegaran a San Francisco se había dormido y soñaba con el castillo Bandada de Gorriones.

Castillo Bandada de Gorriones, 1308

La dama Shizuka tenía dieciséis años cuando el señor Hironobu la rescató y la llevó al castillo Bandada de Gorriones como su prometida. En cuanto llegó, recorrió sin dar un solo paso en falso los laberínticos corredores hasta llegar al patio más recóndito del castillo, lo que sorprendió en extremo al señor Hironobu. Todos los pasillos interiores del castillo eran intencionalmente confusos, para desorientar a cualquier agresor que lograra franquear las defensas exteriores durante un sitio.

—¿Cómo supiste llegar hasta aquí?

Sin embargo, una vez en el patio, ella se mostró desorientada.

—¿Dónde están?

—¿El qué?

—Las flores —dijo Shizuka.

—¿Flores? —Hironobu soltó una carcajada—. No hay sitio para flores aquí. Éste es un bastión de temibles guerreros. Mira, aquí viene uno. Go, te presento a mi nueva esposa. Shizuka, él es mi guardaespaldas, Go.

Go, un hombre corpulento y de semblante adusto, no dijo nada ni hizo el más mínimo gesto que pudiera interpretarse como un saludo. En cambio, se dirigió a Hironobu.

—No deberías haber hecho esto, mi señor —dijo.

—Eres demasiado serio. Se trata de una cuestión de amor, no de guerra o de política. Deja de preocuparte —dijo Hironobu, y luego comentó a Shizuka—: Él fue mi niñero guerrero cuando yo era niño. A veces parece creer que sigue siéndolo.

Pero a Shizuka, Go no le interesaba. Se dirigió hasta el centro del patio.

—Deberían estar aquí, exactamente aquí.

—¿Qué debería estar exactamente aquí? —preguntó Hironobu.

—Las flores —respondió Shizuka—. Las rosas *Belleza Americana.*

—¿Qué clase de rosas?

—Las rosas *Belleza Americana.*

—¿Americana? ¿Qué significa americana?

Shizuka se encogió de hombros con impaciencia.

—¿Dónde está el señor Narihira? Debe de haberlas plantado en un lugar equivocado.

Una expresión seria y de preocupación apareció en el rostro de Hironobu.

—¿Quién es el señor Narihira?

—El señor de este castillo —respondió Shizuka.

—Shizuka, yo soy el señor de este castillo —dijo Hironobu.

Cuando ella recordó este incidente años después, reflexionó con cierta complacencia acerca de aquellos días en los que aún no había descubierto cuán diferentes eran sus conocimientos de los que poseían los demás. Pero ahora su decepción era tal que no podía soportarla. Había deseado tan intensamente ver aquellos espléndidos pimpollos de rosas rojas, rosadas y blancas... Las lágrimas rodaron por sus mejillas.

Cuando Hironobu trató de consolarla, sólo atinó a decir:

—No pensaba cortarla. Sólo quería verla. Una rosa *Belleza Americana*.

3

El arcón mongol

—Tú crees que conocer el futuro es lo contrario de conocer el pasado.

—Eso creo —dijo el señor del dominio.

—En realidad, son la misma cosa.

—Tonterías —dijo el señor—. El pasado es algo terminado. El futuro está por venir. ¿Cómo pueden ser lo mismo?

—Conociendo el pasado, ¿puedes cambiarlo?

—Por supuesto que no —dijo el señor.

—¿Y cómo podría el conocimiento de lo inevitable ser diferente del conocimiento de lo que ya ha sucedido?

Aki-no-hashi, 1311

Palacio de La Grulla Silenciosa, 1867

Hanako se asomó al estudio, vio que el escritorio de la dama Emily no estaba ocupado y entró para limpiar el lugar. Debería haber dejado esa tarea a las criadas, pero en estos tiempos las jóvenes no eran tan de fiar como las de antes. Eran demasiado curiosas, carecían de disciplina y les encantaba el cotilleo mucho más de lo conveniente. Todos en el palacio sabían que Emily estaba trabajando en una traducción al inglés del *Suzume-no-kumo*, la historia del clan Okumichi. Si un pergamino quedaba inadvertidamente abierto, o incluso atado pero no guardado, una de las criadas podría sentir que la tentación de escudriñarlo era demasiado fuerte como para resistirse. Ésa era una buena razón para que hiciera ella misma la limpieza, se dijo Hanako. Sabía que una tarea como aquélla no le correspondía, ni era apropiada para una mujer de condición elevada. Al fin y al cabo, era la esposa del señor Hidé, el jefe de los guardaespaldas del señor Genji, y tenía derecho a ostentar el título de «dama». Pero era difícil abandonar las costumbres más arraigadas. Era hija de un humilde granjero del valle que se extendía a los pies del monasterio de Mushindo, un puesto de avanzada ancestral de los grandes señores de Akaoka desde hacía seiscientos años. A los nueve años había perdido a sus padres. El abad del monasterio, Zengen, un anciano bondadoso, se había compadecido de ella y había conseguido que la niña se incorporara a la servidumbre del señor Kiyori, el abuelo y predecesor de Genji. A los veintidós años, sin familia ni conocidos, sin dote alguna, ya se había resignado a llevar la vida de una solterona cuando el señor Genji en persona arregló su casamiento con Hidé, un samurái al que ella había admirado siempre en secreto.

Que le hubieran sucedido cosas tan inesperadas era algo que todavía la asombraba. A los veintinueve años era madre de un hijo noble, esposa del compañero más leal del señor del clan y la mejor amiga de la dama Emily, la norteamericana que por un extraño capricho del destino se había convertido en miembro del clan (en la medida, desde luego, en que un extranjero podía serlo). Qué afortunados eran todos ellos: el señor Genji, a diferencia de los hombres comunes y corrientes, podía ver el futuro. Por eso siempre se podía confiar en sus decisiones, aunque a veces parecieran extrañas.

Hanako sujetó con un alfiler la manga izquierda vacía de su quimono para que no le estorbara. Nunca lo hacía cuando había otras personas, pues sentía que ponía demasiado en evidencia la ausencia de su brazo izquierdo. Aunque sólo habían pasado seis años desde el combate en el monasterio, el pueblo ya se refería a él con admiración como «la Gran Batalla del monasterio de Mushindo». Hanako, Hidé, el señor Genji y la dama Emily eran de los pocos que habían sobrevivido a la emboscada que les habían tendido seiscientos mosqueteros enemigos, triunfando contra todo lo previsible. Naturalmente, sus hazañas habían sido magnificadas en las distintas versiones que contaban los que nada sabían, y la misma Hanako se había granjeado una no deseada reputación por su valentía tras haber perdido un brazo durante la lucha. Por eso, cualquier énfasis visible que resaltara su pérdida, aun involuntario, le parecía una suerte de jactanciosa exhibición.

Había pergaminos por todas partes, algunos abiertos, otros no. Emily, por lo general tan ordenada, había dejado el lugar sumido en un caos poco común. ¿Habría tenido que salir precipitadamente? Hanako pensó que había sido una buena idea decidirse a hacer la limpieza ella misma. Había demasiados pergaminos abiertos. Sólo alguien como ella, alguien dispuesto a no mirar, podía enrollarlos sin entrever un solo signo.

Para distraerse, trató de recordar algo de lo que ya estaba traducido al inglés. Emily se lo había enseñado unos días antes. Le había parecido mucho más extraño en inglés que en japonés. ¿Cómo era?

Hanako enrolló otro pergamino y lo colocó junto al que acababa de enrollar un momento antes. Si mantenía el orden en que los había encontrado, a Emily le resultaría relativamente fácil retomar el trabajo donde lo había dejado, aunque los pergaminos ya no estuviesen abiertos.

Ah, sí, recordó Hanako. «Bandada de Gorriones.» Lo dijo en voz alta para practicar la forma de las palabras y oír cómo sonaban, que era la mejor manera de recordarlas.

—Bandada de Gorriones —repitió Hanako, y se sintió muy complacida al oírse. Había pronunciado aquellas palabras en un inglés muy claro, pensó.

—¿Hola? —dijo Emily, y levantó la vista desde detrás de una mesa situada en el otro extremo de la habitación. Sin duda había estado sentada en el suelo.

—Perdón —se disculpó Hanako—, no me di cuenta de que estabas aquí. Como no estabas ante tu escritorio, entré a limpiar. —Hizo una reverencia y se dispuso a retirarse.

—No, no te vayas, Hanako —dijo Emily—. Estaba a punto de ir a buscarte. Mira esto —agregó, señalando el pequeño arcón que había junto a ella. Era el que estaba revestido en piel y tenía pintada una imagen algo desteñida en su parte superior.

—Ah —dijo Hanako—, has abierto un nuevo baúl de pergaminos. Estarás entusiasmada.

—Éstos son muy diferentes de los otros. Hasta el arcón en el que venían es diferente. ¿Este motivo es japonés?

Hanako miró el dragón enroscado, como si fuera un furioso humo rojo, en torno a las montañas de hielo azul.

—No —dijo—. Se parece más al estilo chino, pero más salvaje, más bárbaro. Tal vez lo hayan hecho los mongoles.

Emily asintió. Se la veía preocupada, o perpleja, o quizá simplemente cansada. Aunque la conocía desde hacía siete años, y desde entonces había conocido a otros extranjeros, muchas veces todavía le costaba discernir las emociones que aparecían en sus rostros. A diferencia de los japoneses, los extranjeros solían no ocultar sus sentimientos, y era esa misma y deliberada falta de control lo que hacía que a Hanako le resultara tan difícil comprender sus expresiones. Aparecían demasiadas señales faciales al mismo tiempo, entre ellas incluso las que eran de naturaleza insoportablemente impropia. A veces ella estaba con Emily cuando recibía la visita de uno de sus amigos norteamericanos. El oficial naval, Robert Farrington, o el hacendado, Charles Smith. En esas ocasiones, veía a menudo que en el rostro de aquellos hombres se reflejaban emociones tan íntimas que ella no podía evitar ruborizarse. Emily, al parecer, no las reconocía, pues seguía con la conversación como si no hubiera visto nada malo, ni se sentía ofendida, enfadada o avergonzada.

Hanako se preguntó, y no era la primera vez, si acaso en algún momento llegaban siquiera a entenderse entre ellos.

Ahora, evidentemente, Emily estaba pensando en muchas otras cosas, lo que tal vez explicara la confusión que se reflejaba en su rostro, porque cuando volvió a hablar se refirió a algo completamente distinto.

—¿Sabes algo acerca de Go, el guardaespaldas del señor Hironobu? —preguntó.

—Por supuesto —replicó Hanako aliviada, pensando que la atención de Emily se había desviado de los pergaminos. Sólo el gran señor, y aquellos que formaban su línea sucesoria, estaban autorizados a leerlos. El señor Genji había hecho una excepción en el caso de Emily. Ella sí podía leerlos. Hanako no—. Go es uno de los más grandes héroes de nuestro clan. Sin él, el señor Hironobu habría muerto en la infancia y nunca habría habido ningún gran señor de Akaoka.

—¿Go era mongol?

—Oh, no —replicó Hanako, escandalizada por lo injurioso de semejante suposición—. Estoy segura de que no lo era.

—¿De dónde era?

—¿De dónde? De Japón.

—¿De qué lugar de Japón?

Hanako guardó silencio con aire pensativo y luego dijo:

—No recuerdo que nunca me hayan contado nada acerca de su infancia, excepto que aprendió a cabalgar casi antes de aprender a caminar. —Sonrió—. Pero, por supuesto, eso es lo que dice la leyenda. Por lo demás, siempre se habla de él como el guardaespaldas del señor Hironobu. Ya era su guardaespaldas cuando el señor era niño, y siguió siéndolo hasta el final.

—El final —repitió Emily—. ¿Cuál fue el final?

—Murieron juntos en combate —respondió Hanako—, resistiendo el ataque de un ejército Hojo para que el hijo recién nacido del señor pudiera escapar y vivir lo suficiente para tomar justa venganza. —Ése también era un episodio famoso de la historia del clan—. Ese hijo, Danjuro, se convirtió en el segundo gran señor de nuestro dominio. Era apenas un adolescente cuando ayudó a destruir la regencia Hojo. —De pronto la asaltó un pensamiento inquietante. Sin poder evitarlo, preguntó—: ¿El *Suzume-no-kumo* dice otra cosa?

Emily negó con la cabeza.

—No, dice exactamente lo mismo que tú.

—Ah. —Hanako suspiró, aliviada. En todos los clanes no era raro que los de arriba supieran algo distinto de lo que se les contaba a los de abajo. En un clan como el Okumichi, conducido por generaciones de profetas, los de arriba y los de abajo podían ser muy diferentes por cierto. Ahora que había planteado la cuestión de los pergaminos sería mejor para ella marcharse antes de que el tema volviera a aparecer. Hizo una reverencia a su amiga—. Lamento haberte molestado, Emily. Te dejaré seguir trabajando.

—Necesito tu ayuda, Hanako.

Hanako vaciló.

—Me encantará hacer todo lo que pueda, siempre que no se me pida leer ningún pergamino u oír algo más acerca de lo que hay en ellos.

—Éstos no son los que tú no puedes leer. —Emily le tendió el pergamino que tenía en sus manos.

Hanako hizo otra reverencia, pero no estaba dispuesta a aceptarlo.

—No puedo.

—No pertenece al *Suzume-no-kumo*.

Emily había hecho enormes progresos en su comprensión del idioma japonés durante el tiempo en que había estado en el país. Sin embargo, Hanako dudaba de que Emily fuera capaz de distinguir lo que formaba o no parte de la historia secreta del clan. Si un pergamino estaba guardado en uno de aquellos arcones, ¿cómo podía no ser parte de esa historia? Negarse a recibirlo sería sumamente descortés, pero aceptarlo podía entrañar la violación de una regla fundamental del clan. Cuando era posible, no había nada mejor que evitar cualquier ofensa. Vacilante, tomó el pergamino. En cuanto apareciera el primer indicio de que Emily estaba equivocada, interrumpiría inmediatamente la lectura.

El primer vistazo a las fluidas líneas de escritura *hiragana* fonética y la casi total ausencia de complejos ideogramas *kanji* le demostraron que Emily tenía razón. Nadie escribiría la historia del clan de manera tan informal. Pero apenas comenzó la primera línea, la mención del señor Narihira y la bien conocida profecía equivocada de las rosas la hizo detenerse.

—No puedo, Emily.

—Esto parece ser una especie de diario —dijo Emily—. Chismes, no historia.

—Sea lo que fuere, habla de los grandes señores y de las profecías —dijo Hanako—. Estaría mal que siguiera leyendo.

Emily sonrió.

—¿Aquí nadie habla de las profecías? ¿Nunca has oído ningún chisme acerca del señor Genji?

Hanako le devolvió la sonrisa. Por supuesto, tenía razón. En el clan Okumichi las profecías, los pensamientos y las acciones del señor del dominio eran temas constantes de conversación, discusiones y conjeturas. No era un comportamiento correcto. Pero, siendo la naturaleza humana como era, ¿podía ocurrir de otro modo? Hanako retomó la lectura. Al final del primer párrafo, no pudo contener la risa.

—Sí —dijo Emily—, yo también me reí cuando llegué a esa parte. Yo la traduciría así: «Cuando el cielo otorgó a los hombres el gobierno del mundo, sin duda los dioses demostraron un travieso sentido del humor.»

—Sí, es correcto, creo.

—Esto fue escrito por una mujer —dijo Emily.

—No cabe duda —convino Hanako—. La caligrafía, el estilo, el tema, todo es muy femenino. —Siguió leyendo y sonrió, más cómoda, ahora que estaba segura de que no se trataba de un texto prohibido—. Cuenta un amorío, evidentemente ilícito y trágico.

—Entre otras cosas.

—Me pregunto cómo se mezcló con el resto.

—No sería del todo exacto decir que se mezcló. —Emily levantó la tapa del arcón con el dragón rojo y las montañas azules—. Todos tienen el mismo estilo.

—Entonces el arcón fue colocado con los otros por error.

—Me pregunto si habrá sido así —dijo Emily. Apartó la tela rústica y dejó a la vista la delicada seda primorosamente bordada con el motivo de coloridas rosas sobre un campo de nubes blancas y un límpido cielo azul—. ¿Estas rosas no son las que la gente de tu clan llama *Belleza Americana*?

—Sí, lo parecen —respondió Hanako, sintiéndose de nuevo incómoda—. Creo que deben de serlo, pues el pergamino les da ese nombre.

—Originalmente fueron plantadas por el señor Narihira —dijo Emily.

—Sí.

—¿Y cuándo fue eso?

—En el decimoctavo año del emperador Ogimachi —respondió Hanako.

—¿Qué año es ése en el calendario occidental?

Hanako calculó rápidamente.

—Creo que sería 1575.

Emily asintió.

—Es lo que pensé, pero estaba segura de que había hecho mal el cálculo. Para un extranjero, es muy fácil perder el hilo de la secuencia correcta de los emperadores tal como aparece en el calendario japonés. —Miró pensativamente la imagen pintada en el arcón—. Me ha llevado dos semanas leerlo. Lo terminé ayer. Desde entonces, no he podido pensar en otra cosa. —Pareció que iba a decir algo más, pero no lo hizo.

—¿Por qué pensaste que te habías equivocado al calcular la fecha? —preguntó Hanako al cabo de un momento.

—Por las rosas, que aparecen en la narración y en esta tela —contestó Emily.

—¿Sí? —Hanako no entendía por qué Emily parecía tan

perturbada. El símbolo más común del clan era el gorrión que eludía flechas que le llegaban desde los cuatro puntos cardinales. Era el símbolo que aparecía en las banderas de guerra oficiales Okumichi. Durante los dos últimos siglos las rosas aparecían casi con la misma frecuencia. Se las podía encontrar en estandartes, quimonos y armaduras, así como en las hojas y empuñaduras de las espadas. No tenía nada de misterioso que aparecieran en los escritos de hombres o mujeres del clan, o en una tela de seda como la que había sido usada para envolver los pergaminos.

—Las rosas fueron plantadas en 1575 —dijo Emily—, de modo que sería imposible que alguien que escribió antes de ese año hablara de ellas.

—Es cierto —dijo Hanako.

—Sin embargo, en estos pergaminos se las menciona continuamente —agregó Emily—, y la autora asegura que escribió en el cuarto año del emperador Hanazono.

Hanako acudió rápidamente a su memoria. Sabía al dedillo la cronología imperial.

—No puede ser —repuso—. El cuarto año de Hanazono es el 1311 en el calendario cristiano.

—Debo ir al castillo Bandada de Gorriones —dijo Emily.

Hanako se horrorizó. ¿Cómo podía pensarlo siquiera? El castillo estaba a quinientos kilómetros de allí. Había que viajar atravesando una zona de la campiña en la que abundaban samuráis cada vez más violentamente antiextranjeros, entre los que destacaban los llamados Hombres de Virtud. Últimamente, los ataques contra extranjeros se habían convertido en una penosa costumbre. Las mujeres no habían sido tomadas como blanco de los mismos. La situación todavía no había empeorado hasta ese punto. Pero Emily era bien conocida como huésped del señor Genji, que encabezaba la lista de enemigos de los Hombres de Virtud.

—¿Qué justificaría semejante viaje?

Emily miró a Hanako a los ojos.

—Somos amigas. Somos verdaderas amigas.

—Sí —dijo Hanako—. Somos verdaderas amigas.

Emily la miró largamente antes de volverse hacia el arcón y comenzar a sacar los pergaminos. Cuando los hubo sacado todos, levantó la tela de seda y la sostuvo en alto. Hanako vio que era un quimono.

—¿Notas algo en especial? —preguntó Emily.

—Está cortado según el estilo actual —dijo Hanako, lo que era bastante sorprendente si los pergaminos eran tan antiguos como parecía, aunque también podrían haber sido envueltos de nuevo en una época reciente.

Emily sostuvo el quimono contra su cuerpo.

—¿Algo más?

—Es muy elegante —añadió Hanako—. Lo más probable es que fuera usado solamente en una ocasión especial. Una celebración, una fiesta o algo así.

—¿Una boda?

—Sí, sería muy apropiado para una boda. No para un invitado, por supuesto. Es demasiado majestuoso. Sólo la novia podría usarlo. —Contempló la profusión de rosas primorosamente bordadas. La novia tenía que ser muy hermosa, porque de lo contrario el quimono atraería toda la atención—. Y necesitaría un *obi* especial.

Emily hurgó otra vez en el arcón.

—¿Como éste? —preguntó, y alzó una faja ceremonial tan exquisita como el quimono, en colores complementarios, generosamente bordada con hilos de oro y plata.

—Sí —respondió Hanako—. Ése es perfecto. —¿Qué hacían un quimono y una faja nupcial en un arcón repleto de pergaminos antiguos? Sintió un escalofrío.

—Este arcón me fue enviado a mí —dijo Emily con voz tan queda que pareció que había hablado contra su voluntad.

Hanako no comprendía su preocupación. Todo el mundo sabía que el señor Genji le había pedido a Emily que hiciera una traducción al inglés de la historia secreta. Había ordenado que todos los pergaminos le fueran entregados a ella. Naturalmente, si se encontrara un arcón como aquél, le sería remitido a Emily, como había sucedido con otros arcones que habían sido hallados a lo largo de los años desde que ella comenzara su trabajo. Treinta generaciones de señores Okumichi habían leído los pergaminos. A lo largo de un lapso tan prolongado y habiendo pasado por tantas manos, era inevitable que alguna que otra vez algunos fragmentos de la historia se hubiesen perdido por un tiempo. Bandada de Gorriones era un castillo muy grande, que tenía compartimientos ocultos y pasadizos secretos. Había muchos sitios donde las cosas podían ser escondidas y olvidadas. Puesto que sólo el señor o aquellos que él autorizaba podían ver los pergaminos, quienquiera que los encontrase no se atrevería a leerlos, y por lo tanto no podría saber que los que Emily acababa de mostrarle no eran parte de la historia. (Algunos señores no habían tomado demasiado en serio la historia ni la prohibición, así que había habido épocas en que muchas personas que no pertenecían a la línea sucesoria habían tenido acceso a los pergaminos: entre ellas amantes, compañeros de juerga, geishas y monjes. Por tanto, gran parte de la historia era un conocimiento común o, más exactamente, cotilleo común.) No tenía nada de misterioso que aquel arcón le hubiera sido remitido a Emily. Sin embargo, era evidente que Emily estaba muy perturbada.

—Fue encontrado y te fue enviado a ti porque lo ha ordenado el señor Genji —dijo Hanako.

—No —repuso Emily—. No es eso lo que quiero decir. Es imposible, la mera idea linda con la blasfemia, y sin embargo... —Emily se deslizó hasta el suelo y se sentó pesadamente, con el quimono y la faja en su regazo—. Debo ir al castillo. Es el único modo de desmentirlo. Y debo desmentirlo. Debo hacerlo.

—¿Desmentir qué? —preguntó Hanako.

—Que este arcón me fue enviado a mí —dijo Emily.

Torre del castillo Bandada de Gorriones, 1311

La dama Shizuka sonrió a Ayamé, su principal dama de honor y se maravilló de que mujeres tan jóvenes como ella, casi niñas, llevaran títulos tan importantes como «damas» o «damas de honor». La dama Shizuka tenía diecinueve años y no envejecería. Ayamé tenía tan sólo diecisiete, aunque la seriedad de su expresión hacía que pareciera más madura.

—Te ruego que vuelvas a considerarlo, mi señora —dijo Ayamé, sentada elegantemente sobre sus rodillas. Tenía un aspecto muy delicado a pesar de la armadura que llevaba, el corte de pelo irregular y la alabarda *naginata* de hoja larga que tenía a su lado—. Yo misma he examinado la posición de los enemigos y es como dice Fumi. Sus centinelas están mal situados, sus líneas están llenas de brechas y sus tropas están embotadas por el sake. Si los distraigo, tú podrías escabullirte fácilmente y ponerte a salvo.

—No puedo marcharme —dijo Shizuka. Tenía la mano apoyada en su abultado vientre, como solía hacer en los últimos tiempos. Sus vestiduras holgadas hacían que su estado pasara inadvertido para los observadores desprevenidos y su rostro, delgado como siempre, contribuía a disimular la verdad.

—Todavía falta un mes y medio para que des a luz —insistió Ayamé—, y el bebé no parece tener ninguna prisa por salir antes de tiempo. Una vez que hayas escapado del cerco, no habrá mayor peligro. El señor Chiaki ya debe de estar al corriente de la situación y, seguramente, estará regresando con muchos de nuestros samuráis. Es probable que te encuentres con él incluso antes de llegar al cabo.

—Ésa no es la razón por la que no puedo marcharme —dijo Shizuka—. Éste es el lugar donde debo estar.

Ayamé se inclinó hacia delante, colocó ambas manos en el suelo frente a ella e hizo una reverencia.

—Perdóname, señora Shizuka, pero debo hablar con toda honestidad.

—No es necesario que te disculpes, Ayamé. Siempre has sido libre de decirme lo que piensas.

—Espero que sigas opinando lo mismo. Muchos dicen que no es el futuro ni los espíritus lo que ves, sino que todo es producto de tus delirios. Dicen que aciertas de casualidad y eso hace que parezcas clarividente. Desde el día en que entré a trabajar a tu servicio, nunca dudé de ti. Digas lo que digas, yo sé que tienes una razón para hacerlo. Eres sabia a pesar de tu corta edad y tu poca experiencia. No importa si sabes o no lo que sucederá. Pero si no te marchas de aquí esta noche, mi señora, morirás.

Shizuka colocó las manos en el suelo e hizo ella también una reverencia.

—Has sido constante, leal y tan valerosa como los legendarios samuráis. Te estoy agradecida por todo eso. Ahora debes ser aún más valiente. Ayamé, tú sobrevivirás a esta noche y a las horas más oscuras de la mañana y seguirás viviendo muchos, muchos años más. Ése es tu futuro. A su tiempo comprobarás que yo lo había visto de verdad. Te casarás con un hombre honrado y de mérito y tendrás muchos momentos de felicidad, así como algunos de tristeza. Tendrás cinco hijos. El mayor se casará con la heredera del señor Hironobu, que llevo en mi vientre, y reinará en este dominio como un gran señor.

—Mi señora —dijo Ayamé, sorprendida. El mero hecho de pensar que el hijo de cualquier otra persona que no fuera Hironobu lo sucedería era considerado un acto de traición. La sola sospecha de una idea semejante había provocado la muerte, justa o injusta, de varios servidores de los distintos clanes. Y ahora era la propia esposa del señor quien lo estaba diciendo.

—Mi hija se llama Sen. Y a tu hijo le pondrás... —Shizuka se interrumpió. Que Ayamé decidiera por sí misma, aunque ella ya hubiera resuelto llamarlo Danjuro. Las personas que tenían el pasado separado del futuro no lo veían de ese modo. Decirle el nombre ahora sería robarle la dicha que aún tenía que venir—. Le pondrás un nombre noble, como se merece. En nombre del señor Hironobu, lo adopto como parte del clan. Desde el día en que nazca será un Okumichi.

—Señora Shizuka, si lo que dices es verdad y puedes ver lo que sucederá, entonces utiliza tu poder para salvarte. Es un pecado que eches a perder inútilmente tu vida.

—Ve hacia la ventana y mira hacia el este —dijo Shizuka.

Ayamé vaciló un instante casi imperceptible y después obedeció.

—¿Qué ves?

—Olas, mi señora. Olas que rompen en la orilla.

—Aquieta las aguas —pidió Shizuka.

—¿Cómo dices, mi señora?

—Detén las olas, Ayamé. Calma el océano.

—No puedo.

—Ve a la ventana que da al oeste. Mira lo más lejos que puedas. ¿Qué hay?

—El aire puro de la noche —dijo Ayamé—, una luna brillante y, muy a lo lejos, el monte Tosa.

—Tráeme el monte Tosa.

Ayamé observó fijamente a Shizuka. ¿Acaso el miedo y la tristeza la habían vuelto loca? Frunció el entrecejo con expresión de profunda inquietud.

—Ni siquiera el más grande hechicero podría mover una montaña de ese tamaño.

—Ves las olas, pero no puedes detenerlas. Ves el monte Tosa, pero no puedes moverlo. Del mismo modo, yo veo lo que sucederá pero no puedo cambiar su curso ni transformarlo en lo más mínimo. —Shizuka sonrió—. Tú sobrevivirás a esta noche y yo también. Tú vivirás mañana por la mañana, yo no. Hablo de esto como si hablara de las olas que se tornan espuma en las rocas y del monte Tosa bajo la luz de la luna. Es una descripción del mundo, no algo que hay que hacer.

—Sabes, pero no eres capaz de actuar. ¿Para qué sirve un don así?

«Nunca lo sabrás —pensó Shizuka—, ni tampoco Danjuro. Pero Sen sí.» Detrás de su mano sentía que su hija se movía.

—¿Se colocaron los pergaminos como indiqué? —preguntó Shizuka.

—Sí, mi señora, y no dejamos nada que marcara el lugar ni trazamos ningún mapa, tal como ordenaste.

—Pareces algo insegura, Ayamé.

—Tuve mucho cuidado de que nadie me viera —respondió—, pero como están bastante alejados de nuestros muros, el enemigo podría encontrarlos aun si se retirara sin atacar el castillo.

—No los encontrarán —aseguró Shizuka.

—Sin embargo, hay otro problema —insistió Ayamé—. Si el castillo cayera en manos del enemigo...

En pocas horas, así sería.

—... Y ninguno de nosotros regresara...

Ninguno de los que ahora vivían volvería. Danjuro y Sen recuperarían el castillo en el duodécimo año del reinado del emperador Go-Murakami. Para entonces, tanto Ayamé como Chiaki estarían muertos.

—... ¿Cómo van a encontrar los pergaminos?

—Los encontrarán cuando sea el momento —dijo Shizuka—, y de una forma que servirá a sus propósitos. —Advirtió que Ayamé quería preguntar cuál era ese propósito pero no se atrevía. No importaba. Shizuka confiaba en ella y habría contestado cualquier pregunta que le hubiera hecho. Sin embargo, ella no habría entendido la respuesta.

Ayamé hizo una reverencia y tomó su arma.

—Con tu permiso, mi señora, regresaré a mi puesto.

—Buenas noches, Ayamé.

El visitante de Shizuka no llegaría hasta dentro de media hora. Cerró los ojos y visualizó la nada. La ausencia le resultaba muy relajante.

La torre, 1860

Aunque sabía que era un acto sentimental y absurdo, el señor Kiyori había ordenado que prepararan manjares para su cena de despedida con la dama Shizuka. Él no había tocado la comida; ella tampoco, de todas formas nunca lo hacía. La colocaban frente a ella como si fuera una ofrenda delante del altar de un antepasado. Por un lado, parecía bastante adecuado, porque Shizuka era un antepasado. Por otro, era totalmente inapropiado, pues el espectro que aparecía como Shizuka seguramente no era más que el producto de su propia imaginación trastornada.

—Estás silencioso —dijo Shizuka—, porque piensas que es imposible que yo sea quien afirmo ser. Debo de ser una alucinación o un espíritu maligno. Como no crees en fantasmas, tiendes a pensar que soy, y siempre fui, un signo de tu inminente locura. Sin embargo, sientes que todavía no estás tan perturbado como para hablar con tus propias visiones. Por otra parte, ya has pasado muchos años hablando conmigo, así que, ¿qué problema hay en que lo hagas de nuevo, una última vez, esta noche, sin importar si soy real o no? No sería muy diferente de pensar en voz alta, ¿no crees? Sin embargo, como no volveremos a vernos, ésta es tu última oportunidad de tratarme como la alucinación que soy. Si entablas una conversación conmigo, no puedes hacerlo. Eso es lo que estás pensando en este momento. Qué dilema, mi señor.

—Quieres que piense que estás leyendo mi mente —dijo Kiyori—, pero no podrás engañarme tan fácilmente. Es normal que una alucinación contenga pensamientos de la mente que la genera.

Shizuka sonrió.

—Me has hablado, mi señor.

Kiyori se golpeó la pierna, exasperado. Nunca había sido un pensador muy sofisticado y su capacidad de argumentación no podía equipararse a la de ella. Por supuesto, hasta pensar en eso era bastante confuso.

—Es la fuerza de la costumbre, nada más. Y como dices

tú, o sea, como digo yo, no es muy diferente de pensar en voz alta.

Shizuka hizo una reverencia. Colocó las manos en forma de triángulo en el suelo e inclinó la cabeza hasta tocarlas.

—Puesto que yo soy tú —respondió—, no puedo sino estar de acuerdo contigo. —Su rostro adoptó una expresión momentánea de seriedad, pero no logró contenerse por mucho tiempo. En el momento más profundo de su reverencia empezó a sonreír y, mientras se incorporaba, se cubría los labios con las mangas—. Por favor, no me mires tan enojado. Después de todo, recuerda que yo soy solamente tú.

—Ojalá no siguieras repitiendo eso —se lamentó Kiyori cada vez más enojado aun a sabiendas de que lo único que lograba era sentirse verdaderamente estúpido porque, como había dicho ella, ella era él y, por lo tanto, él era el responsable de todo cuanto ella hacía o decía, puesto que todas eran acciones y palabras que le pertenecían. Oh, ¿qué sentido tenían todos estos tortuosos giros mentales? Deja que hablen entre ellos, el loco y la alucinación, como siempre lo han hecho, por última vez.

—Dices que te marcharás esta noche y nunca volverás. ¿Es verdad? —inquirió Kiyori.

—¿Alguna vez te mentí, mi señor?

—No.

—Es realmente sorprendente, ¿no te parece? En los sesenta y cuatro años que has hablado a través de mí nunca te has dicho una mentira. Son pocos los hombres que pueden decir lo mismo. Oh, discúlpame. Tú tampoco puedes decirlo, porque lo digo yo. Pero espera un momento: yo soy tú, entonces quiere decir que puedes y, de hecho, acabas de hacerlo.

—Por favor. —Kiyori se inclinó para hacer una reverencia—. Digamos que nuestro fenómeno tiene que ver con un fantasma. De esa manera es mucho más fácil.

—Estoy de acuerdo —convino Shizuka—, pero con una pequeña salvedad.

—Trato hecho —dijo Kiyori sin esperar ni un instante.

Estaba ansioso por librarse de ese acertijo. Al ver la expresión en sus ojos, inmediatamente se arrepintió de haber accedido antes de escuchar lo que ella proponía.

—Digamos que el fantasma eres tú, señor Kiyori.

—Es ridículo.

—¿Ah, sí? —La alegría de Shizuka se esfumó—. Tú has estudiado todos los clásicos de Confucio, Buda y el Tao. Sin embargo, durante cincuenta años has contemplado nuestra relación desde un solo punto de vista. Has descartado el sueño de Chuang-Tze, el Sutra de la Guirnalda de Flores y la gran lección de Confucio.

—Chuang-Tze tuvo muchos sueños —respondió Kiyori—, el Sutra de la Guirnalda de Flores tiene setecientos mil ideogramas y Confucio enseñó más de una lección. Sería muy útil que fueras más concreta.

—No es necesario que vayas más allá de la instancia más obvia de cada una de esas cosas.

Kiyori esperaba que continuara. Ella lo miraba fijamente en silencio. Él seguía esperando y ella observándolo. Kiyori era el gran señor del dominio. Nadie jamás se atrevía a mirarlo fijamente a los ojos, así que no estaba acostumbrado a esa clase de cosas. Él fue el primero en hablar.

—Chuang-Tze soñó que era una mariposa. Cuando despertó, no estaba seguro de si era un hombre que había soñado que era una mariposa o una mariposa que soñaba que era un hombre. —¿Acaso ella había sonreído por la satisfacción de haberlo superado? Si lo había hecho, la sonrisa había sido tan leve que podría haber existido sólo en su imaginación. ¿En qué estaba pensando? Por supuesto que había sido imaginaria. Todo era producto de su imaginación.

Ella hizo una reverencia.

—¿Y el Sutra de la Guirnalda de Flores? —preguntó.

No había sido un alumno muy aplicado durante su juventud y ese sutra en particular era bastante largo y complicado. Sin embargo, una imagen le había quedado siempre grabada en la mente porque era muy elegante y, al mismo tiempo, imposible de comprender.

—El sutra dice que la Red de Indra está compuesta por un número infinito de espejos, cada uno de los cuales refleja a los demás y, a su vez, la naturaleza completa de la realidad, que es en sí misma infinita en extensión, en tiempo e infinitamente variable.

Shizuka aplaudió en señal de aprobación.

—Muy bien, señor Kiyori. Eso significa que no siempre dormías con los ojos abiertos cuando el reverendo abad Koiké impartía sus enseñanzas.

—No, no siempre. —Koiké, ese viejo pedante y aburrido. Hacía años que no pensaba en él.

—Háblame de Confucio y habrás respondido correctamente a tres preguntas eruditas seguidas por primera vez en tu vida. Será todo un logro.

Sin duda así sería. Por más hábil que hubiera sido combatiendo con la espada, con el bastón o con sus puños, jamás había dominado las artes de la caligrafía, la memorización y la composición poética. ¿Dominado? En verdad nunca había pasado de ser deplorablemente deficiente. «Concéntrate.» ¿Cuál fue la gran lección de Confucio? Se dio cuenta de la insensatez de sus intentos. Allí estaba él, esforzándose más allá de sus posibilidades para tratar de impresionar a alguien que ni siquiera existía. «No, considéralo como un ejercicio de autodisciplina.» Era un samurái. Tenía que ser capaz de aguzar su mente como si fuera el filo de una espada y atravesar esta confusión.

La gran lección de Confucio. ¿A qué se refería?

¿Respetar a los mayores?

¿Preservar las enseñanzas de los antepasados?

¿Ser un hijo obediente para con nuestro padre y un padre ejemplar para con nuestro hijo?

¿Imitar a los hombres de mérito y evitar la compañía de los frívolos?

¿Criticarse a uno mismo y no a los demás?

Se detuvo. Pensar de manera tan desordenada no sirve. Agudiza la mente. Como si fuera una espada. Atraviesa la confusión.

Shizuka mencionó a Confucio como uno entre los tres. ¿Qué tenían en común sus enseñanzas, el sueño de la mariposa da Chuang-Tze y los espejos del infinito de Indra? ¿Entre lo absolutamente pragmático de un lado y lo terriblemente especulativo e imaginativo del otro?

—Las lecciones de Confucio no están relacionadas con los sueños —dijo Kiyori— ni con los acertijos cósmicos, sólo con la conducta concreta de los hombres y, por lo tanto, proporcionaba máximas para lograr un comportamiento armónico y beneficioso.

—¿Entonces?

—¿Entonces... qué? —Estaba a punto de admitir su derrota cuando de pronto la cuestión apareció clara ante sus ojos. Las posibilidades eran infinitas (los espejos de Indra), la fantasía podía convertir cualquier respuesta en una nueva pregunta (la mariposa de Chuang-Tze), por lo tanto, era responsabilidad de los seres humanos dejar de multiplicar los problemas y reducirlos a proposiciones fácilmente aplicables (el esquema de realidad padre-hijo propuesto por Confucio). ¿Cuál era la mejor forma de expresar sus pensamientos en palabras? Shizuka se disponía a hablar. Sin duda para contestar a su propia pregunta.

¡Debía adelantarse!

Sonrió y dijo:

—Entonces, lo más real es lo que elegimos considerar como tal.

La sonrisa de ella eclipsó de inmediato su sensación de triunfo.

—Me engañaste para que dijera lo que tú querías que dijera.

—Sólo sacaste las conclusiones que eran obvias —dijo ella—. No hay engaño.

—Lo dije pero no lo creo —admitió Kiyori—. Si una espada se dobla hacia mí y yo no la evito ni la bloqueo, me cortará, elija considerarla real o no.

—Córtame con tu espada, señor Kiyori.

¿Cómo conseguía decir siempre las cosas que más lo irritaban?

—No puedo.

—¿Por qué?

—Ya sabes por qué. Porque no estás aquí realmente. La espada pasará a través de ti como si fueras aire.

—¿Porque no estoy aquí?

—Sí

—Otra vez, ¿sólo hay una posibilidad, mi señor?

—Por supuesto que hay una segunda: que yo no esté aquí. —Apenas hubo terminado la frase, se dio cuenta de que lo había engañado nuevamente.

Shizuka hizo una reverencia para indicar su aprobación.

—Y siguiendo con el ejemplo de las mariposas y los espejos, no podemos decir con certeza cuál de las dos posibilidades es la más probable o si, en realidad, una posibilidad excluye a la otra. Quizá yo soy tu fantasma y tú el mío.

La torre, 1311

—La posibilidad de que yo no esté aquí —dijo el señor Kiyori— no es más que eso: tan sólo una posibilidad. No podemos decir nada, las palabras no son más que recursos poco fiables, pero yo sé que estoy aquí y tú no. Todo ese asunto de las mariposas y los espejos no alcanza para negarlo.

Shizuka vio que cogía algo que había frente a él. Por el modo en que levantaba lo que debía de tener en la mano, sabía que era una taza de té. No podía ver nada de lo que para Kiyori era real, excepto al propio Kiyori, que era una imagen difusa a través de la cual distinguía las paredes de la habitación. La estructura de la estancia era igual para ambos, aunque no su contenido. A menudo Kiyori caminaba a través de mamparas, arreglos florales o personas que no existían en su época. Shizuka sabía que ella debía de tener actitudes similares a los ojos de él.

Se alegraba de que él aún no hubiera probado la sopa. Estaba envenenada con bilis de pez globo. El veneno lo había puesto su hijo Shigeru. Shigeru estaba loco y era un asesino, pero no era cruel. Había calculado la dosis de veneno para que Kiyori se adormeciera lentamente antes de quedar paralizado y morir. El dolor sería ínfimo.

Kiyori bajó la taza de té.

—Además —dijo—, aunque yo fuese un fantasma y no lo supiera, ¿cómo podría ser tu fantasma? Tú moriste cinco siglos antes de que yo naciera.

—Yo expresé las distintas posibilidades —le recordó Shizuka—. Nunca dije que tuviera una explicación para cada una de ellas.

—La simple lógica indica que si hay algún fantasma en este lugar, ése debes de ser tú.

Kiyori se puso de pie y caminó hacia la ventana oeste. Entre la luz del interior de la habitación y la oscuridad de la noche se producía un gran contraste. Esto, combinado con la posición de la luna al otro lado de él, hacía que la parte superior del cuerpo de Kiyori no se viera bien. No lograba verle la cabeza.

—Es más simple para ti pensar así —repuso ella.

—Hay que subrayar el aspecto lógico —insistió Kiyori—, no el aspecto simple. El tiempo pasa y no vuelve. El pasado precede al futuro. Es como una cascada: el agua cae en una sola dirección.

—Para casi todos eso es verdad —respondió Shizuka.

—No tiene sentido discutir sobre este tema. Nunca nos pondremos de acuerdo. —Se alejó de la ventana. Ahora que estaba delante de la pared, podía verle la cabeza de nuevo. Estaba más preocupado que enfadado—. De todas formas, no tiene importancia. Seas una alucinación o un espíritu, gracias a ti supe las cosas que iban a suceder. Nunca he tenido ninguna de las visiones por las cuales soy reconocido. Sólo supe las cosas porque tú me las dijiste. Si no regresas, no anunciaré más profecías.

—¿Eso te preocupa, mi señor?

—No. He dicho muchas cosas, más que cualquier otro de los Okumichi anteriores a mí. Ya tengo una cantidad excesiva de dichos en el *Suzume-no-kumo*.

—¿Y entonces...?

—Hasta ahora mi nieto no ha tenido ninguna visión. Yo le dije (como tú me habías indicado) que sólo tendría tres en toda su vida. ¿Le llegarán en sueños?

Shizuka comprendió cuál era la verdadera pregunta de Kiyori. Quería saber si ella se le aparecería a Genji. Su propia vida había sido tan extraña a causa de sus frecuentes e impredecibles manifestaciones que tenía la esperanza de que Genji no sufriera su mismo destino. Ella miró atentamente su rostro. Aunque era sombrío y transparente, insustancial y tenue, su preocupación era tan notoria que la conmovió profundamente. No tenía sentido cargarlo con problemas que ni él ni ella podían resolver en las últimas horas de su existencia.

Para Kiyori, el tiempo pasaba, como había dicho antes, como las aguas de un arroyo que caen desde el borde de un acantilado: en una sola dirección. Shizuka no pensaba lo mismo. Había muerto quinientos años antes de que Kiyori naciera... y moriría antes del próximo amanecer. Y ahora estaba allí, viva, para acompañarlo hasta el final de su vida.

—Eres el único Okumichi ante el que me manifesté —dijo ella, mintiéndole por primera vez en todos los años que habían pasado juntos—, y el único ante quien apareceré jamás. —Ésa fue su segunda mentira, aunque había contestado verazmente a su pregunta implícita. No aparecería ante Genji.

Kiyori respiró hondo e hizo una reverencia.

—Gracias por decírmelo, dama Shizuka, me has quitado un gran peso de encima. Yo logré mantener el comportamiento de una persona normal porque soy un samurái a la antigua, capaz de fingir que lo que es no es y que lo que debería de ser es, aunque las evidencias prueben lo contrario. Genji no tiene la preparación ni la inclinación para comportarse de ese modo. Él analiza, cuestiona, piensa por sí mismo sin preocuparse de lo que dice la tradición, vicios que sin duda son producto del estudio excesivo de los métodos extranjeros. Si aparecieras ante él, se perdería en la espiral infinita de las dudas que inevitablemente inspira tu presencia.

Shizuka le devolvió la reverencia.

—En este momento te digo, señor Kiyori, que no tienes por qué temer. Genji vivirá una vida de extraordinaria plenitud, con claridad de pensamiento e inquebrantable determinación. Será un verdadero samurái que, espada en mano, guiará al clan en la batalla como en los viejos tiempos y obtendrá victorias que serán recordadas por generaciones que aún no han nacido. Será amado por mujeres de incomparable belleza e inmenso coraje. Sus descendientes también serán héroes. Haya paz en tu corazón, mi señor, pues tu linaje se prolongará en el tiempo más allá de donde llega mi visión más lejana.

Kiyori cayó de rodillas. Le temblaban los hombros y su respiración se convirtió en una serie de jadeos incontrolables. Sollozaba, sus lágrimas mojaban el tapete que tenía delante como un repentino aguacero. El honor de sus herederos era más importante que el suyo propio. Más importante que la vida de sus descendientes inmediatos era la certeza de que su clan perduraría. Shizuka le había dicho lo que él más deseaba escuchar.

—¿Mi señora?

Desde la otra parte de la puerta del pasillo llegó la voz de Ayamé. Shizuka se alejó lentamente de Kiyori, que seguía llorando, y abandonó la habitación.

—¿Sí?

Ayamé logró hechar un vistazo a la habitación antes de que la puerta se cerrara. Había oído que su señora hablaba con alguien. No había nadie allí.

—El enemigo ha comenzado a avanzar hacia el castillo en formación de batalla —informó Ayamé—. Un ataque nocturno. Debe de ser obra de Go. Siempre ha sido un tanto impaciente. Dentro de unos minutos asaltarán los portones y los muros externos. Somos demasiado pocos para detenerlos. Kenji y los samuráis tenderán trampas y emboscadas en los patios y pasajes. El resto de tus damas y yo los esperaremos al pie de la torre. Los haremos sangrar por cada escalón que suban. Pero somos pocos. Tarde o temprano llegarán hasta esta habitación. —Su mirada pasó del rostro de Shizuka a su abdomen, y después la miró fijamente a los ojos con expresión suplicante—. Dijiste que tu bebé sobreviviría al ataque.

—Sí, sobrevivirá.

—Mi señora, ¿qué debo hacer para asegurarme de que así sea?

—Sé valiente como siempre, Ayamé, y haz lo que dijiste. Haz sangrar a los traidores. Ten fe en que lo que te he dicho se hará realidad. Eso es todo.

—¿Hay un «visitante» contigo, mi señora?

Shizuka sonrió.

—Pensé que no creías en los visitantes.

Los ojos de Ayamé se llenaron de lágrimas que rodaron por sus mejillas infantiles.

—Prometo creer en cualquiera que pueda salvarte, mi señora.

—Has sido una amiga sincera y cariñosa, Ayamé. Acuérdate de mí cuando me haya ido, y cuando mi hija sea lo bastante mayor como para saber, cuéntaselo todo. ¿Harías eso por mí?

—Sí —respondió Ayamé, presa de la emoción. Hizo una reverencia con la cabeza y no pudo decir más nada.

Shizuka regresó a la habitación en la que el señor Kiyori la esperaba. Se había repuesto y estaba sosteniendo algo cerca de sus labios. Por la distancia que había entre sus manos, se dio cuenta de que era un tazón. La sopa envenenada con bilis de pez globo.

Desde la ventana llegaban miles de gritos de guerra quc inundaban la noche.

El pasado y el futuro iban a unirse en la muerte.

Palacio del señor Saemon, 1867

—En la reunión de hoy por la mañana sucedió algo muy curioso —dijo el señor Saemon a su chambelán—. El señor Genji propuso que adoptáramos una nueva ley.

—¿Otra más? —preguntó el chambelán—. Evidentemente ha contraído la enfermedad de hacer leyes propias de los extranjeros. Necesitan muchas leyes porque no tienen principios que los guíen. Por querer parecerse tanto a ellos, ha abandonado los métodos de nuestros venerados antepasados.

—Sin duda tienes razón. No obstante, la ley que propuso era interesante.

—¿Ah sí?

—Quiere abolir las regulaciones que someten a la clase de los parias. Es más, quiere eliminar el uso del término *eta*.

—¿Qué? —El rostro del chambelán se oscureció como si la presión detrás de la piel hubiera aumentado de repente.

—Sí, y reemplazarlo por el término *burakumin*. «Gente del pueblo.» Tiene otro encanto, ¿no es así?

—Mi señor, ¿realmente habló de este tema frente a los señores reunidos?

—Así es —respondió el señor Saemon, recordando con satisfacción la expresión de sorpresa en todos los rostros excepto el suyo, ya que él tenía la costumbre inquebrantable de mantener siempre una mirada que reflejara una especie de aceptación provisional.

—¿Nadie protestó?

—Los señores Gaiho, Matsudaira, Fukui y muchos otros se retiraron. El señor Genji logró granjearse varios enemigos nuevos y, además, se aseguró de conservar los viejos.

—¿Qué lo habrá llevado a cometer esa locura? ¿Se habrá vuelto loco finalmente?

—Dijo, y estaba muy convencido, que las naciones occidentales, y en particular la más poderosa, Inglaterra, jamás aceptaría a Japón como su igual mientras existieran leyes contra los parias. Atenta contra algo que ellos llaman «derechos». Dijo que los ingleses desprecian la India a pesar de su antigua y rica cultura por esa misma razón.

El chambelán se mostró preocupado.

—Espero que no lo hayas apoyado.

—No, por supuesto que no. Como moderador, no puedo ponerme de parte de nadie. Simplemente advertí la necesidad de analizar adecuadamente los motivos de los extranjeros, incluyendo el de los ingleses.

—Muy sabio de tu parte, señor.

—¿Pudiste investigar acerca de lo que te pedí?

—Sí, señor. Es evidente que hace unos cinco años el señor Genji condujo a un contingente de samuráis hacia el Dominio de Hino. No hay testigos de que se produjera un ataque real. Sin embargo, después de que el señor Genji se hubo marchado, se descubrió que un pueblo aislado había sido incendiado por completo y todos sus habitantes masacrados. Se pueden sacar las conclusiones oportunas. Y hay una curiosa coincidencia que seguramente le resultará interesante: era una población *eta*.

—Sin duda es curioso —dijo el señor Saemon. Genji estaba proponiendo leyes que favorecían a la misma gente a la que había masacrado sin piedad hacía no mucho tiempo. No tenía sentido. Sin embargo, los dos hechos debían de estar relacionados de alguna manera—. Encuentra a los supervivientes e interrógalos. Aquí hay una respuesta tan bien escondida que, si no tenemos más información, ni siquiera podremos ver la pregunta.

—Señor Saemon, no hubo supervivientes. Todas las casas y los cobertizos fueron incendiados. Se recuperaron ciento nueve cuerpos para los funerales. Exactamente el número de habitantes del pueblo.

—¿Hubo funerales?

—Sí, mi señor.

—Para... —Saemon se detuvo y, sonriendo para sí, sustituyó la palabra que se disponía a pronunciar por la del propio Genji—. ¿Hubo funerales para los *burakumin*?

—Sí, señor.

—Eso significa que alguien se tomó la molestia de revolver las cenizas y los escombros para recuperar los cuerpos quemados de los parias. ¿Quién haría una cosa así? Sólo alguien a quien le interesara. Esas personas por lo general saben cosas que los demás ignoran. Encuéntralos e interrógalos.

—Sí, señor.

—Espera. Una cosa más. La policía del puerto me informó de que ayer por la mañana el barco del señor Genji, el *Cape Muroto*, zarpó hacia el sur con destino al Dominio de Akaoka. A bordo iba su amiga extranjera, una mujer norteamericana, acompañada de la dama Hanako, el señor Taro y un contingente de samuráis. Llevaban un extraño arcón de diseño antiguo y extranjero que contenía quién sabe qué. Averigua por qué se dirigen a Akaoka y qué es eso tan precioso que hay dentro del arcón. Puede ser que Genji esté planeando algo peligroso en Edo y por eso trata de poner a salvo a sus amigos extranjeros.

—Tal vez planea encabezar un levantamiento de los *burakumin* —sugirió el chambelán.

El señor Saemon frunció el entrecejo.

—Éste no es un tema que deba tomarse a la ligera.

—No, mi señor. —El chambelán hizo una reverencia—. Procederé de inmediato.

Cuando el chambelán se hubo retirado, el señor Saemon recordó la frase y se echó a reír. Un levantamiento de los *burakumin*. Si hay alguien que puede concebir una cosa tan ridícula, ése es Genji. ¿Cómo es posible que un clan liderado por personas tan estúpidas haya sobrevivido durante tanto tiempo? Tal vez era verdad que podían prever el futuro. Eso lo explicaría todo. Sólo con una ventaja tan grande pueden compensar sus constantes errores políticos.

El señor Saemon volvió a reír.

Visión profética. Era una idea casi tan divertida como la de pensar en una insurrección de los parias.

El barco Cape Muroto, *lejos de la costa sur de la isla de Shikoku*

Emily, Hanako y Taro estaban de pie, juntos, en la baranda de la cubierta a estribor, mientras el barco rodeaba el promontorio. Las colinas bajas de la costa quedaban atrás y abrían paso a una bahía y, más allá del mar, los siete pisos puntiagudos del castillo Bandada de Gorriones se elevaban por encima de los acantilados boscosos.

Cuando Emily lo había visto por primera vez, al poco tiempo de llegar, en 1861, había quedado profundamente desilusionada. Parecía muy frágil y era demasiado elegante. Por aquel entonces, para ella un castillo era una fortaleza sólida de piedra al estilo europeo, del mismo modo que un hombre de la nobleza debía ser un caballero como el Wilfredo de *Ivanhoe*. Por aquel entonces era ciega y tonta. Ahora, después de seis años de vivir en Japón, sabía que lo letal y lo elegante podían ir unidos perfectamente, como en el caso del castillo Bandada de Gorriones, y que un caballero podía ser tanto un samurái o un gran señor como un príncipe o un duque o cualquier sir europeo. Muchas veces, cuando nos encontramos con lo inesperado, nos enceguecemos. Si alguna vez volvía a pasarle, como seguramente ocurriría, estaba dispuesta a ver.

Hanako también estaba mirando el castillo; sus pensamientos estaban teñidos de melancolía. Siempre que había vuelto al Dominio de Akaoka, al ver esos techos que parecían bandadas de pájaros en vuelo, sentía que su espíritu se elevaba hacia el cielo. Hoy no era así. No podía evitar pensar en los pergaminos que Emily había descubierto. Todavía no había leído mucho. Emily había intentado convencerla de que los leyera cuando estuvieran a bordo del barco, pero Hanako temía que la exposición al aire salado pudiera dañar el papel antiguo y se había negado. Sin embargo, había leído lo suficiente como para sentir una extraña desazón que crecía inexorablemente a medida que se acercaban al puerto para convertirse en miedo profundo.

El «visitante».

La primera línea del primer pergamino mencionaba un antiguo «visitante» del señor. El uso de esa palabra en lugar de «invitado», que era más común, le recordaba la última vez que había visto al señor Kiyori. Había sido tan sólo seis horas antes de su muerte, hacía años. Él también había recibido a alguien, alguien que ella no podía ver ni oír aunque escuchaba claramente al señor Kiyori que hablaba como si estuviera conversando. La palabra del pergamino la asustaba porque no podía evitar pensar que el antiguo visitante y el amigo invisible del señor Kiyori eran el mismo.

Si así fuera, entonces el visitante sólo podía ser alguien cuyo nombre prefería no pensar y menos decirlo en voz alta. Hubiera sido mejor que Emily y ella evitaran aquel lugar en vez de acudir a él.

Se decía que el señor Kiyori había sido envenenado con bilis de pez globo que su propio hijo, el loco señor Shigeru, había puesto en su sopa. Hanako y la otra sirvienta que habían servido la comida fueron apresadas inmediatamente por los guardaespaldas del señor. Sin duda ambas habrían sido torturadas hasta la muerte, y con razón, por haber participado en un crimen tan abominable, a sabiendas o no. Sin embargo, cuando llegó el señor Genji, ordenó que el médico del clan examinara el cuerpo. Tras una breve consulta, el nuevo gran señor anunció que su abuelo había muerto por un paro cardíaco, un final previsible para un hombre anciano. Después incorporó a Hanako como parte de la servidumbre de su casa, igual que el señor Kiyori tenía intenciones de hacer, y la salvó del ostracismo en el que se habría visto envuelta a causa de las persistentes sospechas.

La opinión general era que el señor Kiyori realmente había sido envenenado pero que Genji, que quería evitar el escándalo a toda costa, no deseaba que su tío fuera ejecutado por el asesinato de su propio padre. Además, como sabía que las sirvientas eran inocentes, sintió compasión por ellas e inventó la historia del problema cardíaco.

Durante mucho tiempo, Hanako también lo había creído así. Sin embargo, después de leer aquellas líneas en los pergaminos de Emily, su opinión había cambiado. Estaba segura de que el visitante había tenido algo que ver con la muerte del señor Kiyori y, como era inmortal y maligno, seguramente continuaba al acecho en el sombrío reino entre lo real y lo irreal, esperando pacientemente a su próxima víctima. Alguien cuyos pensamientos y emociones mostraran exactamente la clase de vulnerabilidad adecuada.

—¿El castillo siempre tuvo siete pisos? —preguntó Emily.

—Cuando el señor Masamuné, el padre de nuestro primer gran señor, Hironobu, lo conquistó sólo tenía dos niveles.

—¿Lo conquistó? Yo creía que el castillo era herencia del clan Okumichi.

—Desde ese momento se convirtió en herencia. Todo tiene un principio. —«Y un final», pensó Hanako, pero no lo dijo—. Masamuné le agregó otros cuatro pisos mientras vivió y Hironobu, el último.

—Entonces fue Hironobu quien construyó la torre.

Hanako se estremeció. El viento que movía las aguas era leve, una brisa de verano más que invernal. Tal vez últimamente se había vuelto más susceptible al frío.

Taro no prestaba atención a la conversación de las mujeres. Le preocupaban otros asuntos más serios.

Asesinato.

Secuestro.

Traición.

¿Podría cometer esa clase de actos y todavía considerarse un samurái? Y si no actuaba, ¿sería peor su traición?

Taro había cumplido la mayoría de edad durante la crisis de 1861. El señor Kiyori había muerto repentinamente, dejando el dominio en manos de su inexperto nieto, el señor Genji. Esto supuso una oportunidad irresistible para que los enemigos del clan intentaran destruirlo. Sus dos generales más importantes lo traicionaron porque no se fiaban del señor Genji. El mejor guerrero del dominio, el hijo de Kiyori y el tío de Genji, el señor Shigeru, también eligió el momento más inoportuno para volverse completamente loco. La situación era bastante complicada. Sin embargo, Taro y su buen amigo Hidé permanecieron fieles a sus votos y lucharon junto al señor Genji en las batallas épicas de Mié Pass y del monasterio de Mushindo. Con su ayuda, el señor Genji venció a sus enemigos. Ambos recibieron generosas recompensas y continuaron ganando prestigio y prominencia. Hidé era ahora el señor chambelán y el jefe de los guardaespaldas. Taro, con tan sólo veinticinco años, era comandante de la caballería del clan, la más prestigiosa de todo Japón en los últimos quinientos años.

Pero ¿acaso todo esto tenía algún significado todavía? Los extranjeros habían entrado en Japón con sus buques de guerra, sus armas de fuego y su ciencia, y el mundo que durante siglos perteneció a los samuráis se estaba evaporando como la neblina bajo el sol de la mañana. Los Hombres de Virtud decían que sólo había una solución posible: expulsar a los bárbaros y volver a cerrar el país. Taro estaba cada vez más convencido de que tenían razón.

Desde el principio le embargaron las dudas. Como samurái había jurado seguir al señor Genji. Sin embargo, Genji, el señor menos samurái de los señores de todos los dominios del imperio, nunca había parecido estar demasiado comprometido con el código guerrero que constituía la base de su propia autoridad. Que algo así se hubiera mantenido desde el tiempo de sus antepasados no era razón suficiente para Genji. Él quería que sus acciones se basaran en la lógica. La lógica en lugar de la tradición. Se parecía tanto a los extranjeros... Un verdadero samurái no preguntaba por qué. Hacía lo que sus antepasados habían hecho y seguía los dictámenes del método del guerrero sin cuestionarlos. Cuando Taro había mencionado esto, Genji se había echado a reír.

—El método del guerrero —había dicho el señor Genji—.

Bushido. ¿No pensarás que nuestros antepasados creían realmente en esa tontería?

Taro quedó boquiabierto de la sorpresa.

—Lealtad al propio señor —había añadido Genji— sin importar qué clase de estúpido o de bribón sea. Sacrificarse uno mismo, a la propia esposa, a los padres y hasta los hijos por el honor del señor. ¿Acaso una cosa tan maligna puede ser el fundamento de una filosofía noble? Si alguna vez te pido que sacrifiques a tus hijos por mí, Taro, tienes mi permiso para asesinarme al instante.

—Yo no tengo hijos, señor.

—Entonces, consíguete alguno pronto. Mi abuelo decía que el que no tiene hijos no es capaz de entender nada que valga la pena comprender.

—Tú tampoco tienes hijos, mi señor.

—Estoy pensando seriamente en remediar esa deficiencia. Ahora, ¿en qué estaba? Ah, sí, la venganza, por supuesto. Nunca olvidar una ofensa, no importa cuán pequeña sea, pues exige venganza, aun cuando te lleve diez generaciones hacerlo. Éstas no son enseñanzas de los antepasados, Taro. Son inventos de los sogún de Tokugawa. Crearon esta mitología para cerciorarse de que permanecerían para siempre en el poder, asegurándose de que nadie más pensara en hacer lo que ellos hacían, es decir, hacer falsas promesas a sus señores, traicionar a los herederos de éstos, actuar exclusivamente para su crecimiento personal y dirigir la atención de todos hacia el pasado, de modo que el futuro fuera sólo para ellos.

—Señor Genji —había dicho Taro cuando recuperó la voz—, sabes que no es así. Nuestros venerables antepasados...

—Eran hombres violentos y despiadados —lo había interrumpido Genji— que vivieron en un tiempo violento y cruel. Distinto del nuestro. Su método no era *bushido*, era *budo*, el método de la guerra. El *budo* no es una cuestión de tradición. Es cuestión de máxima eficiencia. Antes de que conociéramos la ciencia de Occidente, el *budo* era nuestra ciencia. Los samuráis a pie no eran tan efectivos como los samuráis a caballo, por lo que nos convertimos en guerreros montados. La espada *tachi*, larga y recta, era pesada y difícil de manejar en esas circunstancias, así que la abandonamos y la cambiamos por las catanas, más cortas y curvas. Cuando los castillos se convirtieron en campos de batalla frecuentes, nos dimos cuenta de que se necesitaban espadas más cortas para esos combates (por lo general, los ataques son sorpresivos y traicioneros). Entonces empezamos a llevar una segunda espada, aún más corta, la *wakizashi*, junto con la catana. Para trabajos más cercanos (por ejemplo, si tenemos que apuñalar a alguien repentinamente mientras come o durante la ceremonia del té o en una orgía), también llevamos una daga *tanto*.

—Es mentira —había replicado Taro, que estaba tan molesto por las palabras de Genji que no lograba ser cortés—. Llevamos una *tanto* porque un samurái siempre debe estar preparado para quitarse la vida si el honor así lo demanda.

Genji sonrió a Taro como si fuera un niño no muy brillante pero igualmente apreciado.

—Eso es lo que los sogún Tokugawa querían que creyéramos, para que cuando nos dispusiéramos a apuñalar a alguien pensáramos en nosotros y no en ellos.

Esta conversación se había desarrollado poco antes de que Taro se embarcara en este viaje.

—Si realmente fuéramos como nuestros antepasados —había dicho Genji—, aprenderíamos lo más rápido posible todo lo que pudiéramos de los extranjeros y, sin dudar ni arrepentirnos, abandonaríamos todo lo que obstruya el progreso. Todo.

Taro, demasiado horrorizado y enojado como para atreverse a hablar, se había limitado a hacer una reverencia con la cabeza. Probablemente el señor Genji lo había tomado como un gesto de anuencia. No era así.

¿Acaso la traición de Genji no era peor que la que Taro estaba contemplando? Se trataba de una traición al mismísimo sistema de los samuráis. Genji estaba decidido a transformarlos a la grotesca, amoral e indigna imagen de los extranjeros.

¿De qué servía la lealtad cuando el único valor era la ganancia? ¿De qué servía el coraje cuando no se mataba a los enemigos cara a cara, bajo la hoja de la espada, sino sin ver ni dejarse ver, a kilómetros de distancia, con máquinas explosivas viles y ruidosas?

Taro miró a las dos mujeres que lo habían mandado proteger. Era el comandante de la caballería más ilustre del reino. Sin embargo, ¿por cuánto tiempo seguiría existiendo la caballería en el mundo que el señor Genji pretendía crear? Hanako era la esposa de su mejor amigo, Hidé, pero éste era porfiado y ciegamente fiel al señor Genji. Emily era la extranjera de la profecía. Su presencia había asegurado la victoria del clan Okumichi durante la crisis, pero no era más que eso... una extranjera.

Un día de éstos...

La mano de Taro no se dirigió hacia su espada. Sus pensamientos sí.

El tosco ruido de las cadenas precedió el sonido del ancla que se hundía en las aguas bajas.

—Estamos en casa —dijo Hanako.

Castillo Bandada de Gorriones

Taro se sentó en una habitación que daba al rosedal en el patio central del castillo. Las sirvientas habían traído varios refrigerios que él ignoró por completo. Se hallaba tan perdido en sus pensamientos, que había olvidado que el arquitecto Tsuda estaba sentado frente a él, hasta que notó la mirada asustada del hombre. Habían permanecido sentados allí en silencio media hora. Sin duda en todo ese tiempo los pensamientos de Taro habían acentuado la fiereza natural de su expresión.

—La dama Hanako y la dama Emily están en la torre. Espéralas aquí —dijo Taro, que intentaba atenuar el terror del hombre más que informarlo de nada en concreto.

Se puso de pie para retirarse. Cabalgaría solo hasta el cabo para tratar de ordenar sus ideas.

—Sí, señor Taro.

Tsuda se esforzaba sin éxito por comprender a qué se debía esta reunión. Las damas y Taro, acompañados por un contingente de samuráis, habían llegado esa mañana sin previo aviso en un barco desde Edo. Naturalmente, la primera reacción de Tsuda fue de miedo absoluto. ¿Qué razón podía haber para que un señor de tan alto rango como Taro apareciera tan inesperadamente?

La presencia de los samuráis que lo acompañaban, veinte hombres de singular bravura y sin sentido del humor, lo habían llevado a imaginar todo tipo de castigos, incluyendo la ejecución. Tal vez el señor Genji no estaba conforme con la lentitud con que se desarrollaba el proyecto de construcción, con el incremento de los costos o incluso con el diseño. Sin embargo, él mismo lo había aprobado con entusiasmo. Los grandes señores eran extremadamente inconstantes y cuando cambiaban de opinión las consecuencias recaían indefectiblemente sobre alguien. Taro no le había dado demasiada información. Aunque entablar una conversación con cualquier señor era siempre arriesgado, Tsuda creyó que lo mejor era tratar de sonsacarle algún dato a Taro.

—¿Acaso el señor Genji está considerando reconstruir la torre, mi señor? —preguntó Tsuda.

Taro frunció el entrecejo. Qué afirmación tan presuntuosa.

—¿Por qué habría de hacer tal cosa?

La mirada encolerizada del señor terminó de destrozar los nervios de Tsuda, que ya estaba bastante alterado. Comenzó a balbucear.

—Pensé que, quizá, como la dama Hanako y la dama Emily están en la torre, mi señor, y el proyecto de construcción actual fue inspirado por la dama Emily...

Entonces... ¿Entonces qué? Un sudor caliente empapó la ropa interior de Tsuda. Al menos, esperaba que fuera sudor. La orina tenía un olor más evidente, y si en efecto fuera orina y empezara a chorrear en la alfombra... «¡Que la Gran

Compasión Bodhisattva me proteja! ¿Para qué habré hablado? Él iba a marcharse y yo como un tonto hablé.» Los pensamientos se agolpaban en su mente de tal manera que no permitían que las palabras salieran. Sintió que los ojos se le llenaban de lágrimas. De un momento a otro, estaría llorando descontroladamente, dando pie a todo tipo de sospechas, en caso de que su comportamiento no las hubiera ya suscitado, que llevarían inexorablemente a un interrogatorio. Un intenso interrogatorio que sin duda incluiría torturas de las más atroces, violentas y dolorosas.

¡Confiesa! ¡Confiesa ahora e implora piedad! ¡Sólo había sido un *ryo*! ¡Un poco más quizá, pero no más de dos *ryos*! ¡Iba a devolverlo! ¿Por qué le había cobrado de más al señor Genji? Debía de estar loco. Sólo porque el señor no estuviera presente durante la construcción significaba que sus muchos espías no controlaban sus asuntos. ¡Confiesa ahora!

—Piensas demasiado, Tsuda —respondió Taro—. Piensa cuando se te ordene pensar. De lo contrario, haz lo que se te dice. La dama Hanako y la dama Emily te harán algunas preguntas. Respóndelas. Eso es todo. ¿Has comprendido?

Tsuda apoyó con fuerza la cara contra la alfombra. Para hacer una reverencia más profunda debería haber penetrado el tejido de paja con la frente. Se sentía tan profundamente aliviado, que ahora sí tenía miedo de orinarse encima, si es que ya no lo había hecho.

—Gracias, señor Taro —dijo Tsuda—. Muchas gracias. Lo haré sin falta. —No se puso de pie hasta que Taro estuvo lejos de la habitación.

Mientras esperaba a las dos damas, reflexionó con más calma acerca de sus reacciones. Llegó a la conclusión de que no estaba haciendo nada malo, aunque técnicamente había cometido fraude, que al igual que cualquier otra ofensa contra el gran señor era castigado con la tortura y la muerte. ¿Lo que realmente estaba mal no era acaso el precio absurdo que le habían obligado a aceptar, forzándolo prácticamente a robar para lograr una ganancia razonable? ¿Estaba mal que él sintiera un miedo tan terrible, o era aún peor que ese temor naciera del intolerable poder que tenían los grandes señores en particular y todos los samuráis en general? ¿Cómo podría Japón salir alguna vez del estado de atraso en que se encontraba si no se eliminaban esa clase de males? Los samuráis siempre habían justificado su existencia como protectores del reino. Sin embargo, la llegada masiva de los extranjeros hacía poco más de diez años había desmentido este hecho, ¿o no? Esos grandes guerreros ni siquiera habían sido capaces de expulsar a los holandeses o a los portugueses que, según entendía Tsuda, vivían en países extremadamente pequeños de Europa. Ante los verdaderamente poderosos, como Inglaterra, Francia, Rusia y Estados Unidos, temblaron y se estremecieron como arbustos en una tormenta. Era evidente que su vida útil había terminado. Pero ¿cómo deshacerse de ellos? Ésa era la cuestión. Tenían el monopolio de las armas. O, mejor dicho, tenían el monopolio del derecho de matar con impunidad.

Tsuda poseía un arma, un arma muy moderna, mucho más letal que una espada. Un arma que le permitiría, si así lo quisiera, matar a un samurái antes de que el honorable personaje estuviera lo bastante cerca como para agitar siquiera el aire que lo rodeaba con su espada antigua y pasada de moda. ¡Un revólver americano marca Colt calibre 44, con seis cavidades cargadas con otras tantas balas mortales! Por supuesto, no llevaba el revólver consigo. Lo tenía en su casa, debajo del suelo, en su caja fuerte holandesa. Y aun cuando lo llevara encima, ¿tendría el coraje de sacarlo, apuntar a alguien como al señor Taro y disparar? Sólo con imaginar la escena sus intestinos respondieron inmediatamente con una peligrosa flojedad.

¡No, no, no! La orina podía confundirse con el sudor, si es que en verdad se había orinado encima antes. Pero ¿la materia fecal? ¡Eso sí que no podía pasar por nada más que lo que era! ¡Ser crucificado por cagarse en los pantalones en el castillo del señor! ¡No sólo sería mortificante físicamente, además sería vergonzoso!

Para tratar de mantener sus tripas bajo control, resolvió

centrar sus pensamientos en el dinero, la única cosa que, cuando la pensaba, lo hacía sentirse más fuerte de lo que era. Los comerciantes y los banqueros tenían todo el dinero, algo que se estaba volviendo cada vez más importante. Tsuda, comerciante y banquero, estaba bastante bien situado en ese sentido. Era un hombre poderoso, no un débil. El dinero tenía más poder que la espada.

¿Era así realmente? Una espada con su hoja tan afilada que el más mínimo contacto podría...

—Ah, señor Tsuda —dijo la dama Emily—. Me alegro de volver a verte.

—Señora Emily —respondió abandonando sus cavilaciones—. Tu japonés mejora cada vez que te veo. Debes de estar esmerándote mucho en tus estudios.

Se estremeció interiormente. Su rostro no reflejó expresión alguna, tan sólo una mezcla de indiferencia y deseo de complacer que había logrado tras varios años de trabajo y que había demostrado ser la menos provocativa y, por ende, la más segura para adoptar cuando hacía negocios con un samurái. Se estremeció porque, en cuanto habló, comprendió que no debería haber dicho eso. Había insinuado que Emily necesitaba esmerarse mucho para hablar bien japonés. Aun cuando fuera una verdad irrefutable, la verdad no necesariamente constituía una defensa.

¡Qué estúpido! Había insultado a Emily... es decir, a la dama Emily, porque, por motivos misteriosos que Tsuda desconocía por completo, esta extranjera en particular ostentaba el título honorífico, y si él sabía lo que le convenía, no se atrevería a pensar en ella sin anteponer dicho título a su nombre, pues sería lo mismo que insultar a su mecenas, Okumichi no kami Genji, gran señor de Akaoka, un hombre que tenía poder absoluto sobre la vida y la muerte de cada criatura del reino en el que se encontraba. ¡Cómo podía ser tan estúpido! A decir verdad, la dama Emily hablaba muy bien japonés. De hecho, lo hacía mejor que algunos que venían de los rincones más lejanos y aislados del país. En esos lugares muchos hablaban con fluidez los dialectos que eran bastante cercanos a las lenguas extranjeras. Tsuda intentaba frenéticamente hallar las palabras adecuadas para halagar a la dama Hanako cuando hablara sin meterse en problemas.

—¿Dónde está el señor Taro? —inquirió ella.

—Se retiró hace unos instantes —respondió Tsuda. Hanako no estaba alegre como de costumbre. Tenía una expresión de preocupación en el rostro y, cuando mencionó a Taro, sus ojos se agudizaron.

¿Acaso había un complot en marcha? Empezó a ponerse nervioso nuevamente. Si había un complot, cualquiera que fuese, él estaba en potencial peligro, quizás incluso en peligro de muerte. Si alguna facción llegara a revelarse mientras permanecían en el castillo, las sospechas recaerían sobre todos los que estuvieran cerca. Entonces las torturas y las ejecuciones serían inevitables. La inocencia, al igual que la verdad, distaba mucho de ser una defensa válida.

¡Oh, no! ¡Justo ahora que las cosas empezaban a ser más prometedoras! Y él no había sido más que absolutamente leal al señor Genji, al señor Taro y al poderoso esposo de la dama Hanako, el señor Hidé. No importaba cuál de ellos triunfara en su complot o conspiración, o quién fallara (si es que alguno estaba realmente involucrado, cosa que él no tenía forma de saber), ¡sin duda él era inocente! ¡Sin embargo, sería su cuerpo arruinado el que colgarían de una estaca! ¡Sería él el que moriría gritando, crucificado! Todos los miembros de su familia serían ejecutados y todas sus posesiones confiscadas. ¡Qué injusticia! ¿No existía un límite para la cruel e interminable codicia de esos samuráis?

—Gracias por venir a vernos —dijo la dama Emily—. Supongo que estarás muy ocupado con la construcción.

—Nunca estoy demasiado ocupado para servirte, señora Emily. Y desde luego a ti también, señora Hanako. Es decir, ya que el servicio, si es que logro serles de utilidad...

—Gracias, Tsuda —lo interrumpió Hanako, consciente de que si no lo hacía seguiría hablando y hablando de nada sin parar. Todos los comunes eran obsecuentes y se ponían nerviosos cuando estaban en presencia de nobles, especialmente aquellos que manejaban dinero, como Tsuda. Esto se debía a que casi todos los samuráis, y en mayor medida los grandes señores, estaban sumamente endeudados con ellos y, de vez en cuando, a los grandes señores les daba por cancelar sus deudas deshaciéndose de los mercaderes o prestamistas apropiados con algún pretexto. Incluso el sogún lo había hecho más de una vez.

Tsuda estaba muy nervioso porque manipulaba las cuentas de tal forma que cobraba aproximadamente un diez por ciento más por cada trabajo que supervisaba. El pobre hombre no tenía idea de que, a través de un intrincado sistema de apoderados, apoderados de apoderados, apoderados de apoderados de apoderados y etc., él no era el dueño principal de su banco como pensaba, sino una especie de gerente. El verdadero propietario era el señor Genji, por supuesto. Gracias a sus antepasados visionarios, el clan Okumichi se había dado cuenta de la importancia del dinero desde hacía mucho tiempo, mientras los demás clanes seguían midiendo la riqueza en términos de la cantidad de campos de arroz que poseían.

Hanako estaba al corriente de esto porque el señor Genji la había asignado para ayudar al señor chambelán en el manejo de las fianzas del clan y hacía cinco años que se dedicaba a eso.

—No tomaremos de tu valioso tiempo más que lo necesario —dijo Hanako—. Sólo queremos hacerte unas preguntas acerca del arcón lleno de pergaminos que le fue enviado recientemente a la dama Emily en Edo.

—Ah, sí, señora Hanako, señora Emily. —Tsuda hizo una reverencia a cada una, pues no estaba completamente seguro de a quién debía dirigirse—. Espero que haya llegado como lo encontré yo, es decir, cerrado.

Por un lado, era la dama Hanako la que había hablado. Pero por otro, la que parecía tener preguntas que hacer era la dama Emily. Además, la dama Hanako era una verdadera dama japonesa, esposa de un general mayor del clan (un hombre macabro y aterrador, más intimidante que el señor Taro). En cambio, la dama Emily, si bien era llamada «dama», era indiscutiblemente una extranjera. No obstante, había que considerar otro factor: la dama Emily era muy amiga del gran señor del reino. Tenían una relación muy estrecha, si es que los rumores que circulaban eran verdad. Por supuesto, él no les daba el menor crédito, ni les dedicaba el más mínimo pensamiento inapropiado.

—Nos preguntábamos en qué parte del castillo lo encontraron —dijo Emily.

—Ah, me disculpo si mi carta explicativa o mi mensaje crearon en vosotras la impresión de que el arcón había sido descubierto en el castillo. En realidad, lo encontramos en un sitio de lo más curioso y bajo extrañas circunstancias. —Las dos mujeres intercambiaron una mirada que parecía llena de significado, pero que a él se le escapaba. Era otra cosa más por la que se preocuparía más tarde cuando tuviera tiempo de repasar los sucesos del encuentro con calma—. O tal vez debería decir en un sitio de lo más afortunado y bajo circunstancias propicias. No me toca a mí interpretarlo...

—¿Dónde lo encontraste? —preguntó Hanako.

A Tsuda le resultaba difícil seguir el ritmo a las dos damas. No estaba acostumbrado a cabalgar. Si bien podía permitirse comprar un caballo (o diez, si quisiera), rara vez montaba. No quería parecer presuntuoso. Tradicionalmente, los caballos transportaban sólo a los samuráis, nunca a los campesinos. Y en particular los samuráis de ese dominio habían sido famosos durante siglos por ser guerreros a caballo. Comprendía perfectamente lo mal que podía sentarle a un samurái verlo a él montando a caballo, especialmente si el samurái iba a pie. Y si además era uno de los que estaba en deuda con él, esa sensación podía convertirse fácilmente en furia asesina. Por otra parte había otra consideración, menos atemorizante y más tediosamente mundana:

cada vez que se cruzara con un samurái, tendría que bajar del caballo y hacer una reverencia, porque no podía encontrarse en un nivel físicamente superior a una persona frente a la que estaba en una posición social inferior. Así pues, era más fácil hacer lo que fuera necesario si ya estaba en el suelo.

Ambas damas vestían *hakamas*, prendas similares a los pantalones, y cabalgaban como samuráis en lugar de ir a mujeriegas, como lo hacían las mujeres distinguidas. Al atravesar las puertas del castillo, se encontraron con el señor Taro y otros samuráis a caballo que los esperaban para acompañarlos. ¿Cómo se había enterado el señor Taro de que estaban saliendo del castillo? Tsuda no tenía idea. El modo en que los samuráis se anticipaban a los hechos realmente le destrozaba los nervios.

A medida que se acercaban al sitio de la construcción, en la colina sobre el Valle de las Manzanas, Tsuda comenzó a sudar nuevamente. Sin embargo, esta vez eso no lo preocupaba. Si se le humedecía la ropa, cualquiera que fuera la causa, podía siempre culpar al caballo que montaba. Los caballos eran animales sudorosos y malolientes por naturaleza. Pero ¿encontrarían algún defecto en el trabajo que había hecho? ¿Acaso no había avanzado bastante? ¿Lo había puesto en el lugar incorrecto? ¿Acaso no les agradaba la orientación direccional? ¿Habría leído mal los planos para la construcción? ¿Habría cortado demasiados árboles? ¿Demasiado pocos?

Un samurái galopó hasta él.

—¡Tú! —dijo violentamente—. ¡No te quedes atrás! ¡Estás haciendo perder tiempo a tus superiores! —Parecía dispuesto a decapitar a Tsuda en el acto.

—Sí, señor, lo siento, señor, no estoy acostumbrado a cabalgar. Los caballos no son para los inferiores...

El samurái se le acercó, le arrebató las riendas de las manos, le dio un golpe al caballo de Tsuda para que empezara a galopar y lo condujo hasta la colina donde esperaba el resto del grupo. Para cuando llegaron, Tsuda estaba seguro de que sus partes más íntimas habían sufrido un daño irreparable contra la dura silla, por lo que nunca más sería capaz de volver a tener un contacto placentero con una geisha.

—Desmonta —dijo Taro—. Muéstrale a la dama Hanako y a la dama Emily el sitio exacto donde descubriste el arcón.

—Sí, señor Taro —respondió Tsuda, y casi cayó de la silla en su afán por obedecer. ¿Quién lo mandaba a participar en la licitación del proyecto? Debería haber dejado que lo hiciera otro. Que fuera otro el que se arriesgara. Eso es lo que tendría que haber hecho—. Empezamos hace tres semanas —dijo.

—¿Empezamos a cavar, señor Tsuda? —preguntó el obrero. Él, junto con otros cien hombres equipados con palas, picos y otros elementos para la construcción, habían estado esperando durante casi una hora que el arquitecto les diera la orden de empezar. ¿Por qué se demoraba? ¿Por qué estaba parado en la cima de la colina como si estuviera en trance? Ellos estaban allí para construir un edificio, no para llevar a cabo un ritual religioso.

Tsuda percibía la comprensible impaciencia en la voz del hombre. Era un campesino ignorante que no entendía la cualidad mística del *feng shui*, el arte de la orientación y la ubicación sin el cual un arquitecto no era más que alguien que combina madera y piedra. Por otra parte, como a los trabajadores se les pagaba por el trabajo terminado y no por la cantidad de horas empleadas, era normal que estuvieran ansiosos por comenzar. Sin embargo, él tenía una responsabilidad mayor. El lugar del cual se extrajera la primera palada de tierra determinaría el destino del edificio, y por lo tanto, de quienes lo utilizaran y quienes lo construyeran. Si variaba siquiera un paso, podía traer mala suerte en lugar de fortuna.

De los muchos edificios que Tsuda había diseñado y construido durante sus diez años de carrera, ninguno había infringido el menor daño en sus propietarios y ocupantes.

Es más, se podía decir que dos de ellos —una casa geisha en Kobe y el palacio reconstruido del señor Genji en Edo— habían traído particular fortuna a sus habitantes. La casa geisha había adquirido una considerable reputación regional en los últimos años y se decía que estaba a la altura de las mejores de Edo y Kioto. Sin duda era una exageración, por lo demás entusiasta. Sin embargo, el simple hecho de que se dijera constituía un gran honor. Con respecto al señor Genji, aunque tuviera más enemigos políticos que aliados y fuera «el señor de los extranjeros», desde la reconstrucción se había convertido en un consejero fiable de la corte de Kioto y un miembro respetado del Consejo de Reconciliación Sogún.

Tsuda no pretendía adjudicarse la responsabilidad por ninguno de esos buenos resultados. No obstante, seguramente el señor Genji le otorgaba al menos algo del crédito, ya que le había encomendado el contrato para la construcción de una capilla en aquel lugar. Una capilla era una especie de templo cristiano. El diseño lo había hecho en conjunto con la dama Emily, la amiga extranjera del señor. A él le parecía una estructura innecesariamente rígida. Tenía hileras fijas de asientos de madera noble, un segundo nivel más alto para un grupo de cantantes religiosos llamados «coro» en el frente y, al costado de éste, un podio elevado, en el cual aparentemente se situaría el sacerdote para dirigirse a los fieles reunidos. Había una campana como en los templos budistas, pero en este caso estaba fuera del alcance de las personas, en una torre alta, y no la tocaba un sacerdote con un mazo sagrado, sino que había que agitarla desde abajo mediante sogas y poleas. El sonido lo producía un mazo de acero colocado en el interior, que se balanceaba y golpeaba, al azar, los costados de la campana.

—Ya va a ser la hora de almorzar y todavía no empezamos —protestó uno de los hombres.

Él levantó la mano para que callaran. Nadie iba a obligarlo a apresurarse. No sería un samurái, pero se tomaba tan en serio su trabajo como ellos el suyo. Durante una semana había acudido a aquel lugar para meditar tanto al amanecer como al atardecer. En su casa había consultado el *I Ching*, utilizando el método de los palillos de milenrama y el de las monedas. Éste era el paso final. Dejaría de lado todos los prejuicios, los miedos y los deseos, se abriría a la naturaleza inherente al lugar y extraería la primera palada de tierra. En ese preciso instante se produjo un leve cambio en el viento. El aroma de los manzanos en flor desplazó el del océano. Tsuda inhaló. Cuando exhaló, abrió los ojos y hundió la pala en la tierra.

De inmediato dio contra algo duro, apenas por debajo de la superficie.

—La pala rompió la madera de la caja externa —explicó Tsuda—. Pero esa caja protegió la que estaba dentro, la que tenía los dibujos más elegantes. Espero que haya llegado intacta como la encontré. —Había oído que la dama Emily era propensa a sufrir desmayos frecuentes e imprevistos, por eso no le llamó la atención que de repente se hubiera puesto pálida. Lo que sí lo asombró fue que la dama Hanako también hubiera perdido el color en el rostro.

—¿Por qué pensó en enviarle el arcón directamente a la señora Emily? —preguntó ella.

—Jamás me atrevería a tomar tal decisión —respondió Tsuda—. Por el tamaño y el peso del arcón parecía contener escritos y no objetos y, como sabía que estaba realizando una traducción al inglés de la historia del clan, por orden del señor Genji...

—¡Silencio! —exclamó Taro—. Contesta a la pregunta. ¿Por qué le enviaste el arcón a la señora Emily?

—No lo hice, señor Taro. —Su temblor involuntario aumentó hasta que su ropa empezó a sacudirse como si la agitara el viento—. Le di claras instrucciones a mi mensajero de que entregara el arcón directamente al señor Genji. Si no lo hizo así, tendré que...

Taro estaba furioso.

—¿Le enviaste el arcón al señor Genji? ¿Por qué no se lo diste al capitán de la guardia del castillo? Es su deber dar el paso siguiente, no el tuyo.

Tsuda presionó la frente contra la tierra del sitio de la construcción con tanta fuerza que se le acalambraron los músculos de la espalda.

—El señor Genji me ordenó específicamente que me comunicara con él por todo lo referido a la construcción de la capilla.

—¿Me tomas por un estúpido? —La mano de Taro se dirigió hacia la espada—. ¿Qué señor le permitiría tal cosa a un campesino?

—Disculpa, señor Taro —dijo la dama Emily—. Tsuda está diciendo la verdad. Yo estaba presente cuando tuvieron esa conversación.

La dama Emily pronunció esas palabras en el japonés más hermoso y exquisitamente hablado que Tsuda hubiera escuchado jamás, a pesar de su acento norteamericano. Acababa de salvarle la vida. Le estaría agradecido por siempre.

—No podía desobedecer una orden directa del gran señor —continuó la dama Emily.

Taro resopló y apartó la mano de la espada.

—¿Quién era el mensajero? —preguntó—. Mándalo llamar.

Al cabo de unos minutos, el mensajero se postró en tierra al lado de Tsuda, sudando a mares por la velocidad con que había corrido para responder a la llamada.

—¿Por qué llevaste el arcón a los aposentos de la dama Emily? —inquirió Taro.

—No lo hice, señor Taro —respondió el mensajero—. Se lo llevé al señor Genji, como me ordenó el señor Tsuda. El señor Genji lo abrió, vio lo que había dentro y me dijo que lo llevara al estudio de la dama Emily.

—¿Y qué había dentro? —preguntó Taro.

—No lo sé, señor Taro —dijo el mensajero—. Todo el tiempo que estuve en presencia del señor Genji estuve inclinado en reverencia. Oí que el arcón se abría. El señor Genji dijo que contenía pergaminos y después oí que lo cerraba. El señor Genji me ordenó que lo llevara al estudio de la dama Emily. Yo obedecí. Eso es todo.

—Puedes retirarte —dijo Taro, y después se dirigió a Emily—. ¿Tienes más preguntas para Tsuda?

—No —replicó Emily—, para Tsuda no.

Tsuda suspiró aliviado, aunque por supuesto lo hizo en silencio y se retiró considerándose un hombre verdaderamente afortunado.

II

ARRIBA Y ABAJO

4

La abadesa de Mushindo

La lealtad abnegada es considerada el ideal supremo de los samuráis. La razón por la cual esto sucede no es difícil de encontrar. Los generosos la llamarían ilusión. Otros le darían un nombre más severo.

La verdadera historia de los clanes del reino está escrita con la sangre de la traición. Sin embargo, lee lo que se conmemoró y te parecerá que los grandes héroes de leyenda han vuelto a la vida una y otra vez.

¿Acaso es extraño que quienes crecen escuchando mentiras se conviertan en mentirosos?

Aki-no-hashi, 1311

Abadía de Mushindo, en las montañas que se alzan al oeste de Edo, 1882

La reverenda abadesa de Mushindo, Jintoku, estaba sentada sobre sus rodillas en el estrado de la sala de meditación principal. Se inclinó en una reverencia y se quedó así mientras dos mujeres jóvenes vestidas como las monjas budistas de los tiempos de antaño acompañaban a los invitados de ese día a la sala. Las muchachas tenían la cabeza cubierta con capuchas de tela rústica marrón oscuro que hacía juego con sus batas. La reverenda abadesa estaba vestida de idéntica forma, absteniéndose de utilizar el atuendo de seda, más costoso y confortable, al que tenía derecho por su rango. Tanto ella como sus acólitas utilizaban capuchas porque no se afeitaban la cabeza como solían hacer las monjas budistas. La reverenda abadesa había descubierto que las monjas con cabelleras largas, brillantes y atractivas generaban una cantidad de donaciones considerablemente menor que las que parecían más necesitadas. Como no tenía ninguna intención de afeitarse su propia cabeza, no iba a pedirle a sus seguidoras que lo hicieran. Su metodología se basaba en predicar con el ejemplo. Era la única forma de establecer claramente la autenticidad moral, que era el fundamento esencial de su autoridad en la abadía de Mushindo.

Hoy había cuarenta invitados, ayer cuarenta y uno, anteayer treinta y siete. La vestimenta de las mujeres reflejaba la ya habitual mezcla de lo occidental y lo japonés popular en las ciudades: quimono con sombreros ingleses y zapatos franceses, acompañado, a veces, de una chaqueta de corte americano. En general, los hombres seguían una línea determinada: totalmente occidental desde el sombrero hasta las botas u obstinadamente japonesa, con quimono y sandalias de madera. Ya nadie usaba rodetes ni llevaba espada. Tanto lo uno como lo otro estaba prohibido. Y aun cuando no fuera así, ¿quién los llevaría? Ya no había más samuráis. En el pasado, sólo ellos estaban autorizados a llevar espada.

La concurrencia había aumentado progresivamente desde que, tres años atrás, la abadesa había decidido instituir las visitas guiadas al templo. Debía agradecérselo al nuevo gobierno imperial. La cantidad de gente que visitaba el templo se había incrementado porque, coincidiendo con la fuerte campaña de modernización, se había acrecentado el interés por los antiguos métodos japoneses. Esto no era tan extraño como podía parecer a primera vista. Si bien la modernización implicaba adoptar los métodos occidentales en lo que se refería a la industria, la ciencia, la guerra, las formas políticas y la vestimenta, venía acompañada de una campaña igualmente enérgica para mantener la antigua tradición cultural. Ciencia occidental, virtud oriental. Ése era el lema oficial. Pero ¿había alguien que supiera realmente qué significaba la virtud oriental?

La reverenda abadesa tenía sus dudas. Las verdaderas tradiciones no podían ser las que imponía el régimen desacreditado y derrocado de los sogún Tokugawa. Según el nuevo gobierno, durante dos siglos y medio los sogún habían congelado la sociedad en un mismo lugar, habían inventado todo tipo de ficciones arteras para mantener el control y habían robado, encerrado, torturado, esclavizado, exiliado, asesinado u oprimido y aterrorizado de alguna manera a todos los que se oponían a ellos. Tácticas que el nuevo gobierno afirmaba haber eliminado por completo. Por supuesto, tampoco era posible descartar todas las formas y los comportamientos de esa época sin pensar. Algunas eran tradiciones verdaderas y veneradas provenientes del pasado y que simplemente habían sido adoptadas y utilizadas por los sogún. Además de negociar tratados, organizar un ejército y una marina, confiscar las tierras y las riquezas del clan de Tokugawa y redactar leyes frenéticamente para satisfacer las demandas de reforma de las naciones occidentales, el nuevo gobierno también estaba decidiendo qué debía formar parte de la tradición y qué no. En este proceso, dos frases aparecían con mucha frecuencia en las declaraciones oficiales:

«Durante milenios...»

«Desde tiempos inmemoriales...»

La reverenda abadesa conocía lo bastante bien las mentiras como para reconocer las palabras que tenían como propósito esconder más que iluminar. Sospechaba que no preservaban, sino que inventaban. Era mucho más fácil lograr la obediencia citando un precepto antiguo que convencer a las personas de que asumieran el riesgo de la innovación. Sin embargo, estaba agradecida de que el gobierno hubiera incluido la abadía de Mushindo entre los Monumentos Históricos Nacionales que había designado. Sin duda había ayudado a suscitar el interés de la gente.

—Honorables huéspedes —dijo la abadesa—, os agradecemos profundamente que os hayáis tomado la molestia de visitar nuestro templo simple y aislado.

Aunque Mushindo seguía siendo simple, ya no estaba más aislado. La nueva ruta que unía la costa del Pacífico y el mar de Japón pasaba a través del valle que estaba abajo. En realidad, era bastante fácil llegar hasta el templo, aunque el viaje que había que realizar desde los centros urbanos le daba a la excursión un sabor a peregrinaje que no tenían las visitas a los templos que se encontraban en las ciudades. Teniendo en cuenta la misión de Mushindo, esto constituía una ventaja más que una desventaja. Por eso la abadesa consideraba apropiado referirse al aislamiento.

—El mundo exterior cambia rápidamente y sin cesar. Aquí, vivimos como lo hicieron los ermitaños de Mushindo durante seiscientos años, siguiendo las enseñanzas de Buda.

A decir verdad, Mushindo no había estado ocupado ininterrumpidamente durante todo ese tiempo, pero ella lo consideraba un detalle técnico. Un templo es siempre un templo.

—Al finalizar el recorrido, si así lo deseáis, podréis compartir el almuerzo con las monjas. Es una comida muy sencilla que consta de gachas, sopa de soja y vegetales adobados.

En realidad, era una comida como la que la mayoría de los presentes había tomado regularmente hasta no hacía mucho tiempo, cuando eran campesinos sin derechos, propiedades ni apellidos. Los cambios veloces debilitaban la memoria.

—Os dividiremos en dos grupos. Uno visitará primero el interior del templo y después la parte externa y el otro hará el recorrido opuesto.

Hizo otra reverencia.

—Disfrutad de vuestra visita. Si tenéis alguna inquietud, no dudéis en preguntar.

La abadesa esperó a que el contingente se hubiera retirado de la sala de meditación para comenzar el recorrido y después se puso de pie y se dirigió al área separada que estaba pasando el muro este de la abadía. Era el único lugar en Mushindo reservado exclusivamente para las prácticas religiosas y que no formaba parte de la visita guiada. La abadesa hizo una reverencia respetuosa en la puerta antes de entrar en el complejo del cuidador.

Como siempre a esta hora del día, él estaba cuidando sus jardines. En sus pensamientos, la abadesa lo consideraba el Santo. Al principio había empezado siendo una broma, pero para su sorpresa, después se había convertido en algo bastante serio. El Santo era muy predecible. Seguía, sin falta y sin desviarse, la rutina que había establecido un monje extranjero llamado Jimbo hacía más de veinte años.

Después de las seis horas de meditación antes del amanecer, comía un tazón de gachas y un solo vegetal adobado: su única ingesta diaria. Cómo un hombre tan grande podía sobrevivir con una comida tan escasa era un misterio. No obstante, lo hacía. El resto de la mañana lo pasaba en el jardín, donde se encontraba en este momento, desherbando, sacando los insectos cuidadosamente para no dañarlos, barriendo las hojas secas y haciéndoles reverencias a medida que las echaba a la pila del abono, y recolectando vegetales para las comidas y para almacenar. Tras dos horas de meditación en su cabaña, al mediodía, el Santo pasaba la tarde limpiando el resto de la abadía y realizando las reparaciones necesarias en los edificios, los muros o los caminos. Después, antes de sus abluciones nocturnas finales, se dirigía a la puerta exterior de la abadía y regalaba los dulces y las tortas que había preparado más temprano a los niños de un pueblo cercano llamado Yamanaka, que lo adoraban. Probablemente estaban fascinados de que alguien tan corpulento pudiera ser tan paciente y dócil.

Era paciente y dócil con los niños porque Jimbo lo había sido y él seguía su ejemplo en todo. Pero Jimbo no hacía dulces y tortas. El Santo había aprendido a prepararlos durante las semanas que había viajado sin rumbo fijo veinte años atrás. Eso había sido antes de que la abadesa fuera la abadesa, antes de que él se convirtiera en el Santo, antes de que Mushindo fuera una abadía y antes de que los grandes señores de Japón occidental derrocaran a los sogún de Tokugawa.

—Tu jardín es hermoso —dijo la abadesa. Siempre que podía charlaba con él. Era más por una cuestión de costumbre que porque tuviera la esperanza de que él le respondiera de una manera diferente a la que siempre lo había hecho—. Es tan maravilloso que los vegetales y las flores puedan crecer cuando tú pones tanto empeño en no lastimar a los insectos que se alimentan de ellos...

Alzó la vista para mirarla y sonrió, o mejor dicho, esbozó una sonrisa más amplia, porque él casi siempre estaba sonriendo. Después dijo una de las dos palabras que conformaban el total de su vocabulario.

—Kimi.

Monasterio de Mushindo, 1861

Los niños del pueblo espiaban desde los bosques cercanos. Sus padres les habían advertido que se mantuvieran alejados de los cientos de mosqueteros sogún que habían ocupado el monasterio de Mushindo. Era un consejo prudente, ya que, cuando los samuráis luchaban entre sí, la gente inocente que estaba cerca por lo general terminaba muerta, y era evidente que se estaba preparando una batalla. Por supuesto, Kimi no tenía intención de perderse el magnífico espectáculo que estaba a punto de producirse. A pesar de que era una niña y que con sus nueve años estaba lejos de ser la más grande de todos, su inteligencia y su energía la habían convertido en cabecilla del grupo. Además, era a la única que Goro obedecía regularmente. Goro, el hijo de la idiota del pueblo, era un gigante. No tenía malas intenciones, pero era tan grande y fuerte que podía lastimar a las personas sin darse cuenta, y a veces lo hacía. Todos los niños habían notado que esto sucedía sólo cuando Kimi no estaba. Sin duda era una simple coincidencia, pero los chicos, que son los más supersticiosos de todos los seres humanos, atribuían la benevolencia estadística de Goro en presencia de Kimi a alguna característica pacificadora suya. Era una reputación que la acompañaría durante el resto de su vida.

Goro era más grande que cualquier otro hombre en el pueblo, e incluso más que el extranjero que había venido a vivir en el monasterio y que se había convertido en monje, discípulo del anciano abad Zengen. Antes de que llegara el extranjero, el anciano Zengen era el único que habitaba allí. El extranjero tenía un nombre que nadie lograba pronunciar, hasta que se convirtió en el discípulo de Zengen. Entonces, él comenzó a llamarse a sí mismo Jimbo. Ése sí era fácil de articular. Hasta Goro, que jamás había dicho una palabra inteligible podía pronunciarlo y lo hacía todo el tiempo.

—Jimbo, Jimbo, Jimbo, Jimbo, Jimbo, Jimbo...

—¡Cállate, Goro! —solían decir los otros niños—. Ya sabe quién es y seguramente sabe que tú estás aquí.

—Jimbo, Jimbo, Jimbo...

Y seguía y seguía. Al único al que no le molestaba era al propio Jimbo. De hecho, a Jimbo no le molestaba nada. Era extranjero, pero también un verdadero seguidor de la doctrina de Buda.

—Basta, Goro —solía decir Kimi—. Dale la posibilidad a los demás de hablar también.

—Jimbo —decía Goro por última vez, y se quedaba en silencio. Al menos por un rato.

Jimbo estaba en las montañas cuando los mosqueteros llegaron y todavía no había regresado para cuando vino el señor Genji.

Resultó que los sogún estaban esperando al señor Genji. Su pequeña banda de samuráis había caído en una emboscada, viéndose rodeada y atrapada. Los que trataron de acceder al santuario del monasterio volaron en pedazos al explotar la pólvora escondida. Les dispararon tantas balas que los caballos muertos que utilizaban como escudos quedaron reducidos a un único montón de carne masacrada. Al final, cuando llegaron los aliados del señor y destruyeron al enemigo, los pocos supervivientes estaban cubiertos de pies a cabeza con sangre humana y de animales.

Jimbo regresó varios días después de la batalla. Cuando volvió, ninguno de los niños lo reconocía. Veían a un extranjero vestido como uno de los que había estado con el señor Genji, un hombre que llevaba armas en su cinturón en lugar de espadas y que, enfurecido como un demonio proveniente del peor de los infiernos, había matado a muchos hombres con aquellas armas, con las espadas que les había quitado a los cadáveres y con sus propias manos sangrientas.

Los niños huyeron atemorizados. Todos excepto Goro.

—Jimbo, Jimbo, Jimbo —dijo, y corrió tras el extranjero.

Kimi vio que Goro tenía razón. Este extranjero era en verdad Jimbo. Se había quitado la túnica del monje zen que el anciano Zengen le había dado cuando se había convertido en su discípulo y llevaba la ropa que vestía el día que había llegado al pueblo. Tenía una pistola en el cinturón y llevaba un arma larga y dos grandes barriles en la mano.

—¿Por qué estás vestido así? —preguntó Kimi.

—Tengo que hacer algo que no puedo hacer con la otra ropa —respondió Jimbo, mirando las ruinas del monasterio. Unos días más tarde, todos supieron a qué se refería.

El extranjero volvió, era el demonio que había venido con el señor Genji. Kimi guió a los niños a las ruinas de la sala de meditación y allí se escondieron. Vieron que el demonio se deslizaba lentamente hacia el interior del monasterio con una pistola en cada mano. Jimbo apareció de entre las sombras por detrás de él, le puso el revólver en la nuca y le dijo en inglés algo que ninguno de los niños entendió. Cualesquiera que fueran las palabras de Jimbo no eran las palabras mágicas adecuadas porque, en lugar de desaparecer o irse, el demonio se inclinó hacia un costado y, volviéndose a medida que caía, le disparó con las dos armas. Jimbo también disparó, pero sólo una vez, demasiado abierto y tarde. En el momento en que lo hacía, las balas del demonio lo alcanzaron y lo derribaron. Después el demonio permaneció inmóvil junto a Jimbo y le descargó las dos pistolas en la cara.

Cuando se hubo marchado, los niños corrieron hacia Jimbo. Todos se detuvieron al ver lo que había quedado de él. Sólo Goro y Kimi se acercaron hasta su lado. Goro se desplomó junto al cuerpo de Jimbo y se echó a llorar. Kimi lo abrazó y trató de consolarlo y consolarse.

—No llores, Goro. Éste ya no es Jimbo. Se ha ido a Sukhavati, la Tierra Pura. Cuando nosotros vayamos, él nos recibirá y no tendremos nada que temer. Todo será maravilloso.

Kimi no estaba segura de que Goro fuera a recuperarse jamás de la pérdida. Sin embargo, lentamente fue haciéndolo. Comenzó a pasar todo el tiempo que podía en las ruinas, limpiando los escombros, desechando los fragmentos dudosos que podían ser restos humanos carbonizados, rellenando la fosa que había producido la enorme explosión que había destruido la sala de meditación, rastrillando la tierra y juntando los cientos de balas que habían sido disparadas en la batalla que había precedido el duelo entre Stark y Jimbo. Como no tenían nada que hacer, los niños imitaban a Goro y, casi sin darse cuenta, lo ayudaron a reconstruir Mushindo.

Pronto comenzó a pronunciar nuevamente la única palabra que conocía:

—Jimbo.

Pero la decía con voz queda y sólo una vez.

A medida que el monasterio resurgía de entre las ruinas, en cierto sentido también Jimbo lo hacía. Goro empezó a usar su túnica y a seguir la rutina monástica que Jimbo practicaba. Se levantaba a la hora más oscura de la madrugada, se dirigía a la cabaña de meditación del abad y permanecía allí hasta el amanecer. Una vez, Kimi lo espió y vio que estaba sentado muy quieto con las piernas cruzadas en posición de loto, como un monje de verdad, los párpados cerrados como los de Jimbo cuando se encontraba en el *samadhi* profundo de Buda. Por supuesto, un idiota como Goro no podía lograr la paz perfecta y absoluta del Iluminado. No era un verdadero seguidor de la doctrina como Jimbo, pero la imitación le salía bien. Además, lo mantenía tranquilo, feliz y sosegado, así que Kimi no hacía nada para detenerlo.

Un día, varias cosechas después, cuando Kimi estaba trabajando en el arrozal del pueblo con su familia, llegó un rico mercader acompañado por una banda de samuráis. Estos últimos no estaban al servicio de ningún señor, como los verdaderos samuráis, sino que eran de los independientes. Se los conocía con el nombre de «hombres ola» porque, al igual que las olas del océano, no poseían raíces, no pertenecían a nadie y no tenían ningún objetivo, pero de todas formas existían y eran capaces de causar grandes turbulencias y caos. En los últimos años, como el reino estaba azotado por el disenso interno y la presión externa, el decaimiento del orden había producido muchos de estos hombres.

Kimi no estaba segura de cuánto tiempo había pasado entre la batalla, el duelo, la muerte de Jimbo y la llegada del mercader. Las estaciones en una granja de pueblo se parecían bastante entre sí. Sabía que habían pasado varias porque la mayor parte del monasterio de Mushindo había sido reconstruido y su propio cuerpo había empezado a cambiar, desarrollando los incómodos inicios de las características que, tarde o temprano, la llevarían a quedar embarazada, parir, a tener un marido exigente, niños escandalosos y todo lo demás. Podía ver cómo su futuro se abría ante ella tan claro como la visión mística de un santo. Pronto se convertiría en su propia madre, exhausta y avejentada, y otro (alguno de sus futuros hijos) sería chillón y caprichoso como ella. Éste era el verdadero sentido de la reencarnación para los más humildes. Tal vez los grandes señores como Genji o las hermosas geishas como la dama Heiko volvían a nacer en nuevas y excitantes formas en tierras lejanas y exóticas. Los campesinos volvían como sus padres y como ellos mismos, repitiendo lo que ya habían hecho muchas veces antes sin necesidad de pasar a otra vida para hacerlo.

—Una nueva era ha llegado —proclamó el mercader desde la silla de su caballo—. Una nueva era con grandes posibilidades.

—¡Guárdate tus mentiras! —exclamó uno de los campesinos—. No tenemos dinero. No puedes engañarnos para quitarnos lo que no tenemos.

Los campesinos rieron. Los que estaban más cerca del que había gritado lo felicitaban con entusiasmo y lanzaron sus propias sugerencias.

—¡Iros a Kobayashi! ¡Allí son mucho más ricos!

—Sí, al menos tendréis qué robarles. ¡Nosotros no tenemos nada!

El mercader sonrió mientras los campesinos continuaban riendo. Sacó una voluminosa bolsa de tela del bolsillo interior de su chaqueta y la sacudió. Emitió un ruido como de pesadas monedas que tintineaban. Muchas monedas pesadas. La risa cesó rápidamente.

—¿Acaso un embaucador os daría su dinero en lugar de tomar el vuestro? —preguntó el mercader—. ¿Acaso un mentiroso creería en vuestra palabra en lugar de pediros que creyerais en la suya?

—El plomo puede hacer que un monedero sea tan pesado como el oro —dijo un campesino—, y las palabras sólo son palabras. No somos tan tontos como para no reconocer a un ladrón cuando lo vemos.

Uno de los hombres ola que acompañaban al mercader, al parecer el líder del grupo, se adelantó con su caballo y habló con el mismo tono arrogante propio de todos los samuráis, tuvieran o no amo.

—Rebájate a tu propio nivel, campesino —dijo con la mano en la empuñadura de su espada— y dirígete con respeto a los que están por encima de ti.

—Éste es el pueblo de Yamanaka —respondió el campesino sin ningún temor—. Estamos bajo el dominio del señor Hiromitsu, no somos un montón de vagabundos.

El hombre ola sacó su espada.

—El señor Hiromitsu...Tiemblo de miedo.

—El señor Hiromitsu goza de la amistad de Genji, gran señor de Akaoka —continuó el campesino—, que aplastó al ejército de los sogún aquí hace poco tiempo. Tal vez hayáis oído hablar del monasterio de Mushindo.

—El monasterio de Mushindo —dijo el hombre ola, bajando la espada y dirigiéndose al mercader—. Creí que estaba más al oeste.

—Vuelve la cabeza —señaló el campesino— y mira hacia la cima de la montaña. Allí está.

—Guarda la espada —indicó el mercader— y no hablemos más del pasado. Yo soy un emisario del futuro. De un futuro venturoso. ¿Vais a escucharme o no? Si no lo hacéis, seguiré mi camino.

Abrió la bolsa, metió la mano, extrajo un puñado de monedas y se las mostró. No era plomo. En su palma resplandecía el *shu*, el oro. Eran monedas rectangulares con la marca característica de la cuña oficial de Tokugawa. Dieciséis *shu* equivalían a un *ryo,* y un *ryo* era más de lo que el campesino más rico podía ganar con la cosecha de un año. Si la bolsa del mercader estaba llena de *shu* de oro, tenía una fortuna en sus manos. Era extraño que la banda que estaba con él todavía no lo hubiera asesinado para robarle su riqueza. La presencia de tal cantidad de dinero provocó un respetuoso silencio entre los campesinos.

—Recientemente, el sogún abolió la prohibición de viajar al exterior —declaró el mercader—. Como comprendió que el mundo se vería beneficiado con nuestra presencia, sabiamente decretó que los japoneses podían volver a residir en el exterior. Para alojar a los japoneses, se están construyendo muchas posadas nuevas en Taiwan, Filipinas, Siam, Cochin, China, Java y otros sitios. Naturalmente, dichas posadas deben estar atendidas por japoneses. No podemos dejar a nuestros viajeros en manos de nativos incivilizados. Por este motivo he sido autorizado a ofrecer empleo como criadas, cocineras y amas de llaves a las muchachas de vuestro pueblo, durante el término de tres años, pagándoles un *shu* por año a sus familias. ¡Por adelantado! Es decir, tres *shu* ahora, hoy, en este preciso minuto, para cada familia que decida dar a sus hijas la oportunidad de sus vidas. ¡Tres *shu* de oro!

Apenas escuchó las palabras «tres *shu* de oro», Kimi supo que estaba camino a Java, Filipinas o Siam, dondequiera que se encontraran esos lugares. Ella no creyó ni una palabra de lo que aquel sinvergüenza estaba diciendo acerca de lo que habían proclamado los sogún, de las nuevas oportunidades ni todo lo demás, y dudaba de que alguien del pueblo lo hubiera hecho. Sin embargo, ningún pobre campesino que tuviera muchas bocas que alimentar podía resistir una oferta como ésa.

—Ahora, decidme la verdad —agregó el mercader, que seguía mostrándoles la palma de la mano llena de oro—, ¿alguna vez pensasteis que viviríais para ver el día en que una simple hija soltera podía valer tanto dinero? En serio, ¿acaso no estamos viviendo un tiempo maravilloso?

Las otras tres hermanas de Kimi estaban casadas y tenían hijos demasiado pequeños como para abandonarlos. Kimi era la única que podía ir. Y así fue. Más tarde, ese mismo día, se marchó junto con otras seis muchachas del pueblo. Ni siquiera tuvo tiempo de subir la montaña hasta Mushindo para despedirse de Goro.

Dos semanas después, se hallaba en la bodega de un embarcadero en el puerto de Yokohama, esperando, junto con otro centenar de niñas y muchachas, un barco que las llevara a un lugar llamado Luzón. La fantasía de ser criadas, amas de llaves y cocineras había sido abandonada desde hacía tiempo. Muchas de las muchachas más mayores ya habían sido violadas por sus guardias, algunas varias veces. Kimi y otras se habían salvado sólo porque el mercader les había recordado repetidas veces a los hombres ola que las más jóvenes valdrían el doble si llegaban vírgenes a destino. En el delicado equilibrio entre la lujuria y la avaricia, Kimi estaba temporalmente a salvo. Sin embargo, era una salvación sin esperanza. Finalmente se dio cuenta: la habían vendido. Sus propios padres.

Durante varios días, la idea de escapar le ayudó a mantener las energías y la esperanza. Sin embargo, pronto se esfumaron. ¿Adónde escaparía? Si regresaba al pueblo, los hombres ola irían por ella y entonces ¿qué harían sus padres? La enviarían de vuelta, porque si no lo hacían tendrían que devolver el oro, algo que a Kimi le resultaba difícil imaginar. Había visto la expresión en sus rostros cuando tenían las monedas en sus manos. Y si no volvía al pueblo, ¿qué podía hacer? ¿Cómo sobreviviría en un lugar como Yokohama, lleno de extraños, de personas que estaban tan a la deriva como los hombres ola que la habían encerrado?

La falta de esperanza la volvió taciturna, perdiendo incluso la noción del tiempo.

Así iba a ser el resto de su vida: vaga, confusa, lánguida. La usarían hasta que ya no sirviera y después moriría. Qué maldición haber nacido mujer. Si hubiera sido un perro, o incluso una perra, al menos habría gozado de la protección de las antiguas leyes sogún que regulaban la forma en que había que tratar a los animales. No había ninguna ley que regulara el tratamiento de las mujeres.

Los gritos de terror de las muchachas que estaban más cerca de la entrada de la jaula la despertaron. Retrocedió todo lo que pudo entre la multitud. Probablemente no tenía nada que temer por su valor como virgen, pero, era mejor no fiarse demasiado de los codiciosos. Los propensos al vicio eran poco fiables aun en el ejercicio del vicio. Un solo momento de debilidad era suficiente, y estos hombres ola estaban llenos de flaquezas. Kimi se escondió.

—Eso es, gritad, gritad —dijo uno de los guardias mientras los demás reían—. Os da miedo, ¿verdad? A la próxima revoltosa que no haga lo que se le ordena, enseguida y bien, se la daremos a él. ¿Os gustaría? ¡Tú! ¡Sí, tú! ¿A quién prefieres? ¿A él o a mí?

Kimi no veía lo que estaba sucediendo, pero no era necesario. Oía la risa y los murmullos de terror, la puerta que se abría, pies que se arrastraban. Los cuerpos de las demás muchachas presionados contra el suyo le indicaban lo aterradas que estaban. Luchaban por alejarse lo más posible de la puerta.

—Lo dejaremos aquí para que os vigile —dijo el guardia—. Si sabéis lo que os conviene, os comportaréis como se debe mientras nosotros no estemos, de lo contrario...

Los guardias se retiraron con la desafortunada muchacha que habían seleccionado para su entretenimiento nocturno, aunque, la presión de los otros cuerpos sobre Kimi no disminuía. El nuevo hombre que habían dejado debía de ser verdaderamente un salvaje, si tenía tan mala imagen comparado con las bestias que ya había visto. Podía advertir que se desplazaba a lo largo de la reja, observándolas, porque la multitud de mujeres atemorizadas se movía, primero hacia un lado y después hacia el otro, cada vez más horrorizadas. Algunas habían comenzado a sollozar pensando en el horror que inevitablemente sobrevendría pronto. Otras se apartaron y ella logró verlo. Su enorme cabeza calva sobrepasaba las de ellas. Se movía de un lado a otro de la reja, en silencio, fijando su atención exclusivamente en las muchachas. Era una especie de monstruo mudo y pelado, tal vez un extranjero, que los despiadados hombres ola habían traído para aterrorizarlas y convertirlas en esclavas obedientes.

La puerta se sacudió, primero suavemente y después con violencia. Las mujeres, jadeando, empezaron a apretarse contra la pared trasera. Un objeto metálico cedió. Kimi vio que la parte superior de la puerta se abría. El monstruo estaba dentro. La multitud de mujeres se alejaba a medida que él avanzaba y Kimi trataba de retroceder con ellas. Pero sólo pudo hacerlo por poco tiempo, ya que las muchachas se alejaban de ella al igual que del monstruo.

¡Iba a buscarla a ella!

Durante los últimos días, Kimi había pensado en suicidarse y siempre había decidido no hacerlo. La vida era preferible a la muerte. Mientras estuviera viva tenía una oportunidad. Muerta, no había nada más que hacer. Además, había un problema práctico: ¿cómo? Dejarse morir de hambre no funcionaría. Los guardias se darían cuenta de lo que estaba pasando y la obligarían a comer. Ya había sucedido con una de las muchachas. Hasta que vio lo que los guardias hacían, no sabía que el comer podía convertirse en una tortura.

No había nada donde colgarse, excepto la reja, y era un método demasiado lento para estrangularse. Una de las muchachas también lo había intentado y lo único que había logrado era lastimarse los músculos del cuello, hasta que por fin se dio por vencida. Ahora tenía una inclinación permanente en la cabeza que disminuía su valor, y sin duda recibiría el peor tipo de maltrato en Luzón.

No podía saltar desde algún lugar alto ni cortarse el cuello. Lo máximo que podría hacer sería golpearse la cabeza contra el suelo lo bastante fuerte como para fracturarse el cráneo, pero dudaba de que tuviera la voluntad y la fuerza necesarias para hacerlo.

Sólo quedaba, pues, una posibilidad. Era repugnante, pero si se atrevía a hacerlo, supondría una muerte segura. Muchas veces había estado cerca, pero siempre se había detenido. La vida era preferible a la muerte. Hasta ahora.

El monstruo se acercaba cada vez más. En la oscuridad de la jaula, no podía distinguir sus rasgos, sólo alcanzaba a ver la silueta de su enorme cuerpo. Poseído por la ferocidad de su lujuria inhumana, la desgarraría, la rompería y la trituraría antes de dejarla morir en agonía, desesperadamente sola, aquí en el suelo de una bodega en Yokohama.

Se apartó, se arrodilló y sacó la lengua todo lo que pudo entre los dientes. Golpearía el mentón contra el suelo, se amputaría ese órgano más bien problemático y se desangraría hasta morir. Qué vida tan breve, cuya única chispa de brillo había llegado de la mano de un monje extranjero llamado Jimbo, en un tiempo que parecía muy lejano. Cerró los ojos y levantó la cabeza preparándose para el descenso final. Tenía la lengua reseca.

—Kimi —dijo el monstruo.

Abadía de Mushindo, 1882

—Goro —dijo la reverenda abadesa Jintoku.

—Kimi —dijo el Santo.

—Goro.

—Kimi.

—Goro.

—Kimi.

La repetición de nombres podía ser interminable. La abadesa había llegado a considerarlo una forma de cántico y, en ocasiones, casi sin querer y sin darse cuenta, entraba en un profundo estado de meditación. A veces, cuando volvía en sí, él aún seguía allí. Otras, ya se había ido a otro lado para seguir sin descanso la rutina de Jimbo. Una vez se había despertado en medio de la lluvia, con una acólita al lado que le sostenía un paraguas. Por supuesto, el Santo la había enviado.

Hasta el día en que Goro la había encontrado en Yokohama, nunca había dicho su nombre. Ahora, veinte años más tarde, su vocabulario seguía limitado a dos palabras: «Jimbo. Kimi.» ¿Cómo la habría encontrado? No lo sabía. ¿Cómo habría llegado a ser contratado como guardia por los hombres ola? No lo sabía.

«Kimi», había dicho y, tomándola de la mano, la había sacado de la jaula del embarcadero y la había conducido a través de Yokohama hasta llegar a Mushindo. Él era una persona que solía perderse cuando tenía que ir caminando desde el pueblo hasta el monasterio, que estaba a plena vista. ¿Cómo había logrado viajar tan lejos y encontrar tan fácilmente el camino de vuelta después? No lo sabía.

La mayoría de las mujeres que estaban presas tenían demasiado miedo de seguirlos, pero algunas lo hicieron. Muchas estaban todavía hoy en Mushindo. No había habido persecución alguna. ¿Por qué? No lo sabía. Jamás volvió a ver al mercader o a los hombres ola.

La abadesa pestañeó.

Goro se había marchado.

Ah, ¿cuánto tiempo había estado allí sola, perdida en sus pensamientos sobre el pasado? Miró hacia el cielo. Era pasado el mediodía. La visita guiada había concluido hacía rato, el almuerzo monástico abierto ya había sido servido y terminado, los huéspedes se habían marchado. Abandonó el complejo del cuidador y regresó a la abadía para contabilizar los recibos del día. Además de los ingresos de las donaciones de la visita guiada, estaban las ofrendas que dejaban en la sala de meditación para Buda, en la cocina por la comida, en la rectoría por las reliquias sagradas: la madera carbonizada, las balas y los fragmentos de pergaminos.

La madera carbonizada provenía de las ruinas de la sala de meditación que habían quedado después de que estallara en la famosa batalla. Eran las más populares entre los suplicantes, que creían que los fragmentos tenían el poder de generar un despertar igualmente explosivo hacia la iluminación. Quienes buscaban protección de los peligros físicos y de las intenciones malignas de los enemigos preferían las balas como talismán. Después de todo, al señor Genji le habían disparado miles de balas y ninguna le había alcanzado. Sin duda habían absorbido algo de su poder de protección contra los ataques.

Pero los ingresos por todo concepto no tenían ni punto de comparación con las donaciones que la abadía recibía de aquellos que deseaban adquirir un pedazo de pergamino. Algunos de los que buscaban los retazos de papel estaban convencidos de que eran restos de los pergaminos de *Bandada de Gorriones*, que contenían las revelaciones de los clarividentes Okumichi, señores de las cosas futuras. Si uno poseía un pedazo de pergamino, su futuro atraería el bien y repelería todo el mal. Otros creían que los fragmentos contenían un poder aún mayor, ya que eran restos terrenos de los pergaminos de *El puente de otoño*, la colección de conjuros y encantamientos recopilados por la dama Shizuka, una princesa hechicera de la antigüedad.

La abadesa no hacía tales declaraciones pero tampoco desalentaba a quienes creían en ellas. Las balas eran sin duda las que habían sido disparadas en la batalla y que Goro había recolectado durante la limpieza. La madera provenía de las ruinas de la antigua sala de meditación, como la gente pensaba. Los fragmentos de papel eran pedazos que la abadesa había arrancado de unos pergaminos antiguos, originariamente once en total, que estaban en blanco y habían sido donados al convento por la dama Emily hacía aproximadamente quince años. La abadesa no tenía idea de qué eran esos pergaminos y tampoco le interesaba demasiado. Lo importante era que la abadía de Mushindo produjera suficientes ingresos para mantener a sus residentes y a sus familias. Que la gente creyera lo que quisiera, si es que eso les proporcionaba algún tipo de paz y bienestar. El mundo ofrecía muy poco de ambas cosas.

Estaba a punto de quitarse la capucha, pues el día era bastante caluroso, cuando reparó en que no todos los huéspedes se habían retirado. Había quedado uno, sentado solo en el jardín central. Era un hombre joven, extraordinariamente apuesto, de ojos muy brillantes y largas pestañas que parecían casi femeninas. Por suerte, el bigote evitaba que tuviera un aspecto excesivamente bello. Iba bien vestido, a la última moda occidental. Llevaba sombrero de colono de fieltro negro, chaleco de seda gris debajo de la chaqueta cruzada de lana negra y pantalones gris oscuro del mismo material. Sólo su calzado (botas, del tipo de las que usaban los jinetes más que los habitantes de ciudad) parecía fuera de lugar. Ella le hizo una reverencia con la cabeza, juntó sus manos con el gesto budista de *gassho* y se dispuso a continuar su camino. Pero el hombre le habló antes de que pudiera hacerlo.

—Nuestra guía nos habló acerca de la famosa batalla —dijo.

Su pronunciación era un tanto extraña, como si le faltara práctica. Tal vez había estado en el extranjero recientemente, hablando un idioma extranjero y su lengua todavía no se había readaptado al japonés.

—Es por precaución —dijo la abadesa—. El hecho de

que se desatara tanta violencia en un lugar sagrado nos recuerda que la serenidad y el caos no están tan alejados el uno del otro como nos gustaría pensar. Espero que no te haya impresionado demasiado.

—En absoluto —respondió, aunque en realidad parecía bastante conmovido—. Es sólo que yo había escuchado otra versión de la historia.

La forma en que sus labios esbozaron una sonrisa leve, casi burlona, le recordaba a alguien que no lograba identificar.

—La guía dijo que el señor Taro había encabezado el rescate con la famosa caballería del Dominio de Akaoka —continuó—. Sin embargo, Taro no era señor en ese momento y fue atrapado junto con el señor Genji y los otros. El rescate fue dirigido por el señor Mukai, que trajo sus propios servidores desde el norte.

—¿Es eso cierto? —dijo la abadesa, sorprendida de los conocimientos del joven. En verdad, la batalla había sucedido como él decía y no como se la contaban a los visitantes. La historia oficial le otorgaba a Taro el papel que había tenido Mukai, en parte para remendar la reputación del primero, pero también para eclipsar la del segundo. Taro, finalmente, había terminado mal, mientras que los rumores desfavorables acerca de las costumbres sociales de Mukai hacían que cualquier asociación con éste fuera negativa para Genji. Veinte años de repetición le habían dado una importancia de hecho histórico a la mentira. Incluso había un altar dedicado al señor Taro en uno de los templos más pequeños de la abadía. A través de los años, se había hecho famoso como el *bodhisattva* del rescate. Como no había reliquias relacionadas con él, la abadesa no fomentaba su culto—. Lo importante de la historia no está en el detalle de quién hizo cada cosa —dijo ella—. Es más útil concentrarse en lo incierto de la vida y en la gratitud y la atención que cada instante merece.

—Supongo que sí.

Parecía desilusionado, como si tuviera un significado personal para él.

—¿Tienes algún interés particular en la batalla? —preguntó ella.

—Sólo en la verdad —respondió. Aunque su sonrisa aún tenía algo de burlona, ahora parecía dirigida a sí mismo—. Espero que algo de lo que me dijeron sea verdad. Lo que sea.

—¿Dónde escuchaste esa versión? —inquirió la abadesa.

—Me la contaron mis padres. Ellos estuvieron allí. O al menos es lo que me dijeron.

La abadesa conocía a todos los niños del pueblo que habían estado con ella ese día, mirando desde su escondite en el bosque. Conocía a todos los que habían llegado a adultos, a cada uno de sus hijos y nietos, y este joven sin duda no era uno de ellos. Sólo once personas de las que estaban de parte del señor Genji habían sobrevivido, cuatro mujeres y siete hombres. Tres parejas de entre éstos se habían casado posteriormente. Seguramente porque creían que el destino los había unido y los había hecho sobrevivir con ese propósito. (Cómo nos gusta empapar nuestras existencias insignificantes de importancia injustificada. La abadesa agradeció en silencio a Buda por protegerla de tal desilusión.) Los padres del joven le habían dicho la verdad acerca de la batalla, pero le habían mentido al asegurar que habían estado allí. No era una gran mentira, considerando las que corrían. No obstante, era evidente que le había afectado.

—¿Y quiénes son tus padres? —inquirió la abadesa.

Entonces, el hombre hizo algo de lo más inesperado.

Se echó a reír.

—Es una buena pregunta —dijo—, una muy buena pregunta, en verdad.

5

La fuga del bandido de Chinatown

Nada en esta vida ni en la próxima te causará más dolor que el amor. Si alguien te dice lo contrario, es un mentiroso.

O es inexperto en esos temas.

O ha sido extremadamente afortunado en la elección de sus amantes. Hasta el momento.

Aki-no-hashi, 1311

Chinatown, San Francisco, 1882

Matthew Stark se detuvo frente a la lavandería china que estaba en la esquina de Washington y Dupont. Respiró hondo. A algunos de sus conocidos les gustaba hablar del hedor de Chinatown como si fuera la emanación de una herida purulenta. A Stark, en cambio, lo reconfortaba la mezcla de olores, no por la cantidad o por alguno de ellos en particular, sino por la generalidad, la fecundidad, porque transmitían energía. Su corazón se llenaba siempre de esperanza de un tiempo mejor, aunque sabía, por experiencia, que las cosas malas eran más propensas a suceder que las buenas. De algún modo, también le recordaba el extraordinario año que había pasado en Japón, hacía ya veinte años, aunque los olores no se parecieran en lo más mínimo.

Tal vez era simplemente por la calidad oriental de las fragancias.

Vestía levita cruzada de lana negra con detalles en terciopelo negro y botones forrados, chaleco de brocado rojo, pantalones de lana con elegantes tirantes de algodón, sombrero de colono de fieltro y corbata de seda negra anudada en un moño suelto. Las patillas, algo largas pero prolijas, tenían reflejos plateados. Vestido de aquella forma, Stark parecía un próspero caballero de la floreciente ciudad de San Francisco, excepto por las pequeñas protuberancias en la chaqueta, a la altura de la cadera derecha y el pecho izquierdo, provocadas por las fundas de los dos revólveres calibre 38, con tambores de cinco y dos pulgadas respectivamente (el primero lo tenía por su precisión; el segundo, por su tamaño compacto). Se las ajustó antes de seguir caminando a través de la plaza hacia el Jade Lotus, el principal local de entretenimientos en esta parte de la ciudad.

Stark no esperaba encontrarse con ningún problema, sobre todo no con la clase de situación que requería el uso de dos armas de fuego. Pero era difícil perder las viejas costumbres. Cuando tenía diecisiete años y se había escapado de un orfanato de Ohio para convertirse en vaquero en el oeste de Tejas, estuvo a punto de morir asesinado por un apostador al que descubrió haciendo trampa en las cartas. La única razón por la que él terminó disparándole antes al apostador fue que la munición de éste no explotó. El incidente hizo que Stark tomara por costumbre llevar un arma de repuesto, por si acaso. Desde entonces, había tenido que disparar las dos armas juntas en cuatro ocasiones, todas durante su estadía en Japón. Tres de esas veces lo hizo para salvar su vida y la de sus amigos. La otra no fue exactamente por necesidad. Stark había descargado una Colt 44 y una Smith & Wesson calibre 32 contra un hombre indefenso que ya había herido de muerte. Para él, la ironía más grande era que el amor fuera capaz de llevar tan fácilmente a un hombre a odiar y que el resultado de ese odio pudiera empujarlo a hacer las cosas más irracionales sin el menor titubeo.

Stark iba a reunirse con Wu Chun Hing, uno de los hombres más ricos de San Francisco. Como era chino, tenía el privilegio de vivir en el área de doce manzanas que rodeaba la plaza Portsmouth, junto con veinte mil compatriotas chinos, y se cuidaba mucho de ostentar su riqueza ante los residentes norteamericanos de la ciudad. Stark había oído que Wu provenía de una familia influyente en China, que había llegado a Estados Unidos cuando era joven para continuar con su educación y había sido abandonado aquí después de que su familia fuera aniquilada durante una de las rebeliones que parecían asediar el país con trágica frecuencia. Cualquiera que hubiera sido su pasado, ahora Wu era propietario de una gran cantidad de restaurantes, burdeles, casas de apuestas y fumadores de opio. Stark se ocupaba de una clase totalmente distinta de negocios y no se servía de ninguno de los bienes o servicios que ofrecía Wu (a excepción de la cocina), por eso jamás había tenido tratos ni conflictos serios con él. Ignoraba el motivo por el que Wu había solicitado la reunión.

—Discúlpeme por haberlo hecho venir hasta aquí —dijo Wu. Se encontraban en una sala en el segundo piso. Estaba decorada como la pequeña biblioteca personal que uno podría encontrar en la casa de un profesor universitario, llena de libros. No había nada que sugiriera que pertenecía a otra persona que no fuera un próspero intelectual norteamericano. La vestimenta de Wu, similar a la de su invitado en gusto y calidad, contribuía a crear el ambiente. No había un solo rasgo oriental a la vista, excepto la cara de Wu. Tenía el pelo cuidadosamente cortado. Desde luego, no llevaba coleta—. En las circunstancias actuales no sería prudente que me arriesgara a salir de mi propio distrito.

—Por el bandido de Chinatown —dijo Stark.

—Sí —respondió Wu. Parecía realmente consternado—. Aunque no es de Chinatown.

—Los diarios aseguran que sí.

—Los diarios. —Wu hizo un ruido como si hubiera escupido—. Sólo tienen dos objetivos: vender más y defender los intereses de sus propios dueños. Gracias a los diarios tenemos el impuesto chino al metro cúbico de aire, el impuesto chino a la minería, el impuesto chino a la policía. ¿Le parece justo? No hay impuesto al metro cúbico de aire para los mexicanos, ni a la minería para los alemanes, ni a la policía para los irlandeses, ¿verdad? Y ahora, gracias al alboroto que se ha armado con lo del «bandido de Chinatown», una vez más han aflorado los prejuicios contra nosotros.

—Es una desgracia, pero resulta comprensible —dijo Stark—. Ciertas personas sólo necesitan una excusa, y el bandido está dándoselas. Pensé que usted habría puesto fin a este asunto hace mucho tiempo.

—Lo habría hecho, si el culpable hubiera sido un chino. Porque en tal caso, no habría habido modo de que no lo conociera.

—No quiero ser descortés, señor Wu, pero todos los testigos que lo vieron dijeron que era chino. No pueden estar todos equivocados.

—Sí, podrían si... —empezó a decir Wu, pero se interrumpió, aparentemente pensándolo mejor. Luego comenzó otra vez—. Este criminal asalta a las parejas adineradas en su propio vecindario, las amenaza con un arma y con un cuchillo...

—Una cuchilla de carnicero —puntualizó Stark—, de los que se encuentran comúnmente en los restaurantes chinos.

—Sí. Es un accesorio diabólicamente engañoso. Empuña un arma y una cuchilla de carnicero y procede a sacarle una sola joya a la mujer. Si el hombre se resiste, él le grita algo, supuestamente en chino, y lo tira al suelo de una patada o lo golpea con la parte plana del cuchillo. —Wu hizo una mueca—. El odio contra los chinos crece día a día. Yo creía que con los saqueos y los incendios de hace cuatro años habíamos tocado fondo, pero resulta que el fondo está aún más lejos, tanto que no estoy seguro de poder verlo. Ya estábamos bastante mal cuando la ciudad y el estado empezaron a sancionar leyes punitivas. Ahora, el Congreso de Estados Unidos se está preparando para sancionar una Ley de Exclusión de los Chinos. ¿Qué será de nosotros si lo hace?

¿Nos expulsarán? ¿Nos pondrán en prisión? ¿Nos quitarán nuestras pocas posesiones? En una situación tan terrible como ésta, ningún chino se atrevería a empeorar las cosas cometiendo esta clase de delitos.

—Ningún chino que estuviera en su sano juicio —dijo Stark—. Puede que ese hombre no esté bien.

Wu meneó la cabeza.

—No es chino.

Stark se encogió de hombros.

—Si usted lo dice, le creo y espero, al igual que usted, que se detenga antes de que las cosas vayan demasiado lejos. Ahora, si le parece, ¿qué tal si pasamos al objetivo de esta reunión?

Wu miró tranquilamente a Stark durante unos instantes antes de continuar.

—Eso es lo que hemos estado haciendo, señor Stark.

Stark frunció el entrecejo.

—No estoy seguro de haber comprendido.

—Debido a la naturaleza de mis negocios —dijo Wu—, tengo relaciones laborales con varios oficiales de policía de la ciudad. Desde el principio, ellos han tratado de ayudarme y, al hacerlo, compartieron información conmigo. He aquí algunos datos curiosos: el bandido sabe el nombre de sus víctimas. Sabe dónde viven y es capaz de describir las habitaciones de las distintas casas. En una ocasión incluso llegó a describir la habitación principal, lo cual sugiere que ha estado en los hogares de las víctimas antes de asaltarlas en la calle. Las víctimas están aterrorizadas e indignadas. Hasta el momento, la policía no ha informado del asunto a la prensa. Si esto sale a la luz, no pasará mucho tiempo antes de que una masa asesina venga a Chinatown y vuelvan a producirse las atrocidades del setenta y siete.

—Sigo sin entenderlo —dijo Stark—. ¿Qué puedo hacer yo?

—Por favor, permítame que continúe, señor Stark. Es un tema complicado que requiere un análisis cuidadoso. Bien, ¿qué tenemos hasta ahora? Un hombre capaz de entrar en las casas sin que lo vean y sin dejar ninguna pista de que estuvo allí. Recuerde, también, que comete sus asaltos en el corazón de los mejores vecindarios (barrios blancos como la nieve, no hace falta que lo diga), sin embargo, nadie lo ha visto jamás. Por su raza debería de llamar muchísimo la atención.

—Tal vez se disfraza.

—Si es así, tenemos que agregar eso a la formidable lista de sus habilidades. Y lo más insólito de todo es que no roba nada de las casas en las que entra, aunque podría hacerlo sin problemas. Esto sugiere que lo que lo motiva no es la ganancia material, lo que resulta bastante extraño en un ladrón que entra en las casas y roba a mano armada ¿no cree? El hecho de que sólo se lleve una joya en sus asaltos apoyaría esta teoría.

—Supongamos que tiene razón —dijo Stark—, igualmente no llegamos a ninguna conclusión útil.

—Todavía hay más —continuó Wu—. Mis contactos en la policía también me proporcionaron descripciones detalladas de las joyas que fueron robadas. Al señor y a la señora Dobson, un broche de platino de quince centímetros de diámetro con veintisiete diamantes que juntos pesaban trece quilates y medio, trece zafiros de nueve quilates y tres cuartos y un zafiro en el medio de cinco quilates. —Colocó sobre su escritorio un broche como el que acababa de describir—. Al señor y a la señora Merrill, un anillo de oro de dieciocho quilates con un diamante solitario corte esmeralda de tres quilates y medio. —Puso el anillo al lado del broche—. Al señor y a la señora Hart, un collar de sesenta centímetros de largo con dos cadenas de oro y plata fina iguales de veintiún quilates entrelazadas entre unas perlas, cuyo diámetro va desde los seis milímetros a los dos centímetros y medio. —Puso el collar junto con el broche y el anillo—. Todavía no he descubierto el par de brazaletes de oro y marfil haciendo juego que el señor y la señora Berger le aportaron al bandido —continuó—; pero, en fin, eso sucedió ayer y... cómo podríamos decirlo... Todavía no ha entrado a formar parte de la sucesión de acontecimientos.

—Ahora sí que estoy completamente perdido —dijo Stark—. Si tiene los objetos robados, significa que habrá capturado al bandido.

Wu meneó la cabeza.

—No lo he hecho.

—Entonces, a su cómplice.

—No. No hay pruebas de que tenga un cómplice.

—En ese caso, ¿cómo es que las joyas obran en su poder?

—Fueron encontradas ayer aquí durante una inspección de rutina en los cuartos de las mujeres. Están interrogándolas, pero hasta ahora todas negaron conocerlas.

—Cuando dice «cuartos de las mujeres», ¿se refiere a los burdeles?

—Sí.

—Por tanto, una de ellas tiene un amante o un patrón que es el bandido. Es fácil descubrir de quién se trata. —Stark miró fijamente a Wu—. No logro entender por qué me trajo hasta aquí.

—Porque no es tan fácil —dijo Wu—. Esperaba que usted pudiera ayudarme a resolver este misterio de la manera menos dolorosa para todos los involucrados y lo más rápido posible.

—¿Cómo puedo hacer yo lo que usted no puede? Sé mucho menos de este tema de lo que usted sabe.

—Ayudándome a ordenar los hechos y así, tal vez, encontrar una respuesta. Usted es un hombre sabio, señor. Todos lo dicen. Quizá pueda ver lo que escapa a la vista de los demás. Sabemos que el bandido entra en las casas como el mejor ladrón profesional. Eso significa que está muy entrenado en el oficio o que tiene mucha práctica. Además, nunca nadie lo vio entrar o salir de ninguno de los edificios ni merodear por las calles de los barrios afectados. Es discreto como... digamos, uno de esos que practican las secretas artes místicas de la cultura japonesa. ¿Cómo se llaman?

—Ninja —dijo Stark

—Sí, ninja. Entiendo que la señora Stark tuvo ese tipo de entrenamiento en su país natal.

—Quiero creer que no estará sugiriendo que mi esposa es el bandido de Chinatown.

—Por supuesto que no, y le ofrezco mis más sinceras disculpas si le di esa impresión. Sólo quise decir que quienquiera que sea tiene habilidades similares.

—Hay menos de cien japoneses en todo San Francisco —dijo Stark—. Dudo mucho que alguno de ellos sea ninja.

—Por supuesto —convino Wu—. Continuemos. Sabemos que la ganancia no es lo que motiva al bandido. Esto sugiere que no tiene necesidades materiales insatisfechas. En otras palabras, demuestra que el hombre es tan adinerado como sus víctimas, si no más.

—Es una conclusión completamente forzada —objetó Stark. ¿Adónde querría llegar Wu con todo esto? En cualquier caso, empezaba a hacerlo sentir incómodo—. ¿Por qué habría de robar un hombre rico? No necesita hacerlo.

—No es por necesidad —respondió Wu—, es por la emoción de hacerlo. Y para obsequiar con regalos extraordinarios a una muchacha hermosa.

Stark resopló.

—¿Quién le daría regalos a una prostituta?

—Ni usted ni yo, por supuesto —dijo Wu—. Ambos somos hombres maduros y no nos engañamos con lo que es real y lo que no lo es. Pero alguien con una fuerte personalidad romántica, alguien muy joven e impresionable, quizás alguien que no tenga mucha experiencia con las mujeres... un muchacho de ese tipo podría pensar que es exactamente lo que hay que hacer.

—Usted tiene una teoría acerca de quién es. ¿Va a decírmelo o tendré que adivinarlo?

Wu se encogió de hombros.

—Esperaba que usted ordenara los hechos y descubriera quién es el culpable, señor Stark. Por supuesto, si lo hace y resuelve el problema por su cuenta, no habría necesidad de involucrar a las autoridades ni de forzar a quienes, de lo contrario, sufrirían injustamente las consecuencias al recurrir a actos propios de un vigilante. Tendría que buscar a alguien que conozca las prácticas ninja, que no actúe impulsado por las necesidades materiales, joven y romántico, con poca experiencia en el amor, que tal vez lleve una vida demasiado resguardada que le haga desear el peligro y la aventura. —Wu se detuvo e hizo una reverencia antes de añadir—: Además, alguien que no sea chino pero que pueda parecerlo a los ojos de un ignorante.

Stark sintió una presión en el pecho. Las únicas personas en la ciudad que podían ser confundidas con los chinos eran los japoneses. Y existía una sola persona japonesa, según Stark, que se ajustaba perfectamente a la descripción de Wu y que éste había evitado nombrar para no humillarlo. Pero no podía ser, ¿o sí? ¿Acaso Stark había estado tan concentrado en sus negocios que no se había dado cuenta de que algo terrible estaba sucediendo delante de sus ojos? Tenía que ser así. Wu era demasiado precavido como para reunirse con él si no estaba seguro.

—Aprecio su discreción, señor Wu —dijo finalmente Stark.

Wu le hizo una reverencia.

—En lo que a mí respecta, señor Stark, esta conversación jamás se produjo.

—Permítame compensarlo por la pérdida que haya sufrido en su negocio a causa del bandido.

—Por favor —respondió Wu, levantando las manos—, no es necesario en absoluto. Poner fin a estos delitos es más que suficiente. —Wu no mencionó el botín del bandido, que casualmente ahora estaba en sus propias manos. Era necesario que le mostrara las joyas a Stark para establecer los hechos. En este caso en particular no había peligro de pérdida, porque Stark no podía revelar que las conocía sin traicionar fatalmente su propio interés vital. Así pues, la pequeña fortuna de piedras y metales preciosos (porque obviamente las joyas no podían permanecer en su estado actual) pertenecía a Wu. Sin duda serviría para compensar sus problemas, y como le había hecho un favor a Stark (siempre era bueno hacer favores a los ricos y poderosos) éste estaba en deuda con él. Wu jamás osaría siquiera pensar en cobrársela. Sería absolutamente degradante. La mera existencia de la deuda era lo bastante favorable.

—Se lo agradezco, entonces —dijo Stark. Se detuvo junto a la puerta—. ¿Puedo molestarlo con una última cosa antes de marcharme?

—Por favor.

—El nombre de la muchacha.

—Cuando tu madre y yo llegamos aquí en el sesenta y dos —dijo Stark—, seiscientas personas vivían en San Francisco. Hoy, la población alcanza el cuarto de millón. La ciudad va a seguir creciendo y también las oportunidades para los que son rápidos y astutos.

—Oportunidades de negocios, quieres decir. —Makoto Stark contemplaba atentamente la ciudad a través de la ventana de la sala.

—¿Qué otra clase de oportunidades hay?

Makoto miró a Stark.

—Es genial, papá, para las personas a las que les interesan los negocios.

—Existen muchas razones para interesarse.

—Ganancias y pérdidas, oferta y demanda, débitos y créditos —dijo Makoto—. Cosas emocionantes.

—El papeleo no son los negocios —respondió Stark—, es un registro de los negocios. ¿Tienes idea de a qué se dedica realmente la Red Hill Consolidated Company?

—Sí. Azúcar, lana, minería. Tiene algunas fábricas.

—Extraemos mena de hierro en Canadá y plata en México. Tenemos ranchos de ovejas en California y plantaciones de azúcar en el reino de Hawai. Poseemos la refinería de azúcar más grande de California y somos dueños del banco más importante de San Francisco.

Makoto se encogió de hombros.

Stark se reclinó en la silla.

—He sido demasiado indulgente contigo, al igual que tu

madre. —Pensó en Heiko y, al hacerlo, tampoco pudo enojarse con Makoto en ese momento.

—Hice exactamente lo que mamá y tú me dijisteis, que es concentrarme en mis estudios en la universidad. Estoy sacando buenas notas ¿no es verdad? Sobre todo en inglés y literatura.

—Inglés y literatura. —¿Acaso el mundo había cambiado tanto en tan poco tiempo? El padre, un vagabundo a caballo, el hijo, un literato... ¿Todo en una generación?—. Este año cumplirás veinte años. Me parece que deberías empezar a pensar seriamente en tu futuro. ¿Cómo encajan el inglés y la literatura en eso?

Makoto sonrió.

—¿Tú tenías todo tu futuro organizado a los veinte años?

—Las cosas eran diferentes en aquel entonces —respondió Stark. Robar correos en Kansas, bancos en Missouri, caballos en México, ganado en Tejas. Enamorarse de una ramera en El Paso. Matar hombres en duelos armados (fueron nueve hasta que dejó de hacerlo)—. No había tantas oportunidades para lo que podríamos llamar una carrera.

—Entonces, supongo que es una suerte que te hayas asociado con el señor Okumichi.

—Sí —dijo Stark—, pura suerte. —El señor Okumichi. Todavía le costaba pensar en él de esa manera. Okumichi no kami Genji, el gran señor de Akaoka, que tenía poder sobre la vida y la muerte de cada hombre, mujer y niño en su dominio. Un jefe militar vestido con elaboradas túnicas diseñadas miles de años atrás, con el pelo recogido en un estilo antiguo y elegante, dos espadas en la cintura y diez mil samuráis ciegamente obedientes a sus órdenes. Líder de un clan enfrentado contra los sogún durante casi tres siglos. Ahora todo había terminado. No más rodetes, túnicas, ni espadas. Basta de samuráis, dominios, grandes señores y sogún. Hacía veinte años que no se veían (excepto en fotografías), y su única comunicación habían sido las cartas que se intercambiaban con constante regularidad. Stark viajaba todos los años a Hawai para controlar su plantación de azúcar, pero nunca se desplazaba más hacia el oeste. Genji había viajado a Estados Unidos el año pasado, pero lo había hecho vía Europa. Había visitado Nueva York, Boston, Washington y Richmond, para regresar sin pasar por California. ¿Cómo podían dos hombres ser socios y amigos incondicionales sin verse durante tanto tiempo? El poder del pasado era verdaderamente fuerte. Los había unido y separado para siempre, porque de todos los peligros que habían tenido que afrontar hacía tantos años y todas las personas que habían conocido, amado y odiado, sólo una importaba: Heiko. Siempre Heiko.

Cada vez que pensaba en ella, la veía como el día en que se conocieron. Tan exquisita, tan graciosa, tan delicada. Llevaba un quimono de seda cubierto con un bordado rústico de sauces agitados por el viento. Por aquel entonces hablaba inglés con tanto acento que casi no la entendía. Sin embargo, aprendió rápido y, para cuando abandonaron juntos Japón, lo hablaba mejor que la mayoría de las personas que había conocido en Tejas durante su juventud. Se preguntaba, como lo había hecho tantas otras veces, cómo la recordaría Genji.

Le gustaría contarle a Makoto estas cosas, todo, pero no podía. Había jurado que mantendría el secreto y lo cumpliría.

—No muchos americanos iban a Japón en esa época —dijo Makoto.

—No, no muchos.

—Te invitó uno de tus viejos amigos de tus épocas de ladrón de ganado, Ethan Cruz.

—Así es —dijo Stark. «Hallé lo que había dejado tras él en la montaña en Tejas. Lo seguí por los desiertos y los altiplanos del oeste, por México y California y a través del Pacífico hasta Japón. Lo encontré en las montañas sobre la planicie de Kanto. Le disparé una bala en el pecho, cerca del corazón, y le descargué lo que quedaba en los dos revólveres en la cara»—. Tenía algunas ideas prometedoras, pero enfermó y murió antes de que los dos pudiéramos hacer algo. Al señor Okumichi le gustó mi idea y se asoció conmigo. Ya te conté la historia por lo menos unas diez veces.

—Sí, supongo que sí —dijo Makoto—. Y todas las veces me la contaste de la misma manera.

Stark lo miró.

—¿Qué quieres decir?

—Mamá me contó que lo más importante del *ninjitsu* no es la lucha ni el botín, sino estar atento a la diferencia entre lo real y lo irreal, tanto en las palabras como en los hechos. Dijo que hay dos maneras de descubrir a un mentiroso. La primera es fácil: la mayoría de los mentirosos son estúpidos y cambian continuamente sus historias, porque no recuerdan lo que han dicho. La segunda es difícil: un mentiroso inteligente recuerda sus mentiras, por lo que éstas no cambian. Sin embargo, ésa también es una forma de descubrirlos. La historia es siempre exactamente la misma, porque se asegura de recordar exactamente todo lo que dijo.

—La verdad también es siempre la misma.

—La verdad sí, pero no la historia verdadera. A menos que tu memoria no sea una placa fotográfica, la historia cambia un poco cada vez que se la relata.

—¿Por qué habría de mentirte acerca de cómo empezó el negocio?

—No lo sé —dijo Makoto—. Tal vez hubo algo deshonroso en juego. Quizás estabas comerciando algo de contrabando. Opio, trata de blancas.

—Nunca hice contrabando en mi vida —replicó Stark—. Estás dejando que tu imaginación vuele demasiado lejos.

—No me importa qué sucedió realmente —dijo Makoto—. Me resulta interesante, eso es todo. Las únicas cosas sobre las cuales me doy cuenta de que mientes son las referidas a tus días en Tejas y en Japón. Siento un poco de curiosidad por saber qué sucedió realmente.

—¿Ahora eres un experto en mentiras?

Makoto se encogió de hombros.

—Tu vida es tu vida, papá. No tienes que contarme nada que no quieras.

—Ya que hablamos del tema —sugirió Stark—, cuéntame algunas mentiras acerca de Siu-fong.

Makoto se quedó atónito.

Stark esperó mientras Makoto continuaba en silencio.

—Supongo que tu madre no te habló de la tercera forma —dijo Stark—. El mentiroso queda tan enredado en su mentira que no logra decir una palabra.

—No estoy enredado en nada —repuso Makoto—. Nunca me preguntaste por ella. ¿Cómo lo supiste?

—Tuve una pequeña charla con Wu Chun Hing —contestó Stark, observando cómo Makoto trataba de ganar tiempo mientras intentaba descubrir cuánto sabía su padre— y surgió el nombre de Fong-fong.

—No me distrajo de mis estudios —dijo Makoto—. Pregúntale a cualquiera de mis profesores y ellos te dirán que mi trabajo es excelente como siempre.

—Qué estudioso —ironizó Stark—. Supongo que la experiencia tendrá objetivos puramente literarios. ¿O también le estás enseñando inglés?

—Es sólo un entretenimiento —respondió Makoto—. Sin embargo, todas las experiencias tienen la posibilidad de convertirse en literatura.

—Así que escribirás cuentos sobre ella.

—Lo estoy pensando.

—Yo tengo una idea que puede gustarte.

Makoto se echó a reír.

—Tú nunca lees nada que no sean informes de negocios.

—Si lo escribes, prometo leerlo. Hasta tengo el título.

—¿De verdad?

—Sí —dijo Stark—. Le pondría: *La fuga del bandido de Chinatown.*

—Un título intrigante —aseguró Makoto. Stark advirtió que Makoto todavía no estaba seguro de cuánto sabía él—. Dan ganas de saber qué sucede.

—Lo que sucede es que el nombre del bandido de Chinatown está a punto de ser descubierto —dijo Stark—. La gran sorpresa de la historia es que no es chino.

—¿No lo es?

—No —replicó Stark—, no lo es. Ahora pueden suceder dos cosas, ambas son malas pero una es peor que la otra. La mejor de las posibilidades es que la policía lo arreste y que pase diez años en prisión, si es que logra sobrevivir durante tanto tiempo. Dudo que haya muchas personas en San Quentin que estén interesadas en la literatura.

—¿Ésa es la mejor? —preguntó Makoto—. Suena bastante tétrica. ¿Cuál es la peor?

—Será asesinado por un grupo de chinos enfurecidos —respondió Stark—, que probablemente, lo cortarán en pedazos con una cuchilla de carnicero, porque no están muy contentos con la forma en que ha estado causándoles problemas disfrazándose de chino. La cuchilla de carnicero es porque el bandido estuvo utilizando una en sus asaltos para asegurarse de que todos pensaran que era chino.

—Un buen detalle, lo de la cuchilla —dijo Makoto con expresión seria—. No te creía tan imaginativo.

—Tengo mis momentos.

—Tu historia parece apuntar inexorablemente hacia un desenlace trágico —observó Makoto—. Tendrías que dejarme trabajarla un poco. Quizá se me ocurra uno mejor. Los lectores prefieren los finales felices.

—No te preocupes —respondió Stark—, ya he pensado en ello.

—¿Y cuál es? ¿Va a prisión o muere?

—Ninguno de los dos, porque aquí viene otra sorpresa. El padre del bandido, que lo adora, salva a su estúpido hijo embarcándolo a Canadá antes de que la policía y los chinos lo encuentren.

—¿A Canadá?

—Así es, a Canadá —repitió Stark—. Y no lo manda a un sitio en el país famoso por sus paisajes. El bandido pasa un año en Ontario, aprendiendo in situ el oficio de la minería.

Makoto se frotó el mentón, en un gesto teatral de reflexión.

—México sería mejor, desde el punto de vista dramático. El clima tropical es más romántico. Además, las minas de plata méxicanas sugieren más la idea de aventura que las de hierro canadienses.

—El bandido no tendrá más aventuras —señaló Stark—. Una vez que haya estado fuera el tiempo suficiente para que lo olviden, regresará a San Francisco y tomará su lugar en la dirección de la Red Hill Consolidated Company. ¿Está claro?

—Deberíamos considerar esta perspectiva como un tema a discutir. El hijo no siempre es como el padre. —¿Había retrocedido? Makoto creía que sí, como cada vez que surgía el tema de sus semejanzas, o mejor dicho, de sus discrepancias.

—El tema no está abierto a discusión —respondió Stark—. Y antes de empaquetar tus cosas, tráeme los brazaletes de oro y marfil que perdió la señora Berger.

—Sí, padre. ¿Qué tengo que empaquetar?

—Lo que quieras. Partes dentro de una hora.

—¿Es realmente necesaria tanta prisa?

—Absolutamente necesaria, Makoto. —Por primera vez la voz de Stark dejó entrever su agitación—. ¿Crees que lo de la policía y lo de la banda de chinos era una broma?

Makoto suspiró y se volvió para marcharse.

—Una pregunta —añadió Stark.

—Sí.

—¿Por qué?

«El hijo no siempre es como el padre.» Sin duda eso era subestimar el asunto. Quizás, hubiera sido mejor formular la frase a modo de pregunta: ¿Por qué el hijo es tan diferente del padre? Pero, por supuesto, como diría el profesor Dykus, la pregunta estaba implícita claramente en la afirmación, y ésa era sin duda la causa de la evidente frustración del padre. Las reacciones involuntarias, le había dicho su madre, también eran indicaciones de verdad y mentira.

¿Cuándo había notado Makoto las diferencias por primera vez? Ya cuando era niño, había advertido que se parecía mucho más a su madre que a su padre.

«Eso es porque eres mitad japonés —le había dicho su madre—, y nuestra sangre es fuerte.»

Él había aceptado esa explicación porque cualquier razón le resultaba mejor que ninguna y su madre, que había empezado a enseñarle los secretos de las artes de lo real y lo irreal a los cinco años, jamás le había mentido. Al menos, hasta donde él podía darse cuenta. Últimamente, se le había ocurrido pensar que ella era la maestra y él el alumno, y que seguramente ella se había guardado algunos de los secretos de estas artes para sí. Si alguien era capaz de evitar que lo descubrieran en una mentira, sería el maestro del arte de detectar mentiras, ¿no es así?

El nacimiento de su hermana Angela Emiko cuando él tenía siete años, suscitó sus primeras dudas, que se incrementaron, dos años más tarde, con la llegada de su hermana menor, Hope Naoko. Al igual que él, ellas también eran mitad japonesas. Sin embargo, a diferencia de él, ambas mostraban signos tanto de la mitad norteamericana de su padre como de la japonesa de su madre. Angela y Hope tenían pelo castaño. Los ojos de Angela eran marrones claros; los de Hope, azules como los de su padre. En cuanto a las dimensiones físicas, eran un promedio entre el padre y la madre. En cambio, Makoto tenía pelo negro y ojos marrón claro, como su madre y, si bien era considerablemente más alto que ella, su tamaño ni se acercaba al de su padre.

«La sangre es más débil en las mujeres que en los hombres», decía su madre para explicar la diferencia.

Para entonces, si bien no advertía los signos del engaño, le resultaba difícil aceptar por completo la respuesta de su madre. Para empezar, él era más corpulento y tenía más conocimientos acerca del mundo. Su tutor de matemática y ciencias, el señor Strauss, era un seguidor entusiasta de Gregor Mendel, un científico, monje, austríaco como él. Lo que Makoto había aprendido acerca de los descubrimientos de

Mendel en el campo de la hibridación de plantas parecía confirmarse en sus hermanas y no en él. Como mínimo era extraño. Y finalmente, hacía tres meses, cuando había conocido a Fong-fong, inaceptable.

Fong-fong tenía cabello castaño y ojos verdes. «Mi padre es inglés», había dicho. «La sangre es más débil en las mujeres», había dicho su madre, y Fong-fong parecía confirmarlo. Su mitad inglesa era tan evidente como su mitad china. Después conoció a su hermano, Hsi-jian. Era la versión masculina de Fong-fong. ¿Qué diría su madre acerca de esto? ¿Que la sangre china era más débil que la japonesa? Mendel opinaba otra cosa.

Respecto a la genética, el señor Strauss, le había advertido que todavía no se había establecido una ciencia exacta, especialmente en lo que se refería a organismos complejos. «El tema de las características recesivas y dominantes —decía— se vuelve cada vez más complicado. Considera a los seres humanos en comparación con una planta de habas. El número potencial de elementos que participan en la determinación de esas características te deja pasmado, ¿no crees?» Makoto estuvo de acuerdo. Y sin embargo...

Pensó en hablar con sus padres, pero abandonó la idea rápidamente. La negación de su madre permanecería inalterable y su padre (o tal vez era más correcto decir su padrastro), si se había comprometido a sostener la mentira (si es que era una mentira), jamás revelaría la verdad.

Invadido por la agonía de la duda y la desesperación, Makoto se tornó vengativo. Pero ¿de quién iba a vengarse? ¿Qué era lo que estaba mal? ¿Quiénes eran los responsables? Y ¿qué mal le habían hecho a él? Era rico. Tal vez el muchacho de veinte años más rico de todo San Francisco. No podía negar que, hasta cierto punto, los miembros de su misma clase social lo rechazaban a causa de su raza, pero nadie lo insultaba directamente. La fortuna familiar y las relaciones políticas de Matthew Stark evitaban que así fuese, y si eso no resultaba suficiente, había un miedo más profundo que sí lo era.

Cinco años antes, encontraron a un competidor de Stark en el floreciente negocio del azúcar flotando en la bahía. Había sido parcialmente devorado por los tiburones, aunque la parte superior del cuerpo había quedado intacta. Bastó para ver la herida en el torso de la bala que había penetrado directamente hasta su corazón. Aunque la competencia desapareció de esa zona, lo cual, obviamente, beneficiaba a Stark, no había ningún indicio que sugiriera que él había tenido algo que ver con la desafortunada y misteriosa muerte del hombre. Uno de los periódicos sensacionalistas de la ciudad no pensaba lo mismo e hizo una serie de notas acerca de crímenes no resueltos ligados a Stark, incluyendo algunas invenciones completamente risibles sobre duelos armados en el Lejano Oeste y asesinatos brutales en Japón. Por supuesto, no lo nombraban directamente, pero su identidad era obvia. A dos semanas de la publicación de la primera nota, el edificio de la redacción del diario se incendió, con el redactor-editor dentro. No hubo indicios de que la causa hubiera sido otra que un accidente. Según el jefe de bomberos, probablemente la víctima había tirado una lámpara de queroseno cuando, por la noche, había caído en uno de sus frecuentes sopores provocados por el alcohol. De todas formas, la mera posibilidad de que existiera una causa más siniestra era suficiente. Todo el mundo era muy amable, aunque no fueran exactamente cordiales y amistosos.

Tres años atrás, Makoto había abandonado a los tutores que lo instruían a domicilio y se había matriculado en la Universidad de California, que se había trasladado recientemente a su nuevo campus en Berkeley Hills. Era su primera experiencia real con extraños de su propia edad. Y por desgracia, entre esos extraños se encontraba un joven obeso llamado Victor Burton. Su padre encabezaba el Partido Obrero, un violento grupo que estaba en contra de los chinos y que tenía grandes posibilidades de ganar las siguientes elecciones para gobernador. Burton, que aparentemente era incapaz de distinguir a un chino de un japonés, o hasta de un negro, insistía en llamarlo «amarillo» o «chino». Makoto, por consejo de su padre, lo ignoraba, aunque a veces Burton se lo ponía difícil. Un día, Burton no acudió a clase y sus compañeros parecían extrañamente alterados. Más tarde, Makoto supo que, la noche anterior, Burton había sido atacado cuando volvía a su casa de una taberna por un grupo o grupos desconocidos. Los asaltantes, a los que Burton no vio ni oyó hablar, le rompieron la pierna derecha a la altura de la rodilla, el brazo derecho a la altura del codo y la mandíbula en el centro. La naturaleza de sus fracturas le impedía utilizar muletas o hablar de forma inteligible, por lo que, tuvo que ser apartado de la universidad.

Después de su partida, se podía decir, que todos volvían a ser muy amables.

Makoto les preguntó a Shoji y a Jiro, los dos empleados japoneses de la Red Hill Consolidated Company, si sabían algo de lo que le había pasado a Burton. Se lo preguntó durante la sesión semanal de entrenamiento en combate sin armas. Ambos hombres estaban altamente entrenados porque, antes de venir a California, habían sido samuráis del señor Okumichi. Makoto hablaba con ellos en japonés, al igual que con su madre.

—Oímos lo que pasó —dijo Shoji—. Mala suerte, ¿eh?

—Mala suerte —repitió Jiro—. Pero creo que el joven en cuestión no tenía muy buen carácter. Las personas así suelen ser víctimas de la mala suerte.

—Espera, Makoto-san, ésa no es la forma correcta de agarrar. —Shoji cogió la mano de Makoto—. Relajada. Si la tensas, yo puedo sentirte. La manera más efectiva de agarrar es cuando nadie se da cuenta.

—Vosotros no tuvisteis nada que ver —dijo Makoto.

—¿Con qué? ¿Con lo de Burton? —Shoji miró a Jiro. Ambos se encogieron de hombros—. ¿Por qué habríamos de hacerlo? Ni siquiera lo conocemos.

—Míralo por el lado positivo —dijo Jiro—. No era un buen sujeto. Por lo tanto, tu ambiente de estudio mejoró con su ausencia.

—¡Atención! —exclamó Shoji, y tiró a Makoto de cabeza. Si no hubiera frenado el movimiento justo antes del impacto, Makoto se hubiera fracturado un hombro. De esta manera, aterrizó en la rígida colchoneta *tatami,* dando un golpe que le quitó el aire de los pulmones—. ¿Lo ves? —preguntó Shoji—. No percibiste que te agarraba, entonces la caída te tomó por sorpresa. Recuérdalo, Makoto-san.

—Lo haré —respondió Makoto.

Así nació el bandido de Chinatown. A fin de cuentas, no fue una venganza, sino una necesidad de librar sus propias batallas, con sus propias reglas.

La idea de entrar en las casas empezó como una forma de determinar para sí mismo lo vulnerables que eran las demás personas, especialmente aquellas que pensaban que su riqueza y su posición social podían mantenerlas alejadas de la chusma. Trepar por el costado de las casas utilizando sandalias y guantes como garras, vestido completamente de negro, oscuro como la noche. Inspeccionar las habitaciones, escuchar los fragmentos de conversación de sobremesa que llegaban desde la escalera, examinar los joyeros, los armarios. Decidió interrumpir estas intrusiones cuando sin querer vio a Meg Chastain, una muchacha que conocía de toda la vida, salir del baño. Se sintió tan avergonzado que sólo el mero hecho de entrar en una casa ajena lo hacía sonrojarse.

Sin embargo, una vez que había empezado, era difícil detenerse por completo. No más casas. Sólo quedaban las calles de la ciudad. ¿Qué podría hacer allí? ¿Jugar a Robin Hood? ¿Robar a los ricos para dárselo a los pobres? Robar a los ricos le gustaba. Pero ¿dárselo a los pobres? La mayoría de los pobres de la ciudad eran chinos, o trabajadores blancos que los odiaban. Ninguno de los dos grupos parecía ser el adecuado para recibir su caridad.

Hasta que un día, mientras almorzaba en el Jade Lotus, vio a una muchacha que al principio casi confundió con su propia hermana Angela, que inexplicablemente vestía un *cheong-sam* chino. Cuando la vio más de cerca, comprobó que las semejanzas eran superficiales y que se debían exclusivamente a una mezcla similar en sus padres. Desde ese momento, se sintió atraído hacia ella no por amor ni por deseo sexual, sino por lo que implicaba su existencia, la de su hermano, el parecido con sus propias hermanas y las diferencias que había entre todos ellos y él. ¿Qué probabilidad había de que él fuera quien le habían asegurado que era, es decir, el hijo de Matthew Stark? Las pruebas humanas demostraban que no era demasiado probable.

La de Fong-fong era una historia de rechazo y abuso tanto por parte de los chinos como de los ingleses. Además, había sido vendida como prostituta. Teóricamente, era posible para ella rescindir su contrato, pero la suma de dinero que debía pagar era inmensa y su deuda con Wu Chung Hing crecía constantemente. La libertad era, pues, un sueño inalcanzable.

Y así fue como Makoto encontró al pobre que necesitaba para ser Robin Hood.

La idea de hacerse pasar por chino se la debía a su ex compañero de clase, Victor Burton. Éste era incapaz de notar la diferencia. Con algún que otro accesorio, por ejemplo una cuchilla china de carnicero y un falso grito en chino, ¿quién podría darse cuenta? Sólo un verdadero chino, y él no tenía intención de robarles a ellos. La policía buscaría al culpable en Chinatown. A nadie se le ocurriría pensar en el joven protegido que vivía entre las adineradas víctimas de Nob Hill.

Fue divertido mientras duró. Amontonó unos cuantos artículos de vestir en una única maleta. Tenía la mente en otro lado.

—Espero que te portes bien en Canadá —dijo su madre.

—Tendré que hacerlo —respondió Makoto—. ¿Qué otra cosa se puede hacer en una mina de hierro en Canadá?

—Siempre se pueden encontrar problemas —dijo ella— y si no tienes cuidado, ellos pueden encontrarte a ti. Así que ten cuidado.

—Siempre tengo cuidado.

—Escríbeme. En japonés.

—Debería escribirte en *kana* —respondió Makoto. El *kana* era simple y fonético. Nunca había logrado dominar por completo los dos mil caracteres pictográficos, *kanji*, que se requerían para tener una verdadera alfabetización básica.

—Tienes tu diccionario, ¿no? Es una buena oportunidad para practicar *kanji*.

Makoto observó a su madre y, como siempre, quedó maravillado ante su apariencia juvenil, sus facciones delicadas y la fragilidad emocional que transmitía su voz suave, casi titubeante. Todas ilusiones. De hecho parecía que era su hermana menor, aunque tenía el doble de su edad. La frágil delicadeza de su físico ocultaba su poder. Respecto a las emociones, Makoto no recordaba haberla visto demostrar temor o frustración. Ahora que tenía tantas dudas acerca de sí mismo, había empezado a preguntarse también algunas cosas sobre ella. Sabía muy pocos detalles de su vida, incluso menos de los que conocía de su padre, y tampoco sabía mucho sobre él.

—¿Cuántos años tenías cuando llegaste a California?

—Veinte. Te lo he dicho varias veces. —Lo miró de manera inquisidora.

—¿Tenías miedo?

Le sonrió mientras volvía a doblar cuidadosamente una camisa que él había metido en la maleta.

—No tuve tiempo de tener miedo. Tú naciste poco después de que llegáramos.

—¿Alguna vez te arrepentiste de haber abandonado Japón?

—Muchas preguntas.

—Bueno, me estoy marchando de casa. No es extraño que piense en el momento en el que dejaste la tuya, ¿no te parece? Por supuesto, tú te fuiste por decisión propia y nunca volviste. Yo, en cambio, me veo obligado, pero tarde o temprano volveré.

—Hay un dicho famoso que reza: «El arrepentimiento es

el elixir de los poetas» —dijo su madre—. La poesía nunca ha sido lo mío.

—Makoto-san, señora Stark. —Jiro hizo una reverencia desde el umbral—. ¿Estás listo? Debo acompañarte a Canadá.

—Perfecto —respondió Makoto—. Tengo niñera y todo.

—Ve con cuidado y regresa sano y salvo —dijo la madre.

—No te preocupes. El año pasará en un abrir y cerrar de ojos y yo estaré de vuelta antes de lo que imaginas.

—Cuida de él, Jiro.

—Sí, señora Stark.

Pero Jiro no tuvo la oportunidad de hacerlo. Makoto recordó la lección que había aprendido recientemente acerca de la presa imperceptible y aplicó el mismo principio al control en la estación de tren. Jiro entró corriendo y sin aliento en la casa una hora después de haberse marchado con Makoto.

—¡Señor Stark!¡Makoto ha desaparecido!

Buscaron por toda la estación, interrogaron a todas las personas que pudieron, pero no descubrieron nada. Excepto por el momento en que había estado con Jiro, nadie había visto a ninguna persona que se ajustara a la descripción de Makoto, aun cuando un joven japonés vestido como un estudiante adinerado llamaba bastante la atención.

Stark extendió la búsqueda a otras partes de la ciudad, aunque sabía que ya era demasiado tarde.

Canadá no le llamaba la atención. Makoto tenía un destino mejor en mente. Lo más probable era que fuera México, como había dicho en la última conversación que habían tenido.

Jiro estaba arrodillado en el suelo con la cabeza inclinada en señal de vergüenza. Había permanecido en esa posición, desconsolado, desde que había perdido a Makoto en la estación. Aunque vestía ropa occidental moderna, su postura era la de un samurái que no había cumplido con su deber. Veinte años en Norteamérica y su naturaleza esencial no había cambiado. Stark sabía que si no manejaba el asunto con mucho cuidado, probablemente el hombre se suicidaría porque consideraba lo que había sucedido como una falta vergonzosa de su parte.

—Jiro —dijo Stark con voz severa—, ¿por qué estás descansando tan plácidamente? Ve a la oficina de telégrafos y envía un telegrama a Mendoza. Cuando vuelvas, prepárate para viajar. Cuento contigo para alcanzar a Makoto. Y esta vez quédate con él.

—Sí, señor —respondió Jiro. La reprimenda le dio energía. Stark consideraba que si se sentía lo bastante castigado y útil, viviría—. ¿Qué escribo en el telegrama?

—Por Dios, hombre, ¿qué crees que tienes que escribir? Dile que, quizá, Makoto esté viajando hacia allí.

—Sí, señor Stark, enseguida. —Jiro hizo una reverencia y se volvió para marcharse.

—Espera —dijo Shoji, que entró en la habitación con una nota en la mano—. Es de Wu Chun Hing. Es urgente.

Stark supo qué ponía en la nota antes de leerla. La muchacha. Él se había olvidado de ella. Makoto, no.

La pequeña habitación en el burdel del Jade Lotus estaba cubierta con la sangre de seis cuerpos. A cuatro de los hombres les habían disparado, a tres en mitad del torso y a uno en la cara. Las marcas de pólvora indicaban que los disparos habían sido realizados a corta distancia. El quinto hombre había sido apuñalado con un cuchillo, probablemente el suyo propio, que todavía tenía clavado en el pecho, debajo del esternón. Antes de abrirle el corazón, el cuchillo había desparramado sus entrañas en el suelo. Un asesinato cruel. Stark miró a Fong-fong. Quizá la había matado el que tenía las entrañas desparramadas. Era bella, apenas una adolescente. Tenía rasgos eurasiáticos. Le habían hecho un corte profundo en el pescuezo a la altura de la clavícula.

—Makoto no la mató. Éste lo hizo —dijo Stark.

Wu asintió.

—Vino a liberarla, según sus propias palabras. Ella fue herida sin que se diera cuenta.

—¿Dónde está él?

—Dondequiera que esté —contestó Wu—, está perdido. Ahora ya no existe la alternativa buena. —Miró la media docena de policías que escudriñaban la habitación—. Ese oficial estaba comiendo en el restaurante. Oyó los disparos. Llegó un segundo después de que Makoto se marchara.

—¿Está herido?

—No lo creo. Se acercó lo más posible. —Wu señaló el cuerpo que tenía la marca de pólvora en el rostro—. Y su cuchillo está aquí, limpio. Lo lamento, señor Stark. Creí que el problema estaría resuelto. ¿Quién podría haber pensado que haría una cosa tan estúpida? Arriesgarlo todo por una prostituta.

Stark se dijo que él podría haberlo imaginado, y debería haberlo hecho. Él mismo había actuado de forma bastante parecida a la edad de Makoto. Era El Paso en lugar de San Francisco. Distinto lugar, igual resultado. Por culpa de él, ella también había muerto y de una forma mucho peor que ésta. «El hijo no siempre es como el padre», había dicho Makoto. A veces, en algunas situaciones desafortunadas, sí se parecía.

El policía que iba vestido con traje en lugar de uniforme, el oficial que Wu había mencionado, se acercó y se quitó el sombrero.

—Señor Stark —dijo.

Stark lo había visto en varias ocasiones cuando se habían producido robos en el embarcadero. Era un irlandés jovial y rollizo que parecía más el amigable dueño de bar que un agente del orden. El oficial Mulligan. Ulysses Mulligan.

—Oficial Mulligan.

—Qué desastre —observó Mulligan.

—Sí, pero un desastre afortunadamente para usted —dijo Stark—. Tengo entendido que fue el primer oficial en llegar a la escena del crimen.

—Así es, señor Stark. —Mulligan miraba inquisidoramente a Stark mientras hablaba—. Estaba comiendo abajo. Sopa de fideos con esos pedazos rojos de cerdo flotando.

—Gracias a su apetito es usted un héroe, oficial Mulligan. Atrapó al bandido de Chinatown y le puso fin a su reino del terror.

El oficial bajó la vista y observó los cadáveres, uno a uno, y después volvió a mirar a Stark.

—¿El bandido es uno de éstos, señor?

—Al que usted le disparó en la cara cuando intentó atacarlo con la cuchilla china de carnicero.

Mulligan puso ceño y volvió a mirar los cuerpos.

—¿Entonces, era una banda? ¿Le disparé a toda la banda?

—No, era un osado villano solitario y quizá demente. —Stark sacó el revólver calibre 38, lo hizo girar y se lo dio a Mulligan por el mango—. Estaba armado con un revólver y una cuchilla de carnicero, como dijeron todos los testigos. Estos otros pobres desgraciados y la muchacha son espectadores inocentes.

Mulligan cogió el arma y la examinó.

—El cargador está completo.

—Dudo que lo esté cuando el arma llegue a la comisaría y sea incorporada como prueba —dijo Stark—. Estoy seguro de que lo ascenderán a jefe adjunto por esto. Seguramente el jefe Winslow me dirá algo al respecto cuando cene con él mañana por la noche.

—No le entiendo, señor —respondió Mulligan.

—¿Acaso es necesario que lo haga, jefe adjunto Mulligan?

Mulligan esbozó lentamente una enorme sonrisa que hizo que sus ojos brillaran de felicidad.

—No, señor Stark, supongo que no será necesario. Mi esposa se pondrá muy contenta con el aumento que recibiré junto con el ascenso.

—Deje que sea yo el primero en felicitarlo.

Stark y Mulligan se estrecharon las manos.

—Ah, pero si éste era el bandido de Chinatown, ¿dónde está el maldito botín?

Stark miró a Wu.

—¿Enterrado en un lugar secreto quién sabe dónde? —sugirió Wu.

Stark meneó la cabeza.

—Dado que el bandido fue atrapado, las víctimas estarán extremadamente enfurecidas si no se recuperan las joyas. Usted las había retirado temporalmente de la escena del crimen para protegerlas y ahora se complace en restituírselas al señor Mulligan.

Wu frunció el entrecejo, disgustado.

—Así es.

—Por supuesto, el agradecido empresario está dispuesto a pagarle una recompensa por su participación en todo esto. Pongamos... mil dólares.

—Creo que un empresario verdaderamente agradecido sería un poco más generoso, considerando las pérdidas que tuve que sufrir por ser un ciudadano dispuesto a ayudar. Digamos dos mil dólares.

—Me parece razonable —respondió Stark. Caso resuelto. Quedaba un solo problema: ¿dónde estaba Makoto? No iría a México ahora. ¿Dónde podría ir?

—Fue la peor cena del mundo, ¿no crees? —dijo Hope, cuando ella y su hermana mayor, Angela, regresaron a su habitación. Aunque con sus once años era la menor, era la más directa de las dos—. Cuando empiezan a llamarse «señor Stark» y «señora Stark», es porque están discutiendo algo.

—Makoto está metido en problemas —respondió Angela—. De eso se trata.

—Nunca tiene verdaderos problemas —opinó Hope—. Es varón, ¿recuerdas? Así que siempre se sale con la suya.

—Oí que Jiro y Shoji hablaban de la policía. Algo malo sucedió en Chinatown.

—¡El bandido de Chinatown! —exclamó de repente Hope alarmada—. ¿Le hizo algo a Makoto?

Angela meneó la cabeza. Hope advirtió que quería decirle algo más, pero no se atrevía.

—Vamos, Angela, suéltalo de una vez.

—Hace mucho que no practico mi japonés —dijo Angela—. Seguramente lo entendí mal. Además, hablaban en el dialecto de Akaoka, así que era mucho más difícil.

—¿Qué decían?

Angela respiró hondo antes de contestar.

—Hablaban de Makoto como si él hubiera matado a alguien.

—¿Qué?

Angela se echó a llorar.

—No creo que vuelva nunca más.

Makoto se despertó a bordo del buque a vapor *Hawaiian Cane*. Tenía el estómago revuelto. No era por la gran cantidad de alcohol que había ingerido la noche anterior (aunque seguramente no ayudaba), ni el nauseabundo balanceo del barco en las agitadas aguas (aunque seguramente eso sí contribuía). Tampoco era culpa de la violencia, de la sangre o de la muerte, ni siquiera la de Fong-fong. Era la mirada de desilusión en los ojos de ésta cuando le miraba. Él estaba al otro lado de la habitación, mientras el culi le cortaba el pescuezo. Le había hecho una promesa, ella había confiado en él y él la había defraudado. No era el final heroico que había imaginado para *La huida del bandido de Chinatown*.

No era que él hubiera logrado escapar. No realmente. La policía y los chinos estarían cerca. Matthew Stark se había equivocado. No había dos posibilidades malas de una cosa o la otra, sino tres, y la tercera era las dos a la vez. Tarde o temprano darían con él y, cuando lo hicieran, no tendría escapatoria, pero quedaba una conclusión, trágica pero heroica: el bandido de Chinatown lucharía hasta la muerte.

Antes de que eso sucediera, tenía otra cosa que hacer.

Makoto se levantó de la litera y salió a cubierta. Miró el cielo brillar en la línea del horizonte, hacia el este.

La tierra del sol naciente.

El lugar en que se encontraba dependía absolutamente de dónde se hallaba uno cuando salía el sol. Desde aquí era California. Miró hacia el oeste, hacia la parte oscura del cielo, hacia Hawai, hacia Japón.

¿Se sorprendería Genji al ver a Makoto? Y si Makoto veía en él lo que pensaba que vería, ¿qué le respondería cuando le hiciera la pregunta que lo había impulsado a cruzar el Pacífico, la misma que Matthew Stark le había hecho en un contexto muy diferente?

¿Por qué?

6

Ojos salvajes

La esposa del señor dio a luz una hija. Pasaron los años y el señor no tuvo más hijos, ni de su esposa ni de sus concubinas. Esto provocó una gran consternación a sus siervos. Si el señor no tenía un heredero varón, el sogún intentaría, indefectiblemente, abolir el clan. El señor, sin embargo, no mostró la menor preocupación hasta que la niña, a una edad muy temprana, mostró inequívocamente que era una gran belleza.

—Una sola cosa es peor que tener una hija hermosa —dijo el señor al jefe de sus guardaespaldas—. ¿Sabes cuál es?

El guardaespaldas dijo que no lo sabía.

—Tener una hija fea —dijo el señor.

El guardaespaldas no supo si su señor hablaba en serio o bromeaba, así que ni rió ni asintió. Se limitó a hacer una reverencia.

Aki-no-hashi, 1311

Abadía de Mushindo, 1882

—¿Y quiénes son tus padres? —preguntó la reverenda abadesa Jintoku.

El joven rió de buena gana.

—Una buena pregunta. Una muy buena pregunta, ya lo creo.

—Por supuesto que es una buena pregunta. Soy la abadesa. Mi cometido en la vida es hacer buenas preguntas. ¿Cómo te llamas?

—Makoto.

Era un nombre como cualquier otro. Muy bien. A ella no le correspondía juzgar ni exigir. Si no quería revelar nada más de sí mismo, era su problema.

—Supongo, Makoto-san —dijo ella—, que estás pensando en dedicarte a una vida de renuncia.

—¿Por qué cree eso? —preguntó Makoto—. Nada más lejos de lo que me propongo.

—Poseo cierta capacidad para percibir los deseos espirituales —dijo la abadesa. Lo cierto era que no tenía esa capacidad. En cambio, sí sabía reconocer las ropas caras, el pelo cuidado y ese aire de confianza que provenía de una vida económicamente desahogada. Todos, rasgos que veía claramente en Makoto. La abadía de Mushindo, como cualquier otro establecimiento religioso, siempre podía utilizar otro patrón. Un poco de adulación religiosa podía lograr mucho. Hasta aquellos que aseguraban no creer nada se ablandaban cuando se les decía que tenían una vocación.

—¿De verdad? —Makoto le sonrió—. Usted dijo que su cometido era hacer preguntas. Yo siempre pensé que los líderes religiosos respondían a ellas.

—Yo no soy una líder religiosa —replicó ella—. No soy más que una especie de conserje. Limpio y mantengo las cosas en orden, metafóricamente hablando. ¿Tomarías una taza de té conmigo? Podríamos hablar un poco más.

—Gracias, reverenda conserje —bromeó él, haciendo una reverencia con las manos juntas al modo budista—. Tal vez en otra ocasión. Ahora debo regresar a Tokio.

—¿Para conocer a tus padres o para conocerte a ti mismo? —preguntó la abadesa.

—¿Una cosa no conduce necesariamente a la otra?

—Una muy buena pregunta, Makoto-san. Quizá tú también tengas talento para ser conserje.

—Gracias por el cumplido —dijo el joven. Tras hacer una última reverencia, se volvió y se encaminó por el sendero hacia los portones de la abadía.

Ella se quedó mirándolo hasta que se perdió de vista. ¿A quién le recordaba? Oh, ya le vendría a la mente en algún momento. O no. No tenía importancia. Tenía la certeza de que volvería a verlo. Sus observaciones acerca de la verdadera historia de la batalla evidenciaban un interés poco común en Mushindo. Sí, Makoto-san volvería, quizá como un donante generoso y permanente. Apartó la vista de los portones y se dirigió a su taller.

De las muchas tareas que le imponía su cargo, la que más le agradaba a la reverenda abadesa Jintoku era la preparación de reliquias sagradas. Antes de poder ofrecer al público las balas, los fragmentos de madera chamuscada, los pequeños trozos de pergaminos, era necesario colocarlos en unos estuches hechos con caña de bambú ahuecada, del tamaño de un dedo meñique, y que se parecían bastante a los restos de un dedo momificado, un recordatorio que a los visitantes del monasterio les resultaba muy útil para reflexionar acerca de la endeblez y el destino final de todos los seres humanos. Una vez que un suplicante elegía un estuche y verificaba su contenido, se aceptaba con gratitud una donación, y el extremo previamente abierto volvía a cerrarse con un tapón de bambú. Al principio, las reliquias eran vendidas a un precio determinado, pero la abadesa, una mujer naturalmente dotada para los negocios que poseía además una aguda comprensión de la naturaleza humana, creía que las donaciones aportarían mayores ingresos, una creencia que pronto fue confirmada por ingresos diez veces mayores. Cuando se les pedía que decidieran cuánto debían pagar, aquellos que buscaban una ayuda material proveniente del otro reino se inclinaban a la generosidad, por temor a ofender a los espíritus cuya ayuda reclamaban.

Últimamente, la abadesa había comenzado a fragmentar las balas y a colocar pedazos cada vez más pequeños de madera y de trozos de pergaminos en los estuches. Se habían hecho tan populares que lo que alguna vez había parecido una reserva interminable había ido disminuyendo hasta casi agotarse. Una vez que desaparecían, ella no vacilaba en seguir fabricando reliquias —por su inquebrantable convicción religiosa se inclinaba a pensar que la creencia sincera, más que la realidad material, era de importancia primordial— pero, por una cuestión de simplicidad, y mientras fuera posible, prefería ofrecer el artículo genuino. Lo cierto es que la honestidad irresponsable no le parecía nada valiosa. Si alguna vez la abadía se quedara sin reliquias, el flujo de visitantes se interrumpiría, y una cantidad significativa de habitantes de la aldea Yamanaka perdería su principal sustento. Como líder espiritual incuestionable de la comunidad, no podía permitir que ocurriera algo así.

Este trabajo, al que la abadesa se había dedicado durante tantos años, la sometía a un ritmo natural característico que la liberaba de la carga de pensar. Sostuvo con su mano izquierda un segmento de bambú y con la derecha un trozo de pergamino; fijó la mirada en sus manos, en el bambú y en el papel; oyó, sin poder discernir de dónde provenían, los latidos de su corazón, su respiración, y una lejana voz infantil que reía alegremente; cerró el estuche con el correspondiente tapón de bambú, lo suficiente como para que no se abriera y dejara caer el papel, pero no tanto como para que al suplicante que lo pidiera le resultara difícil quitarlo para verificar su contenido antes de quedarse con él; finalmente, colocó el estuche en la caja que contenía los trozos de pergamino. Después, comenzó de nuevo.

Su mano izquierda buscó un segmento de aquel bambú que crecía en el bosquecillo cercano al templo.

Su mano derecha cogió un trozo de pergamino, de aquellos que la dama Emily había dejado en el templo.

Su corazón latía con el zumbido lento de las criaturas marinas que nadan perezosamente en aguas amigables.

Su respiración era apacible. Por momentos se hacía más lenta y pausada, y luego retomaba su ritmo habitual.

Volvió a escuchar aquella risa infantil, ahora más distante, como si le llegara desde el valle.

La reverenda abadesa cerró el estuche con su tapón de bambú.

Pasaron los segundos, los minutos o quizá las horas, y ella siguió enfrascada en su tarea, rellenando un estuche tras otro sin pensar en nada más, hasta perder por completo la noción del paso del tiempo. Sólo cuando concluía y veía la cantidad de estuches que había rellenado, o advertía la longitud de las sombras o en ocasiones la ausencia total de luz, pensaba en el tiempo transcurrido. Entonces iba a la sala común y se sentaba allí para su sesión nocturna de meditación, antes de ir a dormir.

Aquel día, la reverenda abadesa no se ensimismó del todo en su tarea favorita. No podía dejar de pensar en el apuesto visitante de extraño acento, recordando asimismo que hacía mucho tiempo había recibido la visita de la dama Emily y la dama Hanako. Aquello había ocurrido durante los trágicos y lamentables sucesos en que las ruinas del monasterio de Mushindo se habían convertido en la abadía de Mushindo. O quizá se habían convertido de nuevo en una abadía, porque si lo que las dos damas le habían contado a Kimi era verdad, en sus comienzos Mushindo había sido una abadía y no un monasterio. Eso habría sido unos seiscientos años atrás. En ambas ocasiones la fundación de la abadía se había producido en circunstancias muy extrañas. Era difícil de creer, pero explicaba uno de los misterios del lugar, o al menos cómo había ocurrido, ya que no su naturaleza exacta.

Naturalmente, un flujo tan incesante de recuerdos y conjeturas le impedía disfrutar de la paz tan poco contemplativa que solía acompañar aquel trabajo. Los pensamientos, como nosotros mismos, no eran más que burbujas en el agua del río. Pero cuando lograba concentrarse con tanta complacencia en las burbujas, el río no podía arrastrarla. A veces, lo más conveniente era no seguir intentándolo. Colocó los pergaminos, la madera y las balas en sus respectivos sitios, recogió los estuches que había preparado y se dirigió a la sala de meditación. Antes de entrar, se detuvo ante la mesa en que se exhibían discretamente las reliquias sagradas y colocó los estuches en el sitio correspondiente.

El de la noche era un período de meditación completamente voluntario para las monjas de Mushindo. Se les exigía que participaran en las sesiones de la mañana y el mediodía por la presencia constante de visitantes. En cierto modo, era una suerte de espectáculo destinado a mostrar el carácter monástico de la abadía. Pero por la noche no había visitantes, por lo que no era obligatorio asistir a las sesiones nocturnas. Al principio, ninguna de las monjas participaba de ellas. Con los años, las cosas habían cambiado, y a esas alturas todas asistían, aunque sólo fuese durante un rato. Incluso las que vivían con su familia en el pueblo se sentaban en la sala antes de cambiarse las vestiduras religiosas para regresar a sus respectivas casas.

Yasuko había sido la primera en adoptar la costumbre de asistir a la meditación nocturna.

«Si soy sincera y perseverante —decía—, Buda seguramente escuchará mis plegarias y me librará de mi deformidad. ¿No le parece reverenda abadesa?»

Yasuko era la joven que había tratado de ahorcarse cuando los cazadores de esclavos de Yokohama la capturaron, y lo único que había logrado había sido quebrarse el cuello. Estaba desesperada por regresar a su pueblo natal, casarse, tener hijos y volver a llevar una vida normal. Pero nadie querría casarse con una mujer cuya cabeza estaba tan estúpidamente ladeada. Por eso cada vez que tenía una hora libre acudía a la sala y se entregaba fervorosamente a la meditación.

Buda nunca enderezó el cuello torcido de Yasuko, pero tal vez escuchó sus plegarias y, a su modo, las respondió, porque un día, bastante súbitamente al parecer, toda su angustia, su frustración, su rabia y la aversión que sentía por ella misma se esfumaron, dando paso a una apacible tranquilidad.

«Reverenda abadesa —dijo—, deseo sinceramente ordenarme.»

La abadesa celebró los pasos que recordaba de la ceremonia de iniciación que el anciano abad Zengen había llevado a cabo para ordenar a Jimbo cuando éste se había convertido en discípulo de Buda. La única parte de la que estaba completamente segura era la repetición de los Cuatro Grandes Votos, así que se los hizo repetir ciento ocho veces a Yasuko y al resto de los presentes que, además, debían prosternarse en el suelo cada vez que terminaban cada uno de los recitados.

«Prometo:

»Rescatar a la infinidad de los seres...

»Abjurar constantemente de la constante tentación de caer en el deseo, la ira y las ideas equivocadas...

»Abrir mis ojos a los infinitos senderos de la verdad...

»Adoptar el supremamente benévolo camino del Buda.»

Les llevó casi toda una mañana completar la ceremonia, y la fatiga vocal y corporal, que llegó a enfermar a algunas de las monjas, fue realmente agobiante para todas las presentes. A partir de entonces, la abadesa decidió que tres repeticiones serían suficientes para cualquier futura suplicante, y que una simple reverencia podía sustituir las prosternaciones. Después de todo, ¿no era cierto que la llave de la salvación estaba más bien en la sinceridad que en las formas?

A pesar de su discutible ortodoxia, la ceremonia, lo mismo que las plegarias de Yasuko, surtieron efecto, porque desde entonces Yasuko se comportó de un modo completamente coherente con sus promesas de ordenación. Tan coherente en sus acciones como Goro lo era en las suyas. Poco a poco, otras comenzaron a seguir su ejemplo.

La reverenda abadesa no dejaba de percibir el carácter esencialmente ridículo de la situación. Los verdaderos ejemplos espirituales de Mushindo eran un idiota casi mudo y una suicida frustrada y tullida. De todas formas, con el tiempo, ella también comenzó a dedicarse a la meditación nocturna, a pesar de que no era necesario porque no había visitantes.

En silencio, ocupó su lugar entre las monjas.

Mientras lo hacía, calculó la cantidad de fragmentos de madera, de balas y pergaminos que le quedaban, y se preguntó durante cuánto tiempo le servirían para preparar reliquias sagradas. Lo que más le preocupaba eran los pergaminos, pues serían los más difíciles de reemplazar con materiales nuevos. Un fragmento de plomo se parecía bastante a cualquier otro, y lo mismo podía decirse de los trozos de madera chamuscada. Pero había algo en el aspecto de aquellos antiguos papeles que hasta ese momento ella no había podido imitar. Se preguntaba, y no sería la primera ni la última vez, si esos fragmentos serían lo que quedaba del infame compendio de hechizos del *Aki-no-hashi*, compuestos por la princesa bruja, Shizuka, en tiempos remotos. No era eso lo que le importaba. Lo que le importaba era la cantidad, no su calidad. Y ésa no era una preocupación inmediata. Para empezar, había contado con doce pergaminos, y todavía le quedaban casi nueve. Sin embargo, planear las cosas con antelación no estaba nada mal. Pensó en ello al comenzar su meditación, no tanto para tratar de encontrar una solución, cuanto simplemente para planteárselo y dejarlo de lado.

A continuación, percibió los sonidos de Mushindo.

En su juventud los misteriosos chirridos, aullidos y gritos la habían atemorizado, no sólo a ella, sino a todos los niños del pueblo. «El lugar está hechizado —decían—. Escuchad. Son voces de almas y demonios torturados.» Cuando escuchaban, no parecía haber la menor duda de que lo que oían eran voces sobrenaturales. Pero sólo si escuchaban. Y por muy atentamente que lo hicieran no podían descifrar lo que decían aquellas voces. Por supuesto, eso contribuía a agregar más desasosiego al temor de aquellos pequeños. Si se limitaban a dedicarse a sus cosas, lo que oían era el viento que agitaba los árboles, el canto de los pájaros y el aullido de algún que otro zorro, el borboteo de una corriente de agua, las voces de los recolectores de leña que se llamaban los unos a los otros en los valles más alejados.

Al comienzo de su meditación, lo que la abadesa oía se asemejaba al viento, los animales, el agua y las voces distantes más de lo que parecía probable. Sin embargo, a medida que su respiración iba haciendose más pausada y su percepción se tornaba más clara, adquirían inexorablemente aquel carácter demoníaco de sus fantasías juveniles. ¿Era así sólo porque estaba escuchando? ¿O acaso aquellas voces pertenecían realmente a moradores de otros mundos que la requerían, recordándole el carácter evanescente de la vida en este mundo? ¿Siempre había sido así, o todo había empezado con la llegada al lugar de la dama Shizuka, hacía seiscientos años? Y en ese caso, ¿significaba que la dama Shizuka había sido realmente una bruja? ¿O esos sonidos, reales o fantásticos, no eran más que rarezas sin sentido que surgían en el momento en que uno se sumergía en la meditación?

Finalmente, apartó todas las conjeturas. ¿Qué sentido tenía aferrarse a algo que no apuntaba a nada real? Y así pasó sin esfuerzo de las constricciones del pensamiento a un vibrante silencio.

Castillo Bandada de Gorriones, 1291

El verano desencadenó un dolor abismal en la dama Kiyomi y una catástrofe en el clan. Su esposo, el señor Masamuné, fue interceptado en Cabo Muroto por una fuerza enemiga inesperadamente poderosa y asesinado junto a su padre, sus dos hijos mayores y casi todos sus samuráis. Su hijo menor, Hironobu, se convirtió entonces en el señor de Akaoka, cargo del que fue investido a toda prisa, pues debía preceder a su primer y último acto como jefe legítimo del clan: el suicidio ritual, que debía infligirse antes de la llegada triunfal del enemigo. En todo caso, sus líderes se ocuparían de hacerlo caer bajo la espada. Tras la muerte de su padre y sus hermanos, él era el heredero legítimo del dominio, y los señores no se rendían. Que tuviera apenas seis años de edad carecía de importancia. Sus hermanos mayores tenían diez y ocho años, y su juventud no los había salvado. Habían acompañado a su padre a lo que suponían que no sería más que una escaramuza en la que podrían asistir por primera vez al espectáculo de una batalla. En cambio, habían muerto con él.

Ahora, la dama Kiyomi tenía que cumplir con dos deberes en la vida. El primero era ser testigo del suicidio de su hijo menor (el inquebrantablemente fiel guardaespaldas, Go, haría rodar la cabeza de Hironobu apenas éste se clavara su cuchillo en el vientre); el segundo sería morir por su propia mano. No tenía el menor deseo de seguir viva para que los invasores la humillasen y maltratasen. No se lamentaba por su destino, pero no podía evitar lamentarse por la suerte que correría Hironobu. Tenía veintisiete años, así que no había llegado a ser abuela. No obstante, había vivido una vida razonablemente plena como amante, esposa y madre. Él se había convertido en señor de Akaoka, pero reinaría apenas por unas horas y luego moriría.

Sin embargo, Hironobu no murió, y la dama Kiyomi tampoco. Un momento antes de que él se hundiera el cuchillo en el vientre, una miríada de gorriones se alzó repentinamente desde el lecho seco del río, y su vuelo sonó como las lejanas olas rompiendo en la costa. La bandada sobrevoló, compacta y majestuosa, por encima de Hironobu. Debajo de aquellos pájaros, el titileo entre la luz y la sombra creaba la ilusión de que era el mismo Hironobu el que titilaba: insustancial, etéreo, como un fantasma que uno viera por el rabillo del ojo. Todos lo vieron. Varias personas gritaron. Entre ellas, tal vez también la dama Kiyomi.

Era un presagio. Los dioses no lo aprobaban. Eso estaba claro para todos. Así que Hironobu no se quitó la vida. En cambio, se decidió que esa misma noche se pusiera a la cabeza del puñado de samuráis que quedaban para enfrentarse al enemigo. En lugar de morir junto al río, moriría en el campo de batalla. Era una muerte, pero una muerte más audaz, y el dios de los guerreros, Hachiman, ayudaba a los audaces. Go garantizaría que el niño no fuera capturado vivo por el enemigo.

De rodillas ante su hijo mientras le ajustaba la armadura hecha especialmente para su tamaño, la dama Kiyomi quedaba a su misma altura, calzado con sus pequeñas botas de guerrero y la cabeza coronada por un yelmo adornado con estilizados cuernos de hierro. La dama Kiyomi apenas podía contener las lágrimas. El minúsculo peto, las pequeñas espadas, las manoplas laqueadas y las protecciones para las espinillas, todo tenía un propósito ceremonial, no guerrero, pero pronto sería empleado en un combate. La mirada de orgullo que resplandecía en el rostro de Hironobu la emocionó hasta casi hacerle perder la compostura. Habló deprisa para poder contener el llanto.

—Recuerda que ahora eres el señor de este reino. Compórtate como corresponde.

—Lo recordaré —aseguró él—. ¿Qué aspecto tengo, madre? ¿Parezco un verdadero samurái?

—Eres hijo de Masamuné, señor de Akaoka, que aplastó a las hordas mongolas de Kublai Kan en la bahía de Hakata. Eres un verdadero samurái. Y un verdadero samurái no debería estar tan preocupado por su aspecto.

—Sí, madre, lo sé. Pero todas las historias que se cuentan de los héroes de antaño hablan de cuán magníficamente vestían. Su armadura, sus estandartes, sus quimonos de seda, sus espadas, sus caballos. Se dice que la apostura guerrera del señor Yoshitsuné por sí sola atemorizaba a sus enemigos. También se dice que era muy guapo. Esas cosas son importantes para los héroes.

—En las historias siempre se inventan cosas —dijo la dama Kiyomi—. Los héroes siempre son guapos y triunfadores; sus damas, hermosas y fieles. Así son los cuentos.

—Pero padre era guapo y triunfador —replicó Hironobu—, y tú eres hermosa y fiel. Cuando cuenten historias acerca de nosotros no tendrán que inventar nada.

Ella no le dijo que todos los niños creen que sus padres son guapos y sus madres hermosas. Si hablaba, no podría evitar el llanto.

Él sacó pecho y adoptó la fiera expresión de un guerrero.

—¿Tengo apostura guerrera, madre? —preguntó.

—No te apartes de Go —dijo ella—, y haz lo que él te diga. Si tu destino es morir, muere sin vacilar, sin temor, sin lamentarte.

—Así lo haré, madre. Pero no creo que vaya a morir en esta batalla. —Metió un dedo bajo el yelmo y se rascó—. Hace cien años, en la batalla de Ichinotani, el señor Yoshitsuné contaba con sólo cien hombres para enfrentarse a miles de enemigos. Como yo. Ciento veintiuno contra cinco mil. Él triunfó, y yo también triunfaré. ¿Contarán historias acerca de mí cuando yo ya no esté en este mundo? Creo que sí.

La dama Kiyomi se volvió rápidamente y se enjugó las lágrimas con la delicada seda de las mangas de su quimono. Cuando lo miró de nuevo, sonrió y escogió las palabras que iba a pronunciar como si fueran las de un cuento de hadas.

—Cuando regreses, yo lavaré la sangre de nuestros arrogantes enemigos de tu espada.

El rostro de Hironobu se iluminó. Como un guerrero en batalla, hincó una rodilla en tierra e hizo la breve reverencia marcial que correspondía.

—Gracias, madre.

Ella colocó las manos en el suelo e inclinó la cabeza hasta tocarlas, en una profunda reverencia.

—Sé que harás lo debido, mi señor.

—Mi señor —dijo Hironobu—. Me has llamado «mi señor».

—¿Acaso no lo eres?

—Sí —dijo él, poniéndose de pie. Ahora estaban cara a cara—. Lo soy.

Ella no esperaba volver a verlo. Cuando el mensajero le anunciara su muerte, ordenaría incendiar el castillo y se clavaría la hoja de su cuchillo en el cuello. No habría una victoria de cuento de hadas, no habría leyenda alguna de hermosura y coraje. Sin embargo, ellos compartirían una cualidad con los héroes y las damas de aquellos cuentos. Nunca envejecerían.

Pocos días después llegó un mensajero, pero no para anunciar la muerte de Hironobu, sino su victoria. El verano que había empezado como tragedia terminaba con un triunfo asombroso. Sus samuráis, tan abrumadoramente superados en número, habían aniquilado a la mayor parte de un ejército muchas veces más grande.

La noticia de la imposible victoria del joven señor Hironobu en los bosques de Muroto se difundió rápidamente. De todas partes llegaban al dominio multitudes dispuestas a celebrarlo. Todos habían oído hablar del presagio de los gorriones y estaban ansiosos por conocer personalmente al afortunado joven señor. El pequeño castillo, que ahora llevaba el nombre Bandada de Gorriones, estaba incómodamente abarrotado de visitantes. Hacia el final de los festejos, que se prolongaron una semana, y cuando parecía seguro que pronto la mayoría de los samuráis morirían intoxicados de tanto beber, un cambio impredecible de los vientos y una inusitada profusión de relámpagos y truenos anunciaron una inminente tormenta otoñal. Todos los que habían estado preparándose para partir comenzaron a prepararse para permanecer en el castillo en el futuro inmediato. Parecía imposible, pero siguieron embriagándose sin parar. Sorprendentemente, nadie murió por ello.

El único que se mantenía sobrio era Go. Habituado al *kumiss*, el fuerte brebaje hecho a base de leche de yegua fermentada, y a pesar de que hacía ya diez años que vivía en Japón, no había logrado tomarle el gusto al vino de arroz. Cuando pasaba junto a un grupo de samuráis embriagados, no faltaba alguno que lo reclamara.

—¡Go!

—¡Señor general!

—¡Señor Go!

Con una sonrisa forzada en los labios, Go agradecía los saludos. Las multitudes en espacios cerrados lo incomodaban sobremanera. Todavía sentía ese amor por el aire libre propio de los nómadas y odiaba el encierro. Estar rodeado de tanta gente entre las opresivas paredes de un castillo lo asfixiaba, le quitaba el aliento y lo hacía sudar como si estuviera en la etapa inicial de una enfermedad mortal.

Pero el gentío y las paredes no eran la causa principal de su malestar. La tormenta lo inquietaba aún más. Nunca había visto una violencia tan horrorosa en el cielo. Ni en las estepas de su tierra natal, ni en las vastas llanuras de China, ni en las montañas y los valles de Japón. Vertiginosas oleadas de relámpagos surcaban el cielo, seguidas de inmediato por el retumbar de los cascos de miles de caballos fantasmas en plena estampida. En el impredecible intervalo que mediaba entre el relámpago y el consiguiente trueno, Go se estremecía. La situación se tornaba más ominosa aún por la extraña falta de turbulencia en tierra. A pesar de la furia que se desplegaba en las alturas, ni viento ni lluvia se habían desencadenado sobre ellos. Era un presagio. No había ninguna duda. Pero ¿de qué? No podía anunciar la llegada de otra Tangolhun. Go era el último de ese linaje y tenía sólo un hijo, Chiaki, un varón. La maldición de la brujería sólo podía encarnarse en una mujer. Su esposa había dado a luz a una niña antes de tener a Chiaki, y a otras dos después de él. Go había matado a las tres niñas en cuanto nacieron. Su esposa había llorado, pero no había puesto ningún reparo ni había tratado de impedírselo. Como decía siempre, la felicidad de él era más importante que la de ella. Así que hasta ese momento no había nacido ninguna nueva bruja nürjhen, y nunca nacería otra. Entonces, ¿por qué sentía tanto miedo cada vez que el cielo se iluminaba con un relámpago y retumbaban los cascos celestiales?

Entre los hombres de la tribu nürjhen, una tormenta después de una victoria era un presagio de enorme importancia. Los japoneses no creían lo mismo, por supuesto. Para ellos, una tormenta representaba la cólera del dios del trueno, un dios al que podían calmar mediante las plegarias que rezaban los sacerdotes, las ofrendas de comida que le presentaban las mujeres y los niños, y la bebida que los hombres consumían hasta la embriaguez. Esto último era absolutamente previsible. Cada acontecimiento importante exigía siempre el consumo de un océano de sake, el vino de arroz al que aparentemente todos los samuráis se aficionaban a edad muy temprana. Si los nürjhen hubieran bebido tanto alcohol, nunca habrían conquistado las fértiles praderas que se extendían desde las montañas de Hielo Azul y el río Dragón Rojo. Si los mongoles hubieran bebido tanto, no habrían sojuzgado a los nürjhen, y Go todavía estaría cabalgando con sus hermanos de clan por las vastas inmensidades de Asia central.

—¡Go! ¡Ven a beber sake con nosotros!

—¡Gran general! ¡Ven, ven!

—¡Tu nombre figurará para siempre entre los de los más grandes héroes de Yamato!

Los samuráis no tenían el menor reparo en colmarlo de elogios. Go era un extranjero y siempre lo sería. Así que no significaba una amenaza para ninguno de ellos. Nunca conspiraría contra su señor, nunca aspiraría a gobernar un dominio, nunca se pondría a la cabeza de un ejército para marchar sobre Kioto con la intención de inducir al emperador a que lo nombrara sogún. Un extranjero jamás gobernaría un dominio, jamás podría contar con la lealtad de otros señores, nunca sería sogún. Ese altísimo honor estaba reservado no sólo a los samuráis, sino a unos pocos y selectos miembros del linaje Minamoto, el clan del legendario Yoshitsuné. Hironobu, a través de su abuela materna, estaba lejanamente emparentado con aquella gran familia. Tal vez algún día pudiera aspirar al sogunato. Pero Go no. Ni siquiera era japonés. De modo que los samuráis no vacilaban en expresar sinceramente y en voz alta la admiración que sentían por él.

Go ignoraba lo que la tormenta auguraba, pero no era optimista. Recordaba muy bien lo que decían los ancianos de la tribu. Según ellos, la última vez que el atronar de los cascos de las caballerías había sonado con tanta fuerza había nacido la mayor bruja de los ordos nürjhen.

Tangolhun, la de remotos tiempos.

La antepasada de su madre.

La que aconsejó al legendario Atila que siguiera el curso del sol, que marchara hacia el oeste. Supuestamente, siglos atrás, Atila había atendido su consejo, los hunos habían seguido a Atila y habían encontrado la patria que les estaba destinada en el extremo más occidental del mundo, donde vivían con sus rebaños en fértiles praderas hasta ese mismísimo día, protegidos por un anillo de montañas y establecidos sobre ambas márgenes de un vasto río.

Go se había cansado de insistir en que aquélla era una historia inventada por su madre para justificar sus vergonzosas pretensiones de maga, pero nunca había logrado convencer a los ancianos.

Los hunos de antaño, decían ellos, no habían sido masacrados por los mongoles. Los que habían seguido a Atila habían sobrevivido, y así habían podido refugiarse más allá de los altísimos Urales. Un día, también los nürjhen marcharían hacia allí.

Las antiguas verdades secretas eran conocidas por las brujas, decían, que cabalgaban las tormentas, los caballos salvajes que atronaban el cielo. Algún día, los que compartieran esos secretos también cabalgarían la tormenta.

Aseguraban que las predicciones de su madre eran extraordinariamente exactas y el poder de sus hechizos era indudable. Algún día aparecería una hechicera cuyas adivinaciones revelarían todos los misterios sin excepción.

Go se había reído de ellos. Su madre era una manipuladora, una farsante que sólo estaba interesada en sí misma.

Ahora, en el lejano Japón, ensordecido por el atronador sonido de diez mil potros invisibles en las alturas, no tenía ánimo para reír. Algo iba a suceder.

Go dudaba de que fuera algo bueno.

—¡Oh! —La exclamación, apenas audible, siguió a la sensación que despertó en él el contacto con un cuerpo frágil al chocar con el suyo. Miró hacia abajo y vio, a sus pies, una mujer en el suelo.

—Disculpa —dijo él, maldiciéndose por su torpeza. Al

aire libre, montado en un caballo, Go era tan ágil como los bailarines que giraban en torno a las llamas de las fogatas de los ordos. Dentro de un castillo, su agilidad se asemejaba más a la de un buey uncido a un carro—. Estaba distraído.

Le tendió una mano para ayudarla a incorporarse. Ella contuvo el aliento y lo evitó, como atemorizada.

Era muy bonita. Y muy joven. Por el contacto de su cuerpo al tropezar supo que, más que una niña, era una mujer. Pero era una mujer que no hacía mucho que había florecido. Por su forma de vestir y por la delicadeza de sus movimientos, supo que era una dama de la nobleza, probablemente la hija de alguno de los señores que estaban de visita. Había muchas como ella en el castillo. Su improbable triunfo había convertido a Hironobu en el hidalgo de seis años más codiciado de los dominios situados al sur del mar Interior.

—¿Te he hecho daño? —preguntó Go.

El choque no había sido particularmente violento. La hija de un kan nürjhen no habría caído ni se hubiera quedado tanto tiempo en el suelo. Una mujer nürjhen cabalgaba y disparaba con tanta destreza como un hombre, y sólo un guerrero que pudiera vencerla a caballo y con su arco y sus flechas se atrevería a cortejarla. Las esposas y las hijas de los señores japoneses eran completamente distintas. Se jactaban de su debilidad. Lo cierto era que siempre fingían ser más débiles de lo que eran en realidad. En cierta ocasión él había visto cómo su propia esposa, que entonces era una de las concubinas favoritas del señor Masamuné, el padre de Hironobu, le rompía la clavícula a un samurái borracho. El hombre, vasallo de otro señor, no sabía quién era y la agarró por la muñeca. Ella hizo un rápido movimiento con el brazo. Al cabo de un momento, el hombre rodaba y chocaba contra una columna. De haberse golpeado tres centímetros más a la derecha, se habría roto el cuello.

—¿Cómo lo hiciste? —le había preguntado Go.

—¿Hacer qué, señor Go?

—Deshacerte de ese hombre.

—¿Deshacerme de él? ¿Yo? —Se había tapado la boca

con la manga de su quimono y lanzado una risita tonta—. Soy tan menuda y frágil, mi señor... ¿Cómo podría deshacerme de alguien? El hombre estaba borracho. Tropezó. Eso es todo.

No, eso no era todo. Pero ella no volvió a hablar del asunto, ni siquiera después de que se casaran. Ni siquiera ahora, diez años después del nacimiento de su hijo Chiaki, había vuelto a mencionar aquel episodio.

—¿Tan grande es el secreto?

Ella había reído y luego dicho:

—¿Cómo algo tan femenino puede ser tan importante como para elevarlo a la categoría de secreto?

—Si yo tratara de hacer algo que no te gustara, ¿te desharías de mí? —le había preguntado Go.

—Nunca me desagradaría algo que tú desearas hacer, mi señor. Eres mi esposo.

—¿Y si tratara de lastimarte?

—En ese caso, el dolor me haría feliz.

—¿Y si lo único que me regocijara fuera tu martirio?

—Entonces el martirio sería regocijo para mí, mi señor.

Go no pudo evitar soltar una carcajada. No podía creer que ella se atreviera a ir tan lejos, pero se había mostrado tan seria y categórica, que fue incapaz de mantenerse serio.

—Me rindo —había dicho—. Tú ganas.

—¿Cómo podría ganar si cedo a todo lo que me pides?

—No lo sé, pero tú siempre te las arreglas, ¿no es así?

—¿Quieres decir que gano porque pierdo? Eso no tiene sentido, mi señor —había bromeado ella.

Go se preguntó si esta joven también sabía cómo derribar a un hombre. No parecía probable. Se la veía muy frágil, incluso teniendo en cuenta la forma en que todas esas mujeres exageraban su aparente fragilidad. Ella esperó a que él diera un paso atrás y luego se puso de pie con cierto esfuerzo. Parecía haberse lastimado el lado derecho de las caderas. Intentó dar un paso adelante pero no pudo tenerse en pie y comenzó a caer. Go estaba preparado, y la sostuvo.

—Oh —dijo ella otra vez con un hilo de voz.

Se asió del brazo de Go y apoyó el peso de su cuerpo en el pecho del hombre. No pesaba mucho. Además de ser muy bonita y joven, también era muy ligera. Tal vez, a diferencia de las otras, ésta era realmente tan frágil como parecía. Aunque se apoyaba en él por necesidad, sus ojos lo miraron con verdadero temor, como si sintiera que debía huir de él en lugar de aferrarse para mantener el equilibrio.

—Tranquilízate, mi señora —dijo él—. Soy Go, el jefe de los guardaespaldas del señor Hironobu. Puedes confiar en mí como confiarías en él.

—Oh —dijo ella una vez más.

Go sonrió.

—Dices «oh» con mucha dulzura, mi señora. Trata de usar alguna otra palabra. Veamos si puedes decirla tan dulcemente, o si tus encantos se limitan a esos jadeos.

Al escuchar esto, la joven sonrió.

—Soy la hija del señor Bandan, Nowaki —dijo, levantando la vista y mirándolo con timidez.

En ese momento otro trueno retumbó en el interior del castillo. Algo debió de reflejarse en el rostro de Go.

—¿Tienes miedo de los truenos? —Una expresión de desconcierto iluminó el rostro de la joven dama Nowaki—. Creí que eras un poderoso mongol que no tenía miedo a nada.

—No soy mongol.

—¿Acaso no eres el Go que desembarcó hace diez años en la bahía de Hakata con los invasores?

—Sí. Pero era nürjhen en aquel entonces y sigo siéndolo ahora.

—¿Eso no es ser una especie de mongol?

—¿Acaso tú eres una especie de china?

La dama Nowaki rió.

—No, por supuesto que no.

—Del mismo modo que no todos los que usan seda, beben té y escriben con caracteres *kanji* son chinos, no todos los que montan un caballo, arrean ganado y viven en libertad son mongoles.

—Comprendo, señor Go. No volveré a cometer el mismo error —replicó ella con una reverencia.

Como todavía estaba apoyada en él, al hacer la reverencia su cabeza quedó muy cerca del pecho de Go y su pelo le rozó la cara. Una fragancia en extremo sutil y seductora emanaba de su abundante cabellera. Le recordó el perfume de las flores del campo, que no sentía desde el año anterior. Sólo alguien tan joven usaría una fragancia de primavera en otoño. El infantil error revelaba una fresca candidez.

—¿Me permites acompañarte a las habitaciones de tu familia? —preguntó Go.

Con la cabeza apoyada en el pecho de Go, Nowaki lo oía claramente, y también oía cómo aquella voz resonaba en el cuerpo de él. Esperaba que Go no percibiera los latidos de su corazón. Cerró los ojos e hizo cuanto pudo por calmar su respiración. No había nada que temer. Todo estaba saliendo bien. Se había deshecho fácilmente de su niñera. La mujer, una anciana, se había vuelto cada vez más distraída con los años, y cada vez le resultaba más fácil eludirla. De lo contrario, nunca habría podido entregarse a sus coqueteos con Nobuo o con Koji a comienzos de aquel verano. Eran dos samuráis jóvenes y bien parecidos, pero no eran más que eso. Pronto, inevitablemente, crecerían y se convertirían en hombres muy semejantes a sus respectivos padres. Aburridos, borrachos, patanes, repetitivos, vulgares campesinos jactanciosos.

Aquello parecía haber sucedido hacía mucho tiempo. ¡Go la tenía en sus brazos! No se había dado cuenta de que estaba siguiéndolo. Se había armado de coraje, se había interpuesto en su camino, había chocado con él y había fingido que estaba lastimada. ¿Tendría la valentía suficiente para hacer el resto?

Desde pequeña, había oído innumerables historias acerca del aterrador y bárbaro mongol que servía al señor Masamuné. Cuando su padre se alió con Masamuné, escuchó las muchas voces de admiración que ensalzaban el coraje ilimitado de Go, su fuerza sobrehumana, el mágico control que ejercía sobre los caballos. Cuando los dos señores se convirtieron en enemigos irreconciliables —lo que parecía ocurrir con tanta frecuencia como los períodos en que eran fieles amigos—, de lo único que se hablaba era de su despiadada crueldad, su astucia animal y su monstruosa perversidad. Ambas historias fascinaban a Nowaki. Su vida en aquel páramo provincial era tediosa, y el destino que le esperaba no auguraba nada mejor. Su padre era un señor campesino de miras lamentablemente estrechas, al igual que los demás señores que ella conocía. Sus hermanas mayores habían sido casadas con sendos bufones como su padre y sus hermanos, señores de la mugre y la inmundicia que olían a pescado. Todos ellos eran poco menos que analfabetos. Ninguno se parecía a los héroes cultos, sensibles y románticos de *El libro de la almohada* y *La historia de Genji.*

Tampoco era probable que Go se asemejara a aquellos héroes, pero al menos venía de un país lejano. Había cabalgado por las inmensidades de Asia con Kublai, el gran kan de las hordas mongolas. Había conocido las suntuosas ciudades de China, la tierra de los esquimales en el más remoto norte, los exóticos animales de las selvas del sur, las altas montañas de Tíbet. Ella nunca había llegado más al este que hasta el mar Interior, ni más al oeste que hasta el Dominio de Akaoka. Si hacía lo que se esperaba de ella, pronto sería prometida en matrimonio a uno de aquellos paletos. Hironobu era el mejor candidato, ¡y era un niño altanero de apenas seis años de edad! Ella sería su niñera durante varios años, luego lo iniciaría, daría a luz a su heredero, y eso sería todo. Pasaría el resto de su vida escuchando sus mentiras de borracho en lugar de las de su padre. O tal vez diera resultado el otro plan de su padre, y en ese caso sería entregada como esposa o concubina a un noble de la corte imperial, en Kioto. Una vez había conocido a un noble, un príncipe que había ido a ver a su padre para pedirle alguna clase de ayuda. Era un alfeñique pálido y empolvado que vestía prendas más delicadas que ella. Hablaba en un japonés cadencioso y afeminado que ella apenas podía entender. El viaje desde Kioto había sido muy arduo, había dicho. Tanto que pensó que moriría. Luego se había tapado la boca con la manga y había soltado una risa ridícula y decididamente femenina. Preferiría morir antes que ser tocada por semejante degenerado, por muy eminentes que fuesen sus ancestros.

Un día, a comienzos del verano, había ido a uno de los pueblos más grandes del dominio de su padre, acompañada por Nobuo y Koji, que la escoltaban como guardaespaldas, un hecho bastante curioso considerando las peligrosas intimidades que tuvieron con ella. Aburrida, se había detenido ante la choza de una bruja que decía ser adivina. La vieja farsante montó un buen espectáculo. En cuanto Nowaki puso un pie en la choza, la mujer, que supuestamente era ciega, miró hacia ella con la boca abierta, dejó caer el platillo que tenía en sus manos y retrocedió torpemente hasta llegar a la pared opuesta.

—Eres tú —dijo la mujer.

—Sí, soy yo —dijo Nowaki, esforzándose por no reír sin lograrlo del todo—. ¿Sabes quién soy?

—Soy ciega, pero puedo ver —dijo la mujer, con la voz más portentosa que pudo ensayar.

—¡Oh! ¿Y qué ves?

—No tanto como lo que verás tú.

Con esas palabras logró captar la atención de Nowaki.

—¿Veré mucho?

—Mucho —dijo la mujer.

—¿Qué veré? —Nowaki esperaba que la mujer le hablara de lugares lejanos. Si lo hacía, creería de buena gana que era una verdadera vidente—. Dímelo ahora mismo, no me hagas esperar.

—Verás... —La mujer hizo una pausa, con la boca todavía abierta. Le temblaron los labios, parpadeó repetidamente y sus hundidas mejillas se estremecieron.

Nowaki esperó pacientemente. Por el momento, valía la pena esperar. Aunque no pudiese adelantar de verdad el futuro, la mujer actuaba muy bien, y como todos los que actúan bien, tenía su propio sentido de la oportunidad, que había que respetar. Lo cierto es que estaba bastante desaprovechada en ese lugar tan pequeño y aislado. Si estuviese en Kioto, en Kobe o en Edo, tendría sin duda una clientela considerable.

—Verás lo que nadie más ha visto hasta ahora, salvo uno.

Nowaki, satisfecha, juntó las manos como si estuviera aplaudiendo. La persona a la que se había referido la anciana tenía que ser Go. Él era el único que había visto cosas que nadie más había visto antes. ¡Y ahora, ella también las vería!

—Gracias, muchas gracias —dijo Nowaki con una profunda reverencia—. Cuando regrese al castillo, ordenaré que te envíen arroz, sake y pescado.

La anciana alzó las manos en actitud defensiva y meneó la cabeza. Seguía sentada, con la espalda apoyada contra la pared, en el sitio en el que había caído.

—No, no —dijo—. No me debes nada.

—Oh —dijo Nowaki—, por supuesto que sí. Me has hecho muy feliz.

Esa misma tarde, comenzó a pensar en formas de conocer a Go, primero, y seducirlo después. Era cierto que era muy joven, pero había leído escrupulosamente los clásicos de la seducción y ya había tenido una verdadera práctica con Nobuo y Koji. Go sería más difícil, por supuesto. Pero ella confiaba en que encontraría una forma si se le presentaba la oportunidad.

La celebración de la victoria de Hironobu en los bosques de Muroto se la dio.

—No quiero ir con mi familia —dijo Nowaki—. Están todos borrachos, y no hacen más que repetir las mismas estupideces de siempre cuando están borrachos.

—Están celebrando una gran victoria —dijo Go—, y por tanto tienen todo el derecho de embriagarse.

—Tú obtuviste la victoria, no ellos —dijo ella, levantando la vista para mirarlo—. Con tácticas mongolas y coraje mongol. —Sintió que el cuerpo de Go se tensaba. Oh, no. Había vuelto a cometer el mismo error y lo había llamado mongol. ¿Qué dijo él que era? Era muy difícil recordar las palabras extranjeras. Na-lu-algo... Tenía miedo de haberlo estropeado todo enojándolo. Fingió sentir dolor y se apoyó con más fuerza contra él. El recurso pareció dar resultado, porque cuando él volvió a hablar, no pareció enfadado.

—La victoria es del señor Hironobu —dijo Go, sosteniéndola un poco más firmemente ante su presunto malestar.

—El señor Hironobu es un bebé de seis años —dijo ella—, que apenas tiene edad para ir al retrete solo sin caer dentro de él.

Go rió.

—De todas formas, la victoria es suya. Y no siempre tendrá seis años. Sería inteligente de tu parte pensar en él a una luz diferente. Pronto será un hombre además de ser un señor, y buscará una esposa digna de él. Ha sido favorecido por un presagio que le llegó en alas de numerosos pájaros.

—Yo no creo en presagios —replicó Nowaki—. ¿Y tú?

Un relámpago rasgó el cielo, seguido por un largo momento de horrible silencio.

Una oleada de luz los iluminó.

Las sombras diurnas temblaron en el patio, luego volvieron a desvanecerse en una oscuridad que pareció cernirse sobre ellos.

Finalmente, el cielo pareció desgarrarse y el sonido colosal de las montañas celestiales derrumbándose se precipitó sobre ellos.

Pocas semanas después de que regresara a su casa tras la celebración de la victoria de Hironobu, se hizo evidente que la dama Nowaki estaba embarazada. Aunque siempre había sido una hija tranquila y obediente, en esas circunstancias se negó a revelar el nombre del padre de la criatura, pues sabía que su padre y sus hermanos sin duda lo matarían. Cuando la amenazaron con hacerla abortar, prometió que, si la obligaban, se mataría. El señor Bandan ejecutó a la niñera, que debería haber cuidado de ella con mayor diligencia. Sin embargo, Nowaki se negó a hablar. El señor Bandan ejecutó a dos de sus propios hombres, de quienes sospechaba que se sentían excesivamente atraídos por su hija. Sin embargo, la dama Nowaki no abrió la boca.

—No sé qué más hacer —dijo el señor Bandan.

Durante esta crisis con su hija, se había acostumbrado a visitar el castillo Bandada de Gorriones para pedir consejo a la dama Kiyomi. Aunque era apenas un poco mayor que ella, había pasado tantos años enzarzado en campañas militares que, por su apariencia y su modo de actuar, parecía un viejo guerrero de una generación anterior. Su interés por las mujeres se había limitado a la concepción, el nacimiento y la educación de sus potenciales herederos, así que no sabía casi nada de las mujeres aparte de una somera idea acerca de su estructura anatómica. El súbito comportamiento díscolo de su propia hija y su posterior terquedad lo desconcertaban por completo. La madre de la niña había muerto en el parto, y en su castillo no había ninguna mujer en la que él confiara lo suficiente como para hablar con tanta franqueza.

—¿Por qué no me dice quién es el padre? Es todo lo que quiero. ¿Es mucho pedir?

—¿Qué harás si te lo dice? —preguntó la dama Kiyomi.

El señor Bandan dio un fuerte puñetazo sobre la mesa, lo que obligó a las criadas a acercarse a toda prisa para evitar que las tazas se volcaran y el té se derramara sobre los tapetes.

—¡Lo mataré! —rugió—. Y no será una muerte lenta.

Ella se tapó la boca con la manga y rió.

—¿He dicho algo gracioso? —El desconcierto le hizo fruncir el entrecejo—. No fue mi intención.

—Señor Bandan, ¿realmente esperas que una joven revele la identidad de su amante a su padre para que él lo asesine? Su hijo quedaría huérfano antes de nacer.

—Pero ese hombre, sea quien sea, nos ha deshonrado a todos.

—A la dama Nowaki no le importa el honor. Le importa el amor. Lo único que has conseguido con tu ira y tus amenazas es evitar que ese joven se presente ante ti y te pida tu tardía bendición.

—¿Cómo sabes que es un joven?

—Yo no sé nada. Pero tu hija tiene apenas catorce años. Dudo de que se haya enamorado de alguien mucho mayor que ella. —La dama Kiyomi se ensombreció—. Espero que no haya sido uno de los dos samuráis que ejecutaste.

—No lo era. Ella lloró cuando le mostré las dos cabezas, pero no tanto como habría llorado de haber sido uno de los dos.

La dama Kiyomi parpadeó e inquirió:

—¿Le mostraste las cabezas?

—Sí, para demostrarle que hablaba en serio. De lo contrario podría haber pensado que no era así.

—Señor Bandan, nadie que te conozca sospecharía jamás que tú pudieras bromear con algo así. Era del todo innecesario presentar una prueba tan horripilante.

—No va a decírmelo, ¿verdad?

—Por supuesto que no te lo dirá.

—¿Qué debo hacer, pues? La vergüenza será intolerable. Mi hija tendrá un hijo de un padre que no conozco. Por todos los dioses y Budas, ¿qué mal he hecho en mis vidas pasadas para merecer semejante castigo? Podría construir un templo y hacer que en él se rezara día y noche, por toda la eternidad. No se me ocurre qué otra cosa me quedaría por hacer.

—Ésa es una solución posible —convino la dama Kiyomi.

Ahora fue el señor Bandan quien rió.

—Esta vez sí estaba bromeando. Soy un guerrero, no un sacerdote. No pido favores al Cielo. Resuelvo mis problemas con mis propias manos. Pensaré en algo.

—Ya lo has hecho. Construye un templo.

El señor Bandan puso ceño de nuevo.

—Si los dioses no lograron proteger su virtud en su momento, no creo que ahora me entreguen al culpable aunque construya no uno sino diez templos.

—Construye un templo. Pero no para ti —dijo la dama Kiyomi—, sino para la dama Nowaki. Llévala, y que permanezca en reclusión allí durante... dos años. Podrá mantener al niño alejado de los cotilleos, tendrá tiempo de recuperar su equilibrio emocional y adaptarse a las exigencias de la maternidad. Y cuando regrese, ya no será objeto de la curiosidad y los comentarios maliciosos. A esas alturas es probable que ya se sepa quién es el padre, seguramente porque habrá huido gracias a tus amenazas de tortura y muerte. Entonces tú...

—¡Yo lo perseguiré como a un perro y lo destriparé! —exclamó el señor Bandan, indignado.

—... los perdonarás a los dos por su pecado juvenil, demostrándoles que comprendes cabalmente la impetuosidad romántica propia de la edad...

—¿Perdonarlo? ¡Nunca!

—... Y además, les dirás que te diste cuenta de que sólo recibiendo al padre en tu familia —continuó la dama Kiyomi con firmeza—, la vergüenza y el escándalo caerán definitivamente en el olvido.

El señor Bandan ya había abierto la boca para seguir protestando, pero de pronto decidió no decir una sola palabra más. Cerró la boca e hizo una reverencia.

—Tienes razón, dama Kiyomi —dijo luego—. Es la única forma de actuar. Gracias por aconsejar tan sabiamente a este guerrero ignorante. Ya conozco un sitio adecuado. Mi primo, el señor Fumio, gobierna un dominio en el norte que será perfecto para nuestros propósitos.

Ese invierno, la dama Kiyomi comenzó a tener extraños sueños. Lo más curioso era que nunca recordaba nada excepto a la asombrosamente bella joven que aparecía en todos ellos y el modo en que le hablaba. La llamaba «dama madre». Así era como las mujeres se dirigían a sus respectivas suegras. Convencida de que estaba soñando con la futura esposa de Hironobu, la dama Kiyomi comenzó a observar minuciosamente el rostro de cuanta niña se cruzaba en su camino, en un esfuerzo por encontrar a la mujer con la que soñaba tan a menudo. Aunque los sueños se repetían, por más que se esforzara nunca recordaba ninguna otra cosa. Y aunque buscaba a la mujer en cada niña que veía, tampoco la encontraba.

Durante la primavera siguiente, varias semanas antes de cumplir siete años, el señor Hironobu logró una segunda gran victoria, esta vez en las laderas del monte Tosa. Al mismo tiempo, en el dominio vecino, la dama Nowaki daba a luz una hija. La niña era inusitadamente silenciosa, tanto que eran pocos los que creían que fuera a sobrevivir. Aunque se le puso un nombre adecuado a su condición noble, todos la llamaban Shizuka (Silenciosa).

No murió, y no se mantuvo en silencio mucho tiempo. Durante su segunda semana de vida comenzó a berrear y a llorar casi incesantemente. Sólo se callaba momentáneamente cuando estaba al borde del agotamiento, o para dormir, aunque sólo a ratos, o para mamar con una salvaje desesperación, y eso tampoco por demasiado tiempo. Era un bebé, y los bebés no ven, pero lo que no veía la aterraba. Sus ojos iban y venían de un lado a otro, cargados de pánico.

Gritaba.

No moría, y no podía dejar de gritar.

Comenzaron a llamarla Shizuka a secas, a veces por esperanza, siempre por desesperación y, cada vez más a menudo, como si su nombre fuera simplemente una maldición.

Al año siguiente, cuando la dama Kiyomi visitó la abadía de Mushindo, tuvo la oportunidad de reflexionar acerca del pasado reciente. En aquellas cuatro estaciones que acababan de completarse había transcurrido el año más extraño y turbulento de su vida. Ahora comprendía por qué muchas personas a veces decidían bruscamente apartarse del mundo y acogerse a una vida monástica. Si ella se hubiera sentido inclinada a hacer algo así, ése sería un buen sitio. Estaba demasiado lejos de su hogar para que fuera fácil visitarlo, pero no tanto como para que fuera imposible hacerlo. Eso significaba que los amigos y parientes de su vida anterior no aparecerían continuamente para debilitar la dedicación a la soledad sagrada, pero tampoco estarían totalmente alejados. Eso no sería elegante. Alejarse del mundo era, a menudo, más difícil para aquellos a quienes uno abandonaba que para uno mismo.

El lugar estaba lo bastante cerca de la frontera norte como para crear una sensación de peligro y, por lo tanto, de apremio, un ingrediente útil para aquellos que buscaban despertar al camino de Buda. Sin embargo, no estaba tan cerca de las tierras de los bárbaros emishi como para que no fuera probable recibir un ataque de ellos. El sitio más cercano, el pueblo de Yamanaka, estaba a una hora de caminata en el valle coronado por la modesta montaña en la que se erigía la abadía. También éste era ideal, pues su proximidad le permitía proveer sustento y trabajo con poca antelación, al mismo tiempo que su lejanía evitaba las excesivas comunicaciones, y sus dimensiones eran suficientes como para ayudar a una pequeña institución religiosa sin demasiadas dificultades.

El hecho de que hubiera habido que construir una abadía era de por sí lamentable; por supuesto, podrían haber ocurrido cosas peores, aunque quizá no tantas.

Desde el jardín de la abadía en el que la dama Kiyomi esperaba a la dama Nowaki podía oír la voz de Hironobu, proveniente del bosque cercano, y las lejanas réplicas de Go.

Otro verano había llegado, y ya casi se había ido, y todo era diferente. Apenas un año antes su esposo, el señor de Akaoka, controlaba unas pocas granjas y unos pocos pueblos de pescadores sin importancia en un pequeño rincón de la isla Shikoku. Ahora su hijo, Hironobu, de siete años de edad, controlaba el territorio que se extendía a ambos lados del mar Interior. Había obtenido el juramento de lealtad de los señores Bandan e Hikari, y había alcanzado la condición de gran señor. En dos campañas relámpago las fuerzas de su pequeño hijo habían derrotado tan estrepitosamente al régimen Hojo que no eran pocos los que anunciaban su inminente caída.

Un año antes, la dama Nowaki era una virgen de catorce años de edad cuya familia aspiraba a emparentarla con la familia imperial de Kioto. Ahora, a los quince años, era madre de una bebé demente, enclaustrada en una abadía alejada de su hogar que, además, había sido construida especialmente para darles refugio a ambas. Y gracias a los defectos del bebé, era evidente que ninguna de las dos podría abandonar nunca la abadía.

Un año antes, a la dama Kiyomi ni se le habría ocurrido viajar tan al norte. De hecho, las únicas veces que había cruzado el mar Interior había sido al marcharse de su casa para casarse con el padre de Hironobu y, después, una vez al año, para visitar a su familia. Ahora, le había prometido al señor Bandan que visitaría a su hija dos veces por año, en primavera y en otoño, para comprobar que estaba bien. Puesto que era la madre del gran señor y éste la acompañaba en sus visitas, aquello era un gran honor para el señor Bandan, sobre todo dadas las desagradables circunstancias por las que estaban pasando. Este simple acto de bondad lo relacionaría más estrechamente aún con Hironobu por las exigencias del honor y las obligaciones recíprocas.

Como regente de facto de su hijo, debía considerar esa clase de cosas. El regente oficial, el general Ryusuke, era un incompetente bienintencionado. Era regente sólo porque, como comandante superviviente más antiguo del ejército del clan, eso era lo que se esperaba de él, y porque era lo bastante inteligente para saber que no era lo suficientemente inteligente como para ejercer realmente el cargo. De lo contrario, habría sido necesario matarlo, porque ignorarlo habría supuesto un insulto tan mayúsculo que él se habría sentido obligado a conspirar contra la dama Kiyomi e Hironobu, quisiera o no hacerlo. Ella no lo habría hecho, por supuesto. Sólo las brujas mataban a sus enemigos con sus propias manos, por lo general envenenándolos, o clavándoles una pequeña aguja en la sien, bajo el pelo, o asfixiándolos. Era casi imposible detectar los dos últimos métodos, así que ésos eran los que las brujas que dormían con sus víctimas preferían. La sola idea de tener que dormir con un zopenco como el general Ryusuke le provocó una mueca de desagrado. Eso sólo habría sido suficiente para disuadirla, aunque hubiese sido una bruja. De hecho, si hubiera sido necesario matar a alguien, Go se habría encargado. Aunque fuera un bárbaro, era tan incondicionalmente fiel como cualquier samurái. Qué suerte tenían ella y su hijo de poder contar con él.

El llanto frenético de un bebé llegaba desde el interior de la abadía. Shizuka había despertado.

Hironobu trepó a una roca desde la que podía dominar el panorama.

—Go, si tuvieras que defender esta abadía de un ataque, ¿qué harías? —preguntó.

—Lo primero —replicó Go— sería no convertirme en un blanco tan fácil para los arqueros enemigos.

—Por aquí no hay arqueros enemigos —dijo Hironobu—. Te he preguntado si eso ocurriera...

—Eres un gran señor —dijo Go—. Si haces suposiciones acerca de las condiciones existentes, deberías tener la prudencia de pensar en el peligro más que en la seguridad.

Alicaído, Hironobu bajó de la roca.

—¿Siempre debo preocuparme tanto pensando en que no vayan a matarme?

—Nunca deberías preocuparte por eso —dijo Go—, pero siempre debes ser consciente de que es posible que eso ocurra. Te has adueñado de quince dominios por la fuerza de las armas y, en consecuencia, te has granjeado enemigos mortales entre los antiguos servidores y los hombres del clan de los quince señores a los que ayudaste a trasladarse a la Tierra Pura.

—Ellos han jurado obedecerme a cambio de sus vidas.

—¿Eres realmente tan joven, mi señor?

—Tengo siete años —dijo Hironobu—. Eso no es ser tan joven.

Súbitamente, un lamento penetrante llegó hasta allí proveniente del interior de la abadía.

Hironobu se acercó a Go.

—Están torturando a alguien. No está bien hacer algo así en un lugar sagrado, ¿no es cierto?

—No están torturando a nadie. Es el llanto de un bebé.

—¿Un bebé? —Hironobu volvió a prestar atención, incrédulo—. He oído llorar bebés. No suenan así.

—Es un bebé —dijo Go. En el frío vacío de su pecho, podía escuchar el eco de sus propias palabras. Es un bebé, había dicho, pero lo que quería decir era: «Es una bruja.»

¿Cómo había ocurrido? No estaba seguro. Aquella noche había estado pensando en ello sin cesar, y todavía no tenía una respuesta.

De pronto, estaba acompañando a la hija del señor Bandan hasta sus aposentos. Un momento después, yacía con ella en las ruinas de un antiguo fortín bárbaro emishi a una hora del castillo. Se había aprovechado de su juventud y su inexperiencia, eso era todo lo que sabía. No se lo había propuesto. Al principio, había sido una caminata, después habían cabalgado en su semental, finalmente se habían protegido de la repentina borrasca en aquellas ruinas. Entonces, entonces había sido demasiado tarde para pensar, y lo hecho, hecho estaba.

Go no temía morir. Había imaginado que moriría en las costas de la bahía Hakata cuando había desembarcado allí con el ejército mongol diez años atrás, y probablemente eso era lo que habría ocurrido en aquel momento. Todo lo que había vivido desde entonces era un regalo de los dioses.

Ahora, la muerte sólo era cuestión de tiempo. La niña había prometido no decir nada, pero al fin y al cabo era una niña. Con el tiempo, alguien se enteraría y, cuando eso ocurriera, su padre también se enteraría. La cabeza de Go terminaría clavada en una lanza, frente a los portones del castillo. La imagen hizo que una sonrisa amarga se dibujara en sus labios. Al menos debería tener la satisfacción de saber con certeza que el linaje de su madre moriría con él. Si no nacía ninguna bruja hija de Go, no importaba cuántas hijas tuvieran Chiaki o sus descendientes. El hechizo se habría roto.

Pero las semanas pasaron y al señor Hironobu no le llegó ningún mensajero del señor Bandan pidiéndole la cabeza de Go. Tal vez Nowaki fuese más decidida de lo que él suponía. Por muy improbable que pareciera, estaba guardando el secreto. Si seguía haciéndolo, su locura no provocaría daño alguno. Cuando finalmente llegó un mensajero, no se trataba de un correo oficial sino de un chismoso que trajo algo peor que la condena a muerte de Go. La dama Nowaki estaba embarazada. Él supo de inmediato lo que había ocurrido. De algún modo, su madre había triunfado. Lo había usado por última vez desde su tumba para abrir el camino a otra de su especie.

Tenía que matar a la bruja. La forma más segura era acabar con Nowaki, así la bruja moriría en el vientre. Una vez que nacen, es difícil matar a las brujas, aunque sean bebés. La gente que las rodea hace lo que le piden sin querer, obligada por fuerzas desconocidas a obedecer órdenes no dichas. Su abuelo y su padre, ambos vigorosos guerreros, habían quedado reducidos a una cáscara de sí mismos por las exigencias de la que era hija del primero y esposa del segundo. Toda su vida, cuando era niño, joven y adulto, Go se había sentido avergonzado por el acoso de los hombres de su tribu. «El hijo de la bruja.» «El perro faldero de la mujer.» «La prole del eunuco.» Sin embargo, cuando se enfrentaban a su madre, se mostraban cobardes, respetuosos, sumisos. La odiaban y despreciaban a su familia. Pero cuando hablaba del futuro, escuchaban y le llevaban ofrendas. Cuando ella practicaba sus hechizos, los enfermos se sanaban, los sanos morían, los sordos oían y sus enemigos quedaban ciegos. O al menos, a menudo eso parecía. Lo suficientemente a menudo, solía recordarle su madre, como para mantener encendido el fuego, los caballos alimentados y sus panzas llenas.

Cómo matar a Nowaki. Era un problema difícil. Se trataba de la hija de un señor confinada en la parte más recóndita de un castillo que él no conocía. El sigilo sería la forma más adecuada de acercarse a ella. Lamentablemente, el sigilo no era una de sus cualidades. Su estilo era más bien el de un jinete. Atacar a caballo, al galope, desde un punto inesperado. Una táctica poco adecuada para deslizarse en los aposentos de una dama en un castillo. Esperaba una oportunidad, cualquiera, pero ésta no llegaba. El niño nació dos meses antes de la fecha prevista.

Era, él lo sabía y lo temía, una niña.

—Es un bebé —dijo Go.

—¿Estás seguro? —preguntó Hironobu, todavía poco convencido.

—Sí.

—¿Lo has visto?

—No.

—Yo tampoco —dijo Hironobu—. Ni mi madre. Nadie lo ha visto. Eso es raro, ¿no crees?

Go meneó la cabeza.

—Algo malo pasa con ese niño, por eso la familia no quiere mostrarlo. Es natural.

Ese comentario despertó el interés de Hironobu.

—¿Crees que es deforme? Eso sería realmente terrible, ¿no?

—No es deforme. —El niño era demente, lo que inspiraba cierta esperanza en Go. Todas las brujas eran esencialmente dementes, por supuesto, pero una que lo expresara con tal claridad tendría menos poder para manipular, engañar y confundir. En ese sentido, la demencia era mejor que la deformidad. Una bruja podía arreglárselas bien aunque fuese fea. Eso era algo que se esperaba de ellas. Su madre, no obstante, no había sido fea. Todo lo contrario, y eso la había ayudado a engañar mejor a todo el mundo.

—Deberías ir a ver a tu madre, señor. Creo que ella pronto visitará a la dama Nowaki.

—¿Por qué? —preguntó Hironobu, molesto—. No me interesan los bebés, deformes o no, aunque si éste fuera deforme, puede que al menos sintiera cierta curiosidad. Y tampoco quiero escuchar conversaciones entre madres. Y eso es lo que harán. Hablarán sobre los bebés y la maternidad.

—El señor Bandan es tu vasallo más poderoso —dijo Go—. Lo honrarás visitando a su desdichada hija y compadeciéndote de ellos. Así su deuda de honor contigo se torna cada vez más grande, y lo vincula a ti con más fuerza que nunca. Se trata de una cuestión de buen gobierno, no de maternidad y bebés.

—Eso dices tú, que no tienes que soportarlo.

Pero Hironobu hizo lo que se le decía y fue a ver a las dos mujeres. Cuando llegó al portón del templo, se volvió y le dijo a Go:

—¿Por qué no vienes tú también?

—No me está permitido —replicó Go—. La dama Nowaki está recluida.

—¿Y por qué a mí me está permitido? ¿Porque soy sólo un niño?

—Te está permitido porque eres el gran señor del dominio.

La respuesta, que él no esperaba, lo llenó de satisfacción. Cuando cruzó el portón, sonreía.

—Aquí está —dijo la dama Kiyomi.

Su madre y la dama Nowaki estaban en una habitación al aire libre que daba al jardín interior. La dama Nowaki era la misma Nochan de veranos anteriores que remontaba cometas con él, jugaba al escondite y contaba historias de fantasmas cuando se suponía que debían estar durmiendo. Eso había sido antes de que él se convirtiera en gran señor. Y también antes de que ella creciera tan repentinamente. Ahora parecía muy diferente de la niña que él recordaba. No tanto por sus ropas, aunque sus sosas vestiduras de monja contrastaban abiertamente con el colorido quimono que ella solía usar. Su rostro, enmarcado por la capucha de la sobrepelliz, era el de una mujer hermosa.

La dama Nowaki le hizo una reverencia.

—Lamento haberte importunado, mi señor.

Hironobu le devolvió la reverencia.

—Me siento feliz de volver a verte, dama Nowaki. —Trató de pensar qué otra cosa podía decir, pero no se le ocurrió nada. Ella le sonrió, y él sintió que se sonrojaba. ¿Cuándo había embellecido tanto?

—Vaya, vaya —dijo la dama Nowaki—, cuánto has crecido en tan poco tiempo...

—Sí —dijo la dama Kiyomi—, los niños... —Se interrumpió bruscamente en cuanto pronunció la palabra. Luego añadió—: Los niños crecen tan rápidamente...

—Tienes mucho de qué regocijarte —dijo la dama Nowaki—. El futuro del joven señor es brillante. —Sus ojos se humedecieron, pero sonrió y no se permitió llorar.

Hironobu no oyó llorar al bebé. Debía de estar dormido. Había oído a dos de sus criadas hablar de ella antes de que él y su madre partieran hacia la abadía. Una de las muchachas dijo que había oído decir a una de las criadas del señor Bandan que el único momento en que no gritaba era cuando dormía. Según la otra criada, la hermana de uno de los criados del señor Bandan decía que cuando la pequeña gritaba los caballos entraban en pánico y trataban de derribar los portones del establo. Ninguna de las dos criadas conocía a nadie que pudiera asegurar que la había visto, pero de todas formas ambas estaban seguras de que mirarla era aterrador.

Mientras su madre y Nowaki hablaban, Hironobu inspeccionó la habitación lo más discretamente que pudo. Pensó que la niña, dormida, estaría cerca de su madre, la dama Nowaki, pero no era así. Fue una desilusión. Tenía mucha curiosidad. Go había dicho que el bebé no era deforme, pero Hironobu no le creía. Un bebé normal no tenía una voz tan inverosímil y gutural y no podía gritar con tanta fuerza. Un bebé normal tampoco asustaría a los caballos, mucho menos a los corceles de guerra que montaban el señor Bandan y sus samuráis.

¿Qué aspecto tendría? Estaba seguro de que tenía una boca grande, y tal vez un hocico de oso. Y dientes afilados, también. Claro que todavía era demasiado pequeña para tener dientes, pero cuando los tuviera sin duda serían afilados. Tal vez tuviera varias filas de dientes, como los tiburones. ¿Sus ojos no parpadearían, como los de un gato montés? ¿Tendría piel gruesa como la de un tejón, o quizás el pelo áspero e hirsuto de los jabalíes? ¿Tendría una cola larga capaz de golpear y dañar por sí sola como la de un mono? ¡Debe de ser un pequeño y horrible monstruo! No era sorprendente que el señor Bandan hubiera enviado a su hija tan lejos de casa. ¿Y quién era el padre?

Antes de que el bebé naciera, las criadas habían mencionado los nombres de muchos samuráis como posibles padres, samuráis al servicio del señor Bandan, del señor Hikari e incluso de Hironobu. Pero ya nadie pensaba en eso, decían las criadas. Ahora todos estaban seguros de que aquello era obra de un demonio o un fantasma. Tal vez se hubiera servido del cuerpo de un hombre, pero ese hombre no era más que un instrumento, su identidad carecía de importancia. Lo importante era: ¿qué demonio, qué fantasma? Para que se pudieran decir las plegarias apropiadas, los exorcistas tenían que saber quién era el espíritu malévolo realmente responsable. Los ensalmos que servían para expulsarlo fácilmente podían tener en otro el efecto contrario, y tornarlo más fuerte y horrible que nunca. Las criadas estuvieron de acuerdo en que era una situación muy trágica y peligrosa, y todos se sentían mejor sabiendo que la madre y el bebé estaban confinadas en una abadía, al norte del dominio, ya que aquel ser malvado seguramente las seguiría hasta allí.

—Hironobu, ¿qué crees que estás haciendo? —Las palabras de su madre lo sorprendieron. No había pensado que ella pudiera estar vigilándolo—. Te comportas como un ladronzuelo.

—No hago nada, madre. Estoy aquí, contigo, porque Go me dijo que eso era lo que debía hacer.

—Estoy segura de que Go no te dijo que debías quedarte aquí. Ahora que ya presentaste tus respetos a la dama Nowaki, puedes volver con Go.

Hironobu, con una expresión de terquedad en la mirada, no pareció dispuesto a obedecer. Se quedó donde estaba, frunció el entrecejo y planteó sus argumentos.

—Esto no me gusta nada —dijo—. Mi guardaespaldas y mi madre me envían de un lado a otro, y no se debe hacer eso con un gran señor.

—Tienes mucha razón —convino la dama Kiyomi con una sonrisa—. Pero sí se debe hacer con un niño de siete años. Por favor, actúa como lo que eres y haz lo que se te indica. —Hizo una reverencia, pero era la reverencia nada solemne de una madre ante su hijo, no la de una dama ante su señor.

—Son dos cosas incompatibles —argumentó Hironobu—. Si soy un gran señor, soy un gran señor. Si soy un niño, no soy más que eso.

—Ambas cosas no son compatibles, es cierto —replicó la dama Kiyomi—. Por favor, de todas formas trata de conciliarlas. En el futuro, cuando seas jefe del clan en los hechos y no sólo de nombre, muchas veces te verás obligado a hacer dos, tres, o incluso hasta cuatro o cinco cosas al mismo tiempo, y ninguna de ellas será compatible con las otras. Si no puedes hacer esas cosas, y armonizarlas entre ellas aunque la armonía parezca imposible, nunca serás realmente un gran señor. Sólo tendrás el título, nada más. —Kiyomi volvió a hacerle una reverencia, esta vez más solemne, y la prolongó—. Espero que mi señor no considere que mis palabras carecen totalmente de valor.

Hironobu le devolvió la reverencia con solemnidad, y también la prolongó respetuosamente.

—Tus palabras son muy valiosas —dijo, con la misma formalidad—. Te las agradezco.

Mientras se alejaba para volver hacia donde Go lo esperaba, oyó lo que Nowaki le decía a su madre.

—Has hecho un trabajo espléndido. Actúa como un pequeño hombre más que como un niño.

Cuando salió del templo, sonreía con más regocijo que cuando había entrado. Habría querido ver al bebé, pero no había podido. No importaba. Habría otras oportunidades en el futuro. Algún día la vería. Se prometió a sí mismo que así sería. Tal vez incluso pudiese cortar un trozo de piel para mostrárselo a sus compañeros de juegos cuando regresaran al castillo.

Go acababa de hacer un minucioso recorrido por el perímetro del templo cuando vio que Hironobu regresaba a su encuentro. Había estado buscando un punto débil que le permitiera alguna de esas noches entrar en el templo sin que nadie lo viera, pero no había encontrado ninguno. El señor Bandan había tomado la precaución de construir la abadía de Mushindo como si fuese una pequeña fortaleza. Go sabía que las monjas que vivían allí habían pertenecido, hasta no hacía mucho tiempo, a la servidumbre personal de la dama Nowaki, lo que significaba que eran diestras en el manejo de armas como la lanza de hoja larga, la espada corta y la daga. También era probable que supieran cómo librarse de los posibles agresores, abatirlos, e incluso algo peor. No reconoció a los tres hombres de porte militar que ocupaban la cabaña del encargado situada más allá de los muros, pero resultaba obvio que eran samuráis, no simples jardineros.

—No pude ver al bebé —dijo Hironobu.

—Te lo dije —repuso Go—. La dama Nowaki y su hija fueron enviadas aquí para ocultarlas, no para exhibirlas.

—Sigo pensando que es deforme —dijo Hironobu—. ¿Qué estás haciendo?

—Pasear. ¿Qué te parece que estoy haciendo?

—No lo sé. Algo más que pasear.

Go sonrió. Hironobu percibía algunas cosas que la mayoría de los niños de su edad no advertían. Eso era auspicioso. Tal vez un día llegara a honrar la reputación que le habían granjeado dos extraños vuelos de pájaros y un rosario de inesperadas victorias en el campo de batalla.

—¿Go?

—Sí, mi señor.

—¿Cuál es la diferencia entre un fantasma y un demonio?

—¿Por qué me lo preguntas?

—Porque me ayudaría a saber quién es el padre de la hija de Nowaki.

Go se detuvo y miró fijamente a Hironobu.

—¿Quién dice que es uno u otro?

—Todos —replicó Hironobu—, pero nadie sabe si se trata de un fantasma o un demonio. ¿Cuál es la diferencia? ¿Acaso los dos no son seres sobrenaturales?

—Un demonio es una criatura que proviene de otro reino —respondió Go—. Un fantasma es el espíritu de un ser que alguna vez vivió en este mundo.

—¿Y a cuál de los dos le resulta más fácil ocupar el cuerpo de un hombre y servirse de él?

—¿Qué?

—Yo creo que al fantasma —dijo Hironobu—. Una criatura de otro reino mataría al hombre y haría lo que quisiera con la mujer. Pero un fantasma, un fantasma no tiene cuerpo, así que tiene que servirse del cuerpo de alguien que ya está en este mundo. Eso tiene sentido, ¿no te parece? —Esperó la respuesta de Go, pero su guardaespaldas se quedó mirándolo fijamente y en silencio. Parecía tener miedo, lo cual era imposible. Go no tenía miedo a nada.

La aflicción que padecía la dama Nowaki conmovió profundamente a la dama Kiyomi. Perder hijos por muerte violenta, como le había ocurrido a ella, era algo trágico, pero no se comparaba con el sufrimiento que significaba tener un hijo vivo que era defectuoso. El gran regalo de los dioses era que un increíble manantial de amor manara de una madre mientras su bebé crecía en su vientre. Así era posible soportar todas las dificultades, todos los problemas, todos los dolores de la maternidad sin quejarse, y cuando el hijo llegaba encontraba refugio en un amor incondicional e inagotable. Pero ¿hacia dónde se orientaría ese amor, y a quién beneficiaría, cuando el hijo era como el de la dama Nowaki? Qué insoportablemente triste debía de ser experimentar una decepción tan abrumadora después de esperar con tanta expectativa y felicidad durante tantos meses. Y ahora, por supuesto, el padre de la niña no se presentaría, así que la dama Nowaki estaba más sola que nadie en este mundo. Tendría que sufrir sola. Al ver las lágrimas que rodaban por las mejillas de la dama Nowaki, que la joven tanto se esforzaba por contener, la dama Kiyomi no pudo evitar el llanto. Alzó la manga de su quimono para enjugarlas.

—Cómo molesta el polvo aquí —mintió—. Debe de ser porque la abadía está en una montaña y no hay vegetación que la proteja.

—Es cierto —dijo la dama Nowaki, enjugando sus lágrimas con las mangas de su quimono como lo había hecho la dama Kiyomi. Le estaba profundamente agradecida por facilitarle aquella excusa, aunque, por supuesto, no podía decirlo—. Y, lamentablemente, los vientos levantan mucha polvareda en las montañas.

Mientras la dama Kiyomi y la desdichada joven madre lloraban fingiendo que no lloraban, los pensamientos de la dama Kiyomi derivaron hacia la niña. Les rezaba a los dioses y los Budas para que se llevaran a la niña a su reino lo más pronto posible y le dieran paz, una paz que sin duda nunca alcanzaría en esta tierra.

Abadía de Mushindo, 1308

Para la época en que el gran cambio ocurrió en su vida, sólo la reverenda abadesa Suku la llamaba Shizuka. Cuando la abadesa no estaba presente, todos la llamaban Ojos Salvajes, en referencia a su característica más notable, los rápidos cambios de orientación, de percepción y expresión que hacían que sus ojos estuvieran continuamente en movimiento, salvo cuando quedaban implacablemente fijos en una visión que sólo a ella le era dada. Su inclinación a gritar no era tan pronunciada como lo había sido en la primera infancia, aunque de vez en cuando el sonido desesperado e incesante de su voz recorría el templo durante varios días. Tan perturbadora era su presencia que las únicas monjas que buscaban refugio en la abadía de Mushindo eran las que buscaban el Camino seriamente, con dedicación y sin dejarse distraer de sus obligaciones, a pesar del generoso sostén económico que les procuraban el señor Bandan y la dama Kiyomi, que hacía que allí las condiciones de vida fueran considerablemente menos austeras que en la mayoría de los establecimientos religiosos. Una de las monjas, advirtiendo que cuando las personas dormían movían los ojos de una manera similar bajo los párpados cerrados, llegó a la conclusión de que la niña nunca estaba del todo despierta ni del todo dormida. Con el tiempo, las otras monjas se convencieron de que así era, pues no había otra forma de explicar por qué la niña parecía ver cosas inexistentes cuando tenía los ojos abiertos y nunca mostraba señales de verdadero reposo cuando los tenía cerrados. Se sacudía, se estremecía, lloraba y pronunciaba palabras ininteligibles en ambos casos. Incluso era posible que se mostrara más apacible cuando estaba despierta, porque había largos períodos durante los cuales estando de pie, sentada o echada, mantenía los ojos fijos y como congelados por lo que veía.

Cuando el cambio se produjo, sobrevino sin que nada lo anunciara.

Las dos monjas a las que ese día les correspondía limpiar y alimentar a la niña habían decidido postergar sus tareas. El aullido perruno, interrumpido por ocasionales sollozos, les sugería que sería inútil poner manos a la obra en ese momento. Estaban discutiendo si sería mejor pedir permiso a la abadesa o actuar siguiendo su propia iniciativa cuando, de pronto, el llanto se interrumpió. Estaban acostumbradas a oír cómo aquella voz enloquecida y doliente se ahogaba lentamente hasta desvanecerse, como si una fuerza externa la estrangulara. Antes, nunca la habían oído interrumpirse tan bruscamente.

—Algo ha ocurrido —dijo la primera monja.

—Ha muerto —dijo la segunda.

La primera asintió. A decir verdad, era algo completamente inesperado —en esas circunstancias no correspondería calificarlo de milagro— que hubiera sobrevivido tanto tiempo. Tan incesante y profunda era la locura que la poseía, que le impedía ocuparse de las tareas más elementales para la supervivencia, aun con la ayuda de las compasivas seguidoras del Camino. Por lo general no lograba alcanzar los que se podrían haber considerado niveles mínimos aceptables de nutrición, descanso y limpieza. Lo más probable era que los días de la niña hubieran llegado a su fin.

Corrieron hacia la habitación de la niña, suponiendo que encontrarían su cuerpo tendido en el suelo cuan largo era. A primera vista, lo que encontraron era lo que esperaban. Estaba sentada en el suelo, en el rincón de la habitación más alejado de la puerta, inmóvil. Armándose de valor para soportar el hedor, quitaron la llave a la puerta y entraron.

—Deberíamos llamar a la reverenda abadesa.

—Primero sería mejor averiguar qué le ha pasado.

—Muy bien. Examinemos el cuerpo.

Unieron sus manos en la postura *gassho*, el gesto budista de respeto y aprobación, y entraron en la habitación.

—Espera —dijo la primera monja.

No habría necesitado decirlo. La segunda monja ya se había detenido. Las dos habían notado lo mismo. Los ojos de la niña no revoloteaban locamente como siempre, pero tampoco tenían el aspecto típico de los ojos de los muertos. En realidad, brillaban. Y parecían mirar atentamente a las dos monjas.

—Qué desconcertante.

—Por un momento pensé que...

—Sí, yo pensé lo mismo. Pero no es eso. Los muertos no ven. Mira. Hay sangre en el suelo.

—Ha tenido una hemorragia mortal.

—La mente y el cuerpo pueden soportar esas cosas.

—Hagamos algo.

Avanzaron, aunque un poco más lentamente que antes. De pronto, ocurrió otra cosa imprevista.

Shizuka sonrió.

La primera monja habría caído si la segunda, que estaba detrás de ella, no la hubiera sostenido.

—Llama a la abadesa —dijo la primera monja.

En el momento que precedió al cambio, las voces que gemían y ensordecían a Shizuka eran tantas y tan fuertes que ni siquiera era consciente de que salían de su propia boca. Luego el volumen de aquel ruido espantoso disminuyó sensiblemente, pero adquirió un carácter aún más perturbador. Nunca antes había oído algo así. Pasó un buen rato hasta que comprendió de qué se trataba.

Lo que había estado oyendo era el sonido de su propia voz.

Hasta ese momento nunca la había oído sin que estuviera acompañada de la cacofonía de las otras voces que poblaban su mundo auditivo. Así, aislada, la impresionó tanto que dejó de gritar. Y, al hacerlo, sintió algo aún más extraño.

El silencio.

No había voces que gritaran, rieran, lloraran, rogaran, maldijeran, hablaran. Ninguno de los sonidos de enormes máquinas que a veces invadían su habitación, ni rebaños de animales gigantescos, ni multitudes uniformadas o en harapos, formadas como si fuesen ejércitos, ni hordas descontroladas.

De pronto, no sólo su oído sino todos sus sentidos adquirieron una singularidad que nunca habían tenido. De pronto, los momentos se sucedían unos a otros, diferenciados entre sí, sin la menor señal de que fueran simultáneos, y transcurrían ordenadamente uno tras otro, yendo desde el pasado hacia el futuro, y nunca al revés. Siempre había estado rodeada de una miríada de personas: transparentes o sustanciales en apariencia, felices, tristes, indiferentes, conscientes o enajenadas, jóvenes, viejas, esqueléticas, no nacidas, muertas o vivas. Aquellos acompañantes permanentes habían desaparecido.

Estaba sola.

Al principio la claridad, tan repentina y a la que estaba tan poco acostumbrada, no hizo más que agudizar su desconcierto.

Un hedor terrible impregnaba el aire, algo que después supo que eran los repugnantes efluvios de su propio sudor, sus heces, su orina y el alimento que había vomitado. Los notó, no porque fueran desagradables, sino por su singularidad. Antes, todos los olores, vinieran de donde vinieran, estaban tan mezclados que no podía distinguirlos unos de otros y, por tanto, parecía no tener el más mínimo sentido del olfato.

Después de los oídos y la nariz le tocó el turno a los ojos. El cambio podría haber comenzado por ellos si los hubiera tenido abiertos, pero en aquel momento los tenía cerrados, como solía ocurrirle. No había ninguna buena razón para que los tuviera abiertos, ya que de todas formas veía lo mismo que cuando los tenía cerrados. Pero en ese momento se sintió fascinada al ver las cuatro paredes, el cielo raso y el suelo, cada uno en toda su materialidad, no mezclados con ningún otro objeto, natural o no, como siempre lo habían estado para ella.

Por extrañas y aterradoras que fueran estas experiencias, no tenían el menor punto de comparación con la que ahora capturaba por entero su atención.

Algo enorme estaba apoderándose de ella.

Trató de desprenderse, pero cuando se movía, aquella cosa enorme se desplazaba con ella.

Cuando se dio cuenta de que estaba bajo sus ropas, pegada a ella, estuvo a punto de empezar a gritar, lo que la habría hecho volver a la única forma en que hasta entonces se había relacionado con el mundo. Pero no gritó, porque cuando abrió la boca la sintió también en su cara y, al tocarse, comprendió qué era aquello que la aprisionaba.

Su propia piel.

Sus manos la tocaron, al principio a tientas, después cada vez con más interés. Aquello que sus manos tocaban y las manos con las que lo tocaba eran lo mismo. Su piel formaba la totalidad de la superficie exterior de su cuerpo y constituía algo que hasta entonces ella no sabía que existiera.

Un límite a su ser. Una separación entre ella y todo lo demás.

Fue una revelación liberadora.

Ella y el universo no eran la misma cosa.

Luego percibió otro movimiento, dentro de su pecho, un movimiento que hacía que sus costillas se proyectaran hacia fuera de un modo alarmante. En el momento en que comenzaba a temer que esto le provocara algún daño, el movimiento cesó y su pecho volvió a su estado anterior. Miró alrededor pero no vio nada. ¿Acaso la maldición que la hacía ver todo simultáneamente se había desvanecido sólo para ser reemplazada por una suerte de ceguera parcial? Luego, sin que se diera cuenta, aquello volvió a invadirla y comenzó a empujar de nuevo sus costillas hacia fuera.

—Ahhh... —dijo, y descubrió que el aire salía de su cuerpo mientras sus pulmones se contraían.

Estaba respirando.

Seguramente, siempre había estado respirando. En el desenfrenado desorden en que había vivido hasta entonces, un estado en el que todo sucedía al mismo tiempo, no había logrado darse cuenta de ello. Mantuvo los ojos cerrados durante un buen rato y se limitó a comprobar cómo el aire entraba en su cuerpo y luego salía de él. Su respiración se hizo más lenta, lo mismo que los movimientos de su pecho, su vientre se hinchó más que antes, y terminó por calmarse. El aire, que entraba y salía, le hizo sentir un vínculo más estrecho con todo lo que la rodeaba.

Así pues, su piel no era un límite absoluto. La aislaba de todo lo demás, pero no completamente.

Un crujido de madera le hizo abrir los ojos. La horrorizó ver que una parte de la pared se desplazaba hacia ella. Sintió un escalofrío. ¿Acaso, sin saberlo, había descubierto la claridad sólo para perderla enseguida? ¿Ya estaba deslizándose otra vez en la multiplicidad, la simultaneidad y el caos?

Dos seres atravesaron la abertura de la pared. Su aspecto era lo bastante material como para que no le resultaran transparentes. Esto le sucedía a veces, pero no tan a menudo. Por lo general, los seres que veía tenían una presencia más vaga. Los de esta clase eran mucho menos frecuentes. Se sentía incómoda. Sólidos o amorfos, volverían a aparecer, innumerables, y oscurecerían aquella claridad que acababa de alcanzar.

—Espera —dijo el primer ser. Los dos seres que acababan de aparecer se detuvieron y la miraron fijamente.

—Qué desconcertante —dijo el segundo ser.

Shizuka los oyó hablar sin atreverse a hacer el menor movimiento. Esperaba que en cualquier momento más voces llegaran desde todas partes hasta que, en un esfuerzo reflejo por librarse de ellas, comenzaría a gritar otra vez. Pero sólo oyó las voces de los dos seres que estaban frente a ella. A medida que se desplazaban lentamente, vio en el suelo dos sombras mellizas que las acompañaban. Proyectaban una sombra. Igual que ella. No eran alucinaciones, sino gente real, que estaba presente en su habitación. No estaba perdiendo su claridad. En realidad, todo le resultaba cada vez más claro.

Shizuka sonrió.

Los dos seres recularon. La que estaba delante estuvo a punto de golpear a la otra por la celeridad con que retrocedió.

—Llama a la abadesa —dijo el primer ser.

Shizuka se preguntó por qué tenían tanto miedo.

¿Acaso tendrían las visiones aterradoras de las que ella se había librado?

La claridad mental que Shizuka había encontrado recientemente no duró demasiado. Tres días más tarde, empezó a oír voces otra vez, a ver cosas que no existían, a experimentar sucesiones de acontecimientos que iban en contra del paso real del tiempo y a observar diversos objetos y entidades que intentaban ocupar el mismo espacio y penetrar los unos en los otros. Hacia el fin de semana, volvía a estar perdida en el caos.

La claridad volvió con el siguiente ciclo lunar. ¿Serían estos períodos de tranquilidad tan aleatorios como los de locura? No, porque algo había cambiado.

La segunda vez, al igual que la primera, los pechos se le habían hinchado y reblandecido, brotando de ella un flujo de sangre vital que, sabía, indicaba el paso de otra estación en su cuerpo. Era esa sangre la que interrumpía brevemente las visiones. Tenía que ser eso, porque no encontraba ninguna otra explicación más apropiada.

Durante la calma que siguió, la cual, ella estaba segura, terminaría igual que la primera, estudió cada una de sus acciones. ¿Qué cosas de cuantas hacía fomentaban los pensamientos y las imágenes que se asemejaban a los del caos? ¿Cuáles promovían la quietud e interrumpían las distracciones?

Respecto a la primera cuestión, las principales eran las emociones, sobre todo, la ira, el miedo y la codicia.

En cuanto a la segunda, lo que resultaba más efectivo era simplemente respirar con plena conciencia, pero sin forzar el control.

Sin duda había muchas más acciones en cada una de las categorías. De todas formas, en el breve segundo período que tuvo durante su segundo ciclo, éstas fueron las que identificó. Cuando el caos regresó, se concentró en la respiración y esta vez tuvo instantes de lucidez aun durante la locura. Eran tan sólo intervalos breves, pero a diferencia de las otras veces, allí estaban.

Shizuka estaba aprendiendo. Hasta entonces, el caos la había controlado. Si ella lograba controlarlo, sería libre.

La luna volvió a cambiar y la marea de sangre creció con

ella. Entonces puso en práctica lo que había aprendido. Mejoraba con cada ciclo lunar. Cuando el flujo se detenía y volvían las visiones, respiraba. No se enojaba, no tenía temor ni deseos, y de esa manera las alucinaciones se volvían menos sobrecogedoras que antes. No había sido capaz de erradicarlas por completo, pero al menos las mantenía controladas durante períodos más largos.

Así, empezó a creer que pronto podría escapar de ellas por completo.

Hasta que un día, en mitad de su octavo ciclo, una de sus visiones, vaga y tenue como el humo, la vio y le habló.

Ruinas del monasterio de Mushindo, 1867

Kimi condujo a la dama Hanako y a la dama Emily a la cabaña de meditación del abad, que había sido reconstruida recientemente, y les abrió la puerta, orgullosa.

—Está exactamente igual que antes de la explosión, ¿no es así? —dijo.

—Nunca estuve aquí dentro —respondió Hanako—. La primera y única vez que vine a Mushindo fue durante la batalla.

—Oh —dijo Kimi. Qué pena. Desde que había sido rescatada de Yokohama, había dedicado todo su tiempo a reconstruirla, junto con Goro y las demás mujeres que se habían quedado con ellos. Hacer el trabajo de Buda era suficiente recompensa, por supuesto. Sin embargo, le habría gustado que alguien reconociera sus esfuerzos.

Las dos mujeres mantuvieron una breve conversación en el idioma de la extranjera. Después Hanako se volvió hacia Kimi.

—¿Habéis seguido algún plano para la reconstrucción? —preguntó.

—No, mi señora —contestó Kimi—. Nos guiamos por la memoria de Goro. Es realmente notable.

Hanako le comentó algo en el otro idioma a Emily, que asintió desilusionada.

—Gracias, Kimi —dijo Hanako—. Si estás segura de que no hay inconveniente, pasaremos la noche aquí.

—Oh, por supuesto, señora Hanako. Este sitio ya no se usa como sala de meditación. Sólo lo reconstruimos porque... Bueno, porque aquí estaba antes. Lamento que hayamos restaurado tan poco del monasterio. El antiguo cuarto de los monjes hubiera sido más espacioso y confortable para vosotras.

—Estaremos muy bien aquí, Kimi. Muchas gracias.

—No tenéis por qué, señora Hanako, señora Emily.

Cuando Kimi se hubo marchado, Emily dijo:

—Sería mucho más fácil corroborar o refutar algunas de las cosas que dicen los pergaminos si supiéramos dónde estaba cada edificio. La celda de la que habla la autora, por ejemplo. Ella asegura haber dejado una señal de su presencia allí.

—Es posible que ni siquiera un plano ayudara —replicó Hanako—. El edificio en el que estaba la celda pudo haber sido destruido hace siglos.

—Entonces, con el plano podríamos saber dónde estaba y si aun así no encontráramos ninguna señal como la que ella menciona, sabríamos que los pergaminos no son de fiar. —Hizo una pausa y agregó—: De todas formas, yo no creo en ellos.

Emily abrió su maleta y extrajo uno de los pergaminos. Hanako y ella se sentaron de rodillas en el suelo para examinarlo juntas. A través de los años, Emily había aprendido a sentarse bastante a gusto a la manera japonesa. No podía quedarse en esa posición durante muchas horas, pero lo soportaba durante un rato.

—Tal vez hemos leído mal el párrafo —dijo Emily.

—No nos equivocamos —respondió Hanako, y leyó el pergamino—. «Nos encontraremos en la abadía de Mushindo cuando entres en mi celda. Tú hablarás y yo no. Cuando me busques, no me encontrarás. ¿Cómo es posible? No lo sabrás hasta que el niño aparezca. Entonces, no tendrás dudas.»

—Por tanto, es una predicción —observó Emily—, que sólo puede ser falsa.

—A nosotras quizá nos lo parezca, pero la escritora lo registra como un hecho que ya se produjo. Como parte de la historia.

Emily meneó la cabeza. No estaba convencida.

—¿Cómo es posible que alguien que supuestamente murió hace seiscientos años hable de un acontecimiento del futuro como si fuera parte del pasado? No creo que esto haya sido escrito en la antigüedad. Estoy segura de que es una falsificación especialmente pensada para engañarnos.

—Estás empezando a pensar como nosotros, Emily —dijo Hanako con una sonrisa.

—Bueno, supongo que, en cierto modo, es inevitable que así sea —señaló Emily—. Corren tiempos turbulentos y el señor Genji tiene muchos enemigos. Apuesto a que algunos de ellos no tendrán la más mínima consideración y estarían dispuestos a servirse de cualquier artimaña para perjudicarlo.

—Quisiera estar de acuerdo contigo, pero no puedo —repuso Hanako—. Un complot como el que tú describes no podría llevarse a cabo de esta manera. En primer lugar, los pergaminos te fueron enviados a ti y todo el mundo sabe que eres una persona absolutamente leal al señor Genji. Por otra parte, los manuscritos están en japonés, así que era de esperar que tú consultaras con otra persona, y es sabido que yo soy tu mejor amiga. Mi lealtad al señor Genji también está fuera de discusión. De modo que no habría motivo para pensar que el contenido de los pergaminos pudiera hacerse público y, si eso no sucediera, ¿qué función cumpliría en un complot?

—No querrás decir que los pergaminos son auténticos, ¿verdad?

—Creo que no deberíamos haber venido a Mushindo —respondió Hanako.

—Teníamos que venir para refutar lo que está escrito aquí —dijo Emily con expresión obstinada—. No tendrás miedo...

—No deberíamos haber venido —repitió Hanako.

Desde el otro lado de la puerta se escuchó la voz de Taro.

—Señora Hanako, he apostado a mis hombres dentro y fuera, como me ordenaste. Yo me quedaré vigilando el patio interior esta noche.

—Por favor, entra, Taro —dijo Emily.

La puerta se abrió. Taro permaneció del lado de fuera haciendo una reverencia.

—Debo controlar a los hombres, señora Emily. Si necesitáis algo, llamad y alguien acudirá de inmediato.

—Gracias, Taro —contestó Emily.

—La última vez que estuvimos aquí estábamos cubiertos de sangre de caballo —recordó Hanako.

—Parece que hubiera pasado una eternidad —dijo Taro—. Muchas cosas han cambiado desde entonces.

—Y habrá muchos cambios más —agregó Hanako—. Debemos mantenernos firmes.

—Ya lo creo —dijo Taro con una reverencia.

Cuando hubo cerrado la puerta, Hanako se quedó escuchando sus pasos que se alejaban.

—¿Qué sucede? —preguntó Emily.

—Nada —respondió Hanako. No había necesidad de preocupar a Emily con sus sospechas, que probablemente fuesen infundadas. Durante todo el viaje, Taro se había comportado de manera extraña. No había nada en particular que a ella le molestase. Se trataba, simplemente, de una pequeña diferencia en su mirada, en su postura, en el tono de su voz. Seguramente estaría preocupado por el clima inestable del país, como todos. Sin embargo, había una explicación más siniestra. Se dio cuenta de que los hombres que Taro había traído consigo eran soldados de su guardia personal. No había ningún samurái de los de su marido, Hidé. En circunstancias normales, esto ni siquiera le habría llamado la atención. Pero ese leve e indefinido cambio en la actitud de Taro la había hecho estar alerta a otras posibles diferencias.

Emily leyó nuevamente el párrafo.

—«Nos encontraremos en la abadía de Mushindo cuando entres en mi celda. Tú hablarás y yo no. Cuando me busques, no me encontrarás. ¿Cómo es posible? No lo sabrás hasta que el niño aparezca. Entonces, no tendrás dudas.»

Hanako sintió un escalofrío.

—No tiene mucho sentido —comentó Emily—. ¿Qué niño? ¿Y quién es ese «tú» que menciona? No hay ninguna celda en las inmediaciones. Además, Mushindo es un monasterio, no una abadía.

—Cuando Mushindo fue construido, en 1292, era una abadía, no un monasterio —dijo Hanako.

—¿Qué? —Emily sintió que su rostro palidecía.

—Antes de que quedara en ruinas por la batalla que el señor Genji libró aquí, ya había sido destruido una vez, durante la guerra civil entre el fundador de nuestro clan, el señor Hironobu, y los traidores que lo asesinaron. En esa ocasión, la abadía de Mushindo fue incendiada con todos los que estaban dentro y, durante siglos, permaneció abandonada. El anciano abad Zengen, que murió poco antes de que tú llegaras a Japón, la reconstruyó con sus propias manos. Él fue quien la convirtió en monasterio.

Emily luchaba contra lo que escuchaba.

—Todavía quedan preguntas sin responder.

—Sí —admitió Hanako—. Pero no es difícil adivinar las respuestas.

—Yo no puedo, ¿y tú?

Hanako titubeó. No deseaba decirlo, pero ahora estaba convencida de que las palabras no podían hacer ningún daño. Desde la primera vez que había visto a Emily leyendo los pergaminos en el palacio de La Grulla Silenciosa en Edo, la había embargado una sensación de fatalidad. Sabía que lo que tuviera que pasar sería inevitable.

—El nacimiento al que los pergaminos se refieren debe de ser el del heredero que continuará con el linaje —explicó Hanako—. Ese «tú» es la persona para quien fueron escritos los pergaminos.

Emily la miró perpleja.

—Hanako, no estarás insinuando que se refieren a «mí», ¿verdad?

—Estamos aquí —dijo Hanako—, así que pronto lo descubriremos.

—O no —objetó Emily con mayor énfasis del que pretendía mostrar—. Esta Shizuka puede haber sido muy inteligente, pero seguramente no era una bruja con poderes sobrenaturales. Las brujas no existen.

—Desearía que no pronunciaras su nombre —dijo Hanako, esforzándose cuanto pudo por no temblar.

Las dos mujeres durmieron sobresaltadas, esperando temerosas lo que una consideraba inevitable y la otra sabía imposible. Cuando llegó el amanecer y se dieron cuenta de que no habían recibido ninguna visita, ambas se sintieron mucho mejor que el día anterior. De hecho, por primera vez en todo el viaje, Hanako se sintió aliviada. Hasta sus sospechas acerca de Taro se habían desvanecido.

—Me alegro de que tuvieras razón —dijo Hanako—. Nosotros los japoneses somos demasiado supersticiosos. Hemos escuchado tantas viejas historias que empezamos a creer en ellas aunque nuestra razón nos diga lo contrario.

—Pronto todo cambiará —opinó Emily—. Japón está a punto de unirse a la comunidad de las naciones civilizadas. Algún día no muy lejano, Japón será tan moderno y científicamente avanzado como Estados Unidos, Gran Bretaña y las otras grandes naciones del mundo. Entonces, será la lógica y no los cuentos de hadas la que nos guiará.

Esa tarde, Hanako fue con Kimi a admirar el jardín que cultivaba Goro. Además de los vegetales tradicionales, le había dicho Kimi, Goro sembraba flores comestibles. Lo que sabía sobre ellas lo había aprendido observando las flores silvestres que recolectaba Jimbo, el monje extranjero.

—¡Hermoso día! —exclamó Emily—. Creo que daré un paseo por el prado.

Caminó por los bosques cercanos a los muros del templo. Los dos samuráis que Taro había destinado para cuidarla la seguían a una distancia prudencial. Ése no era el sector del templo en el que se había librado la batalla. Aunque ya habían pasado seis años, Emily no deseaba pasear por un lugar en el que habían muerto tantas personas. Los recuerdos todavía le dolían. Estaba absorta en esos pensamientos cuando, casi pasando el pinar, vio a una mujer entre las sombras, que la observaba. El contraste entre la luz del sol que bañaba el sitio en el que Emily se había detenido y la oscuridad que la cubría daban a la mujer un aspecto inmaterial. Además, por la forma en que estaba allí, de pie e inmóvil, habría sido fácil no verla.

Debía de ser una muchacha muy joven porque no estaba peinada como una mujer adulta, sino que llevaba el pelo recogido en una larga trenza. Además, era excepcionalmente hermosa. Tenía facciones delicadas y sus ojos eran menos rasgados de lo común para una japonesa. Emily pensó que debía de ser una de las muchachas que había venido de Yokohama con Kimi y Goro. La joven la observaba con una expresión algo divertida. Quizá fuera la primera vez que veía a una extranjera tan de cerca. Era una buena oportunidad para que Emily practicara su japonés con alguien que no fuera indulgente con sus errores de pronunciación.

—Buenas tardes —dijo Emily, y acompañó las palabras en japonés con la reverencia adecuada, según las costumbres del país. Sin embargo, no obtuvo la respuesta que esperaba. En lugar de devolverle la reverencia y saludar cortésmente, la mujer permaneció en silencio y su rostro adquirió una expresión de terror—. Vengo desde muy lejos —agregó—. Me llamo Emily.

—Dama Emily —dijo Taro a sus espaldas—. ¿Algún problema?

—No, ninguno —respondió ella—. Estaba practicando mi japonés, aunque sin mucho éxito. —Se volvió para ver a la muchacha, pero ya no estaba allí. Sonrió—. Parece que hablo japonés tan mal que asusto a los que no me conocen. Eres muy gentil por no reaccionar tú también del mismo modo. ¿Viste hacia dónde se fue?

Taro miró a los dos samuráis que habían estado escoltando a Emily. Ambos se encogieron de hombros.

—No —repuso Taro—. Lo lamento.

—Probablemente ha vuelto al monasterio —supuso Emily—. Le pediré a Kimi que nos presente adecuadamente y le haré ver que no tiene por qué tenerme miedo.

—¿Vosotros habéis visto a la muchacha? —preguntó Taro a los dos samuráis.

—No, señor Taro.

—Deberíais prestar más atención —los reprendió Taro—. ¿Para qué sirven los guardaespaldas si no ven a un potencial asesino?

—No vimos a nadie, señor —respondió el otro samurái, y miró confundido a su compañero.

—Eso es precisamente lo que estoy diciendo —añadió Taro con tono severo. No le gustaba oír excusas.

El zapato de Emily se enganchó en algo que estaba escondido entre la hierba. Se apoyó contra un pino para no caerse. Cuando se inclinó para ver qué era, descubrió una gran roca plana, medio enterrada en el suelo.

—Una piedra fundamental —observó Taro.

—Perdón, ¿qué dices? —Sorprendida, Emily volvió a hablar en inglés.

Taro no era un experto en lenguas, pero su inglés había mejorado casi tanto como el japonés de Emily.

—Es una antigua piedra fundamental —explicó—. Tal vez haya habido un edificio aquí. Con la destrucción y reconstrucción, muchas veces las edificaciones cambian de ubicación. Puede ser deliberadamente, para cambiar el karma del lugar, o sin intención, porque nadie recuerda dónde estaba exactamente el antiguo edificio.

—¿Una edificación? —preguntó Emily.

—Así es —respondió Taro, mirando al suelo—. No era muy grande, ¿ves? Aquí hay otra piedra. Era muy pequeña.

—Una celda —dijo Emily, y se desmayó.

Cuando abrió los ojos vio a Hanako, que la observaba preocupada y, detrás de ella, a Kimi.

—¡Ha vuelto en sí! —exclamó Kimi.

—¿Estás bien? —preguntó Hanako.

—Sí, sí —respondió Emily, incorporándose—. Me esforcé más de la cuenta. Nada grave. —Miró alrededor y vio casi una docena de mujeres que la rodeaban. La muchacha del bosque no estaba—. ¿Éstas son todas las residentes?

—Todas menos una —dijo Kimi—. Fue a hacer unos recados al pueblo. A veces, toma otro camino y termina deambulando por el bosque.

Emily suspiró aliviada.

—Debe de ser la muchacha que vi. —Miró a Hanako y, con una sonrisa, añadió—: Me dejé llevar por la imaginación. Primero estaba y después desapareció. Tropecé con una piedra. Pensé en los pergaminos y, entonces, creí que era... —Se interrumpió al recordar la petición de Hanako de no mencionar su nombre—. La persona que esperaba encontrar. —Se dirigió a Kimi—. ¿Es muy tímida?

—Sí —respondió ella—, muy, muy tímida.

—Las muchachas más bellas suelen serlo —comentó Emily.

—¿Las más bellas? —Kimi estaba sorprendida.

—Ahí viene —dijo una de las mujeres—. ¡Yasuko! ¡Ven! La señora quiere conocerte. No debiste haber escapado.

Emily observó a la joven robusta y fornida que se aproximaba. Aun cuando no hubiera tenido la cabeza extrañamente inclinada hacia un costado (defecto que resultaba aún más exagerado por el peinado tirante que llevaba), habría tenido un aspecto bastante torpe. Desde luego, no tenía nada de gracioso, de bello ni inmaterial.

—Se lastimó el cuello en Yokohama —explicó Kimi—, y ahora no puede mantener la cabeza derecha.

Emily se mareó de nuevo pero esta vez no se desmayó.

—La abadía de Mushindo —susurró.

—Está delirando —dijo Taro.

—Me temo que no —dijo Hanako.

7

El hijo secreto

Un antiguo proverbio dice que el coraje es un hombre y la bondad una mujer.

Esta frase contiene una agradable combinación de simetría y contraste y, como muchas de las cosas que son agradables, es falsa.

El coraje y la bondad son inseparables.

Si uno aparenta existir sin la otra, cuidaos.

Estáis en presencia de la cobardía o la crueldad disfrazadas.

Aki-no-hashi, 1311

Ruinas del monasterio de Mushindo, 1867

Los hombres que Taro había destinado para proteger a Emily durante su caminata vespertina eran los más incompetentes de todo el contingente de guardaespaldas. Los había traído desde Edo precisamente por esa razón. Estaba seguro de que no cumplirían con su deber y eso fue exactamente lo que sucedió: se habían puesto a hablar entre ellos. Ninguno de los dos logró verlo escondido detrás de los árboles, aun cuando el sigilo no era una de sus cualidades militares más destacadas.

Al igual que todos los verdaderos samuráis, repudiaba

los comportamientos evasivos y subrepticios. Prefería asumir una posición clara, que manifestara sus intenciones. La forma en que estaba llevando a cabo esta traición le dolía casi tanto como la traición misma. Sin embargo, el señor Saemon lo había convencido de que esta vez no había lugar para las tradicionales bravuconadas. Era necesario que Taro escondiera su cambio de lealtad hasta que llegara el momento adecuado. No sólo mataría a una mujer que se había comprometido a proteger, sino que además lo haría a escondidas, triplicando de esta manera su vergüenza. Actuaba en defensa de las antiguas tradiciones de honor y coraje que el señor Genji estaba tan dispuesto a abandonar. ¿Acaso no era extraño que la primera acción directa que realizaba por esa causa fuera tan grotescamente cobarde? Sin embargo, era coherente con las otras contradicciones que provocaban la presencia de los extranjeros. Si hubiera sido capaz de apreciar lo ridícula que era la vida, seguramente en ese instante estaría riéndose de sí mismo.

Era uno de los dos hombres de más confianza del señor Genji, el número dos en el ejército del clan, un hombre que había arriesgado en varias ocasiones su propia vida para defender la de Genji. Era hijo de un samurái de orígenes humildes y Genji lo había ascendido a señor terrateniente. Nadie lo había honrado tanto como él. Ningún otro señor merecía su devoción, su gratitud y su veneración más que él. Y Taro le estaba volviendo la espalda para servir al señor Saemon, un hombre quizá más detestable incluso que su difunto padre, Kawakami *el Legañoso*, que había sido el jefe de la policía secreta del sogún.

El Legañoso había recibido su merecido (lo habían decapitado) durante la batalla que se había librado en ese mismo lugar. Taro y Emily habían estado entre los pocos supervivientes del lado del señor Genji. «Los veteranos de Mushindo.» A través de los años había escuchado muchas veces a las personas pronunciar esas palabras llenas de admiración y siempre se había enorgullecido. Dentro de unos momentos, esas mismas palabras cobrarían un significado muy diferente. Hubiera sido mejor morir entonces, cubierto de honor. Aunque la suya era una causa justa, sabía que la angustia de la traición haría que el resto de sus días (muchos o pocos) fueran funestos.

La dama Hanako, a quien también estaba traicionando, había perdido su brazo izquierdo en la batalla defendiendo a su marido, Hidé, el mejor amigo de Taro, y ahora señor por derecho propio y principal general del clan. Esperaba que esta vez no hubiera consecuencias fatales. No tenía intención de hacerle daño a Hanako. La haría su rehén hasta que lograra convencer a Hidé de unirse a él. Sin duda incluso una persona tan testaruda y ciegamente leal como Hidé admitiría que estas acciones eran justas y necesarias cuando lo hubiera obligado a considerarlas con atención.

Permaneció oculto entre las sombras, en el denso follaje, de espaldas a la luz que se filtraba entre los árboles. El ángulo de los rayos de sol obstruía la visión de cualquiera que mirara en esa dirección. Emily caminaba apaciblemente hacia el pinar. Cuando llegara allí, la tendría a una distancia de cincuenta flechas. Hasta un arquero mediocre como él podía acertarle a un blanco que se movía lentamente, a esa distancia. Un rifle sería más eficaz, pero no podía usarlo por razones prácticas y políticas. En primer lugar, el humo y el ruido delatarían su posición. En segundo lugar, el uso del arco y la flecha, armas tradicionales que nada tenían que ver con los extranjeros, era de por sí una declaración de principios.

La muerte de Emily tendría muchos resultados positivos inmediatos. Desencadenaría una respuesta violenta por parte de las naciones extranjeras que, si era como las anteriores, sería excesiva y estaría mal orientada e incrementaría la xenofobia reinante. Por otra parte, atraería la atención hacia la amistad inapropiada entre el señor Genji y una mujer extranjera, lo cual debilitaría aún más su posición, que de por sí ya no era demasiado fuerte. Además, la solicitud de que se ejecutara a los dos guardaespaldas que habían fallado agravaría la división de lealtades que existía entre los samuráis del clan, aumentando las posibilidades de que fueran menos los que continuaran siendo fieles al señor Genji a medida que la crisis se agravaba. Por último, la misteriosa identidad del atacante, que escaparía sin ser visto, acrecentaría el terror y la desconfianza, y las personas atemorizadas y desconcertadas cometían más errores que las que no lo estaban.

La escena era tal como la había imaginado. Los dos guardaespaldas estaban demasiado ocupados charlando entre ellos. Emily caminaba tan despacio que el movimiento no suponía una dificultad. Taro preparó el arco. Estaba a punto de soltar la cuerda cuando Emily se detuvo y empezó a hablar en su japonés cargado de acento inglés. ¿Con quién estaba? No podía disparar sin saberlo. La persona debía de estar bien escondida entre los árboles, ya que, por más que se esforzaba, no lograba verla.

El momento había pasado. Sabía que no le convenía precipitar las cosas si las circunstancias no eran propicias. Ya habría otras oportunidades. Escondió el arco entre los arbustos y fue al encuentro de Emily. No tardó en estar casi al lado de ella, pero aún así no vio a nadie más. Parecía mantener una amable conversación con un pino.

—Dama Emily —dijo Taro—. ¿Algún problema?

Claro que sí, porque en cuanto hubieron intercambiado unas palabras inocentes acerca de unas antiguas piedras de fundación que estaban escondidas entre la hierba, Emily se desmayó repentinamente. ¿Acaso no era suficiente que su señor tuviera una amistad tan estrecha con una extranjera? ¿Tenía que ser, además, una mujer propensa a las alucinaciones y a los desmayos? Otra señal de que la decisión que había tomado, por muy difícil y perversa que fuera, era correcta. Aceptaba la responsabilidad total de las acciones que se había comprometido a ejecutar. Por otra parte, ¿acaso no era innegable que el señor Genji no le había dejado otra alternativa?

El mes anterior, en la reunión con Hidé y Taro, el señor Genji finalmente había llegado demasiado lejos.

—Ahora todos nuestros samuráis llevan armas de fuego —dijo Genji—. Pronto, las tropas tendrán cañones con ruedas y podrán transportarlos a donde vayan.

—Sí, señor —respondió Hidé—, y hay muchos que no están conformes con eso.

—¿Con los cañones? —preguntó Genji.

—Ni con las armas de fuego, mi señor.

—¿No están de acuerdo con las armas de fuego? —Genji parecía sorprendido—. Supongo que no esperarán ganar una guerra con espadas.

—No es una cuestión práctica —explicó Hidé—. No creen que las armas de fuego expresen el verdadero espíritu de un samurái.

—Pueden expresar su espíritu cuanto lo deseen —dijo Genji—, pero en el campo de batalla la expresión espiritual tiene poca importancia si no va acompañada del poder físico.

—También hay un aspecto que tiene que ver con el combate, mi señor —agregó Taro—. Los hombres ponen la batalla del monasterio de Mushindo como ejemplo de la continuidad del valor de la espada.

—¿Cómo es eso? El resultado lo determinaron las armas de fuego. ¿Qué otra función tuvieron las espadas además de demostrar su completa ineficacia?

—Cuando el enemigo se abalanzó sobre nosotros —respondió Taro—, contrarrestamos el ataque con nuestras espadas y lo vencimos.

—Parece que la memoria te traiciona. ¿No recuerdas cuando tuvimos que cavar túneles en el lodo ensangrentado para eludir las balas? ¿Has olvidado que tuvimos que escondernos detrás de los cuerpos despedazados de nuestros caballos?

—Taro no está del todo equivocado, señor —señaló Hidé.

—Debe de haber sido una batalla diferente. Por favor, contadme la vuestra.

—Las miles de balas que dispararon no lograron matarnos —dijo Hidé—. Al final, tuvieron que atacarnos con espadas.

—¿Vosotros estuvisteis allí y aun así, podéis decir semejantes tonterías? Estáis demostrando precisamente por qué el tiempo de los samuráis ha terminado. El problema no son las espadas que lleváis en vuestras fajas, sino las que lleváis en vuestras mentes.

—¡Los samuráis hemos protegido a Japón durante miles de años! —exclamó Taro.

—Yo diría devastado, más que protegido.

—Es una broma bastante pobre, señor —dijo Taro.

—¿Una broma? En absoluto. Durante miles de años hemos demostrado ser los mejores cuando se trata de masacrar y esclavizar a aquellos que se supone que debemos cuidar. Si las víctimas de esas matanzas hicieran una fila al lado de sus asesinos, ¿cuál sería más numerosa?

—Luchamos entre nosotros —replicó Taro—. No luchamos contra los campesinos.

—Oh, ¿en serio? Por cada samurái que cayó en batalla, ¿cuántos campesinos fueron pisoteados, apuñalados, decapitados, murieron de hambre o simplemente trabajaron hasta morir? ¿Cinco? ¿Diez? Yo diría cien o doscientos. Nosotros utilizamos las espadas, ellos murieron.

—Ése es el destino de los campesinos —dijo Hidé—. Tienen que aceptarlo como nosotros el nuestro.

—Me pregunto si será así. No ocurrió de ese modo con los campesinos franceses. Se sublevaron y decapitaron a la nobleza —replicó Genji con una sonrisa, como si la idea no le disgustara.

—Eso no podría suceder aquí —aseguró Taro—. Somos una nación civilizada. Hasta nuestros campesinos son superiores. Ni siquiera se les ocurriría pensar una cosa así.

—Sí, supongo que tienes razón. Es bastante triste por un lado, ¿verdad?

—Es algo para enorgullecerse, no para lamentar —respondió Taro.

—Tal vez sí, tal vez no. En lugar de quedarnos esperando

la llegada de nuestro propio Reino del Terror, sería más sabio arriesgarnos a ser innovadores y simplemente abolir nuestros cargos, nuestros dominios y la antigua orden de los señores y los soldados.

—¡Señor! —exclamaron Hidé y Taro al unísono.

Genji se echó a reír.

—Como dirían los extranjeros, es «alimento para la mente». Os vendría bien pensar más y preocuparos menos.

Sus palabras no eran alimento para la mente, eran veneno. Se había reído, pero Taro sabía que Genji hablaba en serio.

Ahora, cuando pensaba en aquella conversación, Taro comprendía que había sido en ese preciso momento cuando había dejado de ser el fiel vasallo del señor Genji.

Su primer intento de matar a Emily había fracasado. El segundo no fallaría.

—¿Estás segura de que te sientes bien para sentarte? —preguntó Hanako.

—Sí, bastante bien —respondió Emily. Ahora que estaban otra vez en la cabaña del abad, el hecho de haberse desmayado de esa forma la hacía sentirse un tanto estúpida. No había ninguna buena razón para que reaccionara de esa manera. Que la joven y bella muchacha que había visto en el bosque no fuera una de las que vivían en el monasterio no significaba que hubiera visto un fantasma. Podría haber sido una mujer del pueblo, aunque su atuendo no era el propio de una simple campesina. Tal vez fuese alguien que estaba de paso y que se había separado temporalmente del grupo con el que venía—. Gracias. —Emily tomó el té que Hanako le ofrecía—. Como te decía, era excepcionalmente hermosa —dijo Emily—. Sus ojos eran asombrosos. Parecían más occidentales que orientales. Supongo que, después de todo, no es tan extraño. A fin de cuentas, somos todos seres humanos y nos parecemos un poco.

—¿Dices que tenía el pelo tan largo que llegaba hasta el suelo? —preguntó Hanako.

—Sí, hasta donde yo pude ver. Ella estaba en la sombra y yo a la luz. Era difícil verla.

—¿Se veía... —Hanako buscó la palabra justa— borrosa?

—No, yo no diría borrosa. Las sombras muchas veces trastornan lo que vemos, y el diseño del quimono que llevaba hacía más difícil distinguirla.

—¿El diseño del quimono?

—Sí. —Emily apreciaba el interés de Hanako en su bienestar. Sin embargo, los detalles que quería averiguar con sus preguntas le resultaban un tanto extraños—. El diseño era similar al follaje que la rodeaba. La falta de contraste hacía que se perdiera fácilmente en el entorno.

Hanako palideció. Se le nubló la vista y empezó a tambalearse. Por un instante, Emily pensó que Hanako también iba a desmayarse. Pero no fue así, aunque apoyó la mano en el suelo para no caerse.

—¿Qué sucede? —preguntó Emily.

Hanako no respondió enseguida. No sabía qué decir. ¿Sería mejor que Emily lo supiera o no? Estaba convencida de que Emily había visto a la dama Shizuka, la princesa hechicera que había salvado al clan en sus inicios o le había lanzado una maldición que continuaba vigente. O quizás ambas cosas. Los ojos grandes, el pelo largo, la transparencia de su cuerpo. Eso era lo que Emily había confundido con el diseño del quimono. Estaba viendo a través de ella. Había sucedido exactamente lo que decían los pergaminos: en la abadía de Mushindo, en la antigua celda donde había vivido durante su niñez. Por tanto, las otras predicciones que contenían tal vez también fueran verdaderas.

Sólo los que tenían sangre Okumichi habían visto alguna vez a la dama Shizuka. Si esto le había sucedido a Emily, sólo existía una razón, por más irreal que pareciera.

—El día que la dama Heiko se marchó —comenzó Hanako—, hace seis años...

—Lo recuerdo muy bien —dijo Emily. Había sido la última vez que había visto a Heiko y a Matthew Stark. Su barco había zarpado hacia California con la marea alta.

—La dama Heiko me dijo algo que, en ese momento yo no creí —Hanako vaciló—. Ahora sí lo creo.

En el calendario japonés era el día de Año Nuevo, la primera luna después del solsticio de invierno del decimosexto año del emperador Komei. Heiko dudaba de que alguna vez volviera a vivir otro en su tierra natal.

—Que una fuerte marea te conduzca —dijo Genji—, y que una de recuerdos te traiga de regreso a casa. —Mientras decía estas palabras la miraba fijamente a los ojos.

Los seis amigos se reunieron antes de la partida del *Estrella de Belén*. Genji, Heiko, Hidé, Hanako, Emily y Stark hicieron reverencias y bebieron los vasos ceremoniales de sake. Habían cambiado mucho en ese año, que había pasado volando.

El derrochador, apostador e inútil Hidé se había convertido en el jefe de los guardaespaldas del señor. Había demostrado su valor en las terribles batallas del paso de Mié y del monasterio de Mushindo. Nadie había reparado en el potencial que escondía tras ese aspecto de vago y mediocre que siempre mostraba. Sólo Genji, que inesperadamente lo había ascendido de rango.

—Señor Hidé —dijo Genji—. Suena bien, ¿no es así? —Con su ascenso a jefe de los guardaespaldas, Hidé había sido elevado a la categoría de terrateniente. De modo que ahora había que dirigirse a él utilizando el título nobiliario.

El rostro de Hidé enrojeció más que las posaderas de cierta clase de monos.

—No me acostumbro a que me llamen así, señor, me siento un impostor.

Los otros rieron de buena gana, pero Genji no. En cambio, le habló con una voz pausada que contribuía a enfatizar la seriedad de sus palabras.

—Sin duda no eres un impostor. No conozco a nadie

más auténtico que tú, señor Hidé. Dudo que jamás en la vida encuentre a nadie que te supere en esa cualidad, excepto tal vez los Budas y los dioses.

Al instante, el rostro de Hidé palideció y sus hombros se arquearon. En la guerra, era inquebrantable, pero en las situaciones emotivas era muy propenso a las lágrimas, por eso entre los soldados lo llamaban «Capitán Kabuki».

Hanako intervino rápidamente para evitar la inminente catarata. Había sido una de las criadas de la casa, y ahora era la esposa de Hidé y madre de su pequeño hijo, Iwao. En la batalla de Mushindo había perdido un brazo, pero su gracia y su encanto continuaban intactos. Si el niño heredaba al menos una parte de la fuerza de su padre y la sabiduría de su madre, sería un hombre realmente excepcional. ¿Quién hubiera dicho que harían una pareja tan espléndida? Sólo Genji, que había arreglado su matrimonio personalmente.

Heiko no podía evitar ver cierta amarga ironía detrás de todo ello. Genji era capaz de unir a dos personas que jamás habían pensado siquiera la una en la otra y, en cambio, lo único que podía hacer con ella era alejarla.

—En lugar de darle un título, señor Genji —dijo Hanako—, deberías haberle dado un teatro. Mi talentoso marido tiene más facilidad para llorar que las mejores heroínas de las tablas. —Todos los actores de *kabuki* eran hombres. Por lo tanto, las actrices eran representadas por los comediantes considerados más diestros en el arte.

—¡Hidé haciendo de geisha! —exclamó Genji—. ¿Qué te parece, Heiko?

Todos se echaron a reír, incluso Hidé. La divertida imagen evocada por su señor le había hecho olvidar las lágrimas.

—Eres un buen amigo, Hidé —dijo Matthew—, pero debo decirte que he visto vacas en Estados Unidos que quedarían más hermosas disfrazadas de mujer que tú.

Stark era un misionero cristiano que había venido a matar, lo había hecho y ahora volvía a su tierra natal en el mismo barco que alejaría a Heiko de la suya. ¿Habría servido la venganza para mitigar el dolor de su pérdida? ¿Le habría traído paz? La angustia que se reflejaba en sus ojos cada vez que veía sonreír a un niño o lo oía reír mostraba que no era así. Su pérdida, cualquiera que hubiese sido, había sido tan grande que las voces y las caras de los muertos eran para él más reales que las de los vivos. Aun cuando reía, como en ese momento, Heiko veía un hombre que estaba más muerto que vivo, a pesar de que su corazón se obstinara en latir. Un hombre así no viviría mucho tiempo más. Cualquiera podía darse cuenta. Cualquiera menos Genji, que le había encargado la tarea de proteger la fortuna en oro que enviaba a Norteamérica y lo había nombrado su representante de negocios allí.

Había un triste y perfecto equilibrio entre Heiko y Stark: él había perdido todo lo que le importaba realmente y ella estaba a punto de padecer lo mismo.

—Si las vacas bonitas son un buen negocio —sugirió Genji—, tal vez deberías invertir en ellas.

—Tal vez, si es que tengo tiempo —respondió Stark.

—Seremos socios por muchos años —dijo Genji—. Habrá tiempo para hacer muchas cosas. Quizás algún día hasta lleguemos a hablar el idioma del otro con la misma facilidad que el nuestro.

Stark esbozó una sonrisa, pero sus ojos seguían tristes.

—A decir verdad, yo ni siquiera hablo mi propio idioma demasiado bien. Pasé muchos años trabajando y pocos rodeado de personas que hablaran correctamente.

¿Y Heiko? A sus veinte años estaba más bella que nunca. Era la geisha más aclamada en Edo, la capital del sogún. Una heroína legendaria de la que todo el mundo hablaba como si fuera una dama, una princesa de cuento. La combinación de la reputación que se había granjeado por su valor, por su extraordinaria perfección física, la exquisita delicadeza de su comportamiento, la gracia de sus acciones, aun las más mundanas, y lo que tal vez resultaba más sorprendente, la ausencia de esa vanidad artificial que acompañaba a las beldades menores, la hacía irresistible para casi todo el mundo.

Para todos, excepto para Genji, por supuesto, que estaba enviándola a Norteamérica con Stark, supuestamente para establecer allí una base para su dominio, aunque en realidad sólo pretendía alejarla de él.

¿Por qué?

Heiko no tenía la menor idea. Sabía que él la amaba. Lo demostraba en la forma tierna en que la miraba, en la delicadeza con que la tocaba, en el tono cariñoso de cada una de sus palabras, en la desesperada melancolía con que se entregaba en cada uno de sus actos de pasión. Sin embargo, estaba alejándola de él.

Algo había cambiado en Mushindo. Desde que Genji había regresado de aquel último encuentro con Kawakami *el Legañoso*, su actitud para con ella había sido diferente. No era que estuviera más frío o distante. No había sido un cambio evidente que ella hubiera detectado fácilmente. No, había sido algo casi imperceptible. Ella lo sintió porque era una hábil practicante de las artes de lo intangible. Su amor no había disminuido. Al contrario, durante el año que acababa de pasar, había crecido. La corriente era cada vez más fuerte, pero ya no los impulsaba a estar juntos. Ahora estaba separándolos.

¿Por qué? Genji sí sabía. Mucho más que los demás, pero no decía nada. Cada vez que ella le preguntaba, decía que no había nada que contestar.

Mentiroso.

Gran señor, héroe, profeta, amante y mentiroso.

Sobre todo, mentiroso.

«Estaremos juntos nuevamente en Norteamérica», había dicho.

Mentiroso.

El mundo cambiaba rápidamente y Heiko podía imaginarse cosas que, poco tiempo atrás, hubieran sido impensables, pero no que Genji fuera a Norteamérica. Era el gran señor del reino. Más aún, era un gran señor que estaba al borde de lograr un triunfo histórico: el derrocamiento de su enemigo hereditario, el sogún de Tokugawa, que se debilitaba con el paso del tiempo. Nadie sabía a ciencia cierta quién asumiría el poder. Los posibles candidatos eran muchos y Genji era uno de ellos. Ningún gran señor hubiera elegido un momento así para marcharse de Japón.

Era ella la que se disponía a partir rumbo a Norteamérica. Genji no lo haría ahora ni nunca. Ella se marcharía y jamás volvería a verlo.

¿Por qué?

No lo sabía. Había investigado cuidadosamente el asunto, pero no había logrado llegar a ninguna conclusión. Poco tiempo después del episodio de Mushindo, Genji había allanado el antiguo Dominio de Kawakami en Hino. Decían que buscaba algo, un amuleto, un pergamino, una persona, las hipótesis eran muchas. También se rumoreaba que una lejana población de campesinos había sido masacrada, pero eso parecía improbable. Tal vez Genji había ido en busca de los soldados de Kawakami que habían sobrevivido y que estaban escondidos, lo cual era bastante prudente. Aparte de eso, nada fuera de lo común había sucedido. Así que al final no logró conseguir más información que la que tenía al principio. Kawakami le había dicho algo, algo destructivo, y por alguna razón, Genji le había creído.

—Después de pasar toda tu vida sujeta a obligaciones —dijo Genji—, estoy seguro de que te encantará la libertad que tendrás en Norteamérica.

Heiko hizo una reverencia.

—Me alegro de que al menos uno de los dos tenga esa certeza, mi señor —respondió con afabilidad, esbozando una falsa sonrisa. Si Genji se había dado cuenta, no lo demostraba, porque también sonrió. Ambos siguieron el juego por última vez.

Cuando terminó la fiesta, Heiko regresó a sus aposentos a buscar su equipaje.

Poco después, llegó Hanako.

—Señora Heiko, ¿me mandaste a llamar?

—Sí, gracias, Hanako. Por favor, pasa. —Cerró la puerta a sus espaldas. Heiko había meditado durante largo tiempo lo que estaba a punto de hacer. No tenía ningún derecho de decirle nada a Hanako, porque era un secreto de Genji, no de ella. Pero puesto que se marchaba y probablemente nunca regresaría, tenía que decírselo a alguien para que se tomaran las medidas necesarias.

—¿Recuerdas que la primavera pasada el señor Genji quedó inconsciente en el rosedal del castillo Bandada de Gorriones? —preguntó Heiko.

—Sí, lo recuerdo muy bien. Todavía no se había recuperado por completo de sus heridas y se esforzó demasiado.

—Las heridas no tuvieron nada que ver. Tuvo una visión.

—Ah —dijo Hanako. Por supuesto que lo sabía. Todo el mundo lo sabía. Los sirvientes eran más hábiles para descubrir secretos que cualquier sistema de espionaje que el sogún hubiera ideado jamás. Como ella había pertenecido a la servidumbre hasta hacía poco, todavía tenía el privilegio de enterarse de los chismes más interesantes. Sin embargo, ninguno de los sirvientes estaba al tanto del contenido de la visión.

—El señor Genji me contó la visión —continuó Heiko—. Emily será la madre de su hijo.

Hanako quedó estupefacta.

—¿Él lo predijo?

—No con esas palabras. Las señales eran obvias.

—Tal vez no eran tan obvias —objetó Hanako—. Si no lo predijo de esa manera, puede que malinterpretaras sus palabras. Emily es una extranjera.

—Es una mujer como cualquier otra —replicó Heiko—. Puede perfectamente tener un hijo como tú o como yo.

—Un gran señor no puede tener un hijo con una extranjera. Sus hombres no lo aceptarían, si le quedara alguno.

—Eso parece. Pero es lo que anuncia la visión. ¿Acaso vas a ignorarla?

Hanako se tranquilizó. No podía dejarse llevar por sus propios pensamientos. Heiko debía de estar equivocada. Pero ¿y si tuviera razón?

—No —respondió Hanako—. No se puede ignorar una visión.

—Bien. Entonces, ¿puedo confiar en que tú vigilarás a Emily?

—Sería útil si pudiera contar con la ayuda de otros.

—¿Y qué otra persona de las que conoces estaría dispuesta a aceptar estoicamente una información como ésta?

Su marido Hidé, una persona absolutamente leal. Sin embargo, cuando se enfrentaba con circunstancias poco usuales, tendía a confundirse. Y en ese estado dejaba bastante que desear. Decirle una cosa así le haría más mal que bien.

Taro, el mejor amigo de su esposo, poseía fortalezas y debilidades similares. Y si no se lo decía a su marido, ¿cómo podría confiárselo a otro hombre?

Todas las mujeres cercanas a ella servían en el palacio de Edo o en el castillo del Dominio de Akaoka. Podía contar con las mejores de ellas para que vigilaran a Emily con gran dedicación. Sin embargo, los sirvientes pasaban todo el tiempo cotilleando. Si una se enteraba, todas lo sabrían y entonces era sólo cuestión de tiempo que se enteraran los demás, incluso los enemigos de Genji.

Nadie podía ayudarla.

Hanako hizo una reverencia.

—Haré todo lo que pueda.

—Gracias. Ahora puedo irme con el corazón en paz.

—Todos esperamos que regreses pronto.

—No volveré —afirmó Heiko.

—Por supuesto que volverás, señora Heiko. Nuestro señor no soportará tu ausencia por mucho tiempo. Es evidente lo que siente por ti.

Los ojos de Heiko se llenaron de lágrimas. La posición formal en la que se hallaba sentada se desvaneció cuando apoyó una mano en la alfombrilla que estaba a su lado para sostenerse.

—He hecho algo que lo molestó y no sé qué es —dijo Heiko—. ¿Tienes idea de qué pudo haber sido?

—No, mi señora —la consoló Hanako—. Debes de estar equivocada.

—¿No has escuchado nada entre los sirvientes?

—Sólo elogios. Es más, muchos están especulando acerca de cuándo el señor Genji te tomará formalmente para su casa. De verdad, señora Heiko, estoy segura de que regresarás. Muchos creen que será en primavera, porque es la estación en que todo comienza. Yo, en cambio, opino que será en otoño, porque cuando los días se vuelven más fríos, la pasión es más ardiente.

Heiko se echó a reír, tal como esperaba Hanako.

—¿Realmente dicen eso los sirvientes?

—Sí, mi señora. De lo único de lo que no están seguros es cuándo ocurrirá. Hacen pronósticos sobre toda clase de cosas. Por ejemplo, en qué año darás a luz. Todos piensan que será el año en que regreses. Es decir, dentro de dos años, porque nadie cree que el señor Genji pueda aguantar más de un año sin ti. También especulan acerca del nombre que le pondrán al heredero.

—¿Al heredero? ¿Tan lejos han llegado? —La voz de Heiko había recuperado su tono alegre.

—Oh, sí. Una de las sirvientas, Mitsuko, ¿la conoces?, llegó a consultar a una adivina en Yokohama.

Las dos amigas se taparon la boca y se echaron a reír. La estupidez de consultar a una farsante cualquiera acerca del destino de un señor que ya había visto por sí mismo su futuro, era demasiado.

—¿Y qué dijo la adivina? —preguntó Heiko.

—En realidad no dijo nada —respondió Hanako, tratando de hablar a pesar de la risa—. Era una extranjera que no hablaba japonés. Utilizaba unas cartas extrañas que tenían figuras. Mitsuko dijo que señaló dos de ellas y asintió con la cabeza. Una era un apuesto príncipe y la otra una hermosa princesa, y Mitsuko interpretó que eran el señor Genji y tú. Después, cerró los ojos y entró en trance...

—¡En trance! —Heiko reía tanto que no lograba mantenerse sentada derecha. Por sus mejillas corrían lágrimas de felicidad.

—Abrió un libro de *kanji* y señaló el primer carácter, *Ko*, «niño», y luego *makoto*, «verdad».

Cuando las amigas dejaron de reír, llamaron a la criada para que les sirviera el té. El brillo en su mirada indicaba que había escuchado la última parte de la conversación y que había compartido su risa.

—Si hasta una extranjera que lee las cartas está de acuerdo —dijo Hanako—, quiere decir que vuestra separación es sin duda temporal. El señor Genji te mandará llamar tan pronto como hayas cumplido con tu misión. No te marchas porque él quiera deshacerse de ti, sino porque confía en ti como en pocas personas.

—Es agradable creer eso, ¿verdad? —dijo Heiko, bebiendo su té.

—Es más fácil creer eso que pensar que Emily dará un hijo a nuestro señor —respondió Hanako.

—¿La vigilarás de todas formas?

—Sin duda. —Sin embargo, al decir esas palabras pensaba en el hijo de Heiko y no en el de Emily. A pesar de que se había reído de la predicción de la adivina, no dudaba de que fuera real. No siempre los que habían recibido un don de Dios eran como uno esperaba que fueran. El señor Genji era un ejemplo. ¿Acaso la extranjera que leía las cartas en Yokohama no podía ser otro? Hanako estaba segura de que le daría la bienvenida nuevamente a su amiga dentro de poco tiempo. Y después, ¿cuánto podía pasar antes de que llegara el heredero que todos esperaban? La sorprendería muchísimo que fuera más de un año.

Cuando Hanako terminó de hablar, Emily permaneció en silencio durante largo rato.

Finalmente, habló.

—Yo no aparecía en el sueño que tuvo Genji —dijo.

No lograba pronunciar la palabra «visión», tan semejante a una blasfemia. Desde los profetas del Antiguo Testamento nadie más había logrado predecir el futuro. Hanako estaba cometiendo un acto herético que la llevaría a la perdición al creer que Genji había sido capaz de hacerlo. Sin embargo, no era el momento de detenerse en temas doctrinales, por más importantes que fueran. Para eso habría que esperar.

—No —replicó Hanako.

—¿Entonces por qué todos dan por sentado que yo tengo algo que ver con esto?

—Por el relicario que llevas colgado del cuello. El que tiene la flor de lis. En la visión de Genji, es un niño el que lo lleva.

—Eso no prueba nada. —Emily tocó el relicario que estaba oculto bajo su blusa—. Podría no ser el mismo relicario. Y aun cuando lo fuera, podría llegar a manos de un niño que no sea el mío de muchas maneras.

—¿De qué manera? —preguntó Hanako.

—Bueno, por ejemplo, yo podría regalárselo a Genji y él a su hijo.

—¿Se lo darías?

—Debo admitir que no lo había pensado.

—Pero ¿es posible?

El dije de oro con forma de corazón contenía un retrato en miniatura de una mujer hermosa con rizos dorados. Era la abuela de Emily, a la que ella no había llegado a conocer. Todos los que la veían aseguraban que se parecía mucho a ella, pero cuando Emily decía sus oraciones vespertinas una vez al día y la miraba, le recordaba a su madre. Había muerto trágicamente cuando ella tenía catorce años. Sólo conservaba dos cosas de su madre: una copia de su novela favorita, *Ivanhoe*, y el relicario con el retrato en miniatura dentro del corazón de oro. Era todo cuanto tenía para recordarla.

—No —admitió Emily—. Es un objeto muy preciado para mí. No me imagino regalándoselo a nadie. De todas formas, es un argumento bastante débil para basar en él una conclusión tan contundente.

—No es sólo por el relicario —agregó Hanako—. También está la otra visión.

—¿La otra?

—Sí —respondió Hanako—. La tuya.

—Eso no fue una visión —dijo Emily—. La muchacha estaba allí.

—¿Y por casualidad apareció exactamente como lo había predicho el pergamino? —Hanako lo abrió y volvió a leer en voz alta—. «Nos encontraremos en la abadía de Mushindo cuando entres en mi celda. Tú hablarás y yo no. Cuando me busques, no me encontrarás.» ¿Acaso no sucedió precisamente así?

—Todavía no la hemos encontrado —respondió Emily—. Pero tampoco la buscamos bien. Mañana haremos que Taro nos ayude a inspeccionar en el pueblo.

Hanako siguió leyendo.

«Cuando me busques, no me encontrarás. ¿Cómo es posible? No lo sabrás hasta que el niño aparezca. Entonces no tendrás dudas.»

Emily negó con la cabeza.

—No tiene sentido. Las referencias tienen que corresponder a dos episodios que estén relacionados.

—No estoy de acuerdo —dijo Hanako—. Lo que ella está diciendo es: ¿cómo es posible que vosotras dos os encontréis? Y la respuesta que da es: sabrás cómo fue posible cuando aparezca el niño.

—Supongo que te refieres al momento en que nazca.

—Creo que antes. Vosotros calculáis la edad de un niño desde el momento del nacimiento. Nosotros consideramos que cuando nace tiene un año, porque contamos el tiempo durante el cual la madre lo llevó en el vientre.

—Oh, de todas formas, ¿cómo es posible que vea algo que no existe por el solo hecho de estar embarazada?

—Se dice que la señora ha aparecido muchas veces a través de los siglos, pero únicamente a quienes eran de su propio linaje.

—¡Ahí lo tienes! —exclamó Emily—. Te estás contradiciendo. Si eso es así, es imposible que la haya visto hoy o que la vea jamás. No importa lo que pase en el futuro, nunca seré descendiente de ella. Seré una Gibson hasta el día en que muera.

Sentía un gran alivio. Por más que había estado insistiendo en que la persona que había visto era real, hasta ese momento no estaba del todo segura. Encontrarse con esa mujer de una manera tan similar a la que predecían los pergaminos había sido una experiencia bastante inquietante.

Para su sorpresa, Hanako no compartió su alivio. Por el contrario, parecía más preocupada que nunca.

—Si el niño es del señor Genji —añadió Hanako—, tendrá la sangre de los Okumichi. Mientras estés embarazada, llevarás la sangre de la dama.

Emily se sonrojó.

—No estoy esperando un hijo, ni de Genji ni de nadie más.

—No —respondió Hanako—. Todavía no.

Kimi estaba tan entusiasmada por lo que había escuchado que quería ir a contárselo a las demás muchachas inmediatamente. Por la forma en que estaban apostados los guardias era imposible salir enseguida. Tendría que esperar donde estaba a que cambiaran de posición. Cuando las dos damas se movían, notaba el suelo de la cabaña del abad crujir sobre ella. Oyó que preparaban las camas para ir a dormir. Había sido un día agotador para ellas. No era extraño que hubieran decidido acostarse temprano.

La dama Emily había hablado todo el tiempo en japonés, excepto cuando se había puesto nerviosa. Su gramática y su vocabulario eran excelentes. Mucho mejores que los de Kimi, lo cual no resultaba sorprendente. Kimi hablaba japonés como la campesina iletrada que era. La dama Emily había aprendido el idioma en los palacios y castillos, durante sus conversaciones con los señores y las damas de la nobleza. Su acento norteamericano era evidente, pero no terrible. Por suerte, pocas de las palabras que había dicho le habían resultado incomprensibles.

Eso es. Los guardias seguían su recorrido a lo largo del muro interior. Kimi esperó unos minutos más, hasta que estuvieron fuera del alcance de la vista. Luego salió arrastrándose del hueco que había debajo de la cabaña. Se deslizó en total silencio hasta alejarse lo suficiente y después corrió a buscar a sus amigas.

—¿Estás segura de que dijeron que la dama Emily tendrá un hijo de Genji? —preguntó una de las muchachas.

—Sí, estoy segura —respondió Kimi.

—¿Por la predicción de Shizuka?

—Chist —susurraron varias de las muchachas a la vez—. ¡Si dices su nombre, pensará que la estás llamando y vendrá! —Todas se acurrucaron más en la cabaña que compartían.

—No, no vendrá —dijo Kimi, empujando a la que tenía más cerca para que se alejara—. A menos que seáis de la familia de los Okumichi. Y si lo sois, ¿qué estáis haciendo en este condenado pueblo?

—Kimi tiene razón. Todo el mundo sabe que se aparece únicamente a sus descendientes.

—Escuché que Odo *la Loca* la veía muy a menudo y por eso enloqueció. Odo *la Loca* no es una dama de la nobleza.

—Si hubieras crecido en este pueblo como yo —explicó Kimi—, sabrías por qué Odo veía lo que veía. Uno de los ancestros de Genji sedujo a su madre. Su abuelo, creo. Mi abuela lo sabe, o mejor dicho, solía saber. Ahora está senil y ni siquiera sabe quién es ella misma.

—Entonces, ella también es una Okumichi.

—Yo no lo creo. ¿Por qué un samurái que puede acostarse con mujeres hermosas preferiría a una sucia campesina?

—¿Qué te hace pensar que un samurái es más capaz que un campesino cuando se trata de mantener su pequeño y estúpido arado en el surco adecuado? —inquirió Kimi.

Las muchachas rieron, divertidas.

—Shhh —las reprendió Kimi—. Los guardias nos oirán.

—Si Odo *la Loca* es una Okumichi, cualquiera de nosotras puede serlo. Mejor no pronunciemos su nombre.

—Shizuka, Shizuka, Shizuka —exclamó Kimi—. Shizuka, Shizuka, Shizuka.

—¡Basta, Kimi!

—Shizuka, Shizuka —continuó Kimi—. Shizuka, Shizuka, Shizuka...

Todas contuvieron la respiración.

—¿Lo veis? —dijo Kimi—. Es divertido soñar que somos damas en lugar de campesinas, pero no lo somos, ¿verdad? El señor Genji no vendrá a llevarnos con él porque se enteró de que somos sus primas.

—Es cierto —respondió una de las muchachas, recobrando la entereza.

—¡Ja! Tú tenías tanto miedo de pronunciar el nombre de la bruja como cualquiera de nosotras.

—¿Queréis oír lo que tengo para contaros o no? —preguntó Kimi.

—¡Sí, sí!

Cuando Kimi terminó de relatar todo lo que había escuchado, una de las muchachas dijo:

—No lo entiendo. Está embarazada la dama Emily, ¿sí o no?

—¿No has prestado atención? Va a acostarse con el señor Genji, todavía no lo ha hecho.

—Entonces no tiene ningún bebé en el vientre.

—Eso es lo que sucede cuando no estás embarazada. No llevas nada dentro.

—Entonces, si no hay bebé, tampoco tiene sangre Okumichi. Si los únicos que pueden ver a la dama Shizuka son sus descendientes, ¿cómo hizo la dama Emily para verla?

—Porque para Shizuka la sangre ya está donde estará en el futuro —explicó Kimi.

—No lo entiendo. ¿Cómo puede ser que una cosa que va a ocurrir en el futuro ya haya sucedido seiscientos años atrás y también esté pasando en este momento? No tiene sentido.

—Que tú no entiendas algo no significa que no tenga sentido —respondió Kimi—. ¿Acaso entiendes todas las palabras de Buda? ¿Y todos los dichos del zen de los Patriarcas? ¿O al menos algo de lo que significan?

Las muchachas rieron.

—El zen de los Patriarcas está lleno de acertijos. Es imposible entender lo que dice —comentó una de ellas.

—Exactamente —explicó Kimi—. La vida es un acertijo para los que estamos abajo. Sólo los que están por encima de nosotros, como el señor Genji, son capaces de entenderlo todo. —Todas estaban pendientes de ella. Hizo una pausa teatral y luego continuó—. El tiempo es una prisión para nosotras, pero no para la dama Shizuka. El pasado y el futuro son la misma cosa para ella. Así que si una cosa tiene que suceder, para ella es igual que si ya hubiera pasado.

—¡Os dije que era una bruja!

—No era una bruja —dijo Kimi—. Era una princesa. Una hermosa princesa de un reino que quedaba en el otro extremo de China. Conocía la magia que todas las princesas de ese lugar sabían practicar —añadió mientras trataba de recordar cómo se llamaba el sitio que habían mencionado las dos mujeres. Tenía un nombre muy hermoso y sonaba muy lejano—. El reino de las montañas de Hielo Azul y el río Dragón Rojo —dijo por fin.

Abadía de Mushindo, 1308

Shizuka huyó de su celda lo más rápido que pudo. Hacía más de un mes que su comportamiento era el de una persona más o menos normal, así que la reverenda abadesa Suku había ordenado que no atrancaran más la puerta. ¡Menos mal! De lo contrario no habría podido escapar del horrible fantasma que le había hablado y habría vuelto a su estado de locura anterior. Oh, no, ¿y si la había seguido? Tenía miedo de mirar hacia atrás.

Sin embargo, aún tenía más miedo de no mirar, así que se volvió. Para su alivio, no vio a nadie.

Este demonio, como otros espectros que se le habían aparecido, tenía los ojos y el pelo muy distintos de los de las monjas que la rodeaban y la forma del rostro y las facciones más pronunciadas. Había llegado a comprender que eran visitantes que venían de un tiempo remoto, pasado o futuro, pero no del presente. Esas personas no estaban allí en ese momento. Había aprendido a separar lo real de lo posible y creía que lo había logrado a la perfección.

¡Pero esta aparición la había visto!

¡Le había hablado!

¿Qué querría decir? Sus ideas y sus emociones estaban demasiado trastornadas como para permitirle pensar con claridad. Necesitaba sumergirse en la calma de la meditación. Su celda la asustaba demasiado. Se dirigió a la sala principal de meditación y se sentó cerca del altar, donde se consideraba que la protección de Buda era más fuerte.

8

Hombres de Virtud

Los hombres más diabólicos, cobardes y traicioneros no se consideran a sí mismos villanos. Creen ser héroes que llevan a cabo tareas imposibles enfrentándose a una oposición avasalladora.

Se convencen a sí mismos de esto viendo sólo lo que quieren ver, cambiando el significado a las palabras, olvidando lo real y recordando lo que es falso. De esta manera, no resultan muy distintos de los verdaderos héroes.

Entonces, ¿cuál es la diferencia?

Los verdaderos héroes están de nuestra parte.

Los villanos diabólicos, cobardes y traicioneros son los héroes de nuestros enemigos.

Aki-no-hashi, 1311

Palacio del señor Saemon en Edo, 1867

Saemon, que solía tener un muy buen concepto de sí mismo, se sentía más complacido que nunca con su persona. La subversión que había logrado en Taro perjudicaría a Genji, muriera o no Emily Gibson. La clave era la traición misma de Taro. Por supuesto, él no lo sabía. Tradicionalista como era, estaba convencido de que la muerte de la extranjera sería muy importante. Taro y los demás que eran como él estaban tan atrapados en la mitología inútil del pasado que creían que si detenían a los modernizadores como Genji, podían preservar el Japón que conocían desde siempre. En verdad, ese Japón estaba herido de muerte. En los próximos años se derrumbaría y desaparecería, dando lugar a un nuevo Japón que coincidía bastante con las ideas que Genji tenía. No era posible sobrevivir de otra manera.

Los ingleses, los norteamericanos, los rusos, los franceses, los españoles, los portugueses y los holandeses habían viajado en todas las direcciones, y en todas partes el resultado había sido el mismo. ¿Qué había pasado con los africanos? Los habían esclavizado. Los magníficos kanes de Asia central estaban bajo la bota del zar. Los rajás de la India se habían arrodillado ante la soberana inglesa. ¡Una mujer! ¿Acaso había alguna razón para creer que esos mismos extranjeros no iban a intentar hacer en Japón exactamente lo mismo que les había dado tan buen resultado en los demás lugares? Por supuesto que no. ¿Acaso no habían comenzado ya a masacrar y saquear a los chinos?

La voluntad de modernización que defendía Genji era totalmente razonable. Saemon sabía tan bien como Genji que no había otra forma de lograr que Japón sobreviviera al ataque que los extranjeros estaban dispuestos a lanzar de un momento a otro. Sin embargo, jamás lo diría. Que Genji y los otros que pensaban como él hicieran lo que había que hacer y se granjearan todo el odio. Cuando los idealistas desaparecieran, los realistas como él darían un paso adelante y tomarían el mando. La tradición estaba acabada pero, mientras tanto, a Saemon sus defensores le resultaban muy útiles.

Era realmente cómico. Los samuráis se enorgullecían de sus tradiciones de lealtad y honor, que no eran más que cuentos de hadas. Bastante similar a las falsas virtudes cristianas que defendían los extranjeros. Uno de los grandes mandamientos de su dios era: «No matarás.» Sin embargo, durante miles de años, habían masacrado y devastado todo cuanto quedaba a su paso en los cinco continentes, enarbolando ese estandarte. De todas formas, no los condenaba por ello. La hipocresía era esencial en todos los modelos de dominación humana. Una minoría brillante hacía lo que le daba la gana, convenciendo a la ingenua mayoría de que siguiera las reglas que ellos mismos quebrantaban. Al igual que ocurría con los reyes y señores cristianos y los mandamientos, la mitología de lealtad y sacrificio ocultaba una tradición milenaria de exaltación personal y traición entre los samuráis.

Un verdadero samurái no era ciegamente leal, apasionadamente sacrificado ni estaba sujeto al honor ante todas las cosas. Era más bien un genio político pragmático, manipulador y embustero, es decir, alguien bastante parecido a Saemon.

Taro constituía sólo una parte de la campaña secreta de Saemon contra Genji. También estaba el tema de la ley que Genji había propuesto. Una declaración de igualdad de todas las personas que incluía la abolición de lo que él llamaba los *burakumin*, más conocidos como *eta*. La ley en sí era necesaria para que Japón demostrara, al menos exteriormente, que suscribía los ideales extranjeros de «libertad» e «igualdad». Por otra parte, persistían los rumores de la participación activa de Genji en la destrucción de una población *eta* en el Dominio de Hino unos años atrás. ¿No era una coincidencia curiosa? Saemon creía que Taro sabía algo. Todavía no había dicho nada, pero seguramente había una forma de incitarlo a hablar. Como siempre, el truco consistía en averiguar cómo.

No había prisa. Saemon era un maestro en el arte de descubrir el método adecuado para tratar con cada persona. Ya encontraría uno que le sirviera con Taro. Mientras tanto, había enviado agentes a investigar en California por otra extraña información que había recibido. Más que una noticia era un rumor, pero ¡qué rumor tan intrigante!

Se decía que la geisha Mayonaka no Heiko, una mujer famosa por su belleza que había sido amante de Genji en la época de la batalla de Mushindo, había sido enviada a California poco después de la contienda y, meses más tarde, había dado a luz a un niño. Lo que no habían logrado establecer era exactamente cuántos meses después. Sus informantes tampoco habían sido capaces de confirmar la identidad del padre. Lo más probable era que fuese Matthew Stark, un norteamericano, ex compañero de armas de Genji y actual socio de negocios. Sin embargo (y ésta era la parte más intrigante), también era posible que el padre fuese Genji.

Pero si era así, ¿qué hacía el niño todavía en California? Por más que fuera hijo de una geisha, era un heredero varón calificado y Genji no tenía ningún otro por el momento. Esto resultaba particularmente desconcertante, teniendo en cuenta la historia de Heiko. Una mujer de su talento y belleza sería perfectamente aceptable como madre de un heredero. Eso no significaba que tuviera que convertirse necesariamente en la esposa de Genji, pero sin duda podía ser una excelente concubina. Sin embargo, no era así. ¿Por qué?

¿Existiría alguna relación entre la propuesta de Genji de abolir los dominios, la ley sobre los parias y el exilio de la hermosa geisha que probablemente fuera la madre de su único hijo? A Saemon no se le ocurría ninguna conexión posible que tuviera sentido. Sin embargo, la experiencia le había enseñado que su incapacidad de percibir una correlación inmediata entre elementos dispares no quería decir que ésta no existiera.

Era inútil seguir especulando. La única forma de descubrir la verdad era investigar a fondo. En este caso, el pasado. La geisha Heiko nunca más había regresado. Si habían escondido algo, lo habían hecho en Norteamérica, así que allí tendría que buscarlo. Saemon ya había enviado a dos de sus mejores agentes a San Francisco. Entretanto, había puesto a Taro en movimiento. Tarde o temprano alguna de las dos iniciativas, o quizás ambas, resultaría perjudicial para el señor Genji.

—Señor Taro, no deberíamos demorarnos más.

—No nos estamos demorando —respondió Taro—. Estamos acompañando a la señora Hanako y la señora Emily. Nos quedaremos todo el tiempo que ellas deseen quedarse.

El teniente se acercó un poco más y le habló en voz baja.

—Los hombres se están poniendo nerviosos y un soldado nervioso es menos expeditivo. Señor, olvidémonos de la escolta y pasemos a nuestra verdadera misión.

—¿Por qué se están poniendo nerviosos?

Aquella conversación había irritado extremadamente a Taro. ¿Qué había sucedido con la extraordinaria virtud de los samuráis, obedecer sin discutir? Estos muchachos no eran como los de su juventud. ¡Qué diferentes eran Hidé y él cuando tenían su edad! No hacían preguntas impertinentes, no daban sugerencias que nadie les había pedido, no perdían los nervios. «Sí, señor, oigo y obedezco.» Así eran las cosas, ni más ni menos. ¿Cómo habría reaccionado el viejo señor chambelán Saiki si Taro o Hidé hubieran osado decirle lo que tenía que hacer? Sin duda los habría golpeado con el reverso de la espada. A Taro jamás se le hubiera ocurrido hacerle algo así a su teniente, lo que demostraba hasta qué punto todos se habían vuelto más blandos con el paso de los años.

—Mushindo los pone nerviosos.

—¿Nerviosos? Deberían sentirse orgullosos de estar en el sitio en el que nuestro clan consiguió una de sus mayores victorias.

—Se sienten honrados, señor Taro. No es eso lo que quiero decir. El problema son los antiguos rumores que corren.

—¿Qué rumores?

—Sobre fantasmas y demonios.

Taro cerró los ojos. Respiró hondo una y otra vez para tratar de calmarse y no gritar enfurecido. Después los abrió y habló muy pausadamente, como hacía siempre que estaba furioso.

—Cuando regresemos a Edo —dijo—, recuérdame que reclute verdaderos samuráis y que deje que estas niñitas disfrazadas vuelvan con sus madres.

—Señor —replicó el teniente. Hizo una reverencia a modo de disculpa, que a su vez ocultaba el movimiento que había hecho con las rodillas hacia atrás para aumentar la distancia entre los dos—. Sé que suena ridículo, pero son más que simples rumores. De los edificios, del bosque y hasta de la tierra misma emanan sonidos extraños. No los culpo por estar nerviosos.

—Los ruidos provienen de los ríos subterráneos —explicó Taro—. El señor Shigeru me dijo que a veces surgen en forma de manantiales tibios. Decía que eran muy refrescantes.

—El señor Shigeru —repitió el teniente.

Taro volvió a respirar hondo.

—¿No estarás insinuando que los hombres le tienen miedo al señor Shigeru también?

—Los habitantes del pueblo aseguran que de vez en cuando aparece en el bosque, acompañado de un niño pequeño que lleva una cometa con forma de gorrión.

—¿Acaso vivimos en una época tan degenerada que los samuráis hacen caso de las habladurías de los campesinos ignorantes? El señor Shigeru está muerto. Hace seis años, yo vi su cabeza con mis propios ojos, no muy lejos de donde estamos ahora. Participé de la ceremonia de cremación y estuve presente cuando depositaron sus cenizas en el columbario de Bandada de Gorriones.

—Sí, señor. Debería haberme expresado con mayor claridad. Lo que los pueblerinos dicen haber visto no es al señor Shigeru vivo.

—¡Ah! —exclamó Taro, exasperado—. Vieron un fantasma.

—Sí, señor.

—Vete —ordenó Taro, cuya paciencia había llegado a su límite. Permaneció con los ojos cerrados hasta que el teniente hubo cerrado la puerta detrás de él. Si éstos eran los hombres más valientes que podía conseguir, y en efecto lo eran, ¿cómo podrían los samuráis hacer frente a los ejércitos extranjeros? Fantasmas, demonios, voces. ¡Qué estupidez!

Sin embargo, una de las cosas que el teniente había dicho le había molestado un poco. Había dicho que los habitantes del pueblo aseguraban haber visto el fantasma de Shigeru acompañado de un niño pequeño con una cometa que tenía forma de gorrión. La última vez que él había visto a Shigeru con su hijo, éste estaba remontando una cometa con forma de gorrión que le había hecho el señor Genji.

Una cometa con forma de gorrión.

¿Cómo lo sabían los habitantes del pueblo? El niño jamás había estado en Mushindo. Sin duda todo tipo de rumores se esparcían misteriosamente por doquier. No importaba. Lo que interesaba era la misión. El teniente tenía razón en cuanto a eso. Taro necesitaba un nuevo plan y debía ejecutarlo pronto, antes de que sus hombres entraran en pánico y que las mujeres resolvieran volver a Edo.

Mañana. Lo haría mañana. Esa noche, pensaría qué hacer.

Emily aseguraba no creer en absoluto en las profecías que contenían los pergaminos. Sin embargo, a pesar de que estaba exhausta, le llevó mucho tiempo quedarse dormida. Hanako podría haber evitado su inquietud si eso la hubiera mantenido a salvo, pero no era así. Era mejor que supiera la verdad y la aceptara. Cuando la respiración de Emily se volvió más profunda y pausada, Hanako se dirigió hacia la puerta y la abrió, dejando entrever a través de una rendija la oscuridad de la noche. Oculto entre las sombras del muro, vio a uno de los supuestos guardias. Oyó toser a otro al otro lado de la cabaña. Seguramente estos hombres eran más competentes que los que Taro había designado para que protegieran a Emily esa tarde, porque estaban pendientes de cumplir con su misión. Aun así, los eludiría del mismo modo en que lo había hecho esa pícara de Kimi.

La luna, que estaba en su última fase, era apenas un borde

circular en el cielo. La luz era débil y las sombras que producía eran muy tenues. Hanako aprovechó que una nube tapó la luna para salir y deslizarse hacia el hueco que había debajo de la cabaña. Esperó allí como lo había hecho Kimi antes. Sonrió pensando en la niña. Era demasiado atrevida para su propio bien. En un niño no hubiera estado mal, porque se supone que los muchachos son más osados, pero una niña debía ser más recatada. Ying y yang. El equilibrio entre el hombre y la mujer.

Desgraciadamente, no era del todo inofensivo que Kimi hubiera escuchado gran parte de la conversación que había tenido con Emily. No podría evitar compartir una información tan interesante con sus amigas y pronto la historia pasaría a formar parte de los rumores y las creencias que rodeaban a todos los grandes señores de Akaoka. Sin embargo, su presencia bajo la cabaña no había sido del todo inútil, pues ello aseguraba que en ese momento no hubiera habido ninguna otra persona en el mismo lugar. No le preocupaba que un grupo de niñas curiosas escuchara la conversación que había tenido con Emily, pero sí que se enteraran los enemigos de Genji, que estaban por todas partes. Incluso entre los guardaespaldas, o al menos eso era lo que ella sospechaba.

Sería difícil escapar. Ella podría escabullirse, pero Emily no, y era ésta la que importaba. Qué extraño. Heiko tenía razón. Emily y el señor Genji estaban predestinados a compartir su vida, y no Heiko y el señor Genji como todos creían. Ella nunca había regresado de California, ni tampoco su hijo. Eso significaba que no era hijo de Genji, de lo contrario él lo hubiera mandado llamar inmediatamente, aun cuando, por alguna extraña razón que sólo él conocía, quisiera deshacerse de Heiko. ¿Habría sido eso lo que sucedió? ¿Lo descubriría alguna vez?

Por supuesto, Hanako sabía que Emily estaba enamorada de Genji desde hacía años. Todo el mundo lo notaba. Emily no se daba cuenta de que sólo ella creía que su amor era un secreto. La forma en que lo miraba, el leve pero evidente cambio de postura que asumía cuando estaba con él y el tono que adquiría su voz cuando le hablaba, o simplemente cuando mencionaba su nombre. Si todos los extranjeros eran así de transparentes, las resoluciones de sus conflictos debían de parecer representaciones públicas. Se preguntó cómo sería ser tan impúdicamente indiferente respecto a la privacidad de las propias emociones.

En el comportamiento de Genji, en cambio, no se percibía el más mínimo indicio de que su afecto fuera más allá de una simple amistad. Pero, como era un maestro en el arte de ocultar sus emociones más profundas, eso no estaba del todo claro. De todas formas, era bastante improbable que correspondiera a los sentimientos de Emily. Era una persona de gustos altamente refinados, incluso para un señor, y una extranjera de tan limitados conocimientos en materia de intimidad seguramente no lo atraería demasiado. Si la profecía de los pergaminos se cumplía, sin duda sería algo inesperado.

Hanako oyó un murmullo. Los dos guardias seguían en el mismo lugar. Se arrastró hasta la otra parte de la cabaña y escapó hacia el bosque sin que nadie la viera.

Encontró las dos piedras fundamentales fácilmente. Era incapaz de recordar los poemas famosos que las otras mujeres recitaban con tanta naturalidad. Pero cuando se trataba de lugares, su memoria era infalible. Tanteó el borde de la primera piedra y no encontró nada, así que se dirigió a la segunda. No sabía exactamente qué estaba buscando, pero fuera lo que fuera tenía que estar allí. En los pergaminos, Shizuka decía que iba a dejar un rastro de su presencia para Emily. Al principio, Hanako había pensado que se trataba de las piedras fundamentales en sí. Pero ¿qué significado tenían además de señalar que en otro tiempo había existido una celda en aquel lugar? Eso ya lo decían los pergaminos. Tenía que haber algo más. La segunda era como la primera, una piedra plana y pesada incrustada en la tierra. Caminó lentamente por la hierba hasta el lugar en que esperaba encontrar la tercera. Y allí estaba. Otra vez, nada. Siguió la línea imaginaria sobre la que había estado la pared y llegó hasta la cuarta. A diferencia de las otras, ésta estaba suelta. Seiscientos años atrás, el terreno era plano. Desde entonces, los movimientos de la tierra en la ladera de la montaña habían hecho que un arroyuelo de invierno pasara en esa dirección, erosionando el suelo.

Introdujo la mano debajo de la piedra. Aparte de tierra y pequeños guijarros, no lograba percibir nada al tacto. Siguió bajando la mano, pero era inútil. Además estaba demasiado oscuro como para poder ver algo.

De pronto, oyó unos pasos furtivos cerca de ella y se quedó inmóvil. Había alguien que se movía en la espesura del bosque, a unos cien metros de distancia. El samurái (sabía que era un samurái por el rodete) se agachó y recogió algo de entre los arbustos. Cuando se incorporó, se situó de perfil a Hanako. Había recuperado un arco y una flecha. No logró reconocerlo. Cuando volvió hacia Mushindo, lo siguió. Era tarde, así que había pocas luces encendidas en el monasterio; en la entrada, sólo la lámpara del centinela. El sujeto trepó ágilmente por una parte oscura del muro. Al hacerlo, la luz le alumbró brevemente el rostro.

Taro.

Hanako pensó en lo que había sucedido esa tarde. Emily había visto a Shizuka en un claro cercano. Taro acababa de recuperar su arma de un lugar en el cual podría haberse escondido y que al mismo tiempo le habría permitido disparar con facilidad, aun siendo un arquero tan mediocre como era. Lo único que le había impedido asesinar a Emily había sido su extraño comportamiento.

Hanako se apresuró a regresar a la cabaña en la que Emily dormía. No era el momento de preocuparse por los mensajes que enviaban los fantasmas. Si Taro lo había intentado una vez, lo haría de nuevo, sin duda antes de que se marcharan de Mushindo. Estaba representando el papel del asesino anónimo, lo que suponía una pequeña ventaja para las dos mujeres. ¿Cómo podría aprovecharla mejor?

Al llegar la mañana, Taro había decidido que actuaría en cuanto emprendieran el camino a Edo. Primero, sus hombres atraparían a Hanako y la amarrarían para evitar que intentara defender a Emily. Si mataban a Hanako, Hidé jamás se uniría a ellos para luchar contra el señor Genji, por más justa que le pareciera su causa. Taro había desistido de su plan de actuar en secreto. Mataría a Emily abiertamente, con su espada.

—Señora Hanako, señora Emily —dijo desde la puerta de la cabaña del abad—. Estamos listos para partir en cuanto vosotras...

Sintió la bala que le rozó el entrecejo antes de oír la explosión de la pólvora.

—¡Traidor! —gritó Hanako desde el otro lado de la puerta cerrada. Se había guiado por la voz de Taro para apuntar el arma hacia donde creía que estaba su cabeza. Dudaba de haber acertado. Era imposible que hubiera tenido tanta suerte.

Taro retrocedió lo más rápido que pudo sosteniéndose con las manos y las rodillas. La sangre que corría por su rostro no le permitía ver casi nada. ¿Le había volado el ojo? Ni siquiera sabía que tuviera un arma.

—¡Señora Hanako! —exclamó—. ¿Qué estás haciendo? Soy yo, Taro.

—Sé perfectamente quién eres —replicó ella—, y también sé lo que eres. —Antes de que amaneciera, había ido a la cabaña de las muchachas y le había pedido a Kimi que enviara un mensaje a Edo lo más rápido posible. Estaban rodeadas de traidores.

«—Yo misma iré —había dicho Kimi—. Soy la que corre más rápido de todas.

»—No puedes correr hasta Edo, está muy lejos —había replicado Hanako.

»—No es necesario. El señor Hiromitsu es amigo del señor Genji. Uno de sus soldados más leales tiene una hacienda cerca de aquí. Él nos ayudará.»

La atrevida niña se había convertido en su única esperanza. Si no lograba conseguir refuerzos lo antes posible, Taro y sus hombres irrumpirían en la cabaña y asesinarían a Emily. Además del arma (un revólver calibre 32 plateado que le había enviado Stark desde California), tenía otro truco que podía ser útil, pero era demasiado arriesgado. Prefería no utilizarlo, a menos que fuera absolutamente necesario.

—Hanako, ¿estás segura de que esto es lo correcto? —preguntó Emily—. Taro se ha arriesgado muchas veces para salvarme. No puedo creer que quiera lastimarme.

—No hay otra explicación posible para el arco y la flecha. —Empezó a levantar una de las alfombras del suelo. Emily la ayudó a apoyarla contra la puerta—. No les impedirá pasar pero al menos los detendrá por unos instantes. Tal vez sirva.

—Quizás estaba cazando —sugirió Emily.

—¿De noche? ¿Cazando qué? ¿Búhos?

—Quizás había estado cazando de día, se distrajo cuando yo me desmayé y se olvidó el arco y las flechas allí.

—¿Un samurái que se olvida su arma? —dijo Hanako. Era algo impensable. Cogieron otra de las alfombras y la pusieron contra la primera.

—Has perdido parte de una ceja —dijo el teniente a Taro.

Taro le apartó la mano y se sostuvo él mismo el paño contra la herida.

—Trae a la niña.

Él y sus hombres se habían retirado unos cincuenta metros de la cabaña del abad. Sería mejor si convenciera a Hanako de que se rindiera. De lo contrario se vería obligado a irrumpir en la habitación. No sabía cuán buena era la puntería de Hanako. Jamás la había visto practicar, así que probablemente no fuera muy hábil, a pesar de que lo hubiera herido al primer disparo. De todas formas, a tan corta distancia, en un espacio cerrado y con lo decidida que estaba Hanako, la situación era peligrosa. No le preocupaban las bajas que podían producirse entre sus hombres, ni que lo asesinaran a él mismo. Lo que temía era que ella luchara hasta la muerte por proteger a Emily. Ésa era la razón por la que había planeado sorprenderla cuando estuvieran nuevamente en viaje. Por desgracia, ella lo había descubierto.

—Aquí está. —El teniente empujó bruscamente a Kimi hacia delante. Tenía las manos atadas firmemente a la espalda.

—Estás acabado —dijo Kimi—. Si te rindes ahora, tal vez seas perdonado.

—¡Silencio! —El teniente la golpeó violentamente con la mano y la derribó. La puso de pie tirando de la soga y se dispuso a pegarle de nuevo.

Taro le agarró la mano. La muchacha estaba aturdida por el golpe y le salía sangre de la nariz y la boca. Sin embargo, no parecía asustada. Era muy valiente o era una idiota, como el gigantesco monje que se paseaba en silencio por Mushindo, siempre sonriente.

—¿Eres una princesa disfrazada que tienes el poder de concederme el perdón? —preguntó Taro.

—Será el señor Genji el que te perdone, por supuesto —respondió Kimi—. Es famoso por su corazón noble.

—¡Mocosa insolente! —El teniente desenvainó la espada.

—Detente —ordenó Taro—. Su cabeza es más útil donde está, por ahora. —Le demostraría a Hanako que sus esperanzas de ser rescatada eran vanas. La muchacha no había logrado burlar a sus centinelas.

—¡No lo lograrás! —exclamó Kimi.

—Ya entiendo —dijo Taro—. No eres una princesa, eres profeta.

—Yo no —respondió Kimi, alzando provocativamente el mentón—. La dama Shizuka, sí.

Los murmullos burlones entre los hombres cesaron al instante. Los extraños ruidos nocturnos de Mushindo habían causado su efecto. Como había dicho el teniente, los hombres estaban nerviosos y escuchar el nombre de la bruja no ayudaba a calmarlos.

—Hace mucho tiempo que murió —replicó Taro—, y los muertos no vuelven a la vida.

—Es posible —dijo Kimi—, pero sus profecías siguen vivas. ¿O acaso no has oído hablar de *El puente de otoño*?

—¡Eso no existe! —exclamó Taro—. No es más que un cuento para asustar a los niños.

—Entonces ¿qué son los pergaminos que la dama Hanako y la dama Emily han estado leyendo?

Taro se echó a reír.

—Emily está traduciendo la historia de nuestro clan. ¿O acaso no has oído hablar del castillo Bandada de Gorriones?

—¿La historia de vuestro clan predice el encuentro entre la dama Emily y la dama Shizuka? ¿Acaso dice: «Nos encontraremos en la abadía de Mushindo, donde una vez estaba mi habitación. Sólo tú me verás. Cuando los demás me busquen, no me encontrarán. Pero yo estaré allí»? —Kimi no recordaba las palabras exactas. De todos modos, era bastante acertado, a juzgar por el modo en que varios de los samuráis la observaban—. ¿No fuiste tú el que encontró las antiguas piedras fundamentales?

—¿Cómo sabes lo que dice? ¿Sabes leer?

—Tengo oídos —dijo Kimi—. Las escuché hablar.

—¡Basta! —El teniente tensó la soga y tiró a Kimi al suelo. La arrastró hasta la cabaña del abad—. ¡Señora Hanako! ¡Tu mensajera falló! ¡Tu única alternativa es rendirte! ¡Te doy mi palabra de que nadie te hará daño!

—¿Qué valor puede tener la palabra de un traidor? —respondió Hanako—. Tiene menos peso que la pluma de un ave. —Y volvió a disparar. Taro nunca la había visto practicar. Al parecer había estado haciéndolo en secreto. Un borbotón de sangre brillante brotó del centro de la espalda del teniente antes de que cayera muerto. Kimi se puso de pie y corrió hacia la cabaña arrastrando la cuerda.

—Atrapen a la señora Hanako sin hacerle daño —ordenó Taro—. Yo me encargaré de Emily. —Sacaron sus espadas y se lanzaron al ataque. Se escucharon otros cuatro disparos. Dos de sus hombres cayeron. Taro se abalanzó sobre la puerta.

De pronto, se encontró en medio de una feroz explosión. Hanako había prendido fuego a la cabaña. Taro salió de un salto, se arrojó al suelo y empezó a rodar para apagar sus ropas, que estaban en llamas.

—¡No os quedéis ahí mirando! —gritó a sus hombres—. ¡Id a buscarlas! —Algunos de los hombres se dirigieron a la cabaña que estaba ardiendo—. ¡Ahí no, idiotas! —Hanako era capaz de inmolarse, pero nunca dejaría que Emily muriera—. ¡Por el otro lado!

—¡Por aquí! —dijo Kimi a Hanako y Emily—. ¡Deprisa! —Una vez que llegaran al bosque, podrían tomar cualquiera de los múltiples senderos ocultos que llevaban hacia los valles y las montañas que rodeaban Mushindo y estarían a salvo.

Pero Emily no avanzaba lo bastante deprisa. Los hombres de Taro las interceptaron antes de que pudieran acercarse siquiera al árbol más próximo. Hanako sacó su espada corta y se puso delante de su amiga.

—Estúpido —le espetó a Taro—. Tú mejor que nadie deberías saber que esto no conduce a nada.

—El futuro de nuestra nación es más importante que cualquier individuo —respondió Taro. ¿Lograría desarmarla sin matarla? Sería difícil. Había visto a Hanako luchar en este mismo lugar. Era más hábil con la espada que muchos de sus hombres.

—El futuro es un misterio —dijo Hanako—, para ti, para mí, para cualquiera. Para todos menos para el señor Genji. ¿Cómo te atreves a oponerte a él?

—Ha llegado el momento de hacer historia —contestó Taro—, y dejarse de recitar cuentos de hadas. —Amagó hacia la izquierda y luego hacia la derecha. Si lograba matar primero a Emily, no habría ningún motivo para que continuaran luchando y Hanako se rendiría.

Hanako pasó por alto el primer amago de Taro, pero se movió para interceptar el segundo como si pensara que estaba verdaderamente dispuesto a atacarla. Dos de sus hombres, que advirtieron lo que ella se proponía, se apresuraron a sujetarla por detrás. Rápidamente, se volvió para enfrentarlos. Hirió a uno con el movimiento ascendente de su espada y al otro al bajarla. Hanako no habría podido vencer a dos samuráis que tuvieran intención de utilizar sus espadas. Era mucho más fácil derribar a dos que trataban de sujetarla sin lastimarla. Sin embargo, esto facilitó las cosas a Taro, pues estaba de espaldas a él. Se abalanzó sobre ella y la abrazó fuertemente.

—Deja de resistirte —le dijo—. Todo ha terminado.

Los hombres de Taro rodearon a Emily pero no la tocaron. Habían recibido órdenes de atrapar a Hanako sin herirla y dejar que él se encargara de Emily. Puesto que su jefe había atrapado a Hanako y no había hecho nada con Emily, sus hombres no podían hacer lo que no se les había encomendado. Sin órdenes precisas, se quedaron perplejos ante el cambio de circunstancias. Desde pequeños se los había entrenado para obedecer sin hacer preguntas. Nunca los habían alentado a tomar la iniciativa, ya que eso implicaría admitir la poca idoneidad de un líder que impartía órdenes imposibles de cumplir.

Su perplejidad derivaba también de la condición de Emily. Hasta hacía unos minutos, la habían tratado con el mayor de los respetos debido a su relación con el señor Genji y al papel que había tenido en el cumplimiento de profecías anteriores. Pasar súbitamente a considerarla una extranjera a la que había que sacrificar era un cambio demasiado brusco para ellos. Tampoco ayudaba la agitada noche que habían pasado en Mushindo. Los ruidos extraños sumados a los numerosos rumores y las leyendas asociadas con el lugar habían hecho que muchos de ellos vieran y oyeran cosas que no existían. Ninguno quería ser el encargado de matar a Emily. Ésa era tarea de Taro.

—Ten, sujeta a la señora Hanako —dijo Taro. Mientras uno de los hombres se acercaba para cumplir la orden, una piedra enorme cayó sobre el pie derecho de Taro. El dolor repentino le hizo perder el equilibrio y Hanako luchó por liberarse de él. Cuando cayó al suelo, todavía estaba sujetándola. La mocosa, Kimi, cogió la roca para golpearlo de nuevo, pero tuvo que escabullirse para esquivar la espada de uno de los hombres. Consiguió evitar la primera estocada. La segunda sólo llegó a cortar la tupida hierba. Ella ya no estaba allí.

La caída hizo que Taro aflojara la presión sobre Hanako, que todavía tenía la espada en la mano. Se volvió, lo suficiente como para dar una estocada hacia atrás con todas sus fuerzas y clavársela a Taro en el pecho. La espada se hundió en su costado.

—¡Ah! —Taro la soltó.

Hanako retiró la espada de su cuerpo, se la clavó al hombre que estaba más cerca de ella y regresó dando violentas estocadas hasta donde estaba Emily. Como se les había ordenado no lastimar a Hanako, los hombres no podían hacer más que retroceder a medida que ella avanzaba.

—¡Señor! —Los soldados acudieron en su ayuda.

—¡Alejaos! —ordenó Taro.

La sangre empapó su ropa. Presionó la herida con la mano. Sus lesiones internas eran graves, pero al menos logró controlar la hemorragia. Se hallaban nuevamente donde habían empezado: rodeando a Hanako y a Emily. Hanako sostenía la espada y estaba preparada a matar o morir. La única diferencia era que en cuestión de minutos él había perdido a seis de sus hombres, luchando contra un ejército enemigo compuesto por una extranjera, una mocosa y la esposa manca de su mejor amigo.

Suficiente.

Taro volvió a incorporarse.

Decidió ignorar el intenso dolor que sentía. Sus heridas podían ser mortales, pero si no mataba a Emily, el plan fracasaría antes de empezar. Debía asesinarla a toda costa. Avanzó hacia las mujeres.

—Señora Hanako —dijo—, no sacrifiques tu vida por nada. ¿Qué hará tu hijo sin su madre? —Esperaba que sus palabras la distrajeran para permitir que sus hombres la sorprendieran, aunque sabía que nada de lo que dijera la haría cambiar de parecer.

Hanako sostenía la espada apuntando directamente a los ojos de Taro.

—Será un samurái leal como su padre y morirá con honor. Una recompensa que tú te has negado a ti mismo. —Emily no podía resultar herida. La dama Shizuka había predicho que sería la madre del hijo de Genji. Si la profecía no se cumplía como era debido, quién sabe qué trágicas consecuencias podrían desencadenarse. Hanako cambiaba continuamente de posición para no perder de vista a sus oponentes.

Uno de los hombres de Taro lanzó un grito de horror y cayó de rodillas. Se llevó la mano a la cabeza y la apartó, cubierta de sangre. Le costaba ver bien.

La segunda piedra hirió en la mejilla a otro de los samuráis.

La tercera estuvo a punto de acertar a Taro.

—¡Muy bien, Goro! —exclamó Kimi—. ¡Muy bien!

—Kimi —dijo Goro, cogiendo otra piedra.

—Recuerda, si nos persiguen, corre lo más rápidamente que puedas hasta los baños termales del Hongo —indicó—. No te preocupes por mí. Yo soy pequeña y puedo esconderme entre los matorrales.

—Kimi —repitió Goro.

—Goro —respondió Kimi.

Goro arrojó la piedra. Tenía una puntería extraordinaria desde una distancia de cincuenta metros. Antes de que empezara a imitar el estilo de vida de los monjes, solía cazar conejos para llevárselos a su madre. Ella también era idiota como Goro. Ése era el único motivo por el cual los budistas acérrimos del pueblo no los discriminaban por matar a las criaturas sensitivas, algo que constituía una violación de la ley de Buda. Ya habían sido excluidos por el solo hecho de ser idiotas. Sin embargo, había una cosa que la madre de Goro hacía mejor que las personas normales: cocinar. Sus estofados de conejo eran excepcionales. Ahora que Goro pretendía ser un monje ya no mataba ninguna criatura. Su madre había muerto, así que tampoco había quien preparara los estofados de conejo. En cualquier caso, nadie llevaba conejos al pueblo desde que Goro había dejado de matarlos a pedradas.

Ahora que los samuráis los habían visto, tenían que esconderse. De todos modos, tirar piedras era una buena táctica, pues impedía que siguieran avanzando hacia las dos mujeres. ¿Cómo podían estar en contra de Genji? Cuando Kimi era pequeña, ella y todos los niños del pueblo habían presenciado la famosa batalla. Cientos de mosqueteros lo habían rodeado y le habían disparado miles de balas, que todavía podían encontrarse desperdigadas entre las ruinas de Mushindo. Ninguna de ellas lo alcanzó. Por supuesto que no. ¿Cómo podría una bala herir al señor que conocía el futuro? Lo único que tenía que hacer era mantenerse alejado de la trayectoria de las balas.

En circunstancias normales, Kimi jamás habría osado contestarle a un samurái, mucho menos arrojarle piedras. Pero esto era diferente. Estaba ayudando al señor Genji. El señor Genji siempre ganaba. Él veía el futuro, así que nadie podía vencerlo. Sin duda ya habría visto también esta traición y habría tomado medidas para aplastar a los traidores. Quizá llegaría de un momento a otro al frente de un contingente de su famosa caballería, con las banderas al viento, las brillantes cuchillas de sus largas lanzas y sus leales samuráis clamando su nombre a modo de grito de batalla. ¡Qué espléndido espectáculo!

Sabía que el triunfo de Genji sería diferente, se produciría de un modo que ella era incapaz de imaginar. ¿Cómo era ese dicho? Los ancianos del pueblo siempre lo repetían cuando querían hacerse los sabios. Ah, sí.

«El señor Genji dijo: lo que ha sido predicho siempre sucede de manera impredecible.»

Los ancianos alegaban que lo habían oído a él mismo

decirlo después de la batalla, cuando sus pocos aliados habían logrado derrotar a los numerosos secuaces de el Legañoso. Se preguntaba si sería verdad. A diferencia de la mayoría de las personas del pueblo, Kimi había visto a Genji de cerca y lo había oído hablar. Había sido durante una conversación casual que había escuchado, nada importante o profundo. No obstante, su experiencia personal le había permitido ver su carácter de otra manera. Le parecía más probable que hubiera esbozado esa sonrisa leve y extraña que tenía y hubiera dicho algo gracioso en lugar de algo tan trascendental y profundo como las palabras que se le atribuían.

—Apúntale a ese que se está sujetando el costado —dijo Kimi.

—Kimi —respondió Goro.

—Goro —dijo ella.

—¡Kimi! —exclamó él, y lanzó la piedra.

—¡Dejad de moveros como estúpidos! —ordenó Taro—. Usad vuestros arcos. Tú, mata a ese idiota que lanza piedras. Y a la mocosa. Tú, mata a la mujer extranjera. —Si la herida en el costado no se lo hubiera impedido, él mismo habría matado a Emily—. Ten cuidado de no darle a la dama Hanako por error.

—Señor —dijeron los dos hombres. Tomaron flechas de sus aljabas, las ajustaron y apuntaron con sus arcos.

Palacio de la Grulla Silenciosa en Edo

Cuando Charles Smith llegó, había varios samuráis esperando en la entrada. Venía a caballo porque Genji había sugerido una cabalgata matutina. Apenas se apeó, todos los hombres se inclinaron para hacerle una reverencia. Uno de ellos tomó las riendas de su caballo y, sin dejar de saludarlo, le dijo algo en japonés que Smith interpretó como el compromiso por parte del hombre de cuidar muy bien de su montura.

—Gracias —dijo Smith, devolviendo la reverencia. No sabía mucho acerca de Japón o de los japoneses, pero dio por sentado que, más allá de las palabras utilizadas, siempre era posible entender la buena educación. Los samuráis le abrieron la puerta secundaria e hicieron una nueva reverencia. El líder le indicó a Smith que debía pasar él primero. La puerta principal sólo se utilizaba cuando el señor Genji llegaba o partía, o cuando lo visitaban señores de alto rango. Smith no se sintió ofendido. Las culturas antiguas solían atenerse estrictamente a sus prácticas tradicionales. Cuando dichas prácticas desaparecían o se abandonaban, las culturas también sucumbían; era inevitable.

Eso les había sucedido a los aztecas en México y a los incas en Perú cuando habían llegado los españoles. Les había pasado a los hurones, a los mojaves y a los cherokees con la llegada de los ingleses y los franceses a Norteamérica, y ahora era el turno de los siuoxs, los cheyenes y los apaches. Cuando sus propios antepasados habían llegado a las islas hawaianas a finales del siglo anterior, había millones de nativos que cosechaban las ricas plantaciones de ocume, pescaban en los amplios mares y practicaban una religión con dioses y tabúes que establecía el equilibrio y la armonía entre la naturaleza y la sociedad. Hoy, no quedaba más que un diez por ciento de esos nativos. Habían sido exterminados por las enfermedades importadas por los americanos y los europeos, estaban desmoralizados por el fracaso de sus dioses, por el riesgo de extinguirse y por la anexión. Lo mismo que pasaba en el Nuevo Mundo estaba sucediendo en el Viejo. El ejército ruso estaba destruyendo a los tártaros y a los kazajos, últimos exponentes del Imperio mogol, que dominaba la mayor parte de los dos continentes, desde el océano Pacífico hasta el mar Báltico y el mar Negro. Los ingleses, los franceses y hasta los holandeses se estaban repartiendo África. En Asia, la India estaba siendo absorbida inexorablemente por el Imperio británico. Inglaterra, Francia y Rusia tenían los ojos puestos en China. Y una vez que se apoderaran de ella, ¿cuánto tardaría Japón en caer? Era verdad que los japoneses eran una sociedad de guerreros, pero los incas y los aztecas también lo habían sido y habían caído. Japón tenía una población muy numerosa, pero la de la India y la de China eran mucho más grandes y estaban en decadencia. Los japoneses no eran tan susceptibles a las enfermedades extrañas como los hawaianos, pero se defendían con espadas, arpones y unos pocos mosquetes antiguos, mientras que las potencias occidentales poseían grandes cantidades de las armas más letales que la ciencia pudiera producir. Para ellos, la guerra moderna podía ser tan mortal como una peste para la cual carecieran de defensas.

La ley natural que Charles Darwin había descubierto se aplicaba a los hombres y a las naciones del mismo modo que a los animales de la jungla. Sólo el más apto sobrevive.

Smith era consciente de esto. Sabía que los japoneses estaban destinados al fracaso, por eso no le molestaba su orgullo desmesurado ni su evidente desprecio. Para él, no era más que la ignorancia y la arrogancia de un grupo de fantasmas que todavía no se habían dado cuenta de que ya estaban muertos.

Su extinción era tan inevitable como la salida del sol. Sin duda las civilizaciones del Este habían tenido su momento de esplendor. Bastaba con admirar el Taj Majal, la Gran Muralla china o el enorme Buda de oro en Kamakura para darse cuenta. Smith había visto cada uno de estos lugares con sus propios ojos, por eso lo sabía. Pero la época de grandeza oriental había terminado hacía mucho. India, China, Japón y todos los demás países eran sociedades estáticas, detenidas en una estabilidad inmutable, el gran ideal oriental. No poseían el concepto de progreso, y por eso serían absorbidas por él. En realidad, no era cuestión de quién poseía la propulsión a vapor, los cañones, las armas y los ejércitos. Se trataba, como cualquier otro aspecto de la vida humana, de las convicciones. Occidente creía que la edad de oro de la humanidad estaba en el futuro.

Oriente consideraba que estaba en el pasado. Ésa era la principal diferencia.

A pesar de la violenta actitud antioccidental de la mayoría de los líderes japoneses, él no sentía hostilidad hacia ellos. No podían evitar estar sumidos en un estancamiento y decadencia que se había hecho cada vez más fuerte con el transcurso de los siglos. Sería más apropiado decir que, al margen de su sentimiento de superioridad natural, sentía compasión, como cualquier otro hombre civilizado que se precie, por aquellos que se enfrentaban a la extinción. Y por supuesto, tampoco tenía ningún problema con Genji. De hecho, lo apreciaba. Le disgustaba pensar que él también caería. Simplemente, aceptaba la realidad de los hechos. Era una situación bastante triste, porque en el fondo Genji era muy progresista. Era de los pocos japoneses que abogaba por que se adoptaran los conocimientos y los métodos occidentales a gran escala. Pero era demasiado poco y demasiado tarde. En muchos aspectos, Japón estaba en la misma situación en que había estado Europa quinientos años atrás. Era imposible pensar en recuperar cinco siglos en el tiempo que quedaba antes de que Japón fuera devastado. Para principios del siglo XX, dentro de poco más de tres décadas, Japón, al igual que el resto del mundo oriental, estaría bajo el dominio de alguna potencia occidental. Lo único que quedaba por definir era cuál sería. Con la administración adecuada en Washington, podría ser Estados Unidos. ¿Y por qué no? ¿Quién podía determinar que los dominios del destino manifiesto terminaban en la costa occidental del continente norteamericano? En la época de los césares el Mediterráneo había sido un lago romano. ¿Por qué no podría el Pacífico convertirse en un lago americano en esta era? Smith no veía por qué no.

Los samuráis lo condujeron a través del jardín interior del palacio por un sendero recién construido. Lo sorprendió encontrar a Genji sentado en una silla y, más aún, que la habitación principal en que se encontraba hubiera sido convertida en un recibidor al estilo occidental. Genji vestía el típico atuendo de samurái, excepto que en esta ocasión llevaba botas de montar inglesas en lugar de las tradicionales sandalias.

—Vaya, vaya, señor Genji —dijo Smith—, veo que finalmente has decidido empezar a convertirte al estilo occidental.

Genji rió.

—Yo no lo llamaría una conversión. Es más bien una prueba. —Y señaló la habitación—. ¿La encuentras de tu agrado?

—¿Cómo no? Es muy similar a mi propia sala en Honolulú.

Genji sonrió.

—Así es como debía de ser. Utilicé tu descripción como guía. Por lo que dijiste, deduzco que el clima de Hawai no es muy distinto al de Japón en la estación más cálida.

—Es verdad. Sin embargo, el invierno es totalmente distinto.

—Tal vez en invierno —comentó Genji— redecore siguiendo la descripción que el teniente Farrington me ofreció de su casa en Ohio.

El buen humor de Smith se esfumó de inmediato cuando oyó nombrar a Farrington.

—Eso te causará más problemas que satisfacciones —opinó—. Sería mejor que eligieras un estilo y lo mantuvieras.

La actitud de Smith se debía a sus sospechas de que Emily prefería a Farrington en lugar de a él. Nunca había percibido ninguna situación íntima o romántica entre ellos en los pocos momentos en que los había visto juntos. Sin embargo, la forma en que Emily lo trataba a él no era particularmente cálida. Como les había aclarado que sería ella la que decidiera con cuál de los dos se quedaría, la conclusión le parecía obvia. No había retirado su propuesta porque no era de los que se daban por vencido. Mientras la decisión no fuera anunciada, había esperanzas.

Smith se aferraba a esa posibilidad. No porque amara a Emily, sino porque la deseaba más que a nada en el mundo.

Sin duda era la mujer más hermosa que hubiera visto en su vida, personalmente, en un cuadro o que hubiera osado imaginar. No le molestaba en lo más mínimo no amarla. El amor era para las mujeres y los niños, no para los hombres. Las mujeres eran dependientes y compasivas; los hombres, poderosos y dominantes. Eso también se ajustaba a las teorías darwinistas. Un hombre saludable y dinámico (al igual que una nación) luchaba denodadamente por conseguir más poder e incrementar sus posesiones.

—Eso es algo que no entiendo de la arquitectura occidental —dijo Genji.

—¿El qué? —preguntó Smith.

—La falta de flexibilidad. Una habitación sirve sólo para una cosa. Una vez amueblada, queda así. ¿Te parece lógico?

—Sí —respondió Smith—. Nuestras habitaciones permanecen como son porque tenemos mucha variedad de muebles y las paredes son fuertes y sólidas. Vuestras habitaciones se pueden cambiar de acuerdo con la necesidad del momento porque tenéis pocos muebles y, en lugar de muros, usáis paneles rebatibles.

—Yo le encuentro una lógica a cada una de las alternativas. Mi pregunta es si tú consideras que vuestro sistema es más lógico que el nuestro.

—Si puedo hablarte honestamente sin que te ofendas... —dijo Smith, y se interrumpió.

—La honestidad no me ofende en absoluto —respondió Genji, y sonrió—. Es más, hago lo imposible por no ofenderme cuando me insultan intencionadamente —agregó.

—Te ruego me disculpes, señor, pero tenía entendido que los samuráis estaban siempre prestos a responder con sus espadas ante el menor de los insultos.

—Sí, y me parece una pérdida de tiempo, de energía y de vida. Es como si le dieras el control del gatillo de tu pistola a cualquiera que quisiera jactarse de él. ¿Harías una cosa así?

—Por supuesto que no.

—Yo también prefiero no hacerlo —dijo Genji con una escueta reverencia—. Por favor, continúa.

—Las habitaciones occidentales son más lógicas que las japonesas porque es más razonable tener mesas y sillas que no poseerlas. Los muebles de estilo occidental permiten que el cuerpo humano asuma una posición de descanso más saludable y natural, en lugar de provocar los dolores musculares y la reducción de la circulación sanguínea que se producen al sentarse en el suelo. Del mismo modo, las construcciones con paredes sólidas son mejores para protegerse contra las inclemencias del tiempo, los insectos y las alimañas. Además, son mucho más seguras que los paneles móviles de papel. Creo que este último aspecto te resultará particularmente interesante, teniendo en cuenta tu condición de samurái.

—La seguridad no tiene nada que ver con la solidez de los muros, sino con la lealtad de los propios soldados —dijo Genji—. Sin ellos, ni las paredes del hierro más impenetrable podrían ofrecerme protección.

—Mi señor. —Hidé, el jefe de los guardaespaldas de Genji y general mayor, apareció en la sala. Lo acompañaba el teniente Robert Farrington, agregado naval de la embajada norteamericana y principal rival de Smith en la puja por la mano de Emily.

—Lamento interrumpir —dijo Farrington, y lanzó una mirada hostil a Smith—. Debo de haber malinterpretado tu invitación.

—En absoluto —respondió Genji—. Adelante.

—Pido disculpas, señor Genji, pero preferiría estar en cualquier otro lugar que en compañía de tu invitado actual.

—Es precisamente a donde vamos, a otro lado. Por favor, quédate con nosotros.

Smith se puso de pie, le hizo una reverencia a Genji y le devolvió la mirada a Farrington.

—No te molestes, almirante. Siempre estoy dispuesto a cederle el lugar a los héroes de la guerra de la Unión. —El modo en que Smith pronunciaba cada una de las palabras era mucho más elocuente que lo que realmente decía.

Genji notó que Hidé se había desplazado ligeramente

para situarse en un mejor ángulo en caso de que tuviera que sacar su espada y derribar a Farrington de un solo movimiento. Los dos samuráis apostados en el pasillo vigilaban atentamente a Smith. Ambos norteamericanos estaban armados con revólveres. Genji los consideraba sus amigos, así que, contrariamente a lo que le aconsejaban y para consternación de sus soldados, no les pedía que se despojaran de sus armas antes de presentarse ante él. Cada vez que Farrington o Smith lo visitaban, sus hombres estaban listos para atacar. Tal vez demasiado para su gusto. Los americanos cambiaban de posición y gesticulaban moviendo los brazos mucho más que los japoneses. Estos movimientos impredecibles muchas veces hacían que sus guardaespaldas amagaran con desenvainar sus espadas. Si en el futuro volvía a ocurrir algo así, les pediría a sus amigos americanos que dejaran sus armas en la entrada, por el bien de ellos más que por el suyo propio.

—Supongo que si alguno de vosotros rehusara venir conmigo, se le simplificarían las cosas a Emily —dijo Genji—. Sin embargo, ¿sería realmente positivo? ¿Acaso las mujeres americanas no valoran altamente que se les dé la posibilidad de elegir por sí mismas? —Sus palabras sorprendieron a ambos, tal como él esperaba. Los dos estaban mirándolo en lugar de mirarse entre ellos.

—¿Qué tiene que ver Emily en todo esto? —preguntó Smith.

—Ella es el centro de nuestra relación —respondió Genji—. Yo soy su amigo y vosotros sus pretendientes.

—Disculpa que te contradiga, señor Genji, pero no entiendo qué tiene que ver el hecho de que Smith y yo decidamos cabalgar juntos con lo que acabas de decir. Ambos somos tus amigos y queremos la mano de Emily. Eso no implica que debamos mantener relaciones más allá de las absolutamente necesarias entre nosotros —objetó Farrington.

—Por una vez estamos de acuerdo, señor —dijo Smith—. Lo «absolutamente necesario» no implica más que comportarnos de manera cordial en la desafortunada eventualidad de encontrarnos en el mismo lugar al mismo tiempo.

Farrington le hizo una leve reverencia estilo occidental a Smith.

—Dado que tu llegada fue anterior a la mía, señor, no interrumpiré más tu entrevista con el señor Genji —dijo.

—Todo lo contrario —respondió Smith, devolviéndole una reverencia a su rival—. Como yo ya he tenido la oportunidad de hablar con él, es evidente que el que tiene que retirarse soy yo.

—Lo siento, pero no estoy de acuerdo —replicó Farrington.

Genji suspiró. Una vez más había perdido su atención. Se consideraba un hombre paciente, pero las interminables discusiones de aquellos dos hombres excedían todos los límites. ¡Qué diferentes eran los norteamericanos de los japoneses! Si hubieran sido samuráis, se habrían retado a duelo hace tiempo y el dilema ya estaría resuelto. En cambio, ellos seguían intercambiando palabras sin sentido. Además, ningún samurái en su sano juicio hubiera desperdiciado tanta energía en una mujer, tanto menos en una como Emily, que carecía de posición social, riquezas y conexiones políticas de ninguna clase.

—Podéis discutir y retiraros todo lo que queráis y por todo el tiempo que os plazca, cuándo y dónde queráis. Yo me excuso y me marcho. ¿Debo presentarle a Emily vuestras disculpas por no haber venido?

—Tenía entendido que Emily estaba fuera de la ciudad —dijo Farrington.

—Así es.

Smith se echó a reír.

—Ah, ahora entiendo el plan, mi señor. Iremos a buscarla.

Genji hizo una reverencia en señal de asentimiento.

—Y en el camino —agregó Smith, mirando a Farrington—, resolveremos el asunto de quién se quedará con la mano de Emily.

Genji volvió a hacer una reverencia. Era la única solución que se le ocurría. Emily estaba tan lejos de tomar una decisión como el día en que había conocido a sus dos pretendientes. Era imperioso que eligiera a uno de los dos y abandonara Japón lo antes posible.

—¿Has olvidado la advertencia de Emily? —dijo Farrington—. Si cometemos cualquier acto de violencia, no se quedará con ninguno de los dos.

—¿Cómo podría enterarse si no está presente? —opinó Smith.

—La ausencia permanente de uno de nosotros podría ser un dato bastante obvio, ¿no crees?

Smith se encogió de hombros.

—Será problema del que sobreviva inventar una historia convincente.

—¿Estás sugiriendo que le mintamos a Emily?

—¿Por qué no? ¿En qué la perjudicaría?

—Una mentira es una mentira —dijo Farrington—. No estoy dispuesto a mentir.

Smith sonrió.

—No te preocupes, te aseguro que no tendrás que hacerlo.

—Tampoco tú. Me niego a participar de algo así.

Smith esbozó una sonrisa burlona.

—Qué oportuno, almirante. En el pasado no vacilaste en disparar contra mujeres indefensas. No me sorprendería descubrir que estás dispuesto a esconderte detrás de sus palabras.

—Siempre nos acusáis de ser irrazonables —dijo Genji antes de que Farrington pudiera responder—. Si vuestro comportamiento actual es un ejemplo de la lógica occidental, debo admitir que no logro entenderla. El señor Smith ha propuesto una solución que me parece lógica y apropiada.

—Lo lógico no siempre es ético —replicó Farrington—. Sí, es verdad que si uno de nosotros le dispara al otro, la decisión de Emily ya no dependería de ella. Sin embargo, nos ha pedido que no lo hiciéramos de ese modo. La ética requiere que nos adecuemos a la confianza que ha depositado en nosotros. De todas formas, esto no me resulta muy satisfactorio. Yo amo profundamente a Emily. Sé que el señor

Smith no la ama y, por tanto, no la hará feliz porque no puede tratarla como ella necesita, es decir, con amor. Por desgracia, temo que ella no sea capaz de entender esto y se deje llevar por su atractivo superficial: su aspecto, su riqueza y su encanto. Por lógica, yo debería aceptar batirme en duelo con él, porque no tengo dudas de que lo vencería. De esta manera salvaría a Emily de vivir una vida desdichada junto al hombre equivocado. Pero no puedo hacerlo, porque le prometí a Emily que no lo haría. No tengo otra alternativa, lo admito.

El rostro de Smith había enrojecido cada vez más a medida que escuchaba las palabras de Farrington.

—¿Cómo puedes hablar así de mis sentimientos más profundos? ¿Cómo puedes estar tan seguro de saber lo que me pasa? —exclamó.

—No es difícil darse cuenta —respondió Farrington—. Un hombre que miente por una buena razón también puede hacerlo fácilmente por una mala. Un mentiroso no es un buen marido para Emily.

—Caballeros —dijo Genji, interrumpiendo lo que parecía el principio de una discusión interminable—, vayamos. Quizá no logremos llegar a una solución que nos convenza a todos, pero al menos estaremos más cerca de Emily.

A pesar de que Farrington no quería aceptar el duelo propuesto por Smith, Genji pensaba que si lograba que los dos hombres marcharan juntos hacia Mushindo, probablemente la violencia terminaría resolviendo el dilema. Apenas podían contenerse cuando estaban en presencia uno del otro durante unos minutos, así que ¿cómo iban a sobrevivir dos días juntos? No creía que fueran capaces.

Farrington se recostó boca arriba y observó la oscuridad entre las estrellas. Durante la guerra había pasado muchas noches en tierra, acampando solo, bajo la bóveda despejada del firmamento. En aquella época no soportaba permanecer encerrado mucho tiempo en ningún edificio. Tal vez había visto demasiados cuerpos carbonizados entre las ruinas de los pueblos y las ciudades del Sur que había ayudado a sitiar y bombardear. Cuando la guerra terminó, su fobia se extinguió. Quizás el final de la violencia había extirpado aquel miedo incipiente de su corazón. Quizá. No lo sabía, y nunca lo sabría.

Genji, Smith y el resto de los viajeros estaban en alguna parte detrás de él. Probablemente se habían refugiado en una de las granjas de alguno de los pueblos que habían atravesado ese día. Se imaginaba lo incómodo que estaría Smith sabiendo que él los precedía en el camino. No pudo evitar sonreír. Había puesto como condición para el viaje que lo dejaran ir solo, lejos de Smith. Por supuesto, éste se había resistido vehementemente.

—Una vez que lo perdamos de vista —había dicho Smith—, ¿qué garantía tenemos de que no se apresurará para ganar ventaja y llegar antes que nosotros?

—Te doy mi palabra de que no lo haré —había asegurado Farrington.

—¿Tu palabra? —había preguntado Smith.

—Tu palabra es suficiente —había dicho Genji.

—Señor Genji —había insistido Smith— al menos envía a tu general Hidé con él para que no «se pierda», por decirlo de alguna manera.

—Yo ya he estado en Mushindo —había dicho Farrington—, y el camino no es complicado. —Y dirigiéndose a Genji, había añadido—: ¿Es conveniente que nos encontremos en el claro que hay inmediatamente al este del monasterio?

—Sí —había contestado Genji.

—Hasta entonces —había dicho Farrington. Luego había saludado a Genji y se había alejado al galope. Por un instante temió que Smith le disparara por la espalda. Había poca diferencia entre un cobarde y un mentiroso, y sin duda un cobarde estaría dispuesto a hacer cualquier cosa para conseguir lo que se proponía. Había oído la voz airada de Smith que protestaba. Pero no hubo disparos.

No era sólo para evitar a Smith que Farrington quería ir solo. Necesitaba la soledad para ordenar sus pensamientos, que eran bastante confusos. No tenía dudas acerca de lo que sentía por Emily. Estaba enamorado de ella. Eso debería haber esclarecido sus actos, pero no había sido así, porque cualquier cosa era cuestionable en una situación en la que había una ausencia evidente de respuestas.

De la infinidad de dudas que lo acechaban, la más apremiante era la clase de relación que tenían Emily y Genji. Aun los primeros rumores que había oído eran consistentes sólo en los hechos más simples. Todos comenzaban diciéndole, demasiado ansiosos y casi sin aliento, que la joven y bella misionera llamada Emily Gibson estaba viviendo en el palacio del señor Genji, uno de los jefes militares más libertinos de Japón. A partir de ahí las versiones dejaban de coincidir.

Se estaban burlando desvergonzadamente de las leyes de Dios y del hombre acerca de la mezcla de razas y religiones.

Ambos eran cristianos devotos. Ella era la que lo había convertido y él el converso, y vivían como una monja y un monje.

Ella era gravemente adicta a la amapola satánica y él era su proveedor inconsciente.

Él era un depravado sexual que la había seducido con sus nefastos métodos orientales de los que ella se había vuelto una simple esclava patética y degradada.

Ella no era una misionera, sino una agente secreta al servicio de Francia, Rusia, Holanda, Estados Unidos o el Papa, que estaba confabulando a favor o en contra del sogún o el emperador y cuyo objetivo final era entregar el control del país a cualquiera de esas naciones o al papado.

Él no sólo era decadente, sino que además estaba loco. Se creía profeta y estaba elaborando un plan en el que la deshonrada mujer estaba profundamente involucrada, un plan, por lo demás, que lo convertiría en el pontífice de una nueva religión que le permitiría desplazar al emperador, al sogún, a Buda y a los antiguos dioses de Japón y ser el líder supremo de una nación de fanáticos que creerían sólo en él.

Los rumores atroces que habían circulado entre marineros y soldados durante la guerra no eran nada comparados con lo que Farrington había oído en su primera semana de estancia en Edo. Como si la presencia de una mujer occidental oculta en el palacio de un señor oriental no fuera lo bastante provocadora, el escándalo que rodeaba a la secta Luz de la Palabra Verdadera de los Profetas de Cristo, a través de la cual Emily había llegado como misionera a Japón, fomentaba las especulaciones más desmedidas. Tres años antes, la iglesia de la Palabra Verdadera se había desintegrado acusada de desviaciones tan extremas que eran difíciles de creer. Los escasos hallazgos oficiales contenían pruebas que sugerían perversos y atroces actos carnales que bien podrían haber complementado los serrallos de Sodoma y Gomorra.

Farrington no había creído en los rumores ni tampoco los había descartado en el acto. Durante la guerra había aprendido que, desgraciadamente, lo increíble a veces también es verdad. En niveles imperceptibles hasta para sí mismos, los hombres eran capaces de adoptar conductas más brutales que las de las bestias de la jungla africana. El comportamiento de estas criaturas salvajes estaba restringido por los límites de las leyes de la naturaleza. En cambio, los hombres que perdían su humanidad ni siquiera contaban con esa gracia salvadora.

Los rumores de adicción al opio eran los que más lo preocupaban. Hasta ese momento, él no había conocido o visto a Emily Gibson o a su huésped, el jefe militar, así que no sabía nada de su carácter más allá de lo que había escuchado en los contradictorios relatos. Pero había visitado Hong Kong en un viaje por puertos orientales y había podido observar con sus propios ojos el insidioso poder corruptor de la droga. Si la señorita Gibson era adicta, haría cualquier cosa para abastecerse. En los antros donde se fumaba opio y en los burdeles de Honk Kong había visto mujeres en diversos estados de dependencia que se ofrecían para complacer los deseos más perversos de quien pudiera pagar el precio. Lo impresionaba y lo entristecía que una compatriota y misionera cristiana hubiera sucumbido hasta sumirse en esos abismos.

Pero no había sentido más compromiso emocional que el propio de cualquier caballero al escuchar las desgracias de una dama. El mundo era verdaderamente un valle de lágrimas. No podía pretender aliviar el sufrimiento de cada persona desdichada que se cruzara en su camino. Había aprendido la lección varias veces durante la guerra. Por eso, sentía compasión, pero no una inclinación hacia un compromiso personal.

Después la vio.

Fue en una recepción en la embajada destinada a acercar a los miembros de la floreciente comunidad empresarial norteamericana y a la influyente nobleza japonesa. El odio hacia los extranjeros hizo que fuera necesario rodear la embajada con contingentes de marines de Estados Unidos fuertemente armados.

—Es una lástima —le había dicho el embajador—. De alguna manera disminuyen el ambiente cordial necesario para nuestros propósitos.

—Tal vez no, señor embajador —había replicado Farrington—. Nuestro despliegue militar podría ser considerado como parte de la celebración. Las tropas del sogún patrullan todas las calles que llegan hasta aquí y los jefes militares indudablemente vendrán escoltados por sus propios regimientos. A diferencia de los chinos, los japoneses no parecen considerar que las tropas armadas sean un espectáculo desagradable.

—Esperemos que tengas razón —había dicho el embajador. Después, al ver que había llegado uno de los jefes militares invitados, había añadido—: Por Dios, qué descarado. La ha traído con él.

—¿Señor?

—Aquel noble es el señor Genji, un miembro influyente del consejo interno del sogún. Ya te lo había mencionado.

—Discúlpeme, señor. He oído tantos nombres japoneses en esta semana que estuve aquí, que me resulta difícil identificarlos a todos. No estoy seguro de recordar lo que me dijo sobre él.

—Bueno, ¿te acuerdas de la supuesta misionera de la que te hablé, Emily Gibson?

—Sí, eso sí. Es una historia muy triste y extraña.

—Ella es la mujer que está con el señor Genji.

Primero vio su cabello, brillantes filamentos dorados entre las cabelleras oscuras. Después pudo ver su silueta, sorprendentemente estilizada en un vestido austero, poco elegante, y que había pasado de moda hacía al menos una década.

—No hay escapatoria —había dicho el embajador—. No podemos permitir que el señor Genji se sienta ofendido. —Y acompañó a Farrington hasta donde estaban los recién llegados.

—Buenas noches, embajador Van Valkenburgh —había dicho Genji—. Gracias por su cordial invitación.

Genji no era el feroz jefe militar que Farrington esperaba. Sonreía con facilidad. Es más, su comportamiento no era en absoluto bélico, tal vez hasta podría decirse que era un tanto afeminado. Para su sorpresa, hablaba inglés casi sin acento.

—El placer es mío, señor Genji —había respondido el embajador, haciendo una reverencia cortés a su acompañante—. Señorita Gibson, me alegro de volver a verla. Ha pasado mucho tiempo.

—Gracias, señor —había dicho Emily.

—Señor Genji, señorita Gibson, él es el teniente Robert Farrington, recientemente designado agregado naval.

Intercambiaron más palabras corteses. Farrington apenas retenía lo que escuchaba y se olvidaba de lo que acababa de decir en cuanto terminaba de hablar. ¿Habían visto sus ojos alguna vez una imagen de perfección femenina como ésta? Podía decir con sinceridad que no. Sin embargo, no era su belleza lo que lo había cautivado, o al menos no sólo eso. En su mirada y sus intentos de sonreír había percibido la tristeza que se escondía en lo profundo de su ser. Esa herida oculta y su causa desconocida lo conmovieron inmediatamente. A partir de ese instante, aun cuando todavía no hubieran intercambiado ninguna palabra significativa, empezó a sentir algo por ella.

Desde entonces había tenido ocasión de contemplar lo sucedido. ¿Acaso se habría preocupado por su bienestar y su salvación si sus encantos físicos hubieran sido otros? ¿Qué habría sucedido si ella hubiera sido deforme o simplemente poco atractiva? ¿Entonces qué? ¿Le habría importado tanto su destino? En ese caso, ¿resistiría su motivación un análisis minucioso? ¿Acaso sus sentimientos de amor eran más nobles que el mero deseo de posesión que él le atribuía a Smith, su rival?

Siempre lograba contestar que sí, pues sabía que era la tristeza lo que volvía su belleza tan llamativa. Era tan vanidoso se que creía capaz de curarla con el simple hecho de amarla fielmente con todo su ser. El amor era la última gran esperanza que le quedaba. Durante la guerra había perdido la fe en todo lo demás.

Pensaba que Genji se interpondría en su camino, pero sin embargo no fue así como ocurrieron las cosas. Al contrario, lo alentó desde el principio. Lo que Farrington ignoraba en ese momento era que al mismo tiempo, animaba a Charles Smith. De todas formas, ambas acciones demostraban que no existía ningún vínculo entre Genji y Emily. Sin embargo, eso no implicaba necesariamente que su relación fuera decorosa. Una vez que la hubo conocido, se dio cuenta de que ella no adoptaría conscientemente un comportamiento inmoral, lo cual tampoco significaba que no pudiera ser víctima de alguna cosa sin saberlo. Genji era un potentado oriental con poder absoluto sobre su dominio y sobre los hombres de su clan. Sin duda su palacio y su castillo estarían llenos de habitaciones, pasadizos secretos y sitios de observación. Él no era cristiano. Farrington estaba convencido de eso, por más que Emily insistiera en que lo había convertido a la fe verdadera. En varias ocasiones durante los últimos meses, Genji había manifestado ser seguidor de una antigua y oscura secta del budismo que no contemplaba normas morales, éticas o de propiedad, sino que se centraba en la liberación mística de las leyes del hombre y de Dios. Una persona así era capaz de cualquier cosa.

Farrington se puso de costado y cerró los ojos. Debía tratar de dormir. No era bueno contemplar sin más la noche y repasar por enésima vez los pensamientos que ya había analizado en tantas ocasiones. Mañana llegarían al monasterio, verían a Emily y todo se aclararía. No estaba seguro de que las cosas se arreglarían como debían, es decir a su favor. Pero aun cuando ella eligiera a Smith, al menos se alejaría de Genji. Farrington temía que prefiriera a Smith en lugar de a él. Seguramente era así, porque no le había demostrado ninguna señal de afecto. Todo lo que había recibido era el tratamiento cortés que toda dama mostraría hacia un caballero que conociera. Si no sentía nada por él, entonces su afecto debía de pertenecer a Smith. Pero, si así fuera, ¿por qué tardaba tanto tiempo en dar a conocer su decisión? Sabía que era una persona muy considerada. Tal vez detestaba la idea de herir sus sentimientos si lo rechazaba y deseaba que, de alguna manera, no fuera necesario hacerlo. No esperaba que hubiera un duelo, por supuesto, sino simplemente que él aceptara la inutilidad de su empresa y se retirara por sus propios medios, sin que ella tuviera que decirle nada.

Sin embargo, mientras conciliaba el sueño, se le ocurrió otra posibilidad que como era tan repugnante la olvidó antes de despertar a la mañana siguiente.

—El oficial naval está solo, viene al galope cinco minutos antes que el señor Genji y el otro extranjero —informó el explorador del señor Saemon—. Acompañan al señor Genji el señor Hidé y veinticuatro samuráis.

Veinticuatro hombres. Saemon se preguntaba por qué. Genji siempre viajaba con una escolta mínima. ¿Por qué habría traído consigo un contingente tan numeroso esta vez? El camino desde Edo hasta el monasterio de Mushindo no era largo ni peligroso. ¿Sospecharía algo? De todas formas, fuera lo que fuera, no podía saber nada de lo que él había planeado. Saemon había venido acompañado de diez hombres. Ni siquiera los necesitaba. No precisaba la ayuda de nadie para llevar a cabo su plan. Era bien sabido entre los samuráis que estaban en contra de los extranjeros y entre los que buscaban acomodarse con las potencias occidentales, al igual que con los que estaban a favor y los que se oponían al sogún y al emperador, así que tampoco necesitaba guardaespaldas que lo protegieran. Si los tenía era por una cuestión de imagen. Un gran señor no podía recorrer solo los campos.

Saemon sabía por qué Farrington y Smith no venían juntos. Se habían convertido en grandes enemigos desde que ambos habían comenzado a cortejar a Emily Gibson. A él la situación le parecía de lo más entretenida. El oficial debería dedicarse a su carrera militar y el hombre de negocios, a acumular riquezas. Sin embargo, allí estaban, perdiendo su tiempo irrecuperable y su preciosa energía en competir por una esposa que no sólo carecía de contactos, sino que además era despreciada por todos los habitantes del país. ¡Qué misterio!

—¿Te han visto?

—No, señor. Estoy seguro de que no.

Saemon estuvo tentado de amonestar al explorador, pero se contuvo. ¿Qué beneficio podía obtener? Doscientos años de paz habían socavado las habilidades de los samuráis e incrementado su arrogancia. ¿Cómo podía estar seguro de que no lo habían visto? No podía. Sin embargo, no había dudado en su respuesta. Genji era mucho más atento de lo que parecía y lo mismo podía decirse de Hidé. Ambos figuraban entre los pocos samuráis coetáneos que habían pasado por la experiencia real del combate. Probablemente habían visto a su explorador, pero Genji era lo bastante inteligente como para no revelarlo.

—Vayamos al encuentro de Genji —ordenó Saemon—. Ve tú delante y pídele permiso.

—No me ofenden los rumores —dijo Genji a Smith—. Son escandalosos por naturaleza.

—Estoy de acuerdo —convino Smith—, y es normal que la gente se pregunte qué habéis hecho Emily y tú durante estos seis años.

—Es verdad —dijo Genji. Sonrió, pero no entró en detalles.

Smith rió.

—Bueno, ¿y qué habéis estado haciendo? Como posible futuro prometido de Emily, creo que mi pregunta no está fuera de lugar.

Hidé escuchaba la conversación mientras cabalgaban hacia Mushindo, más lentamente de lo que él hubiera querido. El espía que había visto en el valle anterior era seguramente uno de los hombres de Saemon. Esperaba encontrarse con una emboscada, por eso había insistido en traer una escolta de veinticuatro hombres.

«—Saemon no me preparará una emboscada camino a Mushindo —había dicho Genji.

»—Desearía estar de acuerdo contigo, mi señor —había respondido Hidé.

»—Cien hombres son demasiados —había dicho Genji.

»—No si Saemon tiene doscientos —había objetado Hidé.

»—Si convertimos una visita informal en una procesión —había opinado Genji—, que es lo que pasará si llevamos cien hombres, llamaremos mucho la atención y aumentaremos el peligro en lugar de reducirlo.

»—Entonces, cincuenta —había propuesto Hidé—, armados con rifles.

»—Veinticinco, contándote a ti —había dicho Genji—. Y arcos y flechas serán suficientes.

»—Veinticinco con rifles —había replicado Hidé.

»—Está bien, veinticinco con rifles», había aceptado al fin Genji, exasperado.

Ahora que el ataque era inminente, Hidé estaba complacido de haber bajado el número y no haber descartado los rifles. Observó a sus hombres. Habían estado mirándole. Sin que nadie les dijera nada, estaban preparados para el ataque. Smith no se había dado cuenta de nada. Cabalgaba junto a ellos tan despreocupado como siempre.

—Los hombres y las mujeres —dijo Smith— se comportan como tales cuando intentan regirse por las leyes de la naturaleza en lugar de seguir las reglas creadas por el hombre.

—¿Es ése un pensamiento cristiano? —preguntó Genji.

—En realidad, eso es lo que observé durante toda mi vida en las islas de Hawai.

—Emily y yo hemos estado ocupados cada uno con su trabajo. Ella promoviendo la fe cristiana y yo ocupándome de la crisis política.

—¿Durante seis años?

—En los últimos seis años ocurrieron muchas cosas —respondió Genji.

—Señor —dijo Hidé. Se acercó a Genji con su caballo. Un hombre solo se aproximaba desde el este.

Era un mensajero del señor Saemon.

—Aquellos dos no parecen ser muy amigos —dijo Saemon, señalando a Farrington y Smith, que cabalgaban uno junto al otro en absoluto silencio y miraban hacia todas partes menos a su rival.

—Estuvieron en bandos opuestos durante el reciente conflicto norteamericano —respondió Genji.

—Me pregunto si la enemistad durará doscientos sesenta años como en Japón.

—Los americanos miran hacia el futuro, no hacia el pasado. Es probable que no caigan en la misma estupidez que nosotros.

—Eso sólo sucederá si ambas partes se esfuerzan por lograr lo mismo —opinó Saemon.

—Estoy totalmente de acuerdo —dijo Genji—, y espero que así sea.

—Yo también lo espero —agregó Saemon.

Hidé miró hacia otro lado para ocultar su desaprobación. Le molestaban las alusiones jocosas a las lealtades opuestas de sus antepasados. Genji se sentía mucho más a gusto. El hecho de que Saemon *el Escurridizo* estuviera con ellos no significaba, como aparentemente creía su señor, que no fuera a producirse un ataque. Lo único que hacía era cambiar las diversas formas de traición posibles. Un par de guardaespaldas de Genji observaba a cada uno de los hombres de Saemon. Por su parte, Hidé estaba preparado para asesinar al propio Saemon a la primera provocación.

—Tengo entendido que también hay cierta rivalidad entre ellos a causa de tu huésped, la señorita Gibson —dijo Saemon.

—Estás bien informado, señor Saemon.

—No particularmente, señor Genji. Es mucho lo que se dice acerca de ellos y la señorita Gibson.

—¿Y de mí?

Saemon hizo una reverencia.

—Indudablemente. Como tu amigo y aliado, te aconsejo que te alejes lo antes posible de la mujer. La situación política es terriblemente inestable. Te hace perder el valioso apoyo que podrías tener si no estuvieras con ella.

Hidé no pudo evitar lanzar una risa ronca. ¿Saemon, amigo y aliado de Genji?

—¿Tienes algo que añadir, Hidé? —preguntó Genji.

—No, señor. Sólo tosí. Tragué un poco de polvo del camino.

Genji se dirigió a Saemon.

—Todo apoyo que me sea negado por culpa de la presencia de la señorita Gibson carece de sentido y no me preocupa no tenerlo. De todas formas, pronto se comprometerá y, poco después, se irá de Japón —dijo.

—¿Es eso cierto? —Era una revelación sorprendente que Saemon no estaba muy dispuesto a creer. Sabía que Farrington y Smith estaban cortejando a Emily, pero había dado por sentado (y seguiría haciéndolo hasta que viera pruebas más fehacientes que las palabras de Genji) que todo era una puesta en escena para permitirles a los cuatro confabular juntos. Aún no había logrado descubrir la naturaleza de su complot, pero ningún plan que involucrara a tantas personas podía mantenerse en secreto por mucho tiempo. Por eso, siempre que podía, se guardaba sus planes para sí mismo.

No creía que hubiera ningún tipo de animosidad real entre los dos hombres y, en cuanto a la mujer, en fin, nadie podía ser tan ingenuo y ciego como ella pretendía ser. Para él, resultaba demasiado obvio que estaba profundamente involucrada en lo que estaba pasando, fuera lo que fuera. Quizá fuese una agente del gobierno norteamericano. Los norteamericanos no podrían haber elegido a nadie menos sospechoso y mejor situado que ella para obtener información. Sabían la poca atención que los japoneses prestaban a las mujeres. Nadie, excepto él, se interesaba realmente en las actividades de Emily, que parecían inofensivas hasta el punto de resultar totalmente inútiles. (Según los informantes que tenía en la casa de Genji, ella había abandonado hasta la pequeña actividad proselitista cristiana que llevaba a cabo para dedicarse por completo a traducir al inglés la historia del clan Okumichi. El solo hecho de que intentara perpetrar un subterfugio tan absurdo era ofensivo y demostraba lo insignificantes que consideraba a los japoneses. No era posible que una historia que podía ser revelada tan sólo a quienes pertenecían al linaje del señor fuera expuesta a los extranjeros en su propia lengua.) Al mismo tiempo, era amiga íntima de un gran señor políticamente importante y residía entre su palacio de Edo, la capital sogún, y su castillo en el Dominio de Akaoka en las islas del sur de Shikoku, cuna de la actividad contra el sogún. Era extremadamente astuta. Farrington era un oficial naval y Smith un mercader, así que ambos tenían fácil acceso a las comunicaciones con el exterior. Para Emily era sencillo pasarles mensajes en secreto mientras ellos fingían cortejarla. ¿Genji estaría involucrado de manera activa? En ese caso, sería una de las peores traiciones. En la India, ciertos grandes señores (allí llamados rajá) entregaron sus dominios a los británicos, disfrazando la maniobra como una solicitud de protección. ¿Acaso Genji pretendía hacer lo mismo con Japón y los norteamericanos?

—¿A cuál prefiere la señorita Gibson? —preguntó Saemon.

—Todavía no se ha decidido —respondió Genji.

¡Todavía no se ha decidido! Más astucia. Una excelente artimaña para encubrir infinitas dilaciones. Cómo no iba a admirar Saemon el extraordinario modo en que manejaba Genji cada uno de los aspectos de aquella compleja conspiración. Era un excelente estratega de primera línea. No le sorprendía que hubiera logrado vencer a su padre, el señor Kawakami, aun cuando éste tuviera el control de la policía secreta del sogún y hubiera descubierto un secreto vital acerca de Genji, que probablemente involucraba también a Heiko, la geisha que había desaparecido. Al menos en este asunto, Saemon seguía los pasos de su padre. Fuese lo que fuese lo que éste había descubierto, él también lo descubriría. Estaba esperando un informe que tenía que llegar de California de un momento a otro.

—Las mujeres son reacias por naturaleza a disminuir las opciones posibles —dijo Saemon—, y por lo general prefieren evitar por completo el tener que elegir.

—Muchas veces parecería que es así.

El jinete que guiaba la marcha apretó el paso y se adelantó. Alguien se aproximaba a pie desde el monasterio de Mushindo. Era una mujer. Tenía la cabeza completamente ladeada hacia la derecha en una posición precaria. Cuando corría, se agitaba arriba y abajo con tanta fuerza que parecía que el cuello iba a quebrársele en cualquier momento.

Monasterio de Mushindo

—Dejad de moveros como estúpidos —ordenó Taro—. Usad vuestros arcos. Tú, mata a ese idiota que lanza piedras. Y a la mocosa. Tú, mata a la mujer extranjera. Ten cuidado de no darle a la dama Hanako por error.

—Señor —dijeron ambos. Sus primeros tiros no habían

acertado a nadie. Todos sus blancos se habían escondido entre los altos pastizales y las flechas les habían pasado por encima sin herirlos. Hicieron un segundo intento pero nadie volvió a aparecer.

—¡Encontradlos! —dijo Taro. Él y sus hombres avanzaron con las flechas listas para disparar—. Capturad viva a la dama Hanako y matad al resto. —Hanako sola podría haberlos eludido, pero debía proteger a Emily. Seguramente no estarían lejos.

Era un día sin viento. Se concentró en los sonidos que provenían de los pastizales que pudieran indicar el paso o la presencia de una persona y observó los movimientos de los tallos.

Allí.

Su preocupación por Hanako le impedía asestar a ciegas una puñalada en el pasto que se movía. Se acercó con cautela. En aquella zona, alguien que ya no estaba allí había pisado la hojarasca. Desde la derecha asomó una fina vara. Siguió con la mirada su trayectoria. Era la mano de una niña la que la sostenía y empujaba el pasto, agitándolo. La mocosa. Lanzó una puñalada, pero falló. La punta de su espada se clavó en la tierra. Se movía con la velocidad y la astucia de una rata hambrienta.

—¡Señor Taro!

Sus hombres habían encontrado a Hanako. La tenían rodeada. Ella cambiaba continuamente de posición para tratar de no perderlos de vista. No pudo ver a Emily. Debía de hallarse en el pasto, a los pies de Hanako.

Taro bajó la espada a medida que se acercaba a ella.

—Señora Hanako —dijo—, no queremos hacerte daño. Por favor, apártate del camino.

—¡Traidor!

Cuando intentó atacarlo, uno de sus hombres corrió hacia ella desde atrás y la aferró. Por supuesto, no era lo que ella quería. Se volvió hábilmente y lanzó una estocada. El hombre cayó en el acto, la sangre brotándole del cuello. Sin detenerse, Hanako arremetió contra el samurái que tenía más cerca y lo obligó a retroceder.

Taro se abalanzó sobre ella, pero en ese instante el gigante idiota se levantó del suelo y, desde muy cerca, le lanzó una piedra en la frente con todas sus fuerzas. Taro percibió el sonido de un hueso al romperse. Se le entumeció todo el cuerpo. A pesar de estar al borde de la inconsciencia y prácticamente cegado por la sangre que manaba de su reciente herida, Taro trató de defenderse al ver el reflejo del sol en el sable que se acercaba hacia él. Hirió a alguien, no sabía a quién, y retrocedió tambaleándose. Pensó que el temblor de la tierra bajo sus pies era otra consecuencia del golpe, hasta que oyó gritar a sus hombres.

—¡El señor Saemon!

En efecto, Saemon se acercaba al galope junto con un séquito de samuráis. Eso significaba que el plan había salido bien. En alguna parte del camino desde Edo, Saemon había emboscado a Genji y lo había asesinado.

Taro había sacrificado la lealtad personal por sus principios. Para poder preservar el modo de vida de los samuráis, había traicionado al hombre que más admiraba y respetaba, y conspirado con uno que detestaba. No podía evitar sentir que había alcanzado la cima del ridículo. Sacrificar una relación tangible, venerada y cargada de historia por un principio abstracto... ¿Acaso no era ésta la esencia de la forma de proceder de los extranjeros, para quienes las ideas significaban mucho más que las personas y las tradiciones? Su manera de pensar había infectado a todos, incluso a los que más se oponían a ellos. ¿Podía afirmarse, pues, que de alguna forma ya habían logrado conquistar Japón? «A donde va el pensamiento, allí van inevitablemente las acciones.» Tal vez, después de todo, Genji sí había sido un clarividente.

Una mujer gritó delante de él. El gigante idiota se había marchado. Emily permaneció donde estaba con las manos en la boca y una expresión de terror en la mirada.

Taro retrocedió. Saemon había llegado. Que terminara él el trabajo sucio.

Genji y Saemon cabalgaban al frente de la formación. Hidé venía detrás de ellos a poca distancia. La mujer del cuello torcido apenas había logrado decir algo coherente. Estaba exhausta por la carrera, se sentía intimidada por la presencia de los grandes señores y hablaba con dificultad debido a su deformidad. Las palabras salían de su boca a borbotones.

—¡Señor... la dama Hanako... peligro... gran peligro... traición... por favor... ahora!

A medida que se aproximaban a Mushindo, Hidé observaba atentamente a Saemon. Estaba seguro de que la mujer formaba parte del plan para distraer su atención. Hanako y Emily estaban protegidas por Taro, su mejor amigo y más leal camarada. Era imposible que el traidor fuese él. Tan improbable le resultaba, que estaba convencido de que el peligro vendría por parte de Saemon, como había sospechado desde el principio, y que cualquier artimaña que hubiera planeado estaba a punto de desarrollarse en ese momento. El hecho de que Saemon estuviera acompañado de tan pocos hombres sólo quería decir que había muchos más escondidos por ahí. Su padre, el señor Kawakami, había sorprendido en una emboscada a Genji en Mushindo y había fallado. ¡Qué satisfacción sería para el hijo si pudiera vengar a su padre en el mismo escenario! Genji había ignorado el consejo de Hidé de actuar con cautela y se había adelantado a toda velocidad. Si no podía proteger a su señor, al menos moriría con él y se aseguraría de que el conspirador de Saemon no viviera para disfrutar de su traición.

Todos esos pensamientos se esfumaron de la mente de Hidé cuando salió del bosque y llegó al claro cercano al monasterio. Al cabo de unos instantes vio que varios samuráis estaban rodeando a Hanako, vio que ella asesinaba a uno y que otro la acuchillaba, vio una salpicadura roja que se elevaba en el aire y finalmente la vio caer.

—¡Hanako!

Mientras Hidé estaba distraído, Saemon sacó un revólver que tenía escondido en el interior de su chaqueta. Hidé vio el movimiento por el rabillo del ojo, pero no antes de que Saemon empuñara el arma y disparara. Se volvió para lanzarse sobre él pero se detuvo al comprobar que no le había dado a Genji. Le había disparado al samurái que había herido a Hanako y que se disponía a atacar a Emily.

El samurái era Taro.

Emily estaba sentada sobre la hierba, sosteniendo a Hanako entre sus brazos. La sangre de Hanako cubría las ropas de ambas mujeres. Tenía los ojos abiertos pero no veía, y ya había perdido el brillo que distingue a los vivos de los muertos. Emily estaba demasiado aturdida como para cerrárselos, demasiado impresionada para aceptar que su única amiga se hubiera ido sin decir una palabra final de despedida. Junto a ella, oyó la voz de la pequeña Kimi que gritaba excitada por el triunfo.

—¡Ha llegado el señor Genji! ¡Yo sabía que vendría! ¡Se lo dije a los traidores!

—Kimi —dijo Goro—, Kimi, Kimi, Kimi...

Los caballos que venían al galope se detuvieron muy cerca de ellos y los jinetes saltaron de sus sillas. Emily no alzó la vista. Buscaba desesperadamente una plegaria en su corazón y la única que encontró fue: «Todo el que cree en Él no morirá, mas tendrá vida eterna.» No era la oración adecuada, porque Hanako no creía en Él, pero durante toda su vida había tenido fe en Amida Buda, el portador de la infinita luz de la compasión, y había creído no en el Cielo que había prometido Nuestro Señor y Salvador, sino en Sukhavati, la Tierra Pura reservada a los que habían sido fieles a Amida. Ahora estaban separadas para siempre y no tenían esperanzas de reencontrarse en el más allá, porque no podían existir al mismo tiempo el Cielo y Sukhavati, Jesucristo y Amida Buda. Si no fuera una blasfemia, desearía que el Sukhavati y Amida Buda fueran reales, y no los otros, porque eso significaría que Hanako viviría una vida eterna en el paraíso, ¿y quién lo merecía más que ella? Emily jamás había conocido a nadie que viviera tan plenamente la bondad, la caridad y las virtudes cristianas más elevadas como ella.

Genji había llegado. Emily se dio cuenta porque Kimi y Goro se habían puesto de rodillas y habían apoyado la frente en la tierra. Notó que sus manos le tocaban suavemente los hombros.

—Emily —dijo.

Durante los años que había pasado en Japón, su percepción del tiempo había cambiado paulatinamente, de forma casi imperceptible, hasta tal punto que ahora se parecía muy poco al modo en que lo percibía antes. Ya no pensaba en él en términos del paso de los días, las semanas, los meses, los años, sino como instantes, aparentemente dispuestos al azar en el calendario del pasado y agrupados en su memoria para revelar cosas que, de otra forma, hubieran pasado inadvertidas. Esta colección de instantes, recolectados como la cosecha más rara y preciosa, constituía todo cuanto sabía de los que estaban más cerca de ella: Heiko, Hanako y Genji. ¿Eran reales estas relaciones o completamente imaginarias? La última vez que había visto a Heiko había sido seis años antes. Hanako estaba muerta. Y Genji... ¿Sentiría lo que ella pensaba, como por un lado temía y por otro esperaba?

—Emily —dijo Genji.

Sintió su mano sobre el hombro y finalmente se echó a llorar.

Genji le hizo un gesto de asentimiento a Hidé.

Hidé tomó el cuerpo de Hanako de entre los brazos de Emily. Trató de hacerlo lo más cuidadosamente posible. Debió de conseguirlo, porque ella no pareció darse cuenta. Las lágrimas le bañaban el rostro. Su tristeza era tanta que lloraba en silencio. Su pecho se expandía y contraía sin emitir el más mínimo suspiro. Hidé sintió una profunda compasión por ella. Hanako había sido su única amiga. Ahora se había quedado verdaderamente sola. Hidé reprimió sus propios sentimientos. No pensaba en sus dos hijos, que se habían quedado sin madre a tan corta edad. No pensaba en él, que acababa de perder a la única persona con la que podía hablar sin vergüenza de sus debilidades y temores, con la que siempre podía contar para que estuviera a su lado en la adversidad, la que había elegido para que fuera su compañera en la intimidad hasta el final de sus días. Tomó el cuerpo de Hanako de entre los brazos de Emily y le hizo una reverencia a Genji.

—Señor —dijo uno de sus hombres. Había angustia en su voz.

—¿Qué miras? —preguntó Hidé severamente. No era el momento para dejarse llevar por las emociones—. ¿Están bien protegidos nuestro señor y la dama Emily?

El hombre se irguió adoptando una posición más bélica.

—Sí, señor Hidé. Y varios hombres están vigilando de cerca a Saemon.

Hidé gruñó en señal de aprobación.

—Si alguno de los traidores todavía está vivo, no lo matéis. Tenemos que interrogarlos.

—Sí, mi señor, ya he dado la orden.

—¿Y qué haces todavía aquí?

—Pensé que quizá... —El hombre miró a Hanako.

—Soy absolutamente capaz de ocuparme de un cuerpo —dijo Hidé—. Vete.

El hombre hizo una reverencia y se marchó.

Hidé cerró los ojos de Hanako. Todavía estaba caliente. Aunque el cielo estaba despejado, comenzó a llover. Enjugó las gotas del rostro de Hanako. Su mano era muy áspera, callosa y rugosa por su trabajo como samurái. Cuántas veces se había disculpado por lo tosco que era. Cuántas veces ella se había reído y había tomado su mano entre las suyas y había dicho: «¿Cómo podría yo ser dulce si tú no fueras rudo, o suave si tú no fueras duro?»

El teniente volvió rápidamente hasta él.

—El señor Taro todavía respira.

Saemon observó a Taro y deseó que muriera. La bala no había matado instantáneamente a su antiguo aliado. Por lo demás, hasta ahora su plan había funcionado a la perfección.

Al involucrar a Taro en una conspiración, aunque fuera falsa, había despojado a Genji de uno de sus servidores más importantes, sembrando al mismo tiempo la semilla del descontento y la sospecha dentro de su clan. Habría sido sumamente eficaz si Taro hubiera matado a Emily y Genji a Taro. Pero la situación en el momento de su llegada le había dado a Saemon una oportunidad mejor. Matar a Taro cuando éste se disponía a atacar a Emily le había valido el agradecimiento de Genji y, tal vez, un incremento de su confianza. Ésta era la esencia del plan de Saemon. El error de su padre con Heiko había sido tratar de poner a alguien cerca de Genji y dejar que esa persona hiciera lo que había que hacer. Saemon había aprendido de ese error. La única persona en quien podía confiar plenamente era él mismo, por lo que debía ser él el que se situara lo más cerca posible de Genji. La muerte de Hanako había sido un beneficio adicional, porque servía para distraer y debilitar a su marido, Hidé, el más valiente de los hombres de Genji. Sin embargo, todos sus logros se esfumarían si Taro sobrevivía lo suficiente como para implicarlo.

Hidé se arrodilló al lado de Taro.

—¿Quién más? —preguntó.

Por un instante, Saemon creyó que Taro dirigiría su mirada hacia él. Ese gesto habría bastado para condenarlo. Hidé, que ya sospechaba de él, no esperaría que le dieran la orden o el permiso. Simplemente desenfundaría la espada y lo decapitaría al instante. Pero Taro no apartó la mirada de Hidé. Cuando finalmente habló, sólo dijo una palabra:

—Samurái.

—Yo soy un samurái —dijo Hidé—. Tú eres un traidor. Atenúa tu crimen. Dime quién más.

—Samurái —repitió Taro, y murió.

—Tomen su cabeza —ordenó Hidé a sus hombres—. El cuerpo déjenlo para que lo quemen los campesinos. —Seis años atrás, en aquel mismo lugar, él y Taro habían luchado juntos contra cientos de samuráis de Kawakami *el Legañoso*, y habían triunfado. Ahora Taro había muerto como un traidor, asesinado por Saemon, el hijo de Kawakami. Algo estaba mal, muy mal.

—Lamento que no hayamos llegado a tiempo para salvar a la dama Hanako —dijo Saemon.

—Llegamos a tiempo para salvar a la dama Emily —respondió Hidé—, y para terminar con la traición. Es suficiente. —Hizo una reverencia y se marchó. No dudaba de que Saemon estaba involucrado. Pero si era un extremista que estaba en contra de los extranjeros, ¿por qué había protegido a la dama Emily? Y si formaba parte del complot con Taro, ¿por qué le había disparado? Hidé no lo sabía. Sabía que Saemon era un estratega amante de los detalles más complejos. Nada de lo que hacía era directo. Genji todavía estaba en peligro.

A Saemon no le preocupaba en lo más mínimo que Hidé sospechara de él. Una de sus principales tareas como teniente en jefe era ser desconfiado, sobre todo de las personas más cercanas a su señor. Las traiciones, por definición, eran llevadas a cabo por aquellos de los que uno más se fiaba. Por esa razón Saemon sólo confiaba en sí mismo. Estaba entre los menores de los grandes señores, pero de todos ellos era el único inmune a las traiciones.

Genji trataba desesperadamente de lograr una reconciliación entre el sogún, que estaba a favor de llegar a un acuerdo con los extranjeros, y la corte imperial, que quería que fueran expulsados de inmediato. Saemon era el aliado secreto de Genji en aquella empresa, aunque también era el aliado secreto de los Hombres de Virtud, que se dedicaban celosamente a expulsar a los extranjeros y a destruir a todos los que cooperaban con ellos, fueran éstos señores o plebeyos. Sin duda eran iniciativas opuestas y no podían ganar las dos al mismo tiempo. Saemon quería estar del lado de los ganadores y que Genji estuviera entre los perdedores, sin importar de quién fuera la victoria final. Si ganaban los Hombres de Virtud, Genji estaría en problemas de todas formas. Si ganaban los conciliadores, todavía era posible destruirlo lentamente, cuando los tradicionalistas lo vieran asumir el rol principal en la eliminación de los Hombres de Virtud. Esto no sería difícil de lograr, puesto que ya muchos estaban en contra de él por su incomprensible determinación de abolir las sanciones contra los parias.

Saemon era un hombre paciente. No había necesidad de apresurarse. Quienes se apresuraban para conseguir sus objetivos no hacían más que precipitarse a su propio fracaso.

Genji dejó a Emily al cuidado de dos jóvenes mujeres que vivían en Mushindo. Ellas la ayudarían a darse un baño y a quitarse la ropa cubierta de sangre. Cuando salió al patio, Farrington y Smith lo estaban esperando.

—¿Cómo se encuentra? —preguntó Farrington.

—No ha resultado herida —respondió Genji—, pero no puede decirse que esté bien. Acaba de ver cómo han matado a su mejor amiga.

—¿El asesino no fue uno de tus samuráis? —inquirió Smith—. Taro se llamaba, ¿no es así?

—Sí, Taro.

—El señor Taro era tu jefe de caballería, ¿verdad? —dijo Farrington.

—Sí.

—¿Por qué querría matar a la dama Hanako? —preguntó Smith. Sospechaba que había sido por despecho. Por más que los samuráis fingieran desprecio por las mujeres y pretendieran ser inflexibles respecto a sus deberes militares, seguían siendo hombres y estaban sujetos a las pasiones y las locuras de todos los mortales. Él mismo no estaba exento de esta tácita acusación. Su deseo por Emily lo había distraído de su búsqueda de ganado, tierras y mercancías para multiplicar su riqueza. Poseer a Emily no le daría más ganancia que esa sola posesión. Era absurdo. Cuando se trataba de mujeres, los hombres eran más propensos a la estupidez que a la racionalidad.

—No era a ella a quien intentaba matar, sino a Emily —respondió Genji—. Hanako lo impidió.

—¿A Emily? —dijo Farrington—. ¿Por qué a Emily?

—El odio contra los extranjeros es muy fuerte —respondió Genji—. Ha afectado incluso a mis hombres más leales.

Farrington no podía aceptar tal explicación. Desde que el comandante Perry había abierto Japón, más de doce años atrás, la comunidad occidental había sufrido numerosos ataques y asesinatos. Ninguno de ellos había sido dirigido a una mujer. El orgullo guerrero del samurái hacía que una acción de esa naturaleza fuera más deplorable para ellos que para los occidentales. Era absolutamente inconcebible que un samurái que poseyera un rango tan alto como el de señor y general se rebajara a asesinar a una mujer occidental por motivos políticos. Y Emily no era una mujer occidental cualquiera, gozaba del favor y de la protección del gran señor de Taro. Por más terrible que pudiera ser la razón que Genji había dado, probablemente la verdad era más abominable.

Sólo la orden directa de su señor podría haber obligado a Taro a cometer un crimen tan deshonroso. Todo el viaje a Bandada de Gorriones debía de haber sido un ardid para traer a Emily hasta aquí, lo más lejos posible de las miradas occidentales, y asesinarla. Esto lo llevaba inexorablemente a preguntarse por qué habría querido Genji un final así. El mero hecho de pensar en las posibles causas le resultaba abominable. Emily era decididamente inocente y estaba más indefensa de lo que ella creía en las numerosas moradas de su despótico anfitrión, por lo tanto era posible que, inadvertidamente, se convirtiera en una víctima. ¿Sería demasiado tarde para que él la salvara de un destino peor que la muerte? Y si así fuera, ¿qué podía hacer ahora?

—Algunas personas en Occidente insisten en considerar a los samuráis como los caballeros de Japón —dijo Smith—. Si lo que dices es cierto, vuestro código no es como debería ser.

Genji hizo una reverencia.

—Es difícil no estar de acuerdo con tu apreciación.

Las dos mujeres que habían asistido a Emily salieron de

la habitación donde ella estaba descansando. Hicieron una reverencia a Genji y se retiraron, llevándose las ropas manchadas de sangre.

—Caballeros, ¿puedo pediros que os quedéis aquí a esperar a Emily? Cuando se haya recuperado lo suficiente y busque compañía, creo que la presencia de sus compatriotas la reconfortará.

—Por supuesto, señor —respondió Smith.

Farrington asintió en silencio. Se preguntó qué razón habría tenido Genji para invitarlos a Smith y a él a venir. ¿Acaso pretendía que ellos fueran testigos? Y si así fuera, ¿con qué objeto? ¿Para que dieran fe de que Genji había hecho lo imposible por salvar a Emily, aunque hubiera fallado trágicamente? La valiente defensa de Hanako había desbaratado su plan. ¿Esto significaba que ahora los tres, Emily, Smith y él, estaban en peligro?

—¿Podemos hacer una tregua? —preguntó Smith.

—Sí. —Farrington le tendió la mano y Smith se la estrechó—. Concentremos nuestros esfuerzos en tratar de mitigar el dolor de Emily. —Se preguntaba si sería oportuno que compartiera con él su preocupación acerca del posible peligro, pero decidió no hacerlo. Requeriría de muchas explicaciones y las explicaciones podían llevar fácilmente a especulaciones bastante incómodas.

Genji fue a buscar a Kimi. La encontró en el jardín con Goro. Estaban removiendo la tierra para una nueva plantación. Mientras trabajaban mantenían una especie de conversación poco común. Era más bien un intercambio de palabras que los conectaba de la misma forma que una conversación serviría de vínculo entre otras personas, o como un canto une a los celebrantes en una ceremonia.

—Kimi.

—Goro.

—Kimi.

—Goro.

Estaban tan concentrados en su trabajo que no se dieron cuenta de que él había llegado.

—Kimi.

—Goro.

—Kimi —dijo Genji.

—Señor Genji —dijo Kimi.

Se arrodilló y apoyó la frente en la tierra. Goro copió exactamente su ejemplo, pero en lugar de decir el nombre de él, dijo el de ella.

—Kimi.

—¡Shhh!

Qué país tan extraordinario era Japón: hasta un idiota hacía lo imposible por comportarse como debía en presencia de un gran señor. Genji no sabía si reír o llorar.

—Goro y tú me habéis prestado un gran servicio. Os estoy agradecido.

Al escuchar su nombre, Goro levantó la vista de la tierra lo suficiente como para observar a Genji.

—Kimi —dijo.

Kimi se acercó a él, cogió bruscamente las manos de Goro y le tapó la boca.

—Déjalas ahí y no hables —dijo. Le hizo otra reverencia a Genji y añadió—: Lo siento, mi amo y señor. Lo intenta, pero es difícil para él.

—Es fácil dejar pasar una transgresión menor en el protocolo cuando se trata de una persona que contribuyó a salvarle la vida a una amiga.

—Gracias, mi amo y señor.

—Yo sé por qué lo hizo. Tú se lo ordenaste. Pero ¿por qué decidiste arriesgar tu vida?

Kimi mantuvo la cabeza gacha y permaneció en silencio.

—Por favor. Cualquiera que sea la razón, no me enojaré.

—La gente dice que puedes ver el futuro, mi amo y señor —respondió Kimi a regañadientes.

—¿Y tú les crees?

—¿Está permitido? —preguntó tímidamente Kimi.

Japón era un país en el que había muchos niveles para todo, incluso para las creencias. Del mismo modo en que los campesinos ni siquiera podían soñar con estar en presencia del sogún o del emperador, ciertas creencias no les estaban permitidas. Muchos, como los habitantes de Yamanaka, observaban las enseñanzas de Honen y Shinran, que explicaban en términos simples la doctrina de Amida Buda y el camino a Sukhavati, la Tierra Pura. Los señores como Genji seguían el zen de los Patriarcas, que apuntaba sin palabras a una doctrina más allá de la de los Budas y que era incomprensible para los simples granjeros o pueblerinos. Tal vez creer en los poderes proféticos del señor Genji sólo estaba permitido a los samuráis y a los nobles. Ella intentaba no temblar, pero no lo lograba.

Genji rió. No era una risa burlona o cruel. Sonaba bastante divertida.

—Tu mente es tuya, Kimi. Puedes creer lo que te plazca. Sin embargo, hay cosas mejores en las que creer que en mis poderes proféticos. Ver el futuro no es lo que la gente imagina.

¡Entonces, sí tenía ese poder! Acababa de decirlo. Kimi estaba tan emocionada que quería saltar de un lado a otro. Qué suerte que tenían. Con todas las incertidumbres que los rodeaban, su señor podía ver el futuro. El señor Genji no era exactamente su señor, desde luego. El señor Hiromitsu gobernaba el Dominio de Yamakawa. Pero el monasterio de Mushindo había sido un puesto de avanzada hereditario del clan del señor Genji durante casi seis siglos y el señor Hiromitsu sometía todos los asuntos importantes al señor Genji, así que él era su señor de hecho aunque no lo fuera de nombre.

—Gracias, mi amo y señor —respondió Kimi.

—Me lo estás agradeciendo antes de tiempo. Todavía no te he dado tu recompensa. Además, no es necesario que me llames «amo» y «señor». Uno de los dos es suficiente.

—Sí, señor. Gracias, pero no es necesaria ninguna recompensa.

—De todos modos, la recibirás.

—Sí, señor. Gracias.

—Entonces, ¿cuál quieres que sea?

—¿Señor?

—Me refiero a tu recompensa. Ya te la he concedido. Todo lo que tienes que hacer es decir qué quieres.

Una vez más, Kimi se echó a temblar. ¡Pedir su recompensa! ¿Cómo podría atreverse a hacerlo? Y sin embargo, ¿cómo podría rehusar? Pedirla sería demostrar una codicia que seguramente y con razón le valdría un severo castigo. ¿Quién era ella para aprovecharse ávidamente de la generosidad de un gran señor?

Rehusar sería desobedecer a sus órdenes, un acto de provocación insolente que merecía la muerte, no sólo de ella, sino también de sus parientes y quizás hasta del pueblo entero.

¿Qué tal si pedía una pequeña recompensa? Seguramente tendría el mismo resultado: ¡la muerte! Pedir algo insignificante constituía un insulto a la dignidad del señor. ¿Acaso pensaba que él era incapaz de darle un magnífico premio?

Su cuerpo temblaba con tanta fuerza que corría peligro de quedarse sin aire. Qué destino terrible el del campesino. Y cuánto peor era ser uno que llama la atención de un señor. Lo complaciera o lo enfureciera, el resultado era el mismo. La muerte. Empezó a recitar el *nembutsu* en su corazón para que cuando la decapitara, Amida Buda la llevara inmediatamente a la Tierra Pura. No se dio cuenta de que estaba diciendo la oración en voz alta hasta que el señor Genji habló:

—*Namu Amida Butsu* —dijo, repitiendo sus palabras—. ¿Estás pidiéndole a Amida Buda que te guíe?

—Señor. —Fue todo lo que Kimi pudo decir.

—Podríamos quedarnos esperando aquí un buen rato. Según mi experiencia, los dioses y los Budas no se apresuran a responder las súplicas de sus fieles. ¿Eres una persona religiosa?

—Señor.

—Por supuesto —dijo Genji—, de lo contrario no te hubieras tomado el trabajo de restaurar el monasterio.

Genji permaneció en silencio durante tanto tiempo que finalmente Kimi osó levantar la vista del suelo. Observaba con aire pensativo el ala residencial que había sido restaurada.

—¿Puedo hacer una sugerencia? —dijo por fin Genji—. Acepta el cargo de abadesa de este lugar. Yo me ocuparé de que recibas los fondos y los trabajadores que se necesitan para agilizar la restauración. De esta manera Mushindo será una abadía en lugar de un monasterio.

—¿Es eso posible? —Kimi tenía miedo de contradecirlo, pero también temía la ira de los protectores místicos del lugar—. ¿No se requiere un acta del abad principal de la orden de Mushindo para hacer ese cambio?

Genji sonrió.

—Yo soy el abad principal, por herencia a través de sucesivas generaciones, desde la fundación original de este sitio. Además, en sus inicios era una abadía, no un monasterio. El anciano abad Zengen hizo el cambio. Y yo, en este momento, lo deshago, reverenda abadesa.

—Señor, yo no sé nada de las enseñanzas de Mushindo.

—No estoy seguro de que haya mucho que saber. Siempre ha sido una secta oscura y cambiante. Cuando el monje principal Tokuken baje de las montañas, puedes pedirle que te enseñe. Hasta ese momento, te autorizo a practicar *nembutsu* o lo que te parezca apropiado.

—Si Mushindo se convierte en abadía —dijo Kimi—, ¿será sólo para mujeres?

—Sí. —Miró a Goro—. Ah, ya entiendo. Haré que construyan una cabaña para el cuidador fuera de los muros, así tu ayudante podrá continuar con su función.

—Gracias, señor Genji —dijo Kimi. Le había quitado un gran peso de encima. Seguramente, podía leer la mente además de ver el futuro. Ahora sí que Goro, Kimi y las demás muchachas que habían escapado tenían por fin un hogar de verdad. Ya nadie los molestaría. Estaban bajo la protección del gran señor de Akaoka.

—No hay de qué, reverenda abadesa —respondió Genji, arrodillándose y haciéndole una reverencia como si fuera una verdadera abadesa—. Recuerda consultar los textos sagrados y buscar un nombre clerical apropiado para ti. Cuando uno entra en los caminos de Buda, debe volver a nacer.

—Sí, señor, lo haré.

—Bien.

Kimi continuó en posición de reverencia durante largo rato. Cuando alzó la vista, Genji se había marchado. En la emoción del momento, se había olvidado de hablarle del pergamino.

Dos semanas antes, cuando buscaban balas en el campo fuera de los muros, había encontrado una enorme roca floja. Era una de las cuatro que habían servido de base a un antiguo edificio que hacía tiempo que ya no estaba allí. El pergamino se hallaba debajo de esa roca, en una caja lustrada que había resistido el paso del tiempo durante muchos años, tal vez incluso siglos. Había abierto la caja y había encontrado el pergamino, pero no lo había mirado. Era curiosa, pero también analfabeta, así que no tenía mucho sentido que lo abriera. Tenía la intención de dárselo a la dama Hanako, pero ella había muerto. No había podido entregárselo antes al señor Genji porque estaba el otro señor, uno que ella jamás había visto. No se atrevía a mostrar nada frente a él. Había algo en su manera de ser, en la forma en que movía los ojos, en su sonrisa, que le recordaba a los sapos que se esconden en el fango en la temporada de lluvias, que sólo asoman los ojos y están al acecho esperando atrapar algún insecto.

Ahora era demasiado tarde para dárselo al señor Genji. Había vuelto con sus samuráis. Ellos le preguntarían qué quería y quizá no sería bueno que les dijera lo que tenía. Tal vez se trataba de algo secreto que sólo el señor Genji debía saber. Si el señor Taro había sido capaz de traicionarlo, ¿quién sabe qué podían hacer los demás? Ahora que era abadesa tenía que actuar con prudencia. Esperaría a que fuera el momento adecuado para darle los pergaminos al señor Genji.

Oyó una voz apagada a su lado. Goro todavía tenía las manos tapándole la boca como ella las había puesto.

—Ya puedes bajar las manos, Goro.
—Kimi —dijo Goro.
—Goro —dijo Kimi.
—Kimi.
—Goro.
—Kimi.

Abadía de Mushindo, 1882

—Goro —dijo la reverenda abadesa Jintoku.

Abrió los ojos. Había salido del estado de meditación no porque hubiera escuchado la campana del templo, sino por el sonido de su propia voz, que le hablaba desde un lejano recuerdo.

Las otras monjas que estaban en la sala permanecían inmóviles y en silencio. Sabían por experiencia propia que cuando se abandonaban a la guía compasiva de Buda, las experiencias y las emociones bloqueadas podían emerger a la superficie. A veces, durante la meditación, surgían espontáneamente palabras sueltas, sollozos, risas y hasta ronquidos (estos últimos de quienes habían dejado que decayera su atención). Si se requería una acción en particular, la monitora de turno, equipada con un bastón, se encargaba de que la conciencia se enfocara nuevamente donde debía.

La abadesa hizo una reverencia respetuosa, primero al altar y después a sus compañeras de camino. Agradeció en silencio a Buda y a las deidades que guardaban el templo el haberle concedido la paz que había alcanzado durante la meditación. Se retiró de la sala y se dirigió hacia el exterior. La noche había pasado. La primera luz de la mañana se asomaba por el este. La abadesa hizo una reverencia para expresar su profunda gratitud por la bendición de un nuevo día.

«La abadía de Mushindo», había dicho la dama Emily muchos años atrás, cuando sólo era un monasterio en ruinas, y Mushindo se había convertido una vez más en abadía. Qué rápido pasaba el tiempo.

Un suspiro y era entonces.

Otro suspiro y era ahora.

Mientras la reverenda abadesa cruzaba el patio, comenzó a llover.

Tokio

Makoto Stark se sentó en el antepecho de la ventana de su habitación y lió un cigarrillo. Estaba en el cuarto piso, el más alto del hotel. Un edificio nuevo, grande y casi vacío en el distrito de Tsukiji, una zona reservada para extranjeros. Hacia el lado de las montañas, en la ladera noroeste de la planicie de Kanto, se veían oscuras nubes grises. Si su sentido de la orientación no le fallaba, estaba lloviendo en la abadía de Mushindo y pronto llovería en Tokio. Cuando terminó de liar el cigarrillo, se lo llevó a la boca y dejó que se balanceara como imaginaba que lo haría en los labios de los pistoleros de las novelas baratas que había leído de niño.

¿Qué había esperado hallar en Mushindo? Habría querido encontrar algo distinto de lo que había obtenido, es decir, más desilusión y confusión. Podría haber sido algo insignificante que la historia de la batalla de Mushindo que Matthew Stark y su madre le habían contado no coincidiera con la de las monjas de la abadía. Sin embargo, en este momento todas y cada una de las diferencias cobraban una importancia desproporcionada. Había venido a Japón a buscar una única verdad, sus orígenes, y ahora temía que una sola no le alcanzara.

Todavía llevaba el cigarrillo en los labios cuando salió del hotel y fue a caminar por el distrito Tsukiji. Era difícil creer que hacía poco más de doce años, cuando la capital imperial de Tokio era el Edo del sogún, ésta era la zona de los grandes palacios de los *daimyo*, los jefes militares samuráis que gobernaron Japón durante mil años. Ahora todos esos palacios habían desaparecido y habían sido reemplazados por ese hotel y varios negocios y establecimientos que servían a los extranjeros. O, por lo menos, ésa había sido la intención. Los turistas no habían llegado en manadas como el nuevo gobierno esperaba. Seguían prefiriendo las múltiples comodidades y el ambiente más vivaz del puerto de Yokohama, que quedaba a unos treinta kilómetros hacia el oeste. Tsukiji estaba prácticamente deshabitada, algo bastante misterioso para una ciudad que, por lo general, estaba atestada de gente. Cuando salió del distrito, el policía de la entrada, vestido con un uniforme al estilo occidental, le hizo una reverencia. No estaba allí para evitar la entrada de los japoneses comunes y corrientes a Tsukiji, pero su presencia ciertamente no contribuía a favorecer el libre intercambio.

Al principio de su viaje a través del Pacífico, los pensamientos de Makoto se habían concentrado exclusivamente en Genji Okumichi y el tema de la paternidad y el abandono. Por más rápido que avanzara el barco de vapor, el viaje todavía llevaba semanas. La rabia y la amargura sólo podían alimentar una concentración de ese tipo. El tiempo era un factor beneficioso. También el aire del mar, la purificadora alternancia de sol y lluvias, la visibilidad infinita del océano con su horizonte perpetuo y claro, el ritmo fluctuante del barco mismo. Lo sorprendió su cambio de actitud, cada vez más optimista. No respecto a la respuesta que esperaba recibir de Genji. Había rechazado a Makoto veinte años atrás y había seguido haciéndolo desde entonces. No había razón para pensar que, por el simple hecho de que él llegara, las cosas iban a cambiar.

Sus expectativas no tenían que ver con Genji, sino con Japón.

Makoto no recordaba un momento en su vida en el que no hubiera gozado de los abundantes beneficios que le otorgaban la riqueza y el poder político de su familia. Nunca le había faltado la protección de los dedicados guardaespaldas y el cuidado de los atentos criados. En cada sitio al que iba lo trataban con la mayor deferencia. Su círculo social estaba compuesto exclusivamente por personas que gozaban de los mismos privilegios que él y, por supuesto, por los hijos de los empleados domésticos. En este sentido, era como todos los elegidos que pertenecían a la élite de San Francisco. De niño pensaba que era exactamente igual que ellos. Cuando pasó de la niñez a la adolescencia y, casi de un día para el otro, las reuniones a las que asistía dejaron de ser juegos infantiles para transformarse en bailes y flirteos, se dio cuenta de que no era así. Desde ese momento sus relaciones se caracterizaron por la reserva y la distancia, especialmente por parte de sus amigas, aun aquellas que lo conocían de toda la vida. Él entendió la razón sin que nadie se la dijera. Después de todo, no tenía que buscar muy lejos. Bastaba con mirarse al espejo.

No estaba obsesionado por el asunto. Sin embargo, era consciente de ello. Esta situación se hizo del todo evidente durante su breve, excitante y posteriormente trágica representación del bandido de Chinatown. Sentía una extraña satisfacción cada vez que pronunciaba las palabras en supuesto chino, blandía la cuchilla de carnicero y veía el miedo en los que lo consideraban lo que no era: un culi violento, impredecible y adicto al opio. Eran las mismas personas que lo menospreciaban porque no podían aceptar lo que él era realmente. Bien. Entonces, que tuvieran miedo del personaje que él pretendía ser sin que supieran jamás que lo que temían no existía.

La satisfacción que le provocaban esa clase de emociones tan tortuosas no podía durar. La cruda mezcla de broma y venganza incrementaba su soledad en lugar de disminuirla. Además, por más entretenida que le resultara esa distracción, no podía ser el bandido de Chinatown para siempre. Makoto todavía no había llegado a ninguna solución cuando Matthew Stark descubrió su faceta delictiva y le puso fin de inmediato. Su posterior presencia en un barco de vapor con destino a Japón había sido absolutamente fortuita. Tenía la intención de ir a México (allí las mujeres solían confundirlo con un mestizo adinerado y no lo despreciaban), pero cuando llegó al puerto, el *Hawaiian Cane* estaba a punto de zarpar. La velocidad era más importante que el destino.

Durante el viaje, el horror que le provocaban las muertes que había dejado atrás empezó a perder importancia y la rabia contra un hombre que no conocía fue desvaneciéndose. Comenzó a recordar las anécdotas acerca de Japón que le habían contado durante toda su vida, Matthew Stark, su madre, la servidumbre y los visitantes del Dominio de Akaoka y de Tokio. Describían una sociedad basada en la tradición antigua, la lealtad, el orden y, por encima de todo, en una jerarquía establecida e inalterable, dentro de la cual todas y cada una de las personas sabían cuál era el lugar que le correspondía. Empezó a pensar que si no se encontraba realmente a gusto en California quizá se debía a que no era su verdadero hogar. Cuando el barco finalmente arribó al puerto de Yokohama, la esperanza se había transformado en expectativa.

Lo que encontró posteriormente en Tokio le recordó al viaje a Montana que había hecho el año anterior. Por insistencia de Matthew Stark, había ido a visitar las minas canadienses de la Red Hill Company. Como estaba cerca, decidió visitar las reservas de los sioux y los cheyenes al sur de la frontera. El peligro lo excitaba. Había estado leyendo novelas del Lejano Oeste que alababan a los pistoleros y los guerreros indios. La última batalla de Custer contra Caballo Loco y Toro Sentado en el Little Big Horn había ocurrido hacía sólo cinco años. Por eso, se desilusionó mucho al ver a los indios desarmados, harapientos y muchas veces enfermos, que merodeaban por las polvorientas reservas. No tenían caballos, ni pintura de guerra, ni cintas de plumas. No eran feroces. No podía imaginarse a esas personas destruyendo el famoso Séptimo Regimiento de Caballería. ¿Eran éstos los que poco tiempo atrás habían conmocionado a toda Norteamérica?

Sentía la misma clase de desilusión aquí. Nadie llevaba rodete, nadie estaba armado con las dos espadas emblemáticas. Las únicas armas que se veían eran los sables enfundados en las vainas de los oficiales militares que vestían uniformes occidentales. La mayoría de las personas usaban quimono. En algunos casos bastante elaborados, en especial entre las mujeres. Pero casi todo el mundo llevaba también uno o más accesorios occidentales, por lo general sombreros, botas, cinturones o guantes. Muchas mujeres llevaban sombrillas. La combinación era absolutamente extravagante. Aunque no supiera quién era realmente, no era muy distinto al resto de las personas que estaban allí. Todo el país parecía haber perdido su identidad. Al menos, se vestían como si así fuera. El Japón que le habían descrito durante toda su vida era tan irreal como el Lejano Oeste de sus novelas baratas.

Makoto se volvió bruscamente y regresó al hotel. Genji había cambiado el palacio de La Grulla Silenciosa por uno a la orilla del río Tama, en las afueras de Tokio. No esperaría más. Le pidió al empleado de la recepción que le indicara cómo llegar.

—No es fácil acceder a la propiedad del señor Genji —dijo el empleado—, y no hay demasiado para ver. ¿Por qué no visita el palacio imperial? No se puede entrar, por supuesto, pero la vista exterior es majestuosa.

—¿El «señor Genji»? —preguntó Makoto—. Creí que se habían abolido todos los dominios y, junto con ellos, los señores.

—Los dominios fueron abolidos, pero algunos grandes señores se convirtieron en pares del Reino y conservan el título honorífico. Por supuesto, el señor Genji es uno de ellos, por su importante papel en la restauración de su Majestad Imperial.

—No hay más grandes señores —dijo Makoto—, y los dominios han sido abolidos. Sin embargo, el señor Genji sigue siendo un señor y todavía gobierna sobre su dominio, sólo que ahora se llama provincia.

—Sí —respondió el empleado—. Japón se está modernizando rápidamente. Si seguimos a este ritmo, para finales de siglo nos habremos puesto completamente a la par de los extranjeros.

—No lo dudo —dijo Makoto—. No quiero ir a conocer la propiedad, sino a ver al señor Genji.

El empleado miró a Makoto con desconfianza.

—Eso sí que puede resultar complicado. Además, no está en río Tama, está en el castillo Bandada de Gorriones, en la provincia de Muroto.

—Provincia de Muroto es el nuevo nombre del Dominio de Akaoka, ¿verdad?

—Sí.

—¿El castillo Bandada de Gorriones todavía se llama igual?

—Sí.

—Qué alivio —dijo Makoto—. Es bueno saber que algunas cosas no cambian.

9

El Señor de las Manzanas

El joven señor preguntó:

—¿Dónde encontraré las palabras para decir lo que siente mi corazón?

—Los sentimientos más profundos son imposibles de expresar con palabras. Sólo se pueden insinuar.

—Entonces no hay esperanza —dijo el joven señor—. Nadie me comprenderá y yo no podré comprender a nadie.

—No es así. Los que están más cerca de ti te conocerán mejor por lo que no dices y tú los conocerás del mismo modo.

Aki-no-hashi, 1311

Castillo Bandada de Gorriones, 1867

Smith se alejó del castillo a medio galope, sosteniendo las riendas y sin un destino preciso en mente. El caballo lo llevó hasta la playa y se detuvo con la nariz apuntando al sudeste, en la dirección exacta donde, cruzando el océano, quedaba Hawai. Smith advirtió la coincidencia, pero sus pensamientos no se detuvieron en ningún recuerdo del hogar. Estaba demasiado preocupado por otro tema mucho más urgente. Al cabo de unos minutos, le dio un ligero golpe con los talones a su caballo y lo puso en movimiento. Éste se alejó del agua, trotó tierra adentro, subió una colina y se detuvo bruscamente al olfatear el aire.

Smith también percibió el perfume. No le resultaba familiar. Había crecido en los exuberantes trópicos, así que había aprendido a distinguir los aromas característicos de las diferentes frutas, especialmente del mango, la guayaba y la papaya, que eran las que más le gustaban. Aunque no era de ninguna de ellas, sin duda se trataba de una fruta. Lo sabía no por la agudeza de su olfato, sino porque veía la ordenada plantación de un centenar de árboles en el pequeño valle que estaba abajo. Descendió para mirar más de cerca.

Manzanas. Había probado una cuando vivía en Virginia. Un primo que nunca había visto antes se la había traído de una huerta en Nueva Inglaterra.

«Los neoyorquinos dicen que las suyas son las mejores —había dicho su primo—, pero yo afirmo que las de Vermont no tienen nada que envidiarles. Vamos, primo Charles, pruébala.»

Lo hizo, y tuvo que recurrir a su educación para mantener una expresión agradable en el rostro y el pedazo de manzana en la boca. No era la clase de fruta jugosa, húmeda y suculenta que estaba acostumbrado a comer en Hawai. Su primo le había dicho que la manzana sería dulce y jugosa. Ácida era una descripción más apropiada de su sabor, y tampoco se parecía al delicioso mango maduro. La única comparación posible era con un fruto seco. Aunque logró ocultar su desilusión, no pudo demostrar un verdadero entusiasmo.

«Has estado mucho tiempo en los trópicos paganos —había dicho su primo—. Es bueno que hayas acudido a William & Mary antes de que tu gusto y tu juicio se arruinaran para siempre.»

Smith regresó a Hawai antes de Navidad. Les dijo a sus padres que no soportaba el invierno frío y deprimente de Virginia. En realidad, lo que no toleraba era el nivel de conversación frívola y el pensamiento irrelevante que circulaba eternamente en la universidad. Su abuelo había sobrevivido y prosperado durante el gobierno del primer rey Kamahameha, aunque hubieran sido adversarios religiosos. Su padre, Dios lo tuviera en la gloria, había ayudado al cuarto Kamahameha a preservar la integridad del reino ante las depredaciones de los imperialistas europeos. ¿Cómo era posible que el nieto y el hijo de tales hombres de acción desperdiciara los valiosos años de su juventud en la lejana ciudad de Williamsburg hablando y pensando en lugar de actuar?

Mientras había estado allí, había leído *Oliver Twist*, *Historia de dos ciudades* y *Grandes Esperanzas* (al menos las mejores partes de cada una), porque Dickens era considerado el mejor escritor inglés viviente. A Smith le pareció entretenido. Sin embargo, no había experimentado ninguna expansión manifiesta de su mente, su gusto o siquiera de su capacidad para escribir cartas. Tampoco consideraba que el inglés fuera un hombre particularmente perspicaz. Ese honor se lo concedió a Austen, aunque no podía declarar públicamente que una mujer hubiera superado a un hombre en ninguna circunstancia. De hecho, nunca había admitido que había leído sus libros hasta que se lo había confesado a Genji.

—Las mujeres comprenden mejor que los hombres el duelo entre nosotros —había dicho Genji—. Nuestro primer novelista fue una mujer. Creo que todavía ningún hombre ha sido capaz de igualar sus observaciones en ese aspecto.

—Japón es el último lugar en el que hubiera esperado que un hombre cediera el primer lugar a una mujer —había opinado Smith—. ¿Acaso vuestro poder no es absoluto e incuestionable? ¿No es ley la palabra de un hombre?

—Poder y mérito no son la misma cosa —había respondido Genji—. Los hombres gobiernan Japón con el poder de sus espadas, no de su virtud.

Smith había leído (en realidad, había hojeado) los capítulos más importantes de *Decadencia y caída* de Gibbon. La historia de las invasiones bárbaras era intrigante y la de la emperatriz Teodora, eficazmente alarmante. No había que subestimar a las mujeres ni ignorar el poder de su venganza. Sin embargo, aún no veía qué relevancia podía tener la destrucción de Roma en su propia vida.

No había leído a Aristóteles ni a Platón en griego, ni tenía intención de hacerlo jamás. Y aunque no hubiera sido así, no tenía facilidad para leer en griego. Tampoco le interesaba leerlos en inglés. ¿Acaso iba a fingir ser una especie de ateniense americano, como hacían los demás? Se negaba a ceder ante semejante idiotez.

La última noche que estuvo en el campus, escuchó la pretenciosa discusión de un grupo de estudiantes ignorantes sobre las *Confesiones* de De Quincey y, en ese preciso instante, decidió abandonar su inútil estancia en la universidad. El mundo estaba lleno de oportunidades y peligros. No tenía intención de desperdiciar un solo día más y arriesgarse a perderse las primeras o evitar los últimos.

Al pensar en esos días, Smith sentía una extraña mezcla de alivio y arrepentimiento. Poco más de un año después de su partida, Carolina del Sur inició la secesión y, al verano siguiente, el ejército de la Unión invadió Virginia. De no haber abandonado la universidad, habría tenido la oportunidad de participar. Una vez que había regresado a Hawai, sus padres le habían negado terminantemente el permiso de ir. Era el único varón y tenía cinco hermanas. No sólo arriesgaría su vida, sino también su linaje. De modo que se quedó en su casa y se perdió lo que seguramente hubiera sido la aventura más grande de sus días. También se perdió la masacre de seiscientos mil seres humanos, entre los cuales podría haber estado él. Lo que resultaba irónico era que, de haberse alistado, habría luchado en el mismo bando que el teniente Farrington. La familia de Smith era originariamente de Georgia, pero también eran fervientes partidarios de la abolición. A los ojos de Dios, todos sus hijos eran iguales. ¿Cómo podía uno ser dueño de otro?

Desde luego, Smith jamás se lo diría a Farrington. Su supuesta y completa oposición se ajustaba más a su rivalidad por conseguir la mano de Emily Gibson. Además, eran precisamente las ideas del extraño giro que había tomado dicha rivalidad lo que tanto le pesaba a Smith.

El comportamiento de Farrington para con Emily había cambiado, aunque no en apariencia, sino en esencia. Si bien todavía continuaba cumpliendo con todas las formalidades, ya no la cortejaba más seriamente. Lo que los demás parecían no notar era evidente para Smith. Después del incidente en el monasterio de Mushindo, el ardor de Farrington se había esfumado.

¿Por qué?

Algún aspecto de ese episodio había tenido un impacto particular en Farrington. Smith recordaba la expresión de horror en su rostro cuando Genji había declarado con total seguridad que el blanco del asesinato era Emily y no Hanako, la esposa del general Hidé. También pareció consternarlo el hecho de que el asesino hubiera sido uno de los subalternos más próximos al señor Genji. ¿A qué conclusión lo habrían llevado esta mezcla de sucesos y suposiciones, para hacer que su afecto desapareciera tan repentinamente?

No era miedo. Smith conocía el carácter de Farrington lo suficiente como para descartar esa posibilidad, al menos en lo concerniente a su posición sobre la guerra. Si no era por cobardía, entonces tenía que ser por una cuestión de honor. No existían otras preocupaciones serias para un caballero. En otras circunstancias, el hecho de que Emily no tuviera familia ni herencia podría haber supuesto un problema, ya que sería una prometida sin dote. Por supuesto, a él eso no le preocupaba. Quizás a Farrington sí. Pero, como seguramente su noble benefactor haría un regalo más que generoso a la pareja que se casara, la ausencia de dote era más teórica que concreta.

¿Cuál sería esa cuestión de honor que a Farrington le resultaba tan evidente y que él no lograba ver?

La respuesta debía de hallarse en el razonamiento que había hecho el propio Farrington.

El blanco del asesinato era Emily.

El asesino era el general Taro, hasta el momento el comandante de caballería más leal del señor Genji.

Entonces...

Entonces ¿qué?

No lograba continuar el razonamiento de Farrington. Aun cuando Emily hubiera sido el blanco de Taro, ¿qué razón había para que Farrington se alejara? Por el contrario, esto debería de haber atenuado su instinto de protección, tan acentuado en los militares.

La traición por parte de un leal vasallo a su jefe militar tampoco podía ser una causa razonable. Por desgracia, los asesinatos se habían convertido en moneda corriente en los últimos tiempos y, la mayoría de las veces, los homicidas eran servidores cercanos a la víctima. Las lealtades en Japón se habían vuelto peligrosamente confusas.

Era de lo más desconcertante. Superar a Farrington era una cosa; que se retirara de motu proprio, era algo muy distinto. Iban a almorzar juntos. Tal vez podría descubrir algo observándolo detenidamente.

Smith dirigió su caballo hacia el castillo.

Emily estaba en la ventana este de la torre mirando hacia el Pacífico. El mar estaba en calma, como haciendo honor a su nombre. Al menos, superficialmente. ¿Quién sabe qué tormentas y corrientes lo agitaban en las profundidades? Esta isla, y todas las islas de Japón, no eran más que picos de volcanes oceánicos. Ahora estaban inactivos, pero los terremotos que azotaban constantemente la cadena montañosa constituían una firme llamada de atención a la complacencia. La estabilidad era una ilusión. Un mar pacífico podía provocar de un momento a otro una violenta marejada; una montaña podía explotar y convertirse en polvo de roca, la mismísima tierra debajo de este poderoso castillo podía trepidar y desmoronarse y todas las personas y las cosas que hubiera en su interior se destruirían. Nada era lo que parecía. No se podía confiar en nada. ¿Existía una estupidez mayor que creer en la permanencia de una cosa?

No, no. ¿Qué estaba pensando? Blasfemias. ¿Acaso no estaba escrito que «La hierba se seca, y la flor cae, mas la palabra del Señor permanece para siempre»? Sí, así estaba escrito. Amén.

Pero la promesa no la consolaba.

Había perdido a su mejor amiga.

Estaba a punto de abandonar al hombre que amaba.

Pronto estaría sola. Más que sola. Estaría viviendo en una mentira. Se comprometería y después se casaría con un hombre al que respetaba y nada más. No importaba que fuera Charles Smith o Robert Farrington. Se recordaba a sí misma que sus acciones estaban motivadas por el amor, porque estaba decidida a librar a Genji del peligro que le provocaba su presencia. Sin embargo, eso no mitigaba su angustia. En lugar de sentir el gozo del sacrificio, sentía el dolor de la pérdida. Qué egoísta era. ¿Qué diría Zephaniah?

No había pensado mucho en su antiguo prometido desde que había muerto, sobre todo durante los últimos años. Seguramente ahora le venía a la mente sólo por las dolorosas circunstancias en las que se encontraba. ¿Qué le diría? Sin duda algo sobre el juicio y la perdición. El fuego del infierno era su argumento preferido como predicador.

—Piensa en los demás antes que en ti misma, Emily.

—Sí, señor —respondería ella.

—«Señor» es un apelativo muy distante para una persona que está a punto de ser tu esposo, Emily. Deberías llamarme por mi nombre, como hago yo.

—Sí, Zephaniah.

«—Ancha es la puerta, y espacioso el camino que lleva a la perdición.»

—Amén.

Ella decía amén cada vez que él citaba la Biblia. Lo hacía a menudo, así que Emily tenía que repetirlo muchas veces.

«—El que no creyere, será condenado.»

—Amén.

A medida que su entusiasmo crecía, aumentaban el volumen y la resonancia de su voz, se le hinchaban las venas de la frente, como si le fueran a estallar, y abría desorbitadamente los ojos por la pasión de sus emociones.

«—¡Serpientes, generación de víboras! ¿Cómo escaparéis de la condenación del infierno?»

—¡Amén!

Pero hacía seis años que Zephaniah había muerto. No iba a aparecer para lanzar visiones de retribución divina contra ella. Cómo las necesitaría en este momento, aunque sólo fuera para desviar otros pensamientos más peligrosos que sus esperanzas y su imaginación. Si él estuviera vivo, ahora sería la señora de Zephaniah Cromwell, no estaría en este castillo, no estaría enamorada del hombre equivocado y no estaría condenada a la infelicidad hiciera lo que hiciese.

El miedo y la esperanza la habían conducido hasta la torre. Había imaginado que había un fantasma en el monasterio de Mushindo, o mejor dicho, en la abadía de Mushindo. Debería haberlo supuesto, porque si realmente había visto lo que creía, entonces los pergaminos de *El puente de otoño* que había leído describían su destino, lo cual era inadmisible. Había ido a la torre, supuestamente el lugar favorito del fantasma, a modo de provocación. Si realmente había un espectro, que se dejara ver. Él, ella o eso, porque los demonios no tenían un género verdadero, sólo creaban ilusiones de masculinidad o feminidad. Estaba segura de que no existía ningún fantasma, por eso no había pensado qué haría si aparecía. La falta de preparación (¿cómo podría haberse preparado?) empezaba a asustarla. Tenía la extraña sensación de que alguien estaba observándola y no se atrevía a volverse demasiado rápido para no encontrarse con lo que temía ver. Sin embargo, cada vez que lo hacía no veía más que un muro, una ventana, una puerta y el columbario con las urnas que contenían las cenizas de los antepasados de Genji.

No había nadie más allí. Si ella no podía ver nada, tampoco podían verla a ella. Sin duda era así, ¿o no? Un escalofrío le recorrió el cuerpo. Qué horrible sería que la observaran sin que ella pudiera ver al que la miraba. Tal vez, después de todo, no había sido una buena idea ir hasta allí. Estaba casi decidida a marcharse cuando le pareció oír un ruido en la boca de la escalera; quizá fuera el eco débil y apagado de un paso. Pero ¿de quién? O el suave murmullo del viento que subía hasta la torre. Sin embargo, fuera no hacía viento. No había otra forma de acceder a la torre que no fueran las escaleras.

Retrocedió. No podía ser...

Y no era. Charles Smith apareció en la entrada.

—Espero no molestarte —dijo Smith.

—No me molestas —respondió Emily con más entusiasmo del que hubiera querido—. Me alegro mucho de verte, Charles.

—Todo está listo. Podemos ir cuando quieras.

—¿Todo listo?

—Para el picnic.

—Ah, sí.

—Si no te apetece, podemos dejarlo para otro día.

—Oh, no, no es necesario. Es un día hermoso para ir de picnic. —La idea había sido de ella. Charles y Robert se habían preocupado tanto por su estado de ánimo, que ella sentía que debía hacer algo para tranquilizarlos. Tenían que pensar que eran ellos los que lo hacían por ella y no al revés, de lo contrario no serviría para nada. Tuvo que incitar a Charles a que se lo propusiera—. Déjame juntar mis cosas.

Smith echó un vistazo a las urnas en el columbario.

—Qué lugar tan extraño para estudiar, aun cuando se trate de antiguos pergaminos.

—Los pergaminos están aquí, pero yo no estoy estudiando. Vine con la esperanza de que me sugirieran algunas ideas útiles.

—Si la presencia de restos humanos te ayuda a pensar, tal vez te encontrarías más a gusto viviendo en un monasterio que casándote.

—Estoy segura de que no sería capaz de vivir en un monasterio. Y temo no estar preparada tampoco para la vida conyugal.

—Son pocas las personas que están verdaderamente preparadas para afrontar la sagrada vida espiritual, incluso entre las que deciden hacerlo. Un ex habitante del monasterio de Monte Casino me dijo que la gente estaba más dividida por los celos y por la política allí que donde vivía antes, en la ciudad misma de Roma.

—¿Cómo conociste a una persona tan extraordinaria?

—Yo estaba de visita en Honolulú cuando él pasó por allí camino a Tonkin, China.

—¿Era misionero?

Smith sonrió y negó con la cabeza.

—No, era un traficante de armas. Decía que si no lograba salvar su alma en un monasterio, al menos podía ayudar a otras almas para que encontraran su camino hacia el Creador.

Emily frunció el entrecejo, consternada.

—Es una historia terrible, Charles. Espero que no vuelvas a contarla nunca más.

—Me temo que debo hacerlo —dijo Smith, fingiendo una expresión de tristeza—, porque es verídica y puede ayudar a alguien. —El único defecto que tenía esta hermosa mujer era su poco sentido del humor. Por alguna perversa razón, esta situación lo divertía, pero se cuidaba mucho de demostrarlo.

—No logro ver cuál es la moraleja.

La reprobación todavía se reflejaba vívidamente en su rostro. El color de sus mejillas y sus párpados resaltaba la suave y nívea blancura de su piel. La sangre que corría detrás de su traslúcida piel le provocó una repentina sensación de excitación en sus partes pudendas. Si vivieran en una época más bárbara, o menos cargada de inhibiciones, respondería a sus instintos sin dudarlo, y dejaría la consagración del matrimonio para un momento más propicio. O quizás, esa justificación le venía a la mente sólo porque acababa de releer sus capítulos favoritos de *Decadencia y caída*, ambos relacionados con las conquistas y las hazañas de Atila. Cuánta libertad habían tenido los salvajes hunos y qué poca tenían él y los demás hombres civilizados. La civilización misma les había arrebatado sus poderes y sus instintos naturales. El ideal vigente se identificaba con los caballeros, no con los hunos. En momentos como éste, en los que observaba la belleza extrema de Emily, aún más seductora por su inocencia y su falta de provocación intencionada, lamentaba el tiempo, el lugar y el destino que, por lo general, consideraba grandes bendiciones.

Atrapado por las reacciones lujuriosas de su cuerpo, Smith mantuvo su expresión libidinosa por demasiado tiempo y, cuando sus ojos encontraron la mirada sobresaltada de Emily, que había levantado la vista, comenzó a hablar rápidamente, confiando en que las palabras lo ayudaran a disimular sus emociones.

—No ves la moraleja en la historia porque no estás entre los que necesitan oírla. «No son los sanos los que tienen necesidad de médico, sino los enfermos.»

—Amén —dijo ella, sin dejar de mirarlo con desconfianza.

Él esperaba que la objeción de Emily se refiriera a la aplicación de la moraleja y no a la expresión que había visto en su rostro.

Para el picnic de Emily habían dispuesto una gran tienda de las que solían utilizar los señores cuando iban de cacería para proporcionarles una módica comodidad. Genji, Smith, Farrington y Emily cabalgaban al paso. Un grupo de sirvientes los seguía a pie llevando las provisiones.

—Es allí —dijo Emily—. Ése es el lugar. —Señaló una agradable pradera cercana a la costa, junto al cabo Muroto, que se proyectaba sobre el mar y la protegía del viento.

Genji no quería desilusionarla diciéndole dónde estaban. Ya había presenciado demasiada muerte y tragedia. No necesitaba enterarse de nada más, pues ello podría alterarla y echar por la borda el excelente progreso que había hecho durante las últimas semanas.

Aquella pradera había sido el escenario de la masacre de los enemigos de su clan. Aunque habían pasado seiscientos años desde entonces, de vez en cuando todavía aparecían recuerdos desagradables. Esperaba que nadie, y sobre todo Emily, encontrara nada por el estilo ese día. Por supuesto, no fue necesario aclarar nada a los sirvientes. Cuando Emily había señalado la pradera, ninguno manifestó nada que demostrara lo que sabían. Apenas su señor confirmó la elección del sitio, examinaron el área rápida y discretamente, antes de montar la tienda y disponer las cosas necesarias para la comida. El respeto hacia los muertos hubiera requerido elegir otro lugar. Sin embargo, para Genji, el respeto por los vivos era más importante. Además, no se le ocurría ningún prado, loma o playa que quedara a menos de un día de viaje a caballo del castillo, que fuera adecuado para un picnic y no hubiera sido escenario de una antigua matanza. Al menos en este sitio habían salido victoriosos.

—Sin duda es un lugar estupendo —dijo Smith mientras esperaban que los sirvientes terminaran con su trabajo—. Me extraña que no vengáis más a menudo.

—La de Genji es una raza de guerreros —observó Farrington—. Los picnics y ese tipo de entretenimientos triviales no figuran entre sus prioridades.

—A decir verdad —dijo Genji—, tenemos bastante tiempo libre. Hace más de doscientos cincuenta años que no hay ninguna guerra en Japón. Sin embargo, gracias a la Ley de Residencia Alternativa, nos vimos obligados a pasar nuestras horas de ocio en Edo. Hemos desperdiciado mucho tiempo encerrados allí. —Echó un vistazo a la pradera y sonrió—. Habría sido agradable disfrutar más de los beneficios de la naturaleza.

—No hay guerra pero tampoco reina la paz —dijo Farrington.

—Por desgracia, así es —convino Genji—. Damos espadas a millones de hombres y los cargamos con un exacerbado sentido de la historia, del honor y el deber. Les exigimos que estén dispuestos a matar y a morir en cualquier momento. Y después les decimos que se queden tranquilos y se comporten correctamente. No es la mejor forma de alcanzar la armonía.

—¿Tenemos que hablar de violencia? —preguntó Emily.

—No, no es necesario —replicó Smith—. Ven, ayudemos a los sirvientes a preparar las cosas y dejemos que los soldados intercambien historias de guerra.

Había un aforismo bastante aceptado entre los samuráis que sostenía que era fácil entender a los extranjeros porque sus pensamientos más profundos se reflejaban en sus rostros, a diferencia de lo que presuntamente ocurría con ellos. Al ver a Farrington y Smith charlar con Emily durante el almuerzo, Genji pensó que el dicho no era más que un prejuicio. Sin duda algo estaba sucediendo en el alma de esos hombres, muy dentro de ellos, y él no tenía idea de qué podía ser. No se trataba de sus habituales ideas de criminalidad e inmoralidad respecto a la reciente guerra civil norteamericana. Era otra cosa, que no mencionaban y a la cual no aludían, pero que de todos modos allí estaba.

Sólo Emily era la misma de siempre, sin trucos ni artificios. Parecía haberse recuperado del golpe de la muerte de Hanako, aunque no de la pérdida. No era posible recuperarse de algo así. Se la aceptaba o se la negaba.

Uno de los primeros recuerdos que Genji tenía de su abuelo era de cuando se habían encontrado poco después de la muerte de su madre. Él conocía muy bien la reputación de feroz guerrero que tenía el señor Kiyori, así que hizo lo posible para comportarse él también como un guerrero. Mantuvo una posición erguida y reprimió las lágrimas. Pensó que estaba haciendo lo correcto.

—¿Por qué no estás llorando? —le había preguntado su abuelo.

—Los samuráis no lloran —había contestado Genji.

—Los malvados no lloran —había dicho el abuelo con ceño—. Los héroes sí. ¿Sabes por qué?

Genji negó con la cabeza.

—Porque el corazón de los malvados está lleno de lo que ganaron; el de los héroes, de lo que perdieron.

Y, para sorpresa de Genji, el señor Kiyori cayó de rodillas, con el rostro bañado en lágrimas. La nariz le chorreaba de forma bochornosa. Su cuerpo se convulsionaba con los sonoros sollozos. Genji corrió a consolarlo y su abuelo le dijo «gracias». Se abrazaron y lloraron sin pudor. Genji recordaba que había pensado: «Yo debo de ser un héroe, porque estoy llorando y mi corazón está lleno de pérdidas.»

Desde ese momento no había llorado todo lo que debía. Tal vez eso significaba que no era tan heroico como le gustaba pensar.

Al ver a Emily, deseó que esa plenitud la acompañara, porque sólo el dolor actual la ayudaría más tarde a recuperar sus recuerdos con alegría.

Ella notó que él estaba mirándola y le sonrió. En el instante en que él le devolvió la sonrisa se desató un misterioso drama entre Smith y Farrington, que comenzó y se desarrolló por completo en el lapso de menos de diez pulsaciones.

Empezó con Farrington. Al tiempo que dirigía la mirada hacia Genji, los músculos de su rostro se tensaron con una extraña expresión, probablemente mezcla de rabia y aflicción. Sus ojos brillaban demasiado para ser amigables.

Smith, que percibió la mirada, pareció momentáneamente confuso. Puso ceño y torció los labios hacia abajo.

Farrington volvió la vista hacia Emily y su mirada se suavizó, transmitiendo una profunda tristeza.

Smith había seguido la trayectoria de los ojos de Farrington. Sus miradas se encontraron y de pronto Farrington tuvo una reacción inesperada. Se sonrojó y bajó la vista.

Al parecer, esto provocó en Smith una repentina y sorprendente epifanía, porque quedó boquiabierto y con los ojos desorbitados.

—Tú... —masculló, y fue todo cuanto pudo o quiso decir antes de incorporarse y lanzarse sobre Farrington con intenciones claramente violentas.

Dos de los guardaespaldas de Genji lo sujetaron antes de que pudiera hacer nada. Genji no estaba seguro de si Smith pretendía golpear a Farrington con sus puños o si se disponía a sacar el revólver y dispararle. De todas formas, era evidente que Farrington no tenía preparada ninguna clase de resistencia o defensa.

—¡Soltadme! —vociferó Smith.

—Dame tu palabra de que te comportarás de manera pacífica —respondió Genji.

—La tienes.

Smith se disculpó con Genji y Emily sin dar ninguna explicación de su reacción e ignoró a Farrington. Aunque éste trató de reanudar su conversación con Emily, ella estaba demasiado sobresaltada y no contestó. El picnic había llegado decididamente a su fin.

¿Qué había sucedido? Genji no tenía la menor idea. La presunta facilidad para descifrar lo que los extranjeros pensaban no era más que eso: una suposición, no una cosa real.

Smith se puso de pie primero, hizo una reverencia brusca y se dirigió a paso veloz y decidido hacia donde estaba atado su caballo. A mitad de camino, pisó algo que emitió un fuerte crujido. Dos de los sirvientes de Genji miraron aterrorizados a su amo y se postraron como suplicando perdón, como si hubieran cometido una falta. Smith, que todavía estaba distraído con lo que acababa de suceder, no le prestó atención.

Cuando Genji fue a ver lo que Smith había pisado, se encontró con la cavidad del ojo derecho y el pómulo entre los fragmentos blancos del resto del cráneo que había dejado el taco de su bota.

Desde ese momento, Smith evitó a Farrington todo lo posible. No le resultó muy difícil, ya que Farrington lo ignoraba de la misma manera. Smith se sentía profundamente avergonzado. Desearía no haber interpretado lo que Farrington pensaba acerca de Emily y Genji. Sobre todo, desearía no haberlo atacado. No sólo había demostrado una imperdonable tacha en su comportamiento de caballero, sino que además había servido para confirmar sus sospechas, puesto que Farrington no había hecho el menor intento de defenderse. Sólo alguien que se avergonzara de sus propios pensamientos habría actuado de esa forma.

Ahora todo estaba claro para Smith.

Farrington creía que Taro, el siempre fiel vasallo, había atacado a Emily por orden de Genji y lo había hecho porque su condición, que todavía no era evidente, pronto la convertiría en una peligrosa desventaja para él. Sin duda tal condición sólo podía ser el resultado de una relación íntima inmoral y completamente inaceptable. Eso era real, ya fuera bajo el propio consentimiento de Emily o por la fuerza y el engaño de Genji. La intervención inesperada, y para Genji inoportuna, le había salvado la vida. Pero sólo por el momento. En su estado, era imperioso que muriera lo antes posible. Por eso Farrington había permanecido al servicio de Emily. Si bien ya no quería que fuera su prometida, como oficial y caballero se sentía obligado a protegerla de los futuros intentos de asesinato por parte de su anfitrión.

Ése era el razonamiento de Farrington.

Era tan tortuoso y ridículo que, si Farrington le hubiera comentado su teoría en lugar de haberla descubierto por su propia inspiración repentina, no habría podido evitar lanzar una carcajada. La inocencia de Emily era evidente e irrefutable. Nadie era capaz de mantener las apariencias por tanto tiempo. Al margen de su religiosidad, su carácter jamás le permitiría alejarse de las más altas normas de moralidad. En cuanto a Genji, Farrington le atribuía un grado de perversión lujuriosa y pasión ingobernable que, de existir, sólo podría hallarse en la Ciudad Prohibida de la Manchuria o en el harén del sultán de Turquía, no en este disciplinado país.

Los sentimientos de Smith hacia Emily no se vieron afectados en lo más mínimo por los delirios de Farrington. Pero el hecho de conocerlos hizo que la mirara de otro modo, y al hacerlo creía haber visto algo que lo paralizó más que las retorcidas conjeturas de Farrington. ¿Habría visto la verdad o sería un delirio suyo?

Smith encontró a Emily en la habitación que estaba junto al rosedal. Las puertas se hallaban abiertas para que circulara la brisa cálida y para permitirle apreciar las flores. Tenía varios pergaminos escritos en japonés desplegados delante de ella. Sin embargo, no estaba mirando los pergaminos ni las flores: observaba, pensativa, la cima de la torre situada al otro lado del jardín.

—Aun cuando no estás entre las urnas, tus pensamientos parecen encontrarse allí —dijo Smith—. ¿Estás segura de que no te gustaría llevar una vida dedicada a la contemplación religiosa?

—Si mis perspectivas siguen evaporándose como últimamente, quizá será la mejor opción.

—¿A qué te refieres?

—Robert ha vuelto a Edo.

—Sin duda lo habrá mandado a llamar el embajador.

—Eso dijo.

—¿Qué otra razón podría haber? Te aprecia tanto como yo.

—¿Realmente lo crees así?

—Ha estado a tu lado durante tres semanas para asegurarse de que te hubieras recuperado por completo de tu reciente pérdida. Sólo algún asunto oficial podría haberlo alejado de ti.

—Me sentía más observada que cuidada cuando estaba con él. En realidad parecía vigilarme de cerca.

—A veces, un hombre recto une un frágil sentido de la integridad con su imaginación hiperactiva.

—No veo nada en mi comportamiento que pudiera desencadenar su imaginación. Y no sé si podría decir que Robert es un hombre recto. Juzgar a los demás a la ligera no hace que una persona sea honorable.

—Si ha sido duro contigo, estoy seguro de que fue únicamente porque se preocupa por tu bienestar. —Smith sonrió—. Me resulta muy irónico justificar ante ti las acciones del teniente Farrington.

—A mí también. Sobre todo después de que te abalanzaras sobre él hace sólo dos días.

—Fue una terrible equivocación. Me disculpo una vez más.

—Fue más que eso, Charles. Algo pasó esa tarde entre Robert y tú. Algo que no os dijisteis y que terminó en un violento arrebato por tu parte y una profunda vergüenza por la suya. ¿Qué sucedió?

Smith eligió cuidadosamente las palabras.

—Sus cavilaciones y mi interpretación repentina de lo que estaba pensando —dijo.

—Eso ya lo había deducido por mi cuenta.

—Decir más excedería los límites de la conversación decente entre una dama y un caballero.

Emily frunció el entrecejo.

—Robert y tú compartisteis un pensamiento, presumiblemente con respecto a mí, un pensamiento tan delicado que te impulsó a atacarlo. Y sin embargo, ¿no logras exponerlo claramente en mi presencia? Discúlpame, pero no me siento nada aliviada.

Smith asintió con la cabeza, dándole la razón.

—De todas formas, tenemos que dejarlo ahí.

—Esa respuesta no satisface en lo más mínimo mi curiosidad ni mis sentimientos.

—Cuando estés prometida, Emily, ya nada importará, así que tampoco tiene que importarte ahora.

—Cuando esté prometida. Lamento haber dilatado tanto el asunto. Te aseguro que no tiene nada que ver contigo o con Robert. Es culpa de mis propios errores.

—Yo no llamaría error al estar enamorada —dijo Smith.

Emily se sonrojó al instante y él advirtió que sus conjeturas habían sido correctas. Su natural honestidad la delataba aun cuando no dijera una palabra. Ella hacía lo imposible por esconder la verdad, pero él ya la había descubierto.

—Sin duda sería mucho más simple si estuviera enamorada de ti o de Robert —dijo—. Pero, aunque os admiro a ambos por igual, no lo estoy. Por eso la decisión es tan complicada.

—Hay algo difícil —añadió Smith—, pero no es la decisión, pues de hecho ya has decidido. Estás enamorada. —Ahora que lo sabía, sentía compasión por ella. El camino que tenía por delante estaba plagado de peligros que ella ni siquiera podía imaginar. El atentado de Taro contra su vida (Smith ya no dudaba de que Farrington estaba en lo cierto), seguramente no era más que el primero de una larga lista—. Has de obrar de acuerdo con lo que te dicte el corazón. ¿Qué otra cosa puedes hacer? La única pregunta es: ¿son correspondidos tus sentimientos? En caso contrario, el amor sólo provocará sufrimiento, nunca alegría. En ese caso, sería mejor que eligieras la admiración antes que el amor.

—Creo que estamos hablando de cosas diferentes —dijo Emily.

—Estás enamorada del señor Genji —sentenció Smith.

Si no hubiera estado sentada, seguramente se habría caído.

—¡Por Dios! —exclamó—. ¿Es tan obvio?

—No —respondió Smith—. Yo no estaba seguro hasta este momento. Por lo que sé, nadie más lo sospecha.

—¿Y Robert?

—Sus sospechas son de otra naturaleza.

Agradeció que ella no siguiera esa línea de pensamiento. En cambio, bajó la cabeza y se cubrió la cara con las manos.

—¿Qué debo hacer? —musitó.

—Ten paciencia —respondió él—. Una vez que el teniente Farrington y yo nos hayamos ido, es probable que el señor Genji deduzca la verdad y, de acuerdo con lo que haga, tendrás tu respuesta.

Cuando alzó la vista, Emily tenía los ojos húmedos pero sonreía.

—Gracias, Charles —susurró—. Eres un amigo bueno y comprensivo.

Smith hizo un gesto de asentimiento.

—Si tus esperanzas no llegaran a realizarse, yo estaré dispuesto a ser bueno, comprensivo y algo más que un amigo. Debo quedarme en Edo un mes más. Vendré a verte de nuevo antes de marcharme.

—No merezco tanta consideración.

—De todas formas, la tienes. —Smith sonrió—. Pero ten cuidado. Tu relación con Genji ya ha provocado comentarios maliciosos en la comunidad occidental. Algunos de los rumores que circulan son muy perjudiciales para tu reputación.

—Está escrito que «nada podemos contra la verdad, sino por la verdad». Yo confío en eso.

—Amén —respondió Smith—. Pero recuerda que también está escrito: «Veneno de áspides hay debajo de sus labios y su aguijón es mortal.»

—Amén —dijo Emily—. Yo no he hecho nada malo y Genji tampoco.

—Jamás pensé lo contrario —respondió Smith, pero no agregó: «como el teniente Farrington».

—Primero el teniente Farrington y ahora tú, señor Smith —dijo Genji—. Qué pena. Esperaba que las cosas se resolvieran. Confío en que no haya sucedido nada malo. El teniente Farrington parecía más hosco que de costumbre.

—Se dejó llevar por pensamientos incorrectos —señaló Smith—. Tarde o temprano se dará cuenta de su error.

—¿Pensamientos incorrectos?

—Un razonamiento incorrecto que lo llevó a sacar conclusiones equivocadas.

—Entiendo lo que significa —dijo Genji—, lo que no entiendo es a qué te refieres.

—¿Cómo es posible? La señorita Gibson, una joven de una belleza excepcional, en edad de contraer matrimonio, ha sido tu huésped durante varios años sin tener una dama de compañía, un pariente o una acompañante. No es difícil sacar conclusiones equivocadas acerca de la relación que hay entre vosotros.

—Emily no estuvo sola durante todo el tiempo que fue mi huésped. Además, buena parte de ese tiempo lo dedicó a hacer sus propias expediciones. Tanto en este castillo como en el palacio de Edo, sus aposentos están completamente separados (y alejados) de los míos. Muchas veces pasaban días y hasta semanas sin que supiéramos nada el uno del otro. Supongo que hay señores en otros países que reciben huéspedes en las mismas condiciones.

—Sus acompañantes nunca fueron de su propia gente —objetó Smith—. Eran tus vasallos y sirvientes. Todo el que ha estado en este país, al menos durante una hora, sabe que las órdenes de un señor se obedecen sin preguntar. No eran una verdadera protección para ella. Por otra parte, las personas que visitan a otros señores en lugares como Inglaterra siempre viajan con sus propios sirvientes y damas de compañía.

Genji asintió.

—Qué tonto he sido. Debí haber aceptado el consejo de otra persona que no fuera Emily. Su inocencia a veces le impide ver las cosas que los demás ven. Supongo que el teniente Farrington cree que me he aprovechado de ella de algún modo, ¿no es así?

—En una palabra, sí.

—¿Y tú?

Smith sonrió.

—El teniente Farrington tiene la costumbre de reprimir sus instintos y sus pensamientos naturales como si fueran traidores rebeldes. Se niega a considerarlos como propios y, en cambio, se los atribuye a los demás. Yo no tengo esa costumbre. Además, mi señor, si tú quieres algo, lo tomas abiertamente, sin pensar en las consecuencias. Así es como actúan los samuráis, ¿verdad?

—Ésa es la forma en que nos gusta pensar que somos y como nos gustaría que los demás nos vieran —respondió Genji—. En realidad, nos preocupamos tanto de las consecuencias y las apariencias, que a menudo somos incapaces de actuar. Confiamos tanto en lo que no se dice que muchas veces no nos detenemos a pensar que no hemos comunicado nada, que sólo existe el deseo en nuestra mente. Lamento admitir que casi siempre carecemos de decisión.

—Entonces déjame quitarte un peso de encima hablándote con claridad —dijo Smith—, y siendo lo más franco que puedo. Regresaré a finales del mes próximo antes de partir definitivamente. Si Emily todavía no está comprometida, la cortejaré de nuevo. Espero que no lo esté, aunque sé que ella desea lo contrario. Ruego sinceramente que encuentre la felicidad donde mejor le convenga.

—Ella desea lo contrario. ¿Quieres decir que prefiere al teniente Farrington?

—No prefiere al teniente Farrington. Sus deseos van más allá de sus preferencias. Está enamorada, y creo que lo está desde hace tiempo. Es más, creo que tú siempre lo has sabido.

Smith se preguntaba cómo reaccionaría Genji. ¿Se enfadaría? ¿Se sorprendería? ¿Se alegraría? ¿Reiría? Tal vez había ido demasiado lejos.

La expresión en el rostro de Genji permaneció inmutable. Conservó la leve sonrisa en sus labios y habló con tono indiferente.

—A menudo me he preguntado si a los ojos de su propia gente Emily resulta una persona tan transparente como a los nuestros —dijo—. Evidentemente, no es así. De lo contrario, tú y el teniente Farrington no habríais llegado tan lejos. Muchas veces los que están fuera pueden ver cosas que los de dentro no ven. ¿Puedo preguntar qué fue lo que hizo que te dieras cuenta?

—Fue pura casualidad. —La respuesta moderada de Genji lo reconfortó—. Una combinación de observación, afirmaciones, comportamientos extraños. De pronto todas esas cosas se unieron y cobraron un sentido. Recuerda que siempre hubo comentarios entre su propia gente, ninguno de ellos positivo. Las especulaciones tienden a ser exageradamente lascivas.

—Pero ella es muy formal y decente.

—También es extremadamente hermosa.

—Eso tengo entendido.

—¿Tienes entendido? ¿Acaso no lo ves por ti mismo?

—Francamente, no. Nuestros ideales de belleza difieren hasta el punto de que casi parece como si nuestros conceptos de lo que es bello y lo que es feo fueran opuestos.

Ahora era Smith el sorprendido.

—¿Consideras que Emily es fea?

—Bueno, fea es una palabra muy dura. Yo diría que no es atractiva.

Smith exhaló un hondo suspiro, como si hubiera estado conteniendo la respiración.

—Es un gran alivio para mí, señor —dijo—. Si hubieras correspondido a su amor, la situación se volvería peligrosa para ambos en todas las formas imaginables. Ninguna de nuestras naciones ve con buenos ojos la mezcla de razas. Por otra parte, tú necesitas un heredero, y estoy seguro de que Emily jamás aceptaría ser una concubina. Para ella, eso sería una especie de prostitución.

—Dijiste que renovarías tu propuesta de matrimonio.

—Sí, en cuanto vuelva.

—¿Para qué esperar? Hazlo ahora.

—Una mujer que está enamorada de un hombre necesita tiempo para abrir su corazón a otro. Por ahora, dile que hemos hablado (de mi propuesta, no de sus sentimientos), y que lo apruebas de todo corazón. Tu entusiasmo hablará por sí solo. Entonces ella tendrá un mes para prepararse para mi regreso.

—Gracias por tu sabio consejo, señor Smith.

Cuando se marchó, Genji se quedó solo. Podía hablar con Emily tal como Smith le había aconsejado. Sólo debería mentirle un poco, lo cual no suponía un problema, porque él mentía mucho mejor que ella. De hecho, había ocultado sus sentimientos hacia ella durante mucho tiempo. Un mes más no lo perjudicaría. Sin embargo, podía hacer algo mejor que hablar, algo que haría que sus palabras fueran más creíbles. Los extranjeros tenían un dicho muy adecuado para esto.

Un gesto vale más que mil palabras.

Entre la servidumbre del castillo reinaba la algarabía. Por fin su señor iba a hacer algo para asegurar la continuidad de su linaje.

—¿Lo has oído? —dijo una criada a otra mientras llevaban las bandejas para el té a las demás habitaciones.

—¡Sí, todo el mundo lo sabe!

—¿Quiénes serán?

—Oí que todavía no se ha decidido.

Una tercera muchacha pasó en dirección opuesta.

—Damas de la corte —dijo.

—¿De la del emperador o de la del sogún?

—¡De las dos, por supuesto!

—Sexo y política —dijo la primera criada.

La segunda asintió.

—¿Acaso no es siempre así?

—Para nosotras no —repuso la primera, y ambas contuvieron la risa. Habrían lanzado una carcajada de no haber estado tan cerca de las habitaciones de los señores.

La semana siguiente a la partida de Charles Smith, llegaron dos mujeres relacionadas con la corte del sogún en Edo, que fueron recibidas con una ceremonia a la cual Emily no fue invitada. Masami, su criada, le dijo que una era pariente de un aliado del señor Genji, el señor Hiromitsu de Yamanaka. La otra tenía un parentesco lejano con el señor Saemon.

—Por ahora serán las dos concubinas —dijo Masami—. Quizá más adelante decida casarse con una de ellas, especialmente si le da un heredero. Pero es más probable que el señor le reserve ese honor a una dama de mayor alcurnia que tenga mejores vinculaciones políticas. Si alguna de las concubinas le da un heredero, el niño será adoptado por su esposa. Creo que ésta, quienquiera que sea, llegará con la bendición del emperador, no con la del sogún. Las riquezas del emperador están aumentando; las del sogún, disminuyen.

Mientras trabajaba, Masami no dejaba de hablar. Emily

sonreía y asentía en silencio. Si alguien se hubiera fijado, habría visto un extraño brillo en sus ojos. Pero, por supuesto, nadie se dio cuenta.

Genji era consciente de que tarde o temprano tendría que hablar con Emily, y lo cierto era que no tenía ganas de hacerlo. Sabía que, por parte de ella, habría acusaciones veladas y se derramarían muchas lágrimas. Sin duda no se atrevería a decir nada abiertamente. ¿Qué iba a decir? No sabía lo que él sentía por ella, ni que Smith le había revelado sus sentimientos hacia él. No había nada que decir. Y sin embargo, sería muy doloroso. No podía ofrecerle ninguna clase de consuelo, porque lo único que la reconfortaría sería que él admitiera el afecto que sentía por ella, y eso no era posible. Si se lo decía, se quedaría en Japón y, en ese caso, moriría. La visión que había tenido no ofrecía dudas. No quería que muriera, así que tenía que hacer que se marchara.

La vida era más importante que el amor.

El mes pasó rápidamente. Genji había prometido hablar con Emily y todavía no lo había hecho. Debería haberla invitado a la ceremonia de bienvenida de la dama Fusae y la dama Chiyo. Eso hubiera ayudado a dejar las cosas claras. Pero no pudo hacerlo. Hubiera sido demasiado cruel. No quería herirla más de lo necesario. Tal vez no fuera preciso decir mucho más o incluso volver a verla hasta el día que se marchara con Charles Smith, para lo cual faltaba poco. Cuando Smith regresara, le propondría matrimonio y Emily seguramente aceptaría. A Genji le resultaba doloroso, y a la vez interesante, comprobar que sus propias acciones confirmaban lo que le había dicho a Smith acerca de la incapacidad de decidir de los samuráis.

Cabalgó solo hasta el Valle de las Manzanas, como solía hacer cuando meditaba acerca de sus problemas. Lo tranquilizaba estar entre los árboles que su madre había plantado hacía tantos años. No siempre hallaba la respuesta que buscaba cuando estaba allí pero, aun cuando los problemas no se resolvieran, conquistaba cierta calma interior. Hidé había dado instrucciones precisas a los guardaespaldas de Genji: no debían dejarlo solo en ninguna parte, ni siquiera allí, en el corazón de su dominio, a poca distancia de los muros de su castillo. Para Hidé, los asesinatos se habían vuelto demasiado frecuentes como para bajar la guardia en cualquier momento. Genji le había explicado en vano que sus visiones sobre el futuro predecían su propia muerte, así que sabía exactamente cuándo y cómo moriría, y eso no ocurriría allí ni en ese momento. Hidé permaneció impasible. «Quién sabe —decía él—, qué desastres inesperados podrían ocurrir antes de eso si no estamos atentos.» ¿Acaso las visiones del señor Genji le habían mostrado absolutamente todo lo que iba a suceder? Genji debía admitir que no era así.

Por eso, para lograr la soledad que necesitaba, había tenido que aprender a evitar a sus propios hombres. Tarde o temprano, lo localizaban, pero mientras tanto estaba solo. Para que les resultara más difícil encontrarlo no entró en el valle desde el castillo, como de costumbre, sino por un sendero estrecho que penetraba desde las colinas.

Estos árboles siempre le recordaban a su madre. Sin embargo, a medida que pasaban los años era menos lo que recordaba y más lo que se veía obligado a inventar. Todavía no había cumplido cuatro años cuando ella murió dando a luz. Ya habían pasado veintisiete años desde entonces. Era mucho tiempo para echar de menos a alguien a quien apenas recordaba.

De pronto, oyó un sonido de hojas que se agitaban en las ramas altas del árbol bajo el que descansaba. Aun antes de poner en marcha su caballo, la idea que le pasó por la mente fue que Hidé estaba en lo cierto. Había demasiados asesinatos por todas partes como para permitirse el lujo de distraerse en cualquier lugar. Sacó la espada al tiempo que su caballo dio un paso veloz hacia delante. Miró hacia arriba, esperando que en cualquier momento el asesino se abalanzara sobre él o le disparara una flecha o una bala. No vio nada de eso. En cambio, divisó una tela de zaraza.

Detuvo el caballo y regresó lentamente debajo del árbol.

Emily miró hacia abajo.

—Nunca te habrías enterado de que estaba aquí si no hubiera perdido el equilibrio —dijo.

Desde esa altura, podía fácilmente darse un golpe mortal. Genji sabía que el suicidio iba en contra de su religión. Pero caer accidentalmente no. Se sostenía cuidadosamente de pie sobre dos finas ramas cerca de la copa del árbol. Con una mano se aferraba al tronco, que a esa altura no era más que un tallo grueso. Con la otra se sujetaba la falda para que no se le abriera, como toda una dama. Como si trepar árboles pudiera considerarse algo digno de una dama.

—Emily, ¿qué estás haciendo?

—Trepar al árbol. Me pareció un día ideal para hacerlo.

—Por favor, baja.

Ella rió.

—No, sube tú.

Genji la observó atentamente. Su buen humor parecía auténtico, su sonrisa no era forzada y tenía un brillo saludable en los ojos, muy alejado del causado por la tristeza profunda.

—Creo que sería mejor si bajaras.

Ella negó con la cabeza y volvió a reír.

—Veo que no nos ponemos de acuerdo. Es mejor que cada uno haga lo que le parezca y le conceda la misma libertad al otro.

—Una actitud así sólo lleva a la anarquía —dijo él—. Hagamos un trato: yo subiré si tú prometes bajar conmigo.

—De acuerdo, pero sólo si subes hasta donde estoy yo.

—Eso sería peligroso. Esas ramas apenas te sostienen a ti. No soportarían mi peso también.

—Entonces quédate donde estás y déjame a mí donde estoy.

No había nada que hacer. No podía dejarla allí. Genji se acercó y se pasó de la silla del caballo al árbol. Trepó velozmente hasta la rama que estaba debajo de ella y trató de convencerla de nuevo.

—Como puedes ver, estas ramas se quebrarán si sigo subiendo.

—Quizá —dijo ella.

—Quizá no, es seguro.

—Muy bien, consideraré cumplida tu parte del trato si respondes a una pregunta.

Ah, ahí estaba. Ahora que los dos se hallaban en la cima del árbol, ella sufriría una crisis emocional. ¿Cómo podía evitar que cayera sin hacerlo él también? No podía. Si perdía el equilibrio, tendría que atraparla para tratar de amortiguar el impacto. Desde una altura de seis metros, necesitaría un grado de habilidad marcial que no estaba seguro de poseer. Era propio de una mujer complicar las cosas innecesariamente. Era una cualidad que trascendía todas las diferencias culturales.

—Puedes hacer tu pregunta cuando estemos abajo —dijo. No pensaba que fuera a funcionar y no funcionó.

—No —repuso ella simplemente.

No podía obligarla a bajar. No le quedaba otra alternativa.

—¿Cuál es la pregunta?.

—Tu diccionario inglés-japonés es muy completo —comentó—, con una notable excepción. No hay ninguna entrada para la palabra «amor» en ninguno de los dos idiomas. ¿Por qué?

No era la pregunta que esperaba, pero veía adónde conducía.

—Todo el mundo sabe el significado de esa palabra —respondió—. Además de dar los términos equivalentes en ambos idiomas, no se necesita una explicación más detallada. Ahora, bajemos.

Ella negó con la cabeza.

—Tu respuesta no me satisface. Dices que todos conocen la definición. Dime, ¿qué es el amor?

—Protesto. Ya hiciste tu pregunta y yo la respondí. Ahora debes cumplir con tu parte del trato.

—Hablas como un comerciante, no como un samurái —le espetó ella, pero bajó con él. Cuando estuvieron en tierra, agregó—: No creo que sepas la respuesta, señor Genji.

—Por supuesto que sí. Ponerlo en la definición de un diccionario es otro tema.

La expresión en el rostro de Emily era lo más parecido a una mueca que Genji hubiera visto jamás.

—Ésa es exactamente la respuesta de alguien que no sabe —replicó.

Castillo de Piedras Blancas, en el Dominio de Shiroishi, 1830

El señor Kiyori se alegraba de ver a su viejo amigo, el señor Nao, pero no por el motivo que lo traía hasta aquel lejano dominio del norte.

—¿Cómo podría no ser un momento alegre? —dijo Nao—. Me estás pidiendo que te dé a mi hija como esposa para tu hijo mayor. Esto unirá a nuestras familias para siempre. ¡Espléndido! Emi, llévate el té y tráenos sake.

—Espera —lo detuvo Kiyori—. No te lo he dicho todo.

—¿Qué más hay que decir? —preguntó Nao—. Mi hija será la esposa del futuro gran señor de Akaoka. Mi nieto, que el cielo nos envíe uno lo antes posible, será gran señor. Emi, ¿dónde está el sake?

—Acaba de ir a buscarlo, mi señor —respondió otra criada.

—Bueno, no te quedes ahí. Ve a ayudarla.

—Nao, escúchame —dijo Kiyori con una profunda tristeza en el rostro—. Te pedí la mano de tu hija en matrimonio para Yorimasa, pero, como amigo, debo aconsejarte que me la niegues.

—¿Qué? Estás diciendo tonterías. ¿Cómo puedes pedirme una cosa y al mismo tiempo aconsejarme que rehúse?

—Tuve una visión —respondió Kiyori.

—Ah —dijo Nao, y se reclinó para escucharlo. Conocía

a Kiyori desde hacía más de treinta años. En todo ese tiempo le había contado muchas de sus visiones y todas se habían hecho realidad. Otros podían dudar de las adivinaciones del gran señor de Akaoka, pero no él.

—El matrimonio nos dará un heredero —dijo Kiyori—, el único de nuestros dos clanes que sobrevivirá al gran cambio que vendrá. Tu hija no se recuperará por completo de las dificultades que tendrá en el parto. Cuando dé a luz a su segundo hijo, morirá.

Nao bajó la vista. Respiró hondo varias veces sin hablar ni levantar la mirada.

—No tiene que ser así. Oponte al matrimonio y deja que sea otro el que cargue con el peso.

—¿Cómo podríamos evitarlo? Lo viste en una visión.

—Yo considero que mis visiones muestran lo que puede suceder, no lo que tiene que ser —respondió Kiyori.

—¿Alguna vez no se hicieron realidad?

—No.

—Entonces, ¿qué te hace pensar que esta vez será diferente?

—En el pasado siempre hice todo lo que vi. ¿Qué sucedería si no lo hacemos? En ese caso, serían nuestras acciones y no la visión lo que determinaría el futuro.

—¿Estás seguro de que es así?

—No —admitió Kiyori—. Ésa es precisamente la cuestión. Si no actuamos de acuerdo con la visión, no podemos estar seguros de nada, ni siquiera de las muertes que vi.

Nao negó con la cabeza.

—También perderíamos la certeza de que nuestro nieto sobrevivirá para perpetuar nuestra descendencia. La continuidad del clan es más importante que las vidas de los individuos, especialmente si ambos dependen de un futuro señor.

—¿Dejarás que tu hija se case sabiendo que el matrimonio la conducirá a la muerte?

—Todos moriremos —dijo Nao—. Es nuestro destino. Si muere para preservar nuestros clanes, entonces su muerte es digna de la hija de un samurái. Ni ella ni nosotros deberíamos arrepentirnos.

Kiyori asintió.

—Estaba seguro de que dirías eso.

Nao rió.

—¿Entonces por qué te molestaste en mencionar el asunto?

—Señor —dijeron las sirvientas que traían la bandeja con el sake. Nao se sirvió un vaso. Ante su insistencia, Kiyori también tomó uno, aunque hubiera preferido no hacerlo.

—Porque es sólo una de las razones por las cuales puedes oponerte al matrimonio —respondió Kiyori.

—Sorprendente. ¿Quieres decir que hay otra?

—Sí, y junto con la primera, constituyen un sólido argumento para que te niegues.

Nao esperaba que Kiyori continuara, pero no lo hizo. Permaneció en silencio y su tristeza aumentó. Nao bebió su sake y esperó pacientemente. Si Kiyori guardaba silencio, estaba seguro de que tenía una buena razón. Había empezado a pensar que Kiyori había decidido no compartir con él el segundo motivo cuando por fin habló.

—Mi hijo, Yorimasa, no es un hombre honorable. Es borracho, mujeriego y derrochador.

—El matrimonio lo cambiará, como sucede siempre.

—Cuando te dije que era borracho, mujeriego y derrochador —añadió Kiyori—, no fui del todo sincero. Es peor que eso. Mucho peor. Si fuera uno de mis hombres en lugar de mi hijo, ya le habría ordenado que se suicidara hace mucho tiempo. Es un signo de mi debilidad como padre el no haberlo hecho hasta ahora.

—¿Qué hizo?

—Cosas que me avergüenza pensar en silencio, y tanto más confesar en voz alta —respondió Kiyori.

Hacía tiempo que Yorimasa esperaba ansiosamente dos acontecimientos: su ascenso al rango de señor del Dominio de Akaoka y su primera visión profética. Como era el hijo mayor del gran señor Kiyori, sentía que tenía garantizado lo primero. Su firme convicción de que le esperaba un destino especial le aseguraba lo segundo. Desde pequeño, su carácter se había moldeado al calor de estas dos expectativas, a pesar de que su padre le había advertido repetidas veces que la vida era incierta y la transferencia de los poderes proféticos, aún más. Yorimasa era muy testarudo. Solía decir, «sí, papá», pero no le hacía caso.

Tenía tanta confianza en sí mismo, que los que lo rodeaban también se fiaban de él. Además, era el primer nieto de ambas partes de la familia, por eso las esperanzas de sus familiares estaban depositadas en él. Afortunadamente, las expectativas parecían tener fundamento. Era un niño brillante y alegre que, al primer año de vida, ya hablaba utilizando oraciones completas; a los tres, escribía muy bien, antes de cumplir cinco, ya manejaba su pequeña espada con gran destreza, tenía muy buena puntería cuando disparaba flechas con su arco infantil y dominaba sin temor a su poni. Los criados de la casa lo hubieran atendido de todos modos, pero sus atributos (entre ellos su belleza) hacían que lo consintieran más de lo normal.

El nacimiento de su hermano, Shigeru, no lo desplazó de su posición. Shigeru era más tranquilo, más tímido y menos atractivo que Yorimasa. Cuando buscaban entre sus recuerdos, todos parecían convenir en que cada cosa que Shigeru hacía a medida que crecía, Yorimasa lo había hecho antes, mejor y con más habilidad. La única ventaja que tenía era su fuerza física. Sí, era un niño muy fuerte. Sin embargo, por sí sola, ésta no era una cualidad tan importante entre los hombres como lo era entre los bueyes. De todos modos, por acción del principio de la primogenitura, el segundo hijo era considerado siempre mucho menos importante que el primero. Más aún cuando éste era tan sobresaliente. La familia, los soldados y los sirvientes no podían evitar comentar los unos con los otros lo afortunados que eran de tener un joven señor tan talentoso. El futuro del clan sin duda estaría en buenas manos, especialmente porque todo parecía indicar que Yorimasa estaba destinado a heredar los poderes proféticos que sólo poseía un individuo en cada generación del mismo.

Un señor tan joven, dotado de los dones naturales que la herencia y la fortuna familiar podían proveer, inevitablemente suscitaba el apoyo de sus pares. Yorimasa no era la excepción. Las condiciones inestables del momento (el malestar interno, la presencia de flotas extranjeras alrededor, los problemáticos acontecimientos políticos en Asia central) hicieron que la facultad de poseer poderes proféticos atrajera más señores a su círculo de lo normal. Sin embargo, esto no habría ocurrido si Yorimasa no hubiera sido, además, un samurái ejemplar en todo sentido. ¿Cómo podía tomar en serio las advertencias de su padre con una vida como ésa?

Así fue como, llegado el momento, su desilusión fue indescriptible.

Al anochecer del día de su vigésimo segundo cumpleaños, su padre le dijo:

—No me sucederás como gran señor.

Quedó estupefacto.

—¿Por qué? —fue lo único que pudo preguntar.

—El porqué no tiene nada que ver aquí.

—Soy tu hijo mayor. No voy a cederle mi lugar a mi hermano menor.

—Shigeru tampoco será gran señor.

En su dolor, se echó a reír.

—Si ni Shigeru ni yo seremos tus herederos, debes de estar pensando en tener otro hijo. ¿O acaso ya tienes uno en secreto?

—Deja de decir estupideces. Te estoy diciendo la verdad. Acéptala.

—¿Es una profecía?

—Llámala como quieras o no le pongas ningún nombre —dijo su padre—. Acéptala o no hagas caso de ella. No cambia nada.

—¿Quién será el próximo gran señor de nuestro dominio?

—Uno que todavía no nació.

—Entonces, vas a tomar otra esposa u otra concubina. —La sorpresa inicial de Yorimasa empezó a convertirse en rabia. Alguna mujer manipuladora lo había seducido y el viejo idiota, en un rapto de enamoramiento, le había prometido que su hijo sería el próximo señor. ¿Quién sería?—. ¿Estás tan seguro de que podrás engendrar un heredero? Ya no eres joven, papá.

Su padre tenía una expresión extraña. La rigidez de su rostro parecía exagerada. ¿Sería para ocultar algún otro sentimiento? Si había algo escondido, Yorimasa no era capaz de interpretarlo.

—La decisión ya está tomada —dijo Kiyori—. No hay nada más de que hablar.

No había nada más de que hablar pero sí mucho que hacer. Primero, Yorimasa tenía que descubrir quién era la mujer y dónde la había escondido su padre, junto con el niño, si es que ya existía. Entonces se encargaría de ellos. Esto no era cuestión de profecías. Kiyori había dicho que la decisión ya estaba tomada. Si se trataba de una visión, no habría hablado así. Por lo tanto, el futuro no estaba del todo definido. Yorimasa no estaba dispuesto a cruzarse de brazos mientras le robaban su patrimonio.

Al principio, sus exhaustivas investigaciones no arrojaron ninguna luz. Interrogó a cada uno de los sirvientes y los soldados. Nadie había visto que el señor Kiyori visitara a ninguna mujer. Nadie sabía nada de ningún niño. Yorimasa pidió a sus amigos más cercanos que siguieran a su padre. No descubrieron nada. Él también lo siguió con idéntico resultado. Nada. No había mujer ni hijo. Entonces, ¿qué había llevado a Kiyori a tomar una decisión tan extraña? Nadie tenía la menor idea.

Poco después de que Kiyori le hubiera anunciado su decisión a Yorimasa, su comportamiento cambió de forma no menos extraña. Todos los días pasaba largas horas en el séptimo piso de la torre. Cuando estaba allí, no permitía que nadie entrara ni subiera más allá del tercer piso. Por aquel entonces las naves extranjeras aparecían cada vez con mayor frecuencia en aguas japonesas. En varias ocasiones sus buques de guerra habían llegado a entrar hasta la bahía situada cerca del castillo Bandada de Gorriones. Era una gran imprudencia aislarse de esa manera.

Yorimasa se preguntaba si su padre se habría vuelto loco. Aunque fuera trágico, también le convenía. Si estaba loco, los jefes de los soldados aprobarían su destitución. Había muchos precedentes. La locura había sido una enfermedad común en el clan. Aparentemente, era el mismo proceso misterioso que otorgaba el don de la clarividencia lo que la provocaba. La decisión de desheredar a sus únicos dos hijos y su nueva costumbre de vivir en la torre parecían apuntar en esa dirección.

Entre los vasallos se rumoreaba que Yorimasa asumiría el gobierno. Para su satisfacción, él no había tenido nada que ver con ello. La idea había surgido espontáneamente. Hasta los hombres más próximos a su padre, el señor Saiki, el señor Tanaka y el señor Kudo, expresaron sus preocupaciones a Yorimasa. Le agradaba ver que, al igual que los otros vasallos, ellos también habían empezado a tratarlo con mayor respeto. Su padre estaba provocando su propia ruina. Lo único que Yorimasa tenía que hacer era ser paciente.

Pero no tuvo la paciencia suficiente.

Le intrigaba todo el tiempo que su padre permaneciera en soledad en la torre. Finalmente no pudo resistir más y decidió averiguar por su propia cuenta qué hacía Kiyori allí tantas horas, día tras día.

Entrar en la torre sin que lo vieran fue fácil. Kiyori no había apostado ningún guardia en la entrada, en la escalera ni en los pisos entre el tercero y el séptimo. Confiaba ciegamente en la firmeza de la orden que había impartido. Era suficiente para mantener lejos a todos. Excepto a Yorimasa.

Antes de alcanzar con la vista el pie de la escalera que llevaba al séptimo piso, ya oía a su padre charlar con alguien. La persona que estaba con él debía de hablar en susurros, porque Yorimasa no la oía.

—Deberías habérselo contado hace mucho tiempo —dijo Shizuka.

—Como tú me aconsejaste —agregó Kiyori.

—¿Qué importa quién te lo aconsejó? Dejar un asunto de este tipo para último momento es un error, mi señor. —Hizo una reverencia hasta el suelo—. Perdóname por hablarte tan duramente.

—Bueno, ahora ya lo sabe. No será gran señor.

—Pero no le has dicho por qué.

—No.

—Tampoco le has dicho que no será él el que reciba las visiones en esta generación.

—No, espero que cuando vea el sufrimiento que provocan, no lamente tanto el no tenerlas.

Shizuka sonrió.

—No te ha visto mostrar ningún signo de sufrimiento, mi señor.

—Porque yo, mi señora, no he tenido precisamente visiones, ¿no es así? Tú eres la que las ha tenido. Tú eres la que me ha dicho todo lo que sé acerca del futuro.

—Tú me consideras una visión, así que si te digo lo que va a pasar en el futuro es como si lo comprobaras por ti mismo. —Se detuvo e hizo un gesto como si estuviera reflexionando acerca de lo que acababa de decir—. Claro que a veces no crees que sea una visión, sino un fantasma. En ese caso, ¿para ti mis palabras también serían visiones? Supongo que sí. Si no, ¿qué otra cosa podrían ser?

Kiyori frunció el entrecejo.

—Nunca lograré entenderlo. Lo único que sé es que todo lo que me has dicho se ha hecho realidad, sin ningún tipo de truco o significado oculto. Seas o no quien dices ser, eres el medio a través del cual las visiones llegan hasta mí. Con Shigeru será diferente. Tú me lo has dicho.

—Sí, será distinto.

—Sufrirá.

—Sí.

—Cuando Yorimasa lo vea, no lo lamentará tanto.

—Esperemos que sea así.

—¿No puedes decírmelo? Estoy seguro de que lo sabes.

La puerta se abrió violentamente y golpeó con fuerza contra el muro. Allí estaba Yorimasa con la espada en la mano. Tenía la cara lívida y los ojos rojos.

—¿Qué estás haciendo? —exclamó Kiyori. Se puso de pie de un salto, pero no tocó su espada.

Yorimasa vio una bandeja de sake dispuesta para dos. El vaso de su padre estaba vacío. El de la dama estaba lleno. Pero a ella no se la veía por ningún lado.

—¿Dónde está? —gritó Yorimasa.

—¡Guarda tu espada y retírate! —Kiyori avanzó sin temor hacia su hijo—. Olvidas cuál es tu lugar.

Yorimasa lo ignoró.

—¿Desde cuándo eres esclavo de una mujer? —le espetó—. Ella habla y tú obedeces. No me mires tan ferozmente. Te he oído admitirlo. Eres un mentiroso y un falso profeta. Ella es una hechicera. Estoy seguro de que lo es, porque te hizo abandonar a tus dos hijos por ella. ¿Dónde está?

Recorrió la habitación con la vista buscando la entrada al pasadizo secreto. No había nada en las paredes. Observó detenidamente las alfombras. Ninguna mostraba signos de haber sido movida recientemente. Tampoco había pasado por donde él estaba. No podía haber salido por la ventana, pues, a la luz del día la habrían visto desde abajo. La entrada secreta debía de estar en el techo. Miró hacia arriba.

Cuando lo hizo, Kiyori se adelantó y con un movimiento preciso le arrebató la espada a su hijo, lanzándolo de cabeza contra la pared más alejada. Antes de que Yorimasa pudiera levantarse o desenvainar su otra espada, Kiyori lo golpeó en la sien con la empuñadura de la espada que le había quitado.

Yorimasa recuperó la conciencia en su propio cuarto, junto al doctor Ozawa, que estaba atendiéndolo. Le dolía la parte derecha de la cabeza, pero no estaba herido gravemente. No había guardias vigilando. Sus espadas estaban donde debían estar, en una repisa cercana a él. Las tomó y se marchó. Nadie trató de detenerlo.

No buscó a su padre. Sabía que Kiyori no le daría ninguna explicación. La mujer, quienquiera que fuera, había desaparecido, había vuelto a su escondite. Si no la había encontrado antes, seguramente ahora tampoco. Había otra persona a la que tenía que ver. Si todo lo que había escuchado era cierto, entonces su vida tenía muy poco valor.

Encontró a Shigeru en el patio de entrenamiento. Estaba practicando giros y golpeando blancos detrás de él.

Shigeru advirtió que tenía un moratón en la frente.

—¿Qué te ha pasado?

Yorimasa ignoró la pregunta.

—¿Papá te habló alguna vez de las visiones? —preguntó.

—Sabes que sí. Siempre ha compartido sus visiones con los dos al mismo tiempo.

—Me refiero a tus visiones, no a las de él.

El rostro de Shigeru no mostró reacción alguna, pero la falta de una respuesta inmediata confirmó las sospechas de Yorimasa. Entonces era verdad. Era su hermano, y no él, el que tendría las visiones. Y Shigeru lo sabía.

—Así que papá por fin te lo contó —dijo Shigeru.

—¿Ya han empezado? —inquirió Yorimasa, obviando de nuevo la pregunta de su hermano.

—No. Papá dice que faltan muchos años para que comiencen.

—¿Cuánto hace que lo sabes?

—Doce años.

—¿Desde que eras un niño?

—Sí.

—Y no me dijiste nada. —¿Por qué nadie se lo había dicho? ¿Por qué le habían dejado creer que sería el elegido? La vergüenza era peor que la desilusión. ¡Qué estúpidos y vacíos habían sido todos estos años de orgullo y confianza en sí mismo!

—Yo no soy el señor de este dominio —respondió Shigeru—, nuestro padre lo es. Él da las órdenes. Dice lo que quiere decir y se guarda el resto para él. Eso es lo que hace un señor. Tú deberías saberlo.

—¿Por qué habría de saberlo? ¡Jamás seré señor! —exclamó Yorimasa.

—Por supuesto que sí. Eres el hijo mayor. Las visiones no tienen nada que ver con el sucesor de papá.

—No seré señor. Papá me dijo que no lo seré.

Shigeru puso ceño.

—¿Qué querrá decir eso?

—Tiene una mujer que nosotros no conocemos. Los oí hablar en la torre. Quién sabe cuánto tiempo hace que están juntos. Tal vez tenemos un hermano mayor que no conocemos.

—Imposible.

—De eso nada —replicó Yorimasa.

Dejó a Shigeru y se dirigió hacia el establo. No se quedaría en el castillo ni una hora más. Iría al palacio en Edo e intentaría pensar algo.

—Yorimasa. —Su padre apareció de entre las sombras.

—Ah, ¿has venido a despedirme o a prohibirme que parta?

—No es lo que crees —dijo Kiyori.

—¿Ah, no? ¿Entonces qué es?

—No hay ninguna mujer. No tengo otro hijo que se convertirá en mi heredero. No existe otro niño. No todavía. Y cuando exista, será tu hijo, no el mío.

—¿Es una profecía, mi señor?

—Así es.

Yorimasa hizo una reverencia.

—Entonces, me rindo ante lo inevitable y le cedo mi lugar a mi hijo, que todavía no nació. ¿Quién será mi prometida y cuándo?

—Eso aún no me ha sido revelado.

Yorimasa montó de un brinco en su caballo. Hizo otra reverencia.

—Por favor, házmelo saber. Cada cosa que dices es una orden para mí. —Volvió a hacer una reverencia, lanzó una carcajada socarrona y partió al galope.

Todos sus sueños se habían desvanecido. No sería gran señor del Dominio de Akaoka. No profetizaría. El respeto casi reverencial con que lo trataban se convertiría en ridículo. Deseaba morir, pero quitarse la vida era de cobardes. Él no era así. Él resistiría. Pero no tenía por qué soportarlo amargamente.

Yorimasa había pasado los primeros veintidós años de su vida preparándose para gobernar. Había leído los clásicos. Se había entrenado en el combate individual. Había estudiado las estrategias para controlar ejércitos. Se había sentado en el *zazen* varias horas al día, relajándose por completo, incluso del relajamiento. Ésas eran las artes necesarias para la guerra y el mando que debía adquirir el elegido. Ahora no le servían en lo más mínimo. Las abandonaría para siempre. Del mismo modo en que antes había dedicado cada instante a mejorar como samurái, ahora destinaría su tiempo a saciar sus apetitos carnales. ¿Qué otra cosa podía ofrecerle la vida?

Tenía el alcohol, el opio, el ajenjo y una amplia variedad de menjunjes capaces de alterar la percepción y el humor como le apeteciera. Por supuesto, tenían efectos secundarios. Pero siempre había otras soluciones, polvos, píldoras y vapores para curar esos males.

Él los usaba todos y también todas las curas y antídotos. Tanto las utilizaba, que casi lograba pasar por alto las risas a sus espaldas.

Yorimasa esperaba que su padre interviniera, por eso, cuando lo hizo, no lo tomó por sorpresa. Sin embargo, Kiyori nunca lo confinaba más de lo suficiente para curarlo del mal que lo aquejaba en ese momento. Después lo dejaba en libertad.

Pronto comprendió por qué lo hacía. Si lo encerraba, no tendría más razón para continuar. Kiyori no quería que se quitara la vida, por tanto no era conveniente recluirlo. Su visión indicaba que Yorimasa debía permanecer con vida hasta tener un hijo.

Esto también le garantizaba a Yorimasa que, hiciera lo

que hiciera, no moriría accidentalmente. Su ineludible condena implicaba a su vez su inevitable supervivencia. ¿Acaso no era éste el más curioso de los dilemas?

Las drogas que le proporcionaban alivio también lo envenenaban. Su cuerpo sufría, y su mente aún más. Pronto, las alucinaciones y los cambios de ánimo dejaron de consolarlo. Entonces se dedicó a las mujeres. Algún día, su padre le ordenaría que se casara y él tendría que obedecer. Atendería a esa esposa como el animal reproductor que era. Hasta entonces, Edo estaba llena de mujeres. Y ni siquiera tenía que preocuparse por dejarlas embarazadas. La profecía decía que él sería el padre del próximo gran señor de Akaoka, y de nadie más. Muy conveniente.

Al principio, lo atraía la belleza. Pero con el paso del tiempo, la simple belleza física pierde sentido. Ya no hay nada que valga la pena resaltar.

Entonces su atención se volvió hacia las distintas partes del cuerpo. Su forma, su textura, su olor, su sabor. Las diferencias eran fascinantes, incluso en un mismo cuerpo. Y cuando los cuerpos eran muchos, ¡cuántas más variaciones podían encontrarse!

Cuando también se cansó de todo eso, se concentró en su propio cuerpo. Había experimentado todos los ámbitos del placer. Lo que le quedaba era el dolor. No logró descubrir un dolor externo que se asemejara al que sentía dentro de sí. Hizo lo que pudo. Era un samurái. Resistió.

De su propio dolor pasó inevitablemente al dolor de los demás. Allí, por fin halló la conjunción perfecta de todos los elementos. Alucinaciones, intensificación de las sensaciones, belleza, fealdad y, sobre todo, dolor.

A veces llegaba demasiado lejos y la mujer quedaba destrozada. Entonces debía pagar una generosa contribución a la casa de las geishas y una suma reparadora a la familia de la víctima. Después de todo, era sólo dinero.

Desarrolló una fascinación por esas perversas prácticas sexuales que le causaban dolor a él y aún más a ellas. Sus lágrimas tenían un sabor particular y sus voces una música especial. Había algunas sustancias que aumentaban su placer. Ciertos vapores que exaltaban su agonía. Él los usaba todos.

Descubrió que su excitación era mayor cuando sabía que estaba destruyendo sus mejores atributos. Al principio creyó que era su belleza; no tenía que dejar cicatrices visibles. Si las lastimaba por dentro, no había problema. Sin embargo, se dio cuenta de que las partes físicas que estaban a la vista no eran lo que verdaderamente interesaba. Todas ellas, sin importar cuántas cosas hubieran hecho y cuántas hubieran visto, conservaban algún aspecto secreto intacto en lo más profundo de su ser. En él se encontraba un sentido de identidad precioso que había logrado preservar. Se convirtió en un experto en descubrirlo. Entonces, el sonido de sus gritos era tan fuerte que casi lograba acallar las risas que surgían a sus espaldas.

—Si tu hija no fuera tan importante para ti, no me preocuparía tanto —dijo Kiyori—, pero sé cuánto la quieres.

—Midori es sólo una niña —respondió Nao—. No es importante. El hijo que tendrá, sí.

—No des tu consentimiento tan rápidamente, Nao. Deja que te cuente la clase de persona en que se ha convertido Yorimasa.

—No, no es necesario. —Nao hizo una reverencia—. Nos sentimos honrados de que hayas elegido nuestro clan. Midori se casará con Yorimasa.

El tiempo pasaba veloz y lentamente al mismo tiempo. En ocasiones Yorimasa era incapaz de decir si había pasado una semana, un mes o la mejor parte de su vida. Estar perdido de esta manera era lo que más se acercaba a lo que había sido la felicidad.

—Yorimasa.

A través de una neblina de humo de opio, distinguió la cara de Shigeru.

—Vamos, hermanito. No seas tan tímido. Inhala. No te hará nada.

Shigeru lo obligó a ponerse de pie. Los guardias del establecimiento, por lo general tan fuertes, permanecían a una distancia respetuosa. Con el tiempo, la fama de duelista de Shigeru, que había comenzado cuando él tenía quince años, se había vuelto más temible.

—He venido a llevarte de vuelta a Bandada de Gorriones. Papá ha encontrado una prometida para ti.

—¿En qué año estamos?

Shigeru lo miró con desprecio antes de contestar.

—En el catorce.

—¿De qué emperador?

—El emperador Niko continúa honrando al mundo con su venerable presencia.

Yorimasa se dejó arrastrar y transportar. Sorprendente. Sólo había pasado un año. Quizá menos.

—¿Y qué mes es, hermanito?

Su padre lo obligó a entrenarse con los vasallos durante tres semanas, como si estuviera a punto de estallar una guerra. Yorimasa no pasó una sola hora dentro. Vivía día y noche en un campamento de guerra en las montañas que estaban al norte de Bandada de Gorriones. Todos los días, al amanecer, cabalgaba hasta la costa con los demás jinetes, desmontaba y corría, vestido con la armadura completa, desde el bosque de Muroto hasta el cabo. Si se caía y trataba de descansar, Shigeru lo ponía de pie. Si no corría, lo arrastraban. Cuando vomitaba, los tres generales del clan, el señor Saiki, el señor Tanaka y el señor Kudo, reían a carcajadas, como si jamás hubieran visto una cosa más graciosa. Por las noches, algunos vasallos, que representaban el papel de asesinos enemigos, atacaban el campamento y golpeaban despiadadamente con varas de bambú a los que eran demasiado lentos para levantarse. No había provisiones. Sólo los que atrapaban alguna presa, mataban algún pájaro o encontraban plantas comestibles, comían. Los demás se quedaban con hambre. Al cuarto día, comía los insectos menos repulsivos que podía encontrar. Para el sexto, empezó a considerar seriamente matar uno de los caballos. El séptimo día, el campamento se trasladó a la costa. Los pescadores de Kageshima les llevaron una pequeña provisión de bacalao seco y arroz integral. Fue el plato más delicioso que Yorimasa comió en su vida.

Al cabo de tres semanas, Yorimasa había recuperado la sobriedad. Era temporal e insignificante. El hombre en el que se había convertido fácilmente podía soportar un breve período de abstinencia. Haría lo que se le pedía, y después dedicaría nuevamente sus energías a algo que le resultara menos ofensivo. Que su padre educara al heredero. No tenía ningún interés en una sucesión que pasaba por encima de él. Ese hijo no sería más que otra fuente de ridículo. Yorimasa ya lo odiaba. Ni siquiera había nacido, ni siquiera había sido concebido y ya lo odiaba más que a cualquier otro ser que conociera.

En cuanto a su futura esposa, quienquiera que fuese, también la odiaba.

—¿La hija del señor Nao? —Yorimasa creyó hallarse en estado de absoluta conmoción, pero no era así—. ¿El señor Nao del Dominio de Shiroishi?

—¿Acaso conoces algún otro señor Nao? —preguntó Kiyori.

—El Señor de las Manzanas —dijo Yorimasa. Qué idiota. Pensaba que no se podía sufrir mayor humillación. Debería haber sabido que siempre era posible caer más bajo.

—¡Será tu suegro! —exclamó Kiyori—. No lo insultes con ese epíteto.

—¿Por qué no? El Señor de las Manzanas. Ése es su título en todo Japón. Me has comprometido con la hija del gran señor más ridículo de todo el reino. ¿Por qué?

La vergüenza y el enojo de Yorimasa eran tan grandes

que los ojos se le llenaron de lágrimas. Lo único que le impedía derramarlas era su rabia.

—El reino de Nao es pequeño... —comenzó a decir Kiyori.

—Pequeño, insignificante, pobre, débil, y tan alejado que para vivir más al norte habría que ir a la maldita población Ainu de Yezo.

—El reino de Nao es pequeño —repitió Kiyori—, pero está bien administrado. Las reservas de arroz que tienen les permitieron, al igual que a nosotros, sobrellevar la última hambruna sin que se produjeran los levantamientos que devastaron tantos otros dominios. Su ejército...

—¿Llamas ejército a ese puñado de campesinos?

—Su ejército, que está acostumbrado a los inviernos crudos, es uno de los únicos capaces de llevar a cabo una campaña agresiva durante esa estación.

—Porque allí es siempre invierno.

—Y los huertos que tú denigras producen las mejores manzanas del reino...

—Los únicos que comen manzanas son los caballos.

—... famosas por su belleza y su sabor. El mismo señor Nao es un honorable samurái de la vieja escuela. Combatimos juntos en nuestras primeras batallas cuando no éramos más que un par de muchachos.

—Aniquilasteis campesinos hambrientos para el sogún. ¿Llamas a eso batallas?

—¡Basta! Mañana mismo partimos hacia el Dominio de Shiroishi. Te casarás con la hija del señor Nao. Prepárate.

Yorimasa hizo lo que se le ordenó: se preparó para la boda.

Alimentó su odio y su furia, su repulsión y su vergüenza con el recuerdo de cada afrenta, cada insulto y cada humillación que había recibido e imaginado, cada sonrisa burlona y cada frase despectiva dicha a sus espaldas durante el año más miserable de toda su vida. Prometió a los demonios de los diez mil infiernos que el dolor que había sufrido y el que había infringido no tenían ni punto de comparación con el que estaba por venir.

Pronto, la preciosa hija del señor Nao envidiaría hasta a los hambrientos fantasmas que se aferran a su apariencia sepulcral para sustentar su miserable existencia.

—¿Y bien? —La dama Chiemi había observado a su marido durante toda la noche y éste la había ignorado. Finalmente, no pudo seguir en silencio.

—Y bien, ¿qué? —preguntó el señor Nao.

—¿Cuándo piensas decirme eso que tanto has tratado de ocultarme?

—No digas tonterías. Si tuviera algo para decirte, no dudaría en hacerlo.

—Si no quisieras decirme algo, harías lo imposible por posponerlo hasta el último momento —dijo la dama Chiemi—, y después me lo dirías cuando creyeras que ya es demasiado tarde para que mi objeción tuviera algún efecto. Te conozco muy bien, señor Nao.

Y así era. Nao y Chiemi habían sido compañeros de juegos durante su niñez. El padre de él era el jefe de los soldados del de ella que, en ese momento, era gran señor de Shiroishi. Como éste sólo había tenido hijas, había adoptado a Nao cuando ellos se casaron y lo había hecho su heredero. Eran amigos de toda la vida y prácticamente hermanos, en el mejor sentido de la palabra.

—No hay nada que objetar —respondió él—. Ya está todo decidido. Midori está comprometida —dijo.

—¿Con quién?

—Con el hijo de Kiyori.

La dama Chiemi se inclinó repentinamente hacia la izquierda, como si se hubiera mareado, y se apoyó con ambas manos para no caer al suelo.

—¿Shigeru?

—Yorimasa.

—Oh, no. No es posible. No puede ser.

—La boda se llevará a cabo una semana antes del equinoccio de verano.

—Por favor, mi señor. Te ruego que lo pienses. —Apoyó la frente en el suelo e hizo una reverencia—. Yorimasa la destruirá.

—No digas estupideces. Es un samurái y un señor. Tendrá paciencia.

Alzó la vista. Tenía el rostro bañado en lágrimas.

—No puedes ignorar las cosas que se dicen de él.

—No presto atención a las habladurías.

—A Yorimasa le causa placer lastimar a las mujeres...

—Tú tampoco deberías escuchar rumores.

—Las amarra, las droga, las tortura...

—Algunas geishas se dedican a esa clase de cosas. Es un juego, nada más.

—Utiliza sus órganos como armas, para humillarlas y lastimarlas. Las penetra por la fuerza con partes de animales cercenadas.

—Me niego a dar crédito a...

—Muchas geishas no pueden seguir trabajando —añadió entre sollozos—. Una de ellas murió a causa de las heridas. Otra se suicidó. A otra la maltrató hasta el punto de sufrir incontinencias y se volvió loca. Cuando su hermano vino a buscarla y vio el estado en que se encontraba, la mató y después se suicidó. Por favor...

La dama Chiemi no podía seguir hablando. Sólo lloraba.

El señor Nao permaneció en silencio con la mirada baja. Cuando ella dejó de llorar y su respiración se calmó, habló:

—El señor Kiyori me contó una de sus profecías —dijo.

—¿Una profecía? Nadie cree que tenga ese poder, sólo los campesinos ignorantes. ¿Realmente eres tan estúpido?

—El año anterior al levantamiento, me dijo...

—Los campesinos estaban famélicos —le interrumpió—. No era necesario que un profeta predijese que iba a haber una revuelta.

—Tranquilízate, Chiemi.

—Si no cancelas la boda, me suicidaré. Te doy mi palabra de hija de samurái.

—En ese caso privarás a Midori de una ayuda irreemplazable que le hará falta en su matrimonio. Es demasiado joven para quedarse sin el consejo y el consuelo de su madre.

—Si me suicido, no habrá matrimonio. Un presagio de tan mal agüero hará que se cancele antes de que empiece.

—No. Por más que mueras, Midori se casará con Yorimasa porque debe dar a luz al nuevo heredero del Dominio de Akaoka.

—¿Es ésa la profecía?

El señor Nao asintió.

—Pero ¿qué sucederá con Yorimasa? ¿Y con Shigeru?

—Ninguno de los dos gobernará. El hijo de Midori lo hará. Kiyori lo vio en su visión.

—¿Y ha visto el sufrimiento que su hijo le provocará a nuestra hija?

—No pienses en estas cosas. Acepta lo que debe ser.

—Mi señor, Midori es tu única hija y la menor de nuestros hijos. Tú la quieres mucho. Sé que es así. ¿Cómo puedes entregarla a ese destino?

—Porque es su destino. Eludirlo sólo provocaría un desastre mayor.

—¿Qué desastre podría ser peor?

El señor Nao se acercó a su esposa y la abrazó.

—Disfrutemos juntos de las próximas semanas. Será la última vez que sea nuestra niña. Después del equinoccio, se irá a Bandada de Gorriones junto a su marido.

—¿Estás lista? —preguntó Kazu. Se había quitado toda la ropa excepto el taparrabos. Su piel desnuda estaba bronceada debido a las interminables horas de trabajo en el campo. Lo cubría un brillo de sudor producto de sus esfuerzos anteriores.

—Sí —respondió Midori. El quimono externo yacía en el suelo junto con la pesada y elaborada faja, las sandalias, el abanico y el pequeño cuchillo *tanto* que su padre le hacía llevar siempre para su defensa personal. Para estar más libre, se había recogido el quimono interior entre las piernas y lo había enganchado en la faja que tenía en la cintura, formando una especie de pantalón, no muy distinto del *hakama* que utilizaban los samuráis durante el combate, aunque mucho más corto. No era muy elegante (de hecho, era bastante inapropiado) y sus padres, especialmente su madre, serían bastante elocuentes en sus reprimendas si la encontraran vestida de ese modo. Sin embargo, ¿qué otra alternativa tenía? Estaba segura de poder vencer al engreído de Kazu, pero no vestida como una pequeña princesa *kokeshi ningyo* de juguete.

—¿Quién crees que ganará? —oyó que preguntaba alguien del público. El trabajo se había detenido. Todos los empleados del huerto se habían reunido para mirar.

—Kazu es el más rápido del pueblo. Seguro que ganará.

—Midori también es rápida.

—Es rápida para ser una mujer, pero las mujeres no pueden ganar a los varones.

—Midori sí puede. Ha vencido a todos a los que se ha enfrentado, hombres y mujeres.

—Oh, sólo la dejan ganar porque es la hija del señor.

Nada de lo que pudieran decir la había puesto más furiosa, ni la habría impulsado tanto a ganar.

—Alguien que dé la señal —dijo.

—Yo lo haré —se ofreció Michi. Tenía la misma edad que Midori y era su mejor amiga entre los niños del pueblo.

—No, yo quiero hacerlo —dijo otra persona.

—Tú siempre quieres dar la señal.

—Porque nunca me dejan, por eso.

—¡Basta de discutir! —exclamó Midori—. Michi, danos la señal.

—¡Ja!

—¡Uau!

Kazu miraba fijamente el árbol que tenía enfrente.

Midori observaba a Kazu. Tenía dieciséis años, era corpulento y de una belleza rústica. Para él, aquélla era tan sólo una oportunidad más de hacerse ver, de demostrarles su fuerza a las muchachas del pueblo y, tal vez, también a Midori. Para ella, en cambio, era algo mucho más serio. Era la hija del gran señor del dominio. Por sus venas corría la sangre de innumerables generaciones de samuráis. Cualquier enfrentamiento entre dos individuos era, en esencia, similar a un duelo a muerte. Mantenía la vista clavada en Kazu. No necesitaba mirar el árbol. Estaba justo enfrente de ella. No iba a irse a ninguna parte. Las armas eran importantes, y también el clima, el terreno y la hora del día. Pero la verdadera clave de la victoria estaba en vencer al rival antes de que el combate comenzara. Había escuchado muchas veces a su padre decir eso mismo cuando entrenaba a sus hermanos en las prácticas de la guerra. Seguía observando fijamente a Kazu. Por fin, él la miró un instante. Sus ojos encontraron el enfoque mortal de los de ella. Sus labios se separaron levemente por la sorpresa. Sólo entonces, Michi dio la señal.

—¡Ya!

Midori salió disparada como una exhalación. No prestó atención a los gritos del público, ni a lo que hacía Kazu en el árbol de al lado. No pensaba en nada. Simplemente desapareció trepando, y ya no hubo diferencia entre el viento y su respiración, entre las hojas y ramas y sus manos y pies, el movimiento de su cuerpo y la quietud del tronco del árbol, la tierra y el cielo. No se dio cuenta de que había llegado a la cima del árbol hasta que oyó los gritos de los niños que estaban abajo.

—¡Le ha ganado!

—¡Midori ha ganado!

—¡No puedo creerlo!

—¿Lo ves? ¡Las mujeres sí pueden vencer a los hombres!

—¡Midori es la más rápida!

Por encima de ella sólo estaba el cielo azul como el océano y las nubes blancas como la espuma. Por un momento le pareció que estaba debajo del agua. Miró hacia abajo y vio que todos se hallaban postrados en el suelo, haciéndole reverencias, como si fuera una princesa de la corte imperial.

Midori rió alegremente.

—No es necesario que seáis tan formales. Es sólo una carrera de trepar árboles.

Entonces vio por qué los campesinos estaban haciendo reverencias. No eran para ella.

Durante la carrera, habían llegado tres hombres a caballo. Uno de ellos era su padre, que la miraba enfurecido. Reconoció al segundo: era un buen amigo de su padre y gran señor como él, el señor Kiyori. El tercero era el joven más apuesto que jamás hubiera visto.

De no haber sido por cierta rigidez en la línea de sus pómulos y la dureza de su mandíbula, sus cejas arqueadas, sus prominentes pestañas y sus delicadas facciones le habrían dado un aspecto algo femenino. A pesar de que estaba sentado en la silla de manera bastante apática, su mente era sin duda la de un samurái que había dedicado muchos años a entrenarse seriamente. Él adelantó el caballo para poder ver con más claridad. Se detuvo debajo del árbol y miró hacia arriba entre las ramas. Cuando la vio, se echó a reír. Tenía una risa hermosa.

Midori sintió un calor que le recorría todo el cuerpo y se sonrojó.

—¡Aun sabiendo lo tonta que eres, no puedo creer que te pusieras a trepar árboles justo hoy! —la reprendió su madre.

Estaban en la habitación de la dama Chiemi. Su madre le arreglaba el cabello mientras los sirvientes trataban de ayudarla a ponerse un nuevo quimono.

—Tenían que llegar por la mañana —replicó Midori—. Como no llegaron, creí que hoy ya no vendrían.

—¡Y además, desnuda como un mono! —Su madre se llevó las manos a la cara—. ¡Qué horror! ¿Qué van a pensar de nosotros?

—No estaba desnuda, madre.

—¿Tenías puesto tu quimono exterior?

—No, pero...

—¿No tenías acaso las piernas al aire para que todos las vieran?

—Sí, pero...

—¡Entonces, estabas desnuda, mocosa impertinente!

—¿Cómo quieres que gane una carrera de trepar árboles vestida con un quimono completo, cuya falda me llega hasta los tobillos?

—¡Eres la hija del señor de este dominio y estás preparándote para conocer a tu prometido! —exclamó su madre—. ¿Qué se supone que hacías trepando a los árboles?

—Kazu dijo que era más rápido que yo. Yo sé que no es así y se lo demostré.

—¿Qué importa quién es el más rápido en una cosa tan estúpida?

—Tú me dijiste que eras la más rápida del dominio trepando árboles cuando eras pequeña —dijo ella—. Sabía atarme el quimono como una *hakama* porque tú me enseñaste.

—No seas atrevida —la regañó su madre. Sus mejillas se sonrojaron. Se apartó para esconder su sonrisa. Pero ésta pronto se desvaneció y se convirtió en sollozos.

—Cuando esté casada, no treparé más a los árboles —dijo Midori.

Se sentía muy mal por haber avergonzado a sus padres delante del señor Kiyori y el señor Yorimasa. En realidad, desearía haber dado una mejor impresión de sí misma. ¿Qué pensaría el señor Yorimasa? Su esposa era una chiquilla ignorante tan palurda e inmadura que se quedaba en ropa interior y disputaba carreras en los árboles con los campesinos del lugar. ¡Cómo debía de estar lamentándose por su destino! Además, parecía tan sofisticado... ¿Acaso alguien podría haberlo desilusionado más que ella?

—De ahora en adelante me portaré bien —afirmó.

Sus palabras no sirvieron para consolar a su madre, que empezó a sollozar más fuerte. Pronto, también los sirvientes estaban llorando. En absoluto parecía la ocasión alegre que se suponía que debía de ser. Ella tenía la culpa de haber actuado como una chiquilla. Pero lo arreglaría. Sería la mejor esposa que el señor Yorimasa tuviera y una nuera obediente para el señor Kiyori. Cuando su madre y su padre tuvieran noticias de ella, lo único que escucharían serían cumplidos.

—No te preocupes, madre —dijo Midori, luchando para no unirse al llanto. Las lágrimas eran contagiosas—. Te prometo que estarás orgullosa de mí.

Más tarde, Yorimasa era incapaz de explicar con certeza por qué se había comportado del modo en que lo había hecho en su noche de bodas. Esta incapacidad de comprender sus propias acciones lo sorprendía casi tanto como lo que había hecho en esa larga hora antes del amanecer. Creía que ya nada de lo que pudiera hacerle a una mujer, u obligarla a hacerle a él, podía sorprenderlo. Después de todo, ¿acaso no había borrado permanentemente la línea que dividía el placer del dolor? ¿Acaso no había experimentado todo lo posible? Creía que sí. Sin embargo, aún había algo que se había perdido. El resultado era una agonía que superaba los peores tormentos que hubiera imaginado jamás.

No había preparado de antemano ningún acto en particular. Los únicos planes que tenía incluían una serie de adminículos diseñados para incrementar su diversión. Bolas de opio escondidas en la masa dulce de las tortas de arroz; un botellín de ajenjo que llevaba consigo; un artilugio grotesco extraído de una pesadilla sexual y varios órganos bestiales realizados por un artista lunático anónimo, que le había comprado al mismo traficante que le vendía el opio. Tal como esperaba, su padre estuvo muy atento, así que ni las tortas de arroz ni el botellín sobrevivieron a la inspección. En cuanto al aparato monstruoso, Yorimasa nunca pensó que llegaría al Dominio de Shiroishi. Lo tenía sólo para causar impresión. ¿Qué cara pondría su padre cuando lo encontrara? ¿Seguiría insistiendo en que se casara? Como mínimo, Kiyori gritaría, montaría en cólera y probablemente lo golpearía. Especular sobre este tema le resultaba de lo más entretenido; el verdadero resultado, no tanto.

Kiyori encontró el artilujio oculto entre la ropa de Yorimasa.

—Retiraos de la habitación —ordenó a los sirvientes con voz serena y expresión imperturbable.

Cuando se hubieron marchado, envolvió el órgano falso en una prenda interior que estaba en el equipaje y la sacó. No profirió imprecaciones. No lo golpeó. Es más, ni siquiera lo miró. No dijo una sola palabra al salir. Yorimasa notó que tenía los ojos húmedos.

Ahora, recordando el incidente, Yorimasa sentía que lo invadía un repentino acceso de rabia. ¿Qué derecho tenía su padre a sentir lástima, vergüenza o cualquier otra cosa? ¿Acaso había sido él el que lo había perdido todo? ¿Era él el que vivía cada instante con una humillación insoportable? ¿Acaso era él el hijo al que su padre le había impedido ser el hombre que debía ser? Kiyori era gran señor, profeta, líder de leales vasallos. Los que no lo respetaban le temían.

¿Quién respetaba a Yorimasa? Nadie.

¿Quién temía a Yorimasa? Sólo las mujeres.

Le hubiera gustado tomar sake, pero hasta esa tradición inofensiva le estaba prohibida. La cólera se transformó en calor en sus entrañas. Si su padre creía que cualquier otra persona que no fuera él mismo iba a determinar su comportamiento, pronto se daría cuenta de lo equivocado que estaba. Kiyori había encontrado algunas de las drogas, pero no el opio y el ajenjo que había escondido secretamente en las empuñaduras de sus espadas. ¿Qué samurái sospecharía que otro pudiera rebajarse a cometer un sacrilegio tan abominable?

Se encaminó plácidamente hacia sus aposentos, donde Midori estaba esperándolo. Se sentía algo más sereno y menos decidido de lo que se había propuesto. El mes de sobriedad había hecho que la cantidad necesaria para producir el efecto deseado disminuyera, y él había consumido demasiado. No importaba. Estaba lo bastante consciente.

No imaginaba las cosas que haría o que le obligaría a hacer. Las ideas anticipadas mitigaban el poder de la realidad. El nacimiento del hijo de Midori había sido anunciado como parte de la profecía, lo que significaba que podía hacerle todo lo que quisiera. En cualquier caso, no la dañaría tanto como para impedir la concepción y el parto. Podía morir después del nacimiento, por supuesto, o durante el proceso. Eso no estaba estipulado porque no era importante. La generación del heredero era lo único que le importaba a Kiyori. Esta conciencia de su autonomía y de la patética dependencia de su padre respecto a él, el hijo descarriado, hacía que Yorimasa se sintiera liberado. Podía estrangularla y ella no moriría. No podía morir, sólo sufrir. ¿Entraría en coma? ¿Podía una mujer parir un bebé estando inconsciente? Tal vez. Pronto lo averiguaría. Las posibilidades para esa noche eran infinitas.

Les proporcionaron un sector para que gozaran de privacidad en un ala aislada del castillo de Piedras Blancas. De todas formas, si ella gritaba lo bastante fuerte, podrían oírla. ¿Se contendría el señor Nao y no intervendría cuando escuchara los gritos agonizantes de dolor de su hija? ¿Y Kiyori? Quizás el señor Nao y sus vasallos acudirían en rescate de Midori, y su padre y sus hombres tratarían de impedir una violación semejante del honor del clan. En ese caso, seguramente se desencadenaría una sangrienta batalla. Más trágica aún porque sería entre buenos amigos. Sería un final perfecto.

Midori se quedaría allí con su familia.

Si sobrevivían a la batalla, Kiyori y Yorimasa tendrían que regresar al sur.

Todo terminaría en un divorcio.

Entonces, siguiendo con la profecía, el heredero nacería en el lado opuesto del reino que le correspondería por derechos de primogenitura.

No importaba quién viviese y quién muriera, el abuelo y el nieto estarían separados para siempre. Su única unión verdadera serían siempre el odio y la desconfianza, antes que la sangre y el nombre.

Yorimasa no podía imaginar una venganza más perfecta que ésa.

El señor Kiyori y el señor Nao se sentaron con sus generales, según la disposición formal, en lados opuestos del salón de banquetes. Los samuráis hacían las veces de sirvientes. No había mujeres presentes. No había delicadezas festivas adornando las pequeñas bandejas situadas frente a cada uno de los hombres. Nadie propuso un brindis. Bebían sake, taciturnos. Un invitado que llegara sin saber de qué se trataba, jamás hubiera adivinado que estaban festejando una boda.

—He enviado a mi esposa y a sus damas de compañía al monasterio Kageyama como solicitaste, señor Kiyori —dijo Nao. Debido a la regla de un único castillo que había impuesto el sogún y que limitaba el número de fortificaciones por dominio, Nao se había convertido en un gran defensor de la devoción religiosa. Los monasterios repartidos en su dominio estaban estratégicamente situados, eran sólidos, capaces de soportar un fuerte ataque y estaban habitados por monjes más corpulentos y beligerantes de lo que uno esperaría—. Es una solicitud extraña para hacerle a una madre la noche de bodas de su hija.

Kiyori hizo una reverencia.

—Me disculpo por haber hecho esa petición, señor Nao. Te estoy profundamente agradecido.

—No es necesario que te disculpes ni que me lo agradezcas —dijo Nao—. Pero no puedo dejar de advertir que esta reunión también tiene un carácter extraordinario. Por encima de todas las particularidades (y habría muchas que nombrar) hay una que resulta evidente. Señor Kiyori, ¿por qué ni tú, ni el señor Tanaka, ni el señor Kudo tenéis vuestras espadas? ¿Y dónde están tus servidores?

—Están en sus aposentos. Les ordené que ejecutaran el suicidio ritual si yo no regresaba al amanecer.

Se escuchó un murmullo de sobrecogimiento entre los hombres del señor Nao. Hasta él mismo quedó pasmado.

—Qué forma tan extraña de celebrar una boda —dijo—. ¿Por qué no habrías de regresar a tus aposentos? —preguntó.

—No me permitiste que te contara lo que tenías que saber acerca de Yorimasa. Si la noche transcurre como me temo, el impacto será verdaderamente fuerte. —Hizo una pausa y preguntó—: ¿Todavía confías en mí?

—Siempre —respondió Nao.

—En tal caso debes prometerme una cosa. Prométeme que, oigas lo que oigas, no te interpondrás ni permitirás que tus hombres lo hagan. No irás a la alcoba nupcial hasta mañana. Entonces, si las circunstancias lo justifican, tienes mi consentimiento para ejecutar a Yorimasa y deshacerte de sus restos sin ningún tipo de dignidad ni bendición.

—¿Qué?

—Antes de ir, nos asesinarás a mí, al señor Tanaka y al señor Kudo. Sé que es inapropiado, pero es la única disculpa que puedo ofrecerte. Para evitar problemas con el sogún, dirás que las muertes se produjeron por accidente. He dejado al señor Saiki en Akaoka porque el heredero necesitará un tutor y un protector durante su niñez y su juventud. Él está esperando recibir las noticias del «accidente».

—Señor Kiyori...

—Mi hijo menor, Shigeru, será el jefe titular del clan hasta que el heredero tenga edad suficiente. En ese momento se suicidará según el rito para pagar una vez más por las acciones de su hermano. Así se lo he ordenado.

—Señor Kiyori, ¿qué esperas que suceda esta noche? —La voz de Nao era casi un susurro.

—Dame tu palabra —dijo Kiyori— o anula la boda. Todavía no es demasiado tarde.

—¿Viste todo esto en tu visión?

—No, mis temores se basan en el conocimiento que tengo de mi hijo.

Nao cerró los ojos y guardó silencio por unos segundos. Después los abrió para responder:

—Prometo hacer lo que me pides.

Kiyori hizo una reverencia.

—Gracias —dijo, y torció el gesto como para evitar el llanto. Aun así, se le escaparon algunas lágrimas, pero no se escuchó ningún lamento.

—Sake —pidió.

—El miedo nos hace imaginar lo peor —dijo Nao—. Si no has visto el peligro, significa que sólo es posible, no inevitable. Siempre puede ocurrir un desastre, aun en las mejores circunstancias. Hagamos un brindis por los recién casados y augurémosles toda la felicidad.

A pesar de haber prometido a sus padres que estarían orgullosos de ella, Midori sintió una gran aprensión cuando percibió el roce que producía el quimono de su marido a medida que se acercaba a la habitación.

Apenas estaba preparada para el matrimonio. Incluso menos que las hijas de otros señores. La mayoría de ellas habían pasado un período de tiempo considerable en Edo, la capital del sogún, en la ciudad imperial de Kioto, o en los agitados pueblos de los castillos de los grandes dominios. Conocían las sutilezas de las relaciones entre hombres y mujeres porque ya habían observado cómo funcionaban en las sociedades sofisticadas. Midori, en cambio, había vivido toda su vida en el pequeño Dominio de Shiroishi, en el extremo norte de Japón, lejos de los centros de civilización. Parecía más hija de un granjero que de un gran señor. ¿Cómo haría para complacer a un joven experimentado de la gran ciudad como el señor Yorimasa? Ni siquiera sabía por dónde empezar. Por supuesto, comprendía los fundamentos básicos de la relación sexual. Había espiado a los adultos del pueblo junto a los niños más traviesos del lugar. Pero el comportamiento de los campesinos no servía como guía para complacer los gustos y deseos de un hombre como Yorimasa. Estaba convencida de que iba a desilusionarlo.

Midori se acercó hasta la puerta de rodillas. La abrió lo más lenta y graciosamente que pudo e hizo una reverencia. Era demasiado tímida para alzar la vista.

—Mi señor. —Fue lo único cuanto pudo decir antes de que los nervios la bloquearan y le impidieran pronunciar otra palabra.

Yorimasa observó a la mujer que le hacía la reverencia. Su peinado ya se estaba desarmando. Evidentemente no era la clase de tocado a la que estaba acostumbrada. No había muchas ocasiones de utilizar un arreglo tan elaborado en ese sitio alejado de la civilización. Desde la abertura de su escote le llegó el fresco aroma de un cuerpo recién bañado. De haber sido una niña, lo habría llamado el perfume de la inocencia. En aquella situación, lo único que hacía era recordarle su ignorancia y su origen. Incluso la menos experimentada de las mujeres de la ciudad sabía lo importante que eran los perfumes en el arte de la seducción. Su padre lo había casado con una campesina de nombre noble.

Se arrodilló y le devolvió la reverencia.

—Dejémonos de reverencias y entremos —dijo con un tono mucho más cortés del que se habría propuesto—. No podemos hacer nada apropiado en la puerta, ¿verdad?

La dama Chiemi estaba sentada sola en la sala de meditación del monasterio Kageyama. El ritmo de su respiración era pausado, con muchos latidos entre cada inhalación y exhalación. Habían pasado muchos años desde la última vez que se había puesto a meditar, y no iba a hacerlo en ese momento. Sólo estaba utilizando la técnica de respiración para llevar a su cuerpo a una calma que no sentía en el corazón. Contaba las respiraciones para no pensar en lo que estaba ocurriendo en la alcoba nupcial de su hija.

No confiaba en las profecías del señor Kiyori. Le sorprendía que su marido lo hiciera. Lo consideraba un hombre inteligente que, por lo general, no era crédulo. Al parecer, las batallas que Kiyori y Nao habían librado juntos en su juventud habían provocado una distorsión permanente y desafortunada en su relación. Kiyori le había salvado la vida a Nao, eso era todo.

Sin embargo, su marido no atendía a razones, y ahora eso iba a costarles la vida de su hija. Todas las cosas que había oído acerca de Yorimasa la habían convencido de que Midori no sobreviviría a su noche de bodas o, si lo hacía, quedaría destrozada y no viviría mucho tiempo más. Cuando inhalaba, sentía la leve presión de la vaina del *tanto* contra su abdomen. No era apropiado llevar un arma en una sala de Buda. No era apropiado derramar sangre allí. Había hecho lo primero y haría lo segundo en cuanto recibiera el informe inevitable que tanto temía.

Había perdido la cuenta de las respiraciones.

La dama Chiemi exhaló y empezó de nuevo.

Midori se preguntaba si debía ofrecerle una torta de arroz a Yorimasa o tenía que esperar hasta después. Había té, pero no sake. Una falta de protocolo imperdonable. ¿Qué les pasaba a las criadas? Cuando las había llamado para pedírselo, nadie había contestado. Era como si de repente el castillo hubiera sido abandonado. ¡Qué extraño! Había pensado en ir hasta el ala de su madre, pero después se arrepintió. ¿Qué hubiera sucedido si Yorimasa llegaba cuando ella no estaba? Sería aún peor que la falta de sake.

Ahora él estaba allí. Estaban juntos. Solos. Ya se había ruborizado. No creía que fuera posible sonrojarse más. Estaba equivocada. Cuando vio su sonrisa, sintió otra ola de calor azotándole la piel.

—Mi señor —dijo otra vez. Hasta ahora ésas eran las únicas palabras que había pronunciado. Debía de creer que era una tonta. ¡Por supuesto que lo pensaba, porque realmente lo era! ¿Qué diría una verdadera dama, o una sofisticada cortesana? Un hombre como Yorimasa sin duda tenía mucha experiencia con ambas. ¡Qué torpe e inmadura debía de parecerle en comparación con ellas! ¿Tenía que hacer algo, o esperar que él la guiara? Y si así era, ¿qué se suponía que tenía que hacer? Ahora comprendía que su madre le había fallado terriblemente. Debería haberle dicho algo, lo que fuera.

Yorimasa todavía la observaba cuando ella alzó la mirada, así que la descubrió tratando de espiarlo.

—Mi señor —repitió. No se le ocurría qué más decir.

—Eres muy buena trepando árboles —dijo él—, pero no conversando. Tal vez deberíamos pasar la noche en el huerto.

Se sintió tan mortificada que fue incapaz de contener el llanto.

Era el momento que Yorimasa estaba esperando. Ahora había alcanzado el punto de mayor debilidad. Era poco sofisticada, inexperta e insegura. Necesitaba que la consolaran y la reconfortaran. Tenía toda la razón de esperar que él lo hiciera. En cambio, él la ayudaría a trascender los límites de esas consideraciones mundanas. Le revelaría una verdad preciosa que ella jamás hubiera esperado descubrir, especialmente esta noche entre todas las noches: el significado de la vida.

El dolor.

El vacío.

No existía nada más.

Yorimasa apoyó una mano en el hombro de Midori y la acercó hacia él. No hizo nada cruel o que pudiera alarmarla. La experimentación de la brutalidad tenía sus sutilezas, las más importantes de las cuales eran la sorpresa y la sensación de lo inevitable que tenía la víctima. Si el momento no era el adecuado, lo primero se perdía. Y sin paciencia, no era posible saborear lo segundo. Él era la amabilidad en persona.

Pronto, ella apoyó la cabeza sobre su pecho. Empezaba a confiar en él.

O se cumplía la profecía del señor Kiyori, sin importar lo que pasara, o quedaría anulada por las acciones de Yorimasa. De una forma u otra, esperaba que el resultado fuera el mismo.

Su propia muerte en manos de otros.

Que los supervivientes heredaran tan sólo las ruinas.

Que se cumplieran únicamente las profecías cubiertas con el hedor de la sangre.

No se produjo un cambio de expresión o un incremento en la tensión de los músculos del rostro de Kiyori que indicaran que hubiera oído gritar a la muchacha. Permanecía sentado, erguido e impasible, como lo había estado toda la noche.

Nao se estremeció.

Sus vasallos deslizaron sus manos hacia el mango de sus espadas.

—Esperad —ordenó Nao.

Una vez más, la escucharon gritar, más fuerte y por más tiempo. Y esta vez lograron distinguir algunas de sus palabras.

—¡Padre! ¡Auxilio! ¡Auxilio!

Los hombres de Nao lo miraron esperando órdenes. Tenía la mandíbula apretada, los hombros tensos y los puños cerrados contra los muslos, pero no se movió ni emitió palabra alguna.

—¡Señor Nao! —El más joven de sus vasallos se inclinó hacia él suplicándole en la cara.

—Esperad —repitió Nao.

La voz de Midori se desvaneció. El vasallo que había hablado aguzó el oído. Nada. Bajó la cabeza en una reverencia y se echó a llorar.

—Mi señor, deberíamos investigar —dijo otro vasallo.

—No —repuso Nao—. He dado mi palabra. Esperaremos hasta el amanecer.

—Señor Nao, es inhumano esperar.

—He dado mi palabra. ¿Acaso la palabra de un samurái está sujeta a condiciones?

Este vasallo también inclinó su cabeza en reverencia.

—¡Padre! ¡Padre!

La voz de Midori no sonó en la distancia. Provenía del pasillo adyacente a la sala del banquete.

—¡Ayúdala! —exclamó Kiyori, sollozando—. ¡Te libero de tu promesa! ¡Ve!

Nao y sus hombres se retiraron a toda prisa de la sala, desenvainando las espadas mientras abrían la puerta. Midori estaba al final del pasillo, no llevaba faja, tenía el quimono abierto y la parte delantera de su ropa interior, desde el pecho hasta la cintura, cubierta de sangre.

—¡Midori!

Cuando vio a su padre, la joven dio un paso adelante, tambaleándose y quedó inerte en el suelo.

La dama Chiemi oyó el repicar de los cascos de los caballos que irrumpía en la quietud de la hora anterior al amanecer. El mensajero que tanto temía estaba llegando. Se le escapó un pequeño sollozo. Su pecho se estremeció. La empuñadura del *tanto* se le clavaba en el costado.

En el silencio de su corazón en pena, la dama Chiemi le suplicó al Compasivo, no por ella, sino por el eterno reposo pacífico de su amada hija.

—*Namu Amida Butsu, Namu Amida Butsu, Namu Amida Butsu.*

Esas pocas palabras, expresadas con total sinceridad, aseguraban el renacimiento de Midori en Sukhavati, la Tierra Pura.

La dama Chiemi no estaba segura de creer en eso, pero se aferraba a esa esperanza porque era la única que le quedaba en esta vida.

Sacó el *tanto* de su faja. Con la mano izquierda sostenía la vaina y con la derecha el cuchillo. Oyó que el caballo se detenía bruscamente y, poco después, los pasos ligeros del jinete sobre el suelo de madera en la entrada del salón. Sujetó el cuchillo, lista para desenfundarlo.

La puerta se abrió.

—Señora Chiemi —dijo el mensajero, jadeando. Estaba exhausto por el galope. Su deber de informar luchaba contra su necesidad desesperada de respirar. Las palabras salían de su boca a borbotones. Antes de que pudiera terminar, la dama Chiemi salió a toda prisa de la sala de meditación.

Hasta el momento en que Midori apoyó la cabeza en su pecho, Yorimasa veía su futuro con la claridad de un profeta.

Después, mientras la abrazaba fingiendo consolarla, descubrió que el tamaño y la forma del cuerpo debajo del quimono era más infantil de lo que esperaba. Por primera vez, la observó atentamente. Sus sirvientes, o tal vez su madre, la habían maquillado muy bien. De lejos, había sido suficiente para disfrazar su inmadurez, especialmente para alguien que no prestaba mucha atención. Debería haber escuchado cuando su padre le había hablado de ella, porque seguramente lo había hecho. Pero cuando se había enterado de quién era (la hija del ridículo Señor de las Manzanas), todo lo demás se había convertido en detalles insignificantes. O al menos, así le había parecido en ese momento.

—¿Midori?

—Sí, mi señor.

—¿En qué año naciste?

—¿Mi señor? —La pregunta hizo que se sintiera confusa. Él debía de saberlo. Nadie hubiera aceptado casarse sin haber hecho una detallada consulta astrológica. La carta astral de Yorimasa era favorable para ella. Seguramente, la de ella también tenía que serlo para él. De lo contrario, el matrimonio no se habría realizado. Pero no era su deber cuestionar a su marido. Tenía que recordar eso. Cuando él habla, ella tiene que obedecer.

—En el segundo año del emperador Ninko —respondió.

—¿Y el mes?

Midori se ruborizó. ¡Nacer en ese mes y que su marido la encontrara trepando a un árbol! ¿Podía irle peor?

Habló con voz queda porque esperaba que él no la escuchara.

—En el mes del mono, mi señor.

Yorimasa observó el rostro de la muchacha detrás del maquillaje. Con razón no podía mantener su peinado arreglado. Con razón disputaba carreras trepando árboles con los campesinos. No se debía a que fuera retrasada mental como él había pensado. Era porque tenía once años.

Consciente de la clase de hombre en la que se había convertido y la brutalidad de la que era capaz, su padre le había dado a una niña. A Kiyori sólo le preocupaba el heredero y profeta de la próxima generación. No le importaba a quién había que sacrificar. Ni su hijo mayor, ni esa niña inocente significaban nada para él.

Que la maldición de los dioses despiadados cayera sobre su padre y que la compasión y la protección de los Budas infinitos le fueran negadas para siempre.

Yorimasa apartó el brazo del hombro de Midori.

—No soy un monstruo —dijo.

—No, mi señor —Yorimasa empezaba a asustarla. ¿De qué estaba hablando?

Cuando se puso de pie,Yorimasa se tambaleó y estuvo a punto de caer.

—He hecho muchas cosas malvadas, pero no soy un monstruo.

Midori sabía que era una novia inadecuada para ese hombre. ¿Lo había decepcionado hasta el punto de que ni siquiera quería compartir unos minutos hablando cordialmente con ella? No, era peor que eso. Yorimasa derribó el estante donde estaba la espada. Tomó su espada corta, la desenfundó y arrojó la vaina con tanta violencia que perforó el panel de papel de la puerta y voló hasta el pasillo. ¡Se sentía tan insultado por sus deficiencias que iba a matarla!

—¡Que tus profecías expliquen esto! —gritó Yorimasa.

Midori levantó el brazo. Escondió la cara detrás de la ancha manga de su quimono. No la protegería pero al menos le impediría ver la espada cuando se acercara. La sangre salpicó delante de ella. Una sola gota cayó sobre su mejilla. No sintió dolor, ni siquiera la más mínima sensación de que la hubieran herido.

¡No era su sangre!

Yorimasa había dirigido la espada a su propio vientre.

Midori gritó.

Si hubiera consumido menos opio y bebido menos ajenjo, si la vergüenza no lo hubiera debilitado ni lo hubiera impulsado la ira, Yorimasa habría sido la primera persona que impidiera que se cumpliera la profecía de un señor Okumichi. Sin embargo, sus malas costumbres habían frustrado su noble intención.

Su espada, mal empuñada, fue demasiado alto y penetró en su estómago en lugar de en sus intestinos. Como no se había entrenado a la manera tradicional, la hoja de la espada entró perforando varias capas de ropa y por eso, por más que lo intentó, no logró hacer el corte en cruz para suicidarse. Aun así, hubiera muerto desangrado en poco tiempo de no haber sido porque sucedió algo de lo más inesperado.

Midori fue en su rescate.

—Mi señor, ¿qué estás haciendo?

Yorimasa lloraba de rabia y frustración. Trató de empujar la espada más abajo en su abdomen, pero su abultada ropa sólo le permitió realizar un pequeño movimiento en esa dirección. Midori cogió con ambas manos la parte de la empuñadura de la espada que apuntaba hacia fuera y tiró con todas sus fuerzas. Yorimasa sostenía con las manos la hoja misma a través de la tela del quimono. La fuerza de Midori pudo más que la de él. Cuando tiró hacia fuera, ella y la espada cayeron al suelo.

Midori dejó la espada y volvió rápidamente a su lado. Yorimasa, y el suelo cerca de él, estaban cubiertos de sangre. Vio cómo brotaba a borbotones del horrible tajo que tenía en el estómago. Presionó la herida con las manos, pero fue inútil.

—¡Auxilio! ¡Auxilio! ¡Padre! ¡Padre!

Se quitó la faja, le sacó el moño decorativo y la presionó lo más fuerte que pudo contra la herida. Había sangre por todas partes. La asustaba que siguiera saliendo. Seguramente no le quedaba más en el cuerpo.

—¡Auxilio!

¿Dónde estaban todos? No podía esperar más. Si Yorimasa no recibía ayuda enseguida, moriría.

Salió de la habitación, tambaleándose, y fue a buscar a su padre.

—Deberías haberme dejado morir —dijo Yorimasa—. Ahora tendré que intentarlo otra vez. Asqueroso, ¿no? Un samurái que necesita dos intentos para suicidarse.

—Estoy orgulloso de ti —dijo Kiyori.

Yorimasa se volvió en la cama para mirar a su padre. El esfuerzo le provocó una punzada de dolor.

—Sé por qué te apuñalaste a ti mismo —dijo Kiyori—. Para no violar a la muchacha.

—No sabes nada —replicó Yorimasa—. Jamás la hubiera tocado. Traté de suicidarme porque era el Okumichi que tenía más cerca. Si hubieras estado tú, habría tratado de asesinarte a ti. Lo único que te importa es la profecía. Me enviaste como un animal al matadero.

—La profecía se cumplirá. Estás casado y estás vivo. El heredero nacerá a su debido tiempo. No tengo la menor duda.

—Te has vuelto loco, viejo estúpido. Después de este desastre, el señor Nao no permitirá que el matrimonio continúe. Ni siquiera el Señor de las Manzanas tiene estómago para tolerar esta desgracia. La noticia ya debe de haberse divulgado por todo el reino. En cuanto recupere las fuerzas, moriré.

—Ninguna noticia se ha divulgado —replicó Kiyori—, porque no ha sucedido nada. La boda transcurrió bien. El novio y la novia pasaron la tarde conversando, y después ella regresó a los aposentos de su madre, donde está preparándose para su viaje a Bandada de Gorriones. Entretanto, el novio y su padre disfrutan de la generosa hospitalidad del señor Nao.

—No se puede mantener en secreto una desgracia como ésta.

Kiyori sonrió.

—Olvídalo. Antes de que Midori y tú os reunierais para pasar juntos la noche, el señor Nao envió a todas las damas fuera del castillo. No hay nadie que pueda divulgar la historia.

—No me acostaré con una niña.

—Lo sé. No espero que lo hagas.

Yorimasa estaba confundido.

—Entonces, ¿cómo esperas que conciba un heredero?

—Ya habrá tiempo para eso. Por ahora, la protegerás y la cuidarás. Pronto se convertirá en mujer y estará lista para consumar el matrimonio.

—Es ridículo. Eso sólo sucede en los cuentos de hadas. En cuanto me recupere, terminaré lo que he empezado.

—Entonces, mata primero a Midori —dijo Kiyori—. Cree que trataste de suicidarte porque ella te había decepcionado terriblemente. Su vergüenza es insoportable. Le dijo a su madre que no quería vivir si tú morías.

—A mí no me interesa —respondió Yorimasa, y cerró los ojos.

Kiyori no dijo nada. Tan sólo esbozó una sonrisa que permaneció en sus labios durante un rato.

Castillo Bandada de Gorriones, 1867

—Mi madre tenía diecisiete años cuando yo nací —dijo Genji—. Como mi abuelo había predicho, mi padre la protegió y la cuidó hasta que ella estuvo lista.

—Esos cambios tan grandes en la personalidad suelen guardar relación con un despertar religioso —comentó Emily—. ¿Es eso lo que sucedió con tu padre?

—No —respondió Genji—. Nunca fue un hombre muy religioso. Fue algo completamente distinto.

—¿Qué pasó?

—Cambió porque descubrió el significado del amor.

—Ah —dijo Emily con una sonrisa—. Muy astuto por tu parte. Cambiaste de opinión. Espero que no vuelvas a decir que no se puede explicar.

—Yo no dije eso, dije que no era sencillo. Ahora que te he contado la historia de mi madre y mi padre, entenderás cuál es mi definición.

—¿Sí?

—Mi padre vivía en el odio porque no podía pensar en nadie más que en sí mismo. Podríamos decir que ése es el verdadero significado del odio. Cambió porque en mi madre encontró alguien por quien preocuparse más de lo que se ocupaba de sí mismo. Ésa es mi definición del amor. —Genji miró a Emily—. ¿Cuál es la tuya?

Emily no quería que los ojos se le llenaran de lágrimas. Cuando ocurrió, deseó no derramarlas. Cuando cayeron, las ignoró.

—La mía es la misma que la tuya, mi señor.

III

MAÑANA, AYER, HOY

10

Vistas desde la torre

La memoria es traicioneramente seductora.

Si lo que recuerdas es poco, te esfuerzas en vano por recordar algo más. Si lo que recuerdas es mucho, también te esfuerzas por recordar aún más. En ambos casos, evocarás lo que te ensalza y dejarás en el olvido lo que no. ¿No es sorprendente que tu memoria nunca te falle? Inevitablemente, terminas por encontrar lo que buscabas.

¿Y si lo recuerdas todo?

En ese caso el secreto es olvidar, con el mismo afán egoísta.

Aki-no-hashi, 1311

Cuando regresaron del Valle de las Manzanas, Emily se retiró a su habitación a descansar. Genji se dirigió a la torre. Todos los habitantes del castillo evitaban ir allí a menos que fuese absolutamente necesario. Los rumores acerca de la presencia de fantasmas, sobre todo acerca del fantasma de la dama Shizuka, no alentaban las visitas si no había un motivo concreto. A veces era necesario realizar alguna que otra tarea. Las cenizas de los señores y las damas del clan estaban depositadas en el columbario del séptimo piso. Cuando llegaba una fecha importante, se realizaban allí ceremonias en memoria de ellos. Otras veces, eran sólo los monjes y las monjas los que se atrevían a subir con cierta regularidad. Todas las mañanas dejaban flores, quemaban incienso en el altar y recitaban sus sutras. Todas las noches, regresaban para llevarse las flores y el incienso consumido, realizando la ceremonia formal consistente en cerrar el columbario hasta el día siguiente. A Genji le gustaban el silencio y la quietud de la torre, y la vista hacia los cuatro puntos cardinales que tenía desde allí, y no sentía ningún temor por los fantasmas.

Se arrodilló ante las cenizas de sus ancestros y reflexionó acerca de la ambigüedad que había caracterizado su reciente conversación con Emily. ¿Por qué le había contado la historia de sus padres? No debería haber sentido la menor necesidad de justificarse ante ella. Pronto, Charles Smith regresaría y volvería a hacer su proposición matrimonial. Emily se habría sentido más atraída por Smith si hubiera creído que Genji no conocía el significado del amor. Y se marcharía de Japón. Nunca más volverían a verse. No había ningún motivo para que se preocupara por saber hasta qué punto ella pensaba en él. De hecho, tal vez apenas pensara en él. Sin embargo, él le había contado la historia de su madre y su padre. Peor aún, había subrayado los detalles que tendían a exagerar los aspectos trágicos de su infancia, los insondables abismos en los que se había precipitado su padre y el poder redentor del amor de su novia niña. Un relato que había hecho llorar a Emily, tal como sabía que iba a ocurrir. Una mujer que lloraba por ti era una mujer que no podría evitar amarte. Por lo tanto, sus palabras habían sido más que apropiadas para seducirla. Pero seducirla era exactamente lo contrario de lo que él se proponía, ¿o no?

Si él quisiera de veras que se marchara, no debería haberle contado nada.

O todo.

Miró las dos urnas de cerámica que tenía frente a él. La más grande, gris y cuadrada, contenía las cenizas de su padre; la más pequeña, que tenía una forma ligeramente curva y un matiz parecido al color de la tierra, las de su madre.

Genji había ido a verlas durante casi toda su vida, primero por deber y obligación, después con la esperanza de que lo que quedaba de su presencia en esta tierra le inspirara alguna idea rectora, o lo alentara cuando estaba descorazonado. Había sido consciente de que era un señor incluso en su niñez. No podía permitirse el mostrarse débil ante sus vasallos y servidores. Cuando más los necesitara, sus padres lo ayudarían. Claro que como estaban muertos, nunca le decían nada. Pero aquí estaban. De alguna forma, se sentía más tranquilo en presencia de sus cenizas. Por qué, no podía decirlo.

Tal vez, después de todo, fuera tan supersticioso como cualquiera, y en lugar de temer a los espíritus de los muertos de algún modo impreciso confiaba en ellos.

O quizás era una forma de responder a los que le preguntaban por qué pasaba tanto tiempo en la torre.

Le gustaba el silencio.

1840

Genji estaba sentado junto a su padre ante las cenizas de su madre. Hacía cuanto podía por parecer tranquilo, a pesar de su desasosiego. Una semana más tarde cumpliría cinco años. Los cuatro representaban una suerte de frontera. Muchos, sobre todo las mujeres, todavía lo trataban como a un bebé. Con cinco años ya no se era un bebé, sino un niño. De eso no había ninguna duda. Si había pasado de ser un niño en lugar de un bebé, a continuación se convertiría en un joven, y después de eso, no muchos años más tarde, sería un hombre. Estaba ansioso por llegar a ser un hombre. Cuando sus vasallos y servidores le dijeran «Señor Genji» ya no lo harían con el tono condescendiente y burlón que utilizaban ahora. Lo dirían tal como pronunciaban el nombre de su abuelo o de su tío. Cuando decían «Señor Kiyori», o «Señor Shigeru», tanto cuando se dirigían a ellos como cuando los mencionaban sin estar presentes, siempre lo hacían con un tono cargado del mayor respeto. Y él deseaba ardientemente ser un samurái tan respetable como ellos.

No quería ser como su padre. La gente hablaba del señor Yorimasa con pena, con lástima o con desprecio, pero nunca con respeto. ¿Qué clase de samurái era su padre? En todo caso, él no quería ser de la misma clase.

—¿Recuerdas a tu madre? —preguntó Yorimasa.

—Sí, padre —respondió Genji. Su padre le hacía esa misma pregunta cada vez que lo veía, lo que desde la muerte de su madre no ocurría muy a menudo.

—Muy bien —dijo Yorimasa—. Recuérdala siempre. Era la mujer más buena y cariñosa de este mundo.

—Sí, padre. —En verdad, el recuerdo que Genji tenía de ella se había desvanecido sensiblemente. Un año podía no ser demasiado para los adultos, pero para él era un tiempo muy prolongado. Recordaba que era muy bella, que olía maravillosamente y que sonreía a menudo, y que nunca lo regañaba cuando él hacía algo mal.

«—No debes volver a hacer eso, Genji —le había dicho en tales ocasiones.

»—Sí, madre —había contestado él.

»—Eres un buen chico», había dicho ella, abrazándolo.

Recordaba esa clase de cosas, pero no lograba evocar claramente su voz, y cuando trataba de representársela físicamente, la veía bajo una luz débil, distinguiendo su cara como si estuviera envuelta en una penumbra.

—Antes de conocerla —dijo Yorimasa—, mi vida estaba sumida en la amargura. No habría llegado a ser señor de este dominio. No estaba destinado a pronunciar las profecías de nuestro clan. Así que pensaba que mi vida carecía totalmente de sentido.

Genji esperaba que su padre no estuviera enfadado con él. Su abuelo le había dicho que sería él quien lo sucedería como señor, no su padre, ni tampoco el tío Shigeru. Esperaba que éste tampoco estuviese furioso con él. El tío Shigeru era un gran espadachín, el mejor desde Miyamoto

Mushashi, según decían todos. Si su tío lo retara a duelo para decidir quién sería el señor del dominio, con toda seguridad él resultaría derrotado. Se suponía que un samurái siempre estaba seguro de su victoria, por muchos obstáculos que se le interpusieran en el camino. Pero Genji sabía que no tendría la menor oportunidad si se enfrentaba con el tío Shigeru. Si tuviera que enfrentarse con su padre, tal vez tuviera alguna posibilidad de ganar, incluso a pesar de que su padre era un hombre y él un niño. Su padre estaba siempre borracho. Un samurái borracho no era del todo un samurái. Su abuelo se lo había dicho muchas veces.

Pero su padre no parecía enfadado. Sonreía, y seguía hablando de la madre de Genji.

—Lo más importante en la vida es amar —dijo Yorimasa—. Yo aprendí eso de tu madre. No hace falta mucho más. ¿Lo recordarás, Genji?

—Sí, padre.

Cuando su padre decía esas cosas, Genji se sentía de lo más avergonzado. Hablaba como una mujer, no como un samurái. La victoria, el honor, la muerte con gloria, ésas eran las cosas importantes para un samurái. ¿El amor? Eso quedaba para las mujeres.

—No soy un hombre fuerte, Genji. Te pido que me disculpes por eso. Toda mi vida pensé que era fuerte. Después conocí a tu madre y descubrí que la fuerza no era tan poderosa como la debilidad. El amor otorga muchas bendiciones. Ésa es también su única maldición. ¿Comprendes?

—Sí, padre —contestó Genji sin comprender una sola palabra. ¿Cómo era posible que la debilidad fuera más poderosa que la fuerza? Pero si admitía que no lo entendía, su padre diría más cosas desconcertantes, y Genji no quería que eso ocurriera. Lo único que quería era que su padre dejara de hablar y se fuera.

—Si ella no hubiera muerto... —Yorimasa no pudo continuar. Aun así, no dejó de sonreír. Luego añadió—: Si no nos hubiéramos conocido, tal vez ella habría seguido viviendo, todavía estaría viva. Yo nunca la habría conocido, nunca la habría amado y nunca habría sido amado por ella. Mi vida sería el horror que era antes de conocerla. Pero yo lo habría soportado tal como era si supiera que vive, en alguna parte, y que es feliz.

Lo que su padre decía se tornaba cada vez más absurdo a medida que hablaba. Si nunca la hubiera conocido, ¿para qué le habría servido que estuviera viva en lugar de muerta? No se habría beneficiado en nada, ni siquiera habría sabido que ella existía.

—¿Lo comprendes?

—Sí, padre.

Yorimasa rió. Le apoyó una mano en el hombro y se lo apretó afectuosamente.

—No, no es así. ¿Cómo podrías comprenderlo? Pero si algún día eres muy afortunado y muy desafortunado, lo comprenderás.

Otra vez estaba diciendo disparates.

—Sí, padre —dijo Genji. ¿Cuándo se marcharía?

Más adelante, Genji lamentó haber deseado que su padre lo dejara solo aquel día, porque cuando se fue, lo hizo para siempre. Un mes después de aquella ocasión lo encontraron muerto. Llevaba consigo un regalo para Genji, cuidadosamente envuelto en una tela de seda y acompañado por una esquela.

La carta rezaba: «Querido hijo, perdóname por no estar presente en el día de tu cumpleaños. Éste es tu tardío regalo. Espero que lo atesores como lo he hecho yo.» No había un poema alusivo a la fecha. Un verdadero samurái habría incluido uno.

El regalo era una delicada cadena de plata en la que se eslabonaban minúsculas piedras blancas con forma de perfectas manzanas en miniatura. Había pertenecido a su madre. Genji recordaba haber visto muchas veces aquella cadena colgando de su faja.

Genji conservó la carta y el regalo, no porque significaran un recuerdo final de su padre, en absoluto, sino porque era lo que correspondía hacer. Los samuráis hacían lo que correspondía, al margen de los sentimientos. Los guardó y los olvidó, prometiéndose asimismo que olvidaría el vergonzoso fracaso de un padre.

1867

Genji miró la cadena formada por minúsculas manzanas que sostenía en la mano.

¿Simbolizarían el amor, la muerte, o ambas cosas? En su clan, al menos, el amor y la muerte parecían estar inextricablemente unidos. Para cumplir la profecía que anunciaba el nacimiento de Genji, tanto su madre como su padre habían muerto. Lejos de salvarlos, el amor los había condenado.

Durante años había sentido el mayor desprecio por la debilidad y la cobardía de su padre. Entendía la muerte de su madre. Dar a luz a un niño implicaba un grave riesgo. Pero ¿qué clase de samurái es aquel que muere por amor? Alguna vez pensó que había hallado la respuesta. Ahora no estaba tan seguro. ¿Fue la debilidad lo que llevó a su padre a la muerte, o más bien, fue la fuerza? La fuerza que había en la debilidad, que el pequeño Genji no comprendió, le parecía del todo comprensible al Genji adulto. Y su capacidad para entender algo así, ¿significaba que él era fuerte, o que era débil?

Solo en la torre, Genji soltó una carcajada.

Miró otra vez las minúsculas manzanas de la cadena que sostenía en la palma de una mano, y luego las palpó con la otra mano. Las había tenido tanto tiempo en la mano y las había aferrado con tanta fuerza que no estaban frías como la piedra de que estaban hechas, sino calientes como su propia piel.

Okumichi no kami Genji, gran señor del Dominio de Akaoka, se quedó sentado hasta bien entrada la noche en la torre del castillo Bandada de Gorriones, solo, ante las cenizas de su amada madre y su venerable padre.

1860

El señor Kiyori sintió un leve mareo. Al principio pensó que había bebido demasiado sake. Después notó que su lengua estaba cada vez más entumecida, lo mismo que su garganta, y sintió un escozor en la punta de los pies y las manos. Asimismo, advirtió que todo lo que veía adquiría un brillo inusitado acompañado por un ligero halo de luz, como el que despediría un lejano arco iris, que rodeaba a la dama Shizuka. Puesto que la imagen misma de ella era transparente, el efecto de todo ello resultaba doblemente vertiginoso.

—Cuando me advertiste que después de esta noche nunca más volveríamos a vernos —dijo—, no comprendí exactamente lo que querías decir. Querías decir que moriría.

—No, mi señor —replicó la dama Shizuka—. No quise decir eso. Sólo quise decir lo que dije, que después de esta noche no volveríamos a vernos. Nunca te planteé adivinanzas, ni tuve la menor intención de engañarte.

—¿Me negarás que sabías que sería envenenado? —Kiyori dirigió la mirada a la sopera vacía—. El veneno estaba en la sopa, ¿no es así? ¿Quién es mi asesino?

—Sé muchas cosas. Sólo he compartido una pequeña parte de mis conocimientos contigo. ¿Hubieras preferido que te anticipara cada uno de los acontecimientos de tu vida, de tus triunfos, tus tragedias, tus logros, tus decepciones? ¿O el momento, el lugar y el modo en que morirías?

Kiyori meneó la cabeza.

—Tienes razón, como de costumbre. Siempre he sabido más de lo que quería saber. De haber sabido todavía un poco más, eso se habría convertido en una carga de un peso insoportable.

—Lo has sobrellevado bien, señor Kiyori. Noblemente, con coraje y dignidad.

—¿Ah, sí? —Kiyori se inclinó pesadamente hacia un costado. Todavía respiraba sin dificultad. Sin embargo, sus músculos estaban empezando a debilitarse. No podría mantenerse derecho por mucho tiempo—. ¿Quién me ha matado? ¿La víbora del sogún, Kawakami *el Legañoso*?

Shizuka se desplazó graciosamente sobre sus rodillas hasta quedar junto a él. Hizo un gesto como si quisiera apoyar cariñosamente sus manos sobre su hombro y su brazo. En realidad, no podía tocarlo, del mismo modo que él no podía tocarla a ella.

—No te preocupes —dijo—. Mantén la serenidad. Sigue el ritmo de tu respiración.

—Si es Kawakami —insistió Kiyori, incapaz de abandonar el tema que lo obsesionaba—, eso significa que ha introducido un traidor entre nosotros. En ese caso, Genji corre peligro. Debo avisarle. —Ya no podía tenerse en pie. Se arrastró como pudo hasta la hornacina en la que guardaba el papel, la tinta y el pincel.

—Kawakami no tiene nada que ver —dijo Shizuka—, y Genji no corre peligro. Quien te ha envenenado desaparecerá de este mundo antes de que el Año Nuevo haya envejecido. —No le dijo que el responsable era su hijo Shigeru, ni que había enloquecido y que la muerte de Kiyori sería sólo el primero de una serie de terribles asesinatos que iba a cometer esa misma noche. La profecía que ella le había trasmitido, y que él había compartido durante tantos años con el señor Nao, se cumpliría casi por entero. Después de que esa noche se derramara sangre, los únicos miembros supervivientes del clan Okumichi serían Genji y Shigeru, y pronto el único que quedaría vivo sería Genji.

Kiyori se arrastró hasta que las fuerzas lo abandonaron, mucho antes de llegar a su meta. Se volvió y quedó boca arriba, mirando el techo. Hasta parpadear le resultaba difícil.

Shizuka se acercó y se arrodilló junto a él.

Él alzó la vista para mirarla.

—A Genji no le pasará nada...

—No.

—El clan sobrevivirá....

—Sí.

—Derrocaremos al sogún Tokugawa...

—Sí.

—¿No me estás diciendo esto sólo para que un hombre agonizante muera satisfecho?

—No, mi señor. Jamás haría algo así.

Kiyori comenzó a jadear, mientras el peso de su cuerpo comenzaba a aplastarle los músculos cada vez más insensibles del diafragma.

—Dime algo más. Lo último. ¿Quién eres?

—Tu leal amiga, mi señor, del mismo modo que tú lo has sido para mí.

—Lo que quería preguntar... —A esas alturas, cada aliento era una enorme victoria. No pudo formular su pregunta.

Ella se inclinó junto a él. Si hubiera podido, lo habría acunado en sus brazos y lo habría consolado con un abrazo de despedida.

Él intentó hablar, pero no pudo. Finalmente, exhaló su último suspiro.

Los ojos de Shizuka se llenaron de lágrimas. Era una estupidez llorar por el señor Kiyori, un hombre de cuya muerte ella había sido testigo, a pesar de que no nacería sino alrededor de quinientos años después.

¿Qué otra cosa podía hacer? Era una mujer que había visto el ciclo completo de la vida de un hombre. ¿Cómo no iba a llorar?

1308

Shizuka se esforzaba por olvidar del mismo modo que el resto de los mortales se esforzaba por recordar. Había nacido sabiéndolo todo, y sólo liberándose de la simultaneidad y la omnisciencia podía abrigar la esperanza de dar algún sentido a su existencia. Los demás tendían a recordar demasiado poco; ella, a olvidar demasiado. Había sabido que había un jardín de rosas en el castillo. Había olvidado cuándo. Nadie había oído hablar nunca del señor Narihira, su creador. En realidad, el señor Narihira, todavía no había nacido. Y ahora, en la torre, ella no lograba ascender al piso al que quería llegar.

Hizo un alto en la escalera y miró hacia el techo.

—¿Qué sucede? —preguntó Hironobu.

—Nada —respondió ella, y tan airosamente como pudo se dirigió hasta la ventana que daba al sur y fijó la vista en la costa de Shikoku, donde se encontraba el espeso bosque que contrastaba con el resplandor oceánico del Pacífico. Hironobu estaba preocupado desde el momento en que ella se echara a llorar al descubrir que el jardín de rosas que tanto ansiaba ver no existía. Si le preguntaba dónde estaba el séptimo piso, lo único que lograría sería preocuparlo aún más. Shizuka sabía que en algún momento estaría allí, porque era el lugar donde ella moriría y donde habría de nacer su hija.

La cuestión de recordar y olvidar era más complicada de lo que había supuesto. Había vivido toda su vida en la abadía de Mushindo, un sitio sencillo, pequeño, cerrado. Aun dentro de aquellos estrechos límites, le había resultado muy difícil discernir el pasado del futuro e incluso el presente en relación con ellos, o distinguir la memoria de lo que eran visiones, así como las premoniciones de las pesadillas. Cuánto más difícil le sería allí, donde había infinitamente más cosas que recordar y que olvidar, sabiendo que no le quedaba demasiado tiempo de vida para lograrlo.

—¿Hay algo en la torre que te desagrada?

—No, no, mi señor.

Hironobu sonrió y la estrechó en sus brazos.

—Cuando estamos los dos solos, no es necesario que me llames «señor».

Ella echó una mirada a los dos guardaespaldas, que fingieron no haber advertido la abierta demostración de afecto de su señor.

—Dejadnos solos —ordenó Hironobu.

—Señor —dijeron los hombres al unísono con una reverencia, y abandonaron la habitación.

—Si el castillo no te parece lo bastante espacioso, lo ampliaré. Dime lo que te gustaría y ordenaré que se haga.

—Tu castillo es muy espacioso. No hace falta nada más.

Hironobu debe construir el séptimo piso, y cuanto antes mejor. Sin embargo, debe hacerlo creyendo que es idea suya. De lo contrario sentiría menoscabada su autoridad. Ella no sabe por qué, pero sabe que es así. Muchos de los desastres que azotarán a este clan se deberán a ese pernicioso hábito de adjudicar una exagerada importancia a la propia y efímera existencia. Es un hábito arraigado no sólo en su flamante esposo, sino en todos los samuráis. Ella no puede hacer nada por erradicarlo. En su vida, ella percibe mucho y no cambia nada. Ve más allá de su tiempo, pero no puede actuar fuera de él.

—Estaba pensando que... —dijo Hironobu. Unió su mirada a la de ella y contempló el ir y venir de las olas en la costa—. Fue mi padre quien construyó esta torre. —Lo dijo con un matiz de insatisfacción en la voz. ¿Era porque los hijos siempre se empeñaban en superar a sus padres?

Shizuka se apoyó en él. Sintió el calor de su cuerpo a través de las ropas. Estaba muy caliente. Pronto, también ella lo estaría, y ya no sería posible discernir el calor del cuerpo de él del calor del cuerpo de ella.

1796

—Sí, señor Kiyori —dijo el arquitecto—. Comprendo perfectamente lo que deseas.

—Espero que así sea —repuso Kiyori. Ni siquiera sus criados lo tomaban en serio. Tenía apenas quince años y se había convertido en gran señor del dominio hacía un mes, tras la súbita muerte de su padre.

—Es así, mi señor.

—¿Pero?

—Tú dices que quieres construir otro piso, un séptimo piso, porque has descubierto que antiguamente había un séptimo piso.

—Sí. ¿Y?

—Tu descripción ha sido muy clara, mi señor. No obstante, me sería muy útil echar cuanto menos un vistazo al plano. Como decía el maestro Kung, «Una sola imagen puede decir más que mil ideogramas».

La irritación de Kiyori comenzó a transformarse en cólera.

—Si tuviera el plano, ¿no crees que ya te lo habría mostrado?

—¿No lo tienes? No lo entiendo. ¿Quién lo tiene?

—Nadie.

—Pero... —El arquitecto se llamó a silencio.

—Continúa...

—Lo siento, mi señor, tal vez no te comprendí. Creí que habías dicho que habías visto el plano.

—No —repuso Kiyori. No podía decir la verdad lisa y llana. Era demasiado increíble—. Dije que había visto el séptimo piso.

El arquitecto pestañeó. Luego sus ojos se abrieron desorbitadamente. Había comprendido.

—¿Tuviste una visión?

—Sí. —Kiyori esperaba no tener que abundar en explicaciones.

El arquitecto hizo una reverencia hasta prosternarse en el suelo.

—Permíteme que te exprese mis felicitaciones, señor Kiyori, y la esperanza de que nos veamos beneficiados por muchas más visiones.

—Gracias.

—Comenzaré la construcción, mejor dicho la reconstrucción, de inmediato.

—Muy bien. Cuando todo esté listo para colocar el suelo, házmelo saber, así podré observar lo que vais a hacer.

—¿Deseas observar la colocación del suelo?

—Sí.

El espectro que lo había visitado la noche anterior le había dicho que el suelo debía estar colocado de una manera especial.

«—Si se comete un error, por pequeño que sea —había

dicho ella—, cuando me veas te parecerá que estoy enterrada en el suelo y sin pies, o que soy una aparición que flota en el aire sin tocar el suelo.

»—Tú eres mi visión. ¿Qué importancia tiene eso? —había preguntado él.

»—La mente humana puede aceptar algunas cosas imposibles —había dicho ella—. Pero si son demasiadas, sobreviene la locura.»

—Muy bien, mi señor —dijo el arquitecto, haciendo una reverencia tan ampulosa como la anterior—. Se hará como tú lo ordenas.

Pronto se corrió la voz de que el joven señor había heredado el don de su padre. Desde aquel día, los sirvientes y los vasallos lo miraron de otro modo. Cuando hablaba, lo escuchaban atentamente. Cuando daba una orden, lo obedecían sin vacilar. En otros lugares la gente podría burlarse de las dotes proféticas de los señores Okumichi. Pero no en el Dominio de Akaoka. El poder del clan gobernante se basaba en su capacidad mística para ver el futuro, y ése era el fundamento de la supervivencia y la prosperidad del dominio.

Allí, ser un visionario otorgaba una enorme autoridad, aunque el visionario fuese un muchacho de quince años y ese don no fuese exactamente lo que todo el mundo pensaba que era. De todas formas, nadie sería nunca más sabio.

Eso era lo que Kiyori esperaba. Así sería seguramente, pero ¿lograría verla a ella?

La torre, 1308

Shizuka pasaba todas las noches en los aposentos de su marido o, cuando él prefería visitarla, en los suyos. Otras veces, durante la primera semana de su estancia en el castillo, pasaba gran parte del tiempo en la parte más alta de la torre.

—¿Por qué? —le preguntó Hironobu—. Tienes damas de compañía con las que puedes entretenerte. Músicos, cantantes, poetas, todos están a tu disposición. Si deseas cabalgar, puedes escoger el caballo que más te guste. O pasear en un carruaje, si lo prefieres.

—Lo que me atrae aquí es la vista —dijo Shizuka—. He pasado los dieciséis años de mi vida en tierra encerrada en una abadía. Ver tantas cosas de este mundo, y desde semejante altura, es algo que me maravilla. Sé que esta torre es el refugio de un guerrero. Si no debo estar aquí... —Le sonrió e hizo una reverencia.

Hironobu rió.

—¿El refugio de un guerrero? En absoluto. Los samuráis Okumichi no esperamos a nuestros enemigos a la distancia. Ni aguardamos a que nos sitien. Nunca estamos a la espera de nada. Somos jinetes. Los mejores de todas las islas de Japón. En la guerra, siempre somos nosotros los que atacamos. Nuestros enemigos deben estar alertas. Pero cuando nos ven, ya es demasiado tarde.

La primera vez que habían conversado, Hironobu le había contado una historia: cómo había derrotado a un poderoso ejército hojo y cómo, tras la victoria, había sido ungido gran señor. Evidentemente, los samuráis estaban acostumbrados a alardear de todo cuanto habían hecho, y cuando hablaban del futuro, lo hacían como si las grandes proezas que juraban realizar ya se hubieran cumplido. El elemento dominante era la exageración, no los hechos.

—Qué afortunada es la gente de este dominio —dijo Shizuka con una reverencia—. Disfrutan de una seguridad y una tranquilidad que a tantos otros les están negadas. La guerra asola el reino. Pero aquí, en Akaoka, hay paz.

—Sí —dijo Hironobu—. Seguridad y tranquilidad.

Ella advirtió que él se regocijaba al pronunciar aquellas palabras. Sin duda más adelante las usaría en la historia que estaba escribiendo. Cuando las generaciones posteriores la leyeran, se maravillarían al comprobar lo que él había logrado oponiéndose a las peores adversidades. Se preguntarían cómo un señor de la guerra tan exitoso, que además gozaba de la reputación de ser un profeta, no sólo no había llegado a ser sogún, sino que ni siquiera se las había arreglado para conquistar la totalidad de Shikoku, la menor de las tres islas más importantes de Japón.

—¿Puedo hacerte una pregunta? Tal vez sea una descortesía.

—Eres mi esposa —dijo Hironobu orgullosamente—. Puedes preguntarme lo que quieras. Nunca lo tomaría como una descortesía.

—Gracias, mi señor. Eres muy generoso.

Hironobu volvió a reír. Se sentó junto a ella y le rodeó los hombros con un brazo.

—Otra vez me has llamado «señor». Ahora estamos solos. Es una formalidad innecesaria.

Acercó su cara al cuello y el hombro de ella e inspiró profundamente.

—Hueles mejor que cualquier incienso o perfume que yo haya conocido o imaginado.

Shizuka se sonrojó.

—Nobu-chan —murmuró, usando un diminutivo infantil de su nombre.

Él contuvo la respiración y, cuando habló, su voz tenía la aspereza de la excitación sensual.

—Tú —dijo, y la acarició deslizando la mano en la ancha manga de su quimono.

Shizuka se acostó en el suelo. La cara de Hironobu, ahora sobre ella, estaba pálida, salvo por la efusión de sangre que afluía a sus párpados, sus mejillas y sus labios. Parecía inflamado. Ella miró hacia el techo.

Sabía que pronto sería el suelo del séptimo piso de la torre.

Después de ese día, a Hironobu ya no le preocuparon las largas visitas de Shizuka a la torre.

—Quédate aquí todo el tiempo que quieras —dijo—. Si yo hubiera vivido tanto tiempo prisionero entre las paredes de un templo como tú, también disfrutaría de esta perspectiva.

—Eres muy amable —dijo Shizuka—. Sólo los hombres verdaderamente viriles pueden ser tan amables.

Ella acudía allí por la vista, pero no por la que había descrito.

Se sentaba en posición de meditación con las piernas flexionadas en la postura del loto, las manos en el vientre en la postura del *mudra zazen*, los párpados caídos sin estar completamente cerrados y la respiración tan ligera y tenue que casi parecía no respirar. Se sentaba en posición de meditación y concentraba todo su ser en lograr exactamente lo opuesto. En lugar de relajarse, relajarse de la relajación, y luego volver a relajarse una vez más, Shizuka se concentraba en esto y aquello, discriminaba una falsa ilusión de otra, elaboraba opiniones sin sentido sobre cuestiones fútiles, invadía cada vacío de pensamiento con conjeturas, imágenes, razonamientos, esperanzas, lujuria y pavor. Se entregaba al diluvio sensorial que le planteaban el hambre, el calor y el frío, el dolor y el placer, la dulzura y la amargura, y el olor, el gusto, el tacto y la vista de lo que era real, imaginado y evocado. El silencio interior y la serenidad eran arrasados por las estridentes exigencias de diez mil voces que gritaban sus demandas al mismo tiempo.

Se relajaría más tarde. Ahora, debía recuperar ciertos recuerdos y premoniciones que, erróneamente, había abandonado en su celo desmedido por comprender el mundo del presente durante su despertar en la abadía de Mushindo. Creyendo equivocadamente que los limitados confines de la abadía eran la realidad, había expulsado de su conciencia el conocimiento que necesitaba. Para rescatarlos, tuvo que volver a sumirse en la locura.

Un repentino escalofrío de advertencia la invadió y le recorrió la espalda, los hombros, el cuello y la cabeza. Un ser consciente había entrado en la habitación y estaba detrás de ella. Ningún sonido, ninguna agitación del aire en el hueco de la escalera le había indicado que alguien estuviera acercándose. ¿Aquella horrible aparición se proponía acosarla, o el sigilo representaba un peligro humano?

Shizuka interrumpió la meditación y prestó atención a lo que estaba ocurriendo. Reconoció la llegada sin necesidad de volverse para mirar. Ya no podía leer las mentes ajenas. La salud mental no podía coexistir con esa facultad. Pero conservaba uno de sus atributos, la capacidad para percibir las intenciones de quienes tenía delante. Y, por su intención, supo quién era.

—Si lo haces —dijo—, Hironobu sabrá que fuiste tú.

Muy cerca de ella, a sus espaldas, sintió que alguien respiraba con cierta agitación. Sus palabras lo habían detenido a unos pasos de ella.

—Que lo sepa —dijo Go—. Que me ejecute. La muerte será una bella recompensa para mí, porque tú también morirás.

Shizuka se volvió rápidamente para mirarlo. No empuñaba arma alguna. ¿Había pensado arrojarla por la ventana? Probablemente sí.

Shizuka sonrió.

—¿Estás seguro de que no puedo volar?

—Bruja. —Pronunció la palabra con ira y violencia y desenvainó la espada.

—Mi esposo no te matará inmediatamente. Primero te torturará, después te crucificará.

—¿Crees que le temo al dolor? No más lo que temo a la muerte, bruja, y te aseguro que no le temo. —Dio un paso hacia ella.

—No temes morir tú —dijo Shizuka.

Él se detuvo una vez más.

—Seguramente, gran general, no habrás olvidado tener en cuenta las consecuencias últimas de tu traición. Hironobu no te crucificará sólo a ti. Tus vasallos, tus servidores y tu esposa irán contigo al infierno. Y también Chiaki.

La mención del nombre de su hijo despojó de todas sus fuerzas a Go. Bajó la espada y retrocedió.

—Te mataré, tenlo por seguro —dijo.

—Sí, me matarás —dijo ella—, pero no hoy.

—Pronto.

—No, llegarás demasiado tarde.

—¿Demasiado tarde para qué?

—Eso también lo descubrirás demasiado tarde —dijo Shizuka.

Go volvió a enfundar la espada.

—No permitiré que te burles de mí con palabras engañosas y falsos pronósticos. Tú no sabes todo lo que finges saber. Ése es un viejo truco de las brujas. —Se volvió y se dirigió presurosamente hacia la puerta.

—Yo sé quién soy —dijo ella.

Él se detuvo y la miró.

—Todos sabemos quiénes somos, salvo los bebés, los idiotas y los lunáticos.

—Y también sé quién eres tú.

—Todo el mundo sabe quién soy yo. Este dominio no existiría si no fuera por mí.

—Sé quién soy porque sé quién eres tú —dijo Shizuka—. Qué triste es ser un padre que quiere asesinar a su hija en lugar de protegerla.

—Maldita seas por toda la eternidad —dijo Go—, y todas las brujas que nacieron de ese malvado río de sangre.

Shizuka escuchó sus pasos resonando en la escalera. Su padre no volvería a entrar en la torre hasta el último día de sus vidas.

Después de esforzarse tanto por olvidar, Shizuka estaba haciendo todo lo posible por recordar. Lo que la motivaba era el espíritu que rondaba la torre. Fuese lo que fuese lo que ella sabía de él en su época de conocimiento y locura, se le había borrado de la mente.

¿Quién era?

Tenía que recordarlo antes de que se construyera el séptimo piso. Si era un amigo, no necesitaba evitarlo. Si era un enemigo, necesitaba saber qué clase de enemigo era para poder defenderse de él. El espíritu la atemorizaba, y a esas alturas ella ya no estaba acostumbrada a tener miedo.

Lo había visto por primera vez el día en que llegó al castillo. Estaba sentada en la habitación del sexto piso de la torre, consolándose de la ausencia de un séptimo piso, cuando oyó que alguien se acercaba subiendo por las escaleras. Un hombre joven que no reconoció apareció en la puerta. No tendría más de quince o dieciséis años. Las espadas que ceñía en su faja parecían demasiado grandes para él. En sus facciones parecía haber una expresión de sinceridad más que de inteligencia, de resolución antes que de apostura. Estaba a punto de hablarle cuando se dio cuenta de que le resultaba extraño.

Era transparente.

La figura se volvió hacia ella y pareció mirarla fijamente.

Shizuka sintió un escalofrío. Tal vez el hecho de que estuviese inmóvil, y las sombras cada vez más largas que producía el atardecer, la hicieran poco visible. Tal vez fuese tan transparente para él como él lo era para ella y, estando como estaba en las sombras, fuese más difícil verla. Tal vez aquella figura no fuese más que una alucinación.

La aparición pasó caminando junto a ella como si ella no estuviera allí. Cuando llegó a la pared opuesta, comenzó a ascender en el aire, moviendo las piernas como si estuviera subiendo por una escalera inexistente.

Shizuka ahogó un grito. Se mordió la mano para no jadear. Temía hacer el más leve sonido que pudiera atraer la atención de aquella aparición.

Poco antes de llegar al techo, la criatura habló.

—Dama Shizuka —dijo—. ¿Puedo entrar?

Al parecer alguien le dio el permiso que solicitaba, pues hizo una reverencia y, al cabo de un momento, desapareció atravesando el techo.

Shizuka no se atrevía a moverse. Ansiaba, desesperadamente escapar de lo que sin duda era un demonio, pero al mismo tiempo no quería hacer nada que atrajera su atención. Así pues, se quedó quieta y escuchó. No oyó nada. El miedo la mantuvo paralizada un buen rato.

El atardecer dio paso a la noche. La profunda oscuridad de la luna nueva inundó el interior de la torre. Sólo algunas estelas provenientes del titilar de las estrellas que atravesaban las nubes permitían discernir una sombra de otra.

Por fin, el temor a quedarse allí se impuso al de escapar. Se deslizó lo más lentamente que pudo hacia el hueco de la escalera, apretándose el quimono para que las varias capas de seda no hicieran ruido al rozarse unas con las otras.

Cuando llegó al vano de la escalera y pensó que estaba a salvo, apareció el segundo espectro. Era un hombre de unos veinte años. Moreno, fornido, con el paso jactancioso de alguien que había matado a otros hombres, sin duda con aquellas dos espadas que pendían de su cintura.

Como el primero, apareció en el hueco de la escalera.

Como el primero, era transparente e hizo caso omiso de su presencia.

Pero, a diferencia del otro, éste se encaminó resueltamente hacia ella. Shizuka retrocedió tan deprisa como pudo, y apenas logró apartarse de su camino antes de que él entrara en la habitación. Él se elevó en el aire de la misma y monstruosa forma en que lo había hecho el primero y, como él, se detuvo un momento y pronunció un nombre que la hizo temblar.

—Dama Shizuka. Soy yo.

Después esta criatura también desapareció atravesando el techo.

Shizuka retrocedió y se apoyó en la pared. Estaba atrapada. No podía arriesgarse a bajar las escaleras. ¿Qué pasaría si se le aparecía otro demonio y éste pasaba a través de ella? Claro que si no se marchaba de allí, tarde o temprano uno de ellos, u otro que llegara después, la descubrirían y...

¿Y qué? Al miedo se sumó la incertidumbre.

Esperaba que Hironobu fuera a buscarla. Pero sabía que no lo haría. Su breve e ingenioso discurso acerca de la equivalencia entre la amabilidad y la virilidad lo obligaba, por orgullo, a concederle la libertad que él pensaba que ella deseaba.

En la habitación, cerca del techo, vio algo oscuro que se movía en la oscuridad, la débil sombra de una figura humana que se desplazaba como si bajara por una escalera. Llegó al suelo de la habitación y avanzó hacia el hueco de la escalera, hacia ella.

Shizuka ya no podía retroceder más. ¿Cuál de los dos era el que avanzaba hacia ella? No estaba segura de cuál de ellos le inspiraba más miedo. Se decía que los peores demonios eran los que adoptaban un aspecto benigno, pues era la mejor forma de engañar y aterrorizar. Entonces el que parecía más joven, el muchacho, debía de ser más peligroso que el hombre. A medida que se acercaba, le pareció que, en efecto era el peor de los dos, porque la silueta de su cuerpo espectral era más pequeña que la del guerrero.

La criatura hizo una pausa antes de ingresar en la escalera y miró por la ventana. No se hallaba a más de dos pasos de donde Shizuka, acurrucada contra la pared, trataba de protegerse. La figura se volvió y quedó iluminada por la luz de las estrellas. Ella pudo ver el rostro arrugado y demacrado de un anciano.

Shizuka gritó, aterrorizada, y bajó corriendo por las escaleras. La conmoción que le provocó lo que había visto le hizo perder todo su sentido de la precaución y sus movimientos estaban gobernados por la desesperación. Sólo cuando cayó en los brazos de Hironobu se dio cuenta de que era ella la que estaba gritando.

—¡Que no salga nadie! —ordenó Hironobu.

—¡Señor! —Los samuráis, con sus espadas desenvainadas, acudieron presurosamente a la torre.

Shizuka sabía que no encontrarían a nadie, porque no había nadie, sólo fantasmas.

Hironobu la abrazó con fuerza.

—Estás a salvo, Shizuka, estás a salvo.

Ella se aferró desesperadamente a Hironobu. No podía controlar el temblor de su cuerpo. No, no estaba a salvo. Nunca más lo estaría.

Un momento antes de empezar a gritar había pensado que estaba viendo un tercer demonio. Luego en el rostro del anciano reconoció al muchacho y al guerrero. No eran tres demonios, sino uno. El mismo. Y había logrado envejecer en un lapso de pocas horas.

¿Quién sería el próximo que la acosaría? ¿Un cadáver en estado de putrefacción?

Sintió náuseas. Contrajo la garganta y aguantó el amargo calor de la bilis durante un rato que pareció demasiado prolongado, hasta que la quemazón se ahogó en su pecho.

Hironobu no vaciló en adjudicar responsabilidades por la agresión, que supuso había sido protagonizada por un ninja contratado al efecto por un señor vecino con el que hacía ya mucho tiempo que tenía malas relaciones. Shizuka no trató de disuadirlo. ¿Cómo hacerlo? Si le decía que el agresor había sido un demonio y no un ser humano, y él le hubiese creído, de todas formas eso no habría supuesto la menor protección para el enemigo que Hironobu había elegido. Una vez que se hubo convencido, sus sospechas fueron creciendo hasta que llegó a adquirir la certeza absoluta de que tenía pruebas concluyentes de quién era el responsable de la agresión. Un asqueroso cobarde que fuera capaz de enviar a un ninja no vacilaría en contratar hechiceras para conjurar a un demonio. Y si Hironobu no le creía, si dudaba de su salud mental, no le prestaría atención cuando más adelante ella quisiera compartir sus profecías con él. En cualquier caso, el resultado que ella había previsto se cumpliría. Sin embargo, las consecuencias de ese resultado serían brutalmente distintas. No podía arriesgarse. Tenía que dejar que la inocencia sufriera y muriera.

Esa misma noche, Hironobu envió mensajeros a sus principales vasallos. Antes de que el sol de la mañana secara el rocío de las hojas, él y novecientos samuráis a caballo se encaminaron hacia el este para atacar al señor Teruo. A esas alturas, el malestar que Shizuka había sentido desde la aparición del demonio se había convertido en fiebre alta, escalofríos, mareos y persistentes náuseas.

Se retiró a sus aposentos antes de la puesta del sol. Pidió a sus damas de compañía que se retiraran. No podían ayudarla de ninguna manera contra una nueva aparición. Como las monjas de la abadía, ignoraban lo que significaban las presencias demoníacas. Sólo verían el modo en que ella se comportaba, y pensarían simplemente que estaba loca. En el pasillo adyacente a su dormitorio había guardias vigilando. Como Hironobu les había ordenado que se apostaran allí no podía despedirlos. Esperaba contenerse lo suficiente como para no llamar su atención.

Si se atrevía, no esperaría a que el demonio se le acercara. Iría a la torre y lo buscaría. Pero no era tan valiente.

Sola como estaba, tenía miedo de ir hasta la torre y también de quedarse en su habitación, tenía miedo de dormir y de quedarse despierta, tenía miedo de meditar y de dejarse llevar por sus delirios. No había sitio en el mundo ni estado de ánimo que pudiera considerar un santuario.

Cuando llegó la noche, le subió la fiebre. Al final, abrumada por el malestar, el miedo y el agotamiento, se acostó. En cuanto lo hizo, comenzó a oscilar entre un estado de conciencia y otro de inconsciencia tan imperceptiblemente que de inmediato perdió el discernimiento entre lo que era el sueño y la vigilia. Cuando pensaba que estaba despierta, descubría que estaba pensando que estaba dormida, lo que seguramente significaba que en realidad estaba despierta. Sin embargo, aun así no lograba moverse. El más mínimo movimiento de un dedo, el abrir y cerrar involuntario de los párpados, el ritmo de su respiración, cualquier cambio en la tensión de sus músculos, todo la paralizaba. Se debatía inútilmente contra todos esos estímulos y, entretanto, oía un ruido distante, persistente y agudo que estaba a mitad de camino entre un gorjeo y un gemido. Al principio, pensó que era el canto de las cigarras. Pero le faltaba la característica alteración rítmica de aquella música. Se parecía más al tañido desmayado del gong de un templo, salvo por el hecho de que en lugar de apagarse cada vez parecía hacerse más alto y penetrante. ¿Era un anuncio de la presencia del demonio que se acercaba? Una vez más, se esforzó por controlar de alguna manera su cuerpo. Su inmovilidad externa era contradictoria con el temor que sentía, el terror causado más por lo que suponía que por el dolor o la parálisis. Si al menos pudiera abrir los ojos, o cerrar un puño, o emitir un murmullo...

El tintineo bruscamente cesó. En ese mismo instante, oyó una voz al otro lado de la puerta.

—¿Por qué debería tener miedo de algo así? Ésta es una habitación como cualquier otra. —Era una voz que no reconoció. La voz de un joven.

En el ala prohibida del castillo Bandada de Gorriones, 1796

—Sí, tengo miedo —murmuró la dama Sadoko—. Vayamos a otra parte.

—Venir aquí fue idea tuya —dijo Kiyori.

—He cambiado de idea —dijo la dama Sadoko. Extendió los brazos y le apoyó las manos en el brazo. Lo atrajo suavemente y trató de apartarlo antes de que abriera la puerta. A la luz del día era fácil burlarse de las historias que hablaban de hechiceras malvadas y fantasmales. Pero allí, en ese momento, bajo la tenue luz de las lejanas estrellas y el leve resplandor de la escuálida luna, los fantasmas y los espíritus malignos no parecían algo tan imposible.

—Por favor —dijo ella.

Él vaciló. La verdad era que también tenía miedo. Era el único Okumichi de su generación, lo que significaba que sería el único que iba a recibir las visiones proféticas. Había leído las crónicas secretas del clan y sabía que esas visiones les habían llegado a sus predecesores de muchas maneras distintas, algunas tan horrorosas que los habían sumido en la demencia. ¿No estaba desafiando al destino al visitar los que habían sido los aposentos de la dama Shizuka, la verdadera hechicera que había infundido el poder de la profecía en su linaje? Pero su deseo de impresionar a Sadoko era más fuerte que su miedo. Por qué, era algo difícil de decir. Tenía catorce años, así que era un año menor que él, pero parecía aún más joven. No se trataba, ni mucho menos, de la muchacha más bonita que conocía. Su familia no tenía el rango que se requería para pertenecer a la corte del gran señor. Sin embargo, había un rasgo de su carácter, su abierta franqueza, que le había granjeado el afecto y la admiración de Kiyori. Siempre que decía algo, era lo que pretendía decir. Por qué esa característica debía atraerlo más que un rostro hermoso, una actitud seductora, las destrezas en la intimidad y las palabras inteligentes, era algo que él ignoraba.

—Ya he dicho que pasaría la noche aquí —añadió Kiyori—. Cuando un gran señor da su palabra con respecto a algo, debe respetarla. —Hacía tres semanas que era gran señor, quizá por eso exageraba un poco acerca de las obligaciones que implicaba su cargo.

—No es que dieras tu palabra exactamente —puntualizó Sadoko—. Tan sólo dijiste que no tenías miedo de pasar la noche en la parte encantada del castillo. Y sólo me lo dijiste a mí. Yo te creo. Pero ahora, por favor, vámonos.

—Si quieres, puedes irte —replicó Kiyori majestuosamente—. He dado mi palabra, y debo estar a la altura de las circunstancias.

Apoyó su mano en la puerta y la empujó. Esperaba que de alguna forma estuviera cerrada y ello le impediría entrar. Pero se abrió fácilmente. La habitación tenía tal reputación que era innecesario cerrojo alguno. Los sacerdotes y las monjas limpiaban a diario esa parte del castillo, así que no había polvo, ni telarañas, ni olor a moho.

Sadoko contuvo el aliento y dio un paso atrás.

Kiyori echó un vistazo. No vio nada. Pero las sombras hacían que la habitación estuviera más oscura que el vestíbulo desde el que la miraban.

—¿Qué ves? —preguntó él.

—Oscuridad —dijo ella—, una oscuridad poco común. Por favor, te lo ruego, mi señor, vámonos.

Sadoko nunca lo llamaba «mi señor», excepto en las situaciones más formales en las quc era completamente inevitable. Sin duda tenía mucho miedo. El hecho de saberlo lo llevó a actuar más audazmente de lo que pensaba. Entró en la habitación y comenzó a cerrar la puerta tras de sí. Como había supuesto, Sadoko entró antes de que la puerta se cerrara y le apoyó una mano en un brazo y la otra en el hombro. Kiyori sintió el temblor del cuerpo de la joven, apretado contra el suyo.

—Cálmate, Sadoko —susurró, conduciéndola hacia el interior de la habitación—. Nuestros ojos se adaptarán a la oscuridad. Y además, está apareciendo la luna. Pronto habrá más luz.

—Si abres la puerta habrá más luz —repuso Sadoko—, o incluso si nos quedamos cerca de ella.

—Si abro la puerta, podría pensarse que tengo miedo. Si nos quedamos cerca de ella, pasaría lo mismo. Ven. Nos sentaremos junto a la hornacina.

—¿No es allí donde dicen que ella colocó su cama? —Sadoko se detuvo bruscamente. Como todavía estaba aferrada a él, Kiyori también tuvo que detenerse.

—Eso dicen. La gente dice muchas cosas. Lo mejor es confiar en el propio juicio y no dejarse influir por el parloteo de los que no saben nada pero hablan mucho. Al menos sentémonos.

—Parece haber más luz ahora —dijo Sadoko, aceptando la sugerencia—. Pero todavía no veo demasiado.

—Olvidamos traer ropa de cama —dijo Kiyori con estudiada indiferencia—. Tendremos que dormir directamente sobre los tapetes. —La actitud dependiente de ella le infundía una placentera sensación de confianza en sí mismo. Se echó hacia atrás y comenzó a estirarse en el suelo.

Y de inmediato se hundió en lo irreal. En un segundo, un frío glacial y llamas ardientes lo consumieron; todo el peso de la tierra lo aplastó hasta convertirlo en un punto infinitesimal, mientras la luz celestial lo hacía pedazos y lo dispersaba en todas las direcciones del universo; un dolor inconcebible atormentaba su cuerpo y un éxtasis sin límites lo liberaba.

—¡Kiyori! —Sadoko lo miró fijamente. La luna iluminó su cara convulsionada por el miedo—. ¿Qué te ocurre?

Kiyori no pudo contestar. Pero si hubiera podido, no habría sabido qué decir. Percibía el momento presente coexistiendo con los innumerables mundos, los incontables eones y las infinitas miríadas de seres que eran, y no eran, él mismo. Veía el pasado y el futuro estirándose hasta una distancia sin límites y hacia un inicio sin comienzo y un fin sin final, que jamás podría percibir sin desintegrarse.

Una vaga figura femenina salió de él como un espíritu que estuviera separándose del cuerpo. De pronto comprendió lo que había ocurrido. Ella había ido hacia él del mismo modo que él había ido hacia ella. Sus largos cabellos, sueltos, caían sobre sus hombros y cubrían a Kiyori.

No, no lo cubrían.

Se metían en él.

Flotaba apenas por encima del tapete, como flotan los espíritus incorpóreos y, como espíritu que era, estaba en parte dentro de él y en parte fuera de él. Los espantosos rumores acerca de la presencia de un fantasma eran ciertos, pero esa presencia no era en absoluto como él la había imaginado.

—Kiyori —dijo Sadoko, y estiró una mano. Antes de que pudiera tocarlo él habló, pero no se dirigía a ella.

—Dama Shizuka —dijo.

—Señor Kiyori —musitó Shizuka, y se apartó bruscamente, saliendo del cuerpo de Kiyori. En ese momento él se desvaneció.

—¡Kiyori! —Sadoko tenía demasiado miedo de tocarlo. Pero debía hacer algo. Se incorporó, abrió la puerta y corrió en busca de ayuda. No había bajado más de cinco escalones cuando se detuvo. Si alguna otra persona lo veía en aquel estado de debilidad, en un posible acceso de locura momentánea —porque había pronunciado el nombre de la antigua hechicera como si la tuviera delante—, podría perder el control todavía poco firme que ejercía sobre el poder de su dominio. Tenía apenas quince años, muchos enemigos y pocos amigos.

Sadoko se volvió para mirar hacia el oscuro vestíbulo que daba al ala prohibida. Aún temblando de miedo, regresó al lugar en el que yacía Kiyori. No podía confiar en nadie más que en sí misma para guardar aquel secreto. Si Kiyori no confiaba en ella, podría hacerla ejecutar y entonces su secreto quedaría a salvo. Sadoko no quería morir, pero sabía cuál era su deber. Su padre no era un hombre de alto rango, pero sí un samurái, y ella era hija de un samurái.

Sadoko estrechó entre sus brazos a Kiyori hasta que finalmente despertó, al amanecer.

—La torre —dijo él—. El séptimo piso.

—No hay ningún séptimo piso, señor Kiyori —dijo Sadoko. Pronunció adrede su nombre por si él había olvidado quién era.

—Lo haré construir. Será allí donde nosotros...

Se interrumpió y miró a Sadoko. Ella lo había visto en su momento de mayor debilidad. Lo había oído balbucear dirigiéndose a un fantasma. ¿Podía confiar en que no contaría nada? Había una sola forma de asegurarse de ello. Ejecutarla.

O bien...

Había una alternativa.

Casarse con ella.

¿Qué sería peor?, se preguntó. Le dolía todo el cuerpo. Le costó un enorme esfuerzo incorporarse y apartarse del regazo de Sadoko.

—¿De qué te ríes, mi señor?

—Oh, nuestra pequeña aventura resultó mucho peor y mucho mejor de lo que cualquiera de los dos podría haber esperado.

1311

Shizuka sonrió. La cara de Kiyori mostraba una expresión apacible a pesar de haber muerto envenenado. No había sufrido muchos dolores. Se alegraba de que hubiese sido así.

Durante sesenta y cuatro de sus setenta y nueve años de vida, el señor Kiyori había tenido miedo de ella. Le temía porque ella conocía el futuro, le temía porque era un fantasma o una personificación de su propia locura, le temía porque aparecía y desaparecía sin avisar. Pero le temía aún más porque era eternamente joven.

Nunca se había detenido a pensar hasta qué punto ella le temía a él. Aquella primera noche en la torre era sólo una premonición. Durante los tres años siguientes, el señor Kiyori se deterioró a una velocidad diabólica y pasó de la juventud a la ancianidad, como si dioses poderosos y crueles le hubiesen echado una maldición. Tal vez así fuera. La maldición era una explicación tan buena como cualquier otra.

Shizuka permaneció junto al fantasmal cadáver del señor Kiyori hasta que la vaga imagen se desvaneció definitivamente.

Ahora sólo quedaba un fantasma en la torre.

Antes de que volviera a salir el sol ya no habría ninguno.

1842

El señor Nao no pensaba que alguna vez volvería a aquel lugar. Tal vez si fuese un hombre más religioso, las cenizas de su hija tendrían algún significado para él. Pero para él, las cenizas no eran más que cenizas. No creía en la inmortalidad, ni en la reencarnación bajo ninguna de las fantásticas formas en que se la presentaba. No creía que los malvados estuvieran condenados a sufrir en el infierno, ni creía que los buenos y los fieles fueran recompensados con una existencia angélica en un paraíso celestial. No creía que los espíritus de los muertos quedaran eternamente aferrados a sus restos terrenales.

La vida era la vida.

La muerte era la muerte.

Eso era todo.

Alguna vez, no hacía tanto tiempo, la existencia de Nao rebosaba de vitalidad, y confiaba plenamente en las promesas y las posibilidades que la vida encerraba. Luego, de un momento para otro, la muerte ocupó el lugar de la vida. Midori, tan robusta y casi varonil cuando niña, resultó ser sorprendentemente frágil como mujer. Como lo había predicho su amigo el señor Kiyori, nunca se recuperó del nacimiento de su primer hijo, Genji. Cuando nació el segundo, una niña, las dos murieron. Un mes después, una plaga traída por tramperos rusos asoló el dominio de Nao en el norte. Él no sufrió más que una fuerte tos. Su esposa, sus hijos y sus nietos no tuvieron tanta suerte.

Su yerno, Yorimasa, había sobrevivido a Midori menos de un año. Sus cenizas descansaban junto a las de ella. Era una formalidad y una expresión de sentimiento que esperaba que consolara a alguien, ya que a él no. Había quienes dudaban con respecto a la causa de la muerte de Yorimasa. Nao no era uno de ellos. La pena arrastró otra vez a Yorimasa al opio, el ajenjo y el alcohol. No volvió a mostrar el carácter violento de antes. Simplemente no pudo soportar la vacuidad de una vida sin Midori. Nao lo comprendía. Él sentía la misma pena y el mismo vacío. El hecho de que todavía tuviera un nieto que continuaría su linaje era en cierta forma insuficiente. A él ya no le interesaba su linaje. Lo mismo debería de haber sentido Yorimasa.

Fue hallado al costado de un camino, con el cuello roto, mientras su caballo pacía tranquilamente en las inmediaciones. Todas las pruebas indicaban lo obvio. Se había intoxicado hasta el límite de la inconsciencia, había caído de su cabalgadura y había muerto. Que hubiera al menos una persona que no aceptaba ese punto de vista resultaba confirmado por la posterior muerte de dieciséis samuráis, tahúres y contrabandistas de quienes se sospechaba que podían ser responsables de la muerte de Yorimasa por alguna riña de juego. Los dieciséis cayeron bajo la misma espada, descargada en todos los casos con tanta fuerza que habían sido decapitados o bien sus torsos habían quedado hendidos en dos. Todos empuñaban algún arma, o tenían un arma caída junto a ellos. Ninguna de las muertes era resultado de una emboscada o una trampa. Todos los rumores las atribuían a

Shigeru, por supuesto, pero no había pruebas. Tampoco había testigos. Al menos, no había ninguno que quisiera presentarse a testimoniar.

Nao oyó un crujido de ropas en el vestíbulo, a sus espaldas.

—Si nuestras vidas no hubieran sido tan largas, tal vez las de ellos no habrían sido tan breves —dijo.

El señor Kiyori se sentó junto a él.

—Una cosa no tiene que ver con la otra. Si fuera así, todos los padres se sacrificarían por sus hijos.

—De todas formas, no puedo quitarme de la cabeza la idea de que he vivido demasiado. Cuando nací, el emperador Chien-lung ocupaba el trono de China, y ese imperio era tan poderoso que no había nada que pudiera ponerlo en peligro. El embajador británico fue a verlo, y el emperador dijo: «Ustedes no tienen nada que nosotros deseemos, pueden marcharse», y los británicos fueron expulsados de un día para el otro. Ahora, los británicos van y vienen a su antojo, venden drogas a los chinos para despojarlos de sus riquezas y quebrar su voluntad. Los chinos y los británicos libraron una guerra, y los británicos triunfaron. Parece inimaginable, pero es así. Soy una antigualla.

—Tú y yo nacimos el mismo año —dijo Kiyori—. Si tú eres una antigualla, yo también lo soy.

—Tú puedes ver el futuro —repuso Nao—, así que eres el único que no puede ser una antigualla.

—Siempre deseé no ver el futuro. ¿Para qué sirve conocer las cosas trágicas de la vida si no es posible evitarlas?

—No pediste ser vidente. Es la carga que debes sobrellevar. Yo en cambio, puedo desembarazarme de mi carga. Le he escrito al sogún para renunciar a mi título y mis poderes.

—Pensé que harías algo así.

—¿Recuerdas cuando éramos jóvenes —preguntó Nao—, y nos prometimos mutuamente, y a nuestros antepasados, que vengaríamos a nuestros clanes y derrocaríamos al sogún Tokugawa? Creo que ésa es la única promesa que no logré cumplir.

Kiyori rió.

—Ése fue uno de esos juramentos estúpidos que se hacen cuando uno es joven. Podemos aspirar a ser perdonados por no haberlo cumplido.

Permanecieron un rato en silencio.

—¿Qué harás? —preguntó Kiyori finalmente.

—Recordaré —respondió Nao—. Ahora, todos mis seres queridos viven sólo en mi memoria.

11

La maldición de la madre de la bruja

> Los hombres piensan que son ellos quienes gobiernan el mundo. No te crees problemas. Mantente en silencio y alienta esta creencia.
>
> Saber la verdad es sabiduría.
>
> Parlotear acerca de ella es un desatino.
>
> *Aki-no-hashi*, 1311

Castillo Bandada de Gorriones, 1882

Makoto pasó la mayor parte del viaje por mar desde Yokohama hasta la provincia de Muroto pensando en lo que haría si Genji se negaba a recibirlo. Podía haberse ahorrado todas sus cavilaciones. Fue recibido de inmediato.

El hombre que acudió a saludarlo en aquella enorme sala era aproximadamente de la misma altura y complexión que él. Vestía de forma parecida con una fina chaqueta de lana de doble pechera, una camisa de seda blanca con corbata de seda negra, un chaleco de seda, pantalones de franela, y botas cortas con lazos. Su ropa era de distintos matices del gris oscuro, mientras que la de Makoto era negra. Eso y las pesadas botas de montar que calzaba Makoto eran las únicas diferencias significativas. Fue una ligera decepción. Allí, en aquella antigua fortaleza, esperaba encontrarse por fin ante un señor de la guerra con sus vestiduras tradicionales.

—Me alegro mucho de conocerte, Makoto —dijo Genji, tendiéndole la mano. De cerca, parecía tan joven que podría haber pasado por el hermano mayor de Makoto.

El inglés de Genji era casi impecable. Si tenía un leve acento, no era el típico de un hablante japonés, sino un dejo que Makoto reconoció como el propio de una zona de Nueva York, el valle del río Hudson, en las cercanías de Albany, si no se equivocaba. Gracias a sus estudios de lingüística, Makoto se había acostumbrado a identificar el lugar de nacimiento de las personas con sólo oírlas hablar. Genji debía de haber tenido un maestro de aquella región. Tendría que preguntárselo, si se presentaba la ocasión.

—Gracias por recibirme en tan poco tiempo, señor Okumichi. Sé que estás muy ocupado.

—Yo no diría que veinte años es tan poco tiempo.

Makoto sonrió.

—Me sorprendes, señor. Como mínimo esperaba que evitaras de alguna manera esa cuestión, o incluso que la negaras lisa y llanamente. De hecho, aun antes de pensar en una negativa, me parecía que el resultado más probable sería que rehusaras conocerme.

—Esconderse es inútil —dijo Genji—, y negarme, imposible. Mírate. Mírame. El vínculo entre nosotros es evidente.

—¿Ah, sí? ¿No ves nada de Matthew Stark en mí?

—En tu audacia, sí, y en tu serenidad para afrontar una situación difícil también veo mucho de él. Después de todo, Matthew te ha criado. ¿Cómo podrías no parecerte a él?

Dos criadas acudieron al vestíbulo y ambas hicieron una reverencia antes de entrar. Estaban vestidas con quimonos tradicionales en lugar de las prendas occidentales que usaban los sirvientes que lo habían recibido al llegar. Tal vez como un pachá otomano, Genji se mostraba moderno con los extranjeros pero prefería el estilo de despotismo tradicional en su vida cotidiana. Quizá toda la parafernalia de señor de la guerra que Makoto no había visto antes se desplegaba ahora ante él.

Las criadas colocaron sendas bandejas sobre la mesa.

—¿Debemos servir el té, mi señor? —preguntó una de ellas.

—No, gracias —respondió Genji.

Tras una reverencia, las criadas se retiraron. Su entrada y su salida habían sido de lo más discretas.

—¿Mi madre te servía de ese modo?

—Servía el té —respondió Genji—, porque hacerlo puede ser una demostración de gracia y una verdadera exhibición de elegancia y belleza. Como poseía esas tres cualidades en abundancia, tenía una predisposición natural a hacerlo. Sin embargo, no le gustaba particularmente acarrear bandejas. Al fin y al cabo no era una criada, así que ni la necesidad ni el gusto se lo exigían.

—¿No era una criada? Yo creí que lo era, señor. Una criada o algo por el estilo, en este castillo y en el palacio, en Tokio.

—Ah —dijo Genji. Se encaminó hasta la ventana y miró hacia el mar.

—¿Estoy en un error?

—El error ha sido mío —aclaró Genji.

—Tú abandonaste a mi madre, señor. No, por favor, no lo digo como una acusación o un juicio acerca de tus acciones, sino simplemente como la afirmación de un hecho. Me gustaría saber por qué. No he venido a reclamarte nada, ni de orden material ni de otra clase, y tampoco a pedirte que reveles nuestro parentesco a nadie, ni que me reconozcas, de cualquier otro modo. Sólo quiero una cosa. La respuesta a mi pregunta: ¿por qué?

—Admito que no te reconocí como debía haberlo hecho —dijo Genji—, ni reconocí a tu madre. Espero que estés de acuerdo conmigo en que, por muy reprobable que haya sido esa actitud, no puede equipararse a un abandono. Ni tú ni ella fuisteis abandonados. Tu bienestar fue siempre una preocupación importante para mí, y creo haberte asegurado, como correspondía, una vida desahogada.

—Si me disculpas, señor, no deseo entrar en una discusión semántica —dijo Makoto—. La cuestión del porqué sigue pendiente, y es tan notoria que me parece la única cuestión verdaderamente importante.

Genji se inclinó levemente, a la manera de un caballero occidental, dándole la razón. Alguien había educado muy bien al muchacho.

—Trataré de explicártelo —dijo Genji—. Nuestra modernización es muy reciente y, además, bastante superficial. Todavía seguimos atados a creencias que son enteramente medievales. Hace veinte años, cuando tú naciste, estábamos aún más atrasados. Creo que te resultaría imposible imaginar cuánto.

Otra persona se presentó en la entrada de la sala. Esta vez era una niña de unos doce años. El quimono que lucía no se ajustaba del todo a su apariencia, que a Makoto le recordó inmediatamente a la de sus hermanas de San Francisco. Como ellas, era obvio que sólo uno de sus padres era japonés.

—¿Por qué te has puesto un quimono? —preguntó Genji en japonés—. Pensé que odiabas las vestimentas japonesas.

La niña entró y se paseó con desenfado por la estancia.

—Eso era ayer —dijo—. Hoy odio las ropas occidentales.

—Entiendo —dijo Genji—. Ven aquí un momento. Quiero presentarte a alguien.

La niña se parecía a las hermanas de Makoto por la mezcla de padres de distinta raza, pero mientras aquéllas eran simplemente bonitas, ella era asombrosamente bella. Su pelo era castaño claro, con brillantes reflejos rojizos. En sus ojos avellanados parecían burbujear pequeñas motas doradas. Su rostro era tan terso como la más delicada cerámica, pero eso no disminuía el dinamismo y la vivacidad de su expresión. Por la forma de la cara, el tamaño y la angulosidad de los ojos, la inclinación de la nariz, la prominencia de las mejillas, se evidenciaba que se había plasmado en ella una notable armonía entre Oriente y Occidente. Makoto advirtió además, sobre todo en la forma de la boca y el modo en que parecía estar predispuesta a una ligera y constante sonrisa, una semejanza con su padre y con él mismo. Le recordaba a sus hermanas porque, obviamente, ella también lo era.

—Shizuka, él es Makoto —dijo Genji en inglés—. Makoto, ella es mi hija Shizuka.

—¿Por qué estás hablando en inglés? —preguntó Shizuka en japonés.

—Vuestros nombres son japoneses —contestó Genji—, así que no fue mucho lo que dije en inglés.

—Basta, padre —dijo ella—. Tus chistes no son nada graciosos.

—Tu padre está hablando en inglés por cortesía —dijo Makoto—. Porque soy su invitado, y el inglés es mi lengua materna.

—¿Entonces no eres japonés? —preguntó Shizuka en inglés. Evidentemente la explicación de Makoto le había parecido aceptable.

—Tengo sangre japonesa, pero nací en Estados Unidos y he vivido toda mi vida allí. Es la primera vez que viajo a Japón.

Shizuka lo miró con aire pensativo.

—Ah —dijo—, tú eres ese Makoto. Ahora te reconozco. He visto muchas fotografías. Tú y yo somos hermanos.

Makoto miró a Genji.

—Quizá le cuento más de lo que debería —explicó Genji—. Uno de los pecados típicos de los padres indulgentes.

—Supongo que en realidad somos medio hermanos —añadió Shizuka—. No tuvimos la misma madre. Y somos medio huérfanos también. Nuestras madres murieron cuando nos dieron a luz.

—Lo siento por tu madre, Shizuka. La mía todavía vive.

—¿Heiko todavía vive? —Shizuka parecía verdaderamente confundida. Se volvió hacia su padre.

Makoto hizo lo propio.

—¿Quién es Heiko? —preguntó.

San Francisco, 1862

Jiro y Shoji estaban de pie junto a la baranda de estribor del *Estrella de Belén* y miraban hacia San Francisco.

—Aun desde lejos —dijo Jiro—, tiene un aspecto salvaje.

—¿Qué otro aspecto podría tener? —dijo Shoji. En realidad, le recordaba bastante la ciudad natal de su madre, Kobe, en el oeste de Japón, con las aguas del mismo océano besando el borde mismo de la ciudad y los verdes valles visibles a no mucha distancia. Nunca se lo diría a su amigo, por supuesto. Por otro lado, había diferencias fundamentales. En San Francisco los edificios no sólo estaban construidos en las laderas de las colinas, sino también en la cima. Eso nunca habría ocurrido en un país civilizado como Japón, en el que todos respetaban la cima de las montañas sabiendo que eran la morada de los dioses—. Una tierra de salvajes sólo puede verse como una tierra de salvajes.

Una voz suave y musical llegó hasta ellos.

—Tal vez sea hora de que cambiéis vuestro modo de pensar. —Sonaba agradablemente, pero la reprimenda era clara.

—Sí, dama Heiko —dijeron los dos al unísono, reconociendo su voz antes de verla.

Su presencia tan cercana los sorprendió. Unos momentos antes la habían visto en el otro extremo del barco, charlando con el señor Stark y el capitán. Aunque sus movimientos siempre eran delicados, deliberados y pausados, era obvio que cuando lo decidía podía desplazarse con rapidez y también muy silenciosamente. La historia que se refería a aquella ocasión en que había cabalgado atravesando las montañas con el señor Stark, su carga nocturna contra la hilera de guardias del traidor Sohaku y su intrépida ferocidad en la batalla del monasterio de Mushindo ya eran legendarias, a pesar de que aquello había ocurrido apenas un año antes.

—El señor Stark y la dama Emily vivieron en esta ciudad antes de venir a Japón. Insultar al lugar es insultarlos a ellos.

—Sí, dama Heiko. —Mantuvieron su profunda reverencia sin alzar la mirada, como correspondía.

«—Proteged a la dama Heiko con vuestras vidas —había dicho el señor Genji— y honradla como me honraríais a mí.»

Jiro y Shoji, con las rodillas y las manos apoyadas en el suelo, y las cabezas en los tapetes que cubrían el suelo del palacio de La Grulla Silenciosa, habían dicho:

«—Sí, señor Genji.

»—Comportaos con Matthew Stark como con cualquier señor que esté a mi servicio, y recordad que es mi amigo hasta que la muerte nos separe.

»—Sí, señor.

»—En Norteamérica el señor Stark y la dama Heiko llevarán a cabo planes concebidos para fortalecer al clan. Aseguraos de no dejar de obedecerlos y no vaciléis en ello.

»—Sí, señor.»

—¿No habéis sido enviados para protegernos? —preguntó Heiko.

—Sí, dama Heiko.

—¿Y cómo podéis cumplir con esa tarea si pasáis tanto tiempo con la vista fija en el suelo?

Levantaron la vista y vieron que Heiko les sonreía. A pesar del hecho de que estaba reprendiéndolos, su sonrisa era tan hermosa y cálida que los dos sintieron que les iluminaba el espíritu.

—A partir de ahora, pensad que estáis todo el tiempo en un campo de batalla y abreviad vuestras reverencias como corresponde. No conocemos las costumbres de este país. Debemos ser sumamente precavidos.

—Sí, dama Heiko.

Stark se unió a ellos junto a la baranda de estribor.

—Bien, ahí está. Jiro, Shoji, ¿qué os parece? Vuestra primera ciudad norteamericana.

—Muy bonita, señor —dijo Jiro.

—Creo que creció mucho desde que me fui. Se la ve mucho más grande después de un año.

—Me recuerda a Kobe —dijo Shoji—. Las mismas colinas, la misma ciudad junto al océano.

Stark estaba sorprendido. Ninguno de los dos tenía una facilidad especial para hablar el inglés, pero ambos habían estudiado intensamente durante aquel año. Sabía que por mucho que se hubiera quedado en Japón, él nunca habría logrado dominar aquel idioma con la misma fluidez con que estos hombres dominaban el suyo. Como samuráis que eran, habían abordado el aprendizaje del inglés de la misma forma en que habían encarado el aprendizaje de la esgrima, la arquería y el combate cuerpo a cuerpo: como una cuestión de vida o muerte.

—Sí —dijo Stark a Shoji—. Veo la semejanza, ahora que lo dices. Salvo que en Kobe no hay edificaciones en la cima de las colinas.

—Ah —dijo Shoji—, muy cierto, señor Stark. Una observación aguda.

—Hasta que aprendas a usar mejor el inglés, emplea palabras más simples —le aconsejó Heiko en japonés—, o parecerás pretencioso y nos avergonzarás a todos.

—Sí, dama Heiko.

En menos de una hora estaban en los muelles. Jiro y Shoji observaban desde la cubierta a los grupos de culis chinos que junto a otros grupos de trabajadores norteamericanos descargaban el barco.

—Los chinos y los norteamericanos no parecen simpatizar —comentó Jiro.

—A nosotros no nos simpatizan ni los unos ni los otros —dijo Shoji—, y nosotros tampoco les gustamos a ellos.

—Por supuesto, tampoco simpatizan entre ellos.

Parecía haber algo ilógico en lo que decía Shoji. Antes de que Jiro pudiera razonar acerca de ello lo suficiente como para replicar, se les unió la criada de la dama Heiko, Sachiko. Había estado ocupándose del equipaje. Hasta ese momento no había podido echar ni un vistazo a San Francisco.

—Vaya, parece más un páramo que una ciudad —dijo Sachiko—. Pensé que era un puerto de mar importante.

—Y lo es —dijo Shoji. Ya había reparado en que Sachiko era muy bonita, y ahora que era la única japonesa visible tras doce mil kilómetros de viaje, además de la dama Heiko, aún lo parecía más.

Jiro opinaba lo mismo.

—No se parece en nada a Nagasaki o Yokohama —dijo Sachiko—. Esperaba ver más edificios, más gente, más de todo. ¿Norteamérica no es acaso un país poderoso?

—Muy poderoso —dijo Jiro—. Y muy grande. Es veinte veces más grande que Japón. La mayor parte de la población vive en el este.

—¿Es tan grande como China?

Sachiko tenía la misma edad que la dama Heiko, es decir, unos veinte años. Pronto se casaría, mientras fuera joven. Jiro se preguntaba cuál habría sido la intención del señor Genji al enviarlos allí. Sachiko, Shoji y él. Alguno de ellos quedaría excluido. A menos que la idea del señor Genji fuera que no permanecieran lejos de Japón por mucho tiempo.

—Más grande —respondió Shoji.

—¿De veras? Más grande que China. Increíble.

Jiro se esforzó por recordar más cosas sobre Norteamérica. Debería haber prestado más atención cuando estudiaba. Aunque lo más probable era que volvieran a Japón después de ayudar al señor Stark a establecer una empresa para el señor Genji, tal vez su estancia se prolongara. En ese caso, le convenía impresionar a Sachiko más que Shoji. ¿Qué otra cosa interesante había?

Sachiko miró hacia la pasarela, donde el señor Stark y la dama Heiko se disponían a desembarcar.

—Tengo que irme. Después me contarás algo más. —Se encaminó deprisa hacia allí para ayudar a la dama Heiko.

—Mira cómo la dama Heiko se apoya en el señor Stark —dijo Shoji.

—Sí, se sintió mal en cuanto el barco partió de Japón.

—No parece haber mejorado.

—Ahora que hemos llegado a destino sería bueno que la viera un médico. Aquí tienen conocimientos de medicina, ¿no?

—Sí —dijo Shoji—. Creo que aprendieron de los holandeses, como nosotros.

Observaron en silencio cómo Stark, Heiko y Sachiko bajaban del barco y atravesaban el puerto en dirección a un carruaje.

—Sachiko es realmente encantadora —dijo Jiro.

—Ten cuidado —dijo Shoji.

—¿Qué quieres decir?

—He oído decir que es ninja.

—Yo he oído decir eso de la dama Heiko, pero no de Sachiko.

—No seas tonto —dijo Shoji—. Si la dama Heiko fuera ninja, ¿por qué no lo sería también Sachiko?

—No veo por qué una cosa implicaría la otra —replicó Jiro.

—Míranos a nosotros —dijo Shoji.

—¿Por qué? Nosotros no somos ninjas.

—No, por supuesto que no. Quiero decir que el señor Genji es un samurái, y sus servidores de confianza también son samuráis. ¿No pasaría lo mismo con la dama Heiko?

Observaron cómo los tres subían al carruaje, que partió hacia la ciudad.

—No parece violenta —dijo Jiro sin mucha convicción.

—¿Y la dama Heiko te parece violenta? —preguntó Shoji.

—No, precisamente por eso dudo de lo que oí decir de ella —respondió Jiro—. Recuerda, el señor Hidé se enteró de que algunos de los hombres repetían esos rumores y los castigó enviándolos a trabajar un mes en los establos por decir tonterías.

—Si los rumores fueran falsos —dijo Shoji—, ¿no se habría limitado a reír y ridiculizarlos?

Jiro se preguntó si Shoji realmente lo creía o si sólo lo decía con la intención de desalentar los sentimientos de amor que Sachiko podría haber despertado en él. Era difícil saberlo. Lo mejor que podía ocurrirles a los tres era un oportuno regreso a la patria.

—Ven, recuéstate —dijo Stark, llevando a Heiko hasta el diván más próximo. Antes de que se marcharan de Japón, él había dado instrucciones para que la casa fuera construida en una colina boscosa en las afueras de la ciudad. Durante el año en que él había estado fuera, la ciudad había llegado hasta allí, pero la colina en sí misma prácticamente no había sido ocupada.

—No soy una inválida —dijo ella.

—Claro que no. Pero no tienes que afrontar ninguna emergencia, y por el momento no hay que librar ninguna batalla. Deberías descansar mientras puedas.

—En el barco no hice más que descansar.

—Si no recuerdo mal, vomitaste bastante.

Heiko rió.

—Sí, bastante, ¿no?

—Al parecer, eso ya está superado.

—Tres meses —dijo Heiko—. Es el tiempo que suele tardar.

—Cuando el señor Genji se entere de esto...

—No se enterará —lo interrumpió Heiko—. Todavía no.

—¿Por qué postergarlo? Cuanto antes lo sepa, mejor.

—No tiene sentido alertarlo antes de estar seguros.

—¿Seguros de qué? No hay ninguna duda de que estás embarazada.

Heiko sonrió.

—No podemos estar seguros de que el niño vaya a sobrevivir. ¿Por qué preocuparlo con algo que podría no llegar a nada?

—Creo que querrá saberlo, Heiko, y creo que querrá saberlo de inmediato.

—Esperaremos hasta que el niño nazca. Si se lo decimos ahora, tal vez la noticia no sea de su agrado. Podría ordenar una interrupción.

Stark pareció sobresaltarse.

—¿Genji haría eso? ¿Por qué?

—Es un gran señor —respondió Heiko—. ¿Quién sabe lo que podría hacer? Las circunstancias son poco comunes.

Es difícil predecir cómo se sentirá. Lo cierto es que el niño tendrá más posibilidades de sobrevivir una vez que nazca. Es menos probable que el señor Genji ordene una ejecución que una interrupción del embarazo.

—Tal vez yo no comprenda a Japón ahora mejor que hace un año —dijo Stark—, pero no puedo creer que haría algo tan atroz sin motivo alguno. —Stark se esforzó por recuperar el aliento—. En todo caso, estamos en Norteamérica. Aunque lo ordenara, aquí no hay nadie que pueda hacer semejante barbaridad.

—Jiro y Shoji —dijo ella.

—Antes tendrían que vérselas conmigo, y yo los mataría.

Heiko le sonrió. Como siempre, ante aquella expresión dulce y delicada a Stark se le hizo un nudo en la garganta.

—¿Y a mí, Matthew? ¿Me matarías?

Stark la miró durante largo rato sin decir palabra. Cuando habló fue para hacer una pregunta cuya respuesta ya conocía.

—¿Matarías a tu propio hijo?

—Obedecería la orden de mi señor.

—No puedo creer que él sea capaz de dar semejante orden —insistió Stark—. No veo la razón.

—No estoy diciendo que lo haga —repuso Heiko—. Podría ser que se sintiera feliz. Pero es un gran señor. Los grandes señores tienen razones que los hombres comunes y corrientes no tienen. Es mejor evitar los riesgos innecesarios, ¿no te parece?

Stark tenía la mirada perdida y parecía sentirse mal.

Heiko lo apreciaba mucho. Le habría explicado mejor la situación si hubiera podido, pero ella misma estaba sumida en la incertidumbre.

Si bien aseguraba que la amaba, Genji la había enviado a un lejano exilio. No lo llamó así, por supuesto. Había puesto en sus manos una enorme fortuna en oro y le había encargado que estableciera una sólida base para el clan en Norteamérica. Le había pedido a Matthew Stark, su leal amigo norteamericano, que la protegiera y la orientara en su patria.

Pero había un hecho simple e innegable: ahora un océano los separaba, y así era sólo porque Genji lo había ordenado.

Ella creía que realmente la amaba. El modo en que la miraba y la tocaba, el tono de su voz, la expresión de su rostro —hasta el ritmo de su respiración cuando dormía junto a ella—, todas esas cosas le mostraban que la amaba tan intensamente como ella a él, y para Heiko no había nada más fuerte en la vida que ese amor.

Sin embargo, ella estaba allí, en aquel lugar ajeno, y él, al otro lado del mundo. ¿Por qué la había alejado así? ¿Llegaría a saberlo alguna vez? ¿Y qué haría cuando se enterara de que había dado a luz un hijo suyo? ¿Le ordenaría que regresara? ¿Ordenaría la muerte del niño y, quizá también la de ella?

Heiko apoyó su mano en la todavía pequeña protuberancia de su vientre. Si el bebé sobreviviera... Si fuera un varón... Pero no tenía sentido perderse en conjeturas. Por el momento, lo único que podía hacer era esperar. Esperar, y cuidarse mucho. El tiempo respondería a todas las preguntas. El tiempo y Genji.

Cerró los ojos y, con una sonrisa en los labios, no tardó en dormirse apaciblemente.

Stark no se atrevió a moverse. Heiko dormía apoyada en él. Era tan menuda y delicada, y el viaje había sido tan agotador...

Estaba embarazada.

Le costaba creerlo. Todavía parecía una niña, era demasiado joven para afrontar los peligros de un parto. Los recién nacidos que morían al nacer eran casi tantos como los que sobrevivían, y con demasiada frecuencia se llevaban consigo a la madre. A los peligros naturales se agregaba la amenaza completamente inesperada que, según Heiko, podría plantear Genji.

Stark sintió que se ruborizaba de vergüenza. Le había preguntado por qué, pero él conocía el motivo. Al menos, sabía cuál era una de las posibilidades. No había imaginado que podía enamorarse de Heiko, así que no estaba preparado. Se había sentido más atraído por Emily Gibson, su compañera misionera en Japón. Era una rubia asombrosamente bella de dieciocho años que se estaba convirtiendo en una mujer hecha y derecha. Sus encantos eran tan obvios que a Stark le resultaba fácil mantener el corazón frío con ella. El motivo por el que él había ido a Japón era matar por venganza. No había lugar para las distracciones del amor. Había bajado la guardia con Heiko porque esa posibilidad ni siquiera se le había ocurrido. Era japonesa. Era una geisha. Era la amante del señor Genji. Irónicamente, lo que despertó los sentimientos de él hacia ella no fue su belleza, sino su coraje. A pesar de su baja estatura y su aparente fragilidad, en dos ocasiones abatió a un total de dos docenas de samuráis armados hasta los dientes con sus pequeñas y delicadas manos, y no con un arma de fuego, sino en combate cuerpo a cuerpo, con cuchillo, espada, y arrojándoles aquellas cuchillas que los japoneses llamaban *shuriken*. Cuando comprendió que la admiración que sentía por ella se había convertido en algo más intenso, era demasiado tarde para negarlo.

La amaba.

¿Heiko temía la ira de Genji porque él sabía lo que Stark sentía por ella? ¿Sospecharía, equivocadamente, que esos sentimientos se habían traducido en acciones? De ser así, ¿la habría hecho escoltar por Stark y le habría pedido que cuidara de ella?

No tenía sentido preguntárselo. Stark no entendía a los japoneses en general, y Genji era aún más desconcertante que los demás. Lo cierto era que, en un punto, Heiko tenía toda la razón. Los motivos de un gran señor eran siempre complejos e intrincados, y era imposible desentrañarlos. Tendría que esperar.

¿Sería posible que Genji ordenara la muerte de su hijo después de que naciera? Stark lo consideraba un hombre amable y considerado, cuyo estilo y conducta eran completamente opuestos a los de los feroces guerreros que tenía bajo sus órdenes. Por lo que sabía, no podía creer que fuera capaz de ninguna crueldad. Pero también había asistido a una horrenda matanza ordenada por Genji, y había oído hablar de cosas aún peores. Unos meses antes, Genji se había puesto al frente de sus hombres para perpetrar la matanza de una aldea entera de campesinos. Más de cien personas, entre ellas mujeres, niños y hasta bebés, habían sido brutalmente asesinadas, y su aldea reducida a cenizas. Eso decían los rumores, y nadie los había desmentido. ¿Por qué Genji haría algo así? Nadie lo sabía. Se había dado una orden y ésta había sido obedecida. Para los samuráis, eso era suficiente.

Stark sabía que si Genji daba la orden, Jiro y Shoji no vacilarían. Y Heiko tampoco.

No, no sucedería eso. Él no lo permitiría. Había luchado codo a codo con aquellos dos hombres, pero los mataría como alimañas venenosas antes que permitirles dañar al hijo de Heiko. ¿Y Heiko? ¿Qué sería de ella? Si le quitaba al niño para evitar que obedeciera a Genji, ella se mataría por no haber podido cumplir su orden. Llegado el caso, tendría que encontrar una forma de salvar al niño y también a Heiko. ¿Cómo? No lo sabía.

Sintió la calidez del cuerpo de Heiko descansando contra su pecho. Su respiración comenzó a hacerse más lenta y a acompasarse con la de ella.

Faltaba medio año para que el niño llegara. Era demasiado pronto para preocuparse, y tal vez no hubiera motivo. Al final, todo podría solucionarse.

Era más fácil esperanzarse que creer, y esperanzarse no era fácil.

Durante la primera hora del parto, Heiko comenzó a sangrar.

—Una cierta cantidad de sangre es normal —dijo el médico—. No tenemos por qué preocuparnos.

Cuatro horas después, la hemorragia se hizo más intensa y el niño todavía no se había acomodado.

—No puedo hacer nada para detener la hemorragia hasta que el niño salga —dijo el médico a Stark.

Diez horas más tarde, Heiko tenía que esforzarse por mantenerse despierta. Las sábanas y toallas sobre las que yacía se teñían de un rojo oscuro en cuanto sustituían a las anteriores.

—Si se duerme —dijo el médico—, los perderemos a ambos.

Cinco horas después, Heiko luchó por última vez. Su hijo llegó al mundo y ella se desvaneció. El bebé, sano y fuerte, lloró con toda la fuerza de sus flamantes y poderosos pulmones.

—Trataré de salvarla, señor Stark —dijo el médico—, pero no olvide que es una mujer menuda y ha perdido mucha sangre.

—Tiene el coraje de diez hombres —dijo Stark.

—Sí, señor, no lo dudo —replicó el médico—. Pero de todas formas ese coraje multiplicado por diez sigue estando encerrado en un ser humano muy diminuto.

—Lo llamaré Makoto —dijo Heiko. Estaba en la cama, acunando en sus brazos al niño envuelto en pañales. Había dado un hijo y heredero al señor Genji. En cuanto lo supiera, les ordenaría regresar a Japón—. *Makoto* significa «verdad».

Heiko imaginaba que en ese momento en Japón las hojas amarilleaban anunciando la llegada del invierno. Siempre le había gustado el otoño: nunca había sentido la melancolía de las hojas que caen y del marchitarse de las flores del verano. Al invierno siempre lo sucedía el renacimiento de la primavera.

—Makoto es un buen nombre —opinó Stark, mientras se esforzaba por contener las lágrimas.

El médico había detenido la hemorragia sólo porque era poca la sangre que le quedaba, había dicho, asegurando que más tarde volvería a sangrar.

—Se parece mucho al señor Genji, ¿no crees? —preguntó Heiko.

—Es hermoso —dijo Stark—, como su madre.

Heiko sonrió. A pesar de su debilidad y de la palidez provocada por la pérdida de sangre, su sonrisa era radiante como el alba.

—Adulador —dijo, y la preocupación le hizo fruncir el entrecejo. Retiró la tela para dejar al descubierto la cara de Makoto—. No es verdad, ¿o sí? No se parece más a mí, ¿verdad?

—¿Por qué pones esa cara? —preguntó Stark—. Sería muy afortunado si se pareciera a ti. Así sería más apuesto que esos héroes de *kabuki* que a vosotras, las mujeres, tanto os gustan.

—Él no va a ser un héroe de *kabuki* —replicó Heiko—. Va a ser el próximo gran señor de Akaoka. Será mucho mejor que se parezca a su padre. Así, a su madre oficial le resultará más fácil ser cariñosa con él.

—La madre del niño es la madre del niño —dijo Stark—. ¿Qué quieres decir con «oficial»?

—No soy de cuna noble —explicó Heiko, y acarició la pequeña, suave y rolliza mejilla de su hijo, que dormía apaciblemente—. El señor Genji debe tener una esposa que pertenezca a la nobleza. Ella será la madre de Makoto. —Advirtió la expresión que ensombreció el rostro de Stark y agregó—: No estés tan triste, querido amigo. Lo veré muy a menudo. El señor Genji me procurará un lugar aparte para vivir. Tal vez me tome como concubina. Y si no, no tiene importancia. Mi hijo es su heredero.

Una hora después, la hemorragia se reanudó.

—Me muero —dijo Heiko.

—No —dijo Stark—. No.

—Traedme a Makoto.

Sachiko le acercó el bebé dormido e hizo ademán de ponérselo en los brazos. Heiko meneó la cabeza.

—Tenlo tú, Sachiko. Que no sienta el olor de la muerte. Tenlo y cuida de él hasta que el señor Genji ordene su regreso a la patria.

Sachiko trató de responder, pero no pudo. Apretó al bebé contra su pecho y se deslizó lentamente hasta quedar de rodillas, llorando desconsoladamente.

—Nosotros no le tenemos miedo a la muerte —dijo Heiko, dirigiéndose a Stark—. Tú y yo hemos sido su mensajero en demasiadas ocasiones como para temerla.

—No —repuso Stark.

Heiko tendió una mano hacia él.

—Ayúdame a levantarme —dijo—. Quiero ver Japón.

En el asiento del carruaje, Heiko se apoyó en Stark. Se detuvieron en la cima de una elevación que daba a la bahía, frente al Pacífico.

—Neblina —musitó Heiko, a pesar de que la mañana era diáfana y transparente—. Siempre me ha gustado la neblina. Cuando trato de mirar a través de ella, me parece que los sueños más imposibles pueden hacerse realidad.

—Heiko —dijo Stark.

Pero ella ya había abandonado este mundo.

Cuando regresaba a su casa, Stark sintió una profunda desolación.

Después entró en la habitación de Heiko y vio a Sachiko, todavía sentada en el suelo, bañada en lágrimas, y con el bebé apretado contra su pecho.

Los abrazó.

El bebé despertó y pronto los tres lloraron juntos.

Castillo Bandada de Gorriones, 1882

Makoto estaba tan anonadado por la revelación de Genji, que apenas se dio cuenta cuando éste —es decir, su padre— pidió permiso y abandonó la sala. No sólo su padre no era el hombre que él había crecido creyendo que era su padre.

Tampoco la mujer a la que toda su vida había considerado su madre era su madre. Sólo volvió en sí cuando descubrió que su pequeña medio hermana lo llevaba de la mano. Estaban subiendo por una estrecha escalera.

—¿Adónde vamos?

—A encontrarnos con la dama Shizuka —dijo ella.

—Creí que tú eras la dama Shizuka.

—Me refería a la primera dama Shizuka. Mi tocaya. Parece que no sabes nada de nada acerca de ti o de tu familia. Eso significa que debes empezar por el principio.

—¿Hay un principio? —preguntó Makoto—. Si lo hay, estaré muy complacido. —La serie de mentiras parecía una espiral que se remontaba interminablemente hacia el pasado.

—Siempre hay principios —dijo su hermana—. Sin un principio, ¿cómo podría haber un final? Por supuesto, los dos son sólo temporales.

—¿Temporales? ¿Cómo algo del pasado puede ser temporal? Ya pasó, y terminó definitivamente.

—Que haya principios y finales no significa que las cosas pasen y terminen —dijo Shizuka—. ¿No os enseñan eso en Norteamérica?

Abadía de Mushindo, 1308

Habían pasado dieciséis años desde que la dama Nowaki llegara a la abadía con su hija enferma. Durante aquellos años, la reverenda abadesa Suku había reflexionado a menudo acerca de los acontecimientos que habían provocado aquel destierro. Lo que inspiraba sus reflexiones eran los gritos y lamentos que llegaban desde la celda de Shizuka a toda hora, tanto de día como de noche. Aunque por su rango estaba eximida de las tareas menores de la abadía, la abadesa solía ocuparse personalmente del aseo y la alimentación de la niña demente. Su destreza para tocar el cuerpo sucio sin la menor vacilación y soportar las visiones y los olores más repugnantes sin mostrar señales de disgusto le había granjeado la admiración de las otras religiosas de la abadía. Todas coincidían en que la abadesa era un ejemplo inmejorable del camino de la compasión de Buda.

La conducta de Shizuka no había cambiado en aquellos dieciséis años, y durante todo ese tiempo la abadesa había seguido cuidando de ella con la misma e invariable consideración. Aunque la inestabilidad y lo imprevisible eran leyes universales, la abadesa llegó a creer que había tres cosas que podía considerar constantes: la locura de Shizuka, las incomprensibles pesadillas que ella había sufrido desde la llegada de la pequeña y su propia devoción a la oración para toda la vida.

Una mañana, despertó inusitadamente aliviada y se dio cuenta de que había pasado la noche sin que una sola pesadilla la perturbara. Todavía estaba cavilando acerca de este venturoso fenómeno cuando de pronto dos monjas, a la carrera y sin aliento, se presentaron ante ella.

—¡Reverenda abadesa!

—¿Sí?

—Shizuka ha despertado, reverenda abadesa.

Ella supo de inmediato lo que la monja había querido decir. Ningún lamento demencial llegaba desde aquella ala de la abadía. Shizuka sólo estaba callada cuando dormía, y muchas veces ni siquiera entonces. Nunca guardaba silencio cuando estaba despierta.

La abadesa cerró los ojos. Dijo una plegaria silenciosa expresando su gratitud por la posibilidad de que Shizuka hubiera sido redimida de su locura. Estaba a punto de levantarse de la cama cuando advirtió la coincidencia. Shizuka había alcanzado el silencio el mismo día en que ella había logrado liberarse de sus pesadillas. ¿Aquellos dos hechos estaban relacionados? Y de ser así, ¿el vínculo entre ellos sería un vínculo siniestro? Volvió a cerrar los ojos y se entregó a una segunda oración en la que rogó la protección de las deidades guardianas, por si la locura hubiese adquirido una forma más tranquila pero más perversa. Luego se dirigió con las monjas a la celda de Shizuka.

La niña estaba sentada en el suelo y, cuando entraron, las contempló en silencio. Hasta ese momento, la abadesa nunca había visto a Shizuka concentrar tan atentamente la mirada, ni mostrar una actitud serena y tan parecida a la de una persona normal.

—Buenos días, Shizuka —dijo la abadesa.

Shizuka no respondió, pero siguió mirando a la abadesa con sosegado interés. La abadesa tomó a la niña de la mano y la condujo al cuarto de baño. Allí, la lavó y la vistió con ropas limpias. La recuperación duró lo que la hemorragia. Después, Shizuka volvió a sumergirse en el caos.

Al mes siguiente, cuando la sangre fluyó por segunda vez, logró un respiro más prolongado. Al tercer mes, su captación de la realidad fue mucho más firme. Al principio todavía era necesario cambiar sus ropas y bañarla varias veces al día, pues no comprendió enseguida la necesidad de ir al excusado. Pero antes de que transcurriera una semana ya había aprendido. En otoño un recién venido no habría distinguido a Shizuka de ninguna de las otras monjas, salvo por el hecho de que era más joven que las demás, completamente silenciosa e inclinada más a observar que a realizar las tareas cotidianas de las reclusas. Pasó de una enajenación ruidosa a una suerte de silente estupidez. Ya no gritaba, ni lloraba, ni se acurrucaba atemorizada por nada, aunque a veces se retraía como antes y se quedaba muy quieta, con los ojos casi cerrados, como si estuviera en alguna otra parte. En ocasiones parecía comprender lo que se le decía, pero otras veces no. No era como las otras, pero había mejorado mucho. Algunas noches, la abadesa pasaba a verla y la encontraba sentada en su cama, con los ojos abiertos y la mirada perdida.

La evidente relación entre la recientemente adquirida salud de Shizuka y el comienzo de sus períodos menstruales preocupaba a la abadesa. No estaba segura de si se trataba de una preocupación razonable, o si simplemente se le ocurría porque la asociaba con la antigua superstición según la cual la sangre de las mujeres y la brujería estaban estrechamente relacionadas. Esperaba estar actuando simplemente con prudencia. Después de todo, aun en un lugar sagrado de reclusión, una mujer requería más vigilancia que una niña.

Pronto llegó la época del año en que la dama Kiyomi hacía su visita anual de otoño. Viuda del difunto gran señor de Akaoka y madre del actual, era una de las dos principales patrocinadoras de la abadía de Mushindo. El otro, el señor Bandan, gobernante de Kagami, nunca se presentaba por allí. La reverenda abadesa Suku esperaba con ansiedad la visita de la dama Kiyomi. Podría comprobar con sus propios ojos la milagrosa cura obrada por la infinita compasión de Buda, gracias a aquellos dieciséis años de incesantes plegarias y a las generosas contribuciones que ella había hecho a la distancia.

Pero cuando acudió a las puertas de la abadía para saludar a los viajeros que llegaban desde el Dominio de Akaoka, sufrió una gran decepción: su noble protectora no estaba entre los recién llegados. El señor Hironobu, su hijo, había hecho el viaje sin ella.

—En verdad, he venido en lugar de ella —dijo—. Lamento decirte que mi madre está gravemente enferma. Los médicos aseguran que no sobrevivirá al invierno. Yo sólo he venido porque ella insistió. Acamparé más allá de los muros por esta noche y mañana por la mañana regresaré a casa.

—Rezaremos sutras por ella —dijo la abadesa.

Estaba profundamente apenada. El destino había obrado del modo más cruel y despiadado. La dama Kiyomi ya nunca podría ver los frutos de su bondad para con Shizuka. Se enteraría de lo ocurrido por la carta que la abadesa le enviaría con su hijo. Pero no sentiría la alegría de ver la milagrosa recuperación con sus propios ojos.

—Las reglas de la abadía prohíben terminantemente que entren hombres. Por favor, esperad aquí. Compartiremos el té en los portales, tú del lado de fuera y yo del lado de dentro.

Una de las monjas de mayor edad se acercó a ella y le habló al oído, en voz muy baja, para que ninguno de los samuráis la oyera.

—¿Es aconsejable hacer eso, reverenda abadesa? Los portales sagrados protegen a Mushindo de la presencia del mal. Instalar allí un dosel, una mitad fuera y la otra mitad dentro, es como negar su existencia. Los demonios no dejarían de advertir semejante vulnerabilidad.

—El dosel es pequeño —replicó la abadesa—, y estará allí muy poco tiempo.

Se sentía muy apenada por la enfermedad de la dama Kiyomi y enormemente regocijada por la recuperación de Shizuka. Le parecía imposible, pero su corazón experimentaba ambas emociones simultáneamente. En una marea no puede haber un flujo y un reflujo al mismo tiempo. Fue esa confusión la que la hizo insistir en la invitación. Lamentaría aquel descuido toda la vida.

Las monjas de un lado y los samuráis del otro instalaron el dosel, sirvieron el té y esperaron conforme a las reglas. Sus rostros traicionaban el malestar que sentían. Lo que la anciana monja había susurrado al oído de la abadesa era lo que todos creían. Sólo la reverenda abadesa Suku y el señor Hironobu se sentían cómodos donde estaban. Evocaron el pasado, que a él, el más joven de los dos, le parecía mucho más remoto que a ella. Cuando Suku había sido designada abadesa del templo, Hironobu tenía apenas ocho años.

—Recuerdo que trepé a aquella roca —contó Hironobu—, y que Go me regañó diciendo que me convertía en un blanco fácil para un asesino. Supongo que no te acuerdas de Go, mi guardaespaldas. Vino con mi madre y conmigo en aquella ocasión, y no sé si llegaste a conocerlo.

—Eras un niño —dijo la abadesa. Desvió la mirada, como si quisiera escudriñar en su memoria—. Pero ya habías logrado dos grandes victorias. La dama Kiyomi estaba muy orgullosa de ti.

—Lo recuerdo... Es decir, ¿recuerdo lo que ocurrió o recuerdo algo que imaginé? —Hironobu rió—. Somos unos testigos muy poco fiables de nuestra propia vida.

La abadesa volvió a mirar a Hironobu con la intención de replicarle. Él había levantado su taza de té, pero de pronto se quedó atónito. Estaba mirando por encima del hombro de la abadesa, hacia el patio delantero del templo.

Se le iluminaron los ojos.

Una súbita tensión se apoderó de su rostro, como si lo que veía lo hubiera paralizado.

Entreabrió apenas los labios mostrando los dientes apretados.

Respiró hondo.

Contuvo el aire en los pulmones como si estuviera a punto de zambullirse en aguas profundas.

La abadesa se volvió y vio que Shizuka se dirigía hacia ellos. Luego miró a Hironobu, que estaba transfigurado. Cuando volvió a mirar a Shizuka, oyó que Hironobu exhalaba un prolongado suspiro de asombro. En ese momento vio a Shizuka como debía de haberla visto Hironobu.

Vestía un insípido hábito de monja, pero aun así se veía como una joven mujer que se movía con una gracia sobrenatural. Bajo la capucha resplandecía un rostro pálido pero vivaz como la luz de la luna. Las manos pequeñas, de dedos largos y notoriamente femeninos, no muy diferentes de los que aparecían en las agraciadas representaciones del Compasivo, sobresalían de las mangas de su túnica. Los ojos eran demasiado grandes para decir que eran hermosos y demasiado deslumbrantes para decir que no lo eran. La forma de la nariz era perfecta, y sin embargo lo bastante pequeña como para no considerarla muy prominente. La boca, menuda y carnosa, coronaba un mentón que completaba a la perfección el óvalo de la cara.

Al verla por primera vez de esa manera, la abadesa quedó tan perpleja que no pudo reaccionar tan pronto como habría debido. Antes de pronunciar una palabra, antes de ordenar a alguna de las monjas que alejara a la niña de allí, Shizuka ya estaba a unos pasos del dosel. Miró a Hironobu y su rostro se iluminó, como si lo hubiese reconocido.

—*Anata* —dijo Shizuka con una sonrisa en los labios. El significado de aquella palabra era: «Tú.»

Las monjas y los samuráis se quedaron sin aliento. Era

la primera palabra que Shizuka había pronunciado en su vida, pero no era ésa la razón de su asombro. Para una monja, e incluso para cualquier mujer, *Anata* era una forma demasiado familiar de dirigirse a un hombre que acababan de conocer, y mucho más si se trataba de un señor. Peor aún, ella lo había dicho muy suavemente, alargando las vocales y con un ligero ceceo muy femenino, semejante al modo en que se usaba en el dormitorio, donde, en ciertas circunstancias, esa sola palabra expresaba la mayor intimidad imaginable.

—Shizuka —dijo la abadesa. Se puso de pie, asegurándose de que se interponía entre ambos—. Regresa al templo ahora mismo. —Sin que ella lo pidiera, dos de las monjas acudieron en su ayuda, tomando cada una de un brazo a la niña y llevándosela de inmediato de allí—. Lo siento, mi señor. La niña no está bien. No sabe lo que dice.

—Shizuka —dijo Hironobu—. ¿Era Shizuka? —Siguió mirándola hasta que ella entró en el templo y se perdió de vista.

—Está loca, mi señor. Lo ha estado desde la más tierna infancia y siempre lo estará. Morirá aquí.

—Cuando era niño, cada vez que veníamos de visita con mi madre yo planeaba alguna forma de verla. Los rumores sobre ella eran escandalosos. Algunos incluso decían que no era humana, o en todo caso, no del todo humana. Mis amigos y yo nos preguntábamos cómo sería su piel. Como la de un tejón, un oso, o un zorro.

—Bien podría ser en parte tejón y en parte zorro. No puede hablar con sensatez, ni cuidar de sí misma, ni ocuparse siquiera de las tareas más elementales de su aseo personal. Hay días en que está tan trastornada que debemos aislarla. Después tenemos que asearla, porque se ensucia horriblemente.

—Qué desgracia —dijo Hironobu.

La reverenda abadesa Suku esperaba que sus palabras fueran lo suficientemente desalentadoras.

No lo fueron.

Hironobu partió a la mañana siguiente tal como había dicho. Pero al poco de enviar a la abadesa una carta para informarle de que su madre había muerto, se presentó otra vez en la abadía. Su excusa para regresar fueron las cenizas de la dama Kiyomi, que llevaba consigo.

—Te pido que sus cenizas permanezcan en el templo de Mushindo cien días —dijo Hironobu—. Después de ese período de bendición, las llevaremos al columbario de Bandada de Gorriones.

Hizo una reverencia y colocó la urna sobre la mesa que tenía delante. Como antes, se encontraron al aire libre. No obstante, la primera vez el dosel bajo el que se habían sentado se hallaba más allá de los muros de la abadía, más bien lejos de los portales o de cualquier otro sitio desde el que se pudiera ver el predio que aquélla ocupaba.

—Así se hará, mi señor —dijo la abadesa, aceptando la urna con una profunda reverencia—. Recitaremos sutras continuamente durante cien días. No obstante, tu santa madre no necesita esa ayuda para asegurarse la más caritativa de las resurrecciones. Las buenas obras que hizo en vida se la garantizan.

—Gracias, reverenda abadesa.

—Cuando hayan transcurrido los cien días, te entregaré personalmente la urna —añadió ella. Desde que se había hecho cargo del puesto, nunca se había ausentado de la abadía más que por unas pocas horas cada vez. Sin embargo, su renuencia a ponerse en contacto con el mundo no era tanta como su temor a un posible retorno de Hironobu. Cuanto más a menudo estuviera cerca de Mushindo, mayor sería el peligro de que él y Shizuka volvieran a encontrarse. El primer encuentro, aunque no había durado más que un momento, le había parecido terriblemente profético.

—Gracias, también, por tu amabilidad, reverenda abadesa. Pero no será necesario que emprendas un viaje tan fatigoso. Me quedaré aquí hasta que hayan transcurrido los cien días.

—¿Mi señor?

Hironobu insinuó un vago gesto en dirección a los bosques aledaños.

—Durante mi última visita, descubrí un placer inesperado en este páramo abandonado. Estoy seguro de que debe de estar más cercano a lo que los dioses crearon que los pequeños y yermos bosques del sur. Así que decidí construir un pequeño refugio y emprender una suerte de bucólico retiro.

—Siempre creí que los bosques montañosos de Shikoku eran los más silvestres del reino —dijo la abadesa—. ¿Acaso no sepultaron ejércitos enteros de invasores? ¿Cómo pueden compararse con ellos estas esmirriadas colinas y estos ralos bosquecillos?

Lo dijo con una serenidad que no evidenciaba su absoluta falta de ecuanimidad. No había ningún pinar, ningún río de montaña, ninguna vista en el valle que hubiera despertado el interés de Hironobu. Mientras hablaban, en ningún momento sus ojos se desviaron hacia el portal. Ni una vez miró hacia allí. Sólo pensando en ello podía evitarlo tan escrupulosamente. Para la abadesa, ésa era una prueba concluyente de cuáles eran sus verdaderos deseos.

—Los que hablan de ella exageran la naturaleza agreste de Shikoku —dijo Hironobu.

—¿Qué pasará con tu dominio? ¿Tus enemigos no intentarán atacarlo sabiendo que estarás ausente tanto tiempo?

—No, porque Go estará al mando. Nadie se atrevería.

—¿Y Go? ¿Es de fiar?

—Me ha protegido y guiado como un segundo padre desde mi más tierna infancia. Si no puedo confiar en él, no puedo confiar en que el sol y la luna sigan surcando el cielo, ni en que la tierra se mantenga firme bajo mis pies.

—Los terremotos suelen hacer temblar el suelo que pisamos —dijo la abadesa—. Tal vez haya una lección que aprender de eso.

Hironobu rió.

—Obviamente, no soy un poeta. Mis imágenes no coinciden demasiado con lo que quiero decir.

Puesto que Hironobu no estaba dispuesto a marcharse, la abadesa hizo lo único que podía hacer. Encomendó a algunas monjas que mantuvieran una guardia constante en los portales del templo y en el pasillo que conducía a la celda de Shizuka. Además, nunca la dejaban sola. Por la noche, cerraban su celda con llave.

Pasaron los días sin que se produjera ningún incidente, y luego pasaron semanas. El murmullo de los sutras nunca se interrumpía. La abadesa empezó a pensar que sus sospechas habían sido infundadas.

Se encontraba con Hironobu una vez por semana más allá de los muros del templo. Sólo hablaban de la dama Kiyomi. Hironobu parecía estar muy a gusto. Tal vez los bosques se hallaran más cerca de la creación que las zonas más pobladas del reino. Tal vez las bendiciones de los dioses los estuviesen protegiendo a todos.

Una noche, despertó y se encontró sentada en la cama. Un sudor frío le empapaba las ropas. Su cuerpo ardía de fiebre. No recordaba haber tenido una pesadilla, sólo una sensación de terror que no terminaba de disiparse. Se puso de pie rápidamente y, sin cambiarse de ropas, corrió hacia la celda de Shizuka. El frío de la noche otoñal atravesaba sus húmedas ropas de dormir, lacerando una y otra vez su cuerpo, que ardía de fiebre, como un afilado puñal.

La monja que montaba guardia ante la puerta de la celda permanecía sentada en la postura del loto. Pero su cabeza estaba inclinada hacia un lado, y un suave ronquido indicaba claramente que se había dormido.

La puerta de la celda estaba entreabierta.

Shizuka no se encontraba allí dentro.

La abadesa abandonó el templo a la carrera, atravesó el patio, cruzó los portales y se encaminó directamente al refugio que Hironobu había construido en la parte más densa del bosque que se encontraba entre la abadía de Mushindo y el río de deshielo que, en esa época del año, no era más que un hilo de agua que apenas salpicaba las lisas rocas de su lecho.

Hironobu no estaba allí. Tampoco Shizuka, ni ninguno de los samuráis a sus órdenes.

La abadesa miró alrededor. No vio la menor señal de que recientemente se hubiera producido algún movimiento. Desesperada, elevó la vista al cielo.

La débil luz de la luna nueva proyectó sobre ella una luz extraña e inquietante.

La abadesa no veía nada. Sólo oía un cúmulo de voces en torno a ella.

—Morirá —decía una voz entre sollozos—. ¿Qué será de nosotras?

—Seguiremos transitando el Camino de Buda.

—¿Qué dices? Sin la reverenda abadesa Suku no hay camino. El señor Hironobu y el señor Bandan nos abandonarán.

—Tiene razón. Mushindo está lejos de sus dominios. Sólo gracias a la reverenda abadesa tienen algún interés en un lugar tan remoto.

Recordaba que aquella noche había mirado hacia el cielo. Abrió los ojos. Se hallaba en su habitación, y las monjas estaban reunidas en torno a su cama. Muchas de ellas lloraban.

—¡Reverenda abadesa!

—Shizuka —dijo la abadesa.

—Estamos en la mitad de la noche, reverenda abadesa. Shizuka está en su celda.

—Quiero verla. —Trató de incorporarse y descubrió que necesitaba más fuerzas de las que disponía. Dos monjas la transportaron prácticamente en vilo desde su habitación hasta la celda de Shizuka. La monja que ella había visto dormida estaba inequívocamente despierta.

—Ayudadme.

Las monjas la alzaron para que pudiera mirar por la pequeña ventana. Shizuka dormía, de cara a la pared.

—¿Quién me llevó a mi habitación?

—¿Qué, reverenda abadesa?

—Desde el bosque. ¿Quién me trajo al templo?

Las monjas se miraron.

—Reverenda abadesa, te oímos gritar en tu habitación y acudimos a ver qué ocurría. Tenías mucha fiebre, estabas medio despierta y medio dormida, y no podías levantarte. Hemos estado junto a ti varias horas.

Una artimaña. Artimañas, tormentos y engaños. Las monjas eran inocentes. Se estaban burlando de ellas. Hironobu había sido hechizado. Shizuka estaba empleando los oscuros poderes que acababa de conquistar para huir de aquel lugar sagrado y hacer toda clase de daños en el mundo. La abadesa no pensaba dejarse engañar. Sabía que había estado en el bosque. No lo había imaginado. Hechizado por Shizuka, Hironobu había llevado a la abadesa de regreso a su habitación. Ocultos gracias a la invisibilidad que procuran las brujas, nadie los había visto. Por esa misma razón, al llegar al refugio de Hironobu la abadesa no los había visto, ni a Shizuka ni a Hironobu. Estaban ocultos gracias a un encantamiento.

—Ha muerto —oyó que decía una monja.

—No, ha vuelto a desvanecerse —dijo otra.

—¿Habrá contraído la plaga?

—No hay ninguna señal de ello. Creo que es una fiebre cerebral. Mi primo la tuvo. Enloqueció y nunca se recuperó.

La abadesa no veía nada. Concentró su atención en lo que oía. Escuchó unos sollozos lejanos que se disipaban rápidamente hasta acallarse. Siguió escuchando durante largo rato, pero no oyó nada más que los latidos de su corazón.

Esa noche, un poco más tarde —¿o acaso esa noche ya había pasado y era otra noche?—, la abadesa despertó. En lugar de la turbación anterior sintió una calma extraordinaria. La solución se le había presentado sin que ella la buscara. Había dos maneras de asegurarse de que Shizuka no huyera. La primera era matarla. Algo que la abadesa no podía hacer. Todos los discípulos del Compasivo juraban solemnemente no quitar la vida a nadie, fuese un ser humano o un animal. Debía optar por el segundo camino.

Se deslizó fuera de su habitación. No podía ir a la sala de meditación, porque todavía se estaban rezando los sutras por la dama Kiyomi. Se dirigió a la cocina y se sentó en la postura del loto. Se entregó a la meditación hasta que la primera y tenue luz indicó el paso inminente de la hora del conejo a la del dragón, y en ese momento se incorporó para ir a la celda de Shizuka. Pero antes, recogió el largo cuchillo de cocina que solía emplear para cortar las verduras.

La abadesa salvaría a Shizuka de la maldición. Mutilaría su belleza, porque despojada de ella, Hironobu ya no la desearía. Ningún hombre la desearía. Shizuka permanecería en la abadía, que era donde debía estar. La abadesa le cortaría la lengua, ya que había comenzado a hablar, y una bruja sólo puede decir mentiras. Shizuka no volvería a hablar, y eso era lo que correspondía. También la dejaría ciega, porque la vista sólo le había procurado delirios. Ciega, volvería a sumirse en su anterior martirio, pero ya no podría engañarse. La abadesa seguiría cuidando de ella como siempre, con paciencia y compasión, hasta el fin de sus días.

Así debía ser. La abadesa estaba tranquila, no tenía dudas, y empuñaba con firmeza su cuchillo.

—Reverenda abadesa.

Al verla, la monja encargada de montar guardia ante la celda de Shizuka la miró, aterrada. Sus ojos oscilaban, inquietos, entre el rostro de la abadesa y el cuchillo. Se puso de pie.

—Reverenda abadesa —repitió.

La abadesa no respondió. Pasó junto a la monja, abrió la puerta y entró en la celda. Caminó en la oscuridad hasta la cama de la niña, se arrodilló y apartó de un golpe las mantas.

Shizuka ya estaba despierta. Miró a la abadesa y habló. Era la segunda palabra que pronunciaba en su vida.

—Madre —dijo Shizuka.

La abadesa trastabilló. Sintió que unas manos la aferraban. Oyó exclamaciones. El cuchillo se le cayó de la mano.

Estaban del lado de fuera del portal de la abadía de Mushindo. Todas las monjas se encontraban allí. Lo mismo que el señor Hironobu, Shizuka y muchos samuráis montados en vistosos corceles de guerra. La reverenda abadesa estaba sentada, en silencio, escuchando la conversación. ¿Estaba allí o se trataba de un sueño? No estaba segura. Así que no abrió la boca y escuchó.

—Fue una suerte que estuvieras aquí cuando ocurrió la tragedia —dijo una de las monjas.

—Estoy agradecido de que así haya sido —replicó Hironobu.

—Han ocurrido muchas cosas en cien días —dijo la monja—. Muchas cosas que celebrar y muchas que lamentar, pero ¿no es eso así en cada paso que damos cuando emprendemos el Camino de Buda?

—Me alegro de que se haya repuesto lo suficiente como para asistir a la boda —dijo otra de las monjas—. Pareció disfrutarla.

—Me pregunto si alguna vez podrá volver a hablar —dijo otra.

—Qué triste —dijo la primera monja—, que perdiera el habla precisamente cuando tú la conquistaste, dama Shizuka.

—Sí —convino Shizuka—, ya lo creo. Muy triste.

Una monja alzó una caja envuelta en una tela blanca y se la ofreció a Hironobu.

—Que la dama Kiyomi disfrute eternamente de la paz del Compasivo —dijo.

El grupo se preparó para partir. Hironobu ayudó a Shizuka a montar un caballo antes de montar el suyo.

—Benditos seáis con salud y prosperidad y todos los tesoros de la vida familiar, mi señor, mi señora —dijo la monja. Todas las demás se prosternaron en una reverencia.

La abadesa se puso de pie.

—Que a vosotros y a toda vuestra progenie os azote eternamente la maldición de la belleza y el genio.

—¡Reverenda abadesa!

—Lo lamento por ella —dijo Hironobu dirigiéndose a

Shizuka—. Si pudiera hacer algo más que asegurar los cuidados que se le deben prestar, lo haría.

—Su maldición... —dijo Shizuka.

—Está loca —la interrumpió Hironobu—. La belleza y el genio no son maldiciones sino bendiciones.

Shizuka no dijo nada. Miró a la abadesa y sus ojos se encontraron. Ninguna de las dos apartó la mirada de la otra mientras los viajeros se ponían en marcha. Hironobu tal vez lo ignorara, pero la abadesa sabía que Shizuka comprendía la verdad, porque la verdad las había golpeado a ambas.

La belleza y el genio eran maldiciones.

La abadesa ya no sabía si era una anciana o una joven virgen, una soñadora o una lunática, o si alguna de aquellas diferencias era real. Las preguntas sin respuestas consumían sus energías día y noche. Nunca volvió a pronunciar una palabra más.

Durante la primavera siguiente, murió mientras dormía. La reverenda abadesa Suku, que había sido la bella hija del señor Bandan, la dama Nowaki, no había llegado a cumplir treinta y dos años.

Finca de Genji a orillas del río Tama,
en las afueras de Tokio, 1882

Mientras esperaba que lo recibieran, Tsuda reflexionaba acerca de los cambios que se habían sucedido en los últimos tiempos. Esa ciudad en sí era un ejemplo. Cuando él era joven, se llamaba Edo y era la capital del sogún, cuyo clan, el Tokugawa, había gobernado Japón durante siglos y parecía que seguiría gobernándolo siempre. Ahora, no sólo habían desaparecido los Tokugawa y los sogún, sino que además Edo había sido reemplazada por Tokio. Era mucho más que un simple cambio de nombre. Tokio era la nueva capital de la familia imperial, que durante un milenio había vivido en Kioto. El emperador Mitsuhito era el primero en reinar desde esa ciudad, y el primero en hacerlo en seiscientos años.

En menor escala, la vida de Tsuda era otro ejemplo del cambio. Había nacido en una familia de campesinos en el lejano Dominio de Akaoka. Su talento para construir edificios de agradable diseño había atraído la atención del gran señor del dominio, el señor Genji, que le había adjudicado un importante contrato: la construcción de una capilla cristiana. El otro talento que poseía Tsuda, el de colocar las estructuras en ubicaciones que traían fortuna, se lo debía a su práctica seria y casi religiosa del *feng shui*. La conjunción de ambos lo había llevado a la importante posición de colaborador, consejero y socio de su anterior señor. En el momento en que trataba de determinar el sitio apropiado para la capilla que debía construir, Tsuda había descubierto un misterioso arcón decorado con un dibujo rústico de unas montañas azules y un dragón rojo que contenía pergaminos que relataban un episodio aún más enigmático. Todavía no sabía qué significaban los manuscritos, aunque se creía que eran los legendarios, mágicos y proféticos escritos de *El puente de otoño*, que se consideraban perdidos. Fueran lo que fuesen aquellos pergaminos, el descubrimiento había cambiado su vida.

Una criada se aproximó hasta donde él aguardaba.

—El señor Stark está listo para recibirlo, señor Tsuda.

Makoto Stark se hallaba de pie en el jardín, cerca del armonioso diseño de rocas y piedras. Tsuda había esperado que lo recibiera de manera formal, por ser su primer encuentro. Sin embargo, los americanos eran famosos por preferir la informalidad ante todo. Y evidentemente, era verdad. Tsuda hizo una reverencia, tratando de no demostrar en lo más mínimo su desaprobación.

—Señor Stark, es un placer conocerlo finalmente.

—Gracias, señor Tsuda.

Makoto le tendió la mano. Tras titubear por un instante, Tsuda la tomó y la estrechó vigorosamente.

—Su padre, el señor Stark, me ha hablado mucho de usted. Aunque sólo sea desde la distancia, tengo la impresión de conocerlo.

—Entonces, me lleva ventaja. Cuanto más aprendo sobre mí, menos sé quién soy.

Lo dijo como si realmente le molestara, no como si se tratara de un lugar común que identifica el descubrimiento de uno mismo con el vacío. Por eso Tsuda se abstuvo de responder con las típicas palabras acerca de la naturaleza liberadora de las prácticas meditativas de Mushindo. No creía que Makoto se estuviera refiriendo precisamente a eso.

—¿De veras? —dijo Tsuda. Ésa era la respuesta más convencional a la que se podía recurrir prácticamente en cualquier circunstancia y tenía infinitos significados: sí; no; tal vez; estoy de acuerdo; no lo creo; no sé de qué está hablando; entiendo perfectamente lo que siente, por favor, continúe; por favor, espere un momento... El tono era importante para imprimirle significado a la frase así que, como no estaba seguro de lo que Makoto realmente quería decir, trató de pronunciarla de la forma más vaga posible para ocultar su verdadero significado, que de hecho no existía. Temía instintivamente que Makoto derivara la conversación hacia un terreno peligroso. En ese caso, esperaba que el joven no actuara demasiado a la americana, es decir, demasiado directa y específicamente. Sus esperanzas se desvanecieron al instante.

—Señor Tsuda, ¿conoce bien a mis padres?

—El señor Stark y yo hicimos negocios juntos durante casi quince años, principalmente importación, exportación y operaciones bancarias. Nos encontramos una vez al año, últimamente en Honolulú. Es un punto medio que nos conviene a los dos. Nunca tuve el honor de conocer a la señora Stark.

—¿Y antes de que se convirtiera en la señora Stark?

Tsuda comenzaba a arrepentirse de haber accedido a encontrarse con Makoto.

—En aquel entonces no estaba relacionado socialmente con el señor Stark ni con el señor Genji. No tuve oportunidad de conocer a la futura señora Stark.

—Entiendo. —Makoto advirtió el malestar de Tsuda y lo

interpretó como una molestia física—. Oh, lo siento, señor Tsuda. Vayamos adentro. A veces olvido que no a todos les gusta tanto como a mí estar en los jardines.

El interior del castillo estaba casi enteramente decorado al estilo occidental. Makoto todavía no lo había recorrido por completo. Hacía dos días que estaba allí y el palacio era enorme. De todas formas, tenía entendido que quedaba un pequeño sector que conservaba el estilo japonés. El hecho de que Genji pasara la mayor parte de su tiempo en esa parte hablaba de su forma de ser.

Aunque era un poco temprano para beber, Tsuda aceptó un whisky en lugar del tradicional sake. Había desarrollado un gusto particular por los licores occidentales.

—¿Conoció a Heiko? —preguntó Makoto intempestivamente.

—¿Heiko? ¿Se refiere a la famosa geisha? Supe de su fama. En esa época todos sabíamos de ella.

—¿Nunca fue cliente de ella?

—¿Yo? —Tsuda se echó a reír. El whisky lo había puesto alegre bastante rápidamente—. Aun cuando hubiera podido pagarla, cosa que me habría resultado imposible por más que hubiera vendido todo lo que tenía y les hubiera robado sus pertenencias a todos los que conocía, una mujer de su altísimo nivel jamás se habría dignado a agasajar a una persona como yo. No, sólo los señores tenían ese privilegio.

—¿Entre ellos el señor Genji?

—Sí. Fueron amantes. No es ningún secreto. Su romance era como una novela de aventuras. No me extrañaría que algún día hicieran una obra de *kabuki* sobre ellos.

—Tsuda, ¿qué estás haciendo aquí?

El señor Saemon se detuvo en la entrada. La criada que lo acompañaba se puso de rodillas para esperarlo. Saemon vestía como solía hacerlo desde hacía tiempo, con un elegante traje inglés. Tenía el pelo cuidadosamente cortado, en un estilo similar al que prefería el emperador últimamente. No llevaba barba, pero sí lucía un tupido bigote tipo Bismarck.

—Señor Saemon —dijo Tsuda, arrojándose a sus pies y

haciendo una reverencia—, estoy aquí como invitado del señor Stark.

—¿El señor Stark?

—Makoto Stark —respondió Tsuda—, el hijo del señor Matthew Stark. Ha venido a visitar al señor Genji.

—Ah. —Saemon entró en la habitación—. Finalmente nos encontramos. Hacía años que quería conocerlo.

—¿Por qué? —preguntó Makoto.

Saemon pestañeó.

—¿Perdón?

En todos los años que hacía que conocía a Saemon, Tsuda jamás había visto que alguien lograra sorprenderlo. Era la primera vez. Ni siquiera el astuto hijo del más taimado jefe de los espías estaba preparado para tratar con los norteamericanos. Tsuda trató de ocultar su sonrisa.

—¿Por qué estaba tan interesado en mí? No soy nadie y, muchos años atrás, todavía menos.

—Bueno, estoy interesado, señor Stark, porque usted es el hijo de... En fin, el único hijo de un importante amigo de Japón.

—«Un amigo de Japón» —dijo Makoto—. Jamás había oído que lo llamaran de esa forma, y le aseguro que he oído muchos de sus apodos. Así pues, lo conoce bien.

—Mejor que muchos de los que dicen conocerlo, pero no tanto como sus mejores amigos.

La criada que había conducido al señor Saemon hasta allí se arrodilló junto a la entrada.

—¿Desea esperar aquí, señor Saemon? —preguntó.

—Si el señor Stark y el señor Tsuda no se oponen, sí.

—Todo lo contrario —dijo Tsuda. Le alcanzó una silla a Saemon e hizo una reverencia—. Seguramente podrás ayudar al señor Stark en cosas que yo no puedo. Me estaba preguntando por Heiko. Tengo entendido que tú y tu padre la conocíais.

—Heiko —dijo Saemon, y sonrió—. Mi padre la conocía bien, yo sólo de vista.

Tsuda se alegró de haber propuesto un tema que fuera

del agrado del señor Saemon. Era un hombre muy poderoso. Probablemente se convertiría en ministro de algún futuro gabinete, tal vez hasta lo nombraran ministro de Finanzas. Para un banquero como Tsuda, el ministro de Finanzas era lo más parecido a un portavoz terrenal de los dioses.

—¿Por qué está interesado en Heiko, señor Stark? —Saemon rechazó el whisky que le ofrecía Tsuda y aceptó una taza de té de la criada—. Durante sus épocas de geisha usted debía de ser... —interrumpió como si se le hubiera ocurrido algo. Bebió un trago de té antes de seguir hablando—... Debía de ser muy pequeño.

—En realidad, ni siquiera existía. Yo nací en 1862. Tengo entendido que su carrera terminó un año antes, junto con su residencia en Japón.

—Sí, lo recuerdo —dijo Saemon—. Se marchó a California con su padre. Las circunstancias que rodearon su partida fueron un tanto misteriosas.

—¿Qué circunstancias?

—No creo que deba hablar de eso. Estaría simplemente repitiendo rumores. Nunca se estableció nada con exactitud.

—Me conformo con los rumores.

—Muy bien. Con su permiso entonces. —Saemon hizo una reverencia—. Se decía que Heiko era una agente de la policía secreta del sogún. Eso justificaría el contacto frecuente que tenía con mi padre que, en aquel entonces, era el jefe de esa organización. También podría explicar en gran medida el motivo de su partida de Japón, ya que eso la habría alejado de las posibles represalias de las personas a las que pudiera haber perjudicado cumpliendo esa función. Sin embargo, lo que no queda claro es por qué recibió la protección de su padre. El señor Stark era muy amigo del señor Genji, como todavía lo es ahora, y el señor Genji y mi padre eran enemigos mortales.

—¿De verdad? Yo creía que usted y el señor Genji eran amigos.

—Nosotros los japoneses tenemos infinitas telarañas de venganza que se extienden a lo largo de los siglos. Si no nos deshacemos de ellas, nunca nos pondremos a la altura de Occidente. El señor Genji y yo decidimos olvidar el pasado.

—Una actitud muy edificante de su parte —observó Makoto.

A Tsuda no le sonó demasiado sincero, aunque quizá se debiera al modo particular en que Makoto hablaba japonés. Volvió a llenar su vaso y siguió atento a la conversación. Hasta ahora, no había escuchado nada nuevo, pero era posible que en cualquier momento surgieran importantes revelaciones, datos que más adelante podían resultarle útiles.

—Por favor, continúe —pidió Makoto.

—Por otra parte, poco antes de que Heiko se marchara se produjo una masacre. Una población de parias sin ningún valor estratégico fue incendiada por completo y todos sus habitantes fueron asesinados. No suponían ninguna amenaza para nadie, ni tenían valor alguno, ni vivos ni muertos. Muy extraño.

—¿Parias?

—Un mal de la era Tokugawa que fue erradicado. Ya no hay más parias. Hoy todos los japoneses gozan de los mismos derechos ante la ley, como en cualquier nación civilizada de Occidente.

Aquello era completamente falso, como bien sabían Tsuda y todos los japoneses. Las leyes habían sido redactadas, pero no con la intención de aplicarlas, sino para ocultar un cuerpo desnudo cuyos atributos resultaban ofensivos a los ojos de las potencias occidentales. Ojos que no ven, corazón que no siente. Para Tsuda, no había nada de malo en ello. El objetivo de la política no era lograr una perfección imposible, con la cual de todas formas ninguna nación estaría de acuerdo, sino conseguir que los diferentes intereses funcionaran armónicamente mediante un sabio equilibrio de hipocresías. Tanto Genji como Saemon eran maestros en ese arte, cada uno a su manera. ¡Qué suerte tenía él de estar al servicio de ambos!

—¿Heiko era una paria? —preguntó Makoto.

—¿Qué? —exclamaron Saemon y Tsuda al unísono.

—Lo siento, señores —dijo Tsuda, ruborizándose y haciendo una reverencia—. No quise hablar. Sólo estaba. Es decir...

¿Es decir qué? ¿Qué podía decir después de una afirmación tan fuera de lugar, escandalosa, insultante y extremadamente peligrosa? Peligrosa no sólo para el que la había pronunciado, sino también para el que la había escuchado. ¡Especialmente para él! Saemon era un gran señor (es cierto, oficialmente ya no existía ese título, pero muchos de ellos conservaban el prestigio, el poder, las conexiones, las amistades y el peso del que habían disfrutado hasta entonces). Era uno de los líderes entre los veteranos de la Restauración, tenía amigos poderosos que poseían las mismas características que él y sabía secretos que podía utilizar para presionar a quienes, de lo contrario, no habrían hecho nada para ayudarlo. Tsuda, en cambio, no era más que un patético banquero. ¿Por qué había venido a ver a Makoto Stark? ¡Qué estúpido! ¡Tal vez pronto sería un estúpido muerto!

—¿Por qué os sorprendéis? —preguntó Makoto—. La relación parece bastante obvia.

—No para nosotros —respondió Saemon y se quedó en silencio, observándolo con una tranquilidad que, dadas las circunstancias, parecía bastante fuera de lugar.

—Muy bien —dijo Makoto—. Ya se ha ido. Dígame lo que tiene que decirme.

—¿Qué le hace pensar que tengo algo que decir? —preguntó Saemon. Tsuda había huido como una rata de un edificio en llamas. ¿Cómo podía pretender un hombre que demostraba tan claramente su miedo ser igual que uno que había nacido samurái?

—Por favor, señor Saemon. No me importa que me discriminen por ser un norteamericano con aspecto de japonés, pero me molesta sobremanera que me traten como si fuera un imbécil. Le aseguro que no lo soy.

—No, señor Stark, en absoluto.

Aquélla era una oportunidad única para Saemon. Y también una trampa mortal que le costaría la cabeza a él en lugar de a sus enemigos si cometía el más mínimo error.

—Es una afirmación muy peligrosa para todos los involucrados, señor Stark. Y el riesgo va más allá de la verdad o la falsedad del asunto. El solo hecho de sugerir que un hombre del rango del señor Genji haya siquiera tocado a una paria es inadmisible. Le ruego encarecidamente que no lo repita.

—No lo entiendo. Los rangos fueron abolidos y usted mismo dijo que los parias ya no existen. ¿A quién podría importarle?

—A todos —respondió Saemon—. El linaje es una cosa de suma importancia para nosotros. Si la sangre noble del clan de los Okumichi hubiera sido contaminada de ese modo, sería una mancha que ninguno de sus integrantes podría borrar jamás. Vidas enteras quedarían arruinadas. Correría sangre por todas partes.

—¿Contaminada ha dicho?

—Es así como se vería.

—¿Así lo ve usted?

—Por supuesto que no —repuso Saemon—. El destino está en manos de los individuos no en las acciones de sus antepasados muertos. —Elegía cuidadosamente cada palabra. La credibilidad de una mentira dependía en gran medida de cómo se la presentaba—. Hemos nacido para crearnos a nosotros mismos.

—¿De verdad? —Makoto vertió un poco de whisky en un vaso, lo observó al trasluz y lo dejó a un costado sin beberlo—. Entonces, ¿cuál es su consejo, señor Saemon?

—Hable con su padre. —Saemon hizo una pausa. El futuro dependía de sus palabras y de cómo reaccionara Makoto a lo que le estaba diciendo—. Siempre consideré a Matthew Stark una persona muy honesta.

—Matthew Stark no es mi padre —dijo Makoto.

Saemon sintió que lo invadía una alegría inmensa. Se le aceleró el pulso. Durante estos quince años, todos sus esfuerzos por descubrir el secreto de Genji se habían visto frustrados. Al principio, había sospechado que Makoto no era hijo de Stark, sino de Genji. Pero como éste no había hecho ningún esfuerzo por traer a Makoto a Japón, había renunciado a esa teoría. No se le ocurría ninguna razón por la que Genji hubiera preferido dejar a su hijo en Norteamérica. ¡Heiko una paria! Tanto la respuesta como el medio para explotarla habían llegado inesperadamente a sus manos.

—No lo comprendo, señor Stark. ¿Cómo es posible? —dijo sin demostrar el más mínimo entusiasmo.

Cada vez que se enfadaba, Makoto sentía que le subía la temperatura. Siempre le sucedía lo mismo. Ahora estaba tan furioso que todos sus enfados previos parecían molestias menores. Sin embargo, esta vez no sentía calor, sino frío. Estaba seguro de que si alguien lo tocaba, pensaría que se había convertido en un pedazo de hielo.

Genji había hecho algo mucho peor que mentir, le había dado un golpe más cruel que el abandono y le había negado mucho más que el nombre que le correspondía. Le había robado su vida entera. Todos sus recuerdos y sus experiencias eran falsos. No le pertenecían. Eran de una persona que jamás había existido. A los veinte años había vuelto a nacer para descubrir que era el hijo de un manipulador diabólico y una enaltecida prostituta. Y si Shizuka había dicho la verdad, todavía quedaba algo peor por venir. Pronto se manifestaría en alguno de ellos una aflicción hereditaria que consistiría en una suerte de ataque epiléptico. Ella había dicho que era un poder profético, pero evidentemente ése no era más que el resultado de las mentiras que le había contado su padre. El padre de él.

Entonces, ¿quién era Makoto?

Era el ángel de la venganza. Debía limpiar el pecado con sangre. Esa tarde, Genji tenía que reunirse con los ministros imperiales. Makoto lo interceptaría en el palacio. Era el escenario ideal. Sería el hijo ignorado de Genji, un hijo que lo avergonzaba tanto que no había podido reconocerlo en dos décadas, el que pondría fin a su perfidia. Makoto sacó el arma de su cinturón y controló las balas. El revólver calibre 32, regalo de su padre (o mejor dicho, del que había fingido ser su padre), estaba cargado y listo para disparar.

Se puso de pie para salir. Cuando se volvió para dirigirse hacia la puerta, vio que en una hornacina, frente a un pergamino que estaba colgado en la pared, había un juego de espadas de samurái, una corta y una larga, apoyadas en un estante.

Había una venganza aún más perfecta.

Asesinaría a Genji con una espada de su propio palacio. Un arma que simbolizaba el alma teóricamente intachable de un samurái terminaría con la vida de un hombre cuyo honor no era más que una pose y una mentira.

Makoto Okumichi tomó la espada más corta del estante, la escondió debajo de su chaqueta y se marchó.

Palacio imperial, Tokio

El carruaje de Genji se detuvo ante la entrada del palacio imperial al mismo tiempo que él se detenía a pensar. El derrocamiento del reinado de los Tokugawa, la restauración del emperador, la abolición de la clase de los samuráis, la disolución de los dominios, la caída de los últimos grandes héroes de los samuráis, la intrusión sin precedentes de los extranjeros en Japón: todos estos acontecimientos se habían llevado a cabo en menos de diez años. Genji había recibido más crédito del que merecía por todo eso, pero también odio. Los que lo felicitaban eran más locuaces; los que lo culpaban, más violentos. Desde la restauración, se habían producido siete atentados contra su vida. Todos ellos habían fracasado, no por mérito de los guardaespaldas que lo protegían, sino porque tenía que morir asesinado dentro de unos años. Lo había visto. Sería en la Asamblea Legislativa, que todavía no existía, y moriría en brazos de su hija

Shizuka. En la visión, ella era una muchacha joven, no una niña, así que le quedaban varios años todavía.

Por eso lo sorprendió ver que un muchacho con una espada se aproximaba a toda prisa hacia su carruaje. Un segundo antes de que la espada atravesara la ventana y penetrara en su pecho, se sintió engañado. Se suponía que debía tener tres visiones a lo largo de su vida y sólo había tenido dos. Además, una de ellas estaba terriblemente equivocada. Sus guardaespaldas no habían visto a tiempo al asesino. La espada penetraría en su pecho y lo perforaría antes de que alguno de los dos llegara a disparar. ¿No reconocía a su joven asesino?

Sin embargo, la espada no lo tocó. En cambio, se clavó en el cuerpo de otro joven que se interpuso en su camino y que también tenía una espada. El asesino y el defensor se hirieron mutuamente. Genji no reconoció al asesino, pero sí a su defensor.

Era su recién llegado hijo, Makoto.

Abadía de Mushindo

La reverenda abadesa Jintoku echó un vistazo al cuarto de los huéspedes. Makoto Stark todavía dormía. Era una irregularidad imperdonable tener un hombre viviendo en la abadía. En el pasado (que para Japón podía significar tan sólo quince años atrás, según a qué pasado uno se refiriera), aquello habría sido algo inconcebible. Pero esta vez el señor Genji lo había autorizado personalmente. Dada la gravedad de las heridas de Makoto y las valerosas circunstancias en las que las había sufrido, era preciso hacer una excepción a las reglas. Eso era lo que Genji había dicho. Sin embargo, había omitido algo. Siempre había algo más detrás de lo que la gente decía.

En este caso, era bastante obvio.

El joven en cuestión era el mismo misterioso muchacho que las había visitado hacía pocas semanas. Había discutido la versión de la guía sobre la famosa batalla de Mushindo de 1861. Había dicho que sabía que sus padres habían participado en la batalla. Y cuando la abadesa le había preguntado quiénes eran, él le había respondido que aquélla era una buena pregunta y se había marchado.

Su aspecto también era muy especial. En su visita anterior, la abadesa había tenido la sensación de que le recordaba a alguien que no lograba identificar. Ahora, el parecido le resultaba tan obvio que le sorprendía no haberlo notado inmediatamente. Por supuesto, era mucho más fácil darse cuenta cuando el muchacho estaba junto al señor Genji. La amplia variedad de relaciones posibles le resultaba fascinante. Podía ser el sobrino, el hermano o el hijo del señor. La más intrigante de todas era sin duda la última.

Pero, si era el hijo del señor Genji, ¿quién era su madre?

Según el muchacho, sus padres habían participado de la batalla. Sólo había habido tres mujeres en el bando del señor Genji aquel día. Una de ellas, la dama Emily, estaba fuera de discusión. Sólo había dado a luz a una niña antes de su prematura muerte. Por tanto, sólo quedaban la dama Hanako y la dama Heiko. La primera no podía ser. Se había casado con el señor Hidé más o menos en la misma época en que se había librado la batalla y, ese mismo año, había dado un hijo a su marido. El señor Iwao, aquel niño, tenía casi la misma edad que Makoto y no se le parecía en lo más mínimo. Eso significaba que su madre debía de ser la señora Heiko. ¿Sería posible? Si ella hubiera sido su madre, el señor Genji los habría incorporado a su casa, a ella y al niño. La habría convertido en su concubina oficial (eran otros tiempos), o directamente se habría casado con ella. Sin duda no los habría enviado a California, ni habría permitido que su hijo adoptara el nombre de otro hombre, aun cuando éste fuera un amigo tan apreciado como Matthew Stark.

Así que Makoto debía de estar equivocado, o era un mentiroso. O bien a la abadesa se le estaba escapando un detalle vital. Si había una verdad oculta, tal vez pudiera descubrirla antes de que Makoto se marchara de la abadía.

Tenía bastante tiempo por delante, dada la gravedad de las heridas. De hecho, era increíble que no hubiera muerto. Había sido una suerte que la espada no le hubiera dado en el corazón. También Genji había tenido la suerte de que Makoto estuviese allí armado con su espada. De lo contrario, el asesino habría logrado su cometido. Lo que la abadesa no se explicaba era qué estaba haciendo Makoto en la entrada del palacio imperial con una espada escondida en su chaqueta. El asesino había hecho exactamente lo mismo.

Camino al jardín de Goro, la abadesa se encontró con el señor Genji, que acababa de llegar.

—Señor —dijo, haciendo una profunda reverencia.

—¿Cómo está Makoto?

—Mejor, creo. Esta mañana estuvo trabajando con Goro en el jardín. Ahora está descansando.

—Bien. ¿Han vuelto a importunarte los periodistas?

—No, mi señor. Sólo las primeras dos semanas. Quizás el interés en el caso esté disminuyendo. —Lo dijo más como una cuestión de educación que porque realmente lo creyera así. Su propio interés no había disminuido. ¿Por qué habría de ocurrir lo mismo con los demás?

—Eso espero —respondió Genji. De todas formas, él tampoco estaba convencido de lo que decía.

—Fui al palacio para matarte —dijo Makoto mientras excavaba alrededor de un arbusto para aflojar la tierra.

—Podrías haberte mantenido al margen —respondió Genji—, y el otro lo habría hecho por ti. —Se quedó cerca de él, a la sombra, mirándolo.

—Sí.

—¿Por qué me protegiste si habías venido a matarme?

—No lo sé —dijo Makoto—. Cuando lo vi, pensé que iba a privarme de mi derecho, y ya me han quitado muchas cosas en mi vida. No tiene ningún sentido, ¿verdad? Si alguien iba a matarte, ése tenía que ser yo.

—No te aflijas —dijo Genji, sonriendo—. Tendrás otras

oportunidades. Recupérate y comienza a planearlo todo de nuevo.

Makoto rió brevemente, después jadeó y se llevó la mano al pecho.

—Sí, haré otros planes. Completamente distintos. Cuando la espada penetró en mi pecho, tuve una revelación repentina, o mejor dicho, vi un rostro con el ojo de mi mente. ¿Sabes de quién?

—Heiko.

—No, el señor Saemon. En ese instante me di cuenta de que me había manipulado y, además, lo había hecho muy bien.

—No estarás insinuando que Saemon te dijo que me mataras...

—Todo lo contrario. Dijo todo lo que podía para hacer que comprendiera y perdonara lo que habías hecho. Sin embargo, sus palabras no coincidían con el significado que quería transmitir. Es muy bueno para ese clase de cosas. ¿No lo has notado?

—Por supuesto, nunca consideré al señor Saemon un hombre de palabra. No porque mienta, sino porque si te fías de lo que dice, caes inevitablemente en su trampa.

—Y aun así tienes una relación muy estrecha con él y confías en sus consejos.

—Es más una apariencia y una manera de actuar que verdadera confianza —respondió Genji—. Como el señor Saemon sabe que es así, debajo de esta realidad hay otra capa de verdad y mentira, y así sucesivamente, tanto para él como para mí.

—Todo el mundo dice que eres capaz de predecir el futuro —dijo Makoto—. Sin embargo, aquí estás: eres un profeta y hablas como un perfecto idiota.

—¿Ah, sí? ¿Acaso no es prudente mantener a tu enemigo donde puedas verlo? ¿Por qué te parece tan inapropiado?

—Ambos tratáis de ver quién es más listo. Más tarde o más temprano la estúpida astucia de alguno de los dos os jugará una mala pasada. —Makoto arrancó un yerbajo y le sacudió la tierra de la raíz antes de dejarlo a un lado.

Goro llegó al jardín, azada en mano, se dirigió a uno de los bordes y empezó a despejar la división entre la hierba y el sendero.

—A veces, la manera más directa y categórica de actuar de los estúpidos es el mejor camino para llegar a un destino —dijo Makoto—. ¿Realmente tienes poderes proféticos?

—No del modo en que imagina la gente —respondió Genji—. Durante seiscientos años, uno de cada generación de nuestro clan los ha tenido.

—Sí, Shizuka me lo dijo. Supongo que tú le dijiste que lo hiciera.

—Me pareció que por su forma de ser, cándida y directa, ella te lo explicaría mejor que yo.

—¿No deberías habérmelo dicho antes? Por el modo en que lo describió, parecía más una maldición que una bendición.

—Hay muchas cosas que tendría que haberte dicho antes. Una cosa no dicha llevó a otra y luego a otra, y así sucesivamente.

Makoto se encogió de hombros.

—No importa. De todas formas, Shizuka será la profeta, yo no tengo visiones.

—Ella tampoco. La aparición de esta capacidad es impredecible. La mayoría de las veces llega con la pubertad, especialmente en el caso de las mujeres. También puede ocurrir mucho después. No hay forma de predecir quién de los dos la tendrá.

—Supongo que tampoco habrá forma de prepararse para eso —dijo Makoto.

—Además de aceptar la posibilidad de que suceda, no —respondió Genji.

Hizo una pausa tan larga que Makoto creyó que la conversación había terminado. Estaba a punto de dirigirse a otro sector del jardín cuando Genji volvió a hablar.

—Acerca del tema del reconocimiento, estoy dispuesto a hacerlo. También quiero declararte mi heredero en lugar de Shizuka.

Makoto se echó a reír. Sabía que no era muy cortés, pero no pudo evitarlo.

—No tiene sentido que me reconozcas, señor Genji. Deberías haberlo hecho hace veinte años. Ahora es inútil. En cuanto al heredero, ya tienes una y es perfectamente apropiada.

Makoto se unió a Goro y empezó a ayudarlo con el borde.

—Goro —dijo Makoto.

—Goro —respondió éste sonriendo.

—Makoto —dijo él.

—Kimi —replicó Goro, todavía sonriendo, y volvió a dirigir su atención al lugar en que la hoja de la azada penetraba la tierra.

Makoto sonrió a Genji.

—Estoy decidido a lograr que aprenda a decir mi nombre antes de que me vaya.

—Si lo hace, habrá nombrado a su sucesor y nunca más podrás marcharte.

Makoto y Genji se miraron. Makoto rió. Genji sólo esbozó una leve sonrisa.

12

El puente de otoño

La belleza, la juventud y el encanto se desvanecen apenas aparecen. En la temprana bruma de la primavera, podemos observar *El puente de otoño*.

Aki-no-hashi, 1311

Ruinas del monasterio de Mushindo, 1857

Los niños del pueblo de Yamanaka solían jugar en las ruinas de un antiguo templo en una colina que estaba sobre el valle. A la mayoría de ellos les causaba temor el lugar. Siempre se escuchaban sonidos extraños. Si bien no parecían exactamente lamentos de almas torturadas, aullidos de fantasmas, o risas socarronas de los demonios, los niños imaginaban todo tipo de posibilidades siniestras. Ésa era una de las razones por las cuales iban allí: les encantaba asustarse, como a todos los niños, siempre y cuando pudieran escapar antes de que la situación se tornara insoportable. Otro de los motivos por el cual jugaban en aquel lugar era que a Kimi, la líder de la pandilla, le encantaba. Le gustaba porque, aun cuando fuera la más pequeña de todos, era una de los dos únicos niños que no tenía miedo. El otro que no se asustaba era Goro. Él no tenía miedo porque era estúpido, como su madre, que era la idiota del pueblo. No parecía un niño, pues era mucho más grande que cualquier hombre del pueblo y tenía cara de adulto. En realidad, podría haber sido un hombre, pero actuaba de manera tan infantil que los demás niños nunca se opusieron a que estuviera entre ellos. Goro era muy fuerte, lo que a menudo resultaba útil. También era muy afectuoso, así que ninguno de los chicos le tenía miedo.

Un día, cuando estaban jugando allí, uno de los niños señaló algo y gritó.

—¡Mirad! ¡Un fantasma!

La tenue silueta de una persona se dibujaba levemente en lo que quedaba de un muro que, probablemente, tiempo atrás, rodeaba el templo. Varios de los niños más tímidos echaron a correr.

—No es un fantasma —dijo Kimi—, es un hombre.

Estaba tan quieto y su ropa era tan opaca y descolorida que parecía emerger como una sombra de la pared misma. Era un anciano, tenía la cabeza rapada, las mejillas hundidas y miraba fijamente con sus ojos brillantes. Muchos años atrás, su túnica debía de haber sido blanca. En el suelo, junto a él, había un sombrero cónico de sarga y un bastón de madera.

—¿Quién eres? —preguntó Kimi.

—Un renunciante y peregrino.

Kimi sabía que un renunciante era una persona que se había apartado del mundo, un peregrino, alguien que viajaba en búsqueda de iluminación o para cumplir una penitencia. Nadie en el pueblo había visto a ninguno antes. Los campesinos no tenían nada a qué renunciar. Todo lo que hacían y tenían pertenecía a su señor. Los campesinos tampoco buscaban la iluminación, porque los que estaban exhaustos y al borde de morir de hambre necesitaban comida y descanso más que sabiduría. No debían viajar a tierras lejanas para cumplir una penitencia (aun cuando hubieran tenido el tiempo para viajar, cosa que no ocurría), porque cada vez que despertaban pagaban por los pecados de alguna vida pasada que ni siquiera sabían que habían cometido. Si este anciano era un renunciante, tal vez se debiera a que la visita de algún Buda, un dios o un demonio le había cambiado la vida. Sin duda, tendría historias interesantes que contar.

—¿A qué has renunciado? —preguntó Kimi.

—A casi todo —respondió el monje.

—¿En qué lugares has estado?

—En casi ninguna parte.

Como la conversación tampoco estaba yendo a ningún lado, Kimi decidió hacer preguntas más sencillas:

—¿Cómo te llamas?

—Zengen —respondió el anciano monje.

—¿Qué significa Zengen?

—¿Qué significado tiene cualquier nombre?

—Bueno, el mío quiere decir «sin igual» —dijo Kimi—. Él se llama Goro, aunque en verdad sólo le decimos así para abreviar. Su verdadero nombre es Gorotsuki, que significa «pícaro». No sé por qué. En realidad, no hace cosas de pícaro. Entonces, ¿qué significa Zengen?

—¿Qué significado tiene cualquier nombre? —repitió Zengen.

—Acabo de decirte lo que significa el mío: «sin igual». —Kimi empezaba a preguntarse si el monje era un santo o simplemente un lunático. A veces era difícil distinguir entre uno y otro, especialmente si se trataba de un monje de alguna de las sectas zen, lo cual parecía bastante probable por su nombre. Pero también era posible que no fuera más que un loco haciéndose el sabio.

—¿Y qué quiere decir «sin igual»?

—Supongo que quiere decir que nadie puede igualarme.

—¿Y qué quiere decir que nadie puede igualarte?

—¿Qué significa todo? —dijo Kimi—. Si continúas así, seguirás haciendo preguntas toda la vida y nunca llegarás a ninguna respuesta.

El anciano monje juntó las manos en posición de *gassho*, el gesto budista del respeto, e hizo una reverencia.

—De nada —respondió.

—¿De nada? ¿Se supone que tengo que darte gracias?

—Lo que hagas o dejes de hacer es decisión tuya —contestó el anciano.

—¿Por qué tendría que darte las gracias?

—Si continúas así, seguirás haciendo preguntas toda la vida y nunca llegarás a ninguna respuesta.

—Eso es lo que acabo de decir yo.

—Gracias —dijo Zengen, y volvió a hacer una reverencia en posición de *gassho*.

Kimi se echó a reír. Luego le devolvió la reverencia, colocando las manos de la misma forma en que él las había puesto. Todavía no sabía si el anciano era un santo o estaba loco, pero al menos le resultaba entretenido. Nadie hablaba como él en el pueblo.

—De nada —respondió Kimi.

—Aquí había un templo —dijo el monje.

—Sí, hace mucho tiempo. Mucho antes de que yo naciera.

El anciano sonrió.

—Sin duda hace mucho tiempo. ¿Sabes cómo se llamaba?

—Mi madre me dijo que se llamaba Mu... algo. Seguramente estaba bromeando. —Uno de los significados de mu era «nada».

El anciano pestañeó. Sacó sus piernas de la posición de loto en la que se encontraban y se puso de pie.

—No es posible... —dijo.

Observó el muro, las piedras fundamentales medio ocultas entre la hierba y el poste caído de la sala principal, que ahora estaba prácticamente todo podrido.

—Estoy en el Dominio de Yamakawa.

—Sí —dijo Kimi—. Nuestro señor es el señor Hiromitsu. No es un excelente gran señor, pero está aliado con...

—El señor Kiyori —la interrumpió el anciano monje.

—Sí, el gran señor de Akaoka —continuó Kimi—, un profeta que puede predecir el futuro y por eso jamás lo vencen en las batallas. Si es que vuelve a producirse alguna, como dicen todos que sucederá.

—He vuelto —dijo el anciano monje—. Yo era abad

aquí. Oh, ¿cuándo fue...? ¿Veinte años atrás? ¿Diez? —Rió—. Construí una cabaña en este lugar. No era demasiado sólida. Ni la cabaña ni yo estuvimos mucho tiempo por aquí.

Ahora Kimi estaba segura de que Zengen estaba loco. Ese lugar había estado en ruinas desde que tenía memoria. Claro que ella sólo tenía seis años. Era posible, aunque muy improbable.

—Esta vez voy a reconstruir el templo en serio —dijo el monje—, con mis propias manos.

—Yo no lo haría si fuera tú —objetó Kimi—. Hacer cualquier cosa sin permiso en el dominio merece la pena capital. Necesitarás el consentimiento del señor Hiromitsu y del abad en jefe de la secta de este templo. No estoy segura de cuál sea o si todavía existe.

—Conseguiré los permisos que hagan falta —respondió el anciano monje.

Aun cuando estaba sonriendo de felicidad, las lágrimas rodaban por sus mejillas. Esto convenció a Kimi de que era realmente un seguidor de los métodos del zen de los Patriarcas. Era sabido que esas personas, especialmente los maestros de la religión secreta, eran capaces de reír y llorar al mismo tiempo. No obstante, eso no significaba que no pudiera estar loco.

—He vagado sin rumbo durante muchos años —dijo—, y sin querer, he vuelto al lugar preciso en el que debo estar. Mi gratitud es inmensa. —Se arrodilló y se postró por completo, mirando hacia donde estaba la columna podrida.

Después escribió una carta y se la dio a Kimi para que la llevara al castillo del señor Hiromitsu. Kimi se la confió a Goro, que era capaz de correr muchos kilómetros sin cansarse. Su sentido de la orientación era extremadamente pobre, pero el castillo del señor no estaba muy lejos y, además, quedaba al final del camino del norte, así que incluso a él le resultaría fácil llegar hasta allí. Kimi tenía miedo de que la carta de Zengen pudiera causar problemas y que, en lugar de darle el permiso, lo castigaran. Pero él insistió a pesar de sus advertencias. ¿Qué más podía hacer?

Dos semanas más tarde, le pareció que sus peores pesadillas se habían hecho realidad. Una tropa compuesta por veinte samuráis a caballo llegó y exigió hablar con el anciano del pueblo. El líder de los samuráis era un hombre de aspecto feroz que parecía dispuesto a matar al primero que se le cruzara.

—¿Dónde está el monasterio de Mushindo? —le preguntó, gruñendo, al anciano.

El anciano se quedó perplejo y abrió los ojos desorbitadamente. Mantuvo la cabeza pegada al suelo y no dijo nada.

El líder de los samuráis se dirigió a uno de sus hombres.

—Taro, decapítalo. Quizás el que lo suceda como anciano de la aldea sea más rápido para contestar.

—Sí, señor Saiki.

Kimi, que estaba al final de la multitud, postrada con los demás niños, alzó la vista y vio que el samurái llamado Taro desmontaba y sacaba su espada.

—Espera, señor samurái —dijo—. Yo te mostraré el camino. —El señor Saiki la miró enfurecido. Ella volvió a apoyar la cabeza en el suelo, horrorizada. ¿Por qué habría hablado? Ni siquiera le caía simpático el anciano Buncho. Siempre estaba regañando y dando órdenes a todo el mundo. Además, no estaba segura de si las ruinas de Mu... lo que fuera que ella conocía eran el monasterio de Mushindo que el señor estaba buscando. Ahora iban a decapitarla por eso.

—¡Tú, niña! —exclamó el señor Saiki—. ¡Levántate!

Kimi hizo lo que se le ordenaba. Le temblaba todo el cuerpo. Esperaba no orinarse del miedo. Una cosa era morir y otra bien distinta que se rieran de ella mientras la asesinaban. Goro también se puso de pie al lado de ella, porque siempre la imitaba en todo lo que hacía.

—Idiota —dijo el señor Saiki—, ¿por qué estás de pie? ¡Yo no te lo ordené!

—Señor mi amo —replicó Kimi—, en verdad él es idiota y no se da cuenta de lo que hace.

Uno de los samuráis de la tropa se echó a reír. Logró contenerse, pero ya era tarde. El señor Saiki lo había oído.

—Hidé, quedas relegado a las tareas del establo hasta nuevo aviso.

—Sí, señor —respondió Hidé, repentinamente serio.

—Muéstranos el camino, niña —ordenó el señor Saiki.

—Sí, señor. —Kimi hizo una reverencia y obedeció. Goro la imitó un segundo después que ella.

Kimi esperaba que si los samuráis habían venido a buscar al anciano Zengen, no lo ejecutaran sino que sólo lo arrestaran. La prisión y las torturas no eran tan difíciles de soportar para los seguidores del zen como para los demás. Según lo que había oído sus monasterios se parecían bastante a las cárceles. Los hacían pasar hambre, los azotaban, los privaban del sueño y los obligaban a mirar fijamente a la pared o al suelo durante días. Si osaban mover un músculo o emitir algún sonido, los monjes superiores les gritaban y los golpeaban con bastones. Si se quedaban dormidos, les cortaban los párpados. Si no lograban sentarse en la posición del loto, les rompían las piernas. Ir a prisión sería como volver a casa para Zengen. Kimi corrió con Goro hasta las ruinas esperando lo mejor.

Lo que realmente sucedió la sorprendió mucho más de lo que habría podido imaginar.

Cuando llegaron los samuráis, el anciano Zengen estaba rastrillando el pasto que había cortado. Dejó el utensilio e hizo una reverencia con las manos en *gassho*.

La tropa se detuvo y todos los samuráis, incluyendo al señor Saiki, se apearon. Se arrodillaron e hicieron una reverencia apoyando la cabeza en el suelo.

—Señor Nao —dijo el señor Saiki—, el señor Kiyori, el señor Shigeru y el señor Genji envían sus más cordiales saludos. Te piden que cuando estés en condiciones de recibir huéspedes se lo hagas saber, pues vendrán de inmediato.

—Gracias, señor Saiki —respondió el anciano Zengen—, pero no soy un señor, y el que era Nao ha dejado de existir. Soy Zengen, un seguidor de los caminos de Buda, nada más.

El señor Saiki alzó la vista y sonrió.

—Bueno, tal vez, algo más que eso. —Hizo un gesto y Taro se adelantó con un elaborado cofre forrado en seda que contenía un pergamino y lo puso en manos de Zengen, haciendo una reverencia—. Por orden del abad superior de la secta de Mushindo, te reasignamos el cargo de abad de este monasterio.

Zengen sonrió.

—Vaya, vaya.

—Nos quedaremos aquí y te ayudaremos con la restauración, reverendo abad. El señor Hiromitsu nos ha autorizado a emplear todos los habitantes del pueblo que necesitemos para completar la tarea.

—Si sacamos a los campesinos de los campos durante la siembra, su cosecha se reducirá y ellos se verán perjudicados. No necesito de su ayuda ni de la vuestra, señor Saiki. Restauraré Mushindo por mis propios medios.

—Al menos permítenos que traigamos los materiales que hagan falta.

—Eso tampoco será necesario. Utilizaré las cosas que pueda encontrar. Si no encuentro algo, prescindiré de ello.

—Solo y sin materiales. Será una ardua tarea. Mushindo ha estado en ruinas durante un siglo, o tal vez más.

—No estaré solo —dijo el anciano abad Zengen—. Kimi me ayudará, ¿verdad?

—Sí, y Goro también —respondió Kimi.

—Una niña, un idiota y un montón de ruinas. Has elegido un camino intrincado, reverendo abad.

—En absoluto, señor Saiki. Una vez más, es el camino el que me eligió a mí.

A partir de ese momento, Kimi y los demás niños fueron bastante a menudo a visitar a Zengen. Resultó que había estado en muchos más lugares de lo que había dicho. «En casi todas partes» hubiera sido una respuesta más adecuada que «en casi ninguna parte». Había visitado los ochenta y ocho templos de la ruta de peregrinaje Shikoku, que había sido iniciada por el santo Kobo Daishi hacía más de mil años. Se decía que quienes recorrieran el camino con sinceridad encontrarían la liberación de los ochenta y ocho engaños de los sentidos.

—¿Es verdad? —preguntó Kimi.

—Lo único que encontré fue cansancio muscular, dolor de pies y la piel quemada por el sol —respondió Zengen.

Después, había cruzado el mar Interior hasta Honoshu y había viajado a la montaña santa de Hiei. Allí había escuchado los sermones de los maestros budistas más famosos y había llevado a cabo los ritos y las prácticas de las sectas más mágicas y esotéricas, en su búsqueda por liberarse del dolor y el sufrimiento de la vida.

—¿Y lo lograste? —preguntó Kimi.

—Sólo un tonto cree en la magia —respondió Zengen—, y sólo alguien que es más tonto aún busca vivir sin sufrimiento. ¿Cómo se hace para escapar de las llamas candentes en medio del fuego? ¿Cómo se hace para escapar del frío helado en medio del hielo?

El monasterio que construyó el anciano abad Zengen era menos parecido a los demás templos y muy similar a los que él mismo había edificado en el Dominio de Shiroishi, cuando era uno de los doscientos sesenta grandes señores del reino. Parecía una pequeña fortaleza más que un lugar de retiro espiritual. Lamentaba que así fuera, porque ya no tenía ninguna idea militar en mente. Sin embargo, sólo conocía una forma de construir y era la del samurái que había sido durante tanto tiempo.

Los sonidos fantasmagóricos y demoníacos de los que los niños le habían hablado no eran más que simples rumores. Eran ruidos, intimidantes y perturbadores, pero para él, que lo había perdido todo y había renunciado al mundo, no eran más que una forma de recordar que el dolor y la muerte eran inevitables.

A medida que pasaba el tiempo, una calma apacible se apoderaba de Zengen. Un día, advirtió que finalmente había encontrado la paz. El dolor no había desaparecido, ni siquiera había disminuido. Era un nuevo tipo de aceptación lo que había cambiado todo.

Las respuestas estaban sobrevaloradas. Alguna vez pensó que las preguntas tenían mayor valor. Ahora, por fin había comprendido que también las preguntas eran bastante inútiles.

Un día, llegó un grupo de extranjeros. Habían venido, por invitación del gran señor de Akaoka, a construir un templo de su religión para adorar a un sujeto similar a Buda al que llamaban Jesucristo. Zengen les ofreció que lo hicieran en Mushindo. Su día sagrado era el domingo. Para Zengen, en cambio, todos los días eran iguales. Los cristianos (así se hacían llamar) rehusaron y dijeron que construirían su propio templo. Sin embargo, antes de que pudieran empezar, una epidemia de cólera mató a todos menos a uno. Nadie podía pronunciar su nombre. Sonaba algo así como «Jimbo». Durante su enfermedad, había aprendido, quién sabe cómo, a hablar japonés. Esto no era algo absolutamente inédito. Zengen conocía a un pescador que estuvo a punto de morir ahogado cuando su barco naufragó. Lo salvó un marinero ruso y, durante un mes, estuvo con fiebre, al borde de la muerte. Cuando se recuperó, hablaba ruso fluidamente. Muchas veces las experiencias de ese tipo llevaban a cambios inesperados.

—Deseo convertirme en tu discípulo —dijo Jimbo.

—No es posible —repuso Zengen—. Yo no soy un hombre santo, soy tan sólo un hombre común que lleva las vestiduras de un santo. ¿Qué puedes aprender de un montón de ropa vacía?

Los ojos de Jimbo brillaron, llenos de lágrimas. Hizo una reverencia.

—Gracias, reverendo abad —dijo—. Meditaré sinceramente sobre tus palabras.

De esta manera, sin desearlo ni proponérselo, Zengen se convirtió en maestro del Camino.

El anciano se sentó en posición de meditación zen en la cabaña de la montaña que quedaba a dos días de camino del monasterio de Mushindo, donde había sido abad dos veces. Arriba, a través de la capa de ramas que se entrecruzaban formando una especie de techo, se filtraba el brillo tenue de las estrellas de invierno cubiertas por la bruma que caía hacia el valle. Se hallaba en posición de meditación, con las manos cerradas en zen *mudra*, pero no estaba realmente meditando. Se estaba muriendo y la muerte lo había sorprendido reflexionando sobre lo rápido que había transcurrido su vida. No se lamentaba, sólo estaba un poco asombrado.

Tan sólo ayer, era un gran señor. Tenía feroces samuráis a sus órdenes, una esposa leal, dos hijos fuertes, una hija hermosa y nietos que reían. Un día antes, era un jovenzuelo temeroso con su primer juego de espadas, sudando lleno de temor en su armadura mientras su regimiento atacaba una horda desesperada de campesinos hambrientos. Y la mañana anterior a eso, tenía diez años y, arrodillado junto al lecho de muerte de su padre, juraba entre lágrimas que cumpliría la antigua misión de su clan: derrocar y destruir al sogún de los Tokugawa.

Y ahora estaba muriendo.

¿Quién sabe? Tal vez ya estuviese muerto y no fuese más que un espíritu suspendido sobre un cadáver, como el humo del incienso en el aire inmóvil en una habitación. Una sola ráfaga de viento y su espíritu se disiparía.

Su respiración, si es que aún respiraba, era tan leve que resultaba casi imperceptible.

Vio sus manos.

Habían blandido espadas, acariciado mujeres, consolado niños.

Habían matado, perdonado, amado.

Ahora estaban estáticas. ¿Podría moverlas si lo deseara? No quería, así que jamás lo sabría...

Finca de Genji a orillas del río Tama,
en las afueras de Tokio, 1895

Genji había preparado el discurso que iba a dar en la Asamblea Legislativa, aunque sabía que iba a morir antes de pronunciarlo. Ése era el día que había visto tanto tiempo atrás, el día en que lo asesinarían. Durante casi toda su vida había sabido la hora, el lugar y la forma en que lo matarían. ¿Había sido una bendición o una maldición poseer esa información? Quizás un poco de ambas cosas. A veces, lo había vuelto confiado cuando tendría que haber estado alerta y otras, le había dado coraje en situaciones en las que el miedo lo habría paralizado.

Ahora, su vida iba a terminar. La certeza había aplacado todas sus dudas, excepto una. Su abuelo, cuyas predicciones siempre se habían hecho realidad, le había dicho que iba a tener tres visiones a lo largo de su vida que serían suficientes para guiarlo desde el principio hasta el final. ¿Dónde estaba la tercera? El señor Kiyori había sido un astuto samurái de la vieja escuela. Tal vez le había mentido para mantenerlo siempre alerta. Era una posibilidad. Quedaba poco tiempo para la tercera visión. Y aun cuando la tuviera, ¿de qué serviría?

Genji se miró al espejo. Se veía ridículo con el bigote y la barba de general francés, el frac de político británico y el rostro de señor japonés que se acercaba a los años menos atractivos de su madurez. Recordaba su aspecto aquel día, mucho tiempo atrás, en que había visto por primera vez a Emily Gibson. Entonces llevaba el complejo peinado de los ahora extinguidos samuráis. Su rostro era joven, sin barba, y su expresión era la de un hombre muy satisfecho de sí mismo, ni más ni menos que por las afortunadas circunstancias de su linajudo nacimiento.

¿Habría sido realmente tan arrogante?

Se echó a reír.

Sí, sin duda había sido arrogante.

Se alejó del espejo y...

Genji tiene tres años. Camina a lo largo de la costa del lago Piedras Blancas, en las cercanías del castillo de Piedras Blancas, el baluarte de su abuelo materno, el señor Nao. En las manos lleva una pequeña cometa con los hilos enrollados alrededor de una varilla. En la cara interior, la cometa tiene dibujada una bandada de gorriones pintados de brillantes colores en lugar del tono típico de esos pájaros.

A su lado caminan un hombre y una mujer. Son su padre y su madre.

—Castillo de Piedras Blancas, lago de Piedras Blancas, Dominio de Piedras Blancas —dice Genji—. ¿Por qué todo se llama piedras blancas si no hay ninguna por aquí?

—Porque las piedras blancas fueron el tesoro original del dominio de mi padre —le responde su madre—. Este lago era famoso por las piedras blancas que se utilizaban en el juego del *go*. Los entendidos preferían esas piedras a las mejores madreperlas. Se dice que Yoshitsuné, el gran héroe, apreciaba las piedras de Shiroishi más que ninguna otra cosa, excepto su honor, la victoria en la batalla y su amante.

—¿Y dónde están las piedras?

—A diferencia de la madreperla, un día se acabaron.

—¿Fue en ese momento que el abuelo plantó los manzanos?

—No, los plantaron sus antepasados hace muchas generaciones. Mucho después de que las piedras se acabaran se le dio el nombre de Piedras Blancas al dominio, al lago y al castillo.

—Es confuso —dice el pequeño Genji, soltando la cuerda de la cometa y preparándose para salir corriendo—. Deberían cambiar los nombres.

—Un nombre es más que una simple descripción —explica su padre—. Es un emblema de constancia, sin importar cuánto cambien las cosas. Como tu nombre. Genji.

Genji ve que sus padres se intercambian una mirada. Sonríen juntos.

El Genji que observa la imagen recuerda esa mirada. Solía incomodarlo porque se sentía excluido. Ahora se da cuenta de que la exclusión no era intencionada, sino tan sólo una consecuencia del hecho de que los incluía completamente a ambos. No había lugar para nadie más.

—Tampoco me gusta mi nombre —dice Genji, y echa a correr por la playa para remontar la cometa.

Genji era el nombre del famoso príncipe, héroe de una antigua novela de la dama Murasaki. También era un nombre que se repetía en el clan Minamoto, del gran héroe de carne y hueso Yoshitsuné, que había ganado batallas imposibles setecientos años atrás. Sólo un Minamoto podía ser sogún. El actual sogún, un Tokugawa, afirmaba ser descendiente de los Minamoto. Genji había oído que la gente murmuraba que el suyo era un nombre ridículo y pretencioso para ponerle al hijo de un señor menor. ¿En qué estarían pensando?, decía la gente. ¿Acaso creen que su hijo llegará a ser tan apuesto como el príncipe de la leyenda? ¿O que algún día él, un simple Okumichi, podría llegar a ser sogún?

Ahora, mientras se veía a sí mismo a los tres años corriendo por la playa con su cometa, que rebotaba sin remontar vuelo, el Genji de cincuenta y nueve años recordaba por qué se llamaba así. Su madre se había casado muy joven. Conocía las historias más que su propia vida, y la que más le gustaba era la de la dama Murasaki. Quería un Genji para ella, aun cuando fuera su hijo y no su amante. Había sido una prueba del amor de su padre que él hubiera consentido en ponerle ese nombre, aunque eso no hiciera más que multiplicar lo ridículo que se sentía por ser el yerno del Señor de las Manzanas. Sin duda habría tenido que enfrentarse a la furiosa oposición del señor Kiyori y del señor Nao. Todo eso encerraba su nombre y la mirada que sus padres intercambiaban junto con la sonrisa que les pertenecía sólo a ellos dos.

La cometa no remonta vuelo. Genji está cada vez más desilusionado. Está pensando en romperla y arrojarla al lago cuando oye que su padre lo llama.

—Corre hacia nosotros, Genji, en contra del viento.

El pequeño Genji obedece a su padre y ve que la cometa

comienza a subir impulsada por el viento. El Genji que ahora habita en su ser anterior quiere mirar a su madre. Si él tiene tres años, ella debe de estar embarazada de su hermana, cuyo nacimiento las matará a las dos. Éstos son los últimos días de felicidad para la madre, el padre y el pequeño Genji. Quiere ver a su madre. Recuerda que era muy hermosa. Sin embargo, todos los niños creen que sus madres son hermosas. Quiere verla y recordarla, porque a su edad ya no puede hacerlo. Tiene tres años y tiene cincuenta y nueve. Su madre tiene veinte y no vivirá para cumplir veintiuno. La cometa vuela alto en el cielo sobre la orilla del lago Piedras Blancas.

El niño mira hacia arriba. Su cometa de coloridos gorriones resalta como un brillante fragmento de arco iris en el cielo. Se ríe y escucha la risa de su madre y de su padre a medida que se aproxima corriendo a ellos. La cometa vuela más y más alto.

El hombre quiere ver a su madre, no la cometa. Trata de hacer que el niño vuelva la mirada y...

—Señor Genji.

Oyó una voz ansiosa, distante, apagada.

Cuando abrió los ojos, vio a Hidé, su soldado más leal. Pero ¿dónde estaban su rodete, su quimono, su espada? Entonces, Genji volvió en sí por completo. Recordó que Hidé estaba muerto; había perdido la vida tratando de salvar la suya en uno de los numerosos intentos de asesinato fallidos que sus enemigos habían perpetrado a través de los años. El rodete, el quimono y las espadas habían corrido la misma suerte que el sogún, los grandes señores y los samuráis. Se habían ido para siempre. Este joven que se parecía tanto a Hidé era su hijo Iwao.

Iwao se volvió hacia el guardaespaldas que estaba detrás de él.

—Informa al presidente de que el señor Genji no se siente bien —dijo—, y que no podrá dar su discurso en la Asamblea Legislativa.

—Espera. —Genji se sentó—. Estaré listo dentro de un momento. —Sabía que la demora provocada por su tercera y última visión le daría a su asesino el tiempo necesario para prepararse. No podía evitar que la ironía de la situación le resultara algo divertida, aunque fuera a costarle la vida. La tercera visión haría posible que se cumpliera la primera—. Ayúdame a llegar al carruaje.

Genji lamentaba no haber podido aprovechar al máximo la visión. No había logrado ver a su madre de cerca. ¿Habría sido tan bella como la recordaba? Moriría sin conocer la respuesta.

Sin embargo, había aprendido algo. Una cosa muy valiosa. Su visión del pasado no lo guiaría en el futuro, porque le quedaban tan sólo unos instantes de vida. En cambio, había recibido una imagen feliz de su niñez. Genji siempre había recordado ese período de su vida como una etapa llena de vergüenza y dolor. Había olvidado los momentos felices en que los tres juntos eran la pequeña familia más dichosa de todas las islas de Japón.

—¿Mi señor?

Habían llegado. Genji bajó del carruaje.

—¿Estás seguro de que te sientes bien como para hablar, mi señor?

—Sí, estoy bien.

Su visión también había ayudado a su asesino de otra forma. Los guardaespaldas de Genji, preocupados por su desmayo y su poca estabilidad al caminar, le prestaban más atención a él que a los peligros que podían acechar entre la multitud.

La predicción y el resultado estaban entrelazados y eran inseparables. Cuando era pequeño, no lo comprendía. Se preguntaba cómo era posible que la dama Shizuka supiera tanto de lo que iba a pasar en el futuro y aun así no fuera capaz de evitar las traiciones que ella conocía antes de que fueran siquiera concebidas. Ahora, al final de su vida, el misterio se había aclarado.

Conocer el futuro era como conocer el pasado. No era

posible controlar ni alterar los acontecimientos, sólo modificar la propia actitud hacia ellos. Al igual que la tierra, el corazón se mueve en diferentes direcciones. La amargura, la angustia, el miedo y el odio están de un lado; el equilibrio, la gratitud, la bondad y el amor, del otro.

El verdadero poder del profeta, no muy distinto al de cualquier otro ser humano, era ser capaz de elegir la dirección en que se movía su corazón.

¡Qué afortunado había sido él en el amor que había dado y había recibido!

Desde el interior de la sala de la Asamblea Legislativa llegaban fuertes voces de discordia. Iwao se apartó a un lado y le abrió la puerta.

Okumichi Genji, par del reino, ministro sin cartera del gobierno de Su Majestad Imperial, el emperador Mutsuhito, ex gran señor de Akaoka, amante de una geisha y una misionera y asesino involuntario de ambas, esbozó esa leve sonrisa burlona que muchas veces era malinterpretada y avanzó tranquilo hacia el cumplimiento de su visión.

Castillo Bandada de Gorriones, 1867

El amor que Emily sentía por Genji era indudable e inquebrantable. Estaba dispuesta a sacrificarlo todo por él: su cuerpo, sus sentidos, su vida, su felicidad terrena, su lugar en el cielo. Si para salvar su alma tenía que zambullirse en las profundidades del infierno, se lanzaría gozosa contra las llamas, porque ¿qué dicha mayor podía existir que la de asegurarle la salvación a su amado? En la inocencia de su juventud, había imaginado que una vez que encontrara ese amor, éste la guiaría incansablemente hasta el fin.

¡Qué pensamiento tan ingenuo!

Ahora se daba cuenta de que el amor no era algo enteramente espiritual.

Últimamente, cada vez que estaba en presencia de Genji, percibía ciertos signos físicos que la inquietaban, sobre todo cuando se encontraban a solas. Lo peor de todo era que las sensaciones que le provocaban tales síntomas no le resultaban completamente desagradables. Su educación y su fe le impedían concentrarse demasiado en ellos. De todas formas, no podía evitar notar que sus efectos eran íntimos y fuertes. Mientras Genji la considerara repulsiva, no había peligro. La falta de interés que demostraba por ella era su mejor defensa contra sí misma. Sin embargo, en los últimos tiempos le había parecido que él la miraba de esa forma particularmente intensa, propia de los hombres cuyo instinto animal había derrotado las restricciones impuestas por la moral y la civilización. Cuando advirtió esa mirada, no se sintió avergonzada ni horrorizada, como le habría ocurrido en el pasado. En cambio, sintió que se sonrojaba y que un hormigueo insoportable le recorría la piel por debajo de la ropa. Si él se dejara llevar, ¿podría ella resistirse? No creía tener la voluntad para hacerlo. Si su principal preocupación hubiera sido la castidad, habría podido solucionar el problema fácilmente marchándose. Pero no lo era. El alma inmortal de Genji también estaba en la balanza.

Si se marchaba, evitaría convertirse en un instrumento involuntario de un pecado carnal. Pero ¿acaso pensar de esa manera no significaba ponerse a sí misma por encima de él, disfrazando de rectitud su preocupación por su persona? Genji tenía muchas oportunidades de cometer actos carnales sin necesidad de recurrir a ella. Además de las ubicuas geishas, estaban las dos desafortunadas muchachas que habían pasado a formar parte de la casa en el degradante y esclavizante rol de concubinas. Emily sentía que, a través de los años, había hecho muchos progresos en su esfuerzo por mantenerlo alejado del camino de perdición de sus antepasados. Sin embargo, esta clase de cosas sugerían que el trabajo estaba peligrosamente incompleto.

Aún más grave que las eventuales caídas en la tentación de la carne era su blasfema conducta espiritual. Aseguraba creer en la sumisión a la voluntad y a la omnipotencia del Padre, sentir gratitud por el sacrificio y la resurrección del Hijo y encontrar consuelo en el abrazo indulgente y protector del Espíritu Santo. Sin embargo, no admitía que la infinidad de Budas y dioses que tenía eran simplemente producto de la superstición. Además, todavía practicaba el culto a la nada que promovía el excéntrico rito del zen de los Patriarcas. Él decía que no era un culto, pero ¿de qué otra manera se lo podía llamar?

«Es sólo dejarse llevar», solía decir.

¿Acaso no era eso todo lo contrario de la salvación que implicaba aferrarse a la palabra y la gracia de Nuestro Salvador?

Genji sufría de una gran aflicción muy común entre sus compatriotas: la capacidad de suscribir muchas creencias contradictorias al mismo tiempo. Para él no había ningún problema en ser budista, sintoísta y cristiano a la vez. Podía creer en el libre albedrío con el mismo fervor con el que creía en la predestinación. Podía aceptar la Palabra Verdadera y la nada con el mismo «amén».

De todas las cosas que podían llevarlo a la perdición, la peor era su confianza en el don profético que supuestamente heredaban todos los de su linaje. Genji alegaba que tanto su difunto abuelo, el señor Kiyori, como su tío Shigeru, el parricida, lo poseían. De todas formas, había dejado de afirmar que él compartía ese don, simplemente porque sabía que una declaración como ésa iba en contra de las creencias más profundas de ella. Sin embargo, mantener en secreto una creencia herética no conlleva el perdón de Dios. El silencio no hacía más que agravar el pecado.

Su partida marcaría indudablemente el fin de su conversión del paganismo al cristianismo. Sólo si ella se quedaba y continuaba con su guía cordial pero firme lograría que Genji terminara de reformarse para asegurar su salvación.

Eso la abocaba nuevamente a los inminentes peligros físicos. Todos sus esfuerzos por razonar parecían estar atrapados en el mismo círculo lógico.

El dilema de Emily se complicaba aún más por la existencia de los pergaminos de *El puente de otoño*, que contenían predicciones que sin duda se habían hecho realidad. Eso ya le resultaba bastante inquietante, pero lo que más la asustaba era que todo indicaba que la narración en su conjunto estaba dirigida directa y específicamente a ella.

La autora de los pergaminos, la dama Shizuka, había muerto más de quinientos años antes de que Emily naciera.

Tenía que haber otra interpretación posible para los escritos de *El puente de otoño*. Sin la ayuda de Hanako, su comprensión lingüística se veía limitada. Sin embargo, si intentaba mirar con los ojos de una verdadera creyente y observaba las palabras, no desde un punto de vista demoníaco sino a la luz de la auténtica fe cristiana, ¿sería capaz de ver la verdad?

No había otra alternativa.

Cogió el último pergamino, el número doce, para analizar de nuevo las líneas finales. Rogó ser capaz de interpretarlo con nuevos ojos. Respiró hondo y lo abrió.

Sólo había algunas marcas borrosas e ilegibles, como vestigios de humo suspendidos sobre una fogata ya extinguida. Al ver lo que quedaba de los escritos de la dama Shizuka, Emily palideció por completo.

Fue hasta el arcón mongol y examinó los otros once. Estaban todos en blanco, como si nunca hubiera habido nada escrito en ellos.

Emily se recostó contra el tronco del manzano. Había andado desde el castillo hasta el valle. La última vez que había caminado tanto había sido cuando, siendo aún una niña, se había marchado para siempre de la granja de sus padres. De inmediato, las llamas se habían elevado hasta el cielo. Un incendio premeditado que había iniciado su madre para purgar crímenes peores. Ahora, las llamas estaban en su interior, invisibles y contenidas, pero no por eso menos abrasadoras.

Sólo le quedaban sus recuerdos de *El puente de otoño* como guía. ¿Podría fiarse de su memoria?

«El señor Narihira soñó que la llegada de una belleza

americana señalaría el triunfo definitivo de nuestro clan. Tenía razón. Sólo que, cuando él vivía, todavía no existía tu América, por eso, entendió mal su sueño. Tú no eras una especie de rosa a la que había que nombrar para que se cumpliera su sueño.»

Este párrafo la había impresionado tanto que había tratado de borrarlo de su memoria. Ahora luchaba desesperadamente por recuperarlo. Sin embargo, no se fiaba en absoluto de su precisión. La referencia a «tu América» ya le resultaba bastante escalofriante. Pero que los manuscritos de *El puente de otoño* dijeran: «Tú no eras una especie de rosa a la que había que nombrar para que se cumpliera su sueño», eso sí rayaba en lo satánico. ¿Quién más que ella podía ser ese «tú»?

«El nacimiento de tu hija le aclarará todo a él pero nada a ti. No sobrevivirás mucho tiempo después de dar a luz. Ella sabrá muchas cosas de ti por medio de su padre. Como va a conocerte, déjame que te cuente de ella, así tú también podrás conocerla. Se llamará como yo. Tú insistirás en que sea así antes de morir. Te doy las gracias por ello.»

¿Habría leído bien? ¿Acaso estaba prediciendo que se uniría a Genji y que posteriormente moriría en el parto?

Era imposible. Nadie podía predecir el futuro como Jesucristo y los profetas del Antiguo Testamento. Si los pergaminos pretendían hacerlo, entonces eran blasfemos, perjuros y diabólicos. Lo único que tenía que hacer para demostrar su falsedad era aceptar la propuesta de matrimonio que le haría Charles Smith, que tenía que llegar en cuestión de días. En el transcurso de la semana podría demostrar que no eran más que mentiras. Pero ¿en qué ayudaría todo eso a Genji? Su matrimonio con Charles no contribuiría en absoluto a que Genji desconfiara de su propio don profético. Ése era el peligro más grande para su alma mortal.

Por más que proclamara vehementemente su fe en Jesucristo como su señor y salvador, su afirmación no era coherente con su concepción de sí mismo como profeta. La combinación de lo justo y lo blasfemo lo alejarían para siempre de la misericordia y del perdón de Cristo y, de ese modo, quedaría excluido para siempre de la resurrección. Era capaz de soportar apartarse de él en esta vida, pero la idea de estar separados durante toda la eternidad era algo intolerable. Tal vez también en este caso sus razones fueran poco piadosas.

Vio a un jinete que cabalgaba en la cima de la colina sobre el valle. Era Genji. A medida que se acercaba hacia ella recordó aquel día, años atrás, en que él yacía en la nieve desangrándose. Lo había estrechado entre sus brazos y le había jurado a Dios que no dudaría en sacrificar su propia vida para salvar la de él. Por un momento, el pasado le resultó más vívido que el presente.

Ese recuerdo la llevó a tomar una decisión osada.

—Espero no molestarte —dijo Genji.

—No, no me molestas —respondió Emily.

—Si lo prefieres, te dejo sola. Es un hermoso día para estar en soledad.

—Me alegro de que vinieras —dijo ella—. Estaba a punto de ir a buscarte.

—¿En serio? —Se apeó y se situó junto a ella—. ¿Por algún motivo en particular o porque me echabas de menos?

Sintió que se sonrojaba, pero no dejó que la vergüenza la apartara de su objetivo.

—Quiero hablar contigo sobre los pergaminos que he estado leyendo —dijo Emily, y continuó antes de perder el valor—. No eran las crónicas de Bandada de Gorriones.

—¿No?

—Son, o dicen ser, los escritos de *El puente de otoño* de la dama Shizuka.

—Ah —respondió Genji, y esperó a que ella siguiera hablando.

Su falta de interés la desconcertó.

—Parece que no te sorprende —dijo ella—, ni tampoco te provoca curiosidad.

—No —contestó Genji—. Hanako me lo contó todo en cuanto se enteró.

Emily lo miró, incapaz de creer lo que oía.

—Hanako era mi amiga. Me prometió que no se lo diría a nadie.

—Sí, era tu amiga, pero yo era su señor. No podía ser leal si me ocultaba una cosa así. En cambio....

Genji se interrumpió y se acercó rápidamente para sostener a Emily, que se llevó la mano a la cara y perdió el equilibrio. Se apoyó contra el tronco y lo alejó de ella.

—No, por favor, puedo tenerme en pie sola.

—¿Estás segura?

—No me queda otra alternativa. Y parece que nunca la tuve. Aun cuando pensaba que podía contar con otras personas, no era así.

—¡Hanako no te traicionó! —exclamó Genji—. ¿Cómo puedes pensar así? Dio su vida por ti en la abadía de Mushindo.

—Sí, es verdad —dijo Emily, echándose a llorar—, pero dijo que iba a guardar mi secreto y no lo hizo.

—Ella no pensaba que fuera tu secreto —respondió Genji—, pero como tú creías que sí, me hizo jurar que no interferiría ni diría nada hasta que tú no hablaras. He cumplido con mi palabra.

—Fue pura casualidad —dijo Emily—. No podías estar seguro de que yo alguna vez te dijera algo. Si no lo hacía, tarde o temprano me lo habrías preguntado. Tu palabra vale tan poco como la de ella.

—No, Emily, te equivocas. Yo estaba seguro de que vendrías a contármelo.

—¿Ah, sí? ¿Tuviste una visión en la que yo te hablaba de *El puente de otoño*? —Sólo el dolor que sentía podía hacer que utilizara esa palabra como pulla.

—No —dijo Genji. Respondió con calma la provocación de sus ojos y de su tono—. Fue otra clase de visión.

Genji, una vez más un pasajero en su propio cuerpo, se ve a sí mismo caminando por el pasillo. El hombre que será está impaciente. Genji se da cuenta por la rapidez de sus pasos. Está en el castillo y se dirige a sus aposentos. Desde el extremo opuesto del pasillo oye el llanto de un recién nacido proveniente de la habitación hacia la que se encamina a toda prisa. A su paso, los sirvientes se arrodillan haciéndole reverencias.

Entra en la habitación y ve a una de las criadas con un bebé en brazos.

—Señor Genji —dice, y le muestra al niño. Pero él apenas lo mira. Está preocupado por otra persona que está en la habitación contigua. Antes de entrar, el doctor Ozawa lo intercepta y cierra la puerta detrás de sí.

—¿Cómo está? —pregunta Genji con voz ansiosa.

—El parto fue difícil —responde el doctor Ozawa.

—¿Está fuera de peligro?

El doctor hace una reverencia.

—Lo lamento, mi señor —dice.

Genji cae de rodillas. Siente que el dolor le invade todo el cuerpo.

—Eres padre, señor Genji —lo consuela el doctor, y coloca al bebé en sus débiles brazos. Él trata de mirar el rostro del recién nacido, esperando encontrar algún indicio de la identidad de la madre. Pero el Genji que será no ve al bebé. Su atención se centra en otra cosa, en la pequeña joya que cuelga de una cadena de plata alrededor del cuello del bebé.

Es un minúsculo relicario de plata que tiene grabada una cruz decorada con una delicada flor, una flor de lis.

—Es muy bonito ese relicario que llevas —dijo Genji.

—Eso no prueba nada —repuso Emily—. Aunque hayas visto lo que crees haber visto, no prueba nada. —La revelación de Genji la había turbado, pero no podía admitirlo, pues ello supondría aceptar la posibilidad de que él realmente hubiera tenido una visión—. Cuando uno sueña, puede tener alucinaciones de lo más extrañas. Los sueños son así. Tú ya habías visto mi relicario, Hanako te habló de las predicciones de la dama Shizuka y en tus sueños las dos cosas se mezclaron de la manera más insólita. Eso es todo.

—Ese sueño, como tú lo llamas, lo tuve hace seis años en la rosaleda del castillo. Te aseguro que yo tampoco tengo interés en que se haga realidad.

Emily se alejó de él. Hurgó dentro de su blusa y se desabrochó la cadena de plata. Se volvió de nuevo hacia Genji, tomó su mano entre las suyas y le dio la cadena y el relicario con la flor de lis. Era su posesión más preciada. Pensaba que no tendría que separarse de ella hasta que muriera. Otra esperanza falsa.

—Ten, es tuyo. Regálaselo a tu esposa, a tu amante o a tu concubina, la que te dé tu primer hijo, para que se lo dé al niño. De esa forma, tu sueño se hará realidad y así quedará confirmado que no era una visión con ningún tipo de veracidad.

Genji observó el relicario y meneó la cabeza.

—Mi padre me dijo que era inútil tratar de evitar que las visiones se cumplieran. Sea como sea, ocurrirán y, si se trata de eludirlas, probablemente las consecuencias sean más peligrosas. Sin embargo, yo lo he intentado. Me distancié todo lo que pude de ti. Estuve con geishas con las que no me interesaba estar. Incorporé dos concubinas a mi casa. Apoyé tu relación con Charles Smith y Robert Farrington. Si una de las geishas o las concubinas me da un hijo, puedo ilusionarme con la idea de que lo que tuve no era una visión sino un sueño, como tú dices. O si te casas con Smith o Farrington y regresas a Norteamérica, tal vez me convenza de que lo que dices es verdad. —Genji tomó la mano de Emily y le devolvió el relicario—. Tu matrimonio es nuestra única esperanza, Emily. Si no estamos juntos, la visión no puede cumplirse. Sería absolutamente imposible.

Cuando Genji trató de retirar la mano, Emily se la retuvo. Lo miró durante largo rato sin ninguna expresión. Luego, lentamente, una sonrisa iluminó su rostro y se echó a llorar de nuevo. Lloraba en silencio y sonreía sin dejar de observar la cara de Genji.

—¿Qué sucede?

—Desde hace mucho tiempo que te amo. —Hizo una pausa, respiró hondo y continuó—. Hasta este momento, no tenía idea de que tú también me amaras.

—Si hice algo que te diera esa impresión, lo lamento mucho —dijo. Los cristianos consideraban que mentir es un pecado. Creían, equivocadamente, que la verdad era siempre la mejor opción—. No es así —mintió—. Lo siento.

—Durante seis años me has engañado muy bien. Pero ahora comprendo la verdad.

Genji se echó a reír para aligerar la situación.

—¿Cómo te diste cuenta? —dijo como si no fuera más que una broma.

—Tú confías en tus visiones —explicó Emily—, y en las que tus antepasados han tenido durante seiscientos años. Estás convencido de que cualquier intento por evitarlas fracasará y conducirá a un desastre mayor. Crees fervientemente en todo esto y, sin embargo, estabas dispuesto a alejarte de mí para evitar que tu visión se cumpliera.

—El hecho de que no sea un buen cristiano como tú quisieras no significa que carezca por completo de todas las virtudes cristianas. Soy tu amigo y no deseo que sufras. No quiero que mueras antes de tiempo.

—¡Mentiroso! —exclamó Emily, y sonrió.

La forma en que lo dijo le recordó a Heiko la última vez que la había visto. Sin embargo, ella no había sonreído.

—Estás arriesgándote a ti mismo, el futuro de tu clan y la seguridad, o tal vez hasta la existencia, de tu heredero. ¿Para qué? ¿Para protegerme? —Le soltó la mano que había estado sosteniendo firmemente hasta ese momento—. Te preocupas más por mí que por ti mismo —dijo—. ¿Acaso no era ésa tu definición del amor?

Genji se miró la mano. Emily le había dejado el relicario.

Si quería que se marchara, lo único que tenía que hacer era conservarlo y negar todo lo que ella había dicho. Así se iría. Se casaría con Smith, o con Farrington, o con algún otro americano y se marcharía de Japón y lo abandonaría, no porque creyera que él no la amaba, sino porque jamás osaría imponérsele, ni siquiera para salvarlo. El libre albedrío tenía un papel muy importante en los principios básicos de su fe, que estaban estrechamente relacionados con su idea de romanticismo.

Libre albedrío.

Genji no conocía el significado exacto de esas palabras. En su mundo no tenían ningún sentido. El albedrío era el medio por el cual una persona cumplía su destino. ¿Libre? Nadie era libre. La libertad era una ilusión creada por los demonios en la que sólo los tontos y los locos creían.

¿Y él qué era? ¿Un loco? ¿Un tonto? ¿Un demonio? Quizás un poco de los tres.

Genji cogió el relicario de la cadena. Era tan brillante como en su visión. Se acercó a Emily. Sus manos le rozaron levemente el cuello mientras le abrochaba la cadena.

¿Predestinación o libre albedrío?

—Genji —dijo Emily, y se abandonó lentamente entre sus brazos.

Emily tuvo poco tiempo para maravillarse con el inesperado desenlace de los hechos. Una vez que Genji hubo tomado su decisión, planeó y ejecutó los acontecimientos subsiguientes con la velocidad y la precisión de un general samurái en campaña. En menos de tres semanas, la capilla en la colina situada sobre el Valle de las Manzanas, de la cual habían hablado tanto, se convirtió en realidad. El encargado de la construcción, Tsuda (el mismo que había descubierto los pergaminos de *El puente de otoño* y se los había enviado a Emily), trabajó a sol y a sombra, como si su vida dependiera de que la obra se completara a tiempo. Las criadas del castillo cosieron un vestido siguiendo un modelo francés tan elaborado, que sin duda debía de haber sido diseñado antes de la revolución. Utilizaron muchos metros de seda china, lino irlandés y encaje francés. Emily escuchó que una de las muchachas comentaba que tan sólo el costo del elaborado canesú bordado equivalía al ingreso anual de algunos de los dominios más pequeños. Se sentía terriblemente avergonzada por el despilfarro de dinero. Ni siquiera la reina Victoria debía de haber estado tan finamente arreglada en su propia boda. Sin embargo, no le dijo una palabra a Genji. Sabía que tenía una buena razón para montar tamaño espectáculo. El señor de uno de los más antiguos linajes del reino iba a desposar a una extranjera sin nombre, sin conexiones políticas y sin fortuna. Estaba tratando de combatir los inevitables comentarios maliciosos con un gran despliegue de orgullo. Tal vez después de todo la estrategia no era muy distinta a la de una campaña militar.

No podía creerlo. Ella, Emily Gibson, una campesina del valle del río Hudson estaba a punto de casarse con un jefe militar japonés que, además, era un pagano.

Hidé se detuvo al borde del agua y observó el barco que estaba anclado a metros de la costa. Su presencia lo llenaba de odio, hasta el punto de que necesitó de toda la disciplina militar que tanto le había costado conseguir para mantener su respiración serena y silenciosa. ¿Acaso no era una de las máximas de los samuráis la que decía que si la respiración de un hombre podía ser escuchada por su oponente ya estaba derrotado? No quería dar un mal ejemplo.

—Yo cuento sólo cuatro cañones —dijo Iwao—. El barco de nuestro señor, el *Cape Muroto*, tiene veinte. Somos más fuertes que los norteamericanos. —Se alegró de que su padre lo alzara y lo abrazara. Quería que lo hiciera, pero no se atrevía a pedirlo. Un samurái jamás pedía favores, aun cuando tuviera tan sólo cinco años.

—No, todavía no —respondió Hidé—. El barco de nuestro señor es de madera. Ése está revestido en acero. Los bombardeos de los veinte cañones del *Cape Muroto* rebotarían contra las placas de metal. Además, observa el tamaño de esos cuatro cañones, Iwao. ¿Ves que están colocados sobre torretas? Pueden girarlos y disparar en cualquier dirección sin importar hacia dónde esté yendo el barco.

A Iwao no le gustaba escuchar lo fuertes que eran los extranjeros.

—*Hampton Roads* —dijo—. ¿Estoy leyendo bien el nombre, papá?

—Sí.

—Es un nombre tonto. *Cape Muroto* es mucho mejor.

Hidé le sonrió a su hijo para no echarse a reír.

—Nosotros no somos los únicos que apreciamos la historia. Hampton Roads es el lugar donde los acorazados combatieron por primera vez.

—¿En serio? ¿Quién ganó?

—Ninguno de los barcos consiguió hundir al otro. No hubo vencedores.

—Si no podemos hundirlos en batalla, lo atacaremos mientras está anclado —dijo el niño—. Mira papá, los centinelas de a bordo no están prestando atención. Están ahí sentados, riendo y fumando en pipa. ¡Creo que están borrachos!

—¿Y cómo lo harías?

Iwao frunció el entrecejo con aire de concentración.

—De noche —respondió—. Los botes son fáciles de ver, aun cuando no hay luna. Por eso, enviaría un grupo de soldados a nado desde el este. Las luces del pueblo que vienen del oeste cegarían a los centinelas.

—El agua estropearía tus armas de fuego —objetó Hidé.

—No necesitamos armas de fuego —replicó Iwao—, sólo espadas y dagas. Las armas de fuego no harían más que alertar al enemigo. Los aceros son silenciosos. Tomaremos el *Hampton Roads* mientras la mayor parte de la tripulación duerme. Veinte hombres podrían hacerlo, si fueran los veinte más valientes.

—Disculpad, mis señores. —Una criada se arrodilló en la arena frente a ellos—. La ceremonia va a comenzar.

—Gracias —dijo Hidé. Bajó a Iwao y ambos siguieron a la criada hasta Bandada de Gorriones.

—Me alegro de que Emily se case —comentó Iwao.
—¿Sí? —Hidé miró a su hijo—. ¿Por qué?
—Así ya no estará sola —respondió el pequeño.

—Ésta no es exactamente la boda que había imaginado —dijo Charles Smith.
—Lo mismo digo —convino Farrington. A excepción de los dos americanos, los invitados eran todos soberanos locales con sus vasallos.
—Debo admitir que me sorprende verte aquí —comentó Smith.
—El *Hampton Roads* no tiene una ruta fija —explicó Farrington—, y el capitán y yo somos viejos compañeros de armas, así que llegar hasta aquí no me fue difícil.
—Me refería a las barreras sociales más que a las geográficas.
—No veo por qué razón habría de perderme la boda de una mujer por la cual tengo gran afecto —dijo Farrington—, aun cuando no apruebe el marido que eligió.
Los dos hombres quedaron en silencio. Ninguno sabía qué estaría pensando el otro, pero ambos lo imaginaban.
Farrington hizo una mueca que trató de no prolongar en el tiempo.
Smith, sonriendo, se entretenía con la escena que estaba imaginando.
No todos los días una bella virgen americana se sacrificaba en el altar de Bushido.

La alcoba nupcial estaba tan bien amueblada y decorada al estilo norteamericano que Emily podría haber imaginado perfectamente que se encontraba en Albany en lugar de en Akaoka. Lo que más le llamaba la atención, tal vez por su estado de ánimo, era la enorme cama imperial de cuatro postes con sus mullidas colchas y almohadones y sus sábanas blancas de pura seda.

Emily se detuvo delante del espejo que estaba junto al tocador. Sin orgullo ni falsa modestia, observó la belleza y la elegancia de su reflejo. Si hubiera estado viendo a una persona desconocida, habría quedado tan asombrada por la perfección de la imagen que habría tenido que recordarse a sí misma que todo era vanidad, incluyendo las obras humanas y el hombre mismo, que se esfuman rápidamente. Como era su propia figura la que estaba mirando, no necesitaba repetírselo. Tras la calma aparente del rostro que veía en el espejo, podía percibir su total perplejidad.

La ceremonia en sí había sido... impresionante. No había otro modo de describirla. La sorprendió que Charles y Robert hubieran acudido, y aún más el modo tan civilizado en que se habían comportado el uno con el otro. Sus felicitaciones le habían sonado bastante sinceras. Como de costumbre, Robert había ocultado sus emociones. Charles, en cambio, había sido muy efusivo, como si él mismo hubiera sido el novio. Las nupcias habían sido realizadas por un ministro luterano de Holanda. Sus antepasados y él conocían a los señores de Akaoka desde hacía muchas generaciones. Emily consideró una clara señal de la voluntad de Dios el hecho de que ninguno de los integrantes de la familia de Genji se hubiera convertido al luteranismo durante todo ese tiempo y que él hubiera resuelto bautizarse en la Verdadera Palabra una semana antes de la boda. Su decisión no había tenido ninguna consecuencia visible en la relación con sus pares. Todos los grandes señores del oeste de Japón que se oponían al sogún de Tokugawa habían asistido, al igual que los emisarios de alto rango del sogún mismo. Todos la habían tratado con respeto y habían disfrutado de la celebración.

En verdad, sólo recordaba esos pocos detalles. Tanto la ceremonia como la celebración se le habían pasado volando. Estaba demasiado preocupada por lo que vendría después.

Y ahora, el momento había llegado. Dentro de unos minutos (muy pocos) Genji vendría a ella esperando su obediente sumisión. Confiaría en Dios. Se portaría lo mejor que pudiera y no permitiría que su angustia física o sus ansiedades lo privaran de sus derechos conyugales. Pero tenía miedo. No podía negarlo.

¿Qué desearía?

Los cristianos, aun los malos, concebían el matrimonio como medio para la procreación y no como excusa para cometer excesos sexuales. De modo que para ellos existía una barrera de conciencia que servía como defensa contra las inclinaciones más bestiales. Para Genji, esa barrera no existía. En primer lugar, era japonés, y los habitantes de esa tierra no parecían considerar nada como un acto prohibido, en tanto y en cuanto fuera consentido. De hecho, una vez que una mujer se convertía en la pareja íntima de un hombre, quedaba implícito que daba su consentimiento para cualquier acto subsiguiente. Actos que serían considerados perversiones, atrocidades y pecados capitales para las leyes y los códigos morales de cualquier nación occidental.

Ella no se había interesado por esas verdades atroces. Pero, tras vivir seis años en ese país, le había resultado imposible no descubrirlas. Los primeros indicios le llegaron a través de los comentarios que había escuchado de las damas y las criadas de la casa. Los diálogos que mantenían acerca de sus relaciones sugerían un comportamiento absolutamente amoral. A esto le siguió un desafortunado incidente en la biblioteca del castillo, donde por casualidad descubrió una serie de libros y manuscritos que hasta entonces no había visto. El primero que se atrevió a abrir contenía lascivas ilustraciones del más repugnante comportamiento íntimo. No obstante, lo peor eran los dibujos de colores y tamaños exagerados de los genitales femeninos y masculinos que acompañaban las figuras. Se horrorizó tanto que lo cerró de inmediato. Sin embargo, ese breve vistazo quedó grabado para siempre en su memoria. Pasó una hora antes de que reuniera el valor necesario para abrir el libro que estaba al lado del primero. No lo hizo impulsada por una curiosidad libidinosa, sino por el deseo de comprender mejor a la gente que la rodeaba. El primer paso para encontrar una cura era conocer la enfermedad.

El segundo libro contenía simples gráficos en tinta, apenas unas pocas líneas, pero lo que mostraban era aún peor. Mujeres desnudas y amarradas en posiciones grotescas, dolorosas y obscenas. El japonés de Emily era muy poco fluido, aunque sabía leer lo suficiente como para comprender que era un manual de instrucciones detallado de torturas sexuales.

Dejó los libros en su lugar y fue a seguir con sus estudios en otra parte. Cuando Hanako vino a ayudarla, Emily trató de abordar el tema. Pero ¿cómo podía una mujer decente hablar de esa clase de cosas, aunque fuera con su mejor amiga? Lo intentó muchas veces, pero lo único que lograba era sonrojarse. Al final, no dijo nada sobre el asunto.

Después Hanako murió y ya no quedó nadie con quien Emily pudiera hablar. Tenía que arreglárselas por su cuenta.

Confiaría en que Dios le mostrara el camino. Sin embargo, de pie frente al espejo, tan radiante con su vestido de novia, ningún camino le parecía posible.

Comenzó a desvestirse.

Lo peor que tendría que afrontar no era el acto sexual, sino el momento de la confesión. Desde que había llegado a Japón, no había hecho más que dar una imagen falsa de pureza y santidad. No era lo que fingía ser. No era virgen.

Por más que las circunstancias en que había perdido su castidad no habían sido elegidas por ella, eso no justificaba que se lo hubiera ocultado a Genji. Había sucedido cuando todavía era una niña y la habían obligado brutalmente a obedecer. Sin embargo, eso no cambiaba nada ni mitigaba la vergüenza. Debería habérselo dicho antes de la boda. Quería hacerlo, lo había intentado... pero, por un motivo u otro, nunca había encontrado el momento adecuado. Ahora tenía que decírselo antes de que él lo averiguara por sus propios medios.

¿Cómo recibiría la noticia? ¿Se sentiría decepcionado? ¿Se enfurecería?

Una sola vez había visto a Genji enfadado.

En esa ocasión, había decapitado a la persona a la que desaprobaba.

Genji se dirigía hacia la alcoba nupcial con el corazón lleno de temor. Ya no le preocupaba la visión que había tenido, en la que el nacimiento de su hijo llevaba a Emily a la muerte. Habían decidido juntos seguir adelante. Vivirían y morirían con las consecuencias de sus decisiones. No había nada más que pensar al respecto. Su ansiedad no guardaba relación con un acontecimiento del futuro, sino con algo mucho más inminente: la consumación de su matrimonio.

Desde que a los doce años había tenido su primera experiencia, todas sus parejas habían sido, casi exclusivamente, mujeres muy experimentadas en las artes de la seducción. Cuando eran vírgenes, como en el caso de las dos concubinas que había adquirido recientemente, se trataba de muchachas que habían sido entrenadas y preparadas exhaustivamente para dar y recibir placer. Su castidad constituía un requisito para el papel que desempeñarían en su vida (posibles madres del heredero de un señor), no se debía a su desinterés, ni a su ignorancia, ni a la falta de oportunidad. Su reputación de amante experimentado, si bien no era infundada, la había adquirido a través de los juegos de seducción mutua, ritos que respondían a una larga tradición de romance entre los nobles. El único objetivo de las mujeres con las que había dormido era lograr que él alcanzara la perfección de su actuación. Si no lo conseguía, la culpa era de ellas, porque la alcoba era su campo de batalla y las prácticas sexuales, su arsenal. Por supuesto, Genji había prestado atención. Había aprendido muchas cosas valiosas de las mejores expertas del reino. Si bien no había modo de estar absolutamente seguro de lo que sentía una mujer, confiaba bastante en sus habilidades.

Fue al retirarse de la fiesta para ir al encuentro de su esposa que lo asaltaron estas dudas.

No tenía la menor idea de cómo comportarse con una mujer que no sabía guiar ni dejarse llevar. Frente a esta realidad desoladora y atemorizante, el hecho de que ella fuera una misionera cristiana norteamericana pasaba absolutamente inadvertido.

Emily oyó que alguien llamaba a la puerta. Genji era el único que lo hacía. Todos los demás seguían la costumbre de anunciar su presencia en voz alta desde fuera. Él lo hacía por respeto a ella.

Estaba tan tensa, que este simple hecho hizo que los ojos se le llenaran de lágrimas.

—Adelante —dijo cuando pudo recuperar el control de sí misma.

Genji vio que Emily ya estaba metida en la cama, tapada hasta el cuello con la manta. Esperaba que no estuviera desnuda. Charles Smith le había dicho que las mujeres occidentales preferían hacer el amor sin que la ropa las incomodara. Genji no le creyó, por supuesto. Smith era bromista por naturaleza y a menudo decía cosas para dejar perplejos a sus interlocutores más que para informarlos. La única mujer que había estado totalmente desnuda con él había sido Heiko. La falta de consideración por las normas era parte de su encanto. Las otras mujeres hacían el amor vestidas con las tradicionales y seductoras batas. Eso era arte. La desnudez completa no tenía nada de artístico.

¿O sí? ¿Sería acaso éste otro aspecto de la vida que los extranjeros percibían de manera completamente distinta? En el arte japonés no había desnudos, e incluso muy pocos en las representaciones sexuales explícitas. En cambio, en la cultura occidental la desnudez inundaba los santuarios y los cuadros que adornaban hasta los edificios públicos de sus capitales. ¿O estaría confundiendo el Occidente antiguo con el moderno, los griegos y los romanos con los norteamericanos y los británicos?

Genji se sentó en su lado de la cama (Emily se había situado notoriamente en una mitad del lecho) y se quitó el quimono exterior. Para la boda se había vestido con el atuendo japonés tradicional. Emily le había preguntado si debía ponerse el quimono nupcial que venía en el arcón mongol, pero Genji le había dicho que no. Sabía que se sentiría incómoda si se lo ponía. Además, tenía sus dudas acerca de cómo se vería Emily con quimono. Su complexión, extremadamente protuberante a la altura del pecho y las caderas y notoriamente estrecha en la cintura, era demasiado extravagante para proporcionar la estructura adecuada para que el quimono cayera con gracia. El vestido de novia le sentaba de maravilla, exactamente como él lo había imaginado. Una cosa era adaptarse y otra muy diferente, tratar de ser lo que uno no era. Una lección que él y sus compatriotas deberían recordar muy bien en el futuro.

Iba a deslizarse bajo la manta cuando recordó otra cosa que Smith le había dicho. Las mujeres occidentales prefieren la intimidad a oscuras.

—¿A oscuras? —había dicho Genji—. ¿Te refieres a que prefieren que sea de noche y no de día?

—Me refiero a la oscuridad —había contestado Smith—. De noche y sin luz.

—Sin más iluminación que la luna y las estrellas —había dicho Genji.

—No. En una habitación cerrada, con las persianas y las cortinas cerradas para que no se vea la noche y sin luz artificial de ningún tipo.

—Pero de esa forma es imposible ver nada —había exclamado Genji.

—Ése es exactamente el propósito —había dicho Smith.

Genji no le había creído, pero había aprendido que con los extranjeros no siempre había que descartar lo que parecía increíble.

—Apagaré la vela —le dijo a Emily.

Ella había estado pensando en eso mientras él se desvestía. Gracias a Dios, no se había desnudado por completo. Anhelaba la protección de la oscuridad, pero también le causaba miedo. Si no tenía un punto de referencia visual, sujeta a quién sabe qué tipo de invasión y abuso físico, se sentiría desorientada y entraría en pánico.

—Por favor —respondió—, déjala encendida.

Lo miraría a la cara y buscaría allí la seguridad que pudiera. Pronto el hombre que adoraba desaparecería de su vista, cuando su naturaleza animal triunfara sobre su ser racional. Pero hasta ese momento, lo miraría a los ojos y trataría de ver la bondad que había en ellos.

Genji se acostó de su lado de la cama, sosteniéndose con el codo. Emily lo observaba como un condenado a muerte que esperaba que el verdugo diera el golpe final. Sin duda el amor debía de ser una broma de los dioses, si hacía que dos personas que se amaban tanto tuvieran tanto miedo.

Emily se había soltado el cabello, que caía sobre la almohada como una multitud de filamentos dorados en el más fino de los bordados. La seda blanca de las sábanas complementaba su delicada y pálida piel. Sus exageradas facciones se compensaban con la inocencia de su apariencia. No utilizaba ningún tipo de cosmético para realzarlas. Esos ojos que una vez lo habían turbado por su exotismo ahora le parecían reflejos mágicos del cielo infinito y del océano en sus días más brillantes. ¿Cómo había podido alguna vez no considerarla hermosa? Debía de haber estado ciego.

Genji le quitó el borde de la manta de debajo del mentón. Sus hombros se tensaron brevemente y después se relajaron cuando se detuvo sin destaparla por completo. Llevaba un quimono de dormir. La seda azul pálida, igual que sus ojos, subía y bajaba en su pecho siguiendo el ritmo de su respiración.

Lentamente, Genji dibujó con los dedos una línea, desde el cuello hasta la cintura, siguiendo el borde interno del quimono y abriéndolo ligeramente. Su piel era suave y estaba ardiente. Las mejillas y los párpados se encendieron.

Su respiración se aceleró y volvió el rostro hacia el otro lado.

Genji le acarició una mejilla y ella lo miró de nuevo.

—¿Puedo besarte? —preguntó él.

No lo soportó más. Aquella pregunta, formulada además con tanta timidez, la abrumó. Los ojos se le llenaron de lágrimas y se hechó a llorar.

—Sí —respondió, y cerró los ojos.

Su beso, suave y delicado, casi tan tenue como un soplo tibio sobre sus labios, la estremeció.

Tenía que decírselo. Tenía que hacerlo ahora, antes de que el silencio se convirtiera en una mentira.

—No soy virgen —dijo.

—Yo tampoco —respondió Genji, y volvió a besarla.

Abadía de Mushindo, 1953

A veces, cuando despertaba por la mañana, la anciana abadesa Jintoku no lo hacía en el momento en que estaba, es decir, en el año número veintisiete del emperador Showa, sino en el decimoquinto de Meiji, o en el sexto de Taisho o, sobre todo, en el vigesimoprimero de Komei. Meiji 15 había sido el año en que Makoto Stark había llegado por primera vez al templo. Taisho 6 era memorable por ser el año en que Japón se había convertido en una verdadera potencia al ser uno de los vencedores de la Gran Guerra. Pensaba que la razón por la que despertaba tan seguido en Komei 21 era que aquél había sido el año de la segunda batalla de Mushindo, en la que la dama Hanako había perdido la vida, ella había sido designada abadesa y... ¿Y qué más? Había otra razón. Por la mañana, la abadesa había pensado en ello después de levantarse, pero había terminado por olvidarlo. En fin, ya se acordaría más tarde. O no. De todos modos, no era muy importante.

Permaneció sentada pacientemente en su almohadón mientras la monja que la asistía y los tres huéspedes lo preparaban todo en la pequeña sala de su cabaña. Demasiada gente para un ambiente tan reducido. Sobre todo porque los invitados habían traído grandes equipos con ellos, incluyendo algo que parecía una cámara cinematográfica.

—¿Estás lista, reverenda abadesa? —preguntó la joven monja.

—Siempre lo estoy. ¿Hay algo en particular para lo que quieras que esté preparada?

—Perfecto —dijo el hombre que vestía el llamativo traje de estilo occidental—. Hagamos que repita lo mismo para la cámara. Yas, colócala aquí enseguida.

Lucía un corte de pelo que se había vuelto muy popular durante la ocupación norteamericana: un tanto largo y grasoso, un estilo entre gánster y afeminado. No lo conocía y no le gustaba. No por su ropa o su corte de pelo, sino por la forma en que se movían y brillaban sus ojos. Le recordaban los ojos de los jóvenes durante la guerra (no la Gran Guerra que había finalizado hacía treinta y cinco años, sino la Gran Guerra de Asia del este, que, por orden de los norteamericanos, ahora todos llamaban la Gran Guerra del Pacífico o Segunda Guerra Mundial). Tenían los ojos así porque antes de enviarlos a morir a bordo de los aviones o las naves, les daban pequeñas píldoras blancas que hacían que no necesitaran comer ni dormir y que los volvían impacientes por estrellarse contra los barcos norteamericanos en ataques suicidas.

—No va a ser fácil —dijo la monja.

—¿Por qué? —preguntó una mujer joven.

Vestía de forma similar al hombre que no le agradaba a Jintoku. Su ropa era de estilo norteamericano y, en su caso, particularmente llamativa. Llevaba una falda que dejaba al descubierto la mayor parte de sus pantorrillas rollizas y algo desproporcionadas. Tenía tanto maquillaje que parecía una prostituta Ginza. Su cabello era una masa inmóvil de rulos llamada permanente. A Jintoku la mujer no le desagradaba tanto como el hombre. Más bien le daba pena. Su grotesca deformación sin duda se debía al hombre, éste o algún otro. Las mujeres siempre hacían lo que los hombres querían, aun cuando fuera extraño o nocivo. ¡Qué triste!

—La reverenda abadesa nunca repite lo que dice —explicó la monja.

—Le haremos las mismas preguntas —dijo el hombre.

—Aunque sea la misma pregunta, ella nunca contesta con la misma respuesta —replicó la monja.

—¡Qué personaje! —exclamó el hombre, como si Jintoku no estuviera allí—. Es perfecto de todas formas. Nos dará un magnífico material para el programa.

—¿Qué programa? —preguntó Jintoku.

—¿No lo recuerdas, reverenda abadesa? —dijo la monja—. Los reporteros de NHK Televisión han venido a entrevistarte. Participarás en el especial *Los centenarios de Japón*. Forma parte de la celebración del primer aniversario del fin de la ocupación norteamericana.

—Sí, reverenda abadesa —agregó el periodista—, Japón es libre otra vez.

—Japón nunca fue libre —replicó Jintoku—. Tanto antes como ahora gobiernan los grandes señores.

—Lo tengo —dijo el muchacho que operaba la cámara.

—Fantástico —dijo el periodista—, pero no podremos usarlo. Suena como una referencia militar.

—¿No sabe que el feudalismo terminó hace siglos? —exclamó la mujer que iba maquillada como una prostituta.

—La reverenda abadesa estaba hablando metafóricamente —explicó la monja. No era la misma que le habían asignado el mes pasado. A aquélla Jintoku la había agotado. Ésta todavía estaba fresca. Además, era joven. Quizá durara más que las demás.

—De todas formas, es mejor que pasemos a un terreno más seguro —dijo el periodista. Miró sus notas, refrescó su memoria y habló como si estuviera recitando—. Reverenda abadesa, usted es una de las ciudadanas centenarias más prominentes en nuestro país. Como abadesa fundadora de la abadía de Mushindo, constituye un nexo fundamental con nuestras valiosas tradiciones. Japón posee más habitantes centenarios per cápita que cualquier otro país en el mundo. ¿Cree que esto se debe al profundo interés espiritual de la mayoría de los japoneses?

—Creo que es una especie de maldición —respondió Jintoku—. Los japoneses aprendemos muy lentamente. Cometemos los mismos errores una y otra vez, guerra tras guerra, matando a todos los que se nos cruzan por delante. Por eso los dioses y los Budas nos condenaron a vivir mucho tiempo, así podemos contemplar el alcance de nuestros errores.

—Lo tengo —dijo el operador de la cámara—, pero supongo que tampoco lo podremos utilizar.

—Quizá sí —contestó el periodista—. Suena antimilitarista y autocrítico. Podría funcionar.

—Nadie debería vivir tanto tiempo —añadió Jintoku—. Todas las personas que conocí cuando era joven llevan muertas más de treinta años. Además, son muchos años para mantener en su lugar.

El operador de la cámara lanzó una mirada interrogante al periodista. Éste hizo un movimiento circular con el dedo y el operador siguió grabando.

—Sin duda habrá encontrado en la religión un consuelo, tanto para los demás como para usted, ¿no es así?

—Yo no sé nada de religión.

—Usted es demasiado modesta, reverenda abadesa. Durante casi cien años ha sido uno de los líderes espirituales más respetados. Muchas personas encontraron su camino espiritual gracias a su guía.

—Yo no tengo la culpa de lo que los demás creen —replicó Jintoku—. La orden de Mushindo promueve la liberación de la mentira. No tiene nada que ver con la fe, es sólo una práctica. O se sigue o no se sigue. Muy sencillo. Entretanto, cada uno puede creer o no creer lo que le plazca. Lo que uno cree no tiene nada que ver con la realidad.

—Bueno, el suyo es un punto de vista muy novedoso, reverenda abadesa. Sin duda es muy diferente al de los abades de los grandes templos y los santuarios de Japón.

—No lo creo —dijo Jintoku—. Uno de los Patriarcas del zen de la antigüedad (¿o era un maestro Kegon?) lo explicó muy claramente. Es un dicho muy famoso que se originó en la época de la guerra del Opio, cuando los británicos obligaban a los chinos a comprar opio. Dijo: «La religión es el opio de los pueblos.»

El periodista se llevó la mano a la garganta e hizo un gesto de corte.

El operador de la cámara alzó la vista.

—Ya la había detenido cuando llamó traficantes de drogas a los británicos —dijo.

—Es increíble —dijo el periodista—. En sólo tres oraciones se las ingenió para insultar a nuestros aliados británicos, difamar a las iglesias Zen y Kegon e introducir propaganda comunista prohibida.

—Pregúntale sobre los libros —sugirió la mujer del rígido casco de rulos y los labios pintados de rojo intenso—. Todo el mundo los adora.

—Es verdad —convino el operador de la cámara—. Además, son una buena conexión con nuestras tradiciones nacionales sagradas.

—Está bien —dijo el periodista, no del todo convencido—. Fumi, muéstrale algunos de los libros. Probablemente necesite verlos para refrescar su memoria.

La mujer del maquillaje chillón, que a pesar de todo tenía un rostro bastante bonito debajo de esa máscara, le dio a Jintoku un libro infantil con coloridas ilustraciones. Era un cuento sobre Peach Boy, un querubín sobrehumano que había nacido en un melocotón y que hacía cosas maravillosas. Las ilustraciones eran alegres y brillantes. Hasta los demonios parecían amigables.

—Es muy bonito —dijo Jintoku—. Gracias.

—No, no —dijo el reportero—. Usted escribió el libro, lo mismo que todos éstos. —Colocó una pila de doce libros en la mesa que estaba entre los dos—. Fueron muy famosos durante la era Meiji. Ahora que la ocupación ha terminado, vuelven a ser muy populares. Creo que para la gente representan los buenos viejos tiempos.

—¿Yo escribí estos libros? —Cogió otro. Era sobre una princesa tortuga—. No tenía idea de que podía dibujar tan bien. ¡Qué triste! He perdido hasta tal punto mi talento que ni siquiera recuerdo haberlo tenido alguna vez.

—Usted escribió las historias. Es decir, el argumento. Son cuentos, pero usted no hizo los dibujos. Los hizo el cuidador del templo. —Se dirigió al operador de la cámara—. Lástima que no podamos hablar con él. Sería una nota magnífica.

—No si dice las mismas cosas que ella —opinó el camarógrafo.

—¿Goro ilustró estos libros?

El reportero miró a la mujer e inquirió:

—¿Quién es Goro?

Ella controló sus notas y meneó la cabeza.

—No lo sé. No aparece en la lista.

—Averígualo. —Se volvió nuevamente hacia Jintoku—. ¿No recuerda al cuidador del templo? Era un americano, Makoto Stark.

—¿Makoto? ¿Makoto es el cuidador del templo?

—Lo era, reverenda abadesa. Murió hace muchos años.

—Pobrecillo. —Los ojos de Jintoku se llenaron de lágrimas. ¿No se habría recuperado de sus heridas? La última vez que lo había visto parecía estar tan bien... Creyó recordar que eso había sido en el decimoquinto año del emperador Meiji, hacía setenta y un años. Si había ilustrado estos libros, como aseguraba el hombre del traje llamativo, sin duda se había recuperado y había muerto posteriormente. De todos modos, la entristecía. Recordaba al muchacho, así que supo que su corazón estaba triste por él.

—Bueno, será mejor que nos vayamos —dijo el periodista.

—¿Una pérdida total de tiempo? —preguntó el camarógrafo.

—En absoluto —respondió el periodista—. Soy un maestro en el arte de cortar y editar. Uniremos todos los fragmentos en los que sonríe, las partes tiernas. No la mostraremos hablando en directo. Fumi hará la voz en off. Para cuando termine, será realmente adorable. —Le hizo una reverencia a Jintoku—. Muchas gracias, reverenda abadesa. Cuando se emita el programa, la avisaremos para que pueda verse en televisión.

—Yo me veo todos los días en persona —dijo Jintoku—. No necesito la televisión para eso.

—Muchas gracias por haber venido a hablar con la reverenda abadesa —dijo la monja—. No es su intención ser descortés, es muy directa, eso es todo. Tengo entendido que también lo era de niña.

Mientras veía marcharse a la gente de la televisión, Jintoku recordó lo que había estado pensando esa mañana al despertar. A principios del otoño del decimocuarto año del emperador Komei, cuando ella tendría unos catorce años, había descubierto un pergamino escondido debajo de una piedra fundamental. Había intentado dárselo a la dama Hanako, pero la habían asesinado, así que había decidido conservarlo hasta que pudiera dárselo al señor Genji en persona. Por alguna razón que ya no recordaba, todavía lo tenía. ¿Lo habría abierto para leerlo? Si lo había hecho, no lo recordaba. Sin embargo, se acordaba del lugar exacto en que lo había escondido. ¿O lo habría cambiado de lugar?

La anciana abadesa Jintoku se puso de pie trabajosamente y se dirigió a su habitación, situada detrás del anexo del templo. Cuando estaba a mitad de camino, oyó que alguien la llamaba desde la puerta del frente.

—¡Abuela! ¡Abuela! ¡Hemos llegado!

Era la voz impaciente de un niño. Seguramente, se había escapado del grupo de los de la televisión. ¿Quién podría ser? Debería reconocer su voz. O tal vez no. Había tantos niños... Después de que el gobierno Meiji decretara que las autoridades principales de los templos budistas debían contraer matrimonio o abandonar su vida religiosa, Jintoku se había casado. No era lo que más deseaba en el mundo, pero si no lo hubiera hecho, habría perdido el control del templo, y el templo era su vida.

—¡Abuela! ¿Dónde estás?

Otra voz, esta vez de una niña. Tampoco lograba identificarla. Había tantos niños... Nietos, bisnietos, tataranietos. ¿Tendría también tatara-tataranietos? Ah, no lo recordaba. Su memoria ya no era la de antes. Pero ¿acaso alguna vez había tenido buena memoria?

—Ya voy —respondió.

La anciana abadesa Jintoku, que una vez había sido Kimi, la niña más brillante del pueblo de Yamanaka, se volvió y, con paso extraordinariamente enérgico para sus cien años, fue a recibir a su progenie.

¿Qué era eso que le parecía tan importante hacía un instante? No importaba. Nada era tan fundamental que no pudiera ser olvidado.

Torre del castillo Bandada de Gorriones, 1311

Shizuka esperaba la llegada de Go.

Se puso a pensar en cómo era el mundo, tan lleno de dolor por la estupidez de los hombres. Y los más estúpidos de todos eran los samuráis, que siempre gobernarían esta nefasta tierra de Yamato. Las cosas importantes para ellos eran veneno disfrazado de tesoro.

El poder sobre los hombres, los pájaros, las bestias, sus esposas, sus hijos, sus amantes, su casa, su castillo, su dominio y el imperio.

La riqueza en oro, vasallos, concubinas, campos de arroz, praderas, pasos de montaña, ríos, el comercio de productos extraños desde tierras lejanas y exóticas, objetos y artefactos que carecían de valor más allá de su rareza y exotismo.

Fama, entre los que los rodeaban, para que cada encuentro estuviera lleno de demostraciones de respeto de aquellos que estaban a un nivel inferior; entre los que estaban lejos, para que las historias de su grandeza se magnificaran cada vez más al transmitirse de boca en boca y pudieran imaginar el miedo y la admiración de quienes no conocían.

Victoria en la batalla.

Coraje frente a la muerte.

Un nombre glorioso que perdurara después de la propia muerte.

El simple patetismo de la luz de la luna y la caída de los capullos.

La música de las espadas desenvainadas, de las flechas volando, de los cascos de los corceles de guerra golpeando la tierra cuando corren al ataque, de los gritos de guerra, de los lamentos de los heridos y los moribundos, del llanto de las madres, las esposas y las hijas de los enemigos masacrados, de la sangre, siempre la sangre.

Y lo que era más importante, el miedo.

El miedo que encendía el odio en el corazón de sus enemigos.

El miedo que exigía la obediencia de sus ingobernables vasallos.

El miedo que generaba sumisión y castidad en las mujeres.

Shizuka oyó los combates al pie de la escalera. Sus damas de honor eran valientes y leales. Eran demasiado jóvenes para morir, pero todas perecerían excepto una. Sus muertes dilatarían su asesinato lo suficiente.

La puerta se abrió, pero no de golpe como ella esperaba, sino poco a poco, casi con suavidad. En la entrada estaba Go, cubierto de sangre. Sus heridas eran superficiales. La sangre que se veía era de sus defensoras. Él miró hacia el techo de la habitación y se echó a reír.

—Muy astuta. Hiciste que tu esclavo lo construyera alto para poder utilizar tu bastón de bruja dentro de la torre. Lo había olvidado. No importa. Estás derrotada. Te mataré con mi espada. —Siguió empujando la puerta con la punta de su espada y entró en la habitación.

Shizuka lo miraba a la cara y con el rabillo del ojo percibía los movimientos de su espada, sus pies y sus hombros. Sostenía la hoja de su lanza *naginata* hacia abajo para invitarlo a atacar. Sabía que no caería en un truco tan burdo, pero quizás amagaría para confundirla y entonces ella tendría una oportunidad. No podía morir tan pronto. De lo contrario, todo estaría perdido.

—¿Qué dicen tus famosas predicciones ahora, falsa profeta? —preguntó Go—. ¿Ves cómo se acerca tu muerte?

—Es el fin —respondió Shizuka.

—Sí, y el fin nació del principio. No es necesario ser profeta para advertirlo.

—Y el principio nacerá del final —agregó Shizuka.

—No te consueles con falsas esperanzas, bruja. —Go

apuntó con la espada su vientre inflamado—. El niño morirá primero.

Le lanzó una estocada al estómago. Ella se hizo a un lado para esquivar el golpe. Era el primer amago que hacía Go y había sido bastante eficaz. Sabía que ella intentaría proteger a su hijo. Cuando se apartó para hacerlo, él lanzó una estocada hacia arriba y le hizo un tajo en el cuello. Un instante antes de que la hoja la alcanzara, ella había logrado mover la cabeza hacia el costado. De lo contrario, la espada le hubiera cortado la garganta en lugar de hacerle un pequeño corte.

Go sonrió.

—Quemaré tu cuerpo y esparciré las cenizas en la fosa de los desperdicios. Colocaré tu cabeza en un cofre de hierro, la cubriré de estiércol y la arrojaré en los pantanos del norte del lago Piedras Blancas. Esta vez no resucitarás.

—Eres tan estúpido, desde el principio hasta el final —le espetó Shizuka, ignorando la sangre que le bajaba por el cuello—. Tan ciego ante la verdad, que eres incapaz de ver el destino tan claro que tienes por delante.

Go se desplazó hacia la derecha.

Shizuka movió la hoja de la lanza como si fuera a interceptarlo y entonces, cuando él se echó hacia la izquierda, lo golpeó con fuerza en la parte posterior de las rodillas, que estaba desprotegida, con el extremo opuesto del bastón. Después lanzó una estocada y lo hirió en la pierna. Pero Go también estaba en movimiento, por lo que al igual que el suyo, fue un corte superficial. No tardó en incorporarse de nuevo.

Oyó un leve sonido detrás de ella. Cuando se volvió vio que uno de los hombres de Go entraba por la ventana. Había trepado por la parte exterior de la torre. Antes de que pudiera centrar su atención en Go, éste la golpeó otra vez. Su espada penetró profundamente en el hombro de Shizuka, quien sintió que los músculos y los tendones se separaban del hueso. La punta de su *naginata* cayó. Necesitó de toda la fuerza de su brazo derecho para volver a levantarla.

—Ésta te ha pillado por sorpresa, ¿verdad, bruja?

Shizuka se alejó de Go y su aliado. No podía retroceder mucho. De lo contrario, la pared le impediría mover la lanza. Sin embargo, sin el dominio de su brazo izquierdo y con sus fuerzas cada vez más exiguas por la pérdida de sangre, cada vez que se defendía de uno quedaba expuesta ante el otro.

Shizuka miró a Go a los ojos lo más profundamente que pudo.

—Tu nieta rogará para que tu alma descanse en paz —dijo.

Su mirada lo dejó paralizado por un momento. En ese instante el otro, horrorizado por las palabras de Shizuka, dejó de mirarla y se volvió hacia Go. Ella alzó su lanza, golpeó al hombre en el mentón y le partió la cara en dos. Éste cayó lanzando un último y breve alarido de dolor. Sin embargo, no sostuvo la mirada de Go el tiempo suficiente. Antes de que pudiera recuperarse de su acción, él la atacó. Sintió la hoja de la espada atravesándole la espalda, sus costillas abriéndose en un modo que no debían.

Shizuka cayó de rodillas y ya no se levantaría más. Escuchaba una lluvia dentro de la habitación. Eran las gotas de su propia sangre.

Su *naginata* estaba en el suelo y allí quedaría. No tenía fuerzas para levantar algo tan pesado. Lo único que la mantenía erguida era la lanza que estaba apoyada sobre su pecho.

Go se adelantó con la espada hacia arriba para decapitarla.

—¡No!

Cuando se volvió para responder al ataque, el sable de Ayamé penetró en la axila derecha de Go. Detrás de ella es taba Chiaki, su hijo, con la espada ensangrentada en la mano.

—¡Padre! ¿Qué haces?

—¡Quédate donde estás! —exclamó Go. Se volvió nuevamente hacia Shizuka—. ¡Muere!

Su espada comenzó a descender hacia el cuello de ella.

Y de repente se detuvo a medio camino.

La espada de Chiaki entró en la espalda de Go y salió por el pecho. Una explosión de sangre se esparció por el suelo, sobre Shizuka, y en la pared que estaba detrás de ella.

Chiaki quitó la espada del cuerpo de su padre y en el mismo movimiento lo decapitó.

—¡Traidor!

Chiaki tomó la cabeza y la arrojó violentamente por la ventana más cercana.

—¡Traidor! —gritó de nuevo.

—¡Mi señora! —Ayamé fue al encuentro de Shizuka, que agonizaba. Ambas quedaron cubiertas por su sangre—. ¡Mi señora!

Los vasallos de Chiaki irrumpieron en la habitación.

—¡Señor Chiaki, los traidores están todos muertos!

Chiaki cayó de rodillas, el rostro bañado en lágrimas, junto a Shizuka y Ayamé.

—¡Mi señora! —dijo—. Shizuka. —Su llanto apenas permitía entender lo que decía.

—Tienes que hacerlo —dijo Shizuka a Ayamé—. No me quedan fuerzas.

—No —respondió Ayamé—. Tú puedes, mi señora. Tienes que hacerlo.

—Ten valor, Ayamé. Siempre lo has tenido. Si no me ayudas, Sen y yo moriremos. —Shizuka sacó el cuchillo de su faja y lo puso en las manos de su amiga.

Ayamé sintió que le temblaban los hombros, que la vista se le nublaba y que su cuerpo se tambaleaba. Pero no cayó.

—Tú y los demás debéis iros —dijo Ayamé mirando a Chiaki—. Los hombres no pueden estar presentes en el alumbramiento.

—En otras circunstancias, estaría de acuerdo, pero no puedes hacer esto sola.

—Puedo, y lo haré.

—Haz lo que te dice —susurró Shizuka. El pecho le pesaba cada vez más. Pronto, ya no tendría fuerzas para respirar.

Oyó que los hombres decían:

—Sí, señora Shizuka, obedeceremos.

Ayamé desenvainó el cuchillo.

Shizuka no sintió nada cuando le abrió el quimono y la ropa interior, ni la hoja del cuchillo cuando entraba, ni la sangre, ni a su hija que salía del vientre. Su visión era borrosa. Percibía los sonidos como a la distancia. Todos los demás sentidos habían desaparecido.

Escuchó el primer llanto de la recién nacida. Aun cuando le pareciera lejano, la energía de la niña era evidente. Shizuka sonrió.

—Tu hija, mi señora. —Ayamé colocó algo contra su pecho y lo sostuvo allí. Era tibio, se movía, lloraba. Era muy pesado.

Shizuka sintió un latido que no era el suyo, insistente, lejano, y que le recordaba los primeros temblores de un terremoto inminente.

Era el rápido palpitar de un corazón nuevo.

No podía mover más los brazos. No hubo abrazo, ni primero ni último. Creyó sentir el calor de la criatura, pero sabía que era sólo su imaginación. No tenía más sensaciones en su cuerpo.

—Sen —dijo Shizuka.

Bosque de Muroto

Eran una tropa de treinta y un integrantes, treinta samuráis y una ex dama de honor, que avanzaban hacia el noroeste bordeando el cabo Muroto, hacia los pasos montañosos de la isla de Shikoku. Atrás quedaban un castillo en llamas llamado Bandada de Gorriones, miles de enemigos que los perseguían, las cenizas de su señor y su señora, y los cuerpos decapitados de los traidores que los habían asesinado.

Ayamé iba sentada en la silla como un samurái. No podía sentarse como una dama y cabalgar tan rápido como debía. En sus brazos, llevaba a la dama Sen. Le contaría a Chiaki lo que la dama Shizuka había predicho, que su único hijo sería un varón, que había sido adoptado antes de que naciera, antes siquiera de ser concebido, por el clan Okumichi. La dama Shizuka había dicho que sería un gran señor y que se casaría con Sen.

Sí, Ayamé se lo contará todo a Chiaki, pero después. Ahora era consciente de que su pesar le impedía soportar cualquier otra cosa. Chiaki estaba de duelo por su padre, a quien amaba y que había resultado un traidor; por su señor, un gran líder que podría haber llegado a ser sogún.

Pero sobre todo le dolía la muerte de la dama Shizuka, como a Ayamé.

Después del siguiente amanecer, descenderían hasta un sendero del valle. Ayamé se volvió para echar un último vistazo.

No se veía Bandada de Gorriones. Estaba demasiado lejos. Ni siquiera se distinguía el humo del incendio.

No se necesitaba mucho tiempo para que pasara una tropa tan pequeña.

Pronto, todo volvió a estar como antes de que ellos aparecieran.

Los verdes pinos de Muroto.

El cielo arriba.

La tierra abajo.

Índice

I. El fantasma del señor Kiyori

II. Arriba y abajo

III. Mañana, ayer, hoy